KB147235

서사, 연대성 그리고 문학교육

푸른사상 학술총서 17

서사, 연대성 그리고 문학교육

임경순

이 책을 내면서 나는 그동안 내가 겪은 지적 과정을 되짚어 볼 수 있는 시간을 갖게 되었다. 그것을 집약한 것이 이 책의 제목인 '서사, 연대성, 문학교육'이다. 박사논문을 쓸 무렵에 썼던 저서에는 '삶, 서사, 교육'의 질적 융합이라는 말이 나의 화두였다. 지금도 그 말들은 여전히 나의 지적 거멀못임에는 틀림없다. 삶을 떠난 서사는 있을 수 없으며, 서사 없는 삶이란 상상할 수 없다. 이처럼 삶과 서사는 불가분의 관계에 있다. 그런데 문학교육 전문가로서의 길을 가고 있는 나에게, 교육이라는 말은 가장 큰 화두이다. 따라서 교육은 서사와 삶을 떠받치면서 동시에 견인하는 핵심이다. '삶, 서사, 교육'이라는 세 꼭짓점 가운데 어느 것 하나 놓칠 수 없는 것이지만, 어떤 것을 중심에 놓느냐에 따라 하는 일이 달라질 수밖에 없다. 나는 되도록 교육이라는 화두를 중심에 놓으려고 노력해왔다. 왜냐하면 삶을 강조할 경우 그것은 사회운동 차원에 기울 것이고, 서사를 강조할 경우 순수 학문 차원에 속할 것이기 때문이다.

망설임 끝에 오랜만에 내놓는 이 책이 이전과 달라진 점은 무엇인가? 이 책의 제목에 나타나 있듯이 서사라는 화두는 여전히 나의 연구생활의 견인차이다. 이전과 크게 나아간 것도 깊어진 것도 없는 듯하지만, 그동안 파놓았던 도랑을 나름대로 더욱 깊게 파보기도 하고, 아직 개척하지 않은 황무지를 개간해보기도 하였다. 다문화시대의 소설교육, 리얼리즘 소설교육, 이광수 자전소설, 김사량 문학, 기행문학, 민족문학론 등에 대한 논의는 이와 관련된 편린들이다.

다른 하나는 연대성이라는 화두와 관련된다. 오래전에 연대성이라는 말을 그리 심각하게 다루지 않고 지나친 적이 있다. 그러나 사회가 변하고 역사가 요동치는 현장에 살면서 연대성을 새삼 떠올리지 않을 수 없었다. 근대소설의 출발 가운데 하나로 알려진 『돈키호테』의 주인공 돈키호테에게는 그 어떤 위대함도 없었다. 있는 그대로의 인간의 삶이란 패배할 수밖에 없기 때문이다. 어느 소설가가 지적했듯이 이 피할 수 없는 패배에 직면한 우리에게 남아 있는 유일한 것은 그것을 이해하고자 애쓰는 것이며, 그 길 한가운데에 소설(서사)이 놓여 있다. 현대의 지성이 인류의 도덕적 진보에 공헌한 것은 철학이나 종교적인 글을 통해서라기보다는 고통과 굴욕에 대한 서술을 통해서였다는 어느 철학자의 혜안은 소설(서사)이 인류의 연대성을 위한 가능성을 제공해줄 수 있다는 희망을 나에게 심어주기에 충분했다. 소설이 인간의 패배, 그것도 고통과 굴욕에 대한 서술을 통해 인류사에 기여하는 길을 열 수 있다고 한다면, 또한 인간이 존재하는 한 그것이 피할 수 없는 것이라면 소설이야말로 인간의 운명과 함께 하는 것이 아니겠는가.

이런 저런 이유로 남한의 작품만을 두고 논의하고 있던 마당에 한 해 동안의 미국 체험은 나와는 다른 민족과 인종들을 생각하게 해주었다. 그 것은 우리와는 다른 사람들을 바로 우리라는 영역에 포함시켜 볼 수 있는 능력과도 관련되는 일이었다. 나는 그것을 위해 타인의 고통을 이해하고 공감함으로써, 나아가 잔인성에 대한 가책을 공유함으로써 연대성으로 나아갈 수 있는 길이 있으리라 생각하게 되었다. 그것은 선택과 배제, 그 리고 차별을 내포한 민족이나 혈연과 같은 개념들을 넘어설 수 있게 해줄 것이라 믿었다. 다문화시대의 소설(문학)교육을 논의한 글이나, 이른바 중국 조선족 소설을 통해 고통을 넘어 연대성을 모색해본 글은 이런 나의 지적 여정을 보여준다.

문학교육, 정확하게는 문학교육학을 전공한 저자로서는 의당 문학교육 이 가장 중요한 화두일 터이다. 문학교육학을 강조한 것은 문학교육학이 라는 것이 무엇을 하는 학문인지를 확실히 하고자 하기 때문이다. 문학교 육이 문학을 매개로 이루어지는 일체의 교육과정과 결과를 말하는 것이 라면, 문학교육학은 그러한 현상을 학문적으로 체계화하고, 또 그렇게 된 것을 말한다. 이로 보면, 문학교육과 문학교육학을 둘러싼 학문 분류 내 지 학문 존립에 대한 논쟁이 얼마나 부질없는 것인지 알 수 있다. 이 책의 대부분이 문학작품을 읽는 것뿐 아니라 표현(창작)까지 다루면서 그 방법 적인 논의를 아우르고 있는 것은 문학교육학의 학문적 작업의 일환이었 음은 의심의 여지가 없다. 문학 읽기가 단순히 의미를 파악하는 행위가 아니라 맥락적 의미 구성의 과정이며 체험과 의식(삶)의 변화까지도 아우 르는 일이라는 점을 논의하였다. 또한 문학 수업에서 이루어지는 글쓰기가 특정한 양식에 한정되어 있다는 오해를 불식시키고, 그것이 시적 언어와 논증 언어 사이를 넘나들면서 다양하게 존재한다는 사실을 환기시킨 것을 강조하고 싶다.

이 책에 실린 논문들의 서지를 밝히면 다음과 같다.

다문화시대 소설(문학)교육 ; 「다문화시대 소설(문학)교육의 한 방향」, 『문학교육학』 36, 한국문학교육학회, 2011.

리얼리즘 소설교육과 방향 탐색 ; 「한국 리얼리즘 소설의 전개와 그 교육적 방법 연구」, 『조선-한국학연구』 4, 사천외대조선-한국학연구센터, 2013.

이광수 자전소설의 특징과 문화적 의미 ; 「이광수 자전소설의 특징과 의미」, 『조선한국학연구』 3, 사천외대조선-한국학연구센터, 2012.

고통을 넘어 연대성 모색하기 ; 「'중국 조선족' 소설의 분단 현실 인식과 방향 연구-고통을 넘어 연대성 모색하기」, 『한중인문학연구』 37, 한중인문학회, 2012.

구성주의적 관점에서 문학 텍스트 읽기 ; 「구성주의 관점에서 문학 텍스트 읽기」, 『독서연구』 18-2, 한국독서학회, 2007.

김사량 문학에 나타난 중국 체험과 의식 ; 「김사량 문학에 나타난 중국 체험과 의식」, 『우리어문연구』 38, 우리어문학회, 2010.

문학표현교육의 기반 탐색 ; 「문학표현교육의 기반 탐색」, 『선청어문』 33, 서울대국어교육과, 2005.

표현 대상에 대한 명명과 화자의 관념 특성 ; 「표현 대상에 대한 명명과 화자의 관념 특성」, 『선청어문』 31, 서울대국어교육과, 2003.

문학 수업에서 글쓰기 교육의 유형과 방법 ; 「문학 수업에서 글쓰기 교육의 방향과 유형-독서와 관련하여 문학적 글쓰기와 작문의 통합」, 『문학교육학』 15, 한국문학교육학회, 2004.

문학논술교육의 이념과 실천 방안 ; 「문학논술교육의 방안 연구」, 『현대문학연구』 32, 한국문학연구학회, 2007.

　여행의 의미와 기행문학교육의 방향 ; 「여행의 의미와 기행문학교육의 방향」, 『새국어교육』 79, 한국국어교육학회, 2008.

　한국 근대 해외 기행문학의 양상과 의미 ; 「한국 근대 해외 기행문학의 양상과 의미-〈삼천리〉 소재 허헌의 구미 기행문을 중심으로」, 『국어교육』 137, 한국어교육학회, 2012.

　해방 후 민족문학론과 비평교육의 과제 ; 「해방 후 민족문학론과 비평교육의 과제」, 『국어교육연구』 12, 서울대국어교육연구소, 2003.

　비평 행위와 현실 인식의 상관성 ; 「비평 행위와 현실 인식의 상관성에 관한 연구」, 『한국언어문학』 51, 한국언어문학회, 2003.

　끝으로 이 책이 나오도록 흔쾌히 출판을 허락해주신 푸른사상의 한봉숙 사장님과 꼼꼼하게 편집과 교정에 힘을 쏟으신 편집진에게 감사를 드린다.

2013년 새해 첫날에
이문동 연구실에서
임경순

제2부 문학의 존재와 문학교육의 방법

제3부 여행의 시대와 기행문학교육

제4부 비평의 논리와 비평교육

제1부
소설교육의 문화적 의미망

제1장 다문화시대의 소설(문학)교육

1. 머리말

　요즈음 다문화교육 혹은 다문화(주의)는 문학교육과 문학, (한)국어교육, 사회과학 등 학문 분야와 정부 부처 등의 공공기관의 주요 과제와 정책으로 자리 잡아가고 있는 듯하다. 이에 따라 이른바 다문화사회에 대한 대응과 처방은 교육계와 학계뿐 아니라 정부 부처, 글로벌 자본을 중심으로 한 주변 이해집단 간의 적극적인 대응이 일반화되고 있는 추세이다. 그렇게 된 주된 원인으로 꼽는 것은 외국인 이주민들의 급격한 증가,[1] 그

---

1) 2012년 1월 1일 현재 우리 나라에 거주하는 외국인 주민수는 140만 9,577명. 외국인 주민은 장기체류 외국인, 귀화자, 외국인 주민 자녀 등. 우리 나라 전체 주민등록인구 (50,734,284명)의 2.8%. 한국 국적을 가지지 않은 사람 1,117,481명(79.3%), 한국 국적을 가지고 있는 사람 292,096명(20.7%). −한국 국적을 가지지 않은 사람: 외국인근로자는 588,944명(전체 외국인주민의 41.8%), 결혼이민자 144,214명(10.2%), 유학생 87,221명(6.2%), 외국국적동포는 135,020명(9.6%), 기업투자자 등 기타 162,082명(11.5%). −한국 국적을 가지고 있는 사람: 혼인귀화자는 76,473명(전체 외국인주민의 5.4%), 기타사유 귀

리고 그에 대한 처방과 관련되어 있음은 잘 알려진 바이다. 오랫동안 단일민족국가로 살아온 한국인들에게 1990년대 이후 폭발적으로 증가하는 외국인의 유입은 커다란 충격과 사건으로 다가왔을 것으로 보인다.

　이런 현상과 관련해볼 때, 변화하는 현실과 인간의 문제를 끊임없이 문제시하는 문학과 예술은 다문화사회 현실을 나름대로 형상화해왔다. 『코끼리』(김재영, 2005), 『유랑가족』(공선옥, 2005), 『나마스테』(박범신, 2005), 『바리데기』(황석영, 2007), 『찔레꽃』(정도상, 2008), 『공무도하』(김훈, 2009), 『파프리카』(서성란, 2009) 등의 소설과 『반대쪽 천국』(하종오, 2004), 『아시아계 한국인』(하종오, 2007), 『베드타운』(하종오, 2008) 등의 시, 『블루시아의 가위 바위 보』(김중미 외, 2004), 『완득이』(김려령, 2008) 등의 청소년 문학, 그리고 〈여섯 개의 시선: 믿거나 말거나, 찬드라의 경우〉(박찬욱 외, 2003), 〈별별 이야기〉(유진희 외, 2005), 〈반두비〉(신동일, 2009) 등의 영화는 사회 현실에 대한 관점을 드러냄과 동시에 독자나 관객들로 하여금 변화하고 있는 사회 현실을 성찰할 수 있는 계기를 제공해온 측면도 있다.[2]

　문학연구자들은 이들 작품으로 포착한 징후들을 이주, 소수자, 디아스

화자 47,040명(3.3%), 외국인주민자녀 168,583명(12%) 등. 국적별: 한국계 중국인을 포함한 중국 국적자 781,616명(55.4%), 베트남 162,254명(11.5%), 미국 68,648명(4.9%), 남부아시아 62,862명(4.5%), 필리핀 59,735명(4.2%) 순(2012년 지방자치단체 외국인주민 현황('12.1.1 기준). 행정안전부: http://www.laiis.go.kr).

2) 윤여탁은 다문화사회의 문제를 다룬 한국 문학작품과 대중문화 목록을 제시하고 있다. 윤여탁, 「다문화사회: 한국 문학과 대중문화의 대응」, 『국어교육연구』 제26집, 서울대국어교육연구소, 2010, 7~8쪽.

포라, 이방인, 타자 등의 개념을 통해 사회와 문학 현상을 진단하고 방향을 제시하고자 했다.[3] 특히 소설 연구에서는 한국 사회의 다양성과 소설적 전망을 모색한 바 있으며,[4] 단일민족 이데올로기의 허구성과 서사의 유형, 전략[5] 등을 폭넓게 논의한 바 있다. 이 경우 작품보다 비평이나 연구들이 작품세계를 앞질러 가고 있는 형국이다. 이들 논의를 볼 때 일련의 다문화 작품들은 현실을 치열한 전망(perspective) 속에서 포착해내지 못하고 다분히 피상적인 시각을 보여주는 듯하다. 그런데 이들 연구는 일정한 성과에도 불구하고 한국 사회에서 다문화 혹은 다문화사회, 그리고 다문화를 어떻게 바라보고 교육해야 하는지에 대한 더 많은 논의를 필요로 한다.

또한 국어교육 연구자들은 다문화사회 속에서의 국어교육의 역할과 방향을 탐색하면서, 이를 다문화 문식성 개념으로 접근하기도 했으며, 구체적인 교재 개발이나 교수학습방법을 모색하기도 했다.[6] 나아가 다문화 현

---

3) 문예지들과 학회를 통해 집중적으로 논의되어 왔다. 「특집:타자윤리와 문학 그리고 문학의 타자성」(『문학들』 2호, 2005 겨울), 「특집:밖에서 본 한국 문학」(『문학동네』 48호, 2006 가을), 「특집: 길 위의 인생―이동, 탈출, 유목」(『문학동네』 49호, 2006 겨울), 「특집: 경계, 경계에 선, 경계를 넘는 문학」(『문학들』 5호, 2006 가을), 「특집: 우리 시대의 소수자문학」(『문학들』 13호, 2008 가을).

4) 우한용, 「21세기 한국 사회의 다양성과 소설적 전망」, 『현대소설연구』 40호, 한국현대소설학회, 2009.

5) 송현호, 「다문화사회의 서사 유형과 서사 전략에 관한 연구」, 『현대소설연구』 44호, 한국현대소설학회, 2010.

6) 원진숙, 「다문화시대 국어교육의 역할」, 『국어교육학연구』 30집, 국어교육학회, 2007.
   이삼형, 「다문화사회와 한국 언어 문화 교육의 방향」, 『다문화교육연구』 Vol.1 No.1, 한국다문화교육학회, 2008.

상을 다매체, 다중언어교육으로까지 확대하는 시각을 견지하기도 하였다.[7] 그러나 다문화 문식성이라는 개념의 효용성을 인정할 수 있음에도 불구하고, 문식성이라는 개념이 가지고 있는 지나친 의미 확장으로 말미암아 과연 오늘의 현상을 포괄할 수 있는 만능 개념이 될 수 있는지는 검토를 요한다. 또한 현 다문화교육에 대한 논의는 시작 단계에 놓여 있을 뿐 아니라, 최근 논의에서 볼 수 있듯이 논자에 따라 이미 서구사회에서 진행된 바 있는 심각한 인식 차를 노정하고 있다. 더구나 논의를 문학교육에 한정해 볼 때, 다문화와 관련하여 일련의 논의들은 여러 시사점을 제공해주지만,[8] 교육적 차원에서 다문화 문학(Multicultural Literature)을 바라보는 시각과 이에 대한 방향 설정이 무엇보다 절실한 과제로 놓여 있다.

권순희 · 김호정 · 이수미, 「다문화 문식성 제고를 위한 읽기 텍스트 구성 방안 연구」, 『국어교육학연구』 33집, 국어교육학회, 2008.

박영민, 「다문화 학습자와 중등학교 국어교육」, 『국어교육학연구』 34집, 국어교육학회, 2009.

심상민, 「다문화사회에서의 문식성(Literacy)교육의 제문제」, 『국어교육학연구』 35집, 국어교육학회, 2009.

진선희, 「다문화사회의 국어과 교육 방향」, 『학습자중심교과교육연구』 10권 1호, 학습자중심교과교육학회, 2010.

서혁, 「다문화시대의 국어교육과 다문화 문식성교육」, 『국어교육연구』 48집, 국어교육학회, 2011.

7) 윤여탁, 「다문화 · 다매체 · 다중언어의 교육:그 현황과 전망」, 『어문학』 106집, 한국어문학회, 2009.

8) 김미혜, 「다문화 교육의 관점에서 본 북한 서정시와 문학교육」, 『문학교육학』, 한국문학교육학회, 2009.

이인화, 「한국 아동청소년 문학에서 다문화의 수용:내부자의 타자 수용 방식을 중심으로」, 『국어교육학연구』 48집, 국어교육학회, 2011.

선주원, 「다문화 소설에 형상화된 유목적 존재들의 삶 이해를 통한 소설교육」, 『독서연구』 25, 한국독서학회, 2011.

이 장에서는 우선 다문화주의와 교육에 대한 최근 논의를 비판적으로 검토함으로써 이에 대한 교육적 시각을 점검하고자 한다. 또한 그와 관련하여 비주류 소수 이주민을 다룬 다문화소설을 논의하고, 다문화시대 소설(문학)교육의 원리를 제시함으로써, 이른바 다문화시대 소설(문학)교육의 방향 설정에 기여하고자 함을 목적으로 한다. 이때 다문화를 다룬 소설(문학)을 가르치는 문제인가, 한국 소설 전체를 다문화시대라는 조건에 맞추어 교육하는 것인가, 소설을 다문화 자녀에게 교육하는가 등에 대한 문제가 제기될 수 있다. 이 글에서는 한국 소설(문학)을 바라보는 시각 가운데 다문화라는 시각에서 보는 견해를 도입해야 할 뿐 아니라, 비주류 소수 문화와 집단을 다룬 문학[9]을 교육할 필요가 있다는 입장을 견지한다. 따라서 '다문화소설(문학)'교육은 '다문화 자녀'와 같은 특정한 대상에 국한하지 않으며, 정상적인 문학(국어)교육 내에서 이루어지는 교육의 한 현상으로 본다.

2. 다문화주의, 다문화교육, 다문화문학

최근 우리 학계의 다문화교육 논의는 대체로 국제결혼과 취업 등에 따른 외국인의 급격한 증가로 인해 한국 사회가 다문화사회로 급속도로 진

_____

[9] 대체적으로 이른바 좁은 의미로는 '다문화소설(문학)'은 국적이 다르거나 인종이 다른 비주류 소수 인물이 주인공으로 등장하는 소설(문학)을 말하고, 넓은 의미로는 그뿐 아니라 국적, 인종, 민족, 성, 계급 등에서 문화적인 차이를 지니는 개인이나 집단 등을 다룬 소설(문학)을 말하는 개념에 이르기까지 다양하다. 이에 대한 자세한 논의는 2절 참조.

입해가고 있다는 판단에 따른 것이다. 이에 따라 다문화가정[10]뿐 아니라 교육 차원에서 자국민을 대상으로 하는 모국어교육을 넘어 제2언어교육 혹은 외국어교육으로까지 나아가야 한다고 주장한다.[11]

이 같은 판단은 현실을 사회 문제 차원에서 판단하는 정부 주도의 인식과 성책을 수용한 측면과 학계 내부의 판단에 따른 것으로 볼 수 있다. 그러나 문학(국어)교육 학계 내부의 다문화(교육)에 대한 심층적인 검토와는 상당한 거리를 보여준다. 다문화교육이 다문화가정에만 국한되어야 하는가 아니면 문학(국어)교육의 기본 기저로 삼아야 하는가, 과연 문학(국어)교육이 모국어 차원을 넘어서야 하는가, 아니 넘어선다면 제2언어 혹은 외국어교육으로 나아가야 하는가 등에 대한 근본적인 검토가 이루어지고 있지 않다. 다문화교육이 다문화가정에만 한정된다면 그것은 결코 성공할 수 없으며, 문학(국어)교육에 대한 성공 없이 제2언어 혹은 외국어교육이 어떤 의미를 지닐 수 있을지 의문이 든다.[12] 최근 한 연구사가

---

10) 다문화가정이라는 개념은 모호한 측면이 있다. 이는 다문화에 대한 함의에 따른 혼란을 보여주는 것이기도 한데, 민현식은 한국인 가정, 외국인 가정이라는 용어를 사용할 것을 주장한다. 민현식, 「한국어교육에서 소위 다문화교육의 문제점에 대하여」, 『한국언어문화학』 5(2), 국제한국언어문화학회, 2009.

11) 원진숙, 앞의 글.

12) 다문화교육의 발상지를 보면 인종 문제가 복잡하게 얽혀 있는 나라들이다. 이는 역으로 보면 그만큼 사회 문제가 복잡하게 제기되어 왔다고 볼 수 있다. 따라서 우리와는 다른 이들 나라의 특수성을 면밀히 검토할 필요가 있다. 분명한 것은 그들은 문학(자국어)교육을 강화하는 것을 대전제로 삼으면서 사회 통합 차원에서 여타의 언어교육이 이루어지고 있다는 것이다. 언어는 가치 중립적인, 그리하여 평등한 언어로 존재하는 것이 아니라 권력과 지배의 관계 속에 있음을 상기할 필요가 있다.

우리 사회의 교육환경 변화에 따른 대응에는 공감하지만 그 방식이 다문화주의의 수용이어야 하는지를 놓고 비판을 제기한 것도 이 같은 현 상황을 말해준다.[13]

다문화주의에 대한 논의는 "민족주의적 정서에 대한 도전, 근대성에 대한 인식론적 도전, 세계화로 인한 변화에 대처하거나 세계화가 초래한 갈등을 해결할 수 있는 하나의 대안"으로 논의되어 왔으며, 이러한 논의는 다문화 공존이 정치사회적인 문제로 대두되었다는 것과 연관되어 있다.[14] 이러한 현상은 그 발생적으로 볼 때 뚜렷한 문화적 차이를 갖는 집단들이 존재한다는 사실을 전제하는 것이며, 그로 인한 사회적 현실이 정치와 정책에 반영되어야 한다는 정치적, 윤리적 차원과 연결되어 있는 것이다.

그러나 오늘날 북미, 유럽 등에서 볼 수 있듯이 집단 이기주의, 인종과 종교의 갈등은 다문화주의에 대한 회의적인 시선으로 이어진다. 이념과 실제의 거리는 다문화주의 개념에 구조적인 문제점 즉 문화들이 독립적인 동질적인 형성체로서 존재하는 그리하여 여전히 단일문화의 개념틀을 벗어나지 못하고 있다는 데서 그 한계를 찾을 수도 있다.[15] 나아가 다문화주의라는 문제틀은 "범역적 세계 체계로서의 자본주의의 거대한 현존이 외양하는 형식"에 불과하다는 비판도 가능하다.[16] 이와는 다른 위치에

---

13) 구영산, 「국어교육에서 다문화주의 수용에 대한 숙고」, 『문학교육학』 35호, 한국문학교육학회, 2011.

14) 최성환, 「다문화주의의 개념과 전망:문화 형식(이해)의 변동을 중심으로」, 『다문화의 이해:주체와 타자의 존재방식과 재현양상』, 도서출판경진, 2009, 15쪽.

15) 최성환, 위의 글, 19쪽.

16) Slavoj Žižek, *The Ticklish Subject*, 이성민 역, 『까다로운 주체』, 도서출판b, 2005, 356쪽.

서 윌 킴리카(Will Kymlicka)는 시민적 연대의 결속을 저해하는 것은 오히려 다문화주의의 부재에 있다고 주장한다. 그는 다문화주의가 복지국가를 저해한다는 신뢰할 만한 증거가 없을 뿐 아니라, 다문화주의의 인정이 소수자들로 하여금 연대를 강화하고 정치적 안정성을 높일 수 있다고 본다.[17]

이 같은 시각 차이의 근저에는 진보적인 면과 보수적인 면을 동시에 갖는 다문화주의의 양면성이 놓여 있다. 이는 다문화주의의 정치성을 보여주는 측면일 터인데, 보수주의는 변화보다는 문화적, 정치적으로 특권적인 전통을 고수하고 표면적으로는 내부의 다양한 집단들을 받아들이기는 하지만―그러므로 이런 점에서 다문화주의적이긴 하지만, 근본에서는 집단 내의 다양성이나 차이를 거부한다. 진보주의자는 소수자집단이 차별과 배제로부터 평등, 다양성, 권리를 획득하는 차원에서 다문화주의를 주창한다. 또한 다문화주의는 때로는 체제 순응적인 민족문화의 개념에 대항하기 위해, 때로는 체제 순응적인 소수문화의 개념을 옹호하기 위해서 주창되기도 한다. 이러한 현상은 다문화주의가 갖는 정치적 모호성과도 연관될 수도 있다. 가령 민족 만들기(nation-building)를 두고 다문화주의는 자유주의적 다문화주의와 보수주의적 다문화주의로 동시에 접근할 수 있다는 것이다.[18]

다문화주의에 얽힌 이러한 현상은 다문화주의가 자유주의적 다원주의,

---

17) W. Kymlicka, *Contemporary Political Philosophy*, 장동건 외 역, 『현대정치철학의 이해』, 동명사, 2006, 506쪽.

18) W. Kymlicka, 장동건 외 역, 위의 책, 508~509쪽.

코퍼레이트 다원주의(corporate pluralist approach), 급진적 다원주의, 연방제 다원주의, 분리·독립 다원주의 등의 특수한 형태로 나타나는 것에 비추어볼 때 보다 명백해진다. 소수집단에 대한 인정이라는 측면에서 보면 평등, 독자적인 생활방식의 정도에 따라 각각의 다문화주의는 유형을 달리하지만, 주류사회의 문화와 정치를 따를 것을 요구한다든지, 소수집단이 분리 독립을 요구할 경우 갈등이 야기된다든지, 집단 간 경제적, 정치적 차이가 발생할 경우 관계가 악화되고 분열되거나 분쟁과 대립을 일으키곤 한다.

그런데 인간집단 간 발생하는 문제를 근원적으로 해결할 수 있는 이론은 없다는 현실적인 상황을 고려해볼 때, 다양성과 단일성, 이질성과 동질성의 장벽을 넘어 다양성, 이질성, 평등성 등을 추구하는 다문화주의는 일견 의미 있는 것으로 보인다.[19]

이러한 점에서 보면 다문화교육이 추구하는 일련의 교육적 지향은 그 나름의 의미를 지닌다고 할 수 있다.[20] 다문화교육은 발상 혹은 개념 측면에서 "모든 학생이 성별이나 사회적 계층, 민족적·인종적·문화적 특성과 상관없이 학교에서 학습을 위한 동등한 기회를 가져야 한다는 생각

---

19) 다문화주의와 국가, 인종, 계급, 유형 등에 대한 자세한 논의는 다음 참조. 구견서, 「다문화주의의 이론적 체계」, 『현상과 인식』, 한국인문사회과학회, 2003. 가을.

20) 세계화는 국가, 사회, 개인들에게 새로운 존재론적 위상을 요구하고 있으며, 이에 따라 학교교육은 세계사회의 합리적인 운영과 세계시민을 육성하는 역할을 하도록 요청하고 있다는 것이다. 차윤경, 「세계화시대의 대안적 교육모델로서의 다문화교육」, 『다문화교육연구』 1권 1호, 2008.

을 구체화한 것"이며,[21] 교육 개혁 측면에서는 "학교와 다른 교육기관들을 변화시키고자 노력함으로써 모든 계층, 성별, 인종, 언어, 그리고 문화적 집단의 학생이 학습을 위한 동등한 기회를 누리도록 하는 교육 개혁운동"이며,[22] 과정 측면에서 "다문화교육 개혁운동이 목표로 하고 있는 문제들을 해결하고자 우리가 당장 '실천하는' 그 무엇이 아니라 늘 진행되고 있는 일련의 과정"으로 개념화된다.[23] 이로 보면 다문화교육은 결국 학습 기회의 평등을 주장하는 것이며, 그와 관련된 해결해야 할 문제들에 대한 '당장의 실천'보다는 '늘 진행되고 있는 과정'으로 보인다.

다문화교육이 소수자들의 교육기회 확대와 그로 인한 사회 정치 경제 차원의 향상을 도모하는 것은 의미 있는 일이다. 그러나 이것이야말로 자유주의적 다문화주의 진영과 보수주의적 다문화주 진영이 원하는 '다문화교육'일 가능성이 크다. 자본주의 국가 체제 속에서 기회의 평등은 퇴색될 수밖에 없으며, 국가가 경제적인 위기에 처하게 될 때 다문화교육은 후퇴할 수밖에 없다. 더구나 자본주의 국가는 주류집단과 소수집단 간의 갈등을 봉합하고, 다국적 자본에 기반한 제국을 전세계에 실현하기 위해서는 다문화교육을 필요로 한다. 따라서 이러한 한계를 넘어서는 교육적 관점이 요구된다. 최근, 일련의 이주민을 다룬 소설에서 인권, 인종, 국적 문제가 계급 문제를 도외시한 국민국가 경계 안에서 이루어졌다는 한계를 지적하고 이를 벗어나기 위해 국민국가의 장벽과 전지구적 자본의 지배를

---

21) James A. Banks, 「다문화교육:특성과 목표」, 『다문화교육 현안과 전망』, 박학사, 2011, 3쪽.
22) James A. Banks, 위의 글, 4쪽.
23) James A. Banks, 위의 글, 5쪽.

동시에 고려하는 시각이 필요하다는 지적은 참고할 가치가 있다.[24]

논의를 문학교육에 둘 경우, 다문화문학이 무엇인가에 대한 논의를 찾기는 쉽지 않다. 다문화문학에 대해 다문화를 기본 전제로 한 문학 정도의 인식을 보여주고 있지만 이때의 다문화는 주로 한국에 거주하는 단일민족으로서의 한국인과는 다른 소수집단과 그 문화의 집합 개념으로 사용하고 있다.

다문화문학을 일찍이 문제 삼았던 구미에서도 다문화문학의 개념에 대해서는 여러 견해를 보여 준다. 문학의 정의에서 본 다문화문학작품은 다문화사회를 다루는 문학작품이거나, 다른 문화권의 독자들을 염두에 두고 창작된 작품이라는 의미로 쓰인다.[25]

교육적 정의에서 다문화적이라는 말은 단일 작품의 다문화적인 성격을 나타내는 것이 아니라 주류문화의 단일성을 깨기 위해 사용된 일련의 작품들과 교육과정을 다원화하는 것을 나타낸다. 예컨대 베트남 문화를 기술한 작품은 배제된 문화를 기술하고 있다는 점과 그것이 다문화교육을 위해 사용될 수 있는 작품이라는 점에서 다문화문학으로 분류된다.

---

24) 박진, 「박범신 장편소설 『나마스테』에 나타난 이주노동자의 재현 이미지와 국민국가의 문제」, 『현대문학이론연구』 40호, 현대문학이론학회, 2010.

25) 전자는 명시적인 다문화문학, 후자는 암시적인 다문화문학으로 나뉜다. 미국 사회와 같이 다문화사회의 현실을 기술하는 작품은 명시적으로 다문화적이다. 이러한 문학은 다문화사회에서의 문화 간 상호작용을 기술한다. 의도된 청자와 언어 매체는 암시적 다문화문학 개념을 위한 주요한 요소이다. 가령 영미 문학은 주어진 문화에 대한 글쓰기가 여러 다른 문화의 독자들을 갖도록 의도되었기 때문에 점차 범문화적 혹은 다문화적 문학이 된 것이다. Mingshui Cai, *Multicultural Literature for Children and Youngadults*, USA, 2002, 6쪽.

다문화문학의 교육적 정의는 문학이 성취하도록 되어 있는 목표 - 다문화교육 과정을 창조하는 것과 다문화교육을 강화하는 것 - 에 내포되어 있다. 따라서 문학 그 자체의 본질보다는 교육에서의 문학의 역할에 관심을 둔다.[26)]

서구의 경우, 다문화 문학에 대한 논쟁은 문학 쪽보다는 오히려 교육 쪽에서 활발하다. 다문화문학의 개념에 대해서는 여러 의견이 있다.[27)]

(a) "인종(people of color)"을 주로 다룬 작품들(Kruse and Horning, 1990)
(b) 미국에서 다수인 앵글로 - 색슨 백인(주로 미국 문학에서 중산층과 풍습이 재현되는)과는 문화적 사회적으로 구별되는 소수인종 또는 소수민족집단에 대한 문학(Norton, 1999)
(c) 사람들의 피부 색깔, 노인, 게이와 레즈비언들, 소수종교, 소수언어, 장애인, 젠더, 계급을 기술하는 책들(Harris, 1994)
(d) 미국의 사회정치적 주류 밖에 있다고 여겨지는 집단 구성원들에 의해 그리고 그들에 대한 문학(Sims Bishop, 1992)
(e) 지배문화의 것들과는 다른 책들(Austin and Jenkins, 1973)

이러한 다양한 정의에도 불구하고 이들 정의는 지배하는 문화와 지배받는 문화를 구별하며, 인종적, 문화적, 언어적으로 구별되는 그리고 지배계급의 문화와는 다른 방식으로 구별되는 사람들의 집단에 대한 것이라는 점이다. 그러나 지배와 피지배문화로 단순화하는 것은 많은 연구자나 교

---

26) Mingshui Cai, 위의 책, 4쪽.
27) Mingshui Cai, 위의 책, 5쪽.

육자들에게는 회의적이다. 논쟁의 초점은 '다중(multi)'에 있다. 이 때문에 서구에서 다문화문학은 인종에 의한 그리고 그들에 대한 것들이라는 정의에서부터 모든 문학은 다문화적이라는 정의에 이르기까지 다양하게 논의된다.

Mingshui Cai에 의하면 다문화문학에 대한 접근으로 첫째, 다문화주의를 다양함과 문화들(multiple+cultures=milticulturalism)의 합으로 보는 관점을 들 수 있다. 따라서 다문화문학은 지배문화와 피지배문화의 구별 없이, 가능한 한 많은 문화들을 포함해야 한다. 이 경우 문화가 많이 포함될수록 문학은 더욱 다양하다고 생각한다. 그러나 다문화주의가 다양성과 포용성을 함의하고 있지만, 중요한 것은 그것이 권력구조와 투쟁을 함의하고 있다는 점이다. 다문화주의의 목표는 문화적인 차이를 이해하고, 받아들이고, 감상하는 데에 있을 뿐 아니라 궁극적으로 다른 문화적 배경을 갖는 사람들이 진정으로 민주화된 세계 속에서 더불어 행복하게 살 수 있도록 주변화된 문화에 더 큰 목소리와 권위를 부여하고 모든 문화들 간에 사회적 동등함과 정의를 성취하기 위해 사회적 질서를 변형시키는 데에 있는 것이다. 이 경우 다문화주의는 다양한 문화의 종합을 의미한다기보다는 주류문화의 권력을 탈중심화하는 데에 핵심이 놓인다. 그러므로 다문화문학은 지배적인 주류문화의 문학과 주변화된 문화의 문학 사이의 경계를 그어야만 한다.

다문화문학이 모든 문화를 포함한다면, 그 용어는 의미를 잃고 만다. 모든 것을 포함한다는 것은 다문화문학을 단순한 문학으로 축소시켜 버린다는 것이다. 결국 이러한 견해는 다문화주의에서 '여행자' 개념이 되고 만다. 여기에서는 우리가 살고 있는 주류문화는 본질적으로 정당한 것이며, 가능한 한 많은 문화로부터 배우기 위해 많은 문화를 여행한다는 것을 암시한다. 이러한 관점으로부터, 문화의 위계는 존재하지 않으며 사회 정의와 사회 변화 문제는 일차적인 관심이 아니다. 따라서 인종, 계급, 성 등에서 유발되는 현실의 갈등을 얼버무리고 만다.

둘째, 다문화문학이 인종에 초점을 두는 경우, 배제되고 주변화된 인종에 집중해야 한다는 것이다. 다문화문학은 인종들에 대한 책으로 정의된다. 인종 문제는 대단히 중요한 것이어서 다문화문학의 초점이 되어야 한다고 생각한다. 실제로 다문화문학은 다민족문학과 동일한 것으로 취급된다. 따라서 계급, 성, 그리고 다른 차이를 다루는 책들은 다문화문학으로 분류되지는 않는다. 그러나 인종에 대한 이러한 관심 집중은 다문화주의를 다문화주의의 개념으로부터 많은 문화들을 배제하는 인종적 본질주의로 축소한다고 비판받아 왔다. 이는 다문화주의를 마치 그것이 타자에 대한 것일 뿐 자신들에 대한 것과는 무관하듯이 학생이나 교사들로부터 거리를 두게 한다는 것이다.

셋째, 모든 문학은 다문화문학이라는 것이다. 모든 문학은 다문화주의의 다중성을 보여준다고 보는 이 견해가, 다문화문학을 다중 더하기 문학으로 보는 첫째 견해와 다른 것은 지배적이든 피지배적이든 다양한 특정 문화에 대응하는 문학 유형을 만들 필요가 없다는 점이다. 이 견해는 다문화적 시각에서 문학 이해의 폭을 넓히는 장점이 있다. 우리는 다문화문학작품이 포함하고 있는 문화적 문제를 발견하기 위해 문학작품을 다문화적으로 읽어야 한다. 그러나 다문화문학은 여전히 분리된 문학 범주를 필요로 한다. 드러나지 않은 문화를 집중적으로 탐구하기 위해서는 그것들을 직접적으로 다루고 있는 것을 필요로 한다.[28]

여기에서 다양성과 평등함(equity), 다문화적으로 읽기와 다문화문학 읽기라는 교육적 시사점을 얻을 수 있다. 다문화주의를 지배문화와 피지배문화로 구별을 하지 않고 다양성에서 구하는 견해는 평등함보다는 다양한 문화를 가르치게 되는 시사점을 얻는다. 따라서 교육과정은 한 사회를 구성하는 다양한 문화를 표상하는 교육과정을 기대하게 된다. 그러나 피지배문화가 교육과정에서 여전히 주변화되어 왔다는 사실을 볼 때 모든 문화를 다루기보다는 권리가 박탈된 문화에 초점을 두어야 한다고 주장되기도 한다. 교육과정은 모든 문화를 반영할 수 없을 뿐더러 다문화주의의 궁극적 목적을 놓치게 된다는 것이다. 그러나 다양성에 초점을 둔 다문화교육은 동시에 평등함을 고려하지 않는다면 역효과를 낳을 수 있다. 그것은 선입견으로 연결될 수 있으며 오히려 문화적 장벽을 높여갈 수 있기 때문이다.

또한 모든 문학은 다문화적이며 다문화적으로 읽어야 한다는 견해는 다문화교육에서 또다른 시사점을 준다. 다문화적으로 읽기는 다문화 인식을 함양시켜주며, 명백하지 못했던 다문화 문제를 볼 수 있도록 해준다. 서사 속에서 인종, 계급, 성 등의 의미를 찾고 그것의 문화적 함의를 해석함으로써, 다문화적 읽기는 독자들에게 이러한 요소들을 중심으로 읽을 수 있는 방법적 도구를 제공해준다. 아울러 문학작품을 다문화적으

---

28) Mingshui Cai, 위의 책, 6~12쪽.

로 읽어야 할 뿐 아니라, 억압된 집단, 특별히 민족집단에 집중하고 있는 다문화문학을 교육할 필요가 있다. 그런데 주류문화 속에 살고 있는 학생들은 자신들의 경험과는 다른 것들을 담고 있기 때문에 다문화문학에 입문하는 것이 어려울 수도 있다. 따라서 연구자와 교육자들은 그들을 도울 수 있는 방안을 찾아야만 한다.[29]

그렇다면 소설교육 연구자의 시선으로 볼 때, 이러한 방법론적인 문제는 더욱 첨예할 수도 있다. 소설은 인간과 세계의 삶의 모습을 그 심리적, 사회적, 정치적, 윤리적 심층으로부터 파헤침으로써 우리가 사는 세계에 문제의식을 내보이고 그 해결을 조심스럽게 천착하는 일을 담당한다. 그속에 형상화되어 있는 인간세계의 모습이 갈등을 본질로 하면서 인종, 민족, 계급, 성 등이 다중적으로 얽혀 있는 것이라면, 이른바 다문화주의에 포섭되고 있는 소수자들을 비롯한 사회 구성원들을 포착하기에 적절한 양식이라 할 수 있다.

3. 다문화소설의 형상화: 소수 이주민의 경우

소설은 문화 양식 가운데 시대의 변화와 긴밀히 대응하는 언어 양식이다. 추상적인 이념의 푯대를 생경하게 드러내지 않으면서 사람들이 살아가는 구체적인 삶의 모습을 뒤얽힌 사건들로 형상화한다. 이 시대 이른바 다문화 문화에 대한 논의의 한가운데 소설이 놓인 것은 이 때문이다.

---

29) Mingshui Cai, 위의 책, 13~15쪽 참조.

그런데 이 시대 화두가 여전히 '다문화(주의)'라고 해서 그것이 한국 문화의 실상에 부합하는지에 대한 검토가 필요하다는 지적은 특히 작품을 두고 볼 때 비주류 소수 이주민을 형상화한 작품의 수준과 양이 문제될 수도 있다.[30] 그러나 이른바 서구에서 고심하고 있는 '다인종(민족)'의 징후가 한국에서도 포착되고 현실화되고 있다는 점은 분명해보인다.

오늘날 전지구적 현상이 되고 있는 다문화사회가 식민지 경영에 참가했던 비교적 동질적 문화를 가진 유럽 국가와 국가 출범 초기 다양한 인종과 문화로 구성된 북미의 국가들로 대별될 때,[31] 식민지 경영 경험도 없고 민족이나 인종의 구성에서 이들 국가들보다 현저히 낮은 인구비를 갖고 있는 한국의 상황은 분명 이들과는 다른 특수성이 있을 것이다.

그렇다면 소설은 이들 이주민 소수자들을 어떻게 형상화하고 있을까? 그간의 다문화 관련 서사들을 유형화한 연구를 보면, 여기에는 차별과 착취의 대상이 되는 주변인과 타자의 서사 곧 이주 노동자와 결혼 이민자, 외국인 이주민 2세, 다문화 가정 등의 이야기에서 수평적 관계가 아닌 시혜적 관계, 진정한 의미의 공존의 부재 등을 읽을 수 있다.[32]

여기에서는 비주류 소수 이주민을 다룬 소설을 대상으로 인물과 형상화 방식을 중심으로 살펴보고자 한다.

---

30) 우한용, 앞의 글, 10쪽.
31) 최성환, 「다문화주의의 개념과 전망:문화 형식(이해)의 변동을 중심으로」, 『다문화의 이해』, 경진, 2009, 16쪽.
32) 송현호, 앞의 글.

1) 국민국가 주체의 시각으로 본 비주류 소수 이주자들

국민문학으로서의 한국 문학은 한국의 사회문화적 상황 속에 등장하는 인물들을 풍부하게 거느리고 있다. 그렇지만 단일민족 신화로 본 국민문학은 대체로 타민족이나 인종, 여성, 노농계급 등은 주변적인 것이었다. 민족이 첨예하게 문제시되는 것은 식민지 상황과 분단 상황에서이다. 이 것은 이민족과 분단된 민족과의 대타 항이 전제될 때 문제시된다. 가진자와 못 가진 자를 문제 삼을 때 계급이 문제가 되지만 자본의 논리가 생활에 깊숙이 침투하고 반공 이데올로기가 의식적 무의식적으로 작동할 때 희미해진다. 여성의식은 가부장제 이데올로기가 작동하는 한 한계를 지닌다. 한국의 정치, 사회, 문화적 상황에서 그러한 기제들이 작동할 때 계급, 성, 민족 등과 관련된 담론은 소수자들의 세계에 속할 수밖에 없다. 더구나 단일민족, 혈통주의 이데올로기에 침윤된, 혹은 제국의 논리에 감염된 문학으로서는 소수자로서의 이주민들을 형상화 해내기는 더욱 어려워 보인다.

더욱이 문학 텍스트가 지배집단에 의해 다른 의도로 쓰여질 때 인종, 민족, 성, 계급과 같은 진정한 이슈들은 무시되고 만다는 견해에 따르면,[33] 더욱 그렇다. 소설 『나마스테』를 두고 거기에 등장하는 주요 인물들은 "외국인 이주 노동자에 대한 작가의 파편화되고 분열된 시선을 대변하

---

33) Daniel D. Hade, "Reading Multiculturally", *Using Multiethnic Literature in the K-8 Classroom*, Christopher-Gordon, 1997, 250쪽.

고 있다"고 가정하고, 이는 "대한민국 국적을 지닌 작가의 사회적 범주 내의 지위와 위치가 작품 속 등장인물들에게 내포된 근본적인 모순성을 형성하는 요소로 작용한 것"으로 판단하는 논의는 이 같은 견해를 확인해준다.[34]

'다문화소설' 범주에서 논의되는 한국 소설들에는 한국에 거주하는 소수인종(민족)들이 등장한다. 이들은 대부분 외국인 근로자, 결혼이민자, 그리고 다문화 가정의 2세들이다. 『나마스테』, 『잘 가라, 서커스』, 『완득이』, 「코끼리」, 『거대한 뿌리』, 「가리봉 연가」, 「명랑한 밤길」, 「아홉 개의 푸른 소냐」 등에 등장하는 인물들은 조선족 여성, 네팔 출신 노동자, 필리핀 여성, 러시아 여인 등이다. 한국에 사는 외국인이 180개국 120만 명(전체 인구 약 오천만 명 중 2.5%, 귀화자 10만 제외)을 넘어섰고, 국적별로는 중국 47.7%, 미국 11.7%, 베트남 7.9%, 필리핀, 타이, 일본 등의 순이다. 이를 고려하면, '다문화소설'에 등장하는 외국인의 국적 분포는 아직은 다양하지 못한 편이다. 분포상으로 보면 미국인이 중국인 다음으로 많은 비율을 차지하고 있지만, 한국 작품은 소수자를 바라보는 시선으로 이들을 보지 않는다. 미국인은 한국에서 소수자이기는 하나 아시아권의 개발도상국들과는 다른 특별한 위상을 갖고 있음을 알 수 있다. 물론 미국 국적을 가진 외국인이 한국계 미국인이라면 상황은 달라진다.[35] 그렇지

---

34) 조성희, 「소설 '나마스테'에 드러나는 다문화주의 수용의 한계」, 『Journal of Korean Culture』 17호, 한국어문학국제학술포럼, 2011, 291쪽.

35) 이창래의 『영원한 이방인』을 비롯하여 미국 등지에서 한국계 미국인 작가들이 활동하고 있다. 한국계 미국인은 140여만 명, 미국 인구의 0.5%를 차지하며 독특한 문화를 형성하

만 이들에 대한 관심이 상대적으로 적은 것은 사실이다. 따라서 다양성이라는 측면에서 보면, '다문화소설'에 등장하는 인물들의 인종, 민족, 국적 등의 분포는 그리 다양하지 못하다. 이는 이들이 미국이나 유럽 국가들과는 달리 소수인종, 소수민족의 문화를 주류문화인 한국 문화와 대립할 수 있는 일성 정도의 세력을 확보하지 못하고 있는 것과도 관련될 수도 있을 것이다.

한국인의 선망의 대상인 미국과 일부 유럽을 제외한다면, 외국인과 외국문화는 한국 문화 속에 동화되어 버린다. 그 연원이 어디에 있는지 알 수는 없지만 식민지와 해방, 전쟁과 경제 개발 등을 거치면서 단일민족의식이 강화되어 왔다는 것과, 우리에게 빵과 자유를 안겨준 해방군으로서의 미국에 대한 의식이 복합되어 있다.[36] 작가가 이로부터 자유롭지 못할 때 작가의식은 작품으로 형상화될 수밖에 없다.

다양성의 측면과는 다른 각도 즉 평등성이라는 측면에서 다문화소설을 볼 수 있다. 다양성이라는 시각에서만 보면, 그것이 박물관적 전시물 혹은 여행자로서의 구경거리로 될 가능성도 배제할 수 없기 때문이다. 인종, 민족, 성 등을 기반으로 하는 주체들이 평등성에 기반하여 상호 작용을 하고 있는지를 문제 삼는 것은 주류문화집단이 비주류문화집단을 배제시키거나 동화시켜버림으로써 단일한 시각으로 주체들을 재단해버리

고 있지만, 미국에서는 소수인종에 불과하며, 비주류문화집단으로서 소설 제목이 암시하고 있듯이 정체성의 혼란을 겪고 있는 것이 현실이다.

36) 우리에게 일본은 여전히 우리 민족에게 피해를 입힌 원수로 인식된다. 「기미독립선언서」와 「단군신화」는 언제나 교과서에 실린다.

지 않는지 성찰하고자 하는데 있다.

현단계 다문화소설에서 다양성과 평등성 못지않게 그가 어떤 존재로 어떻게 살아가고 있는지를 묻는 것도 중요하다. 이는 다문화소설의 다층성과 복합성을 문제 삼는 것이다. 연구자들이나 작가들은 다문화소설에 등장하는 인물들을 이주민, 소수자라는 이름으로 범박하게 같은 층위에서 다루고 있다. 그러나 이주민에는 다층적인 층위가 있다. 국적을 취득한 결혼이민자와 단기 체류 노동자, 1.5세와 2세 그리고 유학생 등은 존재론적인 근거가 다를 수밖에 없다. 결혼이민자나 노동자라고 하여도 한국말을 할 줄 아는 이주민과 한국말을 할 줄 모르는 이주민, 한국에서 어릴때부터 자란 사람과 어린 시절이나 청소년 시절에 한국에 온 이주민들은 다르다.

① 인권 유린? 이보세요, 이똥주 선생님. 외국인 노동자만 걱정하지 말고 내 인권이나 유린하지 마세요. 제자한테는 뻑하면 조폭 새끼니 돌대가리니 해대고, 사생활이나 폭로하면서 무슨 외국인 노동자는 그렇게 챙기십니까![37]

② 어머니는 언제나 한국말로 아버지를 따졌다. 마치 송곳에라도 찔린 사람처럼 가늘고 날이 선 목소리로. 아버지는 가슴을 움켜쥐었다. 아버지는 말을 더듬거렸고 숨이 차 헐떡였다. 그러면 어머니는 돈도 제대로 못 버는 아버지와 의료보험조차 없는 처지를 견디기 힘들어했다. 언제나 한국 남자와 혼인해서 잘살고 있다는 친구 얘기를 끄집어내면서 신세 한탄을 했다.[38]

---

37) 김려령, 『완득이』, 창비, 2008, 102쪽.
38) 김재영, 「코끼리」, 『코끼리』, 실천문학사, 2005, 32쪽.

①에서 완득이가 자신의 인권 유린을 말할 수 있는 자격은 어디에서 연유하는 것인가? ②에서 어머니가 '언제나' '한국말'로 네팔에서 온 불법노동자 아버지를 따질 수 있었던 것은 어디에서 비롯되는가? 완득이는 혼혈아 한국인으로 한국말에 익숙하다. 완득이는 베트남 여자와 한국인 남자 사이에서 태어난 17세의 청소년이다. 그의 어머니는 어릴 적 가출을 한 탓에 아버지 손에서 자랐다. 아버지는 부정확한 발음으로 한국말을 떠듬거리는 어릿광대를 연상시키는 그런 존재이다(『코끼리』, 14쪽). ②의 나는 네팔에서 온 아버지와 조선족 어머니 사이에서 태어난 사람이다. 그는 한국에서 태어났지만 호적도 없고 국적도 없는 그래서 학교에서도 청강생일 뿐인 고향이 없는 존재이다(『코끼리』, 23쪽). ②의 화자인 나의 어머니는 한국말을 능숙하게 할 줄 아는 조선족이다. 나의 어머니는 화자가학교 간 사이 집을 나간다. 그러나 한국 국적을 취득한 ①의 어머니는 나를 찾아 돌아오지만, 한국 국적이 없는 ②의 어머니는 돌아오지 않는다.

다문화소설에 등장하는 존재는 또한 다중적인 존재이다. 한 인물은 민족, 인종, 국적, 성, 계급 등에서 다중적으로 존재한다. 가령 조선족은 한민족이자 황인종이며 중국 국적의 국민이며 노동자이자 어머니로 존재한다. 다문화소설에 등장하는 인물들도 마찬가지라는 점에서 다중적인 존재들이다. 『완득이』에 등장하는 '나'는 혼혈아이자, 한국 국민이자, 결손가정의 청소년이다. 더욱이 학교와 사회에서 겪어야 하는 과정을 밟고 있다는 점에서 청소년이라는 존재이기도 하다.

또한 우리가 주목하는 것은 『완득이』에 등장하는 인물들에서 볼 수 있듯이, 베트남에서 온 어머니와 같은 소수 이주민만이 아니라, 혼혈아인

나, 곱추인 아버지, 말더듬이인 삼촌 등이 존재한다는 것이다. 이는 다문화소설이 다중적인 성격을 갖는 또 하나의 특성이다. 혼혈아, 곱추, 말더듬이는 우리 사회의 또 다른 소수자들이다. 우리가 이주민과 같은 인종 혹은 민족에만 주목할 수 없는 이유가 여기에 있다.

2) 상호적인 타자로서의 대화적 관계 형성의 한계

문학교육 연구자들은 '타자'를 핵심어로 삼는 이론과 방법론을 개발해 왔다.[39] 타자 지향의 소설교육이 주체 중심의 소설교육의 한계를 넘어설 수 있을 것이라는 가정은 다양한 가치가 쟁투하는 오늘날 자기 이해의 한계를 타자성과의 소통을 통해 해결해나가야 한다는 교육적 이념에 기반한 것이다.[40]

다문화소설들이 보여주고 있는 타자들의 실상은 대개 주류로서의 한국인 대 비주류로서의 외국인이라는 도식적인 틀 속에서 이루어진 동화와 배제의 관계에서 크게 벗어나지 못하고 있다. 예컨대 『나마스테』가 보여준 이데올로기에 침윤된 이국적인 세계로부터 온 인물을 혹은 그 세계를 막연히 동경하거나, 한민족인 신우가 네팔인 노동자 카밀에게 보여주

---

39) 강진호, 「소설교육과 타자의 지평」, 『문학교육학』 13호, 한국문학교육학회, 2004; 최인자, 「타자 지향의 서사 윤리와 소설교육」, 『독서연구』 22호, 한국독서학회, 2009; 외국인을 위한 문학교육에 대한 관점으로는 김승환, 「한국문학교육의 타자성 인식 방법론」, 『문학교육학』 17호, 한국문학교육학회, 2009.

40) 최인자, 위의 글, 281~282쪽.

고 있는 시혜적 관계는 신우가 미국에서 겪었던 인종 차별을 한국 상황에서 반복할 수 있는 가능성으로 연결된다.[41] 그것은 근본적으로 지배문화, 중심문화를 전제로 하기 때문이다. 이런 점에서 이주(민)노동자를 다루는 소설적 작업은 "이국적인 신비나 가련한 희생자의 이미지로 포장되지 않은 그들의 서로 다른 입장과 욕망들에 주목하는 한편, 끊임없이 호모 사케르를 양산해내는 자본주의 국가 권력과 전지구적 자본의 지배('제국'의 메커니즘)를 함께 고려하는, 더 신중하고 폭넓은 시각에서 이루어질 필요가 있다"는 지적은 현단계 다문화소설에 대한 올바른 진단이라 할 수 있다.[42]

바흐친에 따르면 인간은 타자와의 관계를 떠나서는 존재할 수 없다. 우리 자신은 결코 스스로 우리들 자신 전체 모습을 내적으로나 외적으로 볼 수 없기 때문에 타자를 필요로 한다. 그러므로 자기만을 지키고자 하는 사람은 자기 자신을 상실한다는 것이다. 그렇기 때문에 인간은 존재 자체가 깊은 의사소통일 뿐 아니라, 존재한다는 것은 의사소통을 의미한다고까지 주장한다. 따라서 바흐친은 대화의 중요성을 강조하고, 삶이란 본질상 대화적인 것이며, 산다는 것은 대화에 참여하는 것이라고 본다.[43]

한편, 대화성과 다성성은 타자성과 함께 소설 구성의 방법적 원리로서

---

41) 이러한 문제는 한국 아동 청소년문학에서도 반복된다. 내부자와 외부자라는 이분법적인 구도와 동화와 배제라는 도식적인 구도를 보여준다. 이인화, 앞의 글.

42) 박진, 앞의 글, 231쪽.

43) T. Todorov, *Mikhail Bakhtin*, 최현무 역, 『바흐찐: 문학사회학과 대화이론』, 까치, 1987, 133~136쪽.

의의가 있다. 스탈린주의의 억압적 문화 통치기에 살았던 바흐친에게 있어서 그의 인민 중심주의적 사상은 강력한 억압집단에 대한 반권위주의적인 것이었다. 라블레 소설론에서 중세시대의 권위주의 체제에 대항하는 모습은 결국 독백적 언어와 대화적 언어, 단성적 언어와 다성적 언어에 대한 그의 이론에서 구체적으로 드러난다. 중앙집권적인 주류문화의 단성적인 구심적 언어가 민중의 다양하고 다성적인 원심적 언어와의 갈등 속에서 전복되는 장구한 문화 혁명의 과정을 보았던 것이다. 바흐친에게 있어 민중의 언어란 인종, 민족, 성, 나이, 계급, 지역, 문화 등 인간의 삶을 구성하는 모든 다양한 문화적 특성들을 내포하고 있다. 따라서 바흐친의 대화 이론은 정치 경제, 나아가 소수 인종, 민족, 성, 계급 등의 문제를 포괄하고 있다.

여기에서 중요한 것은 소설 속의 모든 것은 대화적 갈등을 피할 수 없다는 점이다. 작품을 구성하는 인물을 비롯한 모든 요소가 그렇고 심지어 독자마저도 대화 속에 참여한다.[44]

"거 뭣이냐, 나는 지난번 텔레비전에 나와서 외국인 노동자가 어떻고, 인권이 어떻고 해쌓던 목사, 교수들 말 듣고 분개까지 했다니까. 뭐? 핍박? 돈 없으면 인간 대접 못 받는 건 당연한 것 아녀? 어이, 김 사장, 삼십 년 전에 우리막 서울 와서는 어쨌어. 자국민 핍박받을 때는 암 소리 안 하고 있다가 외국인들 인권이 어쩌네, 야만이네, 하여간 배운 인간들 하는 짓거리란 이제나저

---

44) G. S. Morson · C. Emerson, *Creation of a Prosaics*, 오문석 외 역, 『바흐찐의 산문학』, 책세상, 2006, 433~434쪽.

제나 맘에 안 들드만 이?'

"우리가 이렇게 말하면 또 유식한 인간들이 뭐라 그런 줄 알아? 자국민 이기주의라나, 뭐라나. 우리같이 못사는 자국민이 얼마나 많은데 그럼, 자국민 이기주의 해야지 안 해?"

숫제 용자의 존재는 무시하고 저희끼리 시끄럽다.[45]

다문화소설의 경우 대개 인물들의 대화적 갈등이 잘 드러나지 않는다. 위 예문처럼 인물과 인물이 분리된 채 객체화된 말로 나타난다.[46] 주체와 주체가 상호적인 타자로서 대화적 관계를 형성하지 못한다. 이는 주류문화집단의 담론이 생경하게 드러나고 있는 담론이다. 이런 담론에 반응하는 주체의 담론도 주체들 간의 깊은 의사소통과는 거리가 멀다.

"한국 놈들한테도 안 해준 걸 늬들한테라고 해주겠냐? 아니꼬우면 돌아가. 젠장, 어차피 늬들도 고국으로 돌아가서 공장 차리고 사장되려고 여기 왔잖냐. 노동자들을 어떻게 다뤄야 되는지 눈 똑바로 뜨고 배워가. 다 산교육이여." 비아냥대는 필용이 아저씨 말에 쿤이 시무룩한 표정을 짓자 이번에는 세르게니가 볼멘소리로 대꾸한다. "아무튼 돈도 좋지만 우린, 사람 대우, 그거 받고 싶어요. 돈 벌어 고향간다고 해도 삼 년 겪은 일 삼십 년 동안 악몽으로 남아 우릴 괴롭힐 거예요."[47]

45) 공선옥, 「가리봉 연가」, 『유랑가족』, 실천문학사, 2005, 88쪽.
46) 바흐친에 의하면 소설 속의 말은 1. 화자의 최종적 의미상의 판단의 표현으로서 직선적이고 직접적으로 자신의 대상을 향한 말, 2. 객체화된 말(묘사된 인물의 말), 3. 타인의 말을 지향하는 말(이중적 목소리의 말) 등으로 이루어져 있다. M. M. Bakhtin, 김근식 역, 『도스또예프스키의 시학』, 정음사, 1988, 287쪽.
47) 김재영, 앞의 책, 26쪽.

쿤은 사 년 전 네팔에서 한국에 들어온 25세의 노동자이다. 그는 공장에서 손가락이 절단되는 사고를 당한다. 필용이 아저씨의 계몽적이고 위압적인 말에 당사자인 쿤은 시무룩한 표정을 짓고, 우즈베키스탄 사람 노동자 세르게니는 겨우 볼멘소리로 대꾸하는 형국이다.

4. 다문화시대 소설(문학)교육의 주체 이념태와 원리

1) 주체의 이념태: 다문화 정체성

소설(문학)교육에서 지향하는 주체 이념태에 대하여 여러 연구자들이 제시한 바 있다. 주체적 인간,[48] 서사적 존재로서의 자아 확립,[49] 비판적 주체성,[50] 자기 정체성을 확립한 주체[51] 등이 그것이다. 그런데 앞선 연구

---

48) 김상욱, 『소설교육의 방법 연구』, 서울대출판부, 1996. 1부 1장 문학교육 이념으로서의 주체 형성, 2부 4장 주체 형성으로서의 소설교육을 참고할 것.

49) 우한용, 「서사의 위상과 서사교육의 지향」, 우한용 외, 『서사교육론』, 동아시아, 2001, 29~33쪽. 서사교육의 이념적 지향으로 서사적 존재로서의 자아 확립, 세계 발견 능력의 고양, 세계 해석 능력의 함양, 세계 창조/재생산의 체험 확충 등을 들고 있다.

50) 문영진, 「서사교육의 방향 설정에 관한 일 연구」, 『국어교육학연구』 13호, 국어교육학회, 2001. 이는 변화하는 조건에 단지 적응하는 능력만이 아니라 동시에 자신의 운명을 스스로 결정할 수 있는 인간이 필요하다는 인식에서 출발한 것으로 비판적 주체성을 상정하고 있다.

51) 임경순, 『서사표현교육론연구』, 역락, 2003, 199~200쪽. 서사교육의 이념과 거기에 부합하는 인간상을 '자기 정체성의 정립'이라는 이념과 함께 성찰 행위를 통해 자기 존재를 인식하고 자기 이해에 도달함으로써 궁극적으로 자기 정체성을 확립한 주체를 제시한 바 있다. 그것은 오늘날 우리 사회가 자아정체성이 혼란에 빠지기 쉬운 위험사회라는 진단에서 나온 것이다.

자들이 상정하고 있는 주체는 국민국가 속의 근대적인 주체, 주류문화 속의 단일 주체를 함의하는 것과 크게 거리가 있어 보이지 않는다.[52] 또한 이들이 제시한 사건, 자아, 인물, 상황 등 주체가 맞닿아 있는 지점이 인종, 민족, 계급, 성 등을 다층적으로 포착하는 것까지 나아가지 못하고 있는 것 같다. 따라서 '다문화사회'에 걸맞은 주체를 상정할 필요가 있다.

오늘날 지구촌시대에 사는 주체는 전통적인 의미의 국가라는 경계 내에서 살아가는 주체라기보다는 국가의 안과 밖을 끊임없이 넘나들며 살아가는 주체를 의미한다. 더구나 국가 내에 유입된 새로운 문화적 환경과 조우하고 조응해나가야만 하는 주체이기도 하다. 따라서 이러한 현실 속에 살아가는 주체는 나와 타자, 나의 문화와 타자의 문화들과의 관계 속에서 형성되어가는 과정 속의 주체이다.

최근 서구의 자유민주주의의 세계적 확산은 세계화와 자유주의의 이념이 작용하면서 민주주의에 문제가 발생되고 있다는 비판이 제기되고 있다. 자유민주주의 이름 하에 진행된 서구 중심의 세계화는 지역 간, 계층 간 불평등의 심화, 인권의 훼손 등과 같은 문제를 야기시킨다는 것이다. 이러한 문제를 해결하기 위해 보편적 민주주의를 지향점으로 제시하고 다문화 정체성(Multicultural Identity)에서 주체상을 찾고 있기도 하다.[53]

---

52) 최인자는 포스트모더니즘을 기반으로 한 '타자 지향 윤리적 주체'를 상정하고 있다는 점에서 논의를 달리 하고 있다. 최인자, 앞의 글.

53) 임성호, 「다(多)문화적 정체성을 통한 '세계시민민주주의'의 모색:궁극적 목표로서의 '보편적 민주주의'를 위한 시론(試論)」, 『밝은社會研究』 21집, 경희대밝은사회연구소, 2000. 보편적 민주주의는 모든 사람이 의지 작용을 통해 근원적으로 가치관을 변혁함으로써 개인적 이익이 아닌 인류전체의 공동선을 추구하며 세계공동체를 이룩해야 한다는 대

다문화 정체성은 주류나 지배 문화와 같은 한 사회집단이나 문화로부터만 형성되는 정체성이 아니라 다양한 문화로부터 형성되는 정체성이다. 단일민족, 단일국가를 기반으로 형성되는 단일문화 정체성은 이제 다문화시대 즉 국경의 안과 밖에서 다양한 민족, 인종, 성, 계급, 언어 등을 기반으로 형성되는 다문화 정체성의 시대로 변하고 있다. 이들 각각은 상호 배타적이지 않으며 중층적이다. 기존 문화와 새로운 문화, 국가 내의 문화와 국가 밖의 문화 등이 공존할 수 있다.

이러한 다문화 정체성이 문제시되는 것은 현재 우리 사회에서 진행되고 있는 다문화적 상황에서 개인들은 새로운 사회문화적 패러다임에 적합한 주체로 변화할 것을 요구하고 있다는 것이다. 특별히 다문화 정체성이 문제로 부각되는 것은 다문화 정체성 형성 요인 가운데 인종, 민족, 언어 등이 전래 없이 문제가 되는 시대에 살고 있기 때문이다. 따라서 개인들은 다문화사회에 적합한 사회 구성원으로서의 정체성을 형성해야 한다는 당위성에서 출발한다.

이런 점에서 학습자들을 이념태 차원에서 다문화 정체성을 지닌 존재로 규정하는 것은 타자들(Others)의 문학과 문화의 세계로 들어가는 길을 제공한다.[54] 이는 학습자들의 정체성을 단일한 차원에서 보는 것이 아니라 다중적 차원에서 접근하는 것이다. 정체성이란 불변하는 단일한 것이

명제를 추구한다. 세계시민민주주의는 법 내지는 제도 차원에서 근본적 변화를 수반하지 않더라도 가치관의 차원에서 개인이 시민적 의식의 적용 범위를 국가 경계 내로만 한정시키지 않고 그것을 건너뛰어 전세계로 확장시켜 나가는 것을 의미한다.

54) Mingshui Cai, 앞의 책, 15쪽.

아니라 다양한 사회문화적 국면 속에서 형성되어 가는 다중적인 것이므로 오늘날 상황에서는 소설(문학)교육의 새로운 개념을 요구하게 된다.

소설, 나아가 이야기와 관련하여 리쾨르는 자기 삶의 혼란과 시간의 아 프리오리(a priori)를 극복하는 한 방법으로서 이야기 정체성을 주장한 바 있다.[55] 물론 이때의 '자기'는 고정 불변한 것이 아니라 과정 속에 존재하는 것으로서 '타자로서의 자기 자신'에 해당한다.[56] 리쾨르는 레비나스와 같이 타자성의 우위로서의 자기와 다른 사람의 관계를 설정하는 것이 아니라, 자기가 없는 타자성도, 타자가 없는 자기성도 아닌 곧 타자로서의 자기 자신을 궁극적으로 제시하고 있는 것이다.[57]

여기에 정체성과 함께 윤리의 문제가 대두된다. 인간의 삶이란 이야기를 통해 가장 잘 해석될 수 있고 이해 가능하다는 것이다. 리쾨르에게 윤리적 주체 문제는 바로 이야기 정체성으로 제시되는 것이다. 문화적 정체성의 방향의 한 극단이 윤리와 맞닿아 있다면, 그것은 좋은-삶, 잘-삶일 것이다. 윤리적 주체에게 중요한 것은 그것을 실천하기 위해 자기 자신에 대한 지속적인 이해와 해석이다. 그것은 자기 존중이자 궁극적으로 인간 존중이기도 하며, 다른 사람과 함께 그리고 다른 사람에 대한 배려이기도 하다.[58] 이는 다문화 정체성이 소설(이야기, 문학) 교육과 만나는

---

55) P. Ricoeur, "L'identité narrative", 김동윤 역, 「서술적 정체성」, 『현대 서술이론의 흐름』, 솔, 1997.
56) P. Ricoeur, *Soi-même comme un autre*, 김웅권 역, 『타자로서의 자기 자신』, 동문선, 2006.
57) 정기철, 「다문화 시대에 정체성을 위하여」, 『해석학연구』 25집, 한국해석학회, 2010, 212쪽.
58) 정기철, 위의 글 참조.

방향성이다.

2) 소설(문학)의 수용과 생산의 방법적 원리

서구의 경우, 방법과 관련하여 소설교육에서 다인종소설을 다루고 있
는 경우가 있다. 이것은 이들 국가에서 다인종소설이 본격 문학으로서 자
리를 잡았다는 현실을 반영한 결과일 터인데, 그들이 제시한 세 가지 접
근방법 가운데 본격 문학으로 접근하는 것과 인종의 유산으로 다루는 것
은 장기적으로는 가능하겠지만 아직은 시기상조인 듯하고, 다만 문제의
식으로 접근하는 방법이 현실적으로 가능할 듯하다. 그것은 국가 안에 있
는 소수인종집단들을 의식하도록 하는데 유용하기 때문이다. 그러나 이
들이 제안한 방법은 다인종소설을 하나의 장르적 차원에서만 접근하면서
소수인종집단에 대한 문제의식을 갖도록 하는 데에만 유용하기 때문에
다문화에 대한 보다 폭넓은 방법적 원리에는 이르지 못하는 한계를 지닐
수밖에 없다.[59]

---

59) R. J. Rodrigues & D. Badaczewski, *A Guidebook for Teaching Literature*, 박인기 · 최병우 · 김
창원 역, 『문학 작품을 어떻게 가르칠 것인가』, 박이정, 2001, 157~159쪽. 그들은 다인
종소설을 가르치는 세 가지 접근방법을 제안하고 있다. 문학으로서 접근, 의식으로서 접
근, 인종의 자부심이나 그에 대한 이해로서의 접근 등이 그것이다. 문학으로 접근하는
데는 제약이 따르는데, 그것은 작품이 지닌 인종적 특성이 보편적 특성보다 우선적으로
작용하기 때문이다. 문제의식으로 접근하는 것은 국가 안에 있는 인종집단들을 의식하
도록 하는 데 유용하다. 인종의 유산이나 자부심에 대한 접근은 고급문학에 흥미를 잃은
독자들에게 통로를 제공해줄 수 있다.

여기에서는 앞의 소설 논의를 바탕으로 방법적 원리를 정리하고자 한다. 다문화문학은 '다중(Multiple)'이라는 의미를 어떻게 설정하느냐에 따라 다양한 스펙트럼을 갖는데, 인종과 같은 특정 요소에만 집중하지 않고, 소수자들의 문화를 중심으로 한 다양성, 평등성, 다층성, 복합성, 타자성, 대화성의 원리로 접근할 필요가 있다.

다문화소설(문학)의 방법적 원리로서 우선 소수자인 주체와 그들의 문화가 다양성이라는 차원에서 확보되어야 한다. 물론 다양성이라는 것이 문화적으로 일정 정도 논의할 수 있는 규모를 지닐 때 다양성을 온전히 구현할 수 있지만, 사회적으로 문제시될 만한 요소들을 빠짐없이 포착해 내는 일이 필요하다. 그런데 다양성은 평등성에 기반할 때 의미를 온당하게 가진다. 특정한 관점이나 주류집단의 시각에 의해 특정한 문화집단이 왜곡된다면 그것은 또 다른 불평등을 낳을 수 있다. 여기에 주류집단에 의한 배제와 동화 논리가 작용하는 것이다.

소수자들은 각 유형에 따라 존재론적인 위상이 다르다. 각각의 존재들은 그 위상에 따라 삶의 모습이 다르다는 점을 인식할 필요가 있다. 이를 다층성이라 한다면, 그들의 언어와 행위가 달라지는 지점의 미세한 차이들을 발견하고 형상화하고 수용할 수 있어야 한다. 또한 인간은 사회문화 속에서 단일한 존재라기보다 복합적인 존재라는 점에서 복합성을 논의할 수 있다. 따라서 소설(문학)의 생산과 수용에 있어서 복합적 존재로서의 주체상을 풍부하고도 정교하게 형상화하고 수용할 수 있어야 한다.

또한 다문화소설의 방법적 원리로서 타자성과 대화성을 들 수 있다. 인간을 타자와의 관계 속에서 살 수밖에 없는 존재로 볼 때, 그리고 그것이

자기와 타자를 이해하는 거의 유일한 것이라 할 때, 타자와의 상호 주관성에 기반한 심도 있는 의사소통은 중요한 원리가 될 수 있다. 이런 점에서 타자성은 결국 언어적 국면에서 대화성으로 연결된다. 삶이란 본질적으로 대화적이라 할 때, 그 방향은 권위적이고 단성적인 자족적 세계에서 구하기보다는 반권위주의적이고, 다성적인 열린 세계에서 찾아야 한다. 그것이 인종, 민족, 성, 계급 등을 존재론적 근거로 삼고 있는 주체들의 대화적 갈등을 전제로 하는 한 필연적으로 중심과 주변, 주류와 비주류, 국민과 비국민 등의 틀을 벗어남으로써 또 다른 세계를 창조하는 데까지 이를 수 있을 것으로 보인다.

이러한 방법적 원리는 소설(문학) 텍스트를 수용하거나 생산하는 원리로 이어진다. 대화적 원리는 독자와 작가들마저 문학 텍스트와의 대화 속에 참여하도록 한다는 점에서 그렇다. 문학을 수용하거나 생산하는 행위는 본질적으로 사회적인 것이며 문화의 지배를 받게 되어 있다. 그런데 문화라는 것을 의미의 생산, 유통, 수용이라는 관점에서 보면 문학 행위는 이데올로기로부터 자유로울 수 없다. 우리가 인종, 민족, 계급, 성 등에 대하여 갖고 있는 의식은 텍스트를 수용하고 생산하는 활동을 매개하는 것이다. 따라서 교육적 실천은 타자의 문화와 기왕에 형성된 정체성이 상호 작용하면서 이들을 대화적으로 성찰하고 새로운 정체성을 형성해나가도록 함으로써 수용과 생산 활동에 기여할 수 있도록 해야 한다.

문학 텍스트를 수용하고 생산함에 있어서, 수용자와 같은 민족집단에 속하지는 않지만 그들과 유사한 인종, 계급 등에서 작품과 수용자, 생산자 간의 연결 지점을 찾을 수 있다. 그러나 공통적인 것들을 찾는 데서 멈춘다면 동화와 연민, 편견에 빠지기 쉽고, 인종(민족), 계급, 성 등에 의해서 야기된 사회적 불평등과 불의를 읽는 데는 실패할 가능성이 있다. 따라서 문화들 사이의 공통점을 찾는 것도 중요하지만, 차이점을 찾는 것은 더욱 중요하다. 이런 과정을 통해 학습자들은 다른 인종, 민족, 성, 계급 등에 대한 자신들의 특권과 권력, 편견 등을 알아차릴 수 있는 것이다.[60] 이로서 타자들에 대한 시각을 수정하고 새로운 가능성을 열어갈 수가 있을 것이다.

5. 맺음말

이 글은 최근 다문화(주의) 혹은 다문화교육이 문학과 문학교육, (한)국어교육 등 학문 분야와 공공기관 등의 주요 과제와 정책으로 자리 잡아가고 있지만 논의의 근간이 되는 다문화주의와 다문화교육에 대한 검토가 급선무라는 인식에서 출발하였다.

학계 및 기관 등 각 집단 간 다문화 현상에 대한 진단과 처방이 진행되고 있지만, 우리의 경우 다분히 정부 중심으로 추진되고 있는 듯한 인상을 준다. 그것은 마치 초가삼간을 태우기라도 할 것 같은 불씨를 잠재워 버리려는 심리적 강박관념과도 같은 것일지도 모른다. 이 같은 우려는 한 보수 일간지를 보면 잘 드러나 있다.

코시안(Kosian=Korean+Asian)을 주축으로 한 혼혈인이 선거 · 문화 등 우리

---

60) Mingshui Cai, 앞의 책, 15쪽.

사회에 중요한 변수로 떠오를 날이 머지않았다. (…중략…) 현재 3만5000여 명인 혼혈인구는 2020년께 167만 명에 달할 것으로 추산됐다. 지금의 강원도 (152만 명)보다도 큰 규모의 인구집단이 형성되는 셈이다. 여기에 한국인 배우자와 친지를 포함하면 혼혈인은 새로운 정치세력으로 부상할 가능성이 있다. 이 같은 추산은 국제결혼율이 매년 상승해 우리와 사회·경제 여건이 비슷한 대만(32%. 2003년) 수준에 이른다는 가정을 전제로 한 것이다. 이 경우 2020년엔 20세 이하 인구 5명 중 1명(21%)이 혼혈인이 되고, 신생아 3명 중 1명(32%)이 혼혈아가 될 전망이다. 이는 실제 상황과 다를 수도 있다. 하지만 현 추세대로라면 10~20년 안에 정치·경제·사회 등 전 분야에 큰 변화가 온다는 점에서 인구전문가들의 의견은 일치한다. (『중앙일보』, 2006.4.4.)

혼혈인이 우리 사회의 중요한 변수가 되는, 곧 정치세력화가 되는 것에 대한 경계의식을 근저에 깔고 있지만, 일단 이 같은 추정에 근거한다면 우리 사회는 오늘날과 같은 상황과는 크게 달라질 것이라는 것은 분명하다.

현실의 변화를 예민하게 포착해내는 문학과 예술은 나름대로 그것을 형상화해왔지만, 아직까지 밀도 높은 문제적 작품을 생산하고 있지는 못한 것 같다. 문학연구는 차치하고 문학교육연구로 눈을 돌려보면, 이른바 다문화주의와 다문화문학 관련 논의를 교육적으로 성숙하게 풀어내고 있지 못하다.

다문화주의에 대한 논의는 다문화 공존이 정치, 사회, 윤리적인 문제로 대두되었다는 인식에서 출발한다. 그런데 그것은 문화적 차이를 갖는 집단들이 존재한다는 사실을 전제로 하는 것이다. 이로 보면 우리에게는 소수자들의 다문화적 특성이 잘 드러나고 있는가라는 근본적인 질문을 던질 수 있다.

　다문화주의를 두고 여러 진영에서 각기 자기 식의 이해와 대응을 보이는 것을 보면 다문화주의의 정치적 모호성, 반대로 그로 인한 치열한 정치성도 드러나기도 한다. 다문화주의가 갖는 긍정적인 측면들을 받아들일 때, 그것을 표나게 표방하는 것은 다문화교육이다. 계층, 성별, 인종, 언어, 문화에 따른 차별적 교육으로부터 벗어나고자 하기 때문이다. 그러나 그것이 교육인 한 근본적인 한계를 지닐 수밖에 없기 때문에 과정 중인 채로 남는다. 다문화주의가 갖는 정치적 애매성은 다문화교육에도 고스란히 이어진다. 자본 진영이나 개혁 진영 모두 다문화교육을 필요로 하기 때문이다.

　다문화문학의 개념에 대해서는 여러 견해를 보여 준다. 문학교육 연구자들이 다문화문학의 개념을 활발하게 개진해왔지만, 다문화문학은 '인종에 의한 그리고 그들에 대한 것들'이라는 정의에서부터 '모든 문학은 다문화적'이라는 정의에 이르기까지 다양하게 논의되고 있다.

　다문화시대 소설(문학)교육의 주체와 원리를 설정함에 있어서, 주체의 이념태를 다문화 정체성에서 찾아보았으며, 소설(문학)의 수용과 생산의 방법적 원리로서 다양성, 평등성, 다층성, 복합성, 타자성, 대화성 등을 제시하였다. 그러나 구체적인 방법론에 대한 논의가 미흡한데, 이는 차후 과제로 삼고자 한다.

　한국 문학교육은 이제 민족국가를 전제로 한 것과 그것을 넘어선 것을 전제로 한 것 사이에 놓여 있다. 그것은 정치 사회 논리와 맞물려 있는 다문화문학의 향방에 관련되어 있을 것으로 보인다.

제2장 리얼리즘 소설교육과 방향 탐색

1. 머리말

돈키호테는 패배했다. 그리고 그 어떤 위대함도 없었다. 왜냐하면 있는 그대로의 인간의 삶이 패배라는 사실은 너무나 명백하기 때문이다. 삶이라고 부르는 이 피할 수 없는 패배에 직면한 우리에게 남아 있는 유일한 것은 바로 그 패배를 이해하고자 애쓰는 것이다. 바로 여기에 소설 기술의 존재 이유가 있다.[1]

밀란 쿤데라(Milan Kundera: 1929~   )는 소설이 존재하는 이유를 이렇게 말하고 있지만, 정보화시대, 미디어시대로 불리는 오늘날, 삶을 이해하는 통로에 근본적인 변화를 겪고 있다. 독자들은 긴 시간을 요구하는 소설과 같은 문자 매체보다는 아이콘, 이미지, 단문으로 된 매체들에 탐닉하거나 익숙해져가고 있다. 더구나 이른바 '문학의 위기'로 불리는 시

---

1) Milan Kundera, *Le Rideau: Essai en Sept Parties*, 2005, 박성창 역, 『밀란 쿤데라 커튼』, 민음사, 2010, 21쪽.

대에 독자들이 리얼리즘 소설을 붙들고 현실(삶) 문제에 대하여 사유하기를 기대하는 것은 참으로 어려운 실정이다. 이런 상황에서 리얼리즘 소설(서사, 문학)교육의 당위성을 실현하는 일은 그것이 교양 혹은 교육이라는 이름으로 실천되는 강제성만으로 버텨내기는 어렵기만 하다.

이런 변화는 실상 사용 가치보다는 교환 가치가 전면화된 현실과 맞물려 있다. 돈(화폐)이 가치의 척도가 된 시대에 사는 독자들의 감성은 무의식을 지배하고 있는 욕망과 자본을 확장해가는 권력의 행사에 따라 구조화되고, 따라서 그들의 독서 행위도 이해관계에 따라 조정되기 마련이다. 독자들이 문자 매체나 영상, 전자 매체 등을 통해 느끼는 리얼리티라는 것도 따지고 보면 이런 맥락에서 이해될 수 있다.

그러나 그럼에도 불구하고 최근, 소설 『도가니』와 영화 〈도가니〉 등에 대한 독자들의 반응을 보건대, 사회 현실의 문제를 다루고 있는 작품들이 여전히 읽히고 있다는 것은 이 시대에 리얼리즘과 관련한 문제를 숙고하게 한다. 독자들은 한편으로는 유희와 욕망의 세계에 탐닉하면서, 다른 한편으로는 자아정체성 형성을 위해 정서적 · 정신적으로 고군분투를 할 뿐 아니라, 정의롭지 못한 위험사회에 대한 성찰적 기획을 도모하고 있는 것도 현실인 듯하다.[2] 이것은 어쩌면 인간의 근본적인 성격을 나타낸다고 볼 수 있겠는데, 왜냐하면 그것은 근대 리얼리즘을 하나의 사조로서 등장한 일시적인 문학운동이 아니라 작가의 세계관과 관련된 정신적 지향과

---

2) A. Giddens, *Modernity and Self-Identity*, 1991, 권기돈 역, 『현대성과 자아정체성』, 새물결, 1991.

방법으로서의 삶의 재현 방식으로 볼 때, 리얼리즘은 이런 독자들의 근본적인 성향과 맞닿아 있기 때문이다.

그런데 르네 웰렉(René Wellek)이 단순화했던 것처럼 '당대 사회 현실의 객관적 묘사'로서의 리얼리즘은 우리 근대 문학 초기 발전과정에서 보여주었던 계몽성이 약화되고, 인식론적인 기반이 심각하게 도전받고 있다. 이 시대는 소설이 공공 영역을 담당하는 주된 매체가 아니며, 절대적인 객관적 현실도 더 이상 존재하기 어렵게 되었다. 눈을 돌려 사회와 교육 현실을 보면, 오늘날 독자와 학습자에게는 작품 읽기가 유희성이나 문학 지식 학습 차원을 벗어나지 못하고 있다고 볼 때, 문학교육의 현실성과 당위성을 심각하게 고려하지 않을 수 없다. 이런 점에서 리얼리즘[3] 소설과 그 교육에 대하여 살펴보는 일은 각별한 의미를 지닌다고 하겠다.

그간 리얼리즘 소설에 대한 논의는 꾸준히 진행되어 왔거니와, 리얼리즘 소설교육에 직간접적으로 관련된 논의도 적지 않은 편이다.[4] 리얼리즘 소설을 담론 차원에서 접근하거나,[5] 학습자와 관계를 중시한 바 있다.[6] 박사논문에서는 리얼리즘 소설의 세계관,[7] 이데올로기[8] 등을 다루었고, 석사논

---

3) 이 글에서 방법적 인식적 함의를 포괄하는 용어로 리얼리즘을 살려 쓰도록 한다.
4) 공종구, 「소설이해의 사회학적 방법」, 『현대소설론』, 평민사, 1994; 한점돌, 「리얼리즘과 모더니즘—소설의 계열성」, 『현대소설의 이해』, 새문사, 1999 등.
5) 우한용, 「리얼리즘 소설의 문학교육적 해석」, 『국어국문학』 112권, 국어국문학회, 1994.
6) 김중신, 「리얼리즘의 문학교육적 磁場」, 『표현』 22호, 표현문학회, 1992.
7) 박대호, 「소설의 세계관 이해와 그 문학교육적 적용 연구」, 서울대박사논문, 1990.
8) 김상욱, 「소설 담론의 이데올로기 분석방법 연구」, 서울대박사논문, 1995.

문에서는 전형,[9] 작중인물,[10] 아이러니[11] 등을 다루었다. 이들 연구들은 리얼리즘 소설이 학습 현장에서 교육되고 있음에도 불구하고, 그에 대한 교육적인 연구가 본격적으로 진행되지 않았던 상황에서 리얼리즘 소설을 교육에서 전면적으로 문제 삼고 있다는 의의를 지닌다. 그러나 이들 연구들은 리얼리즘 관련 이론이나 개념을 작품을 통해 분석 적용함으로써 정작 교육의 주체라든가 방향 등에 대한 논의가 상대적으로 약화된 측면이 있다는 것을 부인하기 어렵다. 초창기 소설교육 연구 상황을 볼 때 그 성과를 인정할 수 있는 일이기는 하나, 그 후 한 세대를 넘고 있는 오늘날 교육 주체들이 처한 맥락으로 보면 리얼리즘에 대한 검토와 더불어 새로운 방향을 모색하는 일이 절실하다. 따라서 여기에서는 리얼리즘의 개념, 리얼리즘 소설의 전개과정, 리얼리즘 소설교육방법 등을 살펴보고, 리얼리즘 소설교육의 방향과 서사교육의 과제를 살펴보게 될 것이다.

2. 리얼리즘의 개념과 리얼리즘 소설의 전개

1) 리얼리즘의 개념

아브람스(M. H. Abrams)에 의하면 리얼리즘(寫實主義)은 두 가지 의미로

---

9) 김상욱, 「현실주의론의 소설교육적 적용 연구—전형 개념을 중심으로」, 서울대석사논문, 1992.
10) 최인자, 「작중인물의 의미화를 통한 소설교육 연구」, 서울대석사논문, 1993.
11) 김성진, 「아이러니를 통한 소설의 현실 인식 연구」, 서울대석사논문, 1994.

쓰인다. 하나는 특히 소설에 있어서의 19세기의 문학운동이고, 다른 하나는 시대에 관계없이 문학에 인생을 재현시키는 방법이다. [12)

이상섭은 리얼리즘을 다음과 같이 아브람스보다 상세히 구분하고 있다.

(1) 작품의 어떤 부분에서 외부 사실에 대한 세밀하고도 정확한 재현을 기하는 것, 즉 사실 묘사의 수법을 간간이 이용하는 것.
(2) 작품 전체의 형성 원리이며 예술적 의도로서의 사실주의. 이 경우는 사실(事實)주의라고 적는 것이 옳을 것이다. 이것은 인생관과 관련된 보다 철학적인 태도이다.
(3) 19세기 중엽에서 말엽까지 사실주의적 철학(위의 2)에 따라 주로 소설 문학에 크게 성했던 경향, 즉 역사적 사조의 하나.[13)

'사실 묘사의 수법을 간간이 이용하는 것'은 인류 역사상 문학이 존재하면서 쓰였던 방법이다. 문학은 정도의 차이가 있을지언정 언제나 사실에 대한 재현을 어느 정도 구현해왔다고 볼 수 있다. 그렇기 때문에 고전주의, 낭만주의, 표현주의 등 역사 속에 등장하는 많은 사조들은 '사실'을 매개로 각기 나름대로의 주의를 주창했던 것이다.

19세기에 한정된 역사적 사조로서의 리얼리즘은 아브람스도 언급하고 있듯이 특별히 프랑스의 발자크(Honore de Balzac: 1799~1850), 스탕달(Stendhal, 본명-Marie Henri Beyle: 1783~1842), 영국의 엘리엇(George

---

12) M. H. Abrams, *A Glossary of Literature Terms*, 1981, 최상규 역, 『문학용어사전』, 보성출판사, 1989, 238쪽.
13) 이상섭, 『문학비평용어사전』, 민음사, 2001, 139쪽.

Eliot, 본명-Mary Ann Evans: 1819~1889) 등의 소설과 관련하여 일어난 문학의 경향을 말한다. 이것은 이전의 사조 특히 낭만주의와는 달리 사실을 묘사하는 방법을 보다 철저하고도 전면적인 것으로 개발했다. 리얼리즘은 있는 그대로의 현실을 정확히 모방하려는 태도를 지녔으며, 경험적인 사실에 입각하여 진리를 탐구하면서 영웅을 그리기보다는 현실 속에서 살아가는 보통 사람들을 그렸다. 그 시대 리얼리즘 작가들은 평범한 사람들과 사회를 자세히 관찰하고 그들이 살아가는 모습과 사회의 모순들을 다소 비관적으로 포착했던 것이다. 이 같은 리얼리즘이 대두한 배경에는 실증주의적 경험 철학과 시민사회 발달의 영향이 컸다.

그런데 리얼리즘을 부분적인 사실 묘사의 수법이나 역사상 등장한 사조에 한정하기보다는 작가, 문학, 현실이 맺고 있는 긴밀한 관계에 주목한다면, 그것은 이상(理想)이나 관념보다는 현실을 중시하는 사고나 행동양식에 따라 문학적으로 형상화하는 원리로 확대되기도 한다. 따라서 그것은 단순한 기법이나 소재의 문제가 아니라 작품 전체의 형성원리로서의 작가의 세계관, 태도와 직결된다. 이런 점에서 리얼리즘은 현실주의로 불리고 있다.

19세기 초에 제안되어 19세기 중엽에 사용되게 된 리얼리즘이라는 용어는 그 후 사용과정을 거치면서 모방이라는 개념과 마찬가지로 다양한 의미를 지니게 되었다고 타타르키비츠(W. Tatarkiewicz)는 다음과 같이 말하고 있다.

(1) 사실주의란 용어는 하나의 예술운동을 일컫는 명칭으로 만들어졌으나 곧 하나의 일반적인 개념을 지칭하는 용어가 되어버렸다. 그래서 오늘날에 와서는 예전에 그 용어를 알지조차 못했던 예술 및 문학적 구조에도 적용되고 있다.

(2) 이 용어는 실재에 대한 완벽한 충실성의 의미로 엄격하게 사용되고 있는가 하면(플라톤의 미메시스와 같이), 또 보다 자유로운 의미로도(아리스토텔레스의 미메시스) 쓰이고 있다.

(3) 이 용어는 전적으로 이론적인 의미로만 쓰이는가 하면 또한 마르크시즘에서와 같이 실천적 의미로도 사용된다. 마르크시즘에서는 사실주의(realism)를 실재의 반영으로 이해하는데 단, 이때의 반영이란 참되고 전형적일 뿐만 아니라 대중이 이해할 수 있고 사회적으로 유용하여 진보에 기여하는 경우에 해당하는 것이다.[14]

앞에서 인용된 것들과 더불어 이것은 리얼리즘이 그만큼 다양한 의미를 가진다는 것을 말해준다. 그렇지만 리얼리즘의 일관된 문제 곧 문학(예술)과 현실의 연관성을 둘러싼 논의는 아주 오래전에 시작되었다. 문학과 현실의 관계에서 볼 때 문학이 사회적, 역사적 상황과 밀접하게 관련되어 있다는 것이고, 문학은 현실을 어떤 식으로든 반영하기 마련이라는 것이다. 전자는 예술이 사회적 산물이라는 점에서 논의되어 왔고, 후자는 모방(Mimesis) 혹은 반영(Widerspiegelung)이라는 문제로 논의되어 왔다. 리얼리즘은 모방론에서 발전해온 문학적 세계관이라 할 수 있다.

많은 논란이 있음에도 불구하고 리얼리즘은 19세기 이후 오늘날까지

---

14) W. Tatarkiewicz, *A History of Six Ideas: An Essay in Aesthetics*, 1980, 손효주 역, 『미학의 기본 개념사』, 미진사, 1990, 332쪽.

문학에서 가장 중요한 경향 중 하나이다. 리얼리즘에 대한 다양한 논의 가운데 가장 많이 인용되는 것은 엥겔스(F. Engels: 1820~1895)의 다음과 같은 견해이다.

저는 어떤 것을 비판해야만 할 때 이야기(소설)가 혹시 충분하게 리얼리즘 적이지 못한 것은 아닌가하고 말하곤 합니다. 제 생각으로는 리얼리즘은 세 부의 충실성 이외에도 전형적 상황에서의 전형적 성격들의 충실한 재현을 의 미합니다.[15)]

엥겔스가 1888년 4월 초에 마르크스의 딸 친구인 마가렛 하크니스 (Margaret Harkness)에게 보내는 편지에서 리얼리즘은 '세부의 충실성 이 외에도 전형적 상황에서의 전형적 성격들의 충실한 재현'을 뜻한다고 밝 히고 있다. 이로써 세부의 충실함과 전형성이 리얼리즘의 핵심이 되었다. 엥겔스는 위의 편지에서 발자크의 『인간희극(La Comédie humaine)』(1842) 을 보고 "경제학적 세부 사실(예컨대 혁명 이후 동산과 부동산의 재분배) 에 이르기까지도 당대의 모든 직업적인 역사가, 경제학자, 통계학자들이 수집해놓은 저서에서보다도 훨씬 더 많은 것을 배웠"[16)]다고 평가한다. 염 상섭의 『만세전』(1922~1924)에서 일본을 유학 중이던 이인화가 서울로 향하던 중 대전역에서 잠시 정차하였을 때 주위를 둘러보는 장면은 독자 로 하여금 "1910년대 말 우리 민족의 상태에 대한 연민과 분노가 저절로

---

15) F. Angels, 「마가렛 하크니스에게 보내는 편지」, 1888, 김대웅 역, 『마르크스 · 엥겔스 문 학예술론』, 한울, 1988, 148쪽.
16) F. Angels, 위의 글, 149쪽.

일어나게 만든다. 대전역 주변의 인간 군상들과 거리의 모습들, 대합실도 없이 기차를 기다리는 사람들, 포승줄에 묶여 있는 죄수들, 특히 젖먹이를 업고 있는 여죄수, 일본 사람의 상점들로 변해버린 대전 거리, 헌병 곁에서 헤헤거리는 젊은이들로 이어지는 상세한 묘사"[17] 등은 세부의 충실함의 예이다. 이러한 세부의 충실함의 이면에는 '구더기가 끓는 무덤'과 같은 현실에 대한 강한 비판의식이 자리잡고 있다.

리얼리즘의 핵심 가운데 다른 하나는 전형이다. 엥겔스가 위에서 '전형적 상황에서의 전형적 성격들의 충실한 재현'이라 언급한 바 있듯이, 세부의 충실함을 넘어서 전형성을 획득하는 것은 전체적 · 본질적 · 사회적 · 법칙적인 것을 세부적 · 현상적 · 개인적 · 개별적인 것과의 통일 속에서 형상화하는 하는 것을 말한다. 가령 전형성을 획득한 대표적인 작품으로 이기영의 『고향』(1933~1934)을 들고 있는데, 주인공 김희준은 지식인의 전체적 · 본질적 · 사회적 · 법칙적 특성 즉 지식인 특유의 이중적 속성－이성적이고 합리적인 판단력과 미래 지향적인 태도를 지닌 지식인과 현실 속에서 존재론적으로 고민하는 특정한 개별인간, '이 사람'으로 그려지고 있다는 점에서 전형적 인물 형상화에 성공하고 있다고 평가되고 있다.[18]

리얼리즘 미학에서 세부의 충실성, 전형성과 함께 중요하게 논의되는 것으로 총체성(totality)을 들 수 있다. 일반적으로 총체성은 부분이 전체의 통일에까지 완전히 합일되어 있는 상태, 문학적으로는 부분을 통해 전체

---

17) 조현일, 「미메시스, 리얼리즘, 문학」, 『문학의 이해』, 삼지원, 2007, 49~50쪽.
18) 조현일, 위의 글, 57~58쪽.

를 보여줄 수 있는 상태를 말한다. 루카치(G. Lukács)는 총체성을 특히 문제 삼은 이론가이다. 루카치는 서사시(epic)와 소설(novel)을 다음과 같이 대비적으로 진술한다.

> 서사시는 그 자체로 완결된 삶의 총체성을 형상화한다면, 소설은 형상화하면서 숨겨진 삶의 총체성을 찾아내어 이를 구성하고자 한다.. 객관적 대상의 주어진 구조는(다시 말해 찾는다는 행위는 객관적인 삶의 전체성이나 이러한 전체성이 주체에 대해 갖는 관계가 그 자체로서는 조화를 이루고 있지 않다는 사실을 주체가 인식하고 있음을 말해주는 표현이다), 형식을 만들어 낼 생각이 있음을 말해주고 있다. 역사적 상황이 그 자체 속에 내포하고 있는 모든 간극과 심연은 형상화 속에 흡수되어져야만 하며, 구성이라는 수단에 의해 감추어질 수도 없거니와 또 감추어져서도 안 된다. 이렇게 해서 소설에 있어서 형식을 규정하는 기본적 의도(Gesinnung)는 소설 주인공의 심리로서 객관화된다. 즉 소설의 주인공은 언제나 찾는 자인 것이다.[19]

루카치가 보기에 총체성이 고대에는 밖으로 드러나 있었지만, 근대에는 은폐되어 생의 의미가 내재화되었다는 것이다. 고대에는 내부와 외부, 자아와 세계, 영혼과 행위, 개인과 사회 사이에 균열이 없었으나 근대에는 둘 사이에 균열이 생겨 소외 현상이 발생하고 그 결과 내면성이 강화된 삶이 시작되면서 현실은 이질적이고 무의미하게 되었다는 것이다. 서사시는 완결되어 있는 생의 총체성에 형식을 부여하기만 하면 되지만, 소설은 형식을 부여해서 생의 은폐된 총체성을 드러내야 하는 과

---

19) G. Lukács, *Die Theorie des Romans*, 1914/15, 반성완 역, 『루카치 소설의 이론』, 심설당, 1985, 76~77쪽.

제를 안게 되었다는 것이다.[20] 이것은 외연적 총체성과 내포적 총체성으로 구분되는바, 외연적 총체성은 인간에게 중요한 의미를 갖는지 관계치 않고 객관적 현실에 속한 모든 요소들이 포함된다. 이것은 예술의 가능성을 넘어서는 것으로 과학만이 이를 반영할 수 있는 것이다. 내포적 총체성은 인간의 총체성의 깊이와 관련되는 것으로 여기에서 인간이란 자신의 사회 역사적 환경의 적절한 요소들과 충분한 상호 작용을 해나가고 있는 인간을 말한다. 이것 역시 예술적 근사치로 도달할 수 있을 뿐인데, 그럼에도 불구하고 예술은 내포적 총체성의 획득에 우선순위를 두어야 한다고 한다. 이러한 인간의 총체성의 내포적 깊이는 자신의 구체적이고 개별적인 형식들을 잃지 않으면서 자신의 시대와 환경들에 관련된 모든 사회적 과정들을 자기 안에 담고 있는(전형적인 행동과 상황들 속에 있는) 전형적인 인물들을 통하여 획득된다. 이러한 과제를 수행하는 중심 인물은 문제적 주인공이다. 이로써 총체성은 전형성의 개념과 불가불리하게 된다.[21]

2) 서구의 모방 논의와 한국의 리얼리즘 소설 전개

모방(그리스어: 미메시스(mimēsis), 라틴어: 이미타티오(imitatio))이라는 말은 고대 이래 오늘날까지도 쓰이고 있지만, 그 개념은 변화를 겪었

---

20) 한점돌, 「총체성」, 『국어교육학사전』, 대교출판, 1999, 729~730쪽.
21) B. Kiralyfalvi, *The Aesthetics of G. Lukacs*, 1975, 김태경 역, 『루카치 미학비평』, 한밭출판사, 1984, 100~102쪽 참조.

다. 어원은 불확실하지만 미메시스라는 말은 호메로스(Homeros: B.C. 800~750) 이후에 나온 것으로, 오늘날의 의미와는 달리 디오니소스적 숭배의식 즉 무용, 음악, 노래 등과 같은 사제가 행하는 숭배 행위에서 비롯되었다. 여기에는 외면적 실재를 재생하는 의미가 아니라 내면적 실재를 표현한다는 의미로 쓰였다.

B.C. 5세기에 와서는 철학적 용어로 바뀌어, 외면세계의 재생을 지칭하기 시작했다. 소크라테스(Socrates: B.C. 470~399)는 회화와 조각과 같은 예술이 여타의 예술과 다른 것은 우리가 보는 것을 모방한다는 데에 있다고 함으로써 모방은 회화 및 조각과 같은 예술들의 기본 기능이라는 모방 이론을 정립했다.

소크라테스의 영향을 받은 플라톤(Platon: B.C. 429~347)은 진정한 실재인 이념을 생산하는 신(神), 이를 모방하여 생산하는 물질적 생산자, 그리고 이를 다시 모방하는 예술가의 관계에서 봤을 때, 모방은 진리에 이르는 바른 길이 아니라는 관점에서 예술에 의한 실재의 모방을 부정적으로 보았다(『국가론』 제10권). 역시 소크라테스의 영향을 받은 아리스토텔레스(Aristoteles: B.C. 384~322)의 모방에 대한 생각은 『시학』에 잘 드러나 있다.

> 시인의 임무는 실제로 일어난 일을 이야기하는 데 있는 것이 아니라 일어날 수 있는 일, 즉 개연성 또는 필연성의 법칙에 따라 가능한 일을 이야기하는 데 있다는 사실이다. 역사가와 시인의 차이점은 운문을 쓰느냐 아니면 산문을 쓰느냐 하는 점에 있는 것이 아니라, 한 사람은 실제로 일어난 일을 이야기하고 다른 사람은 일어날 수 있는 일을 이야기한다는 점에 있다.

따라서 시는 역사보다 더 철학적이고 중요하다. 왜냐하면 시는 보편적인 것을 말하는 경향이 강하고, 역사는 개별적인 것을 말하기 때문이다.[22]

그는 플라톤과는 달리 예술에 있어 모방은 사물을 있는 그대로보다 더 아름답게 나타낼 수 있거나 덜 아름답게 나타낼 수 있으며, 사물이 그렇게 될 수 있는 바의 상태 및 마땅히 그래야만 하는 상태를 나타낼 수 있다고 보았다. 따라서 아리스토텔레스에게 모방은 충실한 복사라는 의미가 아니라 실재로의 자유로운 접근이라는 의미에 가까웠다.

요컨대 B.C. 4세기 고전기에는 표현으로서의 제의적 개념, 자연과정의 모방으로서의 데모크리토스의 개념, 자연의 복제로서의 플라톤의 개념, 그리고 자연의 여러 요소들에 근거를 둔 예술작품의 자유로운 창조로서의 아리스토텔레스의 개념이 있었다. 이들 가운데 플라톤과 아리스토텔레스의 개념은 지속적인 영향을 발휘하고 있다.

헬레니즘(Hellenism) 시대에는 이들 이론을 유지하면서도 예술의 표현적 기능과 관념적인 기능 등도 강조되었다. 모방이론이 꽃 핀 것은 르네상스 시대에 이르러서이다. 이 시대에 이르러 모방이론은 더욱 정교해졌다. 17세기의 모방이론에서는 예술은 실재를 모방하지만 실재의 보편적이고 완전한 면을 모방하는 것으로 되었다. 18세기에 이르러서는 모방은 모든 예술에 해당하는 보편적인 속성으로 확대되었다. 18세기 후반에는 예술의 모방에 대하여 관심을 두지 않았으며, 19세기 초엽에는 관념론 철

---

22) Aristoteles, *Peri poietikes*, 천병희 역, 『아리스토텔레스 시학』, 문예출판사, 2006, 62~63쪽.

학이나 낭만적 예술에서 모방이론과는 다른 경향에 있었다.

그러나 19세기 중엽에 이르러 다시 실재에 대한 예술의 의존성을 강조하기 시작했다. 리얼리즘은 모방 혹은 미메시스를 대신하여 예술의 실재에 대한 의존성을 나타내는 용어로 이해되었다. 모방 논의는 리얼리즘을 둘러싼 논쟁으로 새롭게 시작되었다. 이 시기 리얼리즘 문학은 스탕달과 발자크의 시대였다.[23] 이 시기 리얼리즘은 객관적인 관찰에 입각한 현실의 충실한 재현과 더불어 당대 귀족사회 현실과 낭만주의에 대한 비판 즉 현실에 대한 비판과 가치 평가가 결합되어 있었다. 19세기 이래 리얼리즘은 이 두 가지 사이에 존재한다고 볼 수 있다. 전자의 극단에는 주관적 평가를 배제한 실험과 관찰에 입각하여 현실을 묘사한 졸라(E. Zola: 1840~1902)가 있으며, 후자의 극단에는 당위적인 사회를 그려야 한다는 즈다노프(A. A. Zhdanov: 1896~1948) 류의 사회주의 리얼리즘이 있다.[24]

한국의 리얼리즘은 크게 사실주의와 현실주의라는 두 번역어로 쓰인다. 사실주의는 현실을 있는 그대로 그린다는 사실적 모사의 개념으로 주로 문예사조와 관련되어 사용되고 있다. 이 용어는 리얼리즘의 형상화 측면을 설명해줄 수 있다는 긍정적인 측면도 있지만, 서술방법, 문체, 소재 선택 등 문학적 기법에 중점이 놓임으로써, 리얼리즘이 관념론과 대비되는 실재론이라는 점과 현실 인식, 현실성 등의 의미를 갖는 일상적 용법을 포괄하지 못한다는 한계를 지닌다. 더구나 1930년대와 1970~80년대

---

23) W. Tatarkiewicz, 손효주 역, 앞의 책, 311~334쪽.
24) 조현일, 앞의 글, 47~49쪽.

에 이루어진 리얼리즘에 대한 논의가 기법적인 측면보다 현실 인식과 문학적 실천의 방법 등에 대한 논의가 주된 것이었다는 점에서 사실주의보다는 현실주의라는 개념으로 접근할 때 명료해진다고 보기도 한다. 그러나 현실주의라는 개념도 현실 인식을 강조함으로써 리얼리즘의 한 면만을 강조한다는 점에서 한계를 지닌다.[25]

리얼리즘을 당대 현실의 객관적인 묘사로 볼 때, 현실에 대한 관심과 그 형상화에 관심을 둔 1920년대 초기 신경향파 문학에서 우리 리얼리즘 문학을 찾을 수 있다. 그러나 그것이 하나의 문학운동 차원에서 논의된 것은 카프 초기 리얼리즘론으로서 작품의 인식적 예술적 가치를 중시하는 팔봉 김기진의 변증법적 리얼리즘과 작가의 체험과 당파성을 중시하는 임화, 한설야 등의 프롤레타리아 리얼리즘(볼셰비키론)을 들 수 있다. 점차 후자가 카프의 지도 논리로 자리를 잡아가지만, 오히려 그것이 창작을 질식시키게 되고 식민지 정세의 악화와 함께 뚜렷한 해결책을 찾지 못하고 있는 와중에 사회주의 리얼리즘이 도입된다. '진실을 그려라'라는 명제로 요약되는 사회주의 리얼리즘의 창작방법론은 1932년 소련 예술조직위원회에서 창작방법으로 제시된 후, 1934년 작가동맹의 규약으로 자리 잡으면서 우리 문학계에도 소개된다. 그 과정에서 사회주의 리얼리즘의 국내 수용을 두고 대립을 하게 되었던바, 김남천은 사회주의 리얼리즘을 받아들인 임화, 한설야, 백철 등을 두고 정치주의를 방기하였다고 비판하면서, 엥겔스의 문학론과 루카치의 문학론 즉 비판적 리얼리즘에 대

---

25) 유철상, 「리얼리즘 개념 수용사 고찰」, 『한국 근대소설의 분석과 해석』, 월인, 2002, 256쪽.

한 탐구와 실천을 모색하게 된다.[26]

1930년대의 대중화론이나 창작방법 논의 등은 해방 후 '진보적 리얼리즘'으로 이어졌고, 이후 1960년대의 참여문학론, 1970년대의 민족문학과 민중문학, 1980년대의 노동문학론 등으로 그 맥을 같이한다.

인간과 사건의 역동적인 현실에 주목하는 리얼리즘은 사회적으로 격변기에 더욱 두드러진다. 구한말 이후 일제 식민지와 해방, 한국전쟁, 4·19, 유신체제 등 격변의 사회 역사적 현실 속에서 리얼리즘이 우리 근대문학의 큰 줄기를 이루고 있는 것도 그러한 리얼리즘의 성격과도 관련된다. 시민 혁명기와 맞물려 있는 서구 리얼리즘이나 사회주의 혁명기에 발흥한 사회주의 리얼리즘도 이와 무관하지 않다.

이광수 등의 계몽주의와 김동인 등의 유미주의 및 자연주의 계열의 소설과의 길항관계 속에서 자란 근대 리얼리즘 소설은 1920년대에 가서야 자리 잡게 된다. 비판적 리얼리즘으로는 현진건의 「운수좋은 날」(1924), 「고향」(1926), 염상섭의 「만세전」(1924) 등이 있고 사회주의 리얼리즘으로는 조명희의 「낙동강」(1927), 한설야의 「과도기」(1929) 등이 있다. 1920년대는 단편소설이 주를 이루었고, 장편소설은 1930년대 전반에 가서야 꽃을 피울 수 있었다. 이는 총체적 인식 능력이 1930년대 전반에 이르러서야 가능했기 때문이라 할 수 있다.

1930년대에는 염상섭의 『삼대』(1931), 채만식의 『탁류』(1937), 『태평천하』(1938), 「치숙」(1938), 김유정의 「만무방」(1935), 「봄봄」(1935), 「동

---

26) 유철상, 위의 글, 271~277쪽.

백꽃」(1936), 김남천의 「남매」(1938), 「무자리」(1938), 「경영」(1940), 「맥」
(1941) 등은 본격 리얼리즘뿐 아니라 풍자, 해학, 소년 주인공 등의 양식
과 장치를 통해 본격소설이 붕괴된 자리를 새로운 형식으로 창조해나갔
다. 또한 이기영의 「서화」(1933), 『고향』(1934), 한설야의 『황혼』(1936), 강
경애의 『인간문제』(1934) 등의 사회주의 리얼리즘도 창작되었다.

해방공간에서는 채만식의 「맹순사」(1946), 「논이야기」(1946), 「미스터
방」(1946) 등 일제하의 풍자소설의 맥을 이어 현실 비판의식을 강하게 담
고 있는 소설과 함께, 이근영의 「고구마」(1946), 김영석의 「폭풍」(1946),
「지하로 뚫린 길」(1946) 등의 일제하의 농민소설과 노동소설의 맥을 잇는
사회주의 리얼리즘이 창작되기도 하였다.

1950년대에는 전쟁의 폐허 속에서 이범선의 「오발탄」(1959), 손창섭의
「유실몽」(1956), 황순원의 「학」(1953) 등이 가까스로 리얼리즘의 맥을 이
어갔다. 1960년대는 전쟁의 상처를 딛고 산업사회로 진입해가는 시기로
김정한의 「모래톱 이야기」(1966), 박태순의 「무너진 극장」(1968), 이호철
의 『소시민』(1964) 등이 정통 리얼리즘을 계승해나갔다. 더불어 최인훈의
『광장』(1960), 박경리의 『시장과 전장』(1964), 이호철의 「판문점」(1961) 등
은 이 시기 분단소설의 대표적인 작품들이다.[27]

1970년대는 산업화가 가속화되면서 노동자, 농민, 도시빈민 등 소외 계
층이 사회 문제가 되고 이들의 사회적 투쟁을 억누르는 유신정권의 행태

---

27) 분단소설에 대한 논의는 다음 참조. 임경순, 「분단문제의 소설화 양상」, 『한국현대소설
사』, 삼지원, 1999.

를 드러내는 소설이 풍성하게 창작되는 전성기를 맞았다. 황석영의 「객지」(1971), 「삼포가는 길」(1973), 윤흥길의 「아홉켤레의 구두로 남은 사내」(1977), 조세희의 「난장이가 쏘아올린 작은 공」(1976), 현기영의 「순이삼촌」(1978), 문순태의 「징소리」(1978), 이문구의 「관촌수필」(1972) 등이 이 시기 대표적인 리얼리즘 소설들이다. 그러나 이들은 현실의 총체성을 드러내기보다 소외된 계층의 다양한 삶을 통해 당대 현실의 모순을 그리는 데에 주력하였다. 분단소설로는 황석영의 「한씨연대기」(1972), 윤흥길의 「장마」(1973), 「무지개는 언제 뜨는가」(1978), 김원일의 『노을』(1978), 이병주의 『지리산』(1972~1978) 등이 발표되었다.

1980년대에는 1979년의 12·12 사태와 연이은 1980년 광주항쟁 그리고 군사정권의 출범은 시민들의 항쟁과 이에 대한 억압으로 점철되는 가운데 윤정모의 「밤길」(1985), 「님」(1987), 「빛」(1988), 최일남의 「흐르는 북」(1986), 이문열의 「우리들의 일그러진 영웅」(1987), 양헌석의 「태양은 묘지 위에 붉게 타오르고」(1988), 김인숙의 「강」(1987), 현기영의 「위기의 사내」(1988), 박태순의 「밤길의 사람들」(1988) 등이 발표되었다. 양귀자의 「기회주의자」(1989), 김인숙의 「부정」(1989), 김향숙의 「덧문너머의 헝클어진 숨결」(1989) 등은 소시민의 기회주의적 속성을 비판하고 있다는 점에서 1980년대 후반 사회 전반에 걸친 보수화 경향을 반영하고 있다. 한편 이 시기 사회 상황과 이에 맞서는 사회운동은 카프 문학을 계승한 정화진의 「쇳물처럼」(1987), 방현석의 「내딛는 첫발은」(1988), 「새벽출정」(1989), 홍희담의 「깃발」(1988), 「이제금 저 달이」(1989), 안재성의 『파업』 등 사회주의 리얼리즘의 부활로 나타났다. 1980년대는 분단소설의 전성기로 김원일의『불의 제전』(1980~82),『겨울골짜기』(1987), 이문열의『영웅시대』(1984), 조정래의『태백산맥』(1986~1989) 등이 창작되어 남북한의 분단 현실을 총체적으로 조망하였다.

1990년대 초 즉 1991년 12월 25일 소비에트 연방의 붕괴는 민족문학뿐 아니라 리얼리즘 문학 전체의 위축을 더욱 가속화시켰다. 최윤의「회색 눈사람」(1992), 공지영의「인간에 대한 예의」(1993) 등과 같은 후일담소설이 명맥을 이어갔다. 정화진의『철강지대』(1991)가 발표되기는 하였지만 사회주의 리얼리즘 역시 1990년대 이후 활발하게 창작되지 않았다.

1990년대 이후에는 과거와는 달리 외면적으로 드러나는 권력의 모습보다는 생활 속에 침투하는 미시 권력 즉 새로운 방식의 자본주의 지배 방식과 삶의 변화된 모습을 포함한 사회에 대한 인식과 그것의 소설적 형상화를 모색하는 다양한 시도가 이루어지고 있다.[28] 탈중심, 인간의 다원적 삶을 중시하면서 주체의 해체, 탈이념, 주관적 정서를 중시하는 포스트모더니즘 등은 이 같은 상황을 반영한 것이다. 이러한 시점에서 실천문학사는 '다시 문제는 리얼리즘이다'를 주제로 심포지엄을 개최하면서 한국 사회의 리얼리즘의 성격과 방법론 그리고 리얼리즘의 활로 모색 등을 논의한 바 있다.[29]

---

28) 나병철,『근대성과 근대문학』, 문예출판사, 1995, 133~144쪽.
29) 토론회는 1991. 9. 27.『실천문학』 창간 10주년을 기념으로 이루어졌다.

3. 리얼리즘 소설교육의 탐색

1) 교육과정과 리얼리즘 소설교육 논의

리얼리즘 교육의 현황을 살펴보기 위해서는 우선적으로 국어 교육과정을 살펴볼 필요가 있다. 교육과정은 추상적이고 포괄적으로 진술되기 때문에 리얼리즘과 관련된 용어들을 직접적으로 언급하고 있지는 않다. 현재 최근에 공포된 2011년 국어과 교육과정(교육과학기술부 고시 제2011-361호) 중 선택 교육과정에 속하는 〈문학〉 과목에 제시된 내용 체계와 세부 내용을 보면 다음과 같다.

[문학의 수용과 생산]
(1) 섬세한 읽기를 바탕으로 작품을 다양한 맥락에서 이해하고 감상하며 평가한다.
(2) 작품은 내용과 형식이 긴밀하게 연관되어 이루어짐을 이해하고 감상하며 창작한다.
(3) 다양한 매체로 구현된 작품의 창의적 표현 방식과 심미적 가치를 문학적 관점에서 이해하고 수용한다.
(4) 문학이 예술, 인문, 사회 등 인접 분야와 맺고 있는 관계를 이해한다.
(5) 다양한 시각과 방법으로 작품을 재구성하거나 창작한다.
(6) 작품을 비판적, 창의적으로 수용하고 이를 발표하며 서로 평가한다.

[한국 문학의 범위와 역사]
(7) 대표적인 작품을 통해 한국 문학에 나타난 전통과 특질을 이해한다.
(8) 한국 문학작품에 반영된 시대 상황을 이해하고 감상한다.

(9) 한국 문학 갈래의 전개와 구현 양상을 통하여 한국 문학의 개념과 범위를 이해한다.

(10) 보편성과 특수성의 관점에서 한국 문학과 외국 문학을 이해한다.

[문학과 삶]

(11) 작품의 이해와 감상의 결과를 자신의 삶과 관련하여 내면화한다.

(12) 문학 활동을 통하여 창의적인 사고를 배양하고 이를 표현한다.

(13) 문학을 통하여 자아를 성찰하고 타자를 이해하며 삶의 다양성을 이해하고 수용한다.

(14) 문학 활동을 통하여 우리 사회의 다양한 공동체와 문제의식을 공유하고 소통한다.

문학에서 리얼리즘 소설(문학)이 차지하는 위상을 고려해볼 때 리얼리즘 소설은 위에 제시된 세 영역 어느 곳에서나 매우 비중 있게 다루어질 수 있다. 리얼리즘 소설(문학)의 수용과 생산, 리얼리즘 소설(문학)의 범위와 역사, 리얼리즘 소설(문학)과 삶의 문제들은 꼭 다루어져야 할 내용들이다.

특히 문학 과목에서 '문학을 통하여 인간과 세계를 총체적으로 이해'하는 것을 제시한 목표는 총체성 측면에서 문학교육의 큰 방향을 제시하고 있다는 점에서 중요한 의미를 갖는다. 문학교육에서 총체성과 관련된 '삶의 총체적 체험', '삶의 총체적 이해'는 문학교육에서 일관되게 주장되어 온 목표 명제이다.[30] 총체성은 "인간 삶의 총체성을 전제로 총체성이 상실된 현대의 상황을 비판하고, 총체성이 파괴된 현실에서 총체성을 어떻

---

30) 이것은 문학교육의 의의를 상상력의 세련, 삶의 총체적 체험, 문학적 문화의 고양으로 설정한 『문학교육론』(구인환 외, 삼지원, 2007)에 집약되어 있다.

게 회복할 것인가 하는 윤리적 깨우침을 가질 수 있도록 하는 교육적 의의"와 "미학적으로 문학 예술의 체험이 삶의 총체성 체험과 연관된다는 깨달음을 얻는 데에도 유용한" 교육적 의의가 있는 것이다.[31] 총체성은 경험범위의 총체성, 경험의 유기체적 총체성, 사회·역사적 총체성 등을 포괄하는 개념인 것이다.[32]

교육과정을 반영한 교재에서는 이러한 문학 과목의 목표를 충실히 반영하도록 해야 한다. 교육 현장에 직접적으로 영향을 주는 것은 교육과정에 따라 만들어진 교과서이다. 그런데 2011 교육과정에 따른 교과서가 아직 출간되지 않았기 때문에, 기왕에 출간된 7차 혹은 2007 개정 문학 교과서를 보면 리얼리즘을 본격적으로 다루고 있는 것을 찾기 쉽지 않다. 다루었다고 해도 문예사조로서의 사실주의를 세계 문학의 흐름 속에서 간략히 설명하거나 부록에서 문학 용어 설명에서 다룬다. 또한 인물교육에서 전형적 인물을 간략하게 소개하는 정도로 다루고 있다. 학문적인 연구와 현장의 실천이 어긋나는 부분이다.

우한용은 전형, 문제적 인물, 세계관, 계층, 대상의 전체성 등이 장편소설과 관련하여 중요한 개념으로 정립되어 있으며, 이러한 개념들은 소설의 수용과 창작에도 중요한 요소들임을 강조한 바 있다.[33]

---

31) 한점돌, 앞의 글, 731쪽.
32) 구인환 외, 앞의 책, 60~68쪽.
33) 우한용, 「소설교육의 기본 구도」, 『소설교육론』, 평민사, 1993. 『소설교육론』에는 소설교육의 구조, 목표, 장편소설 및 단편소설 교육의 방법, 전형, 인물, 세계관, 담론(다성성, 언어), 비평(신비평, 포스트모더니즘), 매체 등이 폭넓게 논의되어 있다.

이와 관련하여 리얼리즘 소설을 소설교육 차원에서 연구한 논의들은 매우 다양하다. 이 가운데 몇 가지를 소개하면, 우선 전형 개념을 소설교육에 적용한 논의를 들 수 있다. 김상욱은 리얼리즘을 현실주의론의 관점에서 보고 전형이론, 전형 개념의 형성과정, 교육과정과 교재 등을 고찰한 뒤에 이기영(1895~1984)의 『고향』에 전형 개념의 소설교육적 적용을 시도한다.[34] 엥겔스와 루카치(G. Lukács: 1885~1971) 등의 논의에 힘입어 "전형의 문제는 현실주의의 본질적인 표지로서 현실의 인식적 계기와 가치평가적 계기를 동시에 아우르는 미학적 범주로서, 형식범주이자 내용범주이기도 한 것이다. 그리고 구체적인 작품 속에서 현상할 때에는 역사적 전망을 기저로 하여, 세부 묘사, 전형적 상황, 전형적 인물의 내적 관계로 구축되는 것으로 정리할 수 있다."고 한다.[35] 이를 바탕으로 전형교육의 방법을 제시하였다.[36]

---

34) 김상욱은 리얼리즘이 예술의 사조나 형상화의 원칙을 의미하는 양식이 아니라 방법이라는 사실에 근거를 두고 현실주의라는 용어를 사용한다. 이때 방법이란 세계를 예술적으로 전유하는 과정을 방향 조절하는 원리들의 체계를 의미한다. 현실주의는 객관적 존재로서의 현실과 그 인식가능성을 전제로 예술의 현실 반영 능력과 현실 구성 능력을 정점에 두고자 하는 리얼리즘 본래의 의미를 충실하게 회복시켜줄 것으로 본다. 김상욱, 앞의 글, 1992, 10쪽.

35) 김상욱, 위의 글, 1992, 25쪽.

36) 김상욱, 위의 글, 67~78쪽.
   1) 전형적 상황. ① 시간과 장소를 의미하는 외적 배경을 찾는다. ② 시간과 장소에 따르는 역사상을 재구성한다. ③ 원경을 찾는다. ④ 근경을 찾는다.
   2) 전형적 인물. ⑤ 전반적인 상황의 변모과정을 재구성한다. ⑥ 상황의 변모에 따른 인물의 변모과정을 도출한다. ⑦ 주요인물의 전형성을 평가한다. ⑧ 작품의 전형성이 보여주고 있는 가능성과 한계를 작가의 세계관과 결부시킨다.
   3) 전망의 형상화. ⑨ 작가는 어떠한 인물, 어떠한 행위를 가장 높이 평가하고 있는지를

한편, 리얼리즘 소설에서 작중인물에 주목하여 소설교육의 방법을 모색한 논의가 있다. 최인자는 리얼리즘 소설론 가운데 특히 루카치, 골드만(L. Goldmann:1913~1970) 등의 이론에 입각하여 소설교육의 방법을 탐구한다. 소설은 자본주의 사회에 대한 비판적 대립의 형식으로 문제적 인물(Problematic Hero)을 핵심으로 삼고 있다. 그것은 소설다운 소설의 요건으로서 문제적 개인이야말로 "근대소설 형상화의 구성적 계기인, 이상과 현실, 세계와 자아, 사회와 개인의 대립구조와 '그럼에도 불구하고'(Trozdem) 세계에 대항하는 가치 부여과정을 보여줌으로 소설의 의미 있는 구조를 만들어 가기 때문"[37]이라고 한다. 그녀는 문제적 인물인 주인공이 세계와 대결하는 양상을 분석하여 성장구조 소설과 환멸구조 소설로 유형화한다. 전자는 주인공이 환경과의 대결에서 자신의 이념을 발전시키며 현실의 문제를 해결하려고 노력하며, 그 과정에서 주인공은 현실과 이념의 조화를 모색하는 성장의 과정을 체험한다는 것이다. 이 유형에 강경애의 『인간문제』, 이기영의 『고향』, 김남천의 『대하』 등을 들고 있다. 후자는 주인공의 이념의 현실과의 대결에서 깨지거나 좌절하게 되는 유형이다. 여기에는 한설야의 『황혼』, 채만식의 『탁류』, 『태평천하』 등이 속한다. 소설 독서방법을 설계하기 위해 이들 유형에 따라 문제적 인물과 훼손된 인물로 유형화하고, 작중인물과 수용자의 거리 조절에 의한 내면화를 위해 동화의 감정이입에 의한 성장구조 소설 읽기, 거리두기의 비판

찾아낸다. 작가의 가치평가와 학습자의 가치평가를 공공연하게 비교하도록 한다.
37) 최인자, 앞의 글, 1993, 20쪽.

에 의한 환멸구조 소설 읽기 방법을 제안한다. 요컨대 성장형 주인공 소설은 동화의 방식으로, 환멸형 주인공 소설은 거리두기의 방식으로 독서할 것을 제시하고 있다.[38]

한편 우한용은 리얼리즘 소설을 종래의 주제 중심으로 해석하는 편향성을 비판하고 담론의 방법론으로 접근할 것을 제안하고 있다. 소설의 형상화와 예술성을 동시에 파악하는 소설교육이 되기 위해서는 소설의 미세구조에 해당하는 담론 차원을 고려해야 한다는 것이다. 소설은 담론 주체들이 대상을 나름의 방식으로 수용하고 의식을 드러내고 이념을 실천하는 역동적인 담론 조직체이다. 소설은 담론들이 경쟁관계 속에서 서로 대결할 뿐 아니라, 시대상을 구체화하며 작가의 세계관을 반영함으로써 소설의 전체성을 형상화한다. 또한 소설은 당대 담론 경쟁 체계 가운데 하나의 장을 형성하고 있다. 이러한 속성을 지닌 소설은 수용자의 이데올로기에 의해 재구성되는 이중적인 속성을 지닌다. 이러한 소설의 담론에 대한 논의는 부르디외(Pierre Bourdieu: 1930~2002)의 상징자본론, 바흐친(M. M. Bakhin: 1895~1975)의 대화이론, 지마(P. V. Zima)의 이데올로기론, 오스틴(J. L. Austin)의 화행론(Speech act theory) 등을 폭넓게 수용한 결과로서 소설교육의 새로운 방법론의 가능성을 보여주었다.

이러한 관점에서 이기영의 『고향』을 검토했을 때 삶의 구체성을 형상화하는 데에는 어느 정도 성공했다고 볼 수 있으나 작가의 이념이 전체에 통합되지 못하는 불균형을 초래함으로서 소설교육의 대상으로서는 한

---

38) 최인자, 위의 글, 1993.

계를 지닐 수밖에 없다고 본다. 구체적으로 리얼리즘의 형상화의 원리 즉 선택원리로는 대화적 시각의 담론을, 전망의 원리로서는 독백적 담론을 보인다는 것이다. 담론을 중심으로 한 소설교육의 차원에서는 이러한 소설들은 비판적인 태도로 수용해야 한다. 작가의 문학적 장과 독자의 문학적 인식의 장이 마주지는 역동적인 장으로서의 소설담론을 매개로 문화적 이념을 실천하는 것이 소설교육의 진정한 모습이자 방향이라는 것이다.[39] 이는 소설교육은 "소설의 담론적 역동성 가운데 수용자가 담론의 주체로 자리잡으면서 메타담론을 구성하는 과정과 그 결과로 이루어지는 비평적 감수성의 형성을 목표로 한다"는 명제로 수렴된다.[40]

리얼리즘 소설교육의 방법론 가운데 소설의 내적 형식에 주목하는 논의가 있다. 김성진은 루카치의 소설론과 폴 드 만(Paul de Mann)의 희극론에 입각하여 소설의 내적 형식으로서의 아이러니를 적용하여 소설 해석의 원리를 도출하고 있다. "소설의 내적 형식은 주체와 객체, 공과 사, 일과 여가가 분리되는 근대의 역사적 조건 속에서 인물의 이상과 현실의 화해를 창출하기 위한 구성의 원리"[41]로 정의된다. 인물의 아이러니는 궁극적으로 자기 자신에 대한 비판을 통해 현실을 인식하고자 하고, 극적 아이러니는 타자에 대한 비판을 통해 현실을 인식한다는 것이다. 전자에는 『삼대』, 『광장』 등이, 후자에는 『태평천하』, 「치숙」 등이 해당된다.[42]

---

39) 우한용, 앞의 글, 1994, 399~430쪽.
40) 우한용, 위의 글, 428쪽.
41) 김성진, 앞의 글, 1994, 17쪽.
42) 김성진, 위의 글.

한편 김중신은 리얼리즘은 자본주의 체계 자체의 극복에 이바지해야 한다는 백낙청의 견해에 따라 리얼리즘을 현실 대응의 한 방안으로서의 의의를 인정하고, 리얼리즘의 문학교육적 적용을 시도하였다. 그는 리얼리즘의 교육적 수용도 리얼리즘의 현실적 대응방안의 한 양상으로 고려해야 한다고 주장한다. 이를 위해 리얼리즘이 개념적 지식으로서가 아니라 그 근본정신이 문학교육의 장에서 역동적으로 실천될 때 문학교육적 의의를 지닌다고 한다. 가령 리얼리즘의 성공작품으로 평가되는 이기영의 『고향』이나 이용악의 「낡은 집」이 학습자가 당면하고 있는 현실적인 고민과 연결되지 않는다면 그에 대한 의미도 관념적 지식으로 전락할 가능성이 있다고 본다.[43] 그리하여 그는 내용적 요소와 유기적으로 결합된 방법적 요소를 다음과 같이 제시하고 있다.

첫째 작가의 세계관 형성과정에 참여할 수 있는 리얼리즘의 교육과정이나 작품의 당대적 의미가 현재의 의미로 환기되며, 나아가 학습자 자신의 의미로까지 승화되는 것이 요구된다.
둘째, 이를 실현시키기 위한 교육과정은 문학교육의 목표에 합치될 수 있도록 교육의 방법적 원리에 입각하여 작품의 내용적 요소가 학습자의 인지적 발달수준에 따라 선택, 배치되어야 할 것이다.
셋째, 이상과 같은 문학교육적 리얼리즘이 객관적 지식으로서가 아니라, 학습자에게 직접 체험적으로 다가갈 수 있는 교수방법이 필요하다.[44]

이를 위해 "작품의 당대적 의미가 현재적 의미로 다가갈 수 있도록 작

---

43) 김중신, 앞의 글, 1992.
44) 김중신, 위의 글, 178~179쪽.

품을 상호 주체적으로 재해석, 재평가하는 교수방법을 통해 리얼리즘의 교육과정(curriculum)과 세계관의 형성과정에 참여함으로써 작가의 고민이 학습자에게 내면화되는, '닫힌' 교육이 아니라 '열린' 교육이어야 하며, 궁극적으로 이 두 요소가 상호 유기적으로 결합되어 리얼리즘을 수많은 사회적인 대화로 인식하는 태도를 가져야"[45] 한다고 보았다.

2) 공감으로서의 리얼리즘 소설교육

오늘날 문학판 상황이 어떻든 간에 리얼리즘이 위축되어 있다고 진단하는 것은 피할 수 없는 듯하다. 앞에서 언급된 '다시 문제는 리얼리즘이다'라는 심포지엄의 주제가 말해주듯이 1980년대 이후 사회주의권의 붕괴와 자본주의의 전지구화 그리고 보수주의의 결집에 직면하면서 민족문학의 길을 모색하지 않을 수 없게 되었다. 리얼리즘에서 핵심 개념인 세부묘사의 충실성, 전형, 총체성 등이 전망과 긴밀하게 연결되어 있다고 할 때 전망의 상실은 리얼리즘 자체를 뒤흔들어 놓기에 충분하다. 더구나 세계화, 신식민지가 전면화되면서 포스트모더니즘, 포스트구조주의에 포획되고 있는 상황에서 리얼리즘은 그 방향을 새롭게 모색하지 않을 수 없게 되었다.

리얼리즘의 쇠퇴는 문화적 맥락에서 볼 때 '공동 경험의 축소, 공유 경험의 붕괴, 경험 교환 가능성에 대한 믿음의 상실' 등과 관련되어 있다는

---

45) 김중신, 위의 글, 179쪽.

한 평론가의 지적은 여전히 유효한 듯하다.[46] 식민지와 전쟁 경험, 분단 그리고 이에 따른 삶의 질곡은 독자들로부터 점점 관심의 밖으로 밀려나고 있다. 지구화시대 탈국가, 다문화가 논의되고 있는 시점에서 우리가 해결해야 할 가장 시급한 문제는 여전히 분단 현실이라는 관점을 견지할 때, 이 같은 현상은 사회적으로도 교육적으로도 바람직하지 못한 것이다. 따라서 앞에서 지적한 문화적 맥락과는 역으로 공동 경험의 확장, 공유 경험과 경험 교환 가능성의 확장을 꾀하는 방향으로 문학과 교육이 자리를 잡아가야 한다고 본다. 이를 매개하는 한 방법을 '공감'에서 찾고자 한다.

공감(sympathy)이라는 말은 함께(σύν)라는 말과 고통(πάθος)이라는 말에서 유래했듯이, 고통을 함께 느낀다는 의미를 지닌다. 리얼리즘의 정신을 현실을 고통스럽게 자각하고 그것을 통해 새로운 희망의 질서를 꿈꾸는 것[47]이라고 할 때, 이런 점에서 공감은 썩 어울리는 개념이다. 근대적 의미의 공감의 출현을 생각해볼 때, 봉건적 관계를 벗어나 "타자들의 삶이 맥락에 상상적으로 개입해서 자신의 감정을 식별해내는 관계지향적인 감각의 발생"을 의미하며, 이는 "성별과 계급과 무관하게 타자와 자신의 감정을 동등하게 여기며 이를 통해 관계를 만들어가는 공감의 출현"인 것이다.[48] 물론 이런 긍정적인 의미에서의 공감이 오늘날 주체의 우위에 입

---

46) 유종호, 「근대소설과 리얼리즘」, 『창작과비평』 39호, 1976, 241~242쪽.
47) 김상욱, 「리얼리즘—고통 혹은 희망의 미학」, 『다시 쓰는 문학에세이』, 우리교육, 1998, 184쪽.
48) 박숙자, 「근대국가의 파토스, '공감'의 (불)가능성—『검둥의 설움』에서 『무정』까지」, 『서강인문논총』 32집, 서강대인문과학연구소, 2011, 74~75쪽.

각한 동정으로 약화되어 가고 있는 현실을 부정할 수 없다. 그럼에도 불구하고 공감을 주목하고자 하는 것은 공감이 평등한 주체들이 형성해가는 상호성의 원리라는 점에서 모래알처럼 개별화되어 가고 있는 주체들로 하여금 타자들에 대한 관심과 공존, 나아가 연대성을 모색해갈 수 있는 방향과 방법을 제공해줄 수 있다는 점 때문이다.

공감을 통해 인류사의 방향을 제시하고 있는 제러미 리프킨(J. Rifkin: 1945~)은 E. B. 티치너(E. B. Titchener: 1867~1927)의 번역에 따라 공감의 '감(pathy)'은 "다른 사람이 겪는 고통의 정서적 상태로 들어가 그들의 고통을 자신의 고통인 것처럼 느끼는 것"을 뜻하며, 공감을 수동적인 동정과는 달리 "적극적인 참여를 의미하며 관찰자가 기꺼이 다른 사람의 경험의 일부가 되어 그들의 경험에 대한 느낌을 공유한다는 의미"를 갖게되었다고 본다.[49] 교육에 있어서도 공감의 확장과 참여는 학습자들의 중요한 발달 척도임을 강조하고 있다.[50]

그런데 '관망적 문화'에 침잠되어 있는 독자들은 문학(사진, 영화, 인터넷 등) 작품에 등장하는 인물의 고통에 과연 공감하고/할 수 있는가? 더구나 문학교육 현장에서 타인의 고통을 교육자료로 삼는다는 것이 어떤의미를 가질 수 있는가?

오늘날 독자들은 타인의 고통에 공감하기보다는 그것을 일종의 스펙터클로 소비해버리는 측면이 있다. 수전 손탁(Susan Sontag: 1933~2004)은

---

49) J. Rifkin, *The Empathic Civilization*, 2009, 이경남 역, 『공감의 시대』, 민음사, 2010, 19~20쪽.
50) 박성희, 『공감학 – 어제와 오늘』, 학지사, 2004.

잔혹한 장면을 통해 독자들이 연민과 메스꺼움으로 인하여 "당신이 그밖에 어떤 잔악 행위들과 어떤 주검들을 보지 못하고 있는지 물어보는 것을 회피해서는 안 된다"[51]라고 주장하면서 아무것도 할 수 없다는 무력감과 무감각함에서 벗어날 것을 호소하고 있다. 그렇다면 어떻게 그렇게 할 수 있을 것인가가 우리에게 주요한 관심사일 수밖에 없다.

4. 공유경험의 확장과 공감의 가능성

오늘날, 독자들에게 분단 현실 관련 경험의 폭이 축소되어 가거나 점점 희미해져 가고 있음은 부인하기 어렵다. 특별히 정치 현실과 맞물려 있는 교육을 보면, 그것이 명목상 아무리 인정도서제를 채택한다 해도 분단에서 기인하는 자의적 타의적 검열 기제로부터 자유로울 수 없다.

그럼에도 불구하고 교과서에서 분단 관련 소설을 다룬다는 것은 커다란 의미가 있다.[52] 그것은 학생들에게 교육적 의도에 따른 전쟁과 분단 관련 공유 경험 영역을 확장할 수 있는 계기를 마련할 수 있기 때문이다. 그러나 그렇다고 이것이 곧장 리얼리즘 소설교육의 성공을 보장하는 것은 아니다. 그것은 작품과 독자와의 소통과 공감을 확장하고 성공할 수 있어

---

51) Susan Sontag, *Regarding the Pain of Others*, 2003, 이재원 역, 『타인의 고통』, 2004, 33쪽.
52) 16종 국어 교과서에 실린 전쟁과 분단 관련 작품은 다음과 같다. 박완서, 『그 많던 싱아는 누가 다 먹었을까』; 윤후명, 「하얀 배」; 윤흥길, 「장마」; 최인훈, 『광장』; 박완서, 「겨울 나들이」; 윤흥길, 「무지개는 언제 뜨는가」; 윤흥길, 「종탑 아래에서」; 하근찬, 「수난이대」 등. 14종 문학 교과서에 실린 작품은 다음과 같다. 김원일, 「어둠의 혼」; 전상국, 「동행」; 오상원, 「유예」; 전광용, 「꺼삐딴 리」 등

야 하기 때문이다. 가령 전상국의 「동행」에서 볼 수 있는 전쟁 전후에 벌어진 최억구의 살인 행위에 대하여 독자들은 공감할 수 있으며, 또한 동행한 형사가 최억구에게 했던 용서라는 행위에 공감할 수 있는가? 작가가 의도한 전쟁이 남긴 비극과 그로 인해 고통받는 인물을 통한 독자와의 소통은 성공하고 있는가? 그것이 세부의 충실한 묘사, 전형적 상황과 인물, 총체성이라는 점에서 보면 미흡할 뿐더러, 이와 함께 독자와의 소통과 공감에서도 성공했다고 볼 수는 없지만(그가 득수와 득칠이를 반드시 죽여야만 했는가에 대하여 설득력 있게 충실히 묘사하고 있지 못하다), 적어도 이 소설이 교과서에 실려 있는 한 독자들에게 민족의 비극을 기억하게 한다는 점에서는 의의를 지닌다. 이것이 문학 윤리적 행위라는 것은 소설을 통해 기억한다는 것 자체가 민족의 비극적인 역사적 사실을 반추한다는 것이며 미래를 생각하게 하는 단초를 제공한다는 점 때문이다.

평자들로부터 분단 문제를 성공적으로 형상화하고 있다는 평가를 받고 있는 황석영의 중편 「한씨연대기」는 독자로 하여금 분단 문제를 남과 북 전체와 관련하여 생각하게 해준다는 점뿐 아니라, 소통과 공감의 문제를 제기하고 있다는 점에서 주목할 수 있다.

「한씨연대기」는 평양고보에서 평의전을 거쳐 교토 대학을 나온 산부인과 의사이자 교수인 한영덕이라는 인물이 남과 북에서 양심에 따라 살아가다 타락한 현실 속에서 비극적인 죽음을 맞이하는 일대기이다. 오직 진료와 가르치는 일에 충실하고자 했던 그에게 북에서는 총살형이 내려졌고, 그로 인해 가족과 이별해야 했으며, 그리고 남한에서는 그를 간첩과 의료법 위반으로 몰아 고통을 주었다. 독자들은 그가 왜 고통 속에서 살면서 비극적으로 생을 마감해야 했는지를 그의 일대기를 읽어나가면서 공감하게 된다.

북에서 당의 지시를 어겼을 때 그에게 찾아온 것은 가혹한 생활조건이었고, 양심에 따라 복부 파편상을 입은 열서너 살짜리 여자 아이를 살리려다가 급기야 총살을 당하게 된다. 기적적으로 살아남은 그가 선택할 수 있는 길은 남쪽이었으며, 그것도 거동이 불편한 어머니로 인한 가족과 생이별을 해야 했다. 총살을 당하는 장면이나 이별 장면은 충격, 분노, 비애를 자아내게 한다. 아들을 찾다가 불온분자로 고초를 겪기도 했으며, 먹고 살기 위해 동업한 의원에서 양심과 법을 지키다가 박가, 이가 등에 의해 간첩으로 무고를 당하고 고문을 당한다. 그것이 무죄임이 판명되었지만, 양심을 등진 그들은 한영덕을 의료법 위반으로 결국 감옥에 넣는다.

이상에서 볼 때 「한씨연대기」는 제목이 암시하듯이 한영덕이라는 인물의 삶의 이야기는 세부 묘사의 충실에서 성공하고 있을 뿐 아니라 분단 현실에서 살아가는 한 인물의 전형성과 상황의 전형성 그리고 상당한 수준의 내적 총체성을 획득하고 있다. 류보선은 그동안 분단의 상처를 다룬 소설들은 주로 이산의 고통을 다루었지만, 「한씨연대기」는 남북한 사회가 전쟁 후 진실과 객관적 사실을 왜곡하며 형성되는 과정을 밝혔으며, 이산의 고통뿐 아니라 악화가 양화를 구축하는 전도된 가치관이 만연하게 되는 현상도 밝히고 있다는 점에서 「한씨연대기」를 이전 분단소설보다 높이 평가한다. 또한 「한씨연대기」에 등장하는 문제적 주인공 한영덕은 양심을 지닌 유능한 의사로서 그가 어떻게 파멸되어 가는지를 그림으로써 진정성과 의사진정성 혹은 양심과 속물근성이라는 보편성까지 획득한 의의가 있으며, 「한씨연대기」가 분단 문제를 한국 사회 전체와 관련시켜 형상화한 거의 유일한 분단소설이라 평가한다.[53]

「한씨연대기」는 리얼리즘의 성취와 더불어 이야기를 통해 독자와의 소통을 시도하고, 독자들로 하여금 공감의 문제를 야기하게 한다는 점에서 주목된다. 독자들은 시류에 영합하지 않고 양심을 지키고자 했던 인물이 전쟁과 분단(체제) 속에서 철저히 파멸되어 가는 모습을 응시하면서 인물의 고통에 공감하게 되고 나아가 시대 현실을 인식하게 된다. 더구나 철저하게 파멸되어가면서도 시대의 폭력에 대항하는 양심을 지키는 용기를 지닌 인물을 보면서 독자들은 자신의 삶을 숙고한다는 점에서 공감을 넘어서는 가능성을 지닌다.

5. 공감의 방법적 원리와 연대성

공감이 계급, 계층, 성 등을 떠난 평등한 주체들이 형성해가는 상호성의 원리라는 점에서 보면, 우선 타자가 주체적인 인물로서 올곧게 설정되어야 한다. 이는 곧 타자에 대한 인정과 이해를 전제로 하는 것이다. 양심적 인물인 한영덕이 북에서도 남에서도 타자로서 인정받지 못하고 있을 뿐 아니라, 작품 말미에 등장하는 그의 딸 한혜자와의 관계에서도 그렇다는 것은 이 소설이 공감이 단절된 시대 현실을 여실히 반영하고 있음

---

53) 류보선, 「분단의 상처, 그 넓이와 깊이」, 『한국대표중단편소설50』, 중앙M&B, 1999, 212~215쪽.

을 보여준다. 이것은 "이별을 겪고 나서 체념한 사람들이 인생의 새로운 인연에 따라 살아갔는데, 그들의 버려진 기대와 함께 태어난 아이들은 자기네 이전의 삶을 일종의 우스운 농으로 받아들일 수밖에 없었다"[54]는 서술자의 말을 통해 단적으로 제시된다. 한혜자에게 아버지 한영덕은 '아는 게 별로 없었'고 '시름시름 허리를 앓거나 어쩌다 폭음을 하던 키 큰 남자라는 기억뿐이었'고, '술에 취해 헛소리를 하는 아버지를 구경하는 게 재미있었'으며, '아버지는 식구들과 말도 건네지 않고 항상 뿌루퉁하게 골난 사람처럼' 보였으며, '술이 깨었을 때엔 이상한 소리가 들린다며 손으로 두 귀를 꼭 막고 지냈'던 인물이다. 한영덕이 사망했다는 전보를 받고도 한혜자가 울지 않은 것은 '아버지의 죽음이 아닌-그이가 내포했던-시대를 새롭게 실감하고 있었기 때문'이었다.[55] 아버지 시대와는 다른 시대를 살아가는 자녀들이 아버지 세대가 겪었던 경험과 그들에 대한 기억을 '우스운 농', '따분한 기억'으로 본다는 것은 이해와 공감의 대상으로서의 타자로 성립해 있지 못하다는 것을 의미한다.[56]

따라서 소설 속 인물들의 소통, 공감을 살피는 것도 중요하지만, 학습자라는 교육 독자를 고려할 경우 독자와 인물 간의 소통, 공감을 고려할 필요가 있다. 독자가 한영덕의 삶과 시대 현실에 소통, 공감할 수 있었던 것은 분단 현실에 대한 충실한 묘사와 전형의 창조에 연유한 바가 클 뿐

---

54) 황석영, 「한씨연대기」, 『한국대표중단편소설50』, 중앙M&A, 1995, 209쪽.
55) 황석영, 위의 글, 209~210쪽.
56) 물론 작품 말미에 한혜자가 아버지의 유품 가운데 수첩을 들고 나가는 행위는 딸이 아버지의 삶의 흔적을 보겠다는 의지의 표현이기는 하지만, 암시 그 이상을 보여주지는 못한다.

아니라, 독자들이 인물에 대하여 취하는 지식, 태도와 관련되어 있다. 그러므로 독자들이 인물을 타자로서 응시하고 공감을 이끌어내기 위해서는 작품의 성과와 더불어 독자들의 능력이 함께 작용해야 하는 것이다.

또한 공감을 위해서 자기를 타자화하고, 타자를 자기화하는 방법적 원리를 고려할 수 있다. 양심을 지닌 인물이 파멸해가는 상황을 바라볼 때 그러한 상황에 처해 있는 인물에 적극적으로 참여하며 그 사람과 더불어 경험하고 그들이 겪는 느낌을 공유해야 한다. 나아가 타자와의 공감을 통한 느낌이 독자들의 삶 속으로 확장되기 위해서는 자신의 삶의 모습을 생각할 때 타자들의 시선을 고려해야 한다.

나아가 공감이 공존과 연대성으로 나아가기 위해서는 현실 속에 존재하는 타자(독자)들의 시선을 배려하고 나의 시선을 타자(독자)들이 공감할 수 있는 방법으로 확장해나가야 한다.

이러한 방법적 원리는 리얼리즘 소설과 서사에서 출발하여 경험의 공유와 확장을 통한 공존과 연대성을 모색할 수 있는 단초를 찾을 수 있을 것으로 보인다. 이런 점에서 연대성을 "'우리'라는 우리의 감각"을 확장시키려는 노력에서 연대성의 방향을 찾으려는 리처드 로티(Richard Rorty: 1931~2007)의 견해는 경청할 만하다.

> "우리는 단순히 인간 자체에 대한 의무를 가지고 있다"는 슬로건을 지키는 올바른 방법은 할 수 있는 한, 우리 자신을 일깨우는 수단으로서 "우리"라는 우리의 감각을 확장시키려는 노력을 끊임없이 하는 것이다. 이 슬로건은 우리로 하여금 과거의 특정 사건에 의해 설정된 방향으로 외삽하도록 권유한다. (…중략…) 우리는 주변화된 사람들, 즉 우리가 여전히 본능적으로 "우리"

라기보다는 "그들"로 생각하는 사람들을 관심 있게 지켜보아야 한다. 우리는 그들과의 유사성에 주목해야 한다. 이 슬로건을 제대로 독해하는 올바른 방법은, 우리가 현재 가지고 있는 것보다 더 폭넓은 연대성의 의미를 〈창조〉하도록 우리 스스로에게 권유하는 것이다.[57)]

6. 맺음말

지금까지 리얼리즘의 개념과 전개과정, 리얼리즘 소설교육의 몇 가지 방법적 모색, 그리고 새로운 대안으로서의 공감으로서의 리얼리즘 소설교육을 모색해보았다. 리얼리즘이란 다층적인 의미를 지닌 것이어서 어느 한 가지로 한정지을 수는 없지만, 특정한 시기나 기법에만 한정하지 않고, 문학과 현실과 관련하여 작가의 세계관과 문학적 형상화의 방법적 원리로 확장할 필요가 있다.

리얼리즘 소설교육을 보면 기존 논의에서 중요하게 제기되었던 세부의 충실한 묘사, 전형성, 총체성 등에 대한 교육적 실현에 대한 학문적 연구가 지속되어 왔다. 문학 과목에서 목표로 삼고 있는 인간과 세계에 대한 총체적인 이해는 리얼리즘이 문제 삼고 있는 것들을 내포하고 있다는 점에서 큰 방향을 제시했다고 볼 수 있다. 교육과정의 내용이 추상적으로 진술될 수밖에 없다는 점을 고려할 때, 교육과정의 내용은 교재나 교육 현장을 통해 구체적으로 구현되고 실천되어야 한다. 그러나 교과서나

---

57) Richard Rorty, *Contingency, Irony, and Solidarity*, 1989, 김동식 · 이유선 역, 『우연성 · 아이러니 · 연대성』, 민음사, 1996, 355쪽.

교육현장에서는 이를 충분히 구현하지도 실천하지도 못하고 있는 실정이다. 따라서 기존의 리얼리즘의 성과를 바탕으로 리얼리즘 교육을 보다 강화할 뿐 아니라, 다양한 리얼리즘 교육방법을 강구할 필요가 있다.

리얼리즘 소설을 공감의 문제에서 공존과 연대성을 모색하는 교육의 내개로 생각하는 것은 이러한 노력의 하나이며, 그것은 서사교육의 차원으로 더욱 확대되어야 한다.

서사라는 말은 허구적이든 사실적이든 사건을 다룬 일체의 이야기들을 일컫는다 할 때 그것은 소설에만 국한하지 않는다는 점에서, 서사교육에 이르면 소설교육은 확장되어 나간다.[58]

디지털시대인 오늘날 서사에 대한 관심이 증대하고 있다. 서사와 관련된 제반 현상들의 지적 체계를 일컫는 서사학(이론)은 오늘날의 다양한 서사 현상에 대하여 심층적인 분석과 대안을 제시하고 있다.

시대가 변하면서 등장한 다양한 서사매체들에 대하여 긍정적 혹은 부정적인 평가가 엇갈리고 있다. 그럼에도 불구하고 일련의 서사물들은 서사적 사고와 구조라는 큰 틀 속에서 생산된 산물들이다. 서사적 사고와 구조는 논증보다는 줄거리를 통해 인간의 삶을 인식하는 방식으로서 인간의 모든 서사적 행위의 근간이 된다.

서사는 음성·문자·다매체를 통해 다양하게 구현된다. 매체가 무엇이든지 간에 서사는 근본틀과 의미를 갖는다. 이는 공시적, 통시적으로 서사가 갖는 근본 현상으로서 시대의 변화에 따라 그 양상이 달라질 뿐이

---

58) 임경순, 『국어교육학과 서사교육론』, 한국문화사, 2003.

다. 구술시대의 음성 서사에 대한 관심은 오늘날 라디오, TV 등을 통해 새롭게 태어날 뿐 아니라 일상 속에서도 살아 있다. 문자 서사가 디지털과 영상 서사에 밀리고 있는 실정을 우려하기도 하지만, 문자 서사는 여전히 그 고유의 특성을 유지하고 있을 뿐 아니라 인터넷, 영상 등과의 창조적인 결합을 시도하고 있다.

우리가 참으로 우려해야 할 일은 서사의 본질적 기능 즉 반성적 · 윤리적 · 비판적 · 유희적 기능 등을 서사가 온전히 발휘하고 있는가이다. 이런 점에서 진정한 의미에서의 서사의 실현이라 보기 어려운 오늘날, 더구나 교환가치가 전면화되고 가치가 퇴락하는 현실 속에서 보다 적극적인 대응이 요청된다.

인공의 세계, 파편화된 세계, 환상적인 세계가 더 현실감을 자아냄으로써 독자들은 그러한 세계에 즉각적으로 반응하고 탐닉하고 침잠해들어가고 있는 것이 현실이다. 따라서 인간으로 하여금 인간을 위한 진정한 세계와 가짜 세계를 분별할 수 있는 능력을 갖도록 해서 인간이 겪는 고통을 독자/작가(학습자/교사)들이 공감하고 연대성을 확보할 수 있는 길을 모색하는 일이 리얼리즘과 서사교육의 과제이다.

> 서사란 인간 정신의 중심적인 기능이자 수준이다.[around the all-informing process of narrative, which I take to be (here using the shorthand of philosophical idealism) the central function or instance of the human mind.][59]

---

59) Fredric Jameson, *The Political Unconscious: NARRATIVE AS A SOCIALLY SYMBOLIC ACT*, Cornell University Press, 1981, 13쪽.

제3장 이광수 자전소설의 특징과 문화적 의미

1. 머리말

주지하고 있듯이 춘원(春園)은 한국 근대문학사에서 우뚝 솟아 있는 봉우리와 같은 존재이다. 그는 한국 최초의 근대 장편소설인『무정』을 위시하여 많은 분량의 소설, 수필 등을 쓴 작가로서 한국 문학사뿐 아니라, 춘원 개인사, 한국사에서도 문제적인 흔적을 남긴 인물이기도 하다.

춘원에 대한 연구는 1980년대 이후 본격화되었다. 그동안 박사논문 23여 편, 석사논문 300여 편, 단행본 15권을 넘어 섰고, 그와 그의 글에 대한 논문도 매우 많다. 따라서 이로 보면 그에 대한 연구가 상당 정도 축적되었다고 볼 수 있다.[1] 그러나 그의 방대한 문학적 업적과 행적에 비하면,

---

1) 2007년 춘원 관련 전문 학회가 창립되었다. 김용직 서울대 명예교수를 비롯해 황적인(서울대 명예교수), 이시윤(변호사), 최종고(서울대 교수), 윤홍로(단국대 명예교수), 이정화(춘원 딸) 등이 참석한 준비 모임을 거쳐 2007년 3월 16일 서울대 호암교수회관에서 학회 창립기념 학술발표회를 열었다. 학회지『춘원연구학보』제1호는 2008. 3. 10에 발행된 후

그와 그의 작품에 대한 연구는 아직도 미흡하거나 다루어지지 않고 있는 부분이 많다.

여기에서 다루고자 하는 자전소설『나―소년편』(생활사, 1947),『나―스무살 고개』(박문서관, 1948)의 경우도 춘원에 대한 연구에서 거의 다루어지지 않았다. 이는 소설 중심의 예술적 측면에서 보았을 때 이들 작품들이 상대적으로 관심 밖에 놓여 있었기 때문이 아닌가 한다.

전영택이『그의 자서전』과 『나―소년편, 스무살 고개』에 대하여 작품 해설을 하면서, 특히 후자에 대해서는 "작품적 가치는 춘원의 붓이 가장 원숙한 시기의 소산이라 언급할 필요도 없"다고 평가하였다.[2] 한용환은 박사논문에서『나―소년편』을 목적소설과 대비되는 예술소설로 다루면서 언어 예술가로서의 이광수의 면모가 유감없이 드러나고 있는 소설이라 평가하고 있다.[3] 이들은 대체로 춘원의 상기 작품들을 높게 평가하고 있음을 알 수 있다. 한편 김윤식은『나―소년편』,『나―스무살 고개』는 춘원의 가슴속 어두운 측면의 가능한 최대치를 드러냄으로써 자기 자신을 해방시킨 것이라 평가함으로써 개인의 성장사적 측면에서 의미를 부여하고 있다.[4] 또한 이광수의 자전적 문학에 대하여 전반적인 검토를 한 바 있는 방민호는 이광수의 자전적 글쓰기를 일기류, 기행 및 수

계속해서 발행되고 있다.

2) 전영택,「『그의 자서전』,『나―소년편, 스무살 고개』」,『이광수 전집 6』, 삼중당, 1971, 590~594쪽.

3) 한용환,「이광수 소설의 비평적 연구」, 동국대박사논문, 1984.

4) 김윤식,『이광수와 그의 시대 3』, 한길사, 1986, 1098쪽.

필류, 자전적 소설류, 자서전류로 나누었는데, 『그의 자서전』(「조선일보」, 1936.12.12~1937.4.30)과 『나−소년편』, 『나−스무살 고개』는 자전적 소설류에 속하는 것으로 보았다. 그는 이광수의 자전적 문학은 진정한 자기 인식보다는 관념에 의해 사실이 제약된 문학이 되었고, 자전적 소설은 그러한 허구를 정당화하는 방법적 수단으로 기능하고 있다고 비판적으로 평가하였다.[5] 이와 같은 평가는 연구자의 시각에 따라 편차를 보이는 것으로 이에 대한 보다 깊이 있는 논의가 이어져야 할 것이다.

여기에서는 그동안 논의를 소홀히 해왔던 춘원 이광수의 자전소설 『나−소년편』, 『나−스무살 고개』를 중심으로 자전소설의 형상화의 특성을 밝히고 그것이 갖는 문화적 의미를 검토하는 것을 목적으로 한다.

2. 자전소설로서의 『나−소년편』, 『나−스무살 고개』

우선, 사전에 제시된 자전소설의 정의를 본다.

'자전적 소설'은 한 개인의 삶을 탐색하는 전기가 허구적 소설 개념과 결합하며 발생한 소설 유형을 지칭한다. '자전적 소설'은 허구적 서사물이라는 점에서 '전기'나 '자서전'과는 근본적으로 다르지만 '허구'의 실제 성격은 작가 개인의 구체적 경험과 관련을 맺고 있는 경우가 흔하다. 작가는 예술적 목적을 강조하기 위해 자신의 개인적 경험의 어느 부분을 생략하거나 집중적으로

---

5) 방민호, 「이광수 자전적 문학에 나타난 작가의식 연구」, 『어문학논총』 제22집, 국민대어문학연구소, 2003.

강조하며, 혹은 필요하다면 어떤 부분들을 조작해내기도 한다.[6]

사전에 따르면 자전소설(Autofiction, Autobiographical novel)은 한 개인의
삶을 탐색한다는 점에서는 전기적 성격을 지니지만, 허구성을 지닌다는
점에서는 소설적 성격을 지닌다. 그런데 허구라는 것은 개인의 구체적인
경험과 관련되어 있다는 점에서 독특하다. 자전소설은 한 개인의 생애를
다루기는 하지만 대체적으로 유년기에서 청년기까지의 기간을 다룬다.
또한 자전소설은 방대한 양을 다루므로 단편소설 양식에는 적합하지 않
으며 한 인물을 둘러싼 시대적 상황, 일상사, 의식들을 치밀하면서도 다
소 장황하게 제시한다. 현대소설이 개인의 내면을 다루는 것이 특징이라
면 자전소설은 그러한 특징을 주도적으로 반영한 장르이다.[7]

자전소설은 작가가 직접 체험한 사실들이 소설의 기법과 수법을 빌어
서술된 글의 형식뿐 아니라 작가의 자전적 요소들이 허구적인 세계 속에
용해되어 표현된 소설 형식을 일컫는 넓은 개념으로 사용되고 있다.[8]

자전소설은 그 자체로 소설임을 선언하고 있지만 실제로는 저자의 삶
의 사건들과 관련되어 있으며, 텍스트 속의 저자와 실제 이름이 동일시되

---

6) 한용환, 『소설학 사전』, 문예출판사, 1999, 376쪽. 한용환은 여기에서 이광수의 「나−소년
    편」은 성인이 되기까지 한 소년이 겪는 정신적 고뇌와 비극적 체험을 소성하게 기록한 우
    리 문학의 대표적 자전소설이며, 박태순의 「형성」, 이문열의 『젊은 날의 초상』 등도 자전
    소설의 좋은 예로 본다.
7) 한용환 위의 책, 376~377쪽.
8) 류은희, 「자서전의 장르 규정과 그 문제−'역사기술'과 '시'로서의 자서전」, 『독일문학』 84
    집, 한국독어독문학회, 2002, 327쪽.

는 이야기를 말한다.[9] 소설은 예술로서 그 자체로 완결성을 지향한다면, 자서전은 작가의 상황과 연결되어 있기 때문에 예술적 완결성이 열려 있으면서 개인의 역사성이 강조되며, 자전소설은 이것이 결합되어 있는 형태라 할 수 있다. 자전소설 작가는 소설과의 관련 속에서 자신에 대하여 진실을 제공하기도 하며, 그것은 독자들로 하여금 작가-주인공과 그 자신을 동일시하도록 한다.[10]

자전소설은 다음과 같이 세 가지로 구별된다. 전통적인 자서전과는 달리 심리분석방법에 기반을 둔 사건의 시간 착시적(錯時的, anachronological)이며 수사적인 배열을 보여주는 것과, 더 광의로, 자전소설이라는 용어는 동종이야기(homogiegetic) 서술자가 저자의 이름을 갖고 있는 어떤 허구 텍스트를 기술하기 위해 즈네뜨(Genette)나 다른 이론가들이 사용하는 것이다. 또한 가장 특별한 정의로는 이중 저자-독자 계약(double author-reader contract)에 의해 특성화된 장르 그 자체-저자로 하여금 자신의 삶에 대하여 진실을 말할 것을 요구하는 허구적인 계약과 이야기화(fabulation)와 창안(invention)을 허용하는 허구적인 계약-를 말한다.[11]

춘원의 작품 가운데 이 같은 범주에 속하는 대표적인 작품들로『그의 자서전』(유년시대부터 25세)과 더불어,『나-소년편』,『나-스무살 고개』를 들 수 있다.『나-소년편』,『나-스무살 고개』두 작품은 일련의 연작

---

9) David Herman etc. edit., *Routledge Encyclopedia of Narrative Theory*, Routledge, 2005, 36쪽.

10) Roy Pascal, *Design and Truth in Autobiography*, Harvard University Press, 1960, 163쪽.

11) David Herman etc. edit., 앞의 책, 36쪽.

으로 유년부터 20세까지를 다루고 있다.[12]

『나-소년편』을 쓰기 시작하고(1947년 입춘이 지난 며칠 후), 『나-스무살 고개』를 탈고(1948년 추석 며칠 전)할 때까지 약 1년 반이라는 시간이 흘렀는데, 이는 춘원의 문필 행위로 보아 더디고 신중한 일이라 할 수 있다.

이야기에 등장하는 '나'는 '도경', 호는 '천산', 성은 '김씨'로서 이광수의 아명 보경(寶鏡), 호 춘원(春園), 성(姓) '이씨'와 다르게 설정되어 있다. 이로써 소설에 자서전 형식을 도입하여 작중의 '나'는 실제의 이광수가 아니라 다른 인물일 수도 있음을 나타냄으로써 실제와 허구의 괴리를 피할 수 있는 장치를 마련했다. 그러나 전영택이 "그의 생애를 알고자 하는 사람에게 다시 없는 귀중한 문헌"이라 평가하였듯이 춘원의 삶이 다른 어떤 작품보다 풍부하게 녹아들어가 있음은 부인할 수 없다.

---

12) 방민호는 춘원의 자전적 글쓰기를 일기류, 기행 및 수필류, 자전적 소설류, 자서전류로 나누고 있다. 자전적 소설류 ― ①자기를 닮은 주인공을 내세우되 여기에 허구를 가미하는 경우. 「愛か」, 「방황」, 「윤광호」 등, ②표면상으로는 작가가 자기 자신이 아닌 제3의 인물을 내세워 이야기를 써나가되 실제 이야기는 '나'라는 1인칭이 끌어가면서 작가 자신의 이야기를 하는 경우. 『그의 자서전』, 『나-소년편』, 『나-스무살 고개』, ③'나'를 주인공으로 내세워 자기 이야기를 그대로 소설로 옮긴 듯한 인상을 주는 사소설 유형의 작품. 「무명」, 「육장기」, 「난제오」 등. 자서전류 ―「25년을 회고하여 애매(愛妹)에게」, 「내가 속할 유형」, 「폐병사생15년」, 「다난한 반생의 여정」, 『나의 고백』 등. 방민호, 앞의 글.

3. 창작 동기와 형상화의 방법

1) 창작 동기

춘원이 『나-소년편』을 시작한 것은 그의 나이 56세이다. 그 당시 건강이 좋지 못했던 것은 잘 알려진 일인데, 그럼에도 그는 장편 창작을 여러 해 동안 생각하고 있었다.

> 나는 무슨 소설을 한 편 쓸 생각을 한 지가 오래다. 「무엇을 쓸까」 하는 생각이 한 삼 년째 무시로 내 마음에 떠올랐다. 그러면서도 「이것을 쓰자」 하는 것이 결정되지 못한 채 내려왔다.
>
> 내 나이 이제 쉰 여섯이다. 잔 글자가 잘 아니 보이고 하루에 단 열 장의 원고를 써도 가쁨을 느낀다. 아무것도 아니하고 가만히 산수간에 방랑하는 것이 지금의 내 몸으로는 가장 편안하고, 또 건강을 유지하기 위하여서는 대단히 필요한 일이다. 이 건강으로 장편 창작을 한다는 것은 제 생명을 깎고 저미는 억지다. 그런데 왜 나는 이 붓을 들었나.[13]

『나-소년편』의 서문으로 쓰인 이 글을 보면 춘원이 『나-소년편』을 쓰기까지는 많은 시간을 생각했으며, 그 결과의 산물이라는 것을 알 수 있다. 춘원은 『나-소년편』을 쓰게 된 동기를 밝혀 놓았다.

> 내가 이 이야기를 쓰는 것은 세상에 빛을 주고 향기를 보내자는 것이 아니

---

13) 이광수, 「『나』를 쓰는 말」, 『이광수 전집 10』, 우신사, 1971, 533쪽. 앞으로 본문에는 전집과 인용 쪽수만 기입.

다(어찌 감히 그것을 바라랴). 마치 이 추악한 몸을 세상에서 없이하기 위하여 화장터 아궁에 들어가서 고약한 냄새를 더 지독히 피우는 것과 같다. 한때 냄새가 한꺼번에 나고는 다시 아니 나는 것과 같이 이 이야기로 내 더러움을, 아니 더러운 나를 살라버리자는 뜻이다. 그럼으로 혹시나 이 글을 읽으시는 이는 코를 싸고 읽을 것이다. 눈살을 찌푸리며 읽을 것이다.(『전집 10』, 536쪽)

춘원은 자신의 삶의 추악한 모습을 반성하고 작품을 통하여 해소하고자 한 동기를 갖고 있었다. 그는 이 작품에서 그가 지닌 계몽주의적 공리주의 문학관에서 벗어나서 독자와 자신이 대등한 차원에서 자신의 삶을 드러내기를 원했다.

루소가 그의 참회록에 그는 후일 심판날에 하나님의 앞에 내어놓을 답변으로 그것을 쓴다는 뜻을 말하였거니와 내 이야기는 그런 것과도 다르다. 나는 어디 답변하려고 이 글을 쓰는 것은 아니다. 무엇에 소용이 될지는 모르나 어디 한번 있는 대로 적어보자는 것이다. 다만 그뿐이다.(『전집 10』, 536쪽)

그는 여기에서 루소와 같이 '답변'으로서의 글쓰기가 아니라 '무엇에 소용이 될지는 모르나', '있는 대로 적어' 본다고 하였다.

그러나 이 시기의 상황을 보면 그의 이 같은 동기는 표면적일 수 있다. 그는 칩거하던 사릉(思陵)에서 해방을 맞았고, 친일파로 지목되어 사회의 비난을 받았다. 부인 허영숙의 피난종용을 물리치고, 사릉에서 독서와 영농으로 시간을 보냈으며, 1946년에는 수도생활을 위해 운허당 이학수를 찾아 양주 봉선사로 들어가기도 하였다. 1947년에는 사릉으로 돌아와 『도산안창호』를 집필하고 농사짓는 틈틈이 자전소설 『나-소년편』을 집필하였다. 1948년에는 수필집 『돌베개』(1948. 6)를 간행하고, 『나의 고백』의 집필에 들어갔으며, 『나-스무살 고개』(1948. 10), 『선도자』(1948. 11), 『나의 고백』(1948. 12)이 간행되었다. 1949년에는 국회에서 제정된 반민법에 걸려 서대문형무소에 수감되었다가(1. 12), 병보석으로 출감되고(2. 15), 이이 반민특위의 불기소로 자유로워진다(8. 29).

해방 이후 그가 겪은 삶을 볼 때 그는 과거의 행적으로부터 자유로울수가 없었다.[14] 그의 마음속에 있는 어두운 것들을 드러내고 싶었던 것이 『나』의 참된 집필 동기이며, 이로써 자기 해방과 함께 독자들에게 위선자가 아닌 춘원의 이미지를 보여주고 싶었던 요인이 작용한 것으로 보면,[15] 일종의 '답변'이자 '소용'이라고 볼 수 있다.

2) 형상화방법

(1) 독자를 고려한 줄거리 구성

『나』 연작의 구성을 보면 다음과 같다.

> 『나-소년편』
> 첫째 이야기, 둘째 이야기, 셋째 이야기, 넷째 이야기, 다섯째 이야기, 여섯째 이야기

---

14) 김윤식, 앞의 책, 1089~1104쪽 참조.
15) 김윤식, 위의 책, 1098쪽.

『나-스무살 고개』

스무살 안팎, 명암(明暗)

『나-소년편』의 첫째 이야기는 기우는 집안에 태어난 '나', 천재 소리를 듣고 자란 어린 시절에 대한 이야기, 둘째 이야기는 가난한 집에서 자란 어린 시절에 대한 이야기, 셋째 이야기는 아버지의 불운에 대한 이야기, 넷째 이야기는 나의 애욕생활, 다섯째 이야기는 부모의 죽음, 여섯째 이야기는 나의 교사 취직과 결혼, 그리고 불륜에 대한 이야기를 하고 있다.

『나-스무살 고개』에서 '스무살 안팎'은 학교 교사로서의 갈등과 애욕, 교장 취임에 대하여 이야기를 하고 있으며, '명암'은 전도여행과 애욕에 대한 내용이다.

『나-소년편』의 첫째 이야기는 이렇게 시작한다.

내가 태어나기는 이조 개국 오백 일 년, 예로부터 일러오는 이씨 오백 년의 운이 다한 무렵이요, 끝으로 둘째 여니와 사실로는 끝 임금인 고종의 이십 구 년 봄이었다. 내가 나서 세 살 먹을 때에 갑오년 난리가 나서 평양 싸움에 패하여 쫓겨 오는 청병이 내 고향으로 노략질을 하고 지난 것은 어른들에게 들어서 알 뿐이어니와 내가 살던 동네가 읍에서 삼십 리나 떨어졌을 뿐더러 큰 길에 멀기 때문에 직접 난리를 겪지는 아니하였다.

나는 나라의 쇠운에 태어났을 뿐더러 우리 집의 쇠운에도 태어났다. 내 아버지가 큰 집에서 작은 집으로, 거기서 또 작은 집으로 십 사오 년에 내에 다섯 번이나 이사를 하다가 여섯째 번에 저승으로 가버렸거니와 내가 난 것은 첫 번 옮아간 집에서였다. 그러니까 큰 집을 팔아서 작은 집을 사고 거기서 남는 것으로 유일한 생계를 삼는 정통적 쇠운의 첫머리에 내가 마흔 두 살 먹은 아버지의 만득자로, 사대봉사의 장손으로 이 집에 온 것이었다.(『전집 6』, 438쪽)

위의 인용문은 『나―소년편』의 첫째 이야기 시작 부분이다. 자신이 태어난 역사적, 가족사적 배경을 기술하고 있다. 자신이 태어난 때는 이씨 왕조가 운이 다한 때이며, 집안도 운이 다한 때임을 말하고 있다. 춘원이 태어난 시대와 가족의 이 같은 부정적인 배경은 그의 재능과 내소를 이루고 있다.

> 공부에 들어서는 아무도 나를 못 따르리라는 생각을 가지게 되었다.
> 나를 과장하여 칭찬하는 사람들은 내 눈 정기가 좋은 것을 말하고 내 얼굴이 잘난 것을 말하였다. 그들의 말에 의하면 나는 천에 하나도 만에 하나도 드문 큰사람이 될 것이었다.
> "야, 재주가 아깝구나. 세상이 말세니 재주를 쓸 데가 있나."
> 하고 나를 위하여서 한탄하는 사람도 있었다.(『전집 6』, 442쪽)

이 대조로 인하여 그가 일반인과는 다른 능력을 지닌 인물이라는 점이 강조되는 효과가 발생한다. 그는 과거가 폐지되어 그로 인해 절망을 할 수밖에 없었음에도 글 읽기에 열중한다. 그러나 '나'의 남다른 재능에도 불구하고 집안은 쇠락의 길을 걷고 있었음을 둘째, 셋째 이야기에서도 계속된다.

넷째 이야기와 다섯째 이야기는 다음과 같이 시작한다.

> 넷째 이야기
> 나는 아버지와 어머니의 비극적인 임종을 말하기 전에 내 어린 시절의 애욕생활을 돌아보려 한다.(『전집 6』, 454쪽)

다섯째 이야기

　내 아버지와 어머니가 돌아가신 이야기는 넷째 이야기로 써야 옳은 것인데 이것을 다섯째로 민 것은 까닭이 있다. 첫째는 내가 어렸을 적 이야기가 너무 암담한데다 뒤 이어서 아버지와 어머니가 일주일을 새에 두고 작고한 비참한 이야기를 하는 것은 나로서는 차마 하기 어려울 뿐더러 이 글을 읽을 이의 정신에도 과도한 비감을 드릴까 슬퍼함이었다. 그래서 어린 사랑 이야기를 새에 넣어서 나와 및 읽는 이들의 마음을 쉬게 한 것이다.(『전집 6』, 478쪽)

　넷째 이야기에는 시간적 순서로 보면 부모의 비참한 죽음이 이어져야 한다. 그러나 춘원은 그 비극적인 이야기를 뒤로 하고 독자를 고려하여 그의 애욕생활을 이야기하고 있다.

　또한 『나─스무살 고개』는 "그러나 내 소년 시대의 마지막을 더럽힌 문의 누님 사건을 반복하지 아니하고 실단이와의 깨끗한 작별로 내 청년시대의 허두를 삼은 것을 다행으로 여길까"[16]로 끝맺고 있다. 이는 『나─소년편』의 마지막 부분이 문의 누님과의 불륜으로 끝나는 것으로 되어 있는 것과 비교하면, 춘원이 독자들을 고려하는 것과 동시에 자신의 정체성을 이야기 형식으로 교묘하게 형상화하고 있다 해석할 수 있다.

(2) 개인의 미시적 체험사

　한용환이 『나─소년편』은 미시적 세계를 다루고 있다는 점에서 춘원의 종래 문학적 경향과는 구별되는 소설이라고 언급하였듯이,[17] 『나』의 텍스

---

16) 이광수, 『이광수 전집 6』, 우신사, 1971, 586쪽.
17) 한용환, 『이광수 소설의 비판과 옹호』, 새미, 1994, 129쪽.

트는 작가의 연보나 간접 경험으로는 포착할 수 없는 '나'의 미시적인 체험을 다루고 있다.

> 나를 사랑하여 주던 사람들, 미워하던 사람들, 무릇 나와 어떠한 관계가 있던 사람들은 다 내 앞에 나오라. 나와서 시나간 일을 한번 내게 되풀이하라. 혹은 천당에 혹은 지옥에 가 있던 이들도 나와 관계를 가졌던 이어든 한번 내 앞에 돌아와서 할 말을 다 하라. 원망이 있거든 원망을, 또는 미진한 정이 있거든 정담을 있는 대로 한번 쏟아 놓으라. 그리고 내 붓에 힘을 빌려서 우리들의 이야기를 한번 잘 적어보지 아니하려는가(『전집 10』, 536쪽)

춘원이 『나-소년편』 머리말에서 이렇게 밝힌 바 있듯이 그와 관계를 했던 사람들과의 체험이 세세하고도 생생하게 이야기되고 있다. 물론 자전문학이 그렇듯이 체험은 기억을 통해 재생되고 재구성된다. 기억에 포착된 체험은 기억 자체의 성격으로 말미암아 그 진실성 정도를 측정할 수 없다. 그러나 56세의 나이에 춘원은 어린 시절과 청년 시절의 기억을 그의 원숙한 글 솜씨로 기술해나간다. 그러므로 기억의 내용보다 그것을 짜내는 방법과 형상화가 중요하게 부각된다.

『나』를 구성하는 미시적인 사건들은 가족에 관한 일, 직장생활(교사로서의 학교생활), 아내와 여자들과의 관계 등 개인적인 사건들이 대부분이고, 사회역사와 관련된 사건들은 거의 전무하다.

(3) 자기 성장과 반성적 성찰

① 못생긴 저를 잘나게 보고, 더러운 제 마음씨를 바르게 믿고, 혼자 좋아하던 젊은 어리석음은 해가 높이 올라 와서 골안개가 스러지듯 스러질 나이

가 되었다.(『전집 10』, 536쪽)

② 지혜도 없으면서 진리를 찾으려 들고, 힘도 없으면서도 제멋대로 살아가려 하였다. 이렇기 때문에 그는 간 곳마다 환영을 못 받았다.(『전집 10』, 533쪽)

①은 『나-소년편』의 서문에, ②는 『나-스무살 고개』의 서문에 기술된 부분이다. 경험자아의 성장은 '나'의 출생과 가난과 비운 속에서 성장하는 과정을 다룬 『나-소년편』과 교사생활을 하면서 갖게 된 갈등과 교만에 대한 반성을 다룬 『나-스무살 고개』로 이어진다.

이 밭을 살 수가 없나, 나는 이런 생각을 하였다.

(돈이 어디서 나서.)

나는 벌써 돈의 힘을 느꼈다. 이 세상의 모든 밭에는 주인이 있다는 것과 그것을 내 것을 만들려면 돈을 주고 사야 된다는 것도 알았다.(『전집 6』, 443~444쪽)

나는 당장에 달려들어서,

「내 실단이!」

하고 실단이를 껴안고 소리치고 싶었다.

그러나 그것은 못할 일이다! 실단의 귀밑머리와 옷고름을 마음대로 풀 사내가 지금 꺼덕대고 한 걸음 한 걸음 이리로 가까이 오고 있다. 그의 말머리가 보이기 전에 나는 여기서 물러나야 한다. 그리고 나는 다시는 실단이 곁에 앉아서 실단의 이름을 부를 수는 영원히 없는 것이다!(『전집 6』, 477쪽)

위의 첫 인용문은 극심한 가난 속에서 어머니가 "밭이라도 두어 뙈기 있었으면." 하고 말할 때 춘원이 어머니를 위해 밭을 사주고 싶으나 돈이 없기 때문에 살 수 없다는 안타까운 사건을 통해 돈의 힘을 깨닫게 되었다는 이야기이다. 둘째 인용문은 마음속에 두었던 실단이가 시집을 가게된 사건을 통해 춘원의 이성과의 시련을 다루고 있다. 이렇듯 『나-소년편』에는 '나'의 조부, 부모, 외가 사람 등 '나'에게 영향을 준 사람들도 많지만, 특히 가난 속에서 돈의 힘을 깨닫는 일, 이성에 대하여 누떠가고 실연한 일, 부모의 사망으로 고아가 된 일, 결혼과 불륜 등은 그가 성장하는 과정에 크게 영향을 준 사건들이다.

『나-스무살 고개』에는 교사로서 자기를 알아주지 않는다고 분개한 일, 조회 훈화 시간에 자신의 생각을 거침없이 피력하는 일, 자신을 귀신도 무서워하는 하늘이 아는 사람으로 생각하는 일, 민족을 위하여 교육에 헌신한 일, 방학을 이용하여 전도 여행을 한 일 등이 이야기되는데 그것은 경험자아의 자기 존재에 대한 과신의 모습으로 해석된다.

이와 같은 모습은 작품의 곳곳에 나타나 있다.

① 나를 과장하여 칭찬하는 사람들은 내 눈 정기가 좋은 것을 말하고 내 얼굴이 잘난 것을 말하였다. 그들의 말에 의하면 나는 천에 하나도 만에 하나도 드문 큰사람이 될 것이었다.(『전집 6』, 442쪽)

② 나는 아버지의 귀하고 귀한 맏득자로, 또 오대 장손으로, 재주 있는 아이로 육칠세까지는 남의 대접을 받고 살았다.(『전집 6』, 443쪽)

③ 나는 내가 어린 제 불행이 다 지나가고 앞날에는 운수가 탄탄하게 피일 것을 믿었다.

「초년 고생을 그만치 하였으니 앞으로야 좋은 일이 일을 테지.」라든가,

「뉘집 자손이라고.」라든가,

「금계 포란형 정기를 몰아 타고난 네로구나.」라든가,

「네 얼굴이 잘나고 눈과 코가 좋다.」라든가 어른들이 나를 보고 하던 칭찬

(?)들이 다 정말로만 생각하였다. 장래에는 대신이나 대장이나 다 내 마음 대로 될 것으로 생각하였다. 비록 우리 나라가 일본의 보호국이 되고 군대 가 해산되고 모두 불리하고 밉고 강개한 재료뿐이었으나 그것도 내 힘으로 내 손으로 다 바로 잡힐 것만 같았다.(『전집 6』, 470쪽)

⑤ 나는 어제 둘이 오던 길을 혼자 돌아오면서 생각하였다—
　(아아 사람은 배우라.)(『전집 6』, 562쪽)

『나—스무살 고개』 후반부에서 경험자아인 '나'는 잠시 자신의 교만에 대하여 참회를 한다. 그러나 경험자아의 일시적인 반성은 『나』를 쓰고 있 는 다음과 같은 서술자아를 보면 그것이 반성 이전의 자아와 크게 다르지 않다는 것을 알 수 있다.

이 이야기를 쓰고 있는 나는 벌써 오십이 넘어 육십 고개도 멀지 아니한 사 람으로서 누가 보든지 신통치 아니한 인물이요, 앞으로도 별로 신기할 일이 있을 것 같지 아니하건마는 그래도 나 자신은 아직도 옛날의 신념을 은근히 품고 있다. 나는 큰사람이라고. 나는 하늘이 아는 사람이라고. 나로 하여서 우리 나라도 살고 이 인류도 바른 길을 걷게 되느니라고.(『전집 6』, 542쪽)

4. 자전소설의 문화적 의미

1) 자기 해석과 자기 정체성

포스트모더니즘 사회에 사는 오늘날, 우리는 자신의 존재에 대하여 끊 임없는 질문에 봉착하게 된다. 따라서 자아정체성이 혼란에 빠지기 쉬운 위험사회에 살고 있다.[18] 그러므로 현대에 사는 사람들은 안정적이고 정상적인 삶을 영위하는 데 많은 위협을 받고 있다. 그러한 위협은 인간의 존재론적인 안전감을 손상시킴으로써 자아정체성에 심각한 위기를 불러온다. 그러므로 "나는 누구인가"라는 질문에서 출발하는 자아정체성 형성이 성공적으로 완수되지 않을 때 정신병자로 전락할 가능성이 커지거나, 개인의 성장, 주체성 확립, 전인적 인격자로부터 멀어질 수밖에 없다. 이런 점에서 서사의 본질적 측면을 주목할 필요가 있다.[19]

삶의 이야기는 우리 인간 존재에게 직면한 기본적인 상황, '나는 누구인가?', '이런 상황에서 나는 무엇을 해야 하는가?' 등과 같은 물음을 하도록 요구하는 상황에 대한 반응으로써 나온다. 따라서 삶의 이야기는 우리가 우리의 삶을 구성하는 가운데 수행하는 과업이다. 그리고 그것은 실천적이고 도덕적인 숙고를 통해서 우리의 정체성을 구성하기 위한 것으로 동기화된다.

자신의 삶의 이야기가 허구와 결합될 때 그것은 글 쓰는 주체의 삶에 대한 해석과 구성에 결정적인 영향을 받게 된다. 그것은 현재와 미래 그리고 과거와의 관계 속에서 형성된 해석이자 동시에 구성일 뿐 아니라, 글 쓰는 이의 기억과 이야기(언어)에 의해 해석·구성되는 것이다.

춘원의 일련의 자전적 작품은 결국 자기 해석과 구성을 통해 자기의 정체성을 형성해가는 과정의 산물들이라고 할 수 있다. P. 리꾀르가 강조하

---

18) A. Giddens, *Modernity and Self-Identity*, 권기돈 역, 『현대성과 자아정체성』, 새물결, 1991.
19) 임경순, 『서사표현교육론연구』, 역락, 2003, 200쪽.

고 있듯이 이야기는 자기를 이해하는 강력한 매개 역할을 한다.[20]

2) 독서와 글쓰기

오늘날 자서전을 비롯하여 회고록, 자전소설 등 많은 자전문학이 읽혀지고 있고, 또한 창작되고 있다.

춘원의 자전소설들은 자전소설의 독서와 글쓰기에 시사점을 준다. 우선, 작품의 머리말에서 제시한 창작의 동기를 파악하고, 그것을 작품의 읽기를 통해 확인함으로써 작가가 의도한 동기와 작품의 이해를 통해 그의 진정한 창작동기가 무엇인지를 확인할 필요가 있다. 의도와 형상화는 차이를 보이기 때문이다.

줄거리 구성에 있어서 작가가 어떤 의도로 사건을 배치하고 있는지도 이해할 필요가 있다. 임의로 사건을 배치하는 것은 일종의 서술자 혹은 작가의 권력으로서 자기 정체성을 의도할 뿐 아니라, 청자 혹은 독자를 지배하려는 욕망과도 관련된다. 전자는 자아의 정체성 형성과정에 유의할 필요가 있고, 후자는 작가의 진정한 의도가 무엇인지 그 효과가 무엇인지를 파악할 필요가 있다.

또한 경험자아의 체험이 개인사와 관련된 것인지 사회역사적인 것과 관련된 것인지도 파악해야 한다. 이는 작가의 삶이 얼마나 역동적으로 구성되어 가는지를 이해하는 일이기도 하다.

---

20) P. Ricoeur, *Temps et récit* Ⅰ, 김한식 · 이경래 역, 『시간과 이야기1』, 문학과지성사, 1999.

그리고 자아정체성을 형성해가는 과정이 어떤 성장과정을 거치게 되는지, 그 가운데 삶에 대한 반성적 성찰이 어떤 모습으로 나타나는지를 파악해야 한다. 이는 성장의 진정한 모습과 반성의 진정성을 이해하는 일이기도 하다.

3) 자전문학의 문화사

『동문선』에는 한국 자전문학의 역사를 알 수 있는 가전과 탁전이 실려 있다. 가전(假傳)은 사물을 의인화하여 사람인 듯 다루는 글이고, 탁전(托傳)은 어떤 가상적 인물을 통해 작자 자신의 삶을 드러낸 글이다. 그러나 이들은 너무 짧아 삶을 조망하기에는 한계가 있고, 우화와 비유로 되어 있다. 이는 자기의 전(傳)은 스스로 지을 수 없으며, 자신을 드러내는 것이 금물이었던 당대의 문화를 반영한 것이다. 이와 달리 행장(行狀)은 죽은 사람의 일대기를 서술한 것으로 과거의 삶의 표현 방식을 엿볼 수 있다. 그러나 이 또한 고인이 죽기 전 직접 쓰거나 그 직계 가족이 직접 쓰는 것은 금기였다.

혜경궁 홍씨의 『한중록』(1795)은 사도세자의 사건을 중심으로 자신의 출생과 성장, 궁중생활사를 기록한 글이다. 이는 여자로서 글을 써서 전하는 것을 금하는 것과 정조의 비극적인 가족사 발설 금지라는 금기를 깨고 자신이 체험한 과거사에 대한 증언이다. 『한중록』은 개인의 자각이 싹터가는 과정에 나온 것이긴 하지만, 여전히 유교적인 공적 이념의 지배를 받는 사회의 소산이다.

근대적 의미의 자전문학은 개인과 개인성에 대한 인식과 함께 한다. 근대사회로 들어서면서 개인의 자각이 성숙하게 되고, 이에 따라 단편적인 자전문학이 창작되었다. 그러나 과거의 삶에 대한 조망을 통한 본격적인 자전문학은 개화 후 상당 시간의 경과를 필요로 하는 바, 춘원의 일련의 자전문학은 여기에 속한다.

최근 김주영(『고기잡이는 갈대를 꺾지 않는다』, 1988), 김원일(『마당 깊은 집』, 1988), 박완서(『그 많던 싱아는 누가 다 먹었을까』, 1992), 신경숙(『외딴방』, 1995), 최인훈(『화두 1, 2』, 1995), 현기영(『지상에 숟가락 하나』, 1999) 등의 자전문학은 현대사 속에서 사회 역사적인 상황과 결부된 개인 성장의 모습을 다양하게 보여준다는 점에서 개인과 사회에 대한 의미를 던져준다.

5. 맺음말

여기에서는 한국 문학에서 큰 족적을 남긴 춘원 이광수의 자전소설의 특징과 문화적 의미를 『나―소년편』과 『나―스무살 고개』를 중심으로 살펴보았다.

그간 춘원에 대한 연구가 활발하게 진행되어 왔는데, 춘원연구학회가 창설되면서 더욱 폭넓고 깊이 있는 연구가 진행될 것으로 보인다. 그러나 아직도 그에 대한 연구는 만족할 만한 수준에 와 있다고 보기는 어렵다고 판단된다. 이 글에서 다루고 있는 춘원의 자전소설도 여기에 해당한다. 작품의 예술적 완성도만 놓고 보면 그의 자전소설은 미달일 수 있다. 그러나 자전소설은 그와는 다른 독특한 미적 감동을 준다는 점에서 또 다른 작품세계를 보여준다.

자전소설은 작가가 직접 체험한 사실들이 소설의 기법과 수법을 빌어 서술된 글의 형식뿐 아니라 작가의 자전적 요소들이 허구적인 세계 속에 용해되어 표현된 소설 형식을 일컫는다.

『나-소년편』, 『나-스무살 고개』는 일련의 연작으로 유년부터 20세까지를 다루고 있다. 이야기에 등장하는 '나'는 '도경', 호는 '천산', 성은 '김씨'로서 이광수의 아명 보경(寶鏡), 호 춘원(春園), 성(姓) '이씨'와 다르게 설정되어 있다. 그러나 춘원의 삶이 다른 어떤 작품보다 풍부하게 녹아들어가 있음은 부인할 수 없으며, 그 같은 다른 인물 설정은 실제와 허구 사이의 괴리를 피할 수 있는 장치가 될 수 있다.

그의 마음속에 있는 어두운 것들을 드러내고 싶었던 것이 『나』의 참된 집필동기이며, 이로써 자기 해방과 함께 독자들에게 위선자가 아닌 춘원의 이미지를 보여주고 싶었던 요인이 작용한 것으로 보인다.

춘원은 문학자로서의 역량을 마음껏 발휘했던 바, 이는 『나』의 형상화 방법에서도 그대로 드러난다. 그는 독자를 고려한 줄거리 구성과 인물의 미시적 세계 즉 가족에 관한 일, 직장생활(교사로서의 학교생활), 아내와 여자들과의 관계 등 개인적인 사건들, 인물의 경험세계를 생생하게 이야기하고 있다. 그러나 '나'의 경험은 대개 사적인 세계에 속하는 것들이어서, 사회 역사와 관련된 것들이 희박하다.

자전소설 역시 주체의 성장과정을 다룬다는 점에서 주체에게 영향을 준 사건이나 상황이 존재하기 마련이다. 『나-소년편』에는 '나'의 조부,

부모, 외가 사람 등 '나'에게 영향을 준 사람들도 많지만, 특히 가난 속에서 돈의 힘을 깨닫는 일, 이성에 대하여 눈떠가고 실연한 일, 부모의 사망으로 고아가 된 일, 결혼과 불륜 등은 그가 성장하는 과정에 크게 영향을 준 사건들이다. 『나-스무살 고개』에서는 교사로서 자기를 알아주지 않는다고 분개한 일, 조회 훈화 시간에 자신의 생각을 거침없이 피력하는 일, 자신을 귀신도 무서워하는 하늘이 아는 사람으로 생각하는 일, 민족을 위하여 교육에 헌신한 일, 방학을 이용하여 전도 여행을 한 일 등이 이야기된다. 그러나 이 같은 경험들의 상당수는 그의 교만에서 나온 것임을 반성하기도 하지만 결국 일시적인 반성에 그치고 만다.

춘원의 자전소설을 통해서 시사받을 수 있는 문화적 의미는 우선, 자전소설이 자기 해석과 자기 정체성의 문제와 깊이 관련되어 있음으로써 현대인들에게 큰 도움을 줄 수 있다는 것과 자전소설류를 수용하고 생산할 때 구체적인 방법론을 모색해볼 수 있다는 점이다. 아울러 자전소설은 현대사 속에서 사회 역사적인 상황과 결부된 개인 성장의 모습을 다양하게 보여준다는 점에서 개인과 사회에 대한 다양하고 풍부한 의미를 던져준다.

제4장 고통을 넘어 연대성 모색하기
'중국 조선족' 소설의 분단 현실 인식과 방향

1. 머리말

오늘날 한국에는 이른바 '다문화'라는 말이 주류담론의 하나로 자리를 잡아 가고 있다. 그렇게 된 배경을 보면 외국인이 150만 명에 육박함에 따라 이제 더 이상 한국은 단일민족국가일 수 없다는 것이다. 그 이전에 살던 외국인들은 한국 사회의 마이너리티들로서 위협적인 세력도 아니거니와 사회적인 이슈로 삼기에는 미미한 존재들로 인식되었다(여기에는 강대국 소속/출신 외국인은 예외가 된다). 그러나 외국인 숫자가 말해주는 압박감과 그들 대다수가 3D 업종에 종사하는 잠재적 사회 문제 발생인자라는 인식에서 정부와 기업 차원의 대응이 가속화되어 왔다.

그런데 혈통주의를 완고하게 따르고 있는 일본의 경우, '재일조선인'은 아직도 법적 지위마저 확보되지 못했고, 원자탄 사상자들에 대한 보상과 치료마저도 일본인들과 차별을 받고 있으며, 일제 폭압의 피해자들에 대한 사과와 보상이 이루어지지 않고 있다(여전히 재일조선인뿐 아니라 한국인들은 고통의 대상이 되고 있다).

중국의 경우는 앞에서 언급된 일본이나 분단 현실의 우리와도 형편이 다르다. 중국은 56개 민족으로 구성되어 있거니와, 그 가운데 150만 명에 달하는 '중국 조선족'은 다수의 소수민족 가운데 하나이다. 그런데 중국 조선족이 갖는 심리적인 존재감은 여타 민족과는 다르다. 중국 탄생 이전 뿐 아니라, 국가 탄생의 기원에도 적지 않게 관여했다는 '사실' 때문이다. 그렇지만 그 기억은 점점 쇠퇴해가고 있고, 그럴수록 공로자들은 기력이 있는 동안 지난날의 기억을 붙잡기 위해 분투하고 있다. 이제 그 기억이 다하는 자리에 그들에게는 '중국'과 자본이 전면화되고 있으며 그와 동시에 '중국 조선족' 세력은 점점 약화되어 가고 있다. 조선족의 많은 지식인들은 이러한 현상에 우려를 표명하고 있으며, 자치주를 수호해야 한다는 의견을 갖고 있기도 하다.

최근 '디아스포라, 탈식민'에 대한 연구 경향은 이러한 현실에서 멀지 않거니와, 지구촌 한민족이 처한 상황이 한민족에게 국한되지 않는다고 볼 때, 소수자로 살아간다는 의미는 곧 지구촌에서 살아가는 모든 인간들의 문제이기도 하다. 이것이 문제적인 이유 가운데 하나는 세계화시대, 국제화시대, 다문화시대, 국경이 무너지는 시대에 오히려 국경은 점점 견고해져 가고 있으며, 소수민족들은 자신들의 정체성을 심각하게 고민하지 않을 수 없는 상황으로 몰리고 있기 때문이다. 이러한 때에 한민족의 정체성을 고민하고 나아갈 방향을 모색한다는 것은 자별한 의미가 있을 것으로 보인다.

이런 점에서 중국 조선족 문학[1]을 탈식민주의 측면에서 접근한 연구는 일정 정도 성과를 거두었다고 할 수 있다.[2] 이는 북한 문학 연구에 이은 해외 한인 문학, 특히 한국 문학 전공자들이 우선적으로 접근해야 할 중국 조선족 문학에 대한 연구과정의 산물이라는 점에서 의의를 지닌다.[3]

현단계 중국 조선족 소설과 그에 대한 연구가 민족 기억의 복원, 문화적 정체성 탐구 그리고 중국이나 한국의 문화 권력으로부터 '탈영토화'의 가능성을 보여주고 있다는 점에서 그 의의를 가늠할 수 있을 것이다.[4] 그러나 소설 연구 분야를 볼 때 그동안 중국 조선족 소설의 전개과정이나 개별 작가, 작품 등의 연구에서 일정한 성과를 거두었음에도 불구하고 재외 한국문학의 위상 확립이라든가 작가 작품론의 확장, 방향성 탐구 등에

---

1) '중국 조선족 문학'은 중국 정부가 부여한 '중국 조선족'에 기원을 두고 있기 때문에 중화인민공화국 설립 이후의 문학에 어울리는 용어일 것으로 보인다. 그런데 정작 재중 '조선족' 문학가나 연구자들은 거기에 기원을 두고 있지도 않거니와 그들의 문학 행위를 남북한 문학과 끊임없는 조회과정 속에 위치 지으려 한다(마찬가지로 그들의 삶에 대해서는 논외로 한다). 설령 그들 자신이 '중국 조선족 문학'이라는 용어를 사용한다고 할지라도 우리 문학자들이 그 용어를 그대로 따라야 하는지는 생각을 요한다. 필자는 아직까지 다른 대안을 숙고하지 못하였으므로 잠정적으로 현재 학계에 통용되는 용어를 쓰도록 한다. 이런 의미에서 '중국 조선족', '중국 조선족 소설(문학)'에 작은따옴표를 사용했다. 이후 논의에서는 작은따옴표를 사용하지 않기로 한다.

2) 대표적인 연구 성과로는 다음 참조. 송현호 외,『중국 조선족 문학의 탈식민주의 연구 1』, 국학자료원, 2008; 송현호 외,『중국 조선족 문학의 탈식민주의 연구 2』, 국학자료원, 2009.

3) 최병우,「중국 조선족 문학 연구의 필요성과 방향」,『한중인문학연구』20, 한중인문학회, 2007. 최병우는 이 글에서 한국 문학 전공자가 우선적으로 연구해야 할 대상은 중국 조선족 문학이라고 주장하고 중국 조선족 문학에 대한 연구 방향을 제시하고 있다.

4) 김형규,「중국 조선족 소설 연구의 현황과 현재적 의의」,『현대소설연구』29, 한국현대소설학회, 2006.

서는 한계를 보인다.

필자가 보기에 방향성에 대한 탐색은 근본적이고도 매우 복잡한 논의 과정을 거쳐야 할 사안으로 보인다. 무엇보다 중국과 한국의 관계 속에 존재하는 중국 조선족 문학이 긍정적인 가능성으로서 작용하려면 분단 현실을 빗겨갈 수 없다고 판단된다. 한민족의 근현대사를 놓고 볼 때, 분단 현실 속에서 남한과 북한뿐 아니라 중국, 일본, 미국 등 이념을 달리하는 국가들이 그들의 이익에 따라 첨예하게 대립·연합·야합하고 있다. 이로써 남과 북은 더 이상 한민족의 거멀못 역할을 담당하지 못하고 있으며, 중국과 일본 등에 살고 있는 그들은 종국에는 자기 길을 모색하지 않을 수 없게 되었고, 남북을 향해 자신들의 목소리를 내지 않으면 안 될 상황에 놓여 왔다.

이러한 상황을 풀어가고 문학의 방향성을 탐색하기 위한 근저에는 분단 상황과 그 극복이 있다고 보는 것이 이 글의 출발점이다. 분단 문제를 문학과 문학 연구의 핵심으로 받아들이는 많은 사람들은 그것의 해소가 한반도 문제를 푸는 핵심이라는 데에 동의하고 있으며, 이는 한민족뿐 아니라 중국, 미국, 일본 등 세계 문제를 푸는 중요한 관건이기도 하다. 따라서 여기에서는 개혁 개방 이후 중국 조선족 소설에 나타난 한국전쟁과 분단 현실에 대한 인식을 살펴보고 한민족이 처한 고통의 현실을 넘어 인류의 연대성을 모색할 수 있는 방향을 탐색해보고자 한다. 논의 작품은 주로 『개혁개방 30년 중국 조선족 우수 단편소설선집』(연변인민출판사, 2009)에 실린 작품을 대상으로 하고, 때에 따라 그 외의 다른 작품들도 논의한다.

2. '중국 조선족'과 분단 현실을 넘어서기 위한 고통의 삶

한국, 북조선, 중국, 일본, 미국 등에 살고 있는 '한민족'은 국가가 다름에도 불구하고 유일하게 묶일 수 있는 것은 민족이라는 말이다. 그런데 민족이란 무엇인가? 민족을 혈통, 언어, 지역, 경제, 문화적인 공통성에 기반을 둔 일반적인 정의에 따르거나, '제한되고 주권을 가진 것으로 상상되는 정치 공동체'로 보는 베네딕트 앤더슨의 견해에 입각해볼 때 이들을 한민족으로 묶을 수 있는 끈은 제한적일 수밖에 없다. 혈통, 언어, 문화적인 공통성이 어느 정도 인정된다 해도 주권을 지닌 공동체로서는 한계를 지닌다. 더구나 혈통, 언어, 문화라는 것도 국경을 공유하지 않는 한 시간이 흐르면서 그 명맥을 유지하기 어렵게 된다.

중국 조선족이 만주지역에 정착한 지도 한 세기를 넘어섰다. 1세대와 1.5세대들에게 모국은 구한말의 조선일 수 있고, 일본일 수 있으며, 한국과 북조선일 수 있다. 2세대 이후 세대에게는 대개 일본, 중국이 그들의 모국이다. 그렇기 때문에 조선족에게 모국이나 민족에 대한 관념은 세대에 따라 달리 인식될 수밖에 없을 뿐 아니라, 그것과의 관계에 따라 더욱 복잡해진다.

엄밀하게 보면 1949년 이후 중국에서 태어난 이른바 '중국 조선족'에게 그들의 정치적인 모국은 중국이다. 세대가 거듭해 갈수록 이들에게는 조상들의 땅, 곧 이주해온 땅에 대한 관념이 희미해지고 그들의 조상이 이주 정착한 땅에 대한 관념이 강하게 자리 잡는다. 이주 몇 세대가 지난 조선족을 볼 때 초기 이주자들이 갖고 있는 조국에 대한 관념은 그들의 기억 속에 묻혀가고 문자 언어의 흔적으로 남을 수밖에 없다는 우려를 갖게 한다. 이것은 중국의 국정 방향 즉 단기적으로는 공존을 모색하면서 장기적으로는 하나의 중국으로 융합하고자 하는, 문화적인 것과 정치적인 것의 이중성과 맞물려 있다.[5] 김학철, 리근전 등과 같은 초기 문학인들이 문학의 정치성을 놓지 않으려고 했던 것에 반해 최근 문학인들이 한민족이라는 동포로서의 민족적 애증을 중국 조선족의 입장에서 드러내고 있음은 이를 잘 말해주고 있다. 그러나 문학이 문학일 수 있는 이유는 그것이 정치나 철학을 넘어설 수 있다는 데에 있다. 그렇기 때문에 중국 정부에서 부여한 중국 조선족이라는 호명은 국가 이데올로기가 현실적 삶을 규정하고 지배하고자 할 때는 유효할지도 모른다. 그러나 자기 정체성이 끊임없이 문제되고, 그리고 그것을 지속적으로 문제 삼을 수밖에 없는 것이 문학의 운명이자 사명이라고 할 때 그것은 더 이상 유효한 호명이 될 수 없다. 조선족 작가나 문학 연구자들이 남북한(문학)에 관심을 보이고, 중국 정부의 공식적인 입장과 균열의 조짐을 보이고 있다는 것[6]이 그 증거이다.

---

5) 김형규는 중국의 민족주의가 정치적 민족주의와 문화적 민족주의로 위계성을 지니며, 중국 조선족 문학도 '중화민족주의'라는 관계망 속에 놓인다는 것을 직시할 필요가 있다고 주장한다. 1960~70년대 기간 중국화가 진행되면서 조선족이 지닌 민족적 성격이 중국의 소수민족의 그것으로 변화되고 있다고 지적한다. 김형규, 「중국 조선족 소설과 소수민족주의의 확립─1960~70년대 단편소설을 대상으로」, 『현대소설연구』 40, 한국현대소설학회, 2009.

6) 김호웅, 「"6・25"전쟁과 남북분단에 대한 성찰과 문학적 서사─중국 문학과 조선족 문학을 중심으로」, 『통일인문학논총』 51, 건국대인문학연구원, 2011, 31쪽.

일제하 중국에 이주한 항일세대이자 공산당원으로서 중국에서 활약한 김학철과 리근전이 『해란강아 말하라』(김학철, 1954), 『범바위』(리근전, 1962, 1986), 『고난의 연대』(리근전, 1982, 1984) 등을 썼던 것은 중국내 조선족의 정체성을 분명히 하고자 했던 작업의 일환일 수 있다. 일제하 조선에서 태어나 갓 스무 살을 넘긴 청년 김학철은 중국, 일본, 남조선, 북조선을 넘나들며 중국공산당, 팔로군, 의용군 그리고 부상과 투옥등의 삶을 살았다. 그는 이러한 생애를 기반으로 강렬한 민족의식과 중국현실에 대한 비판정신을 유지할 수 있었다. 한편 아홉 살 어린 시절 조선에서 태어나 길림성에 이주한 리근전이 중국공산당에 가입하여 활약하면서 쓴 그의 문학들은 일종의 '조선족의 국민적 자격 확인하기'[7]의 행위일수 있다. 그러나 이들의 문학적 · 사회 실천적 행위가 중국 권력층에 의해 '반동작가', '반혁명분자', '주자파'로 숙청의 대상이 되었다는 것은 역사의 아이러니가 아닐 수 없다. 국가, 이념, 권력 앞에서 모국, 조국과 연관된 그들의 민족 정체성 찾기와 정치적 이상 실현이 얼마나 지난한 일인가를 보여준다.

오늘날 지구 곳곳에 스며들고 있는 세계화는 '역사의 종말'을 넘어서지못하는 신자유주의에 입각한 자본 논리의 세계화라 할 수 있다. 이 가운데 다민족 혹은 다인종으로 구성된 국가에서 공존을 표방하는 '다문화(주의)'는 실상 국가 이익과 지배 계급, 인종에 따라 추진되고, 그로 인해 민

---

7) 이해영, 「60년대 초반 중국 조선족 장편소설에 나타난 민족의식의 내면화—리근전의 장편소설 『범바위』를 중심으로」, 『국어국문학』 157, 국어국문학회, 2011.

족과 인종은 재구조화되고 있다. 개혁 개방으로 표상되는 80년대 이후의 중국이 이러한 과정과 전혀 무관하다 할 수 없다. 중국 국가 이데올로기와 중국 내 소수민족 그리고 경제 논리가 개혁 개방, 세계화와 맞물려 있기 때문이다. 따라서 이전 세대들과는 달리 중국에서 나서 자란 세대에게는 적어도 그들이 자신의 정체성과 시대정신을 문제삼는 한 조선족의 국민 자격을 확인하는 문제가 지속적으로 대두될 수밖에 없다. 그것은 문화혁명 등 과거의 부정적인 역사를 불식하고 기억을 통해 민족 아이덴티티를 탐색할 뿐 아니라 그들의 현재 위상을 찾고 그들이 해야 할 바를 부단히 찾는 문제로 구체화될 것이다.

'생이별과 수난', '반동, 반혁명분자', '절망과 죽음' 등은 중국 조선족이 살아온 삶의 궤적 속에서 겪은 고통의 표상들이다. 압록강을 건너 만주에서 가족과 생이별하고 굶주림과 박해 속에서 숨겨간 '리계진'(리여천, 「인연의 숲에서 하느적이던 풀은—큰누나의 령전에 바칩니다」), 우파 지방민족주의 분자로 낙인찍혀 농촌개조와 감옥살이를 한 항일열사 최명운(장지민, 「노랑나비」), 항일구국전선에서 '산천을 넘나들며 싸워온 혁명투사'에 대한 박해와 항일여투사 영옥의 눈물(윤림호, 「투사의 슬픔」), 정치학교 총보도원이 되면서 폭력과 광기를 보인 남편에게 버림받고 가정 파탄의 비운을 맞은 아내의 눈물(정세봉, 「하고 싶던 말」), 한국전쟁에서 남북 형제간 살육의 절망 속에 끝내 자살로 생을 마감한 큰형(류연산, 「인생숲」)이 문학의 기억 속에 남아 있다. 철학과는 달리 문학, 특히 소설은 삶의 고통을 서사화함으로써 우리 자신과는 다른 사람들이 우리 자신과 다름없는 사람들이라는 공감과 연대의식을 갖게 해준다는 점에서 이들 작

품들은 각별한 의미를 지닌다.[8]

「노랑나비」[9]에서, 태항산을 근거지로 항일투쟁을 한 팔로군 소속 최명운이 8·15 해방을 맞아 귀국길에 오른다. 그러나 '조선만 보지 말고 전세계를 보아라'는 입당소개인 시위서기 김철준의 권유로 그는 H 변강도시에 남게 된다. 오십년 대 초 김서기의 권고에 따라 민족언어력사연구소를 차리고 민족 언어와 역사를 연구하면서 조선말사전을 펴내고 항일렬사들의 피어린 발자취를 모은다. 그러나 그에게 우파, 지방민족주의 분자, 농촌개조가 씌워진다.

> "동북의 신서광"에서 H시에 파견되여온 홍위병련락소에 잡혀가던 날 저녁이였다.
> "너의 수첩에 적힌 일백오십명 명단은 무슨 명단이냐?"
> "민족렬사전을 쓰려고 수집한 혁명가들 명단입니다."
> "무슨 혁명을 한 혁명가들이냐?"
> "중국혁명을 한 혁명가들입니다."
> "제길할, 무슨 조선 사람이 이렇게도 많이 중국혁명에 참가했단 말이냐?"
> "그뿐인 것이 아니라 몇만 몇십만이 넘습니다. 그 일백오십 명은 대표인물에 불과합니다."(81)[10]

---

8) 리처드 로티는 현대의 지성이 도덕적 진보에 공헌한 것은 철학이나 종교학 논문을 통해서보다는 특별한 형태의 고통과 굴욕에 대한 상세한 서술(소설이나 민속 풍물에 관한 기록)을 통해서였다고 말한다. Richard Rorty, *Contingency, irony, and solidarity*, 김동식·이유선 역, 『우연성 아이러니 연대성』, 민음사, 1996, 349쪽.
9) 장지민, 「노랑나비」, 『연변문예』, 1981.2.(김학철 외, 앞의 책, 2009)
10) 작품 인용은 따로 언급하지 않으면 다음 문헌에서 인용한 것임. 김학철 외, 앞의 책, 2009.

중국혁명에 가담한 조선 사람들과 중국인민해방군 행진곡을 작곡한 조선 사람 등이 홍위병에 의해 부정되고 있다. 주지하듯이 홍위병들은 모택동과 함께 중국 내 반동적 문화유산을 제거하는 데에 앞장선 조직이었다. 이들에게 조선족들의 혁명 업적은 비판의 대상이 되었다. 반우파 투쟁은 한어대약진을 낳은 대약진운동으로 이어졌으며, '조선말'은 핍박을 받았다. 조선족들이 살아온 역사를 기억해내는 일과 '민족언어'인 '조선말'을 살리는 작업은 '반동적 민족주의 사상'으로 몰리고 개조의 대상이 되었다. 그러나 최명운은 홍위병에 잡혀 2년의 감옥생활을 하고 절름발이가 되었어도 그의 부인 복순이와 아이(미옥)가 돌아간 북조선에 끝내 가지는 않았다. 문화혁명 기간 동안 중국과 북조선을 경계로 이산가족이 된 최명운, 그가 꿈꾸는 세상은 다음과 같은 구절에 잘 드러나 있다. "만약 그 어느 우주공간에 지구와 같은 별이 있다면 그곳의 생명세계에도 계급구별과 민족구별이 있으며 국경이 있을까?"(84)

문화혁명 기간 이후 당적과 원직무가 회복되어 취임 여부로 갈등을 겪는 최명운이 취임의 명분으로 삼은 것은 '민족학교에 민족력사과를 회복하는 것, 민족말사전을 편찬하는 것, 민족렬사전을 내는 것'(86)이었다. 이는 그가 할 수 있는 최대치의 명분일 수 있다. 조선족이 항일투쟁과 공산혁명의 공을 매개로 중국을 상대하여 겨우 정치적인 행위를 할 수 있기 때문이다. 그러나 그것의 성취 여부를 떠나 항일투쟁 팔로군 전사인 그가 해방 후 귀국의 길목에서 '중국 국적 조선 사람'이 되기를 선택한 뒤, 그가 사는 세상이 계급과 민족의 차별이 없는 세상에 이르렀는지는 숙고하지 않을 수 없다.

「인연의 숲에서 하느적이던 풀은-큰누나의 령전에 바칩니다」[11]에서 가족을 따라 두만강을 건너 일곱 살의 나이로 가족과 생이별을 한 '누나'는 중국 집에 보내져 '하녀'로, '천덕꾸러기'로 전락한다. 그녀는 열두 살 어린 나이에 중국 집 민며느리로 팔려갔으며, 열네 살 애된 소녀의 몸으로 한족과 결혼할 뿐 아니라, 병든 몸을 이끌고 끈질기게 자신의 혈육을 찾아 나선다. 가족의 호의에도 불구하고 몇 차례 숨을 끊으려 했던, 한국말을 전혀 할 줄 모르는 그녀는 결국 사진 한 장과 그녀의 조선 이름을 남기고 세상을 떠난다.

> 댓살이나 먹었을가 말가한 계집애가 초가집을 배경으로 검정 몽당치마를 입고 찍은 사진 한 장과 언젠가 내가 누나한테 써준 누나의 조선 이름 석자였다.
> "리계진"(684쪽)

한민족으로도 한족으로도 살아갈 수 없었던 그녀, 그녀의 비극은 굶주림을 벗어나고자 압록강을 건넌 가족사 그리고 그 근원으로서의 한국 근대사가 자리잡고 있다. 「노랑나비」의 최명운과 같이 그녀는 독립투사도 아니고 타국에서 오히려 한국어를 잃어버린 채 수난 속에서 혈육을 찾으며 끝내 죽음에 이르고 만다. 그녀의 아버지가 할 수 있는 일이란 그녀의 무덤 곁에 묻혀 그녀를 지켜주는 일이다.(671) 그러나 조카며느리와 시가(媤家)의 왕씨 사람들, 이웃들에게 그녀는 "누나가 남긴 3만원 저금통장과

---

11) 리여천, 「인연의 숲에서 하느적이던 풀은-큰누나의 령전에 바칩니다」, 『연변문학』, 2005.9.(김학철 외, 앞의 책, 2009)

누나가 살고 있던 집문서 그리고 어디에 감추었을지 모르는 또 다른 현금에 대한 탐닉"(683)의 대상일 뿐이다.

「인생숲」[12]에서 한국전쟁 당시 남한 한국군에 참전한 막내동생과 소련을 거쳐 조선인민군으로 들어가 한국전쟁에 참전한 큰동생이 전선에서 총구를 겨눌 때, 만주 지역에서 포수로 남은 큰형에게 현위서기는 조선인민군을 돕기 위한 식량조달을 명령한다. 큰형은 자살을 택한다. 한국전쟁에 조선인민군이나 지원군으로 참전한 이들이 부끄러움(「비단이불」), 변절자(「바람은 가슴 속에 멎는다」), 배신자(「배움의 길」), 당당함(「고국에서 온 손님」) 등으로 표상되는 것과 더불어 피를 나눈 형제가 혈육상잔의 당사자가 되었을 때 절망의 극단인 죽음을 택한 것이다.

큰누나 리계진의 수난과 항일투쟁의 열사 최명운의 숙청, 그리고 분단 현실 속 만주에서 죽음에 이르지 않을 수 없었던 형제 등은 한민족 혹은 중국 조선족이 걸어온 삶 그 자체이다. 그들의 삶에는 유럽과 미국 제국주의를 흉내 낸 일본의 의사 제국주의, 그 원류인 유럽과 미국, 그리고 제국주의를 꿈꾸는 중국과 이들 사이에 놓인 남북한이 복잡하게 얽혀 있다. 오늘의 현실에서 보면 이들의 삶은 곧 분단 현실에 놓여 있음을 알 수 있는데, 그것은 리계진과 최명운의 삶이 큰형의 죽음과 연관되지 않을 수 없기 때문이다. 더욱이 역사의 방향이 이들의 삶이 질곡으로부터 벗어나는 것이 아니라 민족, 인류 문제와 더불어 분단 현실에 응축되고 더욱더

---

12) 류연산, 「인생숲」, 『황야에 묻힌 사랑』, 한국학술정보, 2007.(흑룡강조선민족출판사, 1997).

첨예하게 대립하는 쪽으로 가고 있기 때문이다.

3. 한국전쟁과 분단 현실 인식의 한계와 가능성

분단과 관련한 가장 첨예한 사건은 한국전쟁일 터이다. 한국전쟁은 남북한 내부뿐 아니라 주변국들의 이해관계가 첨예하게 대립된 지점이었을 뿐 아니라, 그로 인해 관련국들의 민중들에게 커다란 질곡으로 작용한 사건이다. 그렇기 때문에 전쟁으로 파생된 분단 현실을 극복하지 못한다면, 조선족을 비롯한 한민족과 주변 민족(국가)의 문제를 해소하는 것은 어려울 것으로 보인다.

이런 점에서 최근 한국전쟁과 남북 분단 문제를 다룬 중국과 조선족 문학을 검토한 바 있는 김호웅(2011)에 따르면 '항미원조문학'으로 출발한 중국 소설이 새로운 역사 시기에 와서 세계 반전문학과 대화를 함으로써 정부와 문학자들 간의 균열의 조짐이 있다고 진단한 바 있다. 더구나 조선족 문학에 대하여 중국 주류문학에 비해 전쟁과 분단 현실에 대하여 반성과 성찰을 보여주고 있다고 평가한 바 있다.[13] 이는 중국과 조선족 문학에 대하여 긍정적으로 평가한 견해라고 할 수 있는데, 특별히 남북의 시각이 아닌 다른 시각을 볼 수 있다는 점에서 큰 의의가 있다고 할 수 있다.[14] 그럼에도 불구하고 현단계 조선족 소설이 보여주고 있는 한국전쟁

---

13) 김호웅, 앞의 글, 31쪽.

14) 한국뿐 아니라 북한, 중국, 미국, 일본 등 전쟁 당사자들의 한국전쟁과 분단 현실에 대한 총체적인 형상적 인식 확보가 중요하고 볼 때, 중국 동포문학은 중요한 의미를 지닌다.

과 분단 현실에 대한 인식은 한계를 보이고 있다는 것도 분명하다.

1) 전쟁 희생자들의 삶과 인식의 한계

한국전쟁에 참전한 인물들은 죽거나, 부상을 당하거나, 포로가 되거나, 투항을 한다. 「비단이불」에서 중국인민지원군으로 출전한 '나'는 부상으로 전역하였고, 송희준 노인의 외아들은 한국전쟁에 나가 죽는다. 「바람은 가슴 속에 멎는다」의 승정렬은 포로로 귀환하며, 「배움의 길」에서 순남의 아버지는 남조선에 투항한다. 부상을 당하고 살아 돌아온 자는 살아남아 있음에 대하여 부끄러워하고, 포로로 귀환한 자는 변절자로 수난을 당한다. 투항한 후손은 노동개조의 대상이 된다. 그러나 이들은 결국 당 사업을 다짐하거나, 새 역사를 맞아 공산당의 배려로 새로운 삶을 시작하는 것으로 그려진다.

가령 「비단이불」[15]에서 '나'는 항미원조를 나갔다가 다리를 부상당하고 전역하여 현당위원회 농촌공작부 간사를 지낸 바 있는 한국전쟁 당사자이다. 1952년 겨울, 그가 만난 송희준 노인은 한국전쟁에 나간 포병 소대장인 외아들을 잃은 인물로, 그의 전사 소식에 '나'는 '전방에서 자기 전우를 잃었을 때와 같은 '고통과 의분'을 느낀다. 그리고 살아서 후방으로 돌아온 자신을 부끄럽게 여기고(149), "조선의 그 어느 곳에 자기의 육신을 갈기갈기 날려보낸 그 전우의 몫까지 합쳐 뼈가 휘도록 사업하리라 결심

---

15) 류원무, 「비단이불」, 『연변문예』, 1982.(김학철 외, 앞의 책, 2009)

을 다지고 또 다"(151)짐으로써 살아남음에 대한 부끄러움을 갖고 사업을 통한 대속을 다짐한다.

또한 「바람은 가슴 속에 멎는다」[16]에 나오는 승정렬은 중국인민지원군으로 천마산 고지에서 연합군과의 치열할 전투를 치렀고, 부대원들을 위해 물을 공급하러 갔다가 연합군의 포로가 된다. 그런대 그는 아래턱에 총상을 입고도 포로로 귀환했다는 이유로 '변절분자'로 취급받고 외톨이가 된다.

> "총알이 다 눈이 먼게 아닌가, 하필이면 아래턱을 족쳤겠나? 공개할 수 없는 사연이 따로 있었다구."
> 배두천의 말에 동년배들이 모두 눈을 동그랗게 치떴다.
> "따로 있다구? 무슨 사연인데?"
> "남조선에 거제도라고 있어. 포로수용소가 설치된 곳이거든. 정렬이 그지 포로가 됐지 뭐야."
> "그래? 알고 보니까 변절분자였구만."(529쪽)

승정렬과 함께 임무를 수행한 배두천은 전쟁터에서 도주를 하고, 사랑하는 사람을 겁탈하기도 하지만 합작사 주임, 촌장에까지 오른다. 혈기 왕성한 또래들을 제치고 입대하는 것만으로 '자랑이고 영광'이었던 승정렬은 전상(戰傷)에도 불구하고 변절분자, 반동, 간첩으로 마을 공동체에서 쫓겨날 운명에 처한다. 또한 그는 고의살인죄로 감옥에 갇혔고, 우사 일꾼으로 전락해갔다. "죽음 앞에서 악연히 놀라 졸도했던 배두천은 살

---

16) 강효근, 「바람은 가슴속에 멎는다」, 『연변문학』, 1998.9.(김학철 외, 앞의 책, 2009)

아 있고 불패의 신념을 안겨주던 왕반장이 전사했다는 것은 너무도 불공평했다"(535)고 생각한 그는 결국 배두천이 중풍으로 쓰러지고, 정부에서 그를 '1등잔폐군'으로 인정하게 되자, "만감이 교착된 지난날의 회한이 골풀이쳤"으며, "력사는 언제나 공정한 법"(558)이라고 여긴다.

중국인민지원군으로 한국전쟁에 참여한 이들은 부상을 당했음에도 불구하고 살아서 귀향했다는 이유로 정신적 외상을 입고 고통을 당한다. 전쟁으로 인한 고통은 전쟁에 참가한 당사자들뿐 아니라 후손과 가족에게도 이어진다. 「배움의 길」[17]에 등장하는 '순남'은 1952년 '조선전쟁'에 참가하여 희생된 아버지 덕분에 렬사 자제 '특등조학금'을 받으며 공업대학을 다닌다. 그러다 희생되었다던 아버지가 '기실은 투항하여 남조선에 있다'고 밝혀지면서 어머니가 앓아눕고, 여자친구로부터 배신당하고, 국가기밀 분야에 속하는 직업에 배치받지 못하고 '폐물수구점'이라는 '북대황개간농장'으로 쫓겨간다. 결국 10년 동란 후 40에 가까운 나이에 가장으로서 BK동력발전소 연구생으로 가느냐 국방기지의 직원으로 가느냐는 선택의 기로에 선다. 「올케와 백치오빠」[18]에서 아버지의 죽음을 부른 항미원조 전쟁터에 남편을 보낸 올케는 백치인 작은오빠를 돌보다 깊은 관계에 빠졌다가, 죽은 줄 알았던 남편이 돌아온다는 소식에 결국 목숨을 끊고 만다.

이들 작품이 한국전쟁이야말로 인간에게 고통을 안겨준 역사적인 카타

---

17) 리원길, 「배움의 길」, 1981.(김학철 외, 앞의 책, 2009)
18) 장지민, 「올케와 백치오빠」, 『천지』, 중국작가협회 연변분회, 1986.8.

스트로피(catastrophe)라고 인식한 것은 지극히 당연하고도 교훈적일 수 있다. 그러나 한국전쟁 참전을 '항미원조'라는 관점을 견지함으로써, 한국전쟁 발발 이후 '항미원조 보가위국'을 내세운 중국인민지원군의 기치를 따르고 있다. 이 같은 관점은 일제와 국민당의 만행과 지수, 마름들의 착취에 대항하여 공산당과 팔로군의 영도 아래 중국 건설에 이바지하고, 마침내 연변 조선 자치구 건설과 토지 개혁을 통해 그 땅에 정착한 중국 조선족과, 조선족을 포함해 소수민족을 국가적 차원으로 통합해나가는 중국의 전략과 역사에 그 뿌리를 두고 있다. 이로써 전쟁 참전 당사자들과 그 후손, 가족들은 반우파투쟁과 문화대혁명을 빗겨갈 수 없었던 것이다. 그럼에도 불구하고 이에 대한 철저한 성찰 없이 전쟁에 직간접적으로 관련된 당사자들이 중국 국경 내에서 일어난 수난으로부터 벗어나 새로운 삶이 시작될 수 있었던 이유를 당의 배려 때문이라고 암시하는 것은 분명 한계가 아닐 수 없다. 더구나 인물들을 고통 속에 내몬 한국전쟁을 그 근원에서 깊이 있게 성찰하기보다는 전쟁 체험과 현실생활에서 기인하는 부끄러움, 감격과 다짐, 사필귀정, 피해감, 허무감 등으로 그려낸 것도 한국전쟁과 분단 현실에 대한 초기 수준의 인식을 보여준 것이다.

2) 대화의 부재와 연대 가능성의 탐색

'중국인민지원군'으로 한국전쟁에 참전한 '중국 조선족' 군인과 그 후손들을 다룬 소설들과는 달리 조선족뿐 아니라 남과 북에 사는 사람들을 동시에 다루고 있는 소설은 분단 현실에 대한 다른 시각을 보여줄 수 있다는 점에서 주목된다.

「고국에서 온 손님」[19]에서는 전쟁이 끝나고 남과 북에 흩어져 살아온 가족이 우연히 '조선족자치주'에서 만나는 사건을 다루고 있다. 송화강가의 현대식 설비를 갖춘 주택의 3층에 사는 장교장네 집에 북조선에 사는 그의 동생 장철이가 30여 년 만에 방문한다. 쉰이 넘는 장철은 광복직후 '동북민주련군'에 입대하여 한국전쟁 때 조선인민군에 편입되었다가 정전 후에는 조선에 눌러 살게 된 인물이다. 1층 하원장네에는 한국에 사는 처남이 온다. 처남은 38선이 생기기 이전에 서울에 유학을 갔으며 지금은 장사를 한다. 2층에 사는 한족 집에서 3층의 장철을 초대하면서, 1층 처남(남상호)을 함께 초대한다. 남에서 온 손님을 끝까지 피하고자 했던 장철은 결국 식탁에서 남상호와 마주앉게 된다. 알고 보니 그들은 '할빈 대도관 학교' 동창이었고, 인민군 장철은 1950년 전쟁 당시 국방군으로 포로가 된 남호를 살려준 적이 있다. 그들은 "송화강유보도를 함께 거닐며 청춘의 리상도 론했고 민족의 운명도 운운했"(426쪽)던 사이였으며, 그 후 30여 년이 지나 그들은 그곳에서 만났던 것이다. 장철은 남상호와의 지난날을 "청춘의 끓는 피를 조국에 바치자고 서로 다짐하며 나어린 가슴들을 설레이지 않았던가? 그런데 지금 하나는 북에서… 하나는 남에서…"(427)라고 회상에 잠긴다. 장철은 남상호를 만나 "많은 것을 말해주고 싶었고 많은 것을 물어보고 싶었"지만, "아직은 그렇게 할 수 없"(428)다고 고백한다. 그것은 "우리 백의동포들은 아직도 '아리랑고개'를 다 넘지 못하

---

19) 김종운, 「고국에서 온 손님」, 『흑룡강신문』, 1985.6.8.(김학철 외, 앞의 책, 2009)

였"(428쪽)다는 서술자의 말을 통해서 암시하고 있듯이 이들에게도 넘어야 할 장벽이 놓여 있기 때문이다.

이 소설은 청년 시절 조국애를 나누었던 친구가 적으로서 한국전쟁을 치렀고, 오랜 시간이 지난 뒤에 남한과 북한 주민으로 만나게 된 안타까운 현실을 보여준다. 표면적으로 이것이 전쟁의 비극과 분단 현실의 한 단면을 보여주고 있다는 점에서 의의를 찾을 수도 있겠지만, 그럼에도 불구하고 장철은 아리랑고개로 비유되는 장벽과 그 해결에 대한 진지한 성찰과 가능성을 보여주지 못하고 있다. 이것은 장철 개인의 한계일 뿐 아니라 남상호를 비롯한 다른 인물과 작가 그리고 궁극적으로 한민족 문학이 지닌 한계이기도 하다.[20]

장철과 관련하여 볼 때 남상호에 대하여 "죄를 짓고 도망친 반동분자"(418)라고 인식하고 있는 것과 "외국에 와서 친척들과도 말을 조심해야 하는데 혹시 그 사람을 만났다가 말이라도 설면"(418) 어쩔 것인가라는 외적 압박에 의한 내부 검열도 관련되어 있다. 여기에는 만주 지역에서 함께 자란 어제의 친구이자 동지가 더 이상 '우리' 안에 포함될 수 없는 적이라는 무의식과 함께, 중국 조선족자치주에 살고 있는 친척까지도 경계의 대상으로 삼고 있는 무의식이 작동하고 있다. 그에게 시간은 조선항일유격대와 중국인민혁명군이 통합된 동북민주련군 출신으로 한국전쟁에서 조선인민군 정찰병으로 '조선 간부복을 입고 앞가슴에 령장'을 자랑

---

20) '한민족 문학'의 한계로 보는 것은 한국전쟁 및 분단 현실과 관련하여 아직까지 '한민족' 전체를 아우르는 진지한 성찰과 전망을 탐색하고 있는 문학을 찾아보기 어렵기 때문이다.

스럽게 달고 다니는 한국전쟁 이전의 시간이 지속되고 있다.

한국전쟁 때 북한군에 포로가 되어 장철의 도움으로 살아 남게 된 남상호는 한족 왕과장의 환영 모임에서 우연히 장철을 만나게 되고, 60년대 동경올림픽에서 임시국가로 지정된 아리랑을 부른다. 이 같은 그의 행위가 환영연에 참석한 장철에게도 감동을 주기는 하지만, 끝내 남상호와 장철의 만남은 성사되지 못한다.

여기에서 남북이 비록 성공은 하지 못했지만 올림픽 단일팀으로 참가하게 된 곳이 일본이라는 것과 임시국가로 지정된 '아리랑'을 남상호가 부른 것이 상징적으로 처리되면서, 환영회에 참석한 중국 한족과 조선족, 남한과 북한 주민들 모두에게 감격을 주는 것으로 소설이 종결 처리된 것은 한민족 연대 가능성을 모색하고 있다는 점에서는 가능성을 지닌다.

3) 자기 성찰과 분단 현실 극복의 가능성

「비온 뒤 무지개」[21]에는 독립군으로 만주에 피신했다가 한국전쟁 때 지원군으로 참전한 후 총상 후유증으로 사망한 맏이의 아들(조카), 인민군으로 참전했던 이북 첫째 삼촌, 그리고 한국 국방군으로 참전했던 둘째 삼촌이 작가인 조카의 주선으로 중국 연변에서 만난 사건을 다루고 있다. 30년 만에 어렵게 만난 첫째와 둘째는 잠깐 동안의 만남의 기쁨을 뒤로

---

21) 리여천, 「비온뒤 무지개(상)」, 『문예시대』 64, 문예시대사, 2009. 겨울; 리여천, 「비온뒤 무지개(하)」, 『문예시대』 65, 문예시대사, 2010. 봄.

하고, 사사건건 의견 충돌로 틈이 벌어진다.

"뭐야, 너도 우리 조선을 깔보는거냐? 남조선은 뭐가 잘해서 미군을 불러다 6·25전쟁을 벌리고 지금까지 남조선을 통치하게 하냐. 그리구 뭐 이라크에 군대를 피견한다구? 침략자를 돕는게 잘한 일이우? 동맹국이라구 나쁜짓도 같이 해야 한다우? 우린 배 굶어도 남의 식민지노릇은 안해!"

덕수한테 해다지 못하던 분풀이가 그만 동생이 불을 지피는 바람에 확 하고 당기고 말았다.

"형님, 남을 욕할게 뭐유? 백성들 배굶기면서 핵무기는 무슨 핵무기유? 6·25를 봐도 미군이 먼저 불질렀소? 이북이 먼저 불질하는 바람에 유엔군이 가입한거지요!"

"뭐 이북이 먼저 쳤다구? 남조선괴뢰도당이 먼저 전쟁을 도발하구두."

그만 두 삼촌은 다투기 시작했다. 6·25라는 이 민족의 원한이 아직도 그들의 맘속에 깊이 뿌리박고 있었던 것이다.(272~273)

남북한 삼촌들의 언쟁은 해묵은 것일 수 있지만, 그것이 여전히 생활 속에 자리잡고 있는 남북한 갈등 요인인 것은 엄연한 현실이다.[22] 그런데 이 소설에서 주목되는 것은 분단 현실에서 발생하는 남북한 간의 문제만 다루고 있는 것이 아니라, 중국 조선족이 바라본 남북한과 중국 문제를 다루고 있다는 점이다. 작가인 조카의 입을 통해 한국에 대하여 불만을 토로하고 비판을 가한다.

"보다 싶이 남북통일은 우리 중국동포들이 하고 있다구요. 얼마나 좋은 한

---

22) 우리의 집단 무의식에 자리잡고 있는 반공 규율에 대해서는 임지현 외, 『우리 안의 파시즘』(삼인, 2000) 제2장 「반공 규율 사회의 집단의식」 참조.

국 홍보예요. 한국에서 불법체류, 불법체류 하면서 벌어가는 달러를 아까워 하지만 그들이 통일에 기여하는 그 가치는 어찌 몇 푼 되는 달러로 계산할 수가 있겠어요. 게다가 싼 월급 대신 창조한 로동 가치는 또 얼마인가요?"(268)

"필리핀인은 외국인이니 불법체류라고 하지만 중국 교포를 불법체류라고 할 수 없잖아요. 아니면 교포라 하지 말든지. 그래 친척집에 놀러 간 사람을 오래 있는다고 불법이라 할 수는 없지 않아요. 게다가 번들번들 놀면서 파먹는 것이 아니라 피땀으로 일하면서 있는데요. 보세요, 삼촌님도 이젠 며칠 됐으니 아시겠지만 중국에 사는 우리 민족만큼 인심이 후하고 자기 민족의 전통을 가지고 있고 또 우리만큼 남북통일에 관심 갖고 힘쓰는 해외동포들이 어디 있어요? 안 그렇습니까?"(269)

중국 조선족은 민족의 전통성을 잘 계승하고 있고, 남북통일에 기여하고 있으며, 교포로서 당당히 한국 경제에 기여하고 있다는 것을 밝히고 있다. 하지만 그는 한국에 대해서는 비판적인 시각을 견지하면서도 북한에 대해서는 그것을 주저하고 있다. 북한 삼촌이 "조선은 중국과 한 형제"(266)라고 인식하고 있듯이 그는 "고향을 떠난 우리가 무슨 권리가 있어서 고향이 좋다 나쁘다 평할게 있는가"(271)라고 반문한다. 그런데 이 또한 조선족 개잡이꾼 덕수에 의해 비판되고 있는데, 덕수는 북한에 대해서 "충성을 람용하는 것이 딱 우리 문화대혁명 때 같다"(271)고 비판하고, 조카인 '나'에 대해서는 "이북이 지나치다는 줄 알면서도 왜 감히 말 못하우. 형님, 한국 욕하는 글 신문에서 나두 봤수. 왜 한국은 자본주의라고 욕할 수 있고 이북은 사회주의라고 욕하면 안"(271~272)되느냐고 비판한다. 뿐만 아니라 덕수 또한 "중국에는 돈만 있으면 다"(276)라는 타락한 자신과 중국 현실을 비판적으로 표상하는 인물이다.

이렇듯 이 소설은 남북한의 대립과 갈등뿐 아니라 중국 조선족으로서 남한과 북한 그리고 조선족 자신과 중국 현실에까지 비판적인 시각을 보여주고 있다는 점에서 분단 현실을 넘어설 수 있는 하나의 가능성에 한층 다가서고 있다는 의의가 있다.

4. 분단 현실을 넘는 연대성 모색의 방향

우리에게 만주는 어떤 곳인가? 고조선, 고구려, 발해의 땅으로 기억되는 곳, 항일투쟁의 성지, 압제와 고통에서 벗어나고자 하는 고난과 정착의 땅이 아닌가? 그러나 그러한 관념은 한민족이 공통으로 갖고 있는 것인가, 아니면 어디까지나 한국인 혹은 중국 조선족의 관념일 뿐인가?

그곳에 정착하여 살고 있는 '중국 조선족'은 자신들의 모국이 조선(남북한)인 사람들이 여전히 살아 있으며, 그들의 기억이 존재하는 한 중국 내 대부분의 소수민족들과는 다를 수 있다. 「고국에서 온 손님」에서 쉰 고개를 넘긴 한국전쟁 당사자들인 장철과 남상호에게는 조선족자치주를 지켜온 그들의 형님과 어머니, 고모 등이 있다. 「비온 뒤 무지개」에서는 노년의 남과 북의 삼촌들이 있으며, 그들은 '나'에게 아버지의 존재를 기억하게 해주는 인물들이다. 그러나 그들의 존재가 사라지고, 그럼으로써 이전 세대인 조상들의 땅은 점차 잊혀지고, 그들의 정치적인 귀속과 그들이 태어난 고향이 강조될수록 중국 내 소수민족과 별반 차이가 없게 될지도 모른다.

이런 점에서 중국 조선족 작가들이 끈질기게 놓지 않으려는 조선어라는 끈과 열사들의 투쟁사와 기억, 그리고 전쟁과 분단 현실에 대한 이야기는 의미가 있어 보인다. 왜냐하면 그것은 소수민족이 지닌 삶의 고통을 넘어서 연대성을 모색하는 중요한 요소들이라 판단되기 때문이다.

중국에서 조선어가 차지하는 위상은 비록 미미하다 할지라도 그것이 일상생활뿐 아니라 문학작품으로 명맥을 유지하고 있다는 것은 의미심장하다. 한국전쟁과 남북 분단 현실을 조선어 소설로 형상화할 수 있다는 것은 이미 한국어를 공용어로 사용하는 '우리'들의 연대성을 모색하는 기반이 된다. 그러나 불행하게도 조선어가 날로 한어에 밀려 쇠퇴해가고, 문학지(文學誌)도 그 발행부수가 현격하게 줄어드는 상황에서, 일부 연구자들은 한어를 통해서 성공적인 작품 생산활동을 대안으로 제안하기도 한다. 그러나 어느 한쪽의 언어만을 구사하는 것보다는 가능하면 조선어뿐 아니라 한어도 완벽하게 미적 언어로 사용할 수 있는 것이 중요하다. 미국에서 영어를 단일언어로 사용하는 자들은 소수자들의 언어를 배우지 않는다. 마찬가지로 다수자들의 언어인 한어를 사용하는 사람들은 중국의 소수자들의 언어를 배우지 않는다. 하지만 소망이기는 하지만 다수자들의 언어인 한어 사용자들이 조선어를 배우고 그것을 통해 '중국 조선족'을 이해하는 자세가 절실하다.[23] 그것은 중국 당국의 정책적 판단과

---

23) 그 역도 필요하긴 하지만 당연하다고 생각하는 것은 숙고할 필요가 있다. 가진 자, 다수자, 권력자들이 오히려 소수자들의 목소리를 배워야 한다. 최근 한국어에 대한 열풍은 주목할 만하기는 하지만, 그것이 중국 자본주의화 과정에서 상업성, 실용성 등과 결부되어 있다는 점에서 한계를 지닌다. 언어가 상업성과 실용성에 경도될 때 언어의 깊이, 예

맞물려 있는 것이기는 하지만, 한 국가에서 단일언어의 사용이 복수의 언어 사용보다 삶의 질을 보장한다는 어떤 명백한 증거도 없다는 점[24]에서도 필요하다. 그러나 오늘날 다민족, 다인종, 다문화주의라는 것이 종래는 국가와 다수자들의 이익과 맞닿아 있는 것이라는 견해[25]는 그것이 결코 낙관적이지만은 않다는 것을 뜻한다. 따라서 조선어의 품격과 작품성, 예술성을 확보하는 작업과 현실을 타개해나가는 노력을 지속시키는 과제를 안고 있다.

또한 기억을 통해 열사들의 투쟁사를 이야기하는 것도 중요한 과업이다. 중국 조선족 후손뿐 아니라 반쪽짜리 문학사교육을 통해 성장한 남북한 국민들에게 만주 지역에서의 항일투쟁과 중국 국가 건설에서 활약한 열사들의 투쟁사를 형상화한 서사를 공유하는 일은 한민족의 기억을 복원하는 일이자 공통감각을 형성하는 일이며 조선족의 정체성을 모색하는 일이기도 하다. 1949년 중화인민공화국의 창선 이후 김학철과 문화대혁명 이후 리근전이 보여준 문학 행위는 전형적인 예일 것이다. 그러나 열사들의 투쟁이 한국전쟁 서사에 이르면 앞에서 본 일부 소설에서 볼 수 있듯이 중국의 이데올로기인 '항미원조'를 벗어나지 못한다면, 적어도 남한의 입장에서 볼 때 연대성의 걸림돌로 작용할 수밖에 없다. 뿐만 아니라 '조국보위'라는 입장에서 조선인민군 혹은 지원군으로 참전한 경우라

술성과 관계없는 정보의 교환, 도구성, 몰주체성 등과 관련되기 때문이다. 따라서 앞서 말한 근본적인 차원에서의 '조선어(한국어)'에 대한 학습이 필요하다.

24) David Crystal, *Language Death*, 권루시안 역, 『언어의 죽음』, 이론과실천, 2000, 52쪽.

25) 서경식, 『고통과 기억의 연대는 가능한가?』, 철수와영희, 2009, 4쪽.

고 해도, 그것을 끝까지 견지하는 한 「비온 뒤의 무지개」의 남북한 삼촌들과 같은 갈등은 지속될 수밖에 없다.[26] 이 같은 논리는 '조국'을 북조선이라는 특정 정치 체제와 연결시키기 십상인데, 실상 그것은 인위적인 역사적 과정의 산물이라는 것을 인식할 필요가 있다. 따지고 보면 한국, 북조선, 중국이라는 국가도 역사적으로 형성된 산물이며, 그들이 영원히 정의로운 정치 체제로 존재한다고도 볼 수 없을 것이다. 이런 점에서 「비온 뒤 무지개」는 중국 내부의 조선족과 그 현실뿐 아니라 남북한에 대한 비판적 시각을 시도했다는 점에서 의미를 찾을 수 있을 것이다.

이 글의 애초의 의도와 결부시켜 볼 때 한국전쟁과 분단 현실에 대한 인식과 그 극복의 가능성을 탐색하는 것이 이 글의 핵심이라는 점에서 앞서 논의한 방법들이 이와 결부되어 있는 것이기는 하지만, 무엇보다 한국전쟁과 그 이후 분단 현실을 정면으로 문제 삼는 작품들이 주목된다. 한국전쟁과 분단 현실은 한국과 북조선뿐 아니라 한민족 전체 그리고 중국, 미국, 일본 등 세계와 관련되어 있는 문제이다. 대단히 복잡하게 얽힌 분단 현실을 타개하는 실마리를 찾는 것이야말로 한민족이 살고 인류가 사는 길이다. 앞에서 살폈듯이 진지하게 중국 조선족 소설이 보여준 한국전

---

26) 해방 후 조선인의 이중국적 즉 북한과 중국 국적을 가진 이들이 인민해방군의 일원으로 중화인민공화국 창건에 공을 세우고, 해방 전 중국공산당과 함께 항일운동을 했던 조선인이 해방 후 조선인민군으로 가담하게 되는데, 이들과 함께 인민해방군 소속 조선인은 지원군의 일원으로서 그들의 공동의 적인 미 제국주의를 분단의 원흉으로 보고 항미원조, 조국보위로서 한국전쟁에 참여하였다는 사실에서 당시의 현실을 이해할 수 있다. 김재기·임영언, 「중국 만주지역 조선인 디아스포라와 한국전쟁」, 『재외한인연구』 23, 재외한인학회, 2011.

쟁과 분단 현실에 대한 인식은 그 근본 원인과 대안을 깊이 있게 성찰하지 못하고 있다는 점에서 한계를 지니지만, 동족상잔과 분단 현실을 고발, 비판하는 수준을 넘어 다소 막연하고 구체적이지 못하지만 분단 현실을 타개하고 연대성의 가능성을 시사하고 있다는 점에서는 의의를 지닌다.

국적과 출생지가 아무리 중국이라고 해도, 민족과 관련된 역사적 기억이 각기 다른 민족이 함께 어울려 산다는 것은 그리 간단한 문제가 아닐 것이다. 다소 과장되어 있기는 하지만 「흘러가는 마을」(고신일)에서 조선족들이 갖고 있는 '한족들과 엇서서는 재미 없다'는 의식과 보복에 대한 두려움은 이웃한 재일조선인들이 느끼는 고통과도 그리 멀지만은 않아 보인다. 이 문제를 타개하는 길은 분단 현실을 넘어서기 위해 연대성을 확보해가는 일인데, 그것은 한민족 내부와 외부에서 연대성을 확장해나가는 일이다.

전자를 위해서 현단계 제시된 것은 '형제의 정'[27], '혈육의 정'[28], '하나의 민족'[29]이라는 개념들이다. 이들은 실상 같은 범주로 묶을 수 있는 의미를 지닌 말들이다. 「비온 뒤 무지개」에서 자본주의와 사회주의를 넘어서는 것은 '형제의 정'에 있다는 것을 보여준다. 이는 중국 조선족 2세인 '나'의 견해이기도 하거니와 대립하는 남북한 형제가 만나는 강력한 이유이기도 하다. 또한 분단을 다룬 중국 조선족 문학의 의의를 "반복적인 만

---

27) 리여천, 앞의 글, 276쪽.
28) 김호웅, 앞의 글, 31쪽.
29) 최병우, 「중국 조선족 소설에 나타난 한국의 이미지 연구」, 『한중인문학연구』 30, 한중인문학회, 2010.

남과 대화, 이해와 존중을 통해 혈육의 정에 바탕을 둔 통합의 실마리를 찾을 수 있음을 시사하고 있다"[30]는 연구자의 평가에서 알 수 있듯이 그것은 '혈육의 정'으로 나타난다. 다른 한편 그것은 한중수교 이후 중국 조선족 소설에 나타난 한국의 이미지를 검토한 후 "중국 조선족들은 한국인과 중국인이라는 국민적 차이를 인정하고 하나의 민족으로서 한국인들과 중국 조선족들이 공존하고 연대하는 방법을 모색하게 된다"고 보고 "이제 중국 조선족과 한국인은 민족의 개념으로 화해하고 통합하여야 한다"[31]고 주장하는 견해와도 맞닿아 있다.

이러한 견해는 일반론으로 자리잡은 다수의 견해와 일치하는 부분인데, 필자는 혈통에 기반한 민족, 종족, 종교, 인종 등과 같은 다소 추상적이고 상상적인 것보다는, 리처드 로티가 제안한 "우리 자신과 매우 다른 사람들을 '우리'의 영역에 포함시켜 볼 수 있는 능력",[32] 좀 더 구체적으로 타자의 고통에 대한 공감과 잔인성에 대한 가책을 통한 연대성을 모색하는 방법에 주목하고자 한다. 이 방법은 민족이나 혈육이 내포한 또다른 차별과 배제의 위험성을 벗어나게 해준다. 가령 '그는 유태인이다'와 같이 '그는 한민족이다'라고 호명할 수 있는데, 그 순간 선택과 배제, 차별이 작동할 수 있다. 그것보다는 '그는 나와 같이 전쟁터에서 총상을 입고 고통을 당하고 있는 사람이다'라고 이해, 공감, 그리고 창작을 통해 생산 활동을 하는 것이 그러한 한계를 넘어 연대성을 형성할 수 있는 방향이 될

---

30) 김호웅, 앞의 글, 31쪽.
31) 최병우, 앞의 글, 46쪽.
32) Richard Rorty, 김동식 · 이유선 역, 앞의 책, 349쪽.

수 있다. 그러나 「비단이불」에서 보여주듯 그것이 오로지 '자기 전우'에만 국한될 때 도그마에 빠진다. 그것은 오히려 「고국에서 온 손님」에서 장철이 부상당한 포로 남상호를 두고 자기 안의 잔인성을 중단하고 타인의 고통에 접근하는 것이다. 그러나 이러한 시도가 가능성을 지니고 있음에도 불구하고 한계를 지닐 수밖에 없는 것은 그러한 감각(인식과 활동, 실천)을 확장시키려는 끊임없는 노력이 부족하기 때문이다. 장철은 남상호의 고통을, 남상호는 장철의 고통을 공감하지 못하며, 남한 삼촌과 북한 삼촌은 서로의 고통을 공감하지 못한다.

후자의 경우 즉 중국 내외부에서 연대성을 확장해나가는 일은 한국전쟁과 그로 인한 분단 현실이 한민족 내부의 문제만은 아니라는 사실에서 기인한다. 그것은 민족, 인종, 국가를 넘어 중국 내외에서 타인의 고통에 공감하고 인간의 잔인함에 대하여 혐오하는 인간들과 연대하는 일이다. 이런 점에서 조선족 소설이 시도하고 있는 중국과 한국을 동시에 비판적인 거리를 두고 '탈영토화' 혹은 '탈식민화'를 시도하고 있는 소설들은 그러한 가능성을 내포하고 있다는 의미가 있다. 그러나 그것이 보다 확장되고 구체적으로 심화되어야 하는 과제가 부여되어 있다.

5. 맺음말

서두에서 한국을 비롯한 중국, 일본, 미국 등의 민족 특히 한민족 관련 현실을 화두로 출발하였다. 한민족의 정체성은 늘 문제적이며 그렇기 때문에 민족과 국경을 넘는 한민족의 방향성을 탐색해야 하는 당위성이 있다. 특히 이번 장에서 다룬 중국 조선족 문학과 관련하여 소설 분야에서 이룬 성과는 과소 평가될 수 없다. 그러나 중국 조선족 문학의 위상을 올바르게 세우기 위해서는 한반도뿐 아니라 동아시아 및 세계사적인 문제와 연결되어 있는 근본적인 문제 곧 분단 현실을 전면적으로 다루어야 하는데 작품과 연구에서도 그렇게 하지 못하고 있다는 한계를 지닌다. 여기에는 북한과 중국과의 관계, 문학자들 내부의 역량 문제 등이 작용하고 있다.

분단 현실 속에서 이를 타개하고 새로운 인류사를 도모하기 위해서는 폐쇄적인 민족, 국가 관념을 벗어나야 한다. 그러기 위해서는 조선인이 중국 지역에 정착하기까지의 역사를 우리=민족이라는 의식에서 출발하기보다는 고통과 수난을 당하는 인간 특히 전쟁과 분단 현실 속에서 죽음과 고통 속에 내몰리는 인간을 주목할 필요가 있다고 언급하였다. 그것은 민족 혹은 국민이라는 호명 속에는 정치적 이념에 따라 차별과 잔혹함이 상존하고 있기 때문이다.

중국 조선족의 일부 소설들은 지원군 혹은 인민군으로 한국전쟁에 참가한 인물들 혹은 그 후손들을 통해 한국전쟁이 인간에게 가한 잔혹함과 고통을 직시하고 있다는 점에서는 의미를 부여할 수도 있지만, 중국과 북조선 간의 동맹 이데올로기는 그 이상의 성찰을 가로막는 장애로 작용한다.

또한 남북한뿐 아니라 조선족을 동시에 다루고 있는 소설들은 남북한에 일정한 거리를 두고 볼 수 있는 시각을 확보함으로써 남북 중재자로서의 조선족의 역할을 강조하고 있다. 이는 개혁 개방 이후 조선족이 유일하게 남북한을 넘나들 수 있으며, 동시에 연변이 남북 주민이 만날 수 있는 거의 유일한 장소라는 데서 자연스럽게 형성될 수 있었다. 이런 점에서 남북 문학과는 다른 시각을 확보할 수 있는 조선족 문학은 추상적이나마 한민족의 연대 가능성을 모색하고, 미약하게나마 조선족과 중국뿐 아니라 남북한에 대하여 비판적인 거리를 확보할 수 있는 단초를 확보할 수 있었다.

특히 조선족에게도 무거운 짐으로 남아 있는 분단의 질곡을 넘기 위해서는 조선어와 한어를 통한 연대의식의 기반 확보, 중국에 정착한 조상들의 투쟁 이야기를 통한 공통감각의 형성과 정체성의 확보, 그리고 무엇보다 '혈통에 기반한 민족'을 넘어서는 연대성 확보는 중요한 과제이다. 특히 타인의 고통에 대한 공감과 잔인성에 대한 가책을 통한 연대성은 민족과 국가를 넘어서 진정한 인류 공동체를 실현하는 하나의 방법론이 될 수 있을 것이다.

제2부

문학의 존재와 문학교육의 방법

제1장 구성주의적 관점에서 문학 텍스트 읽기

1. 머리말

주지하고 있듯이 문학(비평)이론과 관련하여 볼 때 문학 텍스트를 읽는 관점은 다양하다. 그런데 이 장의 주제와 관련하여 본다면, 문학 텍스트를 읽는데 왜 하필이면 구성주의적 관점인가?

교육계를 보면 최근에 구성주의에 대한 관심이 고조되어 왔음을 알 수 있다. 구성주의의 핵심이 지식의 구성에 있다 할 때, 교육이 지식을 중심으로 가르치고 배우는 일과 관련되어 있다고 한다면 이 같은 현상은 지극히 당연하다 하겠다.

잘 알려져 있다시피, 구성주의는 지식이 형성되는 과정에 대한 관점으로서의 인식론의 일종으로 '지식은 발견되는 것이 아니라 구성되는 것'이라는 명제로 요약되곤 한다. 그리고 지식이나 의미를 구성하는 연원을 개인 혹은 사회집단 중 어디에 초점을 두느냐에 따라 구성주의는 급진(인지)적 구성주의, 사회적 구성주의로 양분되기도 한다.

그러나 구성주의를 지식의 문제를 다루는 '인식론'으로 축소해버리는 것은 문제라 아니할 수 없다. '지식'이라는 것을 어떤 관점에서 바라보느냐에 따라 달라질 수 있겠지만, 지식이라는 것이 주체의 삶과 분리된 채 논의되는 것은 구성주의의 참뜻과 가능성을 놓칠 염려가 크기 때문이다.

그간 구성수의에 대한 논의는 여러 학문 분야에서 논의되어 왔지만, 그 가운데 특히 교육학 분야가 활발한 듯하다. 그에 따라 교과교육학에서도 활발하게 논의가 진행 중에 있다.

문학에 한정하여 본다면, 문학과 구성주의 관련 논의는 1980년대 중반 이후 여러 연구자들에 의해 이루어졌다. S. J. 슈미트와 H. 하우프트마이어의 『구성주의 문예학』(1985)이 1995년에 번역되었다.[1] 이 저서는 구성주의 관점에서 문학을 연구하는 연구자들에게 큰 영향을 주었다. 이후 이상구, 이광복, 류덕재, 이재기, 김용현 등의 논의가 이어졌는데, 이들은 구성주의 문예학을 소개하고, 그 원리와 방법, 그리고 독자 등을 논의하고 있다.[2] 최근에는 김상욱, 김성진 등에 의해 구성주의를 문학이론의 차

---

1) H. Hauptmeier & S. J. Schmidt, 차봉희 역, 『구성주의 문예학』, 민음사, 1995.

2) 이상구, 「학습자 중심 문학교육 방안 연구」, 한국교원대박사논문, 1998 ; 이광복, 「구성주의 문예학과 그 문학교수법적 함의」, 『독어교육』 17, 한국독어독문학교육학회, 1999 ; 이상구, 「구성주의 동향에 따른 학습자 중심 문학교육 방안」, 『한국어문교육』 9, 한국어문교육연구소, 2000 ; 류덕재, 「구성주의 관점의 문학교육」, 『한국초등국어교육』, 한국초등국어교육학회, 2001 ; 이상구, 「구성주의적 학습자 중심 문학교육의 원리와 방법」, 『문학교육학』 10, 한국문학교육학회, 2002 ; 이상구, 『구성주의 문학교육론』, 박이정, 2002 ; 이재기, 「사회구성주의 관점에서의 독자 : '결정'과 '자율'의 사이에서 성찰하는 독자」, 『독서연구』 16, 한국독서학회, 2006 ; 김용현, 「구성주의와 문학 수업의 방향성에 관하여」, 『독어교육』 37, 한국독어독문학교육학회, 2007.

원에서 실천적 방향을 모색하는 연구와 함께,[3] 황정현 등에 의해 문학 연구와 문학교육의 방향을 구성주의 차원에서 논의하는 연구가 진행되었다.[4] 그리고 사회문화적 맥락을 반영한 문학교육의 방향을 모색하기도 하였다.

그러나 구성주의에 대한 관심과 이를 교육 현장에 실현하기 위한 그동안의 노력에 비하면 가시적인 성과를 기대하기는 어려운 실정이다. 이렇게 된 이유는 여러 차원에서 검토해볼 수 있겠는데, 어떤 이론이 충분히 검토되고 그에 대한 깊이 있는 방법론을 모색하기도 전에 또 다른 이론이 도입되어 그것이 대세를 차지하고 마는 경향과 관련된다. 이전 이론이나 관점이 지닌 문제점을 비판하고 보다 나은 이론 내지 관점을 논의하는 일은 적극적으로 고취해야 할 일이나, 그에 대한 깊이 있는 논의를 거치지 않은 채 이론적 시류에 휘말리고 마는 것은 문제라 아니할 수 없다. 가령 기존 신비평류의 이론을 비판하고 등장한 반응 중심의 문학이론들, 이를테면 독자반응비평이나 수용미학 등에 대한 깊이 있고 풍부한 논의를 우리는 아직도 축적하지 못하고 있다.[5] 사정이 이렇다 보니, 구성주의를 기존 인식론 혹은 교육의 문제들을 단숨에 해결할 수 있는 이론으로 맹신함

---

3) 김상욱, 「실천적 이론과 이론의 실천: 문학교사를 위한 제언」, 『문학교육학』 18, 한국문학교육학회, 2005 ; 김성진, 「서사이론과 읽기 교육의 소통을 위한 시론」, 『문학교육학』 19, 한국문학교육학회 2006.
4) 황정현, 「21세기 문학연구와 문학교육의 방향과 과제」, 『현대문학의 연구』 31, 한국문학연구학회, 2007.
5) 여기에만 한정되는 일 아니다. 신비평을 비판하고 있지만, 그 이론이 가진 장점을 살려나갈 구체적인 방법론에 대한 논의가 밀도 있게 이루어진 적이 많지 않다.

으로써 구성주의 만능적 사고에 빠진다거나, 구성주의를 지나치게 좁거나 단순하게 해석함으로써 교수법적 차원으로 축소해버리는 측면이 없지 않다. 더구나 구성주의가 인식론으로서 지식을 바라보는 관점이기 때문에 이를 구체적인 교육 현상에 투입할 수 있는 실천 방안을 마련하기가 어렵다는 점에서 이론과 실천의 낙차가 크지 않을 수 없다.

여기에서는 구성주의 관점에서 문학 텍스트를 읽을 때, '맥락적 의미 구성'이 핵심 개념이라 생각하고, 우선 구성주의 관점에서 맥락적 의미 구성 문제를 검토하고자 한다. 그리고 맥락적 의미 구성의 지향태가 무엇인지를 확인하고, 맥락을 아우르고 있는 고통의 문제를 다룬 분단소설을 대상으로 맥락적 의미 구성의 방향을 모색하고자 한다.

2. 구성주의 관점과 맥락적 의미 구성 인식

앞에서 구성주의는 급진(인지)적 구성주의와 사회적 구성주의로 대별된다고 하였는데, 사회적 구성주의에 이르기까지 몇 가지 단계를 설정해볼 수 있다. '첫째 인간이 스스로를 판단의 척도로 삼아 외부세계를 인식하려는 단계, 둘째 마투라나의 생물학적 평형 유지의 전제를 구성주의에 접목하는 단계, 셋째 급진적 구성주의 성립단계, 넷째 사회적 구성주의 성립단계'가 그것이다.[6]

18세기 비코(Vico)는 인간의 본성을 인간이 알지 못하는 상황에 처했을

---

6) 이종일, 「사회적 구성주의」, 『구성주의 교육학』, 교육과학사, 1998, 77-80쪽.

때 자신을 기준으로 삼아 판단하는 것으로 인식하였다. 이러한 비코의 생각은 지식에 대한 객관주의적인 인식에서 벗어나 지식을 주관적 경험과 연관지을 수 있는 생각으로 이어졌다.

구성주의 인식론과 구성주의 문예학에 영향을 준 마투라나는 다음과 같이 기술한 바 있다.

> 인지한다는 것(cognite)은 산다는 것이고, 산다는 것은 인지하는 것이다. 관찰자로서 우리는 기술 영역에 존재하며, 이 영역은 공감 영역으로서의 인지적 영역이다. 우리는 실제로 우리의 자기 생산의 여러 상이한 종류의 실현을 구축하는 여러 상이한 인지 영역에서 작동한다. 더구나 모든 인지 영역은 자신을 확정하는 구조적인 접속 안에서 구체화되는 내적인 일관성의 특징들에 의해서 정의되는 관계 또는 상호 작용의 폐쇄된 영역을 구축한다. 따라서 아주 일반적으로 말해서 모든 적응의 체계는 인지 영역을 구축한다.[7]

마투라나는 생명체로서의 인지체계는 폐쇄적이고 재귀적으로 이루어지며, 인지체계들 사이의 커뮤니케이션을 통해서 실현될 뿐 아니라 사회성을 갖는다고 보았다. 인지라는 것은 인간의 생물학적인 고유성과 분리될 수 없으며, 사회학적인 측면과도 연결된다는 것을 규명하였다.[8]

피아제(Piaget)의 인지심리학을 이론적 근거로 한 본 글라저스펠트(von Glasersfelt)의 급진적 구성주의는 이전의 객관주의 혹은 표상주의와는 달

---

7) 우멤르토 마투라나, 「인지」, 『구성주의』, 까치, 1995, 115쪽.
8) 생물학과 구성주의의 만남에 대하여는 다음 참조. 강인애, 『우리 시대의 구성주의』, 문음사, 2003, 제1장.

리 인간의 지식은 맥락에 의거해 구성된 것에 지나지 않는 것이라는 급진적인 주장을 담고 있다. 여기에 이르러 지식은 유기체의 생물학적인 평형 유지를 위한 유용한 산물이며, 앎의 과정이자 인간 삶 자체의 적응과정이 된다.

그러나 급진적 구성주의는 지식 구성의 개인 차원을 강조함으로써 사회적 상호 작용을 간과하였다고 비판받게 된다. 지식의 연원은 근본적으로 사회문화적이라는 비고츠키(Vygotsky)의 이론을 근거로 한 사회구성주의는 급진적 구성주의의 구성의 측면과 사회적 맥락을 동시에 강조한 이론이다. 이는 한마디로 사회성이 강조된 '맥락적 구성'이라 할 수 있다. 지식은 우리의 삶의 맥락을 초월한 실재를 객관적으로 표상해낸 것이 아니라, 특수한 시공적 맥락에 비추어 구성해내는 것이라 한다.[9]

흔히 사회적 구성주의의 이론적 토대로 상징적 기호를 통한 사회적 상호 작용, 고등정신 기능의 내면화, 근접 발달 영역 등을 들고, 교수학습의 원리로서 대화학습, 도제학습, 소집단 프로젝트 학습 등을 들고 있다.

객관주의와 달리 구성주의는 지식을 현실의 모사 혹은 재현으로 보는 것이 아니라 사회적 주체로서의 인식 주체가 인지적 활동을 하면서 구성하는 나름의 현실 즉 지식을 구성하는 행위, 과정, 맥락 등을 중시한다. 따라서 옳고 그르게 이해했는가, 즉 진리(truth)보다는 적합한가(adquate), 유용한가(viable), 잘 들어맞는가(fit) 등이 중시된다.

특별히 이 글에서 주목하고자 하는 것은 맥락이다. 구성주의가 단순히 능

---

9) 조용기, 「구성주의 교육의 조절」, 앞의 책, 4쪽.

동적인 활동을 강조하는 것이라면, 다른 이론들과 차별화된 주목을 끌기 어렵다. 그것은 거의 모든 이론(가)들이 언급하고 있는 것이기 때문이다.

지식은 탈맥락적으로 발견되는 것이 아니라 맥락적으로 구성된다는 구성주의의 기본정신에 입각해본다면, 구성주의에서 맥락의 위상을 가늠해볼 수 있다. 구성되는 지식을 위해 맥락이 중요한 것이 아니라 맥락을 위해서, 맥락의 요청에 의해서 지식이 구성된다는 점에서 '맥락'에 방점이 놓여 있음을 주목할 필요가 있다.[10] 여기에서 맥락이란 주체의 텍스트 읽기와 관련된 총체적인 작용으로 삶의 개념에 육박하는 것이다. 삶으로서의 맥락이 특별히 강조되는 이유는 삶이 지식보다 중요한 것이며 그와 함께 삶에 바탕을 둘 때에만 의미 있는 지식도 습득할 수 있기 때문이다.

그렇다면 맥락은 무엇이고, 또한 맥락은 어떠한 것들이 있는가? 우선, 이를 살펴보기 전에 현황을 파악하기 위해 공식적인 관점이 잘 드러나 있는 초중등학교 교육과정을 보자. 맥락을 교육과정에 공식적으로 반영하고 있는 '2007 개정 국어과 교육과정' '문학' 영역 '맥락' 범주에는 '수용·생산의 주체, 사회·문화적 맥락, 문학사적 맥락' 등이 설정되어 있다. 문학 활동과 관련되는 공시적 통시적 맥락 변인을 주체, 사회·문화, 문학사 등에서 접근하고 있는 것을 알 수 있다.

그러나 정작 제시된 내용 항목에서는 맥락을 반영한 내용들을 찾기가 어렵다. 개정 교육과정의 10학년 '문학' 영역 성취 기준을 보면 다음과 같다.[11]

---

10) 여기에 대한 논의는 조용기, 위의 글과 같은 책 「구성주의 교육의 구성」 부분 참조.
11) 다른 학년의 성취 기준과 내용 예시가 이와 크게 다르지 않다. 오히려 학년이 낮아질수록 형식이나 구조에 치중되어 있다.

⑴ 문학이 인간의 삶에 미치는 긍정적인 의미와 효과를 발견한다.

⑵ 문학작품에 드러난 작가의 개성을 이해한다.

⑶ 인간의 보편적인 삶의 조건에 비추어 문학작품을 이해한다.

⑷ 문학작품에 대한 비평적 안목을 갖춘다.

⑸ 수용과 전승과정에 유의하여 한국 문학의 전통을 이해한다.

위에서 알 수 있듯이 문학작품이나, 작가, 문학사 등으로 구성된 내용은 기존 교육과정에 제시된 작가, 작품, 문학사와 관련된 내용에서 크게 벗어나지 못하고 있다.

선택과목인 '문학' 과목 교육과정을 보면 '문학과 삶의 범주'에는 '문학과 자아, 문학과 공동체, 문학의 생활화' 등이 제시되어 있다. 구체적인 내용을 보면, 다음과 같다.

⑺ 문학과 자아

① 문학을 통하여 자아를 성찰하고 삶의 의미에 대하여 질문하며 내면세계를 확충한다.

② 문학을 통하여 타자를 이해하고 삶의 다양성을 수용한다.

③ 문학을 통하여 인간과 세계의 진실을 심미적으로 인식하고 표현하는 안목을 기른다.

⑻ 문학과 공동체

① 문학을 통하여 사회, 민족, 역사, 자연 등 다양한 층위의 공동체와 연대의식을 갖는다.

② 문학을 통하여 양성평등, 사회적 소수자, 생태, 미래 사회 등 공동체의 관심사에 대한 문제의식을 공유하고 소통한다.

㈐ 문학의 생활화

① 문학 활동을 생활화하여 수준 높은 국어생활을 영위한다.

② 문학 활동을 생활화하여 풍요롭고 가치 있는 삶을 영위한다.

③ 문학 활동을 생활화하여 공동체의 문화 발전에 능동적으로 이바지한다.

이를 보면, 자아성찰, 내면세계의 확충, 타자 이해, 공동체에 대한 인식, 풍요롭고 가치 있는 삶, 문화 발전에 대한 기여 등 맥락과 태도에 관련된 내용을 폭넓게 규정하고 있음을 알 수 있다. 또한 '문학활동'에서는 '내용, 형식, 표현의 유기적인 연관을 고려하며 작품을 수용한다. 섬세한 읽기를 바탕으로 작품을 다양한 맥락에서 이해하고 감상하며 평가한다. 이해와 감상 및 평가의 결과를 자신의 삶과 관련하여 내면화한다.' 등이 내용으로 설정되어 있다. 문학적 문화의 형성이 문학 활동을 통해 실현될 수 있다는 전제에서 보면, 문학의 형식과 내용에 대한 섬세한 읽기를 넘어서 다양한 맥락에서 문학 작품을 읽고 그 결과를 자신의 삶과 관련하여 내면화하는 일을 핵심 내용으로 삼은 것은 일단 수긍할 만하다. 그러나 작품의 수용이 내면화에 그치는 것이 아니라 삶 속에서의 실현으로 나가야 한다고 한다면, 활동 그 자체로 한정되는 것은 한계가 있다. 문학교육과정에서 그것을 문학과 삶의 맥락 범주로 확장해나간 것은 이런 점에서 의의가 있다 할 수 있다.

그렇다면 맥락이란 무엇인가? 맥락이 무엇을 의미하는지는 여러 논자들이 논의한 바 있으며, 논자에 따라 맥락은 다양하게 정의되고 있다. 가령 맥락에 대한 다양한 견해를 검토한 한 연구자는 맥락이란 '텍스트 생산·수용과정에 작용하는 물리적, 정신적 요소'로 정의한 바 있으며, 그 구성요소로 '텍스트 맥락, 텍스트간 맥락, 상황 맥락, 사회문화 맥락'을 든 바 있다.[12] 맥락을 텍스트 생산과 수용과정을 중심으로 본 것은 정당한 방향 설정이라 할 수 있지만, 맥락을 그 과정에 작용하는 물리적, 정신적 요소라 규정한 것은 폭넓게 사용되는 맥락을 포괄하기에는 지나치게 좁다는 생각이 든다. 그러니까 물리적, 정신적 요소에는 텍스트 간 맥락, 상황 맥락, 사회문화적인 맥락 등이 포괄될 수 없다는 한계가 있다.

그렇기 때문에 이 글에서는 다양하고 폭넓은 맥락요소들을 포용한다는 측면에서, 맥락이란 '텍스트 생산·수용과정과 그 결과에 간여하는 일체의 작용'이라 정의해둔다. 맥락을 구성하는 요소로는 담론적 층위, 주체적 층위, 상황적 층위, 사회·문화적 층위의 맥락을 상정하고자 한다. 담론적 층위는 수용과 생산의 의미 구성에 작용하는 언어적 구성물 혹은 담론(텍스트), 상호 텍스트성 등을 말한다. 주체적 층위는 작가, (교사를 포함한) 독자 등 주체뿐 아니라 언어적 구성물인 담론 등과 대화적 관계를 형성하는 주체들을 말한다. 상황적 층위는 과제, 시공간 등을 말한다. 과제의 경우 가령 교수학습이 이루어지는 상황에서 수용·생산과 관련된 해결해야 할 문제를 말한다. 사회·문화적 층위는 윤리, 이데올로기, 규범, 가치, 사회역사적 이슈, 계급(계층) 등이 속한다.

구성주의가 수용과 생산 주체의 맥락적 구성을 중시한다면, 맥락적 구성의 대상은 의미에 있다. 맥락적 의미 구성이 구성주의의 핵심이라 할

---

12) 이재기, 「맥락 중심 문식성 교육 방법론 고찰」, 『청람어문교육』 34, 청람어문교육학회, 2006.

수 있다. 그렇다면 맥락적 의미는 어떻게 구성되는가?

　구성주의가 아무리 주체의 구성 행위를 강조한다고 하여도 수용과 산물로서의 텍스트를 부정하지는 않는다. 다만 의미 구성 주체와 거리가 있는 불변의 고형화된 의미를 부정하는 것이다.

　전통적인 문예비평이론에 의하면, 의미는 작가, 텍스트, 독자 사이에 있다. 의미(meaning)는 이른바 교육받은 문학 수용자의 집단인 해석공동체(interpretive community)에 의해 형성된다. 그런데 작가가 의도했든 그렇지 않든 독자가 텍스트를 접할 때 거기에 담겨있는 기의의 가치를 구성해내는 활동을 하게 된다. 이를 기존 언어학 내지는 기호학에서는 의미화(signification) 혹은 퍼스 식으로 말하면 독자의 능동적인 의미 구성 작용을 강조한 기호화(semiotization)라 하는데, 이 글에서는 이와는 차별화하기 위해 의미 구성(meaning configuration) 혹은 의미 만들기(meaning making)라 부르고자 한다.

　의미 구성은 개인적인 경험과 사회적인 조절과정을 거치면서 형성되어 간다. 그러나 의미 구성은 텍스트와 한 독자 사이에만 한정되는 것이 아니라 독자(화자), 텍스트, 작가, 또 다른 독자(청자) 그리고 교사[13] 등의 상호 작용 속에서 이루어진다. 의미 구성 행위의 주체들인 작가, 독자, 교사는 텍스트를 대상으로 개인적인 의미 구성 활동을 할 뿐 아니라, 주체들 간에 의미 구성을 공유하기도 한다(shared meaning configuration). 독자로

---

13)　가르치고 배우는 전형적인 상황을 교실로 상정할 때 그동안 교사를 제외하고 논의했다는 것은 의아한 일이다.

서 이런 의미 구성을 공유하는 독자와 독자로서의 교사집단 등을 Alan C. Purves를 따라 독자공동체(reader's community, the culture of reader)라 부르기로 한다. 독자들은 그들이 의미를 구성하는 데에 도움을 주거나 영향을 행사할 수 있다.[14] 한 독자는 타자들(다른 독자인 동료, 교사)이 반응하길 요구하는 상황에 따라 텍스트와의 의미 구성 활동을 넘어서서 변화할 수 있다. 이는 개인주의적 구성주의와 사회적 구성주 각각이 지닌 한계점을 넘어설 수 있는 단초를 찾을 수 있다는 점에서 강조될 필요가 있다. 모든 이해는 대화적이라고 본 바흐친은 이 점에서 한 방향성을 시사해준다. 이런 점에서 그에게 맥락이란 시작도 끝도 없는 무한한 대화적 상황에 해당한다. 여기에서 중요한 것은 자연과학처럼 정확성에 있는 것이 아니라 대화적 존재로서의 인간이 점점 더 깊이 인간의 창조적인 핵심에 도달하는 데에 있다.[15]

또한 의미 구성 행위에는 사회문화적인 맥락이 작동하기 마련이다. 사회적으로 형성된 젠더, 윤리, 이데올로기, 민족, 사회적인 이슈 등은 독자가 의미를 구성하는 과정과 결과에 지대한 영향력을 행사한다. 그럼에도 불구하고 읽기 이론-주로 설명텍스트에 얽매인 읽기이론이나 구조·형식주의 문예이론-에서는 이러한 맥락들에 대한 고려가 거의 전무하다. 문학(화)이론이 쌓아온 눈부신 성과가 읽기(독서) 이론에 특별히 기여할

---

14) Alan C. Purves, "That Sunny Dome : Those Cares of Ice", C. R. Cooper(ed.), *Researching Response to Literature and the Teaching of Literature*, Greenwood Pub Group, 1985, 63쪽.

15) T. Todorov, *Mikhail Bakhtin, The Dialogical Principle*, 최현무 역, 『바흐찐 : 문학사회학과 대화이론』, 까치, 1987, 45쪽.

수 있는 영역이기도 하다. 페미니즘 비평은 남자와 여자에 따라, 문화 연구는 문화가 누구의 문화이냐에 따라, 담론 연구는 누구의 말(담론)이냐에 따라 읽기가 달라질 수 있음을 보여주고 있다. 그리고 이데올로기 이론과 정신분석학 등은 주체의 관념, 행위 등이 이데올로기, 무의식과 관련되어 있음을 설득력 있게 논증함으로써 진정한 읽는 주체—종국에는 주체와 사회의 해방—가 누구이며 어떻게 읽어야 하는지에 대한 나름의 방향을 제시하고 있다.

이상을 볼 때 읽는다는 일, 의미를 구성하는 행위는 여러 맥락적 요소들이 매우 복잡하면서 복합적으로 작용하는 역동적인 과정이라 할 수 있다.

3. 맥락적 의미 구성으로서의 문학 텍스트 읽기

1) 맥락적 의미 구성의 지향, 독자의 참살이

앞에서 구성주의[16] 관련 몇몇 이론과 방략들—근접 발달 영역, 대화학습, 도제학습, 소집단 프로젝트 학습 등—을 들었던 바, 이는 개인적 · 인지적 차원에서의 읽기에서 나아가 사회적 차원에서의 읽기를 확보하기 위한 것들이다. 여기에다가 몇몇 교수법, 전략, 모형이 추가될 수 있을 것이다.[17] 이들 개념과 방법들은 이론의 확장과 심화를 위해 심도 있는 논의

---

16) 대다수의 연구자들이 사회적 구성주의를 지지하는 듯하다. 앞으로 구성주의는 사회적 구성주의를 의미한다.
17) 구성주의 문학교육의 원리, 모형, 교수법 등에 대해서는 다음 참조. 이광복, 1999; 류덕

가 필요할 터이다.

제대로 된 구성주의적 읽기가 구성주의에 대한 인식을 선언적 수준에서 확인하거나, 방법(전략)적·모형(교수법)적 차원에서만 접근하는 일로 해결될 성질은 아닌 듯싶다. 따라서 그것이 '기술적 합리성'에 치중된 지배적인 교육과정 모델에 침몰하는 가능성이 없는지를 따져봐야 할 것이다.[18] 그것은 지식을 앎의 주체적인 측면과 자기 자신의 의미를 생성해내는 자기 형성적 과정과 분리시키고, 주체의 사회문화적 삶의 국면들로부터 단절시킬 수 있기 때문이다.

구성주의가 주는 소중한 교훈은 지식을 구성하는 개인은 지식으로 가득찬 창고를 머리에 담고서 이 상황 저 상황으로 옮겨다니는 사람이기보다는 자기를 둘러싼 상황을 지속적으로 활용하여 의미나 지식을 적극적으로 창출해내는 사람으로 보았다는 데 있다.[19]

여기에서 맥락을 활용하여 의미를 적극적으로 생산해내는 능동적인 주체는 독자라는 사실을 염두에 두고자 한다. 사회문화적 맥락 속에서 의미를 구성하는 주체는 독자이기 때문이다. 그렇지만 독자가 구성하는 의미는 타자들을 포함한 다양한 맥락 속에서 형성되어 간다는 것을 전제로 한다.

'왜 인간은 맥락적 의미를 구성하는가?' 이를 '왜 구성주의적 관점에서 교육을 하는가?'로 바꾸어 질문한다면, 가능한 답변 가운데 하나는 아마

재, 2001; 이상구, 2000, 2002 등.

18) 헨리 지루, 이경숙 역, 『교사는 지성인이다』, 아침이슬, 2001, 66쪽.

19) 손민호, 『구성주의와 학습의 사회이론』, 문음사, 2005, 153쪽.

도 공동체 구성원으로서의 인간이 공동체적 현실에서 잘 살아가기 위해서일 것이다.[20] 이는 현실 속에서 인간성을 충실히 구현해나가는 참살이를 말한다.

교육의 능동성과 가치 지향성을 전제로 한다면, 문학 읽기란 참살이를 인식하고 그것을 방해하는 것을 극복하고, 그것을 고무하는 방향에서 이루어져야 한다. 그러기 위해서는 독자들의 삶의 맥락과는 거리가 있는 정답 찾기 식의 문학 읽기(교육)에서 벗어날 필요가 있다.

2) 고통의 의미 구성으로서의 문학 텍스트 읽기

앞에서 맥락 구성요소로서 담론적 · 주체적 · 상황적 · 사회/문화적 층위로서의 맥락을 논의하였다. 문학을 읽을 때는 이들 맥락요소들이 분리되어 있는 것이 아니라 서로 연결되어 있다. 담론적 층위로서의 맥락인 텍스트는 그 자체로는 의미가 없으며, 그것이 주체적 층위의 맥락인 독자, 상황적 층위인 시공간 속의 과제 그리고 사회문화적 층위인 사회적 이슈들과 만날 때 맥락적 의미가 구성되는 것이다.

이런 측면에서 본다면, 그동안의 문학 텍스트 읽기(문학교육)는 맥락적인 의미 구성으로서의 읽기와 상당한 거리가 있다고 판단된다.

가령 고등학교 교과서에 실린 「장마」(상)가 속한 단원 학습목표를 보면, "말하거나 글을 쓸 때, 상황에 적절한 내용이 중요함을 안다. 내용을 생성

---

20) 강인애 외, 『구성주의와 교과교육』, 문음사, 1999, 15쪽.

하는 다양한 방법을 안다. 상황에 따라 적절한 내용을 생성하여 말하거나 글을 쓸 수 있다."로 되어 있고, 「눈길」(하)이 속한 단원의 학습목표는 "효과적인 표현 원리를 활용하여 언어 활동을 할 수 있다. 문학적 표현의 효과와 방법을 안다. 문학적 표현의 방법을 활용하여 자신의 정서를 효과적으로 표현할 수 있다."로 되어 있다. 이상을 보면 문학 텍스트가 말하기나 듣기의 표현을 위한 수단 이상의 의미를 갖지는 않는 것 같다. 문학교육 차원에서 내용과 방법을 논의할 때는 담론적, 문학적, 문화적 국면이 아울러 고려되어야 한다는 것을 전제로 한다면, 이 목표들은 자칫 담론적 차원에만 국한될 가능성이 있다. 또한 일반적으로 문학이 공학적 시스템(기술적 합리성)에 의해 이루어지는 교육에서 일정한 거리를 유지하는 것을 본령으로 삼고 있다는 것을 염두에 둔다면, 여기에 제시된 목표를 보면 독자(작가)의 맥락적 의미 구성 활동과는 거리가 있다고 판단된다. 그렇게 보는 것이 무리는 아니라는 것은 공교육으로서의 제도권 교육과정과 교과서가 온통 이렇게 구성되어 있다고 보는 것도 과언이 아니기 때문이다.

여기에서는 맥락적 의미 구성의 방향을 고통의 문제와 관련된 분단소설을 통해 살펴보고자 한다. 고통의 문제는 삶의 문제이며, 개인적, 사회적, 역사적 맥락과 관련되어 있을 뿐 아니라, 문학적 형상화의 중요한 테마가 되어 왔기 때문이다.

고통은 질병뿐 아니라 욕망의 좌절과 같은 인간 존재의 본질과 관련되어 있기도 하지만, 실상 많은 경우 질병이나 욕망도 사회·역사적인 맥락과 관련되어 있다. 자본주의 시대에 살고 있는 오늘날 자본의 논리와 그로부터 파생되는 온갖 원인들이 고통을 낳는다. 게다가 국가 간, 인종 간,

성별 간, 계급(계층) 간의 억압과 피억압에서 오는 고통들이 복합적으로 착종되어 있다.

문제는 고통을 무시하고 그것에서부터 벗어날 수 없다는 데 있다. 잠시 고통을 덮어둔다고 하여도, 고통은 우리를 끊임없이 괴롭히고 우리를 위협하기까지 한다. 따라서 고통은 우리로 하여금 왜라는 질문을 하도록 요구하며, 반성적 사고로 이끄는 힘이 된다. 그것은 히틀러에 의한 희생자들, 아프리카 난민들의 기근과 질병, 수많은 전쟁의 희생자들은 무엇 때문에 생기는 것이며, 그들의 삶은 어떻게 진행되어 가고 있으며, 어떤 결과를 야기하는 것이며, 그것이 나의 삶과는 어떤 관련이 있는 것이며, 종국에는 어떻게 되어야 하는지에 대하여 의문을 갖도록 한다.[21] 우리 근대사 속에서 벌어진 6 · 25 전쟁과 이를 형상화한 문학 텍스트들은 이런 질문을 하고 이에 대한 응답을 찾게 한다.

현행 교과서(국민공통기본교육과정)에는 「장마」, 「그 여자네 집」, 『광장』, 「숨쉬는 영정」, 「기억속의 들꽃」 등 분단 현실을 소재로 한 작품들이 수록되어 있다. 분단 현실이 비교적 비중 있게 다루어지고 있음을 알 수 있다.

「장마」를 읽을 때 단일한 주제를 파악하거나 정해진 구성을 나누어보거나 표현 방식을 분석해보거나, 문학사적 의미를 문제삼을 수도 있다. 그러나 왜 그렇게 해야 하느냐에 대한 물음에는 명료한 답변을 얻기가 쉽지 않다. 그것을 학습 내용으로 삼는 것을 인정한다고 해도 적어도 구성주의

---

21) 손봉호, 『고통받는 인간: 고통문제에 대한 철학적 성찰』, 서울대출판부, 1995, 제6장 참조.

적 관점에서 보면 주제, 구성, 표현 등 그 자체를 파악하는 것을 내용으로 삼는다는 것에는 동의할 수 없다. 그동안의 교육이 죽은 지식을 주입해왔다고 비판받는 것도 같은 맥락이다.

분단 현실과 그로 인한 민족적 고통은 과거 완료형이 아니라 현재 진행형이다. 이산가족 상봉 등의 가시적인 고통 완화책이 취해지고는 있지만, 그것은 금강산 관광이나 개성 공단 운영과 같은 일시적인 미봉책에 불과하다.

분단 문제와 그로 인해 야기되는 문제들은 이미 사회문화적인 커다란 이슈이며 그것을 후손들이 기억하고 학습해야 할 대상이라는 암묵적인 사회적 합의에 도달해 있다.

고통이라는 주제를 가지고 맥락적 의미 구성 방향을 찾기 위해서는 가르치는 자(교사)와 배우는 자(학생)를 중심으로 교수·학습이 이루어지는 전형적인 시공간(교실) 맥락을 상정할 수 있다.

독자가 대하는 내러티브는 영화, 에니메이션 혹은 다른 설명 텍스트가 아닌 소설이다. 소설은 하나의 장르로서 그것의 속성, 이를테면 이야기로 엮어가는 의미의 구성과 그것의 발화 가능성에 영향을 받는다. 따라서 독자는 어떤 장르와 소통하느냐에 따라 특정한 맥락적 의미 구성 활동이 달라질 수밖에 없다. 소설은 사건을 중심으로 한 매우 복잡하고 정교한 언어의 상호 작용으로 형상화되어 있으며(heteroglossia), 그것은 언어를 넘어 행동과 인물, 사회문화적인 문제에 이르는 영역에까지 확장되어 나간다. 이야기가 진행되어 가면서 의미는 인물의 행동과 사건을 통해서 형성되고 그것은 일정한 계열성을 이룬다. 사회문화적 이슈로서의 분단, 그로 인한 고통의 문제는 플롯을 통해서 그것이 단순한 존재 상태가 아니라 연관된 행동의 연속성 속에 있는 사건으로 파악된다.

전쟁으로 인해 두 집안(할머니와 외할머니)이 갈등을 겪고, 각기 소속을 달리하는 아들의 죽음은 분단이 우리 민족에게 가한 고통의 모습들이다. 뿐만 아니라 빨치산으로서의 삼촌이 보여준 복수 행위, 국군들에 의한 잔혹한 빨치산 진압, 빨치산 동생을 둔 아버지의 고문 등은 이데올로기로 인해 무차별적으로 가해진 고통들을 다루고 있다. 이들의 고통은 이들의 삶의 의도와는 다르게 주어진 것이라는 점에서 그 비극성이 더해진다. 독자들은 줄거리를 따라가다 보면, 이들의 삶의 모습이 매우 뒤틀려 있으며 그로 인해 고통 속에 살아가고 있음을 확인하게 된다.

여기에서 인물들의 형상이나 사건들이 주어진 정형화된 틀에 의해 분석되거나, 그것이 어떤 객관화된 지식에 의해 평가되는 데에 있는 것이 아니다. 중요한 것은 경험의 총체를 체화하고 있는 독자가 미적 대상으로 포착한 형상으로서의 인물과 사건을 의미 구성의 과정에 포착한다는 점이다.

그러나 많은 독자들은 작품을 형식적으로 해석하거나, 기존 학습 경험에 사로잡혀 있어 독자적인 의미 구성 행위로 이어지지 못하는 경우가 많다.

⊙ 지금까지 '장마'의 제목이나 주체, 배경 등을 이야기했다. '장마'라는 글은 큰 감동을 주지는 못해도 잔잔한 감동을 주는 한국에서는 대중적인 글이라 하겠다. 하지만 이 글은 한국의 특수시대 상황과 맞물려 이야기가 진행되는 것이므로 타국사람들에게는 어떤 느낌을 가지게 할는지 궁금하다. 끝으로 글에 대한 감상은 레포트나 논문이 아니므로 어느 정도 선까지 분석해

야 할지 오히려 지금에 와서 감이 안 잡힌다는 생각이 많이 들었다.

(대학생A 글)

ⓛ 예전에 배운 것을 참고하여 보면 이 글에서 주목할 점은 자식들이 각기 다른 편이었기에 대립하게 된 양 쪽 할머니들이 두 아들의 죽음과 구렁이가 되어 집에 온 아들을 다른 쪽이 배웅해줌으로써 화해하는 모습에서 분단의 비극성과 민족 화합을 소망하는 것을 깨닫는 것이다. 그러나 솔직히 말해서 예전에 문제지에서 볼 때나 지금이나 그 대목에서 내 눈에 들어오는 것은 '구렁이 삼촌'이다. 일단 사람이 구렁이가 되었다는 것 자체가 충격이고 그 장면에서의 외할머니는 일종의 '무속인'처럼 느껴진다.(대학생B 글)

㉠은 「장마」를 제목, 주제, 배경 등에서 분석을 한 다음, 마무리한 글이다. 분석에 치우쳐 있으면서, 감상의 어려움을 토로하고 있다. ⓛ에서는 분단의 비극성과 민족 화합의 가능성을 인식한 것은 기존 학습 경험에서 나온 것임을 밝히고, 오히려 독자에게 충격적으로 다가온 것은 작품 속의 주술적 행위에 있음을 밝히고 있다. 많은 독자들은 분단으로 인한 집안의 비극을 말하면서 후반부에 등장하는 주술적 세계에 주목하고 있다. 그러한 행위를 긍정적으로 평가하든 부정적으로 평가하든 이 소설이 지닌 커다란 특징을 주술 행위와 연관 짓는다는 점에서 공통적이다.

ⓒ 지금 생각해보면, 아무리 이념의 차이라지만 그렇게 죽고, 죽이는 피의 순환을 그렇게 "해야만 했었나"라는 생각이 들어 안타까울 따름이다. 모두 같은 한 동포이고 옆집, 옆동네에 살고 있던 이웃들이었다. 갈라진 두 패의 싸움은 아무것도 모르고 살아가던 선량한 시민들에게까지 여파가 미쳐 일파만파로 걷잡을 수 없이 커져가지 않았던가.

소설 속에서 할머니는 모두가 구렁이를 내쫓으려 할 때, 그를 잘 달래어가
며 밖으로 나가도록 유도했다. 무력적이 아니라, 따뜻한 마음이 중요하다
는 것이다.

　과거의 그러한 갈라졌던 우리 민족의 마음을 도로 붙이는 데에 있어, 이러
한 따뜻하고도 관용적인 마음은 가장 큰 해결책이 될 것이다.(대학생C 글)

　ⓒ은 동족상잔의 비극을 고통으로 인식하는 단초를 보이고 있지만, 심
정적인 차원에서 소감을 피력하는 데 그치고 있다. 뿐만 아니라 그러한
문제를 해결하기 위해서는 작품에 제시된 외할머니의 주술적인 행위, 즉
'따뜻하고 관용적인 마음'을 통해 가능하다고 봄으로써 기존 관념을 되풀
이하고 있는 안이한 시각을 드러내고 있다.

　물론 주술 행위가 이 소설에서 차지하는 중요성은 부정할 수 없다. 그
러나 이에 대한 평가가 분단 상황에서 오는 민중들의 고통, 자신의 삶, 사
회문화적인 비전과 어느 정도 연관성을 확보하고 있느냐를 묻는 일이 중
요하다. 기존 학습과정에서 그러한 학습 경험을 쌓지 못함으로써 독자들
은 정해진 해석에 사로잡혀 있거나 안이한 해결책을 제시하면서 읽기를
마무리하고 만다. 문제는 고통의 해결 그 자체에 있는 것이 아니라, 주체
(독자)들의 대화적 관계를 통해 고통을 고통 그 자체의 사회문화적인 맥
락에서 직시하고 의미를 구성해가는 일이다.

　'지금 여기'의 사회문화적 맥락에서 볼 때 「장마」가 형상화하고 있는 민
중들의 고통은 전쟁 당시의 모순에서 야기되는 문제가 아니라 오늘날 우
리가 처해 있는 사회 현실과도 밀접하게 관련되어 있다는 것을 인식하는
일이 중요하다. 그러기 위해서는 인물들이 겪게 되는 고통의 의미를 따져

보고, 고통이 자신의 삶과 민족 그리고 인류의 삶과 어떤 연관성이 있으며, 종국에는 참살이로 이어지기 위해서는 어떻게 해야 하는지를 숙고하는 방향으로 교육이 이어지도록 해야 한다.

4. 맺음말

이 장에서는 문학 텍스트를 읽는 관점은 매우 다양한데, 왜 구태여 구성주의적 관점인가라는 물음을 던지면서 시작하였다. 최근에 구성주의에 대한 관심이 고조되어 온 것은 일면 바람직한 현상이라 본다. 특히 교육학에서 구성주의에 대한 논의가 활발한데, 이에 힘입어 교과교육학에서 구성주의에 대한 실천방안을 모색하는 움직임이 한창이다.

1980년대 중반 이후 문학교육에서도 논의가 활발하게 진행되고 있다. 독일을 중심으로 한 구성주의 문예학은 문학교육에도 영향을 주었다. 그동안의 논의는 구성주의 문예학을 소개하거나 교수법이나 교수학습모형을 모색하거나 그 원리를 탐구하는 등 구성주의 문예학의 가능성을 조심스럽게 탐색해온 과정이었다. 그러나 이론과 실천의 낙차가 커 구성주의를 지식의 문제를 다루는 인식론으로 소개하거나 교수법이나 방법을 모색하는 차원으로 축소하여 버린 측면이 있다는 점은 한계라 하겠다.

이 글에서는 구성주의의 핵심이 맥락적 의미 구성에 있다고 보았다. 그래서 구성주의 관점에서 맥락적 의미 구성 문제를 검토하였다. 그리고 맥락적 의미 구성의 지향태가 무엇인지를 확인하고, 맥락을 아우르고 있는 고통의 문제를 다룬 분단소설을 대상으로 맥락적 의미 구성의 방향을 모색하고자 하였다.

맥락이란 텍스트 생산·수용과정과 그 결과에 간여하는 일체의 작용을 말하며, 그 요소로는 담론 층위, 주체 층위, 상황 층위, 사회·문화 층위를 상정하였다. 문학 텍스트의 맥락적 의미 구성은 특정한 시공 속에서 주체들이 문학 텍스트와 그리고 타자들과 상호 작용을 통해 개인적, 사회적, 역사적, 문화적인 의미들을 구성해나가는 과정과 그 결과라 할 수 있다. 문학 텍스트의 맥락적 의미 구성은 가르치고 배우는 전형적인 상황에서 독자들에게 절실한 사회문화적인 이슈들을 해결해나가는 과제를 통해 실현되어 나가야 한다.

그리고 문학 텍스트의 맥락적 의미 구성 읽기가 지향해야 할 것은 독자의 참살이에 있다고 보았다. 그러나 현행 교육과정을 비롯하여 맥락을 내용 범주로 삼고 있는 개정 교육과정은 맥락을 교육 내용에 잘 반영했다고 볼 수 없다. 이 글에서는 다양한 맥락을 아우르는 고통의 문제를 맥락적 의미 구성의 본보기가 될 수 있다고 판단하여, 고통의 문제를 잘 형상화하고 있다고 보는 분단소설을 예로 들어 의미 구성의 방향을 살펴보았다. 독자들이 문학 텍스트에서 인물들이 겪게 되는 고통의 의미를 따져보고, 고통이 자신의 삶과 민족 그리고 인류의 삶과 어떤 연관성이 있으며, 종국에는 참살이로 이어지기 위해서는 어떻게 해야 하는지를 숙고하는 방향으로 나가야 한다고 보았다. 여기에서 대화성을 핵심이론으로 삼은 바흐친의 논의는 시사점이 크다고 판단하였다.

제2장 김사량 문학에 나타난 중국 체험과 의식

1. 머리말

김사량(1914~1950, 본명 時昌)을 논의하고자 하는 이유는 그의 삶과 작품이 여러 차원에서 문제적이기 때문이다. 그것은 일제 말기에 우리말로 작품 활동을 했을 뿐 아니라, 일본어로도 창작 활동을 한 주목받는 몇 명의 작가들 가운데 한 사람이었다는 점, 작가들 가운데 대일투쟁을 위해 거의 유일하게 중국 항일근거지를 찾아 갔다는 점, 한·중·일에 걸쳐 당대 현실을 살아가면서 동아시아 전체 문제와 관련된다는 점 등이다.

그럼에도 불구하고 그동안 그의 문학에 대한 평가는 그의 정치적인 계보, 북한에서의 활동, 일본에서의 활동과 일본어 창작 등의 문제로 남북한 문학사에서 온당하게 평가받지 못 해온 측면이 있다. 최근 김사량 문학에 대한 평가가 여러 연구자들의 논의를 통해 활발하게 진행되고 있기는 하지만, 여전히 그의 문학에 대한 총체적인 연구는 미흡한 편이다.[1] 최근까지 작품 발굴을 통한 의미 해석 형식의 작품론, 특히 이중언어 구사 문제에 대한 논의에 이어 북한에서의 그의 활동과 그에 대한 재평가 등이 이어지고 있는 것은 고무적인 현상이다. 이제 이와 더불어 다양한 연구 주제로 김사량에 대한 연구를 확장해나가야 할 시점이다.

김사량은 1914년 평안남도 평양부 인흥정 458의 84번지의 부유한 가정에서 4남매 중 차남으로 태어나, 1931년 가을 광주학생투쟁 2주년을 맞아 일으킨 동맹휴학 주모자 중의 하나로 지목되어 퇴학 처분을 받고 일본으로 건너간다. 애초 그는 북경과 미국 유학을 꿈꾸었으나, 그의 일본행은 뜻하지 않는 길이었다. 1936년 사가고등학교를 거쳐 도쿄 제국대학 문학부 독일문학과에 입학, 1939년에 졸업하고 그해 10월에 발표한 소설 「빛 속으로(光の中に)」(『문예수도』)가 이듬해 상반기 아쿠타가와상 후보작에 선정되었다. 이후 그는 주목받는 작가로서 「천마(天馬)」, 「무성한 풀섶(草深し)」 등을 발표하기도 하였으며, 태평양 전쟁이 발발하자 1941년 12월 9일 사상범 예방구금법에 의해 구금되기도 하였다. 『국민문학』에 소설을 발표하기도 하였고(「물오리섬(ムルホリ島)」, 1942.1; 『태백산맥』, 1943.2~10), 해군견학단 일원으로 파견을 다녀왔으며, 1945년 국민총력 조선연맹 병사후원부로부터 '재지(在支) 조선 출신 학도병 위문단' 일원으로 참가하였다가 태항산으로 탈출하였다. 1945년 귀국 후 북한에서 희곡, 르포, 소설

---

1) 해외에서의 연구는 일본을 중심으로 이루어지고 있는데, 야스타카 도쿠조 이후 박춘일, 임전혜, 안우식, 남부진, 정백수 등이 연구해왔다. 국내에서는 90년대에 들어와서 본격적으로 논의되기 시작했는데, 김윤식, 홍기삼, 추석민, 정백수, 김재용, 김철, 김학동, 유임하 등 여러 연구자들이 연구하고 있다. 재일 조선인 문학 연구사는 다음 참조. 김학동, 「민족문학으로서의 재일 조선인 문학─김사량, 김달수, 김석범 문학을 중심으로」, 충남대 박사논문, 2007 ; 최광석, 「김사량의 일본어 문학 연구」, 경남대박사논문, 2007.

을 발표하다가 1950년 한국전쟁이 발발하자 조선 인민군 종군작가로 참가하였다가 인민군 후퇴 때 지병인 심장병으로 강원도 원주 부근에서 사망하였다.[2]

이 글에서는 김사량 문학에 나타난 중국 체험의 양상과 기기에 수반되는 의식을 살펴보는 것을 목적으로 한다. 김사량 문학이 지닌 문제적인 국면과 그의 삶의 족적 가운데, 그의 중국 체험과 의식을 살펴보고자 하는 이 글과 관련하여 볼 때 그의 중국 체험은 세 차례에 걸쳐 있다. 1939년 3월 졸업식에 즈음하여 1주일간 북경을 다녀왔는데, 이때의 체험은 「북경왕래(北京往來)」(『박문』, 1939.8)와 「에나멜 구두와 포로(エナメル靴の捕虜)」(『문예수도』, 1939.9) 등으로 발표되었다. 1944년 평양 대동공업전문학교 교사를 하던 중 중국 여행을 다녀왔으며(6월 중순~8월), 1945년에는 중국에 파견되어 태항산 근거지로 망명하였던바, 이때의 체험은 「연안망명기 - 산채기」(『민성』, 1946.1, 2월호), 「노마만리 - 언인망멍기」(『민성』, 1946.3~1947.7.(7회)), 『려마천리(驢馬千里)』(평양: 양서각, 1947.10)[3] 등으로 발표되었다.

이 장에서는 김사량의 중국 체험이 드러난 수필 「북경왕래(北京往來)」, 「에나멜 구두의 포로(エナメル靴の捕虜)」, 북경을 무대로 한 단편소설 「향수(鄕愁)」, 그리고 북경에서 태항산에 이르는 기행문 『노마만리(駑馬萬里)』를 대상으로 분석하고자 한다.

---

2) 안우식 저, 심원섭 역, 『김사량 평전』, 문학과지성사, 2000.
3) 현재 『려마천리(驢馬千里)』는 그 존재를 알 수 없다. 다만 1955년 국립출판사에서 간행한 『김사량 선집』에 『려마천리』를 개제한 『노마만리』가 수록되어 있다.

이 텍스트들은 이해영, 이춘매, 박남용·임혜순, 고인환, 왕원 등의 연구자들에 의해 논의된 바 있다. 이해영은 김학철, 김태준, 김사량의 1940년대 연안 체험을 분석하면서, 1940년대 민족문학을 잇는 항전(抗戰)적 반친일문학이며, 역사 복원, 문학 양식상의 지평 확대, 항일빨치산문학의 기원, 1920, 30년대 일본 지향성에서 1940년대의 중국 지향성으로 방향 전환을 보여주는 의의가 있다고 보았다.[4] 그의 논의는 김사량의 문학을 김학철, 김태준 등과 비교하면서 그 문학적 의의를 살필 수 있다는 점에서 의의가 있으나 중국에 대한 김사량 문학의 의의를 과도하게 부여하고 있는 측면이 있다. 이춘매는 『노마만리』가 중국의 혁명 상황, 중국인의 세태 풍속 등을 진실하게 기록한 작품이며, 우리 민족의 해방투쟁사를 복원하고 있다는 점에서 문헌사적 의미와 일제치하 지성사의 참모습을 볼 수 있도록 한 의의를 지닌다고 평가하고 있다.[5] 이 논의는 『노마만리』의 양상을 투쟁사적인 측면에서 살펴보고 있다는 점에서 의의가 있으나, 작품 분석이 치밀하지 못하고 세태 풍속 기술 등에 대한 의의를 과도하게 평가하고 있는 측면이 있다. 박남용·임혜순은 김사량의 수필 「북경왕래(北京往來)」, 「에나멜 구두와 포로(エナメル靴の捕虜)」와 소설 「향수(鄕愁)」에서 퇴락해가는 도시의 모습과 인물들을 북경 체험 속에서 찾을 수 있다고 보면서 김사량의 북경 체험과 북경에 대한 기억을 통하여 일제 점령 지역에서의 한중(韓中) 간의 상호 문제들을 살펴본 것은 그의 문학세계의 독특한 면

---

4) 이해영, 「1040년대 연안 체험 형상화 연구─『항전별곡』, 『연안행』, 『노마만리』를 중심으로」, 한신대석사논문, 2000.
5) 이춘매, 「김사량의 〈노마만리〉 연구」, 『한중인문학연구』 23, 한중인문학회, 2008.

모라 평가하고 있다.[6] 이 논의는 김사량의 중국 체험을 논의하고 있다는 점에서 의의가 있으나 북경 체험에 한정되고 있다는 한계도 보인다. 고인환은 문인에서 혁명가로 변모해가는 내면의식을 추출하기 위해서 『노마만리』가 완성되기까지의 과정을 세 개의 텍스트 즉 「연안망명기-산채기」, 「노마만리-연안망명기」, 『노마만리』를 대상으로 분석하면서 텍스트의 완결과정은 과거의 기억과 거리감을 확보해가는 작가의식을 드러내는 동시에 사회적 자아가 개인적 자아를 밀어내는 양상을 취하고 있다고 평가한다.[7] 이 논의는 텍스트의 변모과정을 작가의 의식과 결부시킨 점에서 의의를 지니지만, 그 이유에 대한 분석이 정치하지 못한 아쉬움이 있다. 왕원은 김태준과 김사량의 베이징에서 항일근거지까지의 탈출 행적을 실증적으로 밝히고 그들의 체험의 특징을 기술하면서, 이들의 체험이 해방 후 사회주의적 근대 기획을 갖도록 하는 데에 영향을 주었다고 보고 있다.[8] 이 논의는 실증적 측면에서 논의하고 있다는 점에서 의의가 있지만 체험과 그 이후의 의식의 흐름을 해명하는 데는 한계가 있어 보인다.

　여기에서는 김사량이 중국과 관련된 드문 문인이라는 점을 주목하고자 한다. 따라서 김사량 문학에 나타난 중국 체험과 거기에 따른 의식을 논의하는 것으로 한정하고자 한다. 이것은 김사량 문학을 중국 관련 내용으

---

6) 박남용·임혜순, 「김사량 문학 속에 나타난 북경 체험과 북경 기억」, 『중국연구』45, 한국외대중국연구소, 2009

7) 고인환, 「김사량의 〈노마만리〉 연구-텍스트에 반영된 현실의식의 변모 양상을 중심으로」, 『어문연구』59, 어문연구학회, 2009.

8) 王媛, 「한국작가의 항일근거지 체험 연구-김태준과 김사량을 중심으로」, 인하대석사논문, 2010.

로 한정하는 한계를 지니지만, 김사량 문학을 의식하는 데에 도움을 줄 뿐 아니라 한국의 중국 문학 혹은 중국과의 관련 양상을 이해하는 데에 도움을 줄 것으로 판단된다.

2. 북경 체험과 대비적 비판의식의 한계

김사량은 1939년(25세) 3월 졸업을 앞두고 약 1주일간의 북경 여행을 다녀온다. 4월에는 조선일보사의 학예부 기자가 되고, 이후 도쿄 제국대학 대학원 입학 허가를 받아 일본으로 건너가게 되는데, 이때 북경 여행 체험을 바탕으로 수필 「북경왕래」(김시창, 『박문』, 1939.8)를 발표한다.

그의 북경 여행은 '북경 고대문화 시찰'로 되어 있지만 막연한 길 떠나기로 되어 있고, 초만원을 이루는 북경으로 향하는 기차 안 사람들은 그의 눈에 "수를 피우려는 축들만이 몰려가는 모양"(163)[9]으로 보인다.

그가 북경에서 한 일은 대학 방문, 사람 만나기, 문화 체험, 사회 체험 등이다. 방문한 대학은 북경에 있는 북경대학과 천진에 있는 남개대학이다. 북경대학에서는 미리 소개 받은 전 문과 교수 주작인(周作人) 씨를 만나기로 하였고, 남개대학은 주둔부대의 지시로 참관하게 되었는데, 그 대학의 대학생은 공산화한 무장부대로 폭격을 받은 것으로 되어 있다.

그가 만난 사람들은 학자, 대학 선후배, 문인 등이다. 연구 차 만주와 북

---

9) 이 글에서 인용하는 「북경왕래(北京往來)」는 다음에서 인용하였다. 김재용·곽형덕 편역, 『김사량, 작품과 연구2』, 역락, 2009. 인용은 페이지만 명기한다.

지를 여행 중인 곤충학자 석주명, 같은 대학 문학부에서 동양사를 전공하고 있는 범 군(范君), 고교 선배이자 대학 후배인 같은 대학 미학과 학생으로 군에 소집된 야마다(山田) 군, 대만 출신 시인으로 동경에서 이름을 날리고 있는 오압황 군, 주요섭 씨 부부 등이다.

이 텍스트에서 대비적 의식이 잘 나타나 있는 것은 그의 문화 체험이다.

> 무엇보다도 북경서 첫째로 생각한 것은 모든 것에 '위버'라는 접두사를 붙여야 되겠다는 것이다. 궁궐도 너무 거대하고 실물도 너무 찬란하고 사람의 수효도 너무 많고, 또 떠드는 소리도 너무 크다. 주요섭(朱耀燮) 씨 부부의 초대로 김득수(金得洙) 씨 부부와 고의사 부부와도 함께, 중국 일류 요리에서 저녁을 먹었는데 그때의 요리도 너무 맛있고 너무 가짓수도 어수선하였다. 이것을 중국의 위대라 하겠지만은 과연 위대하기는 하나 역시 조선 사람이 되어 그런지 우리의 고아함과 소담함이 없음이 슴슴하였다.(164~165쪽)

이를 보면 북경 문화 체험에서 보고 들은 것들이 크고, 많고, 찬란하다는 점에서 그가 느낀 것은 '위버'(over)로 대변되는 것인데, 요리의 맛있음과 가짓수가 많음은 우리의 고아함, 소담함과 대비된다. 또한 궁궐문화는 민중생활과는 유리된 왕후의 개인주의와 대비되고, 사회 체험에서는 만연한 아편 흡연소가 장개석 시절과 대비되고, 속아서 산 고도방과 게릴라 전법과 대비된다. 이러한 그의 문화 체험은 근본적으로 북경 문화에 대한 그의 비판의식에서 비롯된다. '사람의 수효가 너무 많고', '떠드는 소리도 너무 크다', '요리도 너무 맛있고 너무 가짓수도 어수선하였다'라는 진술에서 확인할 수 있거니와, '이것이 중국의 위대라 하겠지만은 과연 위대하기는 하나'와 같은 진술을 보면 더욱 확연히 알 수 있다. 이 같은 의식은 '장사는 중국인 최대의 장기라고 하더니 과연 가관이었다.', '그들의 장사가 이익을 위해서, 얼마나 돌격 태세를 가지고 있는지를 알 수가 있겠다' 등에서 확인할 수 있다. 그러나 이러한 그의 비판의식은 북경 여행 체험에서 느끼는 파편적이고 인상적인 것이라는 점에서 한계를 지닌다.

또한 이 짧은 수필에서 당시 정세와 사회 상황에 대한 의식을 엿보기 어려운데, 가령 남개대학에서 벌어진 공산세력의 움직임과 일제의 아편 정책에 대한 의식은 찾아보기 어려우며, 다만 '수를 피우려 북지를 다니면서' 당하게 된 체험이 강조되어 있다.

「에나멜 구두와 포로」(『문예수도』, 1939.9)는 앞의 「북경왕래」와 여러 면에서 공통점이 많기 때문에 그것의 일본어판으로 볼 수 있다. 그러나 「에나멜 구두와 포로」는 「북경왕래」와 달리 차이를 보인다.

> 미리 산해관(山海關)을 넘어서면서 전보를 쳤으나 세 시간이면 간다드니, 그 이튿날 밤에야 연락이 된 탓으로 몇 시간 차이로 믿고 떠난 이군(李君)은 벌써 딴 곳으로 떠난 뒤였다.(「북경왕래」, 163쪽)

> 북경에 도착한 저녁부터 갈팡질팡 하고 있을 뿐이다. 도착한 것이 밤 열두 시. 도중에 전보로 도착 시간을 알려줬는데도 이형(李兄)은 보이지 않는다. 어쩔 수 없이 성외(城外)에 씨(氏)가 살고 있는 거처로 인력거로 달려갔다. 한밤중의 북경성(北京城)은 정말 아라비안나이트처럼 이상야릇하다. (…중략…) 전보는 아직 도착하지 않았다고 한다. 산해관(山海關)에서 우후 네 시 경에 친 전보가 아직 도착하지 않았다고 하는 것은 조금 만만디하다. 내가 이형을 유일하게 기대고 있던 것인데, 정말 기묘한 일은 그날 밤 여섯 시에 산해관을 향해 출발했다고 한다. 기차가 엇갈렸던 것이었다.(「에나멜 구두와 포로」, 167~168쪽)

위에 제시된 것은 필자가 북경에 도착하기까지의 경험을 기술한 것인데, 「북경왕래」와 「에나멜 구두와 포로」를 비교해보면, 그 차이가 확연하다. 상대적으로 분량도 많을 뿐 아니라, 문장도 매끄럽고 경험 제시가 세밀하다.

자신의 이번 여행에 대하여 자의식도 보인다. "어째서 나는 이토록 허둥지둥 내며 왔던 것인가, 평소 내 변덕스러움 주의(主義)를 나는 지극하게 형편없다고 욕을 했었다. 불현듯 나는 아침 경부터 북경에 가자고 생각했던 것이다."(168)

그의 의식이 잘 드러나 있는 체험은 북경에서의 대학 방문, 풍물과 희극 관람 체험이다. 「북경왕래」와는 달리 대학의 실상도 제시되어 있다. 북경대학은 의학부를 제외하고 폐쇄되었고 학생들은 전쟁터로 나갔으며, 가톨릭 계통의 보인대학 학생들은 전쟁에 참가치 못하여 비통에 잠겨 있다고 한다. 이것은 만찬회의 맛있는 요리, 중국 귀족문화의 위대함에 압도당할 뻔한 희극, 고궁과 박물관의 황홀함, 화려함 등과는 대비되어 있다. 이는 인력거꾼과 같은 민중들의 생활과도 대비된다.

> 금전옥루(金殿玉樓)의 고궁(古宮)이나 박물관의 황홀(恍惚)함, 나는 지나치게 굉대(宏大)하고 화려하다고 생각했다. 저 고궁 주변을 배회하는 몇 억이나 되는 민중이 너덜너덜한 옷을 입은 것과 대보해 볼 때─게다가 너무나도 사람이 많은 것이 아니겠는가. 생명의 귀중함을 절실하게 생각하지 않는다는 생각이 들었다.(169)

그의 이 같은 중국(북경) 문화에 대한 비판의식은 중국(북경)의 그것으로 한정되지 않는다. 「에나멜 구두와 포로」에는 이주 조선 동포들의 처참한 생활상이 소개되어 있다. "정의를 따르려 해도 길은 없고 또한 그럴 자금도 없"(170)다는 특무기관에 근무하는 M의 말을 듣고, 동경서 대학까지 나온 동포의 아편 밀매 집을 들른다. 가짜 골동품에 당황하고, 가짜 고도방 구두에 속는다. 북경에서의 그의 체험은 중국의 사회문화에 한정되지 않고 동포에 대한 것을 포함하고 있다. 「에나멜 구두와 포로」가 일본어로 쓰여진 것이라는 점에 주목한다면, 「북경왕래」에는 없는 동포들의 비참한 생활상을 기술하고 있는 것은 그가 일본어로 창작하는 행위에 대하여 조선의 현실을 일본에 알리기 위한 것이라는 맥락과 연결지어 해석해 볼 수 있다.

북경 여행에서의 그의 체험이 중국과 우리, 중국 내부의 것들과 대비적으로 제시되면서 비판적인 의식을 보이기는 하지만, 그것은 단편적이고 피상적이다. 비참하게 살아가는 민중들의 삶을 보고 "생명의 귀중함을 절실하게 생각하지 않는다는 생각"(169)을 한다거나, 몇 천이나 되는 인력거꾼을 두고 "이러한 생명 범람 가운데 무서울 정도로 무절조한 개인주의와 민중생활과 동떨어진 궁정문화라는 것이 탄생했음에 틀림없다"(170)고 생각하는 것 등이 이를 뒷받침한다. 또한 아편 밀매와 같은 이주 조선 동포의 처참한 생활을 보고, "하루라도 빨리 빈궁한 이주민들을 떳떳한 직업을 갖도록 노력하지 않으면 안 되리라"고 생각하는 것은, 일제의 식민지하에 놓인 중국 현실을 올바로 보지 못한 한계를 지닌다고 볼 수 있다.

3. 조선 동포들에 대한 관심과 고통 탈출의 허구성

소설 「향수(鄕愁)」(『문예춘추』, 1941.7)[10]는 북경을 무대로 한다. 그가 중국에 망명하기 전에 조선과 일본을 무대로 한 작품은 여럿이지만 북경을 무대로 한 소설은 찾아보기 힘들다. 「향수」는 그의 북경 체험이 수필로 나타난 「북경왕래」, 「에나멜 구두의 포로」와 함께 소설로 형상화된 작품이다.

총 6장으로 구성되어 있는 「향수」는 주인공 이현이 누님 부부를 만나러 북경에 갔다가 누님 집에 들러 비참한 그녀의 삶을 보고, 매형의 소식을 듣고, 매형의 부하를 만나고, 북해공원을 관광하고, 골동품을 산 후에, 모친이 위독하다는 전보를 받고 귀국하는 구조로 되어 있다.

이 작품은 한 연구자가 밝히고 있듯이 경성과 동경을 무대로 한 작품들과는 달리 북경을 무대로 하고 있다는 점에서 매우 이채로우며, 당대 동북아의 정형을 꿰뚫고 있어 흥미롭기도 하다. 또한 이 작품 역시 「천마」, 「무궁일가」와 더불어 일제 말 조선인 사회의 양극화, 즉 일본제국의 신민의 길을 가는 사람과 다른 길을 걷는 사람들의 대조를 다루고 있으며, 전자가 후자에 비해 자세하게 다루어지기도 한다.[11] 그러나 이 글에서 주목하고자 하는 것은 이 작품의 핵심이 이현이 북경으로 향하는 길, 아편 밀

---

10) 이 소설은 김사량의 제2소설집 『고향』(京都:甲鳥書林, 1942.4)에 개작되어 실린다. 이 글에서 인용은 김재용·곽형덕 편역, 『김사량, 작품과 연구 1』, 역락, 2008에서 인용한다. 인용된 작품은 개작본을 번역한 것이다.

11) 김재용, 「일제 말 김사량 문학의 저항과 양극성」, 『실천문학』 83, 실천문학사, 2006, 513쪽.

매를 하는 누님과의 관계, 북해공원에서의 관광 등에 있다는 점이다.

이현의 나이는 27세, 동경제국대학 미학연구실 재적, 표면상 북경 여행의 목적은 지나 고미술 시찰, 본래 목적은 누님 가족을 만나러 가는 길이었다. "무언가 검은 그림자가 자신의 뒤를 따라서 올라탄 것 같은 느낌마저 들어 공연스레 가슴이 두근거리기도"(147) 한 이현은 기차 여행 중 다음과 같이 생각한다.

> 오늘날 이 광야에는 철도가 놓이고 만주국도 건강한 발전을 이루어, 나는 또 한 사람의 완전한 일본 국민으로서 북경으로 가고자 이 만주국을 횡단하고 있다. 북지는 이미 황군의 위력으로 평정되어 북경성도 손에 넣었다. (…중략…) 그래도 오늘날 그에게는 이 만주국에 와 있는 백수십만의 동포나 혹은 셀 수 없을 정도로 많은 지나 거주민 동포가 적어도 오늘날처럼 동아(東亞)에 여명을 비추는 건설적인 시기를 맞아 점점 더 인간적으로도 생활적으로도 향상해가려니 하는 마음만으로 가득했다.(154)

이현은 자신이 완전한 일본 국민이며, 만주국도 건강하게 발전하고 있으며, 북경성을 비롯한 북지가 일본의 수중에 넘어감으로써 동아(東亞)에 여명이 비추기 시작한 그 시기에 지나에 거주하는 조선 동포가 더 나은 생활을 할 수 있을 것이라 생각한다. 이로 보면 이현이란 인물 설정을 통해 독립운동을 포기하고 일제의 신민이 되어 가는 사람들을 구할 수 있는 가능성을 부여한 작품이라고 해석하기는 어려워 보인다.

일제로 인해 파탄의 길을 걷게 되는 인물들, 즉 망명정객으로 만주 일대에서 조직운동을 했던 매형 윤장산이 만주사변과 일본군의 북경 입성을 계기로 사상의 파탄에 이르고 제자의 부인과 부적절한 관계에 놓임으로써 가정을 떠나 방황하고 있다거나, 만주와 지나에서 행동대장을 했던 윤장산의 제자 옥상렬이 특무기관원이 된 것 그리고 누님의 아들 무수가 일본군 통역병에 지원하여 전쟁터로 간 것 등은 이미 피할 수 없는 파탄 상태로 보인다.

따라서 이 작품이 주목하고자 하는 것은 누님 등으로 표상되는 지나에 살고 있는 조선 동포들의 삶의 현실에 놓여 있다. 가령 아편 밀매를 하면서 살아가는 누님은 나라도 없고, 사상도 파탄 나고, 외아들마저 일본에 빼앗긴 불쌍한 인간이며, 아편을 밀매하며 살 수 밖에 없는 정신적 고통과 생활고에 시달리는 인간이다.

이러한 고통에서 벗어날 수 있는 가능성을 작품은 어떻게 찾고 있는가? 주인공 이현이 누님의 권유로 북해공원 관광을 하면서 나눈 대화를 통해 단서를 찾아 볼 수 있다.

> 그녀는 조금 상기된 듯 얼굴에 쓸쓸한 미소를 지었다. 역시 누님은 때때로 참을 수 없을 정도로 조국에 돌아가고 싶은 향수를 느끼고 있는 것인가. 그렇게 생각하자 현은 문득 놀라면서, 그렇다. 누님은 옛날의 아름다운 마음과 영혼의 고향으로 돌아가고 싶어하고 있는 것이로구나, 이것이 어쩌면 그녀가 무턱대고 절망하고만 있지 않고 나락 속에서 다시 자신의 몸과 마음을 구하려고 하는 모습일지도 모른다.(173)

이현은 누님이 '옛날의 아름다운 마음과 영혼의 고향으로 돌아가고 싶어하고 있는 것'이 '자신의 몸과 마음을 구하려고 하는 모습일지도 모른다고' 생각한다. 이러한 향수 혹은 고향에 대한 그의 생각은 옥상렬이 자신의 민족운동에 대한 전향과 그에 대한 후회에 대하여 "결국은 고향 사람들을 가장 사랑했기 때문이었다고 하는 점에서 깊은 존경과 신뢰조차 느낄 수 있었다"(167)고 생각하거나, 옥상렬이 고향에 두고 온 가족들을 위해 돈을 모두 털어 아들과 며느리에게 줄 구두를 사고, 처에게 줄 돋보기 안경을 전해달라고 한 장면에서 현이 "노혁명가의 동정을 자아내는 상당히 슬픈 감정에 감동"(187)받는 장면 등으로 뒷받침된다.

그러나 이러한 생각은 북해공원에서 일본 군인들을 만나면서 여지없이 무너진다. 그녀는 갑자기 공포와 당혹감에 휩싸이고 도망치지 않을 수 없게 된다. 아무리 그들 중 한 사람이 그와 절친했던 이토 소위라고 하지만, 그녀에게는 피할 수 밖에 없는 대상이다.

> 현은 마음 한 구석에 자기가 지금 누님과 함께 와 있다는 것을 자각하고 있었기에, 이번에는 어떻게 된 일이냐고 말하면서 놀란 듯 뒤를 돌아보았다. 그때, 그의 눈에는 벤치를 떠나 회화나무 숲으로 울타리를 벗어난 토끼마냥 도망가는 푸른 지나복 차림의 누님이 언뜻 보였다. 현은 더욱 놀라서 튀어나가듯이 달리면서 외쳤다.
> "오마치구다사이(お待ち下さい)! 오마치구다사이(お待ち下さい)!"
> 그러나 지금까지 이토와 내지어(內地語)로 대화를 나눈 직전이었기에 저도 모르게 그것은 내지어였다. 게다가 그는 지금 자신이 내지어로 외치고 있다는 것을 알아차리지 못했다.(174~175쪽)

달아나는 그녀를 이현은 더욱 놀라지 않을 수 없었고, 저도 모르게 "기다려 주세요! 기다려 주세요!"를 외치게 되었던 바 이는 곧 이토와의 동일세계, 일본어를 사용할 수 있는 일본인의 입장이 되었던 것이다. 일본군과 자신이 그녀를 쫓고 그녀는 달아나는 형국이 되고 말았다.

민족운동자에서 아편 밀매자로 전락하여 비참한 생활을 살고 있는 그녀에게 일본(군)은 여전히 자신의 삶과는 적대적인 관계에 놓여 있는 것이다. 따라서 "옛 도자기처럼 먼 지나의 하늘 아래, 더러운 지역에 묻혀 절망의 심연에서 괴로워하고 있는 누님과 매형을 구해내고 싶"(179)은 심정으로 그녀에게 건네주라고 어머니가 맡긴 삼백 원을 아낌없이 도자기 구입에 사용한 행위는 적절한 대응이 될 수 없는 것이다.

4. 탈출의 여로 체험과 반제투쟁의 낙관성

김사량이 망명생활에서 자신이 기록한 탈출노상기, 산채생활기, 귀국일록 가운데 탈출노상기를 정리하여 출간한『려마천리(驢馬千里)』(평양: 양서각, 1947.10)가 있다고 하지만 확인할 수 없고, 그의 사후 1955년에『려마천리』를 개제하여 국립출판사에서 간행한『김사량 선집』에는『노마만리』가 수록되어 있다. 이 단행본이 있기까지『민성』에 실린「연안망명기-산채기」와「노마만리-연안망명기」가 있다.

「연안망명기-산채기」(『민성』, 1946. 1, 2월)는 김사량이 해방 후 조선문학가동맹 결성 차 서울에 들어오자 잡지『민성』측에서 태항산 망명생활을 청탁하여 쓰여진 것이다.[12] 잡지사의 요청에 따라 기억에 의거해 쓰여진「연안망명기-산채기」는 각각「종이소동」과「담배와 불」로 이루어

---

12) 김사량 지음, 김재용 편주,『노마만리』, 실천문학사, 2002, 257~258면.「연안망명기-산채기」,「노마만리-연안망명기」,「노마만리」는 이 책을 인용한다.

져 있다.

「종이소동」은 한시도 종이를 떠나서 살 수 없는 몸인데 종이난으로 혼이 난 체험에서 시작한다. 태항산중에 들어가는 노상에서 의용군의 전투 이야기를 들었을 때 종이가 절실하던 차에, 분맹이 있는 하남점에 달려가 시계를 주고 편전지 두 권을 구입한다. 여기에서 그는 일인이 없는 산중에서 거리낄 것이 없고, 처음으로 행복한 마음으로 글을 쓰게 되었다는 소감도 밝힌다. 여기에서 글쓰는 이로서의 그의 적극적인 작가의식을 엿볼 수 있다. 「담배와 불」은 담배 골초인 그가 담배와 불이 떨어지고, 담배 값도 떨어지자 여분의 노타이 셔츠와 겨울 양복 바지를 팔아 담배를 샀다는 내용으로 신변잡기적인 것이다.[13]

「노마만리-연안망명기」(『민성』, 1946년 3월~1947년 7월, 7회)는 「연안망명기-산채기」의 회상기에서 벗어나 그가 메모해둔 여정의 기록에 따라 쓴 글이다. 그러나 북경을 출발하여 도중에 P51 폭격으로 석가장에 머무르는 장면에서 중단된다. "이 조그만한 기록은 필자가 중국을 향하여 조국을 떠난 지 바로 일 개월 만에 적 일본군의 봉쇄선과 유격 지구를 넘어 우리 조선의용군의 근거지인 화북 태항산중으로 들어온 날까지의 노상기(路上記)와 또 여기 들어온 뒤 생활록, 견문, 소감, 이런 것을 적어놓은 것이다"(269)로 시작하는 서언에는 "애국 열사들의 일을 사랑하는 국내 동포들에게 전하고자 원하기 때문"에 글을 쓰게 되었다고 하면서 말

---

13) 이 부분은 이후에 나오는 「노마만리-연안망명기」와 『노마만리』에는 빠져있다. 이는 아마도 끽연가로서의 행동이 탈출 여로와 그의 반제투쟁에 도움이 되지 않기 때문으로 보인다.

미에 "1945년 6월 9일 태항산중 화북조선독립동맹 조선의용군 본부"라고 쓰여 있다.

1945년 5월 9일 10시 친척들과 친구들의 환송을 받으며 김사량은 평양을 떠나 중국으로 향한다. 서울서 출발한 R 여사 이하 다섯 명을 포함하여 여자 네 명과 남자 두 명으로 '어중이떠중이 명색은 이름 좋게 조선 출신병의 정황 선전 보도라는 임무'이지만, 학병으로 간 남편 보러, 아버지를 찾아, 병정 나간 아들 만나러, 유람을 목적으로 하는 등 이 기회를 이용한 동상이몽의 여행이었다. 때문에 체면으로 보면 결코 따라나설 일행이 아니지만 여권이 중국에서 오지 않던 차에 신문사에서 이번 기회에 끼어 가는 것이 어떠하냐는 제안을 수락하여 떠나게 되었다. 이렇게 해서 북경을 거쳐 남경에 도착하여 조병창을 시찰하고 금릉부대를 방문한 뒤 다시 숙현, 서주, 천진을 거쳐 북경에 도착한다. 이들 도시에서 김사량은 탈출로를 구하려고 혼자 남몰래 모색하다가 마침내 북경에서 '천우신조'에 따라 공작원의 접선을 받고 북경을 떠나 정현을 거쳐 비행기의 공습으로 석가장에서 머물게 된 장면에서 끝난다.

이로 보면, 그는 격에 맞지 않는 여행단에 끼어 중국의 여러 도시를 돌며 탈출을 모색하다가 북경반점에서 우연히 탈출의 기회를 갖게 되었음을 알 수 있다. 『노마만리』와는 달리 여행의 동기와 경위 등이 비교적 솔직하고도 소상하게 제시되어 있으며, 김일성에 대한 찬양 등은 제시되어 있지 않다. 이는 그의 사후에 개작되었을 것으로 보이는 『노마만리』와는 다른 것이다. 탈출 여로 도중에 여행기는 중단되어 있지만, 그의 여로와 의식은 조선을 떠나 태항산 투쟁근거지로의 탈출과 그 경위에 놓여 있음을 알 수 있다.

『노마만리』는 1955년에 간행된 『김사량 선집』에 수록된 것으로, 「노마만리-연안망명기」의 서문이 탈출의 동기, 기록 행위에 대한 회상, 그리고 '위대한 인민해방군'에 대한 사의와 '인민의 태양 김일성 장군에게 한 위성부대의 종군작가로서 최대의 경의를 올리고자 한다'는 말과 함께 삽입되어 있다.

『노마만리』는 제1부 탈출기, 제2부 유격지구, 제3부 항일근거지, 제4부 노마지지 등 전체 4부로 구성되어 있다. 북경을 탈출하여 독립동맹과 의용군의 본거지가 있는 태항산채에 도착하기까지의 여로가 펼쳐진다.

1945년 5월의 북경반점은 그에게 복마전으로 체험되고 의식된다.[14] 동양 사람, 더구나 조선 사람으로서는 들어올 수 없는 북경반점이 조선인의 합숙소가 되어 있었다. 아편장수, 갈보장수, 송금 브로커, 헌병대와 사령부 밀정, 영사관 끄나풀, 문필 정치가 등이 들끓고 있는 곳이다. 같은 방에 묵게 된 K씨의 허황된 경험담은 그에게 그곳이야말로 아라비안나이트라는 느낌을 준다. 한편 연안으로 탈출을 모색하고 있던 김사량으로서는 K로부터 감시를 받고 있다는 생각을 갖기도 하고, 이로써 섣불리 다른 사람의 말을 믿을 수 없기도 하다는 점에서 긴장을 늦출 수 없는 곳이기도 하다.

1944년 7월 방중 때 상해에서 중경 측 공작원의 제안을 받았을 때 후방

---

14) 북경반점 풍경은 다음 글에 자세히 논의되어 있다. 김윤식, 「베이징, 1938년 5월에서 1945년 5월까지-김사량의 「향수」와 『노마만리』」, 『문학동네』, 2006년 여름호.

중경으로 들어가는 일을 그로서는 비겁한 도피라 생각했다. 중경은 "국가와 민족의 신성한 이익을 배반하여 투항과 퇴각의 일로로 만리 오지에 도망해 들어가 내전의 흉계를 꾸미기에 영일이 없는 반동 정부의 수도"(40)이기 때문이다. 이런 정부의 뒤를 창녀처럼 따라다니며 행랑살이를 하는 임시정부에 들어갈 수는 없다고 본다.

일제가 지배하고 있는 북경(반점)과 장개석, 임정이 있는 중경을 향하는 것과는 달리 연안으로 향하는 그에게는 "이상하게도 불안스런 긴장한 느낌이 없이 마음은 거울같이 침착하"고, "세상이 이렇게도 쾌적하고 행복스러울 여행이 없을 듯"(53)하게 느껴진다. 그가 가는 연안은 장개석 독재를 반대하고 그 내전정책을 비판하고, 혁명의 깃발을 들고 일제에 무장 항전을 거행하면서 인민의 정부를 조직하고 농민을 해방하고 대중을 도탄에서 건져내고 있는 곳이다. 그가 연안에 가고자 하는 이유는 첫째, 조국을 찾으려 싸우는 전쟁에서 연약한 몸을 던짐으로써 새로운 성장을 얻어 나라의 조그마한 초석이라도 되고자 함이며, 둘째로 해방구역 내의 중국 농민의 생활이며 인민군대의 형편이며 신민주주의 문화의 건설 면도 두루두루 관찰하여 나중에 돌아가는 날이 있다면 건국의 진향에 조금이라도 이바지하고자 하는 것이며, 셋째로 또 하나의 낭만으로는 이국 산지에서 조국의 광복을 위하여 적들과 싸워나가는 동지들의 일을 기록하는 일에 작가로서의 의무와 정열을 느꼈기 때문이다(42~43).

그의 일행은 마침내 봉쇄선을 돌파하여 태항산 밑에 도착하고 본거지를 향한 그들의 여로는 계속된다. 그들이 지나는 길에는 일본군 토벌대에 의해 피폐화된 마을이 있으며, 인민들이 일본 군용견에 물려 죽기도 하는 등 일본군의 잔학성이 드러난다. 이런 일본군의 참혹한 행동은 소위 삼광 정책 즉 '중국인의 것이면 남김없이 불살라라, 중국인이면 남김없이 죽여라, 모든 것을 빼앗아 빈탕(光)을 만들어라'에 여실히 나타나고 있다는 것이다.

일본군의 만행은 일본군에 의해 죽은 외아들과 며느리로 인해 실성(失性)을 하게 된 배장수 노파의 이야기를 통해 부각된다. 이와 더불어 일본군에게 죽은 한국인 과부의 둘째 아들 이야기에 대한 김사량의 회상은 중국 인민이 겪은 고통은 중국인에게만 있는 것이 아니라 한국인에게도 해당된다는 점을 상기시킨다. 이것은 일제하에 놓인 한국과 중국이 일제에 대한 항전에 있어 동지의식을 지닐 수 있게 한다. 이는 조선의용군과 탈출 일본군, 학도병에 대한 팔로군의 친절과 조선의용군과 팔로군의 친선 교류(139) 등으로 나타난다.

한편 포악한 일본군과는 달리 나라를 아끼고 평화를 사랑하는 노동자, 농민, 지식인으로 이루어진 인민의 친위대 팔로군은 인민의 군대로서 인민에 봉사하는 군대로 의식된다. 그들은 부득이 부락이나 민가에 머무르게 되면 인민들에게 폐를 끼치지 않으며, 아침에는 청소를 해주고 물을 길어주는 등 인민들을 돌보아주니 그들이 이 군대를 따르지 않을 수 없다는 것이다. "이 팔로군이 있는 한 이 나라와 인민의 역사는 미더운 걸음으로 전진하여 민주주의의 승리는 동아의 큰 덩어리 대지 위에 또한 확고부동하게 될 것이"(142)라고 생각한다.

인민의 군대는 인민의 최하층에서 일어난 혁명, 최악의 조건과 환경 속에 키워진 싸움 속에서 빛을 발한다고 한다. 중국 인민은 모택동의 영도 아래 주인이 되는바, 김사량은 "인민이 일어나 제 나라를 다시 차지하게 된 민족은 얼마나 행복스러운 것일까? 모름지기 이 중국의 혁명과정은 거의 같은 단계에 처해 있는 우리 조선에 무한한 경험과 교훈을 제공하는 바이다."(205)라고 중국 혁명의 과정을 타산지석으로 삼고 있다. 이러한 중국 사회에 대한 의식을 꿈 같은 섬인 남풍도를 아느냐는 열혈 공산주의자인 노인의 질문에 김사량은 동맹과 의용군의 본거지인 태항산 남장촌이 바로 남풍도라고 본다는 말로 대답한다. 따라서 그가 그곳에 도착한 날은 그의 일생일대에서 가장 감격스런 날로 여겨진다. 그러므로 김사량은 중국에서의 인민혁명과 동맹·의용군의 본거지인 태항산채 그리고 이를 기반으로 하는 조국의 해방에 대한 낙관적 전망을 보여주고 있다고 판단된다.

5. 맺음말

지금까지 김사량 문학에 나타난 중국 체험의 양상과 의식을 살펴보았다. 김사량 문학에 대한 연구는 이중어 글쓰기, 일제 말의 시대 현실과 삶·문학과의 연관, 탈근대·탈식민주의적 관점 등에서 이루어졌지만, 중국 체험을 다룬 본격적인 연구는 부족한 실정이다. 이 글에서는 김사량 문학을 중국 관련 내용으로 한정하는 한계를 지니지만, 김사량 문학을 의식하는 데에 도움을 줄 뿐 아니라 한국의 중국 문학 혹은 중국과의 관련 양상을 이해하는 데에 도움을 줄 것으로 판단된다.

김사량의 중국 체험은 세 차례에 걸쳐 이루어졌는데, 그의 중국 체험은 수필 「북경왕래」, 「에나멜 구두와 포로」, 단편소설 「향수」, 장편 기행문 『노마만리』 등으로 작품화되었다.

「북경왕래」는 문화 체험에서 중국 문화와 한국 문화, 상층 문화와 하층 문화의 대비를 통해 중국 문화에 대한 비판의식이 보이지만 파편적이고 인상적인 차원에서 이루어진다. 「에나멜 구두와 포로」는 일어로 쓰여진 것으로 「북경왕래」와 비교해볼 때 분량도 많고 문장도 매끄럽다. 여행에 대한 작가의 자의식도 보인다. 중국(북경) 문화에 대한 비판의식은 중국인에 한정되지 않고 조선 동포들에 대한 관심으로 확장된다. 그러나 「북경왕래」와 마찬가지로 그의 의식은 단편적이고 피상적인 수준이다.

「향수」는 중국을 무대로 한 소설이라는 점에서 매우 특이한 소설이며, 일제에 의해 파탄의 길을 걷게 된 중국에 사는 동포들을 형상화함으로써 그들의 삶의 현실을 문제화하고 있다. 그들은 물질적 정신적 고통에 시달리는 인간들인데, 그러한 고통에서 벗어나는 길을 막연히 '향수'와 심정적 차원에서 찾고 있다는 점에서 이들을 국가의 문제와 연관지어 해결하는 데에는 많은 한계를 지닌다.

『노마만리』가 쓰여지기 전에 나온 「연안망명기―산채기」는 본격적인 기행문이라 보기 어려운데, 글 쓰는 이로서의 적극적인 작가의식이 기술되어 있다. 「노마만리―연안망명기」는 본격적인 기행문으로서 미완성이기는 하지만 그가 북한에서 지내기 이전 중국 여행의 동기, 망명지로의 탈출 경위를 솔직하고도 집중적으로 드러냄으로서 망명의 우연성과 정당성을 의식적으로 드러내고 있다. 『노마만리』에는 인민군과 김일성의 활약에 대한 긍정적인 의식이 담겨져 있으며, 반제투쟁, 조국 해방에 대한 낙관적인 전망이 강하게 드러나 있다.

이 글에서는 김사량 문학 가운데 중국 관련 작품들을 살폈기 때문에 그의 문학 전반을 살피지는 못했다. 그러나 몇 작품을 살펴본 결과 여러 문학적인 특성과 경향 그리고 그의 의식 수준을 살펴볼 수 있었다. 작품에 대한 보다 세심한 검토가 계속해서 진행됨으로써 그의 문학에 대한 막연한 긍정적 혹은 부정적인 평가로부터 벗어날 수 있을 것이다.

제3장 문학표현교육의 기반 탐색

1. 머리말

이번 장에서는 문학표현[1]교육과 관련된 몇 가지 문제들을 검토해보고 자 한다. 문학교육은 문학으로 이루어지는 교육의 과정과 결과를 총칭하 는 개념이며, 문학교육학은 그러한 현상이 학문적으로 체계화된 것을 말 한다.[2] 이로 보면 문학교육학이 무엇하는 학문인지를 분별하기는 그리

---

1) 생산, 창작, 수용이라는 용어를 주로 문학교육 혹은 문학에서 사용하고 있고, 표현, 이해 라는 용어를 주로 언어교육 혹은 학문 일반에서 사용한다. 이 글에서는 문학교육뿐 아니 라 언어교육, 학문 일반을 아우르는 의미에서 표현이라는 용어를 쓰고 때에 따라서는 생 산, 창작 등의 용어를 사용하기로 한다.

2) 이로써 인문학에 속한 것으로 보는 학문 분류는 문학교육이고 교육학에 속하는 것은 문 학교육학으로 보는 관점은 수정되어야 한다. 문학교육에 대한 학적 체계가 문학교육학인 것이다. 마찬가지로 국어교육은 국어로 이루어지는 교육의 과정과 결과를 총칭하는 개념 이며, 국어교육학은 그러한 현상이 학문적으로 체계화된 것을 말한다. 따라서 학문 분류 에서 사범대학에 소속된 영역은 '국어교육학'으로 분류되고, 인문대학에 있는 영역은 국 어교육으로 분류되어 있는 학진 분류 체계는 수정되어야 한다. 전자는 교과교육학적 개

어렵지 않아 보인다. 그러나 문학교육이 왜, 무엇을, 어떻게 해야 하느냐는 문제를 두고 볼 때 그 학문적인 의미를 규정하기가 간단치 않아 보인다. 가령 문학교육의 핵심에 해당하는 문학과 교육을 무엇으로 규정하느냐는 문제만 보아도 그렇다. 관점에 따라 다양하게 규정되기 때문이다.

이 글에서는 문학을 고립된 실체로 보기보다는 작가와 독자, 그리고 사회적 맥락 속에서 존재하는 역동적인 구성체라는 관점을 견지한다.[3] 교육 또한 학교교육뿐 아니라 사회교육을 아우르는 사회문화적인 맥락 속에 존재하는 일체의 의도적이고 계획적인 가르치고 배우는 일체의 현상을 의미하는 역동적인 개념으로 사용한다.

문학을 대상으로 한 표현과 이해의 교육인 문학표현(창작)교육과 문학수용(이해)교육은 문학(국어)교육의 중요한 영역임에는 틀림없다. 따라서 여기에 대한 학문적인 작업은 문학(국어)교육학을 한 단계 끌어올리는 일이 될 것이다. 이런 점에서 문학표현교육에 대한 그동안의 연구들을 살펴보면 이미 상당 수준까지 논의가 활발히 이루어지고 있음을 알 수 있다. 그러나 어느 학문도 그렇듯이 학적인 발전을 위해서는 그와 관련된 근본

넘이 적용되고 후자는 이와는 다른 사회 전반에서 이루어지는 국어교육 현상에 적용한 개념으로 보이는데, 이러한 관점은 학문 현실을 두고 볼 때 전적으로 잘못된 관념이자 분류 체계이다.

3) 국어교육과 관련할 때, 국어란 문학적 담화와 비문학적 담화로 구성된다. 여기에서 문학이라 함은 비문학적 담화를 제외한 담화를 일컫는 넓은 의미로 쓴다. 이때의 문학도 당연히 표현과 이해 행위의 핵심담화 양식임은 말할 것도 없다. 이는 강조될 필요가 있겠는데, 문학을 읽기의 대상으로만 간주하는 관점이 불식되어야만 하기 때문이다. 아울러 언어교육에서는 흔히 서사와 설명으로 나누고 이를 집중적으로 연구하고 있는데, 이는 다른 많은 담화 양식들을 배제하고 있다는 점에서 한계를 지닌다.

적인 문제들을 탐구하지 않을 수 없다. 이 장에서는 문학표현과 관련한 기본적인 개념들을 다루고 있는 이유도 여기에 있다. 구체적으로 문학표현의 의미, 논리, 이유, 내용, 방법 등을 검토해봄으로써 문학표현교육을 위한 기반을 탐색해보고자 한다.

2. 문학표현의 의미와 논리

1) 문학표현의 의미

인간을 바라보는 관점은 매우 다양하다. 인간을 이성을 지닌 존재로 규정할 수 있고, 상징을 사용하는 존재로도 볼 수 있으며, 놀이하는 존재로도 볼 수 있다. 그밖에 많은 관점들이 있을 수 있는데, 이는 다면성을 지닌 인간 존재의 본질을 어떤 시각과 맥락에서 바라보느냐에 따라 결정되는 것이다.

이 가운데 인간을 상징적 존재(animal symbolieum)로 본 관점은 인간과 문학의 관계를 설명할 수 있는 틀을 제공해준다. 인간을 이성적인 존재로 규정할 때, 그것은 다분히 인간을 과학적이고 합리적인 시각에서 본 측면이 있다. 따라서 과학적이고 합리적인 세계가 아닌 다른 세계, 이를테면 감정과 감동의 세계는 상대적으로 배제될 수밖에 없다. 이런 점에서 이성이라는 말은 인간이 가지고 있는 풍성한 의미들을 담아내기에는 미흡할 수 있다. 그런 데 반해 상징은 그러한 모든 의미들을 풍성하게 포괄할 수 있는 용어로 사용된다. 그러므로 인간을 상징적 존재로 규정하는 것은 언어적 존재로서의 인간뿐 아니라, 그것을 통해 풍성한 의미 행위를 영유하는 인간을 바라보는 유용한 관점일 수 있다.

에른스트 카시러(Ernst Cassirer, 1874~1945)는 인간을 이성적 동물로 정의하는 대신 상징적 동물로 규정하고 있다. 그에 따르면, 인간은 한갓 물리적인 세계에 살지 않고, 상징적인 세계에서 사는 존재이다. 언어, 신화, 예술 및 종교 등은 이 세계를 구성하고 있는 것들이다. 이것들은 상징의 그물로써 인간의 사고와 경험의 산물이자, 사고와 경험을 형성시키는 데 관여하기도 한다. 상징의 형식들은 인간이 세계를 이해하는 결정적인 매개 역할을 하며, 또한 인간은 그것들을 통해 새로운 상징의 형식들을 만들기도 하고 강화해나가기도 한다.[4]

상징의 여러 형식 가운데 가장 대표적인 것은 문학이다. 문학은 언어를 사용하는 인간이 언어를 가지고 일정한 양식으로 엮어낸 텍스트이다. 문학이라는 개념에 포획될 수 있는 텍스트들은 시대에 따라 달리 분류될 수 있지만, 오늘날 우리가 문학이라 일컬을 수 있는 대표적인 양식들은 음성언어로 된 구비문학과 문자로 된 기록문학, 그리고 디지털매체를 매개로 한 전자문학 등을 들 수 있다.

문학으로 불리는 양식들이 어떻게 분류되든 그것은 우리의 삶과 분리되어 논의될 수 없다. 역사적으로 문학이 태어난 기원을 거슬러 올라가면 거기에는 인간의 태고적 모습이 있다. 그러니까 문학은 인간의 역사와 함께

---

4) E. Cassirer, *An Essay on Man*, 최명관 역, 『인간이란 무엇인가―문화철학서설』, 서광사, 1988, 49~51쪽.

해왔다고 할 수 있다. 사람들은 그 오랜 시간을 살아오면서 느낌과 생각들을 언어로 담아냈던 것이다. 그 언어는 음성으로도 되어 있고, 인쇄된 문자로도 되어 있으며, 전자적 장치를 매개로 한 음성이나 문자로도 되어 있다. 뿐만 아니라 그것은 그림, 사진, 동영상 등을 표현수단으로 삼을 수도 있다. 그렇게 해서 세상에 나타난 문학 속에는 인간사(人間事)를 포함한 세상의 온갖 삼라만상(森羅萬象)이 담겨있다. 원칙적으로 문학이 다루지 못하는 것은 이 세상에 존재하지 않는다. 그것이 헤아릴 길 없는 인간의 마음이나 행위이든지, 변화무쌍한 사회나 자연이든지 간에 그렇다.

그런데 문학 텍스트에 담긴 것들은 상대적으로 그것을 담아낼 만한 가치가 있는 것이 있고, 그렇지 못한 것들도 있다. 우리는 무의식적으로 혹은 의식적으로 가치가 있다고 여겨지는 일들을 문학 텍스트로 표현한다. 그 가치의 경중은 여러 기준에 따라 결정될 수 있다. 즉 삶의 진정성, 인간의 진솔한 삶, 인간성을 억압하는 것들에 대한 저항, 인류의 보편적인 가치 등이 그것이다. 이런 것들은 일반적으로 공동체 구성원의 공통된 안목에 의해 그 가치가 결정된다.

그런데 문학 텍스트에 담아낼 만한 가치가 있는 것이라 할지라도 그것을 어떻게 언어로 풀어내느냐에 따라 인간들이 받아들이는 질적 경험은 달라진다. 이를 두고 우리는 형상화라는 말을 쓴다. 형상이라는 말은 눈에 보이는 일정한 꼴을 말한다. '~화'라는 말이 '~으로 되기' 혹은 '~으로 만들기'라는 의미를 담고 있다고 본다면 형상화라는 말은 '눈에 보이는 일정한 꼴로 만들기'라는 의미가 된다. 이는 결과 자체보다는 문학 텍스트를 표현하는 과정을 중시하는 역동적인 말이라 할 수 있다. 이를 표현의 측면에서 보면 언어를 통한 문학적 형상화 행위라 할 수 있다. 그것은 무엇인가 새로운 것을 생산해낸다는 의미로서 창의성, 무엇인가 만들어낸다는 의미로서 구상성, 미적인 자질과 관련된다는 점에서 심미성, 세계를 바라보는 생산자의 관점과 관련된다는 점에서 세계관, 그리고 문학 텍스트를 표현해내는 행위 그 자체와 관련된다는 점에서 행위성 등의 속성을 지닌다.

표현과정을 통해 만들어진 언어적 형상물은 그것이 어떤 모습을 하고 있느냐에 따라 보거나 듣는 이에게 다양한 모습으로 보이기도 하고, 다양하게 영향을 주기도 한다. 그것은 문학 텍스트에 형상화된 모습에서 기인하기도 하지만, 그것을 보거나 듣는 사람에 의해서 영향을 받기도 한다. 그러므로 문학 텍스트라는 것이 인간이 언어를 매개로 하여 자신의 생각, 느낌, 사상, 감정 등을 형상화한 것이기는 하지만, 그것은 본질적으로 문학 텍스트를 생산한 사람과 문학 텍스트 그리고 그것을 수용하는 사람 사이의 상호관계 속에서 그 가치를 실현해가는 것임을 알 수 있다.

2) 문학표현의 논리

문학을 표현하는 과정에는 여러 요소들이 작용하며, 그것은 결과적으로 문학 텍스트를 생산하는 데 기여하는 역할을 하게 된다. 그 요소들은 논리적인 구조를 갖는 작동구조로서 문학표현과정에 관여하게 된다. 그 요소들은 사회적 차원에서 작용하는 논리구조인 제도, 생산적 차원에서 심리·육체와 동시에 관련된 구상력, 표현 내용 형성에 작용하는 경험,

그리고 표현 내용과 텍스트 생산에 작용하는 기술 등을 들 수 있다.

(1) 제도

우리 사회는 일종의 마술에 의해 지탱된다고 할 수 있다. 이를 두고 롤랑 바르뜨(Roland Barthes, 1915~1980)는 넓은 의미의 신화라는 개념으로 설명한 바 있다. 신화는 사회에 의해 반영된 것, 전도된 것, 담론적인 것으로서 이는 기호학의 대상이 된다.[5] 그런데 이러한 마술에 결정적인 역할을 하는 것은 형상의 힘이다. 형상은 그것이 일정한 꼴을 갖는 예술, 도덕, 법률, 문화 등의 상징으로 존재한다. 이 상징들은 인간이 만든 제도(institution)로서 역사적인 존재 방식으로 존속한다. 제도는 관습 (convention)이자 전통으로서 인간의 행위와 사고에 영향을 주기 때문에 노모스(nomos)적인 것으로서의 사회적 성질을 지닌다.

제도의 단초는 인간의 행위에서 비롯된다. 행위는 시간의 흐름 속에서 습관으로 정착하는데, 습관 속에 자리 잡은 행위를 지속하려는 현실성과 그것을 벗어나려는 가능성이 동시에 내재되어 있다. 이는 인간의 삶 속에서의 행위의 성향을 나타내는 아비투스(habitus)의 개념으로도 설명된다. 부르디외(P. Bourdieu)에 의하면 지속적이면서 또다른 것으로 전이될 수 있는 성향의 체계로서의 아비투스는 실존의 조건에 근거하는 특정한 계급에 관련된 조건들에 의해 생산된다. 그리하여 그것은 발생의 원칙으로

---

5) R., Barthes, *Mythologies*, 정현 역, 『신화론』, 현대미학사, 1995.

서, 실천과 표상을 조직하는 요인으로서 작용한다.[6]

행위를 사고의 측면에서 보면, 그 근저에는 구상력이 있다. 구상력은 직관과 반성 작용을 통해 개인의 행위가 사회의 제도로서 정착될 수 있도록 하는 역할을 한다. 뿐만 아니라 제도 역시 사회적 관습으로 인간의 사고에 영향을 미친다. 어떤 측면에서 보면 사람들은 서로를 모방하면서 살아간다. 그러나 인간이 직접 보는 것을 모방하는 것이 아니라 상상하는 것을 모방한다. 그렇기 때문에 보는 것을 쫓아서 모방하는 것이 아니라 상상하는 것을 쫓아서 보는 것을 모방한다고 할 수 있다. 따라서 인간의 정체성이란 라캉이 '타자(the Other)'라고 부르는 것 즉 법, 사회, 다른 사람 등으로부터 차용된 것이다. '나'라는 존재는 기표를 통해서 그것들과 연결되기 때문에 타자는 기표들의 조직인 '상징계'로 나타난다.[7] 그것은 일종의 관습이자, 제도로서 인간의 사고력을 제어하기 마련이다.

그러나 인간은 지적인 성숙에 이르는 과정에서 그러한 제도로서 작용하는 세계와는 다른 새로운 세계를 창출해낼 수 있는 존재이기도 하다. 이런 점에서 제도적 장치의 하나인 문학은 인간의 창발적인 행위의 산물이자 동시에 제도의 산물이기도 하다. 문학적으로 사유하고 그 사유과정을 통해 의미를 생성하는 과정에서 문학이라는 제도적 장치와 길항관계에 놓인다. 그러므로 문학은 개인과 사회의 창조적인 장르적 실천대상일 뿐 아니라 제도적인 모방대상이기도 하다.

---

6) 여기에 대한 자세한 논의는 다음 참조. 홍성민, 『문화와 아비투스』, 나남출판, 2000, 38~76쪽.

7) A. Easthope, *The Unconscious*, 이미선 역, 『무의식』, 한나래, 2000, 101~112쪽.

(2) 구상력

문학 텍스트를 표현하기 위해서는 표현하고자 하는 대상을 일정한 틀로 구성해낼 수 있는 정신적인 힘이 필요하다. 이를 두고 구상력이라 할 수 있다. 이 구상력은 논리적인 구조(Logik der Einbildungskraft)를 지니는데, 바움가르텐에 의하면 이는 제작(poiesis)의 논리에 해당한다.

임마누엘 칸트(Immanuel Kant, 1724~1804)에 의하면 구상력은 종합의 기능(Funktion der Synthesis)을 하는 것으로, 인간 영혼의 기본 능력에 해당한다. 그것은 감성(感性, Sinnlichkeit)에 속하기도 하고, 오성(悟性, Verstand)에 속하기도 한다. 이로 보면 구상력은 파토스(pathos)와 로고스(logos) 양쪽에 관련됨을 알 수 있다.

감관(Sinne)은 우리에게 인상(Eindrücke)을 제공하기는 하나 이 인상을 종합하지는 못하고, 결국 대상들의 모습(Bilder)을 구성하지 못한다. 대상들의 모습을 구성하기 위해선 인상을 받아들이는 것 이외에 이러한 인상을 종합하는 기능이 필요하다. 이때 구상력은 직관을 통해 받아들인 여러 가지들을 하나의 모습으로 이끌어내는 역할을 하는 것이다. 따라서 구상력은 어떤 생산물을 만들어내는 과정에서 결정적인 역할을 한다고 볼 수 있다. 이는 인간과 동물을 구별해주는 근본적인 것 가운데 하나이다.

그런데 구상력이라는 것도 인간의 행위 차원에서 예컨대 표현 행위에서 작용할 때 의미를 지닌다. 이때의 행위는 무엇인가를 만들어내는 제작의 의미를 갖는다. 이런 점에서 제작이란 동시에 무엇인가를 이루는 것 즉 생성(genesis)과 관련되어 있다. 이 과정에서 인간은 논리-과학적인 사유의 틀로 대상을 생성해내기도 하고, 내러티브(narrative)적인 사유의 틀로 대상을 표현해내기도 한다. 내러티브적인 사유가 문학에 가까운 사고라 할 때 그것은 구상력과 결부됨으로써 희망, 공포, 사랑, 증오, 욕망, 충동 등의 감정에 질서를 부여한다. 그럼으로써 종합화되지 않은 것들이 창조된 시간 속에 조화롭게 구성됨으로써 하나의 문학 텍스트를 형성한다. 문학 텍스트에 구현된 과거, 현재, 미래라는 것도 구상력에 의해 생성된다.

이렇게 구상력을 통해 제작된 것은 문학으로 불리는 일정한 꼴(形)을 갖춘다. 그것은 통시적인 변천과정을 거치면서 시대와 장소와 관계없이 공통적인 특성으로 묶일 수 있는 커다란 흐름으로 존재한다. 이를 두고 장르류(類, gattung)라 한다. 서정 장르, 서사 장르, 극 장르라 부르는 것이 그것이다. 한편 시대와 장소의 영향을 받아 형성되는 문학의 꼴도 존재한다. 이를 두고 장르종(種가, art)이라 한다. 가령 장르류로서의 서정 장르에는 향가, 속요, 시조, 현대시 등의 장르종이 있다. 인간의 정서와 감정을 작품 속의 화자의 입을 통해서 독자에게 직접 전달한다는 점에서 서정장르류에 함께 묶일 수 있으며, 그것은 시대와 장소에 따라 다르게 형상화되는 것이다.

(3) 기술

기술은 목적에 도달하기 위한 모든 수속, 수단, 수단의 결합이나 체계를 말한다. 우리는 기술이라는 말을 삶의 모든 과정에 적용할 수 있다. 예컨대 말의 기술, 노래의 기술, 연애의 기술 등이 그것이다. 인간은 말을 사용하는 데 있어 목적을 의식하기도 하고, 그렇지 않기도 한다. 일상의 경우 언어 행위의 목적은 무의식적으로 작용하는 경우가 대부분으로 자

동화되어 있다고 볼 수 있다. 그런데 언어 행위의 목적에 도달하는 과정이나 수단은 다양하다. 그러한 과정과 수단을 통해 인간은 새로운 언어적인 생산물을 창출해냄으로써 의사소통에 참여한다. 이로써 기술은 생산에 관여하는 핵심적인 역할을 한다는 것을 알 수 있다.

오늘날 우리가 사용하는 예술(기술) 개념의 역사는 꽤 오래 되었다. 예술(art)이란 말은 라틴어 '아르스(ars)'에서 유래하며, '아르스'는 그리스어 '테크네(technē)'에서 온 말이다. 그러나 '테크네'와 '아르스'는 오늘날의 '예술'과는 의미가 동일하지 않다. 합리적인 규칙에 따른 인간의 제작 활동 일체를 의미하는 테크네—로마시대와 중세, 르네상스시대까지의 '아르스(ars)'—인간이 무언가를 생산(produce) 혹은 제작(make)하는 활동, 그것을 생산하는 방법의 체계, 기술(skill) 혹은 솜씨 등을 함유하고 있는 개념이었다. 기술은 규칙에 관한 지식에 의거한 것이며 따라서 규칙이 없는 것은 예술이 아니었다. 고대 그리스인들은 시가 뮤즈의 영감에서 나오는 것 즉 규칙이 없이 단지 영감이나 상상력만으로 이루어지는 것은 예술로 보지 않았다. 그러나 아리스토텔레스는 비극의 규칙을 정립하면서 이미 그것을 하나의 기술로, 즉 예술로 취급한 바 있으며, 그의 관점이 16세기 중엽 이후에 이탈리아에서 새롭게 받아들여짐으로써 시가 수공업기술이나 학문과는 다른 예술의 영역에 포섭되게 되었다.[8]

오늘날 문학표현 행위와 과정에 대한 이론적인 연구에 힘입어 문학 제

---

8) W. Tatarkiewica, *A History of six ideas*, 이용대 역, 『여섯 가지 개념의 역사』, 이론과실천, 1990, 21~28쪽.

작 활동에 대한 규칙이 어느 정도 정리되어 있다. 물론 규칙의 작동에는 합리적인 이성뿐 아니라 감성도 작용한다는 점은 의심의 여지가 없다. 이성과 감성은 수레를 끄는 두 바퀴로서 어느 하나가 부재하다면 움직일 수 없는 그런 관계이다.

제도가 시간의 흐름 속에서 변천을 겪듯이 기술 역시 변천을 겪는다. 또한 시간의 흐름 속에서도 공통된 속성을 갖는 보편적인 기술이 존재하기도 한다. 가령 말을 표현하고 이해하는 의사소통 행위와 관련된 기술은 그 속에 이미 보편적인 의사소통 기술을 포함하고 있다고 볼 수 있다. 문학의 경우 음성언어로 수행되는 구비문학과 인쇄된 기록문학, 그리고 오늘날 디지털 매체를 매개로 한 전자문학은 공시적 · 통시적 차원에서의 소통 기술을 요한다.

(4) 경험

가다머(H. G. Gadamer)도 언급했듯이 경험이 무엇인지를 해명하는 일은 어렵기 그지없다. '경험한다(erfahren)'는 말은 접촉하게 된다는 사실을 통해서 어떤 것을 알게 된다는 의미뿐 아니라, 어떤 것을 겪는 과정에서 행해지는 참는 노력과 위험, 도중에서 겪게 되는 사고에 대한 기억, 거기에 대한 지속되는 불충분한 이야기 등이 내포되어 있다.[9]

문학 행위에 내용을 제공하는 것은 인간의 경험이다. 경험은 인간이 실제로 겪는 것일 수도 있고, 다른 매체를 통해 간접적으로 겪는 것일 수도

---

9) O. F. Bollnow, *Philosophie der Erkenntnis*, 백승균 역, 『인식의 해석학』, 서광사, 199~208쪽.

있다. 그러나 그것이 결국 그것을 겪는 주체와 관련된다는 점에서 주어진 것과 그것을 받아들이는 주체와의 관계 문제로 수렴된다. 즉 어떤 것을 경험한다고 하는 것은 주체와 대상과의 상호소통적인 관계와 그 과정 등을 의미한다.

이런 점에서 경험은 특정한 시간과 공간 속에서 이루어지는 주체와 대상의 만남(관계) 속에서 이루어진다. 그 만남은 무의식적이거나 혹은 의식적으로 이루어진다. 삶에서 이루어지는 많은 경험은 무의식적으로 이루어진다. 그러나 경험이 의식에 포착되고 반성될 때 그것은 특이한 현상으로 다가온다. 이로써 경험은 주체에게 의미 있는 사건이 된다. 이를 두고 경험의 사건성이라 할 수 있다.

경험은 개인의 차원에서 이루어지기도 하지만, 그것은 넓게 보면 사회 속에서 이루어지는 사회적 행위이기도 하다. 많은 경우 경험은 사회적으로 공유할 수 있으며, 역사적으로도 공유할 수 있다. 경험의 개인적 · 질적인 차이에도 불구하고 경험이 소통될 수 있는 것도 경험의 사회 · 역사적 성질 때문이다.

그런데 사건으로서의 경험은 기호 행위를 통할 때 문학적인 의사소통의 현상 속에 자리 잡게 된다. 언어 기호를 통해 경험 사건을 형상화하는 일은 실제 경험 사건의 상징화에 속한다. 그 상징화는 시, 서사, 극 양식으로 구체화되는데, 그 과정에서 인간의 시간에 대한 의식이 깊이 관여하게 된다. 시간의식은 삶에 대한 인식 · 태도와 연결됨으로써 문학작품의 주제와 구성을 결정하는 중요한 요인으로 작용한다. 이러한 상징화 행위과정 자체도 인간의 문학적 경험에 해당할 터인데, 그것의 질적 경험의 과정에 따라 인간으로서의 성장도 달라질 수 있다는 점에서 중요한 의미가 있다.

3. 문학표현의 이유

인간이 문학을 표현하는 이유는 여러 측면에서 살펴볼 수 있다. 우선 문학에는 인간의 다양한 삶이 형상화되어 있음을 주목할 수 있다. 그 속에는 문학을 생산하는 주체뿐 아니라 타자들의 삶의 모습이 투영되어 있다. 문학 속에는 자기와 타자들의 과거, 현재, 미래의 모습이 녹아 있다. 작가는 문학이라는 세계에 인간들의 삶의 모습들을 담아냄으로써 자기와 타자들의 삶을 더 잘 이해할 수 있는 세계로 들어선다. 이를 두고 문학표현 행위를 통한 인간 이해의 가소성(可塑性) 확장이라 할 수 있다.

작가가 인간을 이해하는 방식은 매우 다양하다. 작품에 나타난 인간상을 통해 그것을 유추해볼 때 크게 장르적 관점과 주제적 관점에서 살펴볼 수 있다. 장르적 관점에서 본 인간상은 서정적 화자의 인간상, 서사담론의 주체로서의 인간상, 극문학의 행위자로서의 인간상으로 나누어볼 수 있고, 주제론적 관점에서 본 인간상은 운명 결정론적 인간상, 자연주의 결정론적 인간상, 자연 낙원 지향의 인간상, 사회 · 역사적 자아로서의 인간상 등으로 나누어볼 수 있다.[10]

가령 서정적 화자가 형상화하고 있는 인간상을 살펴보자.

---

10) 김봉군, 『문학작품 속의 인간상 읽기』, 민지사, 2003, 제1장 제5절.

새벽 시내버스는

차창에 웬 찬란한 치장을 하고 달린다

엄동 혹한일수록

선연히 피는 성에꽃

어제 이 버스를 탔던

처녀 총각 아이 어른

미용사 외판원 파출부 실업자의 입김과 숨결이

간밤에 은밀히 만나 피워낸

번뜩이는 기막힌 아름다움

나는 무슨 전람회에 온 듯

자리를 옮겨다니며 보고

다시 꽃이파리 하나, 섬세하고도

차가운 아름다움에 취한다

어느 누구의 막막한 한숨이던가

어떤 더운 가슴이 토해낸 정열의 숨결이던가

일없이 정성스레 입김으로 손가락으로

성에꽃 한 잎 지우고

이마를 대고 본다

덜컹거리는 창에 어리는 푸석한 얼굴

오랫동안 함께 길을 걸었으나

지금은 면회마저 금지된 친구여.

— 최두석, 「성에꽃」

이 시에서 '성에꽃'을 만들어낸 이들은 남녀노소 할 것 없이 평범하게 살아가는 사람들이며, 특히 미용사, 외판원, 파출부, 실업자 등 이 시대의 소외된 사람들이다. 그들의 입김과 숨결이 은밀히 만나 피워낸 성에꽃은 엄동 혹한일수록 찬란히 핀다. 이를 두고 화자(시인)는 '번뜩이는 기막힌 아름다움'이라 보았다. 그 아름다움은 이내 '차가운 아름다움'으로 옮겨가고 그 속에서 '면회마저 금지된 친구'를 보게 된다. 세상의 거센 풍파 속에서도 사람들은 서로를 의지하면서 삶을 영유해나간다. 그러나 화자의 친구는 그러한 사람들과 함께 살아갈 수 없는 자유를 상실한 사람이다. 작가는 이러한 인간들의 삶의 단면을 '성애꽃'이라는 상징을 통해 시적으로 형상화하고 있다.

이렇듯 작가는 그 나름대로 인간과 세계를 이해하고 그것을 문학 텍스트를 통해 구현해낸다. 문학 텍스트를 표현하는 과정이 인간을 이해하는 도정이며, 그 결과로 생산된 작품은 작가가 도달한 인간 이해의 모습이다.

문학을 표현하는 행위가 현실세계에 사는 인간 이해에만 한정되는 것은 아니다. 문학표현은 인간이 살아갈 미래에 대한 열망에서 비롯되기도 한다. 문학은 인간으로 하여금 고통스런 삶의 현실을 돌아보고 성찰함으로써 그것을 넘어설 수 있는 비전을 담아내는 그릇을 제공한다. 수많은 문학 텍스트에서 볼 수 있는 유토피아(낙원)와 관련된 일들이 이를 말해준다.

가령 우리에게 익히 알려진 「홍길동전」은 당대 현실을 개혁하려는 의지와 그 해결 방안으로서 이상세계를 형상화하고 있다. 허균이 소설을 창작하던 시기는 극심한 내우외환에 시달린 선조·광해군 시절이다. 허균은 자신이 명문 출신이면서도 서자의 출세 길을 막는 제도에 매우 비판적이었다. 「홍길동전」에 반영된 신분제도의 불합리성에 대한 비판의식은 이러한 그의 의식의 반영이다. 길동이 서자로 태어난 사실로부터 이야기가 시작되고 그가 성장해감에 따라 당대 사회 현실과는 다른 문제적 인물로 발전해간다. 이는 바로 적서 차별이 보편화된 조선 사회의 전통에 대한 도전이었던 것이다. 그러한 길동이 조선의 병조판서를 제수받고 이후 율도국을 개척하여 그곳의 왕이 됨으로써 사회 모순이 개인에 한정되지 않고 사회제도에 기인한다는 생각을 드러냈던 것이다. 길동이 왕이 된 율도국은 산천이 수려하고 인물이 번성하여 가히 낙원 같은 곳으로 작가의 낙원의식을 드러낸 것이라 할 수 있다. 그러나 작품을 통해 드러난 적서차별 비판, 민권신장, 내정 개혁 등의 사상이 실현되기 위해서는 길동이 적자인 형과 대립적인 관계가 되든지, 활빈당과 조정의 긴장관계를 발전시키든지, 율도국의 왕이 된 길동이 비극적 출생의 근원이 된 축첩 행위를 답습하지 않았어야 된다. 또한 도적들을 인솔하여 이상향의 세계로 들어가기는 하지만, 그들이 속한 사회 속에서 이들을 인도하지는 못한다. 이것이 이 작품의 한계로 지적될 수 있지만, 당대의 지배 체제의 견고함 속에서 현실 비판의식을 통해 이상세계를 형상화하고 있다는 것은 작가의 미래에 대한 열망을 드러낸 것이라 하겠다.

또한 문학표현 행위는 감성적 지각 능력을 확장시켜준다. 라이프니쯔(Gottfried Wilhelm von Leibniz, 1646~1716)에 의하면 인간의 정신세계는 감성, 이성, 의지의 3영역으로 구성된다. 바움가르텐은 이를 각각 감성-미학(美), 이성-논리학(眞), 의지-윤리학(善)에 대응시켰다. 미학(aesthetics)의 어원은 그리스어 아이스테시스(Aisthesis, 느낌, 감성적 지각)에서 왔지만, 논리학(logic)의 어원은 로고스(logos, 말, 이성)에서, 윤리학(ethic)의 어원은 에토스(ethos, 풍속, 풍습, 품성, 성격)에서 왔다.[11] 이로 보면, 미학은

---

11) M. S. Kagan, *Лектсии по марксисцколенинско ёстетике*, 진중권 역, 『미학강

감성적 지각, 느낌과 관련됨을 알 수 있다. 감성적 지각이 어떤 특정한 성질을 띨 때 아름다움을 획득한다. 그것은 인간의 예술적 활동 속에서 그 최고의 표현을 발견하게 된다.

미적 감동을 주는 문학은 그것을 표현한 인간의 미적인 감성적 지각 능력에 결부되어 있다. 미적 지각 즉 현실의 미적 전유는 미적인 가치 창조와 관련되는 바 첫째, 조화적(harmonisch)이라고 부르는 것과 극적(dramatisch)이라고 부르는 것이 역사의 이른 시기부터 분화되었다. 전자의 경우 미적 의식은 실재적인 것과 이상적인 것 사이의 조화로운 상태를 포착하며, 지각하는 사람의 마음속에 그에 상응하는 심정적 상태-만족감, 협화감, 즐거운 안정감-를 유발하고, 후자는 실재와 이상 간의 불협화와 충돌을 포착하며, 그에 상응하는 방식으로 지각의 다른 심리학적 구조-동정, 공포, 분노의 요소를 포함하는 흥분-를 가지고 거기에 반응한다. 이후 전자로부터 미, 우아함, 위대함, 숭고 등과 같은 가치가 발전해나오고, 후자로부터 비극성, 희극성 등이 발전해나왔다. 이러한 미적인 것에 대한 감수성의 수준은 장구한 기간에 걸친 목적의식적인 교육과 자기 교육의 산물인 것이다.[12]

가령 우리 문학사에서 김유정의 「동백꽃」은 농촌을 배경으로 사춘기에 접어든 남녀의 애정 풍속을 토속적인 해학미로 그려낸 작품으로 알려져 있다. 주인공인 '나'는 어리숙하고, 우직하며, 감수성이 무딘 인물로 설정

의1」, 새길, 1989, 21~48쪽.

12) M. S. Kagan, 위의 책, 131~133쪽.

되어 있다. 그래서 점순이의 행위에 담겨 있는 의도를 전혀 짐작하지 못한다. 점순이가 감자를 구워주고, 씨암탉을 괴롭히고, 자기네 수탉과 닭싸움을 시키는 이유가 무엇인지를 전혀 짐작하지 못하고 엉뚱한 반응을 보인다. 점순이가 그런 행위를 하는 것은 '나'의 관심을 끌고, '나'가 자신의 애정 표현을 받아 주지 않는 데 대한 앙갚음을 하기 위해서인데도 말이다. 독자들은 인물들의 관계와 사건의 의미를 모두 알고 있기 때문에 인물들의 무지하고 엉뚱한 행동에서 웃을 수밖에 없게 된다. 그러나 작가는 한쪽의 인물이 다른 쪽의 인물의 의도를 알지 못하고 엉뚱한 반응을 보이게 함으로써 독자들로 하여금 이 소설의 독특한 재미를 느끼게 한다. 이러한 해학의 문학 전통은 「시집살이 노래」 등과 같은 조선 후기 민요와 「흥보가」, 「심청가」 등과 같은 판소리와 판소리계 소설, 특히 〈봉산 탈춤〉과 같은 탈춤에서 두드러지게 나타난다.

이렇듯 예술의 일종인 문학은 로고스의 세계에서 강조되는 논리의 세계와는 다른 미적 감성의 세계를 담아내는 그릇이다. 물론 문학 역시 논리의 세계와 절연된 것은 아니다. 문학은 논리를 포용하면서 그것을 뛰어넘는 세계를 표현한다. 이성주의로 대변되는 오늘날은 합리성이 모든 가치의 척도가 되어 있다. 그리하여 논리성과 객관성, 효율성 등이 삶을 규정한다. 그러나 그것들은 인간 삶의 한 특성일 뿐이다. 오히려 인간의 삶은 그와 다른 차원에서 이루어지고 결정되는 측면이 많다. 논리적인 설득과 미적 감동을 주는 설득의 차이를 생각하면 좋을 듯하다. 미적 감동을 주는 설득이야말로 불가능한 일도 가능한 일로 만드는 커다란 힘으로 작용한다. 문학은 그러한 감동과 깊숙이 관련되어 있다.[13]

또한 문학 텍스트를 표현하는 일은 인간의 잘-삶(well-being)의 매개 역할을 한다. 문학을 표현하고 수용하는 일, 즉 문학을 향유하는 일은 결국 인간이 인간답게 잘 살도록 하는 일과 관련된다. 문학표현 행위의 윤리성이 문제되는 지점이 여기이다. 그것은 문학표현 행위자의 세계관과 조응함으로써 문학 형상화의 방향을 결정하는 일에 기여한다. 무엇을 어떻게 형상화할 것인지는 문학표현자의 세계관, 윤리관과 관련되기 때문이다.

문학이 인간의 삶의 질을 결정하는 일에 작용한다는 것은 문학이 할 수 있는 기능과 관련되어 있다. 예를 들어 구두솔은 옷이나 모자 등을 닦는 데도 사용할 수도 있다. 그러나 구두솔이 일차적으로 무엇을 위해 만들어졌느냐를 생각할 때 옷이나 모자 등을 닦는 일을 구두솔의 기능이라 말할 수 없다. 따라서 문학작품의 기능을 안다는 것은 문학작품이 갖는 일차적 기능이 무엇인가를 깨닫는 일이다. 문학 작품의 주된 기능을 아는 일은 간단한 것처럼 보인다. 문학이 어떤 사물의 진리를 아는 인식언어도 아니고, 의사를 전달하는 데 쓰는 수행언어도 아니다. 문학은 객관적인 진리를 드러내는 완연한 인식언어도 화자의 의사를 전달하는 수행언어도 아닌 그 자체의 목적을 지닌 언어체이다. 이를 두고 시적(문학적) 언어라 부를 수 있을 것이다. 적어도 문학의 중심에 상상적인 것, 허구적인 것, 만

---

13) 여기에 관련한 훌륭한 예는 다음 참조. 감동을 주는 설득하는 이야기의 위력을 잘 보여주고 있다. A. Simmons, *The Story factor : secrets of influence from the art of storytelling*, 김수현 역, 『대화와 협상의 마이더스 스토리텔링』, 한 · 언, 2001 ; S. Denning, *The Springboard: how storytelling ignites action in knowledge-era organizations*, 김민주 · 송희령 역, 『기업혁신을 위한 설득의 방법』, 에코리브르, 2003.

들어진 세계 등을 놓을 때 그렇다. 문학이 대상으로 삼는 것은 객관적인 세계 그 자체의 참, 거짓이 아니라 사건이나 상황의 관계 속에서 이루어지는 인간 경험세계인 것이다. 그 경험세계에 대한 작가의 태도(세계관, 윤리관, 가치관 등이 관여하는)가 언어적 형상물로 드러난 것이 문학인 것이다. 따라서 문학에는 무엇이 의미 있고, 어떤 삶이 의미 있는가? 어떻게 살아가야 하는가? 인간사에서 비판받아야 할 것이 무엇인가? 이러한 문제에 대한 성찰이 문학적인 주제가 된다. 그 주제로 포획되는 삶의 모습들은 필연적으로 사회·역사성을 띨 수밖에 없으며, 그것이 인간사에서 보편적으로 발생할 수 있는 일이라면 보편성과도 연관된다.

러시아 작가 도스토옙스키(F. M. Dostoevskii)의 중편소설 「지하생활자의 수기」는 긴 독백 형식으로 쓰여진 작품으로 근대인의 의식 문제를 깊이 있게 파헤친 작품으로 알려져 있다. '지하실의 거주인'이라 자칭하는 중년의 전 하급관리인 주인공은 사회에 잘 적응할 수 없는 인물이다. 그는 삶에 대한 불안과 증오에 시달리며 철저히 고립되어 간다. 뿌리가 박탈된 이 '지하실의 남자'는 시대와의 불화 속에서 자신의 삶을 살아가고 있다. 그 정도나 배경이 어떻든 간에 사회와의 불화 속에서 살아가는 인물이 어디 이 사람뿐일까? 이런 점에서 그는 개별자이면서 특수성과 보편성을 동시에 지닌 인물이다.

다음은 김원일의 단편소설 「순이 삼촌」의 끝부분이다.

나는 흐느낀다. 이모부가 내 팔을 잡는다. 나는 사납게 뿌리친다. 그리고 내닫기 시작한다. 나의 눈에는 이모부도, 보초를 선 순경도 보이지 않는다.

아버진 거짓부렁이야. 거짓말만 하다 죽고 말았어. 아니야, 아니야. 죽지 않았어. 거짓말처럼 죽은 체하고 있을 따름이야. 나는 헐떡거리며 집과 반대인 낙동강 쪽으로 달린다. 숨이 턱에 닿는다. 달빛에 뿌옇게 드러난 강둑이 보인다. 강둑에 올라서자 나는 숨을 가라앉힌다. 달빛을 받은 강물이 잉어 비늘처럼 번뜩인다. 강 건너 장승처럼 서 있는 키 큰 포플라가 아버지 같다. 나를 오라고 손짓하는 것 같다. 어릴 적 아버지와 나는 강둑을 거닐며 많은 이야기를 했다. 쉬지 않고 흐르는 이 강처럼 너도 쉬지 않고 자라야 한다. 아버지는 이런 말도 했다. 그러자 아버지가 죽었다는 실감이 비로소 나의 가슴에 소름을 일으키며 아프게 파고 든다. 나는 갑자기 오들오들 떨기 시작한다. 서른 일곱으로 연기처럼 사라져 버린 아버지. 이제 내가 죽기 전 영원히 만날 수 없게 된 아버지. 어린 나에게 너무나 큰 수수께끼를 남기고 죽어 버린 아버지의 일생을 더듬을 때 나는 알 수 없는 두려움 때문에 사시나무처럼 떤다. 그와 더불어 나는 무엇인가 깨달은 듯한 느낌을 가지게 되었다. 그 느낌을 꼬집어 내어 설명할 수는 없었으나, 이를테면 살아 나가는 데 용기를 가져야 하고 어떤 어려움도 슬픔도 이겨내야 한다는 그런 내용의 것이었다. 모든 것이 안개 속 같은 신기한 세상, 내가 알아야 할 수수께끼가 너무나 많은 이 세상을 건너갈 때, 나는 이제 집안을 떠맡은 기둥으로서 힘차게 버티어 나가지 않으면 안 된다. 이런 굳은 결심이 나의 가슴속을 뜨겁게 적시며 뒤채이는 눈물을 달래고 있음을 느꼈던 것이다.

— 김원일, 「순이삼촌」에서

이 소설은 해방 후 남한의 지배 체제에 순응하지 못하고 반체제운동을 하다가 잡혀 죽은 서른 일곱의 아버지와 그 가족이 겪어야 했던 수난의 이야기를 담고 있다. 유소년 화자 '나'의 아버지의 죽음은 한 개인의 죽음으로 끝나는 것이 아니라 우리 역사가 만들어낸 비극의 희생물이다. 일제로부터 광복된 이후 그들은 무엇을 위해 피를 흘리며 싸웠던 것일까? 그

피의 대가로 얻은 것이 무엇이었을까? 왜 그의 가족들은 그로 인해 고통을 당해야 했던가? 그리고 작가는 무엇 때문에 화자의 기억을 내세워 이 소설을 썼을까? 모든 것이 안개 속 같고, 수수께끼로 가득한 세상에서 화자는 "어떤 어려움도 슬픔도 이겨내야 한다"고 말하지만, 한 어린 인간이 견뎌내기에는 너무 어려운 세계가 아닌가? 결국 문학 행위란 남과 더불어 인간이 사람답게 잘 살 수 있는 길이 무엇인지를 묻는 일과 관련되어 있다.

4. 문학표현의 내용과 방법

1) 문학표현의 내용

문학표현의 대상은 원칙적으로 세상의 모든 것들이 될 수 있다. 즉 그것들은 문학을 표현하기 위한 소재뿐 아니라 내용이 된다. 그러나 그 모든 것이 문학 텍스트에 표현되는 것은 아니다. 소재는 문학표현자에 의해 취사선택됨으로써 문학 텍스트의 내용으로서의 제재가 된다.

소재를 취사선택하는 출발은 표현자의 문제의식에 있다. 문제의식은 작가의 관심구조이자 제재와 주제의식이 보다 조화롭게 만날 수 있도록 해주는 계기이며, 주제의식에 보다 잘 어울리는 제재의 출현을 가능하게 해준다. 또한 그것은 한 작가의 주제의식의 깊이와 높이와 넓이를 가늠할 수 있게 해주는 준거가 되기도 한다. 문제의식은 작가의 관심 속에서 배태되는 것으로 그 속에서 문학의 대상이 포착되고, 그것이 주제의식과의 관계 속에 놓일 수 있도록 해준다. 이러한 문제의식은 묻고 답하는 과정에서 구체화됨으로써 그것은 궁극적으로 문학을 형상화하는 힘으로 작용한다.

문제의식에 의해 포착된 문학표현의 대상들은 문학표현의 가치 문제와 관련된다. 세상의 모든 것들이 문학으로 형상화되는 것은 아니다. 이야기로, 시로, 드라마로 표현할 만한 것들이 형상화되는 것이다. 좀 더 정확히 말하자면, 문학표현의 과정을 통해 그러한 것들이 형상화되는 것이다. 이를 두고 문학적 표현 가치(literary-configurative-value)라 할 수 있을 것이다. 이를 사람의 일생에서 겪게 되는 일에 비유하여 범박하게 묶어 본다면 탄생, 죽음, 사랑, 일, 놀이, 음식 등으로 분류할 수 있다. 그렇지만 그 각각은 수많은 변종이 존재할 뿐 아니라 관점에 따라 다르게 분류할 수도 있다. 우리 시대가 자본주의라는 점에 주목하여 이 체제에서 살아가는 인간들 즉 자본가, 소시민, 노동자, 농민, 도시빈민 등의 인물들이 펼치는 온갖 일들을 포착할 수도 있다.

가령 노동 문제를 다룬 소설들은 근대 이후 꾸준히 창작되어 왔다. 일제하 송영의 「용광로」(1926), 한설야의 『황혼』(1936), 유진오의 「여직공」(1931) 등과 해방 이후 김영석의 「전차운전수」(1946), 진홍준의 「새벽」(1948), 황석영의 「객지」(1971), 조세희의 『난장이가 쏘아올린 작은 공』(1976), 윤흥길의 『아홉 켤레의 구두로 남은 사내』(1977), 이택주의 『늙은 노동자의 노래』(1986), 방현석의 「새벽출정」(1989), 이문열의 「구로아리랑」(1988), 유순하의 『생성』(1988) 등이 그것이다. 노동 문제를 다룬 소설은 70년대 이후 더욱 활발하게 창작되었다. 이는 창작이 대상으로 삼고 있는 제재(내용)가 시대적인 배경과도 밀접하게 관련되어 있음을 말해주는 것이다. 인간의 삶 속에서 일 즉 노동은 늘 존재하고 있다. 따라서 그것이 작가의 문제의식에 포착된다면, 언제든지 문학표현의 대상이 될 수 있는 가능성이 있다. 그렇지만 그것이 시대적인 하나의 경향을 이룬다고 할 때에는 당대 현실 속에서 많은 사람들이 인간의 노동 문제를 인식하고 그 해결책을 모색하는 일과 맞물려 있어야 한다. 그것은 그만큼 노동 문제를 그 어느 때보다 심각하게 받아들이고 있다는 말이기도 하다. 도시빈민을 다룬 문학도 이와 같은 맥락에서 살펴볼 수 있다. 산업화가 진행되면서 대부분 농촌에서 도시로 이주한 사람들은 도시빈민으로 전락해간다. 이들은 거의 단순노무자로서 주거환경이 매우 열악할 뿐 아니라 빚에 쪼들림으로써 경제난에 시달려야 했다. 박태순의『정든 땅 언덕 위』, 이상락의『난지도의 딸』, 이동철의『어둠의 자식들』, 이정환의『샛강』 등이 70년대 이후 도시빈민의 문제를 다룬 소설들이었다.

요컨대 문학의 표현대상에는 원칙적으로 제한이 없다. 그러나 그것이 작품의 내용이 되기 위해서는 작가의 문제의식과 만나 형상화되는 과정을 통해 문학적인 가치를 획득해야만 한다. 문학적 가치는 역사적 맥락과 관련됨으로써 일정한 경향을 갖기 마련이다.

2) 문학표현의 방법

그동안 문학 창작과 관련한 논의는 적지 않았다. 단행본으로 출간된 장르별 창작론을 몇 가지 들면 다음과 같다.

〈창작교육〉

문학과문학교육연구소, 『창작교육, 어떻게 할 것인가』, 푸른사상, 2001.

유영희, 『이미지로 보는 시 창작교육론』, 역락, 2003.

방인태 외, 『초등 시 창작 교육론』, 역락, 2007.

임수경, 『디지털 시대의 시 창작교육방법』, 청동거울, 2007.

우한용, 『우한용 교수의 창작교육론』, 태학사, 2009.

손진은, 『시 창작 교육론』, 푸른사상, 2011.

김숙자, 『현대 아동 시 창작 교육』, 박문사, 2011.

〈소설 창작〉

구인환, 『소설쓰는법』, 동원출판사, 1982.

우리소설모임, 『소설 창작의 길잡이』, 풀빛, 1990.

문순태 외, 『열한권의 창작노트』, 창, 1991.

전상국, 『당신도 소설을 쓸 수 있다』, 문학사상사, 1992.

송하춘, 『발견으로서의 소설기법』, 현대문학, 1993.

현길언, 『소설쓰기의 이론과 실제』, 한길사, 1994.

이호철, 『이호철의 소설창작 강의』, 정우사, 1997.

조건상, 『소설쓰기의 이론과 실제』, 집문당, 1998.

문순태, 『소설창작연습』, 태학사, 1998.

이병렬 엮음, 『소설, 나는 이렇게 썼다』, 평민사, 1999.

강인수 외, 『소설, 이렇게 쓰라』, 평민사, 1999.

조정래, 『소설 창작 나와 세계가 만나는 길』, 한국문화사, 2000.

〈시 창작〉

오규원, 『현대시작법』, 문학과지성사, 1990.

홍문표, 『시창작강의』, 양문각, 1992.

이승훈, 『시작법』, 탑출판사, 1995.

구상, 『현대시창작입문』, 현대문학, 1997.

오철수, 『시쓰기 워크숍 1-4』, 내일을 여는책, 1997.

오세영 외, 『시창작 이론과 실제』, 시와시학사, 1998.

조태일, 『알기 쉬운 시창작 강의』, 나남출판, 1999.

유종화 엮음, 『시창작 강의 노트』, 당그래, 2001.

〈희곡 창작〉

이재명, 『희곡 창작의 실제』, 평민사, 1997.

이윤택, 『이윤택의 극작 실습』, 평민사, 1998.

김영학, 『희곡 창작』, 연극과인간, 2004.

〈수필 창작〉

윤재천 편, 『수필작법론』, 세손, 1994.

정목일 외, 『알기 쉬운 수필쓰기』, 양서원, 2000.

정진권, 『수필쓰기의 이론』, 학지사, 2000.

한상렬, 『수필 창작과 읽기』, 자료원, 2001.

〈시 · 소설 · 희곡 · 수필 창작〉

김동리 외, 『문예창작법신강』, 1976.

김원일 외, 『창작이란 무엇인가』, 정민, 1994.

실천문학 편집위원회 엮음, 『21인의 작가 · 시인이 쓰는 창작교실』, 실천문학사, 1997.

신상성 외, 『문예창작입문』, 태학사, 1999.

이상의 창작론은 전체 창작론 가운데 일부에 불과하지만, 주로 시와 소설의 창작론에 집중되어 있음을 알 수 있다. 이는 시와 소설이 이 시대의 주류 장르라는 점이 반영된 결과라고 본다. 또한 상대적으로 창작교육 논의는 매우 미약함을 알 수 있다. 이는 대학에서의 창작교육 혹은 사회교육 차원에서의 창작교육이 창작론 차원에서 다루어지는데 원인이 있을 뿐 아니라, 창작교육에 대한 메타적인 인식과 연구가 이루어지지 않은데 원인이 있을 것이라 여겨진다. 창작교육이 특정한 학습자를 대상으로 가르치고 배우는 과정이라 할 때, 거기에 수반되는 여러 교육적인 요인들을 고려하지 않을 수 없다는 점에서 창작교육에 대한 깊이 있는 연구가 과제이다.

대부분의 창작론들은 문학이 쓰여지는 과정을 중심으로 문학 창작의 방법을 살피면서, 장르적 특성을 고려할 뿐 아니라 문학 창작이 단순한 기교적 차원으로 떨어지지 않도록 주문하고 있다.

> 소설은 몸으로 쓰는 것이다. 니체는 『짜라투스트라는 이렇게 말하였다』에서 몸으로 글쓰기에 대해 이렇게 말하였다. '글로 쓴 모든 것 중에서, 나는 오직 저자가 그의 피로 쓴 것만을 사랑한다. 피로 써라. 그러면 그대는 피가 정신임을 체험할 것이다.' 피는 몸과 살의 동의어이다. 몸의 통합성과 전일성에 대하여는 이렇게 말하였다. '육체는 큰 이성이며 하나의 감각을 가진 복수요 싸움이며, 가축의 무리이며 목자이다.' 몸과 정신이 다르지 않다는 이야기이다.
> 이렇게 본다면 소설쓰기에서 작자는 그 과정을 사는 것이다. 소재가 있고 소재를 구성하여 이야기를 꾸며 가지고 거기에 주제를 담는다는 식으로 소설 현상을 설명하는 것은 소설을 몸과 정신으로 갈라, 죽이는 일이다. 소설에 생명이 깃들게 하려면 말을 우리 몸에 불러들여 몸의 감각이 성장하게 해야 한다. 그리고 소설이 살자면 그러한 생명을 나눠 가질 수 있어야 한다. 그래서 작가는 끊임없이 읽고 써야 한다. 그 길 말고는 소설이 사는 길이 따로 없다.
>   – 우한용, 「말과 몸을 살리는 소설쓰기」에서[14]

---

14) 강인수 외, 『소설, 이렇게 쓰라』, 평민사, 1999, 362쪽.

이 글은 소설 「귀무덤」(우한용)에 덧붙은 작가의 창작 노트의 일부이다. 니체의 말을 인용하여 몸으로 글쓰기를 강조하면서, 몸 감각의 성장을 통해 소설에 생명을 불어 넣어야 한다고 주장한다. 그러니까 소설쓰기는 대상과 언어와 주체가 따로따로 분리되어 있는 것이 아니라 주체의 몸과 마음에 융화된 언어를 생산해내는 살아 있는 과정이라는 것이다. 이러한 주장은 단지 소설에만 한정되는 것이 아니라 문학 전반에 해당하는 말이다. 또한 표현 혹은 창작교육이 한갓 기교적인 차원으로 전락하는 것을 방지하는 말이기도 하다.

문학표현의 과정을 편의상 몇 국면으로 나누어 본다면, '발상-계획-표현-수정' 등으로 구분지어볼 수 있다. 어느 장르의 작품을 쓰든지 발상이야말로 표현의 시초이기 때문에 그만큼 어렵고도 중요하다. 발상이 작품의 아이디어 혹은 모티브를 얻는 과정이라 할 때, 그것은 우연히 얻을 수도 있다. 그러나 우연히 얻게 되는 아이디어(모티브)라 할지라도 근본적으로 그것은 쓰는 사람의 부단한 노력의 산물임이 틀림없다. 작가는 삶 속에서 지속적으로 아이디어(모티브)를 찾고 그것을 발전시키려는 노력을 아끼지 않는다.

장르에 따라 표현과정에 결부된 고유한 특성이 있을 터인데, 이에 대해서는 이후 논의에서 다루기로 하고, 여기에서는 어느 장르에서나 쓰일 수 있는 보편적인 표현과정을 소설을 중심으로 논의하고자 한다. 예컨대 한 작가는 「기벌포(技伐浦)의 전설」(구인환)이라는 단편소설의 아이디어(모티브)를 얻기까지의 과정을 이렇게 밝혀놓고 있다.

    금강의 하구인 장항은 서천군의 서남쪽의 항구 도시로 군산에 가리어 쇠락한 도시로 주춤거리고, 역사의 회오리 속의 비극을 그대로 간직한 채 금강의 탁류는 흐르고 있다. 흐르는 탁류 속에 백제의 한을 되새기고 일제 식민지 치하와 6 · 25 전쟁의 상흔이 수면에 잠겨 있다. 일제 치하의 짓눌리고 억압당하는 민초의 삶과 수난은 『일어서는 산』과 『동트는 여명』의 장편으로 상재했지만, 6 · 25 전쟁의 비극은 항상 아픔의 상처로 민족의 수난과 개인의 한으로 작품화하려고 작가 노트에 자료를 써놓고 있었다. 물론 장편으로 계획 중인 해방공간과 6 · 25 전쟁까지 5년 동안의 이데올로기의 대립과 민족 양분의 비극을 서너 권의 장편으로 써서 『일어서는 산』과 부산 피난생활의 『움트는 겨울』에 있는 로망을 완성하는 사이, 금강의 기벌포에 서린 한을 과거와 현재를 조응하여 비극을 승화하려는 작품을 쓰려고 모티브를 보색하고 있었는데 뜻밖에 공주에서의 강의를 끝내고 장항에 들르는 가운데 한 편의 단편이 구상되게 되었다.

    1998년 12월 18일. 공주에 있는 충남교육연수원의 교원연수는 재미 있고 보람된 시간이었다. (…중략…) 휴게실의 자연(紫煙) 속에 교육의 연약과 고향의 상실 역사적 비극을 얘기하게 되고, 강 대표의 승용차를 타고 부여, 홍산, 화양, 하구 둑, 장항에 오면서 역사의 흔적과 그 상흔을 직접 보게 되어, 백제의 비극과 6 · 25 전쟁의 한을 담아 한 편의 소설로 부각시키려는 창작욕이 용솟음쳤다.

    상아 다방을 들러 초등학교 동창, 기자, 번영회장, 사물놀이회장 등과 장항 토박이 친구인 김 회장을 만나면서 소설의 구성은 서서히 구체화되어 갔다.
    ― 구인환, 「기벌포의 한 ― 철저한 조사와 준비」에서[15]

이 글에는 작가가 작품의 아이디어(모티브)를 얻기까지의 과정이 소상히 밝혀져 있다. 작가는 여러 작품을 쓰면서 "금강의 기벌포에 서린 한을

---

15) 이병렬 엮음, 『소설, 나는 이렇게 썼다』, 평민사, 1999, 80~93쪽.

과거와 현재를 조응하여 비극을 승화하려는 작품을 쓰려고 모티브를 모색"해오던 차에, 우연한 기회에 창작의 동기가 무르익으면서 아이디어가 구체화되어 갔음을 밝히고 있다. 작가는 현장답사를 통해 머리에 떠오르는 아이디어를 메모 형식으로 기록해두었다.

- 장항의 명물인 진주집의 아구탕.
- 장항항과 하구 둑에 서린 여러 상황과 현실
- 제련소가 있는 기벌포와 백제 성충과 의자왕에 얽힌 역사의 회오리
- 6·25 전쟁 때의 이데올로기의 대립 속에서의 피해 상황
- 그 가운데서도 추부자 만석군이 있었던 솔리 마을에 대한 정보를 조사
- 지명과 역사적 사건의 정확성
- 등장인물과 그 명명

이 아이디어들은 작품이 집필되기 전까지 지속적인 발효과정을 통해 더욱더 구체화되어 간다. 아이디어가 구체화되는 과정에는 현장답사뿐 아니라 때에 따라서는 문헌 조사, 인터뷰 등도 필요하다. 그것들은 작품을 계획하고 쓰는 과정에서 아이디어와 자료를 제공하게 된다.

작가는 현장답사와 자료 조사를 통해 아이디어를 메모한 뒤 서울에 돌아와 플롯, 시점, 인물 등을 구체적으로 계획하였다. 그리고 작품쓰기에 들어갔다. 많은 경우 작품 서두쓰기를 어렵게 생각한다. 왜냐하면 독자의 관심도 끌어야 하고, 이야기의 실마리를 잘 풀어갈 수 있는 단초를 제공해야 하기 때문이다.

서두는 소실댁이 기벌포에 앉아 있는 것으로 할까, 금강의 서사로 시작할까. 『탁류』나 『일어서는 산』의 금강 묘사가 있으니 그렇고, 그렇다고 이면적 주인공인 소실댁을 서두에 노출시키는 것도 이상했다. 결국 일반적인 강에서 금강으로 좁혀 오는 원근법적 서사를 하기로 해서 서두를 두들기기 시작했다. '강은 언제나 아름답다'고 시작하자 그 다음이 자연스럽게 연상적 진행으로 추서(追敍)하여 주인공 나와의 연관을 차창을 바라보면서 달리는 차와 연결시켰다.

서두쓰기는 그렇게 계획되었고, 실제 작품은 이렇게 시작하고 있다.

강은 언제나 아름답다. 흐르는 강물에 물새가 나는 것도 멋이 있지만, 달리는 창에서 강과 산과 들을 바라보는 것은 더욱 아름답다. 그것은 달리는 풍경화요 살아 있는 삶의 파란 광장이다. 금강산 북쪽에서 발원하여 소양강과 합하여 흐르는 북한강의 꿈과 태백산과 대덕산의 북쪽에서 발원하여 양주로 흘러 오는 남한강의 서정이 어우러진 양수리의 비경이 얼마나 경외스럽고 아름다운가. 충북의 천마와 천산, 경북의 60령 고개에서 발원하여 공주를 거쳐 부여로 흘러오는 금강! ― 구인환, 「기벌포의 전설」 서두

일단 작품이 쓰여지기 시작하면, 계획한 그대로 작품이 진행되는 경우는 드물다. 새로운 줄거리가 만들어지기도 하고 계획된 줄거리가 수정되기도 한다. 사건, 인물 등도 마찬가지이다. 이런 점에서 작품을 쓰는 과정은 지속적인 수정과정이기도 하다. 이렇게 해서 1차적으로 완성된 작품은 시간차를 두고 몇 번의 수정과정을 거치게 된다. 수정할 때는 작가의 의도, 계획 등을 참고하고, 무엇보다 독자의 입장을 고려해야 한다. 수정이 끝난 작품은 시화전, 컴퓨터 등 다양한 매체를 통한 표현 활동에 활용될

수 있다.

5. 맺음말

지금까지 문학표현과 관련한 몇 가지 문제, 즉 문학표현의 의미, 논리, 이유, 내용, 방법 등을 살펴보았다. 즉 문학표현이란 무엇을 말하는지, 거기에 관여하는 논리적인 요소들은 무엇이며, 왜 문학을 표현하는지, 그리고 무엇을 어떻게 표현하는지 등이 여기에서 다루어진 내용들이다. 문학표현은 인간이 하는 것이다. 문학표현을 상징 행위라는 관점에서 접근한다면, 인간을 상징적 동물로 규정할 수 있다. 그런데 인간이 행하는 상징 행위 즉 언어 행위는 매우 복잡하고 다양한 과정과 의미를 함유하고 있다. 우리가 인간의 언어 행위를 이해하는 것 나아가 인간을 이해하는 것이 지극히 어려운 이유가 거기에 있다. 그런데 그것을 교육의 차원에서 접근한다면, 그와는 다른 여러 가지 숙고해야 할 과제들이 산적해 있다. 교육이란 기본적으로 세 가지 변수 즉 가르치는 자, 배우는 자, 그 둘을 이어주는 교육의 내용(매개)로 이루어지는 함수에 의해서 결정되는 것이기 때문이다. 이런 점에서 문학표현 주체와 그 표현 행위에만 초점을 둔 문학표현교육론은 반쪽만의 논의일 수밖에 없다. 이제 문학표현교육론은 가르치는 자를 포함한 세 가지 변수를 고려한 논의를 본격적으로 시작할 때이다. 거기에 '문학표현'이 아닌 '문학표현교육'이 놓여 있다.

제4장 표현 대상에 대한 명명(命名)과 화자의 관념 특성

1. 머리말

인간은 언어생활을 하면서 특정 대상에 대하여 명명(命名, naming) 행위를 한다. 명명은 사람이나 물건 따위에 이름을 지어 붙이는 것을 말한다. 명명 행위가 없는 인간의 의사소통은 상상할 수 없다. 그만큼 명명은 중요한 것이다. 특히 이름을 붙이는 일이 사람과 관련되어 있을 때 그 의미는 간단치 않은 것 같다. 사람의 이름 짓는 일을 두고 '성명철학'이라 하여 매우 중요하게 여겨온 것이 우리의 전통이자 정서이다. 김진섭은 「명명철학(命名哲學)」이라는 글에서 다음과 같이 말한 바 있다.

> 나는 얼마나 많이 이름을 알고 있는가! 그러나 그 이름을 내가 잊을 때, 나는 무엇에 의하여 이 많은 것을 기억해야 될까? 모든 것은 그 자신의 이름을 가지지 않으면 아니 된다. 우리에게 있어서 그 이름을 안다는 것은 그것의 태반을 이해한다는 것을 의미하기 때문이다. 참으로 이름이란 지극히도 신성한 기호다.(『조선문학』, 1936)

위에서 이름을 두고 "신성한 기호"라 하여 그것이 단순치 않음을 강조하고 있듯이, 우리는 사람의 이름을 짓고 부르는 일을 두고 '명명(성명)철학'이라 할 정도로 그 의미를 강조해온 것은 사실이다. 명명 행위란 존재의 의미를 드러내고 그것이 발휘되게 하는 의미 있는 행위인 것이다.

그런데 다른 각도에서 보면 명명 행위에는 대상에 대한 화자의 시점이 반영되어 있음을 알 수 있다. 시점은 대상에 대한 화자의 태도나 입장, 판단, 관념 등이 포함된 복합적인 개념으로써 대상에 대한 화자의 심리적인 상태를 나타내는 역동적인 개념이다. 우리가 일상 속에서 같은 인물을 두고서 공식적인 이름 외에 별명 등의 다양한 이름을 부르는 것도 바로 이런 연유에서 나온 것이다.

문학 텍스트는 이런 점에서 풍부한 예를 갖고 있다. 가령 많은 인물들이 등장하는 서사 텍스트에는 화자와 인물, 인물과 인물의 관계에 따라 무수한 명명 행위가 존재함을 알 수 있다. 그러한 명명 행위는 일상 속에서의 명명 행위가 화자의 시점을 반영하듯이, 작가-화자-인물 등의 다양한 시점을 반영하고 있는 것이다.

이 장에서는 대상에 대한 시점(태도) 표현의 표지로서의 명명(命名)이 일상 언어 행위뿐 아니라 문학 텍스트 표현 행위에서도 중요한 역할을 한다는 점을 밝힘으로써, 일상 언어 행위뿐 아니라 문학표현(창작) 행위에도 기여하고자 한다.[1]

---

1) 이와 관련하여 불러들이기, 돌려세우기 등 간접화의 어법을 일상 언어와 문학 텍스트를 통해 살펴본 논의는 다음 참조. 김대행, 「고전문학과 국어교육」, 『국어교과학의 지평』, 서울대출판부, 1995.

여기에서 다루고자 하는 박태원 소설에 대한 그간의 연구는 모더니즘 문학을 논의의 출발점으로 삼고, 주로 비교문학적 측면, 문학사·정신사의 측면, 근대성과 모더니즘을 연결시킴으로써 30년대 모더니즘의 사회적 생산 조건을 고찰하는 측면, 작품의 기법적인 측면 능에서 연구되어 왔다. 이상과 같은 연구들은 주로 텍스트 외적인 면에 치중되어 있으며, 텍스트 내적인 고찰에 있어서도 기법 차원에 치우친 실정이다. 따라서 텍스트의 기법이나 텍스트 외적인 관점에 치우친 접근에서 벗어나서 양자를 종합적으로 검토할 수 있는 접근이 필요하다. 여기에 문학을 담론의 차원에서 보는 의의가 있다. 문학 현상에서 담론을 대상으로 하는 연구는 담론을 담당하는 주체(작가, 화자−서술자, 초점화자)와 그 담론이 지향하는 대상(초점 대상)을 고려하지 않을 수 없다. 담론이란 대상에 대한 주체의 사고를 드러내는 역동적인 언어체이기 때문이다.[2]

이 글은 60여 편에 이르는 박태원의 작품 중에서 「소설가(小說家) 구보씨(仇甫氏)의 일일(一日)」(『조선중앙일보』, 1934.8.1~9.19)을 분석 대상으로 삼는다. 이 소설은 "우리 근대문학의 모더니즘의 방법론이 탄생하였다"[3]고 평가되는 작품으로 모더니즘의 특성을 잘 보여주고 있는 작품이거니와 주인공에 대한 명명이 다양할 뿐 아니라 주인공이 작가와도 밀접하게 관련되어 있다는 점에서 명명 행위와 작가의 관념 특성을 살필 수 있는 좋은 분석 대상이라 판단된다. 구체적으로 담론의 층위에서 주인공의 명

---

2) 박태원 소설을 담론과 의식과의 관계에서 논의한 글은 다음 참조. 우한용, 「박태원 소설의 담론구조와 기법」, 『表現』 제18호, 1990 상반기.
3) 김윤식, 「고현학의 방법론」, 『한국문학의 리얼리즘과 모더니즘』, 민음사, 1989.

명 행위와 그 의미가 무엇인지를 분석하고, 이야기되는 상황·사건 제시에 채용되는 의식의 주체인 초점화자와 초점화자의 인식의 대상인 초점화 대상과의 관계를 분석함으로써 주인공(仇甫)과 작가의 관념이 무엇인지를 밝혀보고자 한다.

2. 대상에 대한 시점 표지로서의 명명(命名)

텍스트의 언어적인 측면에 관심을 둔 종래의 언어적 관심은 문학 텍스트의 언어적인 특성이 무엇인지를 과학적으로 해명하는 데에 있다고 할 수 있다. 문예학의 형식주의적 방법 역시 이러한 접근법에서 크게 벗어나는 것은 아니다. 그러나 생산된 텍스트는 삶 속에 존재하는 작가의 의도적인 언어 행위의 산물이자, 여러 요소들이 얽힌 의미의 복합체라는 점에서 텍스트의 언어적인 특성만으로 문학 텍스트를 온전히 이해할 수는 없는 것이다. 이 점과 관련하여 바흐친(M. M. Bakhtin)은 기존의 언어학과 문체론에 대하여 "언어에 내재된 원심적 힘들을 구현하고 있는 대화적인 언어적 다양성을 무시해왔다"[4]고 비판한 바 있다. 따라서 텍스트의 다양한 국면들을 다양한 층위에서 바라볼 필요가 있다.

문학 텍스트는 표현과 수용의 대상이다. 즉 문학 텍스트는 창작과 수용의 과정과 결과일 뿐 아니라 읽기, 쓰기, 말하기, 듣기 활동의 중요한 그

---

4) M. M. Bakhtin, *The Dialogic Imagination*, 전승희·서경희·박유미 역, 『장편소설과 민중언어』, 창작과비평사, 1988, 80쪽.

것이기도 하다. 일상적 발화자는 수화자와의 효율적인 의사 전달 행위를 수행하기 위하여 특정한 시점을 통해 언어를 선택하여 사용한다. 마찬가지로 작가 또한 작품의 여러 가치를 독자들에게 효율적으로 전달하고 자신의 의도를 드러내기 위하여 시점을 통해 언어를 선택하고 형상화한다. 가령 소설의 경우, 이를 잘 보여주는 예가 명명[5]이다. 주인공에 대해 작가가 갖는 태도는 일차적으로 주인공을 명명하는 방법에서 드러나며(고유명사의 다양한 형식들은 이러한 관점에서 특징적이다), 주인공의 이름 변화는 작가-화자의 명명에 의해 표시된다.[6]

명명하는 행위가 대상에 대한 특정한 시점과 태도 등과 관련되어 있음은 문학적 텍스트에만 해당하는 것이 아니라, 일상의 화법에도 해당한다. A라는 사람이 B라는 사람과 함께 C라는 사람에 대하여 이야기한다고 하는 일상의 대화를 상정하고 그 예를 들어보자. C의 성과 이름은 '강대한'이다. 그러나 A가 C에게 이야기할 때, A는 C를 C의 별명인 '하마'라고 부르는 것에 익숙해져 있다. 그리고 B는 C와 이야기하는 동안에 C를 '돼지'라고 부른다. 그렇다면 C에 대해 이야기하는 A와 B의 대화에서, A는 C를 지칭하는 몇 가지 가능한 명명들 가운데 하나를 사용할 수 있다.

---

5) 이와 유사한 예를 지칭에서 찾을 수 있다. 일반적으로 우리는 사람이나 대상, 장소, 사건, 일의 경과 등에 대한 진술을 하는 경우 그 구체적인 진술 대상들을 언급하거나 지칭하기 위해서 특정 종류의 표현들을 사용하는데, 그러한 것들은 지시대명사나 인칭대명사, 고유명사로 나타난다. 지칭은 이런 의미로 쓰인다. 지칭에 관한 자세한 논의는 다음 참조. 정대현 편, 『지칭』, 문학과지성사, 1987.

6) B. Uspensky, *A Poetics of Composition*, 김경수 옮김, 『소설구성의 시학』, 현대소설사, 1992, 52쪽.

(1) A는 C를 그의 별명인 '하마'라고 부를 수 있다. 이 경우, 그는 그 자신의 개인적 시점으로부터 말하는 것이다.

(2) A는 C를 '돼지'라고 부를 수 있다. 여기서 그는 C에 대한 다른 사람 (B)의 입장을 채택한다. 이것은 그가 그의 대화 상대자의 시점을 취하는 것이다.

(3) A와 B가 모두 C와의 개인적 만남을 통해 알게 된 이름들 중의 하나로 C를 부른다는 사실에도 불구하고, A가 C에 대해 '강대한'이라고 말할 수도 있다. 이 경우 A는 C에 대하여 객관적인 시점을 채택한 것처럼 보이는데, 이러한 경우는 보다 일반적이다. 이와 유사한 경우로, A와 B가 모두 C에 대해 친근한 '하마'라는 명칭을 사용할 때 일어나는데 그들은 서로 C에 대해 일컫는 방식을 알고 있지만, 서로 말할 때 보다 친근하거나 공식적인 이름을 택할 수 있는 것이다. 그밖에도 많은 가능한 명명이 있겠지만, 이러한 명명은 상황에 의존하고 있을 뿐만 아니라 화자들의 대상에 대한 시점에 크게 의존한다.[7]

문학 텍스트의 경우에도 이 같은 경우는 잘 드러난다. 불교를 선전하는 설득적 성격을 지닌 「서왕가(西往歌)」에서 화자는 그 청자를 "念佛 마난 衆 生들"이라 명명하여 불교적인 색채를 부여하고 있으며, 이윽고 "이 보시

---

7) 부부싸움에서 부인이 싸움 당사자인 남편이 아닌 동네 사람들을 불러들이는 대목, "동네 사람들! 이런 남자 좀 보소…"에서 자신의 남편에 대한 지칭이 '이런 남자'로 되어 있다는 점이 주목된다. 즉 부인은 싸움의 자초지종의 객관성을 획득하여 동네 사람들의 호응 또는 하소연을 얻기 위해서는 남편을 객관화시킬 필요가 있었던 것이다. 이 역시 상황과 화자의 개인적 성격에 따르겠지만 이후의 대화 전개에 따라 화자의 의도의 달성 여부가 결정될 것이다.

소 어로신내"라는 명명을 사용하여 다소 비꼬는 듯한 어법을 구사하여 화자의 관념적 시점의 변화를 보여주고 있다. 조선시대의 한 선비가 속세를 비웃고 자연에 은둔 생활하는 모습이 서정적인 색채로 표현된 「상춘곡(賞春曲)」은 청자가 "紅塵에 뭇친 분네"로 명명되어 있다. 일상적 세계와 비일상적 세계, 속세와 비속세의 거리를 강조하고 있는 화자는 이 두 개의 주제적 차원들을 이용하여 일상적 차원을 낭만적 차원 즉 비일상적 차원으로 끌어오는 데 사용한다. 곧 그것은 '홍진(紅塵)'의 세계에서 '풍월주인(風月主人)'의 세계로 끌어올리는 것이다.[8] 이 같은 의도나 태도를 표현하기 위해서 사용되는 명명은 일상담화에서뿐 아니라 저널리즘의 글이나 상소문, 편지를 비롯하여 모든 문학적 · 비문학적 표현에서 드러난다.

문학 텍스트에서 고유 인명들의 사용이나 명명법들은 단순히 어휘의 선택을 떠나서 그것은 이야기되는 상황 · 사건 제시에 채용되는 지각 인식상의 위치인 초점화(focalization)의 한 언어 지표를 나타낸다. 텍스트 전체에 걸친 언어에서 주도적인 역할을 하는 것은 화자(서술자)의 언어이다. 그러나 초점화는 그 언어가 별도의 행위자의 지각 내용을 전조한 것처럼 보이도록 거기에 '색채'를 부여한다. 화자(서술자) 이외에 이야기되는 상황 · 사건을 느끼고, 생각하고, 지각하는 주체로서의 행위자인 초점화자(focalizer)가 있다는 사실[9]과 한 초점화자로부터 다른 초점화자로의 교체를 언어가

---

8) 어떤 명명이나 명명상의 변화는 화자와 그가 이름을 부르는 사람과의 거리와 관련되어 있다. 즉 그 대상이 관찰자의 위치로부터 차지하는 거리에 의존한다.

9) 화자(서술자)와 초점화자는 일치할 수도 있고, 그렇지 않을 수도 있다.

신호할 수 있는데[10] 그것의 한 예가 명명(命名, naming)이다. 우스펜스키(B. Uspensky)가 『전쟁과 평화』에 나오는 나폴레옹의 명명에 대해 분석하고 있듯이, 명명은 태도나 의도뿐 아니라 관념의 변화까지도 알려주는 표지이다. 다음 절에서는 「소설가 구보씨의 일일」에서의 주인공에 대한 명명의 양상과 그 인물의 관념적 특성을 면밀히 검토해보고자 한다.

3. 주인공에 대한 명명과 작가-화자의 관념

1) 초점화자의 주인공에 대한 명명

앞에서 명명은 우리의 언어생활 속에 흔히 나타나는 현상임을 살펴보았다. 대화 당사자 간에 화자가 선택한 명명은 화자의 의도나 태도를 나타낼 뿐 아니라 대상과의 거리와도 관련된다. 소설의 경우 다소 양상이 복잡하기는 하지만, 주인공(인물)의 명명도 이 같은 특성을 잘 나타내고 있다. 다음 예문을 보자.

어머니는

아들이 제 방에서 나와, 마루 끝에 놓인 구두를 신고, 기둥 못에 걸린 단장을 꺼내 들고, 그리고 문간으로 향하여 나가는 소리를 들었다.
「어디, 가니.」

---

10) S. Rimmon-Kenan, *Narrative Fiction: Contemporary Poetics*, 최상규 역, 『소설의 시학』, 문학과지성사, 1985, 125쪽.

대답은 들리지 않았다.(13)[11]

구보는

집을 나와 천변 길을 광교로 향하여 걸어가며, 어머니에게 단 한 미디 「네-」하고 대답 못했던 것을 뉘우쳐 본다. 하기야 중문을 여닫으며 **仇甫**는 「네-」소리를 목구멍까지 내 보았던 것이나 중문과 안방과의 거리는 제법 큰 소리를 요구하였고, 그리고 공교롭게 활짝 열린 대문 앞을, 때마침 세 명의 여학생이 웃고 떠들며 지나갔다.(17)

이제 그는 마땅히 다방으로가, 그곳에서 벗과 다시 만나, 이 한밤의 시름을 덜 도리를 하여야 한다. 그러나 그가 채 전차선로를 횡단할 수 있기 전에 그는 「**눈깔, 아저씨 -**」하고 불리우고 그리고, 그가 걸음을 멈추고 돌아보았을 때, 그의 단장과 노트든 손은 아이들의 조그만 손에 붙잡혔다.(49)

이 사나이는, 어인 까닭인지 仇甫를 반드시 〈구포〉라고 발언하였다. 그는 맥주병을 들어보고, 아이 쪽을 향하여 더 가져오라고 소리치고, 다시 仇甫를 보고, 그레 요새도 많이 쓰시우. 무어 별로 쓰는 것 〈없습니다.〉仇甫는 자기가 이러한 사나이와 접촉을 가지게 된 것에 지극히 불쾌를 느끼며, 경어를 사용하는 것으로 그와 사이에 간격을 두기로 하였다.(52)

참 **仇甫 선생**, 하고 최군이라 불리운 사나이도 말참견을 하여, 자기가 獨鵑의 〈僧房悲曲〉과 尹白南의 〈大盜傳〉을 걸작이라 여기고 있는 것에 仇甫의 동의를 구하였다. 그리고 이 어느 화재보험회사의 권유인지도 알 수 없는 사나이는, 가장 영리하게,
「물론 선생님의 작품은 따루 치고……」

---

11) 구인환 편저, 『박태원』, 지학사, 1990. ( ) 안은 인용 페이지. 밑줄은 필자.

그러한 말을 덧붙였다.(53)

　벗은 서슴지 않고 대답하였다. **노형**같이 변변치 못한 사람은 죽을 때까지
받아 보지 못할 편지를, 그리고 벗은 허허 웃었다. 그러나 그것은 공허한 음
향이었다. 내용증명의 서류우편, 이 시대에는 조그만 한 개의 다료를 경영하
기도 수월치 않았다.(54)

　텍스트의 화자는 주인공을 서술함에 있어서 위치를 바꾸어 다른 사람
이나 특정한 관점을 취할 수도 있다. 이상의 예문을 통해보면 「小說家 仇
甫氏의 一日」에 나타난 주인공 구보에 대한 명명은 1. 아들, 2. 구보(仇甫),
3. 눈깔 아저씨, 4. 구포, 5. 仇甫 선생(선생님), 6. 노형 등으로 나타난다.
주인공에 대한 명명에서 특징적인 것은 공적인 이름 즉 성과 이름이 동시
에 사용되는 경우는 찾아볼 수 없다는 점이다. 대개 소설 텍스트의 화자
는 서두 부분에서(그렇지 않다면 텍스트의 어떤 부분에서인가 밝혀 놓는
다.) 인물의 성과 이름을 밝히고서 이야기가 진행되면서 다른 명명을 구
사하게 된다. 「소설가 구보씨의 일일」의 서두 부분에서 주인공에 대한 명
명이 '아들'로 나타나는데, 이것은 텍스트의 화자가 어머니의 관점(초점
화자)에서 본 것이다. 이와 같이 이야기되는 상황·사건 제시에 채용되
는 지각 인식상의 위치를 즈네뜨(G. Genette)는 초점화라고 부르고 있는
데, 이는 '이야기하는 것'과 '보는 것'과의 구별에서 시점이나 다른 유사한
용어가 발생시키는 혼돈을 물리친다는 점에서 유용한 개념이다. 이에 따
르면 초점화의 주체인 초점화자[12]'는 어머니이며 그 대상인 초점화 대상

---

12)　초점화에는 주체도 있고 대상도 있다. 주체–초점화자—는 그 지각(perception)이 제시를

은 아들이 된다. '아들'이라는 명명은 '어머니'와의 관계를 통해서 의미를 획득할 수 있다. 소설의 서두에서 텍스트의 화자는 "어머니는"이라는 말로 시작하는데, 이 어머니는 '아들'의 행위, 관념 등과 연관되어 있다. 즉 텍스트의 화자는 이야기의 대부분을 주인공인 '仇甫'에 시선을 두고 있지만, '어머니'가 등장하는 대목에 이르면 주인공에 대한 명명은 '구보'가 아닌 '아들'로 바뀌게 된다.

> 仇甫가 머리를 돌렸을 때, 그는 그 곳에, 지금 마악 차에 오른 듯싶은 한 여성을 보고, 그리고 응당 반색을 하고, 그리고 「그래서 그래서」, 뒤를 캐어 물을 게다. 그가 만약, 오직 그뿐이라고라도 말한다면, 어머니는 실망하고, 그리고 그를 주변머리 없다고 책할지도 모른다. 그러나 누가 그 일을 알고, 그리고 아들을 졸(拙)하다고라도 말한다면, 어머니는, 내 아들은 원체 얌전해서……그렇게 변호할 게다.(21쪽)

"직업과 아내를 갖지 않은" 스물 여섯 살의 구보는 "늙은 어머니에게는 온갖 종류의, 근심, 걱정거리"였다. 나이찬 아들이 일정한 직업도 없이 낮

지향하는 행위자이고, 대상 -초점화 대상- 은 초점화자의 지각의 대상이다. 이 초점화의 가장 중요한 언어 지시가 명명이다. 리몬-케넌은 『小說의 詩學』에서 초점화와 서술의 관계를 다음과 같이 공식화하고 있다.(S. Rimmon-Kenan, 최상규 역, 앞의 책, 112쪽) 1. 원칙적으로 초점화와 서술은 서로 다른 행위이다. 2. 이른바 〈3인칭 의식의 중심〉에서, 의식의 중심- 또는 〈반영자(reflertor)〉-은 초점화자인 반면, 3인칭의 사용자는 화자(서술자)이다. 3. 초점화자와 서술은 1인칭 회상풍의 서사물에 있어서 상호 독립적이다. 4. 초점화의 문제에 관한 한, 3인칭 의식의 중심과 일인칭 회상풍 서사물 사이에는 차이가 있다. 두 가지 모두에 있어서 초점화자는 재현된 세계내의 한 작중인물이다. 둘 사이의 유일한 차이는 화자(서술자)가 누구냐 하는 것뿐이다. 5. 그러나 초점화와 서술은 다음 절에서 증명되는 바와 같이 때로는 하나로 결합될 수 있다.

에 집을 나서면 밤 늦게나 돌아오는 것을 두고 화자는 "설혹 스물 여섯 해를 스물 여섯 곱하는 일이 있다더라도, 어머니의 마음은 늘 걱정으로 차리라"고 말한다. '아들'이 집을 나서서 '구보'를 거쳐 다시 집으로 돌아왔을 때에는 어머니와의 관계가 설정되는 '아들'로 명명된다.

> ① 仇甫는 지금 제자신의 행복보다도 어머니의 행복을 생각하고 싶었을 지도 모른다. 그 생각에 그렇게 바빴을지도 모른다. 仇甫는 좀더 빠른 걸음걸이로 은근히 비내리는 거리를 집으로 향한다.
> 어쩌면, 어머니가 이제 혼인 얘기를 꺼내더라도, 仇甫는 쉽게 어머니의 욕망을 물리치지는 않을지도 모른다.(62쪽)

> ② 아들은

> 그러나, 돌아와, 채 어머니가 무어라고 말할 수 있기 전에, 입때 안 주무셨세요, 어서 주무세요. 그리고 자리옷으로 갈아입고는 책상 앞에 앉아, 원고지를 펴 논다.(15쪽)

위의 인용 대목은 「소설가 구보씨의 일일」의 끝부분이다. ①은 주인공이 집을 떠나 다방과 경성역, 광화문 그리고 종로 일대를 맴돌다가 친구를 만나고 근대적 풍경을 관찰하고 생각하다가 집으로 다시 돌아가는 부분이다. 작가–화자에 의해 주인공은 '구보'로 객관화되어 있다. ②는 '구보'가 다시 집에 돌아온 대목으로 '구보'가 다시 '아들'로 명명되어 있음을 확인할 수 있다. 주인공은 집에 돌아오면서 혼인에 대한 어머니의 이야기를 쉽게 물리치지 못할 것이라고 생각한다. 그러나 그의 삶의 현실을 두고 볼 때 이는 일상적으로 반복되는 생각에 불과할 수 있다. 그것이 바로

1930년대 한복판에 위치한 소설가 '구보'의 현실 즉 식민지하의 한 지식인 실업자의 모습이다.

이상을 통해 볼 때, 이야기의 앞부분에서 집을 나선 '아들'은 이야기가 진행되면서 '구보'(구포, 구보 선생, 노형 등)가 되고 다시 '아들'이 된다. 이 이야기는 주인공이 보고 생각하는 것보다 훨씬 많은 것을 알고 있는, 작가—화자가 등장인물들이 알고 있는 것보다 더 '이야기'하는 경우[13]에 해당하는데, 3인칭 의식의 중심인 초점화자 '구보(주인공)'가 작가—화자에 의해 매우 의식적으로 사용되고 있음을 알 수 있다.

2) 주인공 '구보(仇甫)'를 통해 본 작가—화자의 관념

박태원은 「소설가 구보씨의 일일」을 『조선중앙일보』(1934.8.1~9.19)에 발표한 지 13년 뒤에 이렇게 밝혀 놓았다.

> 다만 「소설가 구보씨의 일일」을 발표하였던 인연으로 하여 이래 10여 년, 〈仇甫〉가 나의 아호 행세를 하고 있다는 것을 여기서 밝힌다. 지금도 〈仇〉자를 불쾌히 생각하여 〈九甫〉로 대하려는 이가 있거니와 내 자신도 결코 이 아호 아닌 아호에 조금이나 애착을 느끼고 있는 것은 아니다. 당장의 의사니 감정을 틸

---

13) 즈네뜨는 또도로프가 말한 것을 바탕으로 1. 서술자가 등장인물보다 훨씬 많이 알고 있는 것 2. 서술자는 주어진 등장인물이 알고 있는 것만을 말하는 경우 3. 서술자가 등장인물이 알고 있는 것보다 적게 말하는 경우를 각각 1. 비초점 서술 혹은 제로 초점화(Zero focalization), 2. '내적 초점화' – 이것은 다시 1)고정된 경우 2)가변적인 경우 3)복수초점화로 나눈다. 3. '외적 초점화'로 된 서사로 나눈다. G. Genette, 앞의 책, 1992, 177~182쪽.

끝만치도 존중할 줄 모르는 문우제군이 기어코 일을 그렇게 꾸며 버리고 만 것이다. 이제부터 나는 단연 〈丘甫〉인 것을 선언한다.(을유문고판, 후기)

'仇甫'에 얽힌 사연과 '仇甫'가 '丘甫'로 바뀌고 있다는 것을 밝히고 있는 것은 그의 창작방법론인 고현학(modernologie, 현대인의 생활을 조직적으로 조사 연구하여 현대의 풍속을 분석 해설하는 학문)과 밀접하게 관련되어 있지만, 여기에서의 관심은 자연인 박태원이 「소설가 구보씨의 일일」 이후의 '仇甫'와의 관계이다. 말하자면 박태원이 '小說家 仇甫'로 탈바꿈하는 순간인 것이다. 이것이 바로 「소설가 구보씨의 일일」에서의 주인공 '仇甫'를 이해하는 관건이 된다고 생각한다.

어린 仇甫는 얘기를 좋아한다. 큰댁 할아버지를 사랑에다 모셔다 놓기는 「千字文」과 「通鑑」을 배우기 위하여서이지만 仇甫는 틈만 있으면 할아버지를 졸라 얘기를 들었다. (…중략…) 仇甫가 약방에를 나가면 약봉피를 붙이는 김서방이
「태원이 심심한데 얘기나 하나 허지.」
그러나 얘기는 허구 많은 얘기 – 어떠한 얘기를 들려주어야 할지 仇甫는 분간을 못한다.[14]

이제 작가는 구보를 통해서 자기 자신을 바라보게 된다. 모더니즘 일반에서는 미학적 형태와 사회적 전망의 중요한 지향을 미학적 자의식 혹은 자기 반영성에서 찾는다.[15] 이 자기 반영성은 초점화자가 세계를 바라보

---

14) 박태원, 「純情을 짓밟은 春子」, 『조광』, 1937.10.
15) E. Lunn, *Marxism and Mordenism*, 김병익 역, 『마르크시즘과 모더니즘』, 문학과지성사,

는 지배적인 관념을 통해 나타나기 마련이다. 구보에게 있어서 그것은 우선 행복과 고독이라는 두 축으로 나타난다. 집을 나선 뒤 구보는 화신상회에서 한 쌍의 젊은 부부를 보고 "자기는 어디가 행복을 찾을까"(19) 생각한다. 그는 산책을 통해서도, 삶에 대한 글쓰기를 통해서도 삶의 행복을 찾을 수 없었다.("한손의 단장과 또 한손의 공책"이 상징적으로 이를 말해준다.) 따라서 그는 고독감에 휩싸이게 된다.

> 일찍이 그는 고독을 사랑한 일이 있었다. 그러나 고독을 사랑한다는 것은 그의 심경의 바른 표현이 못될 게다. 그는 결코 고독을 사랑하지 않았는지도 모른다. 아니 도리어 그는 그것을 그지없이 무서워하였는지도 모른다. 그러나 그는 고독과 힘을 겨루어, 결코 그것을 이겨내지 못하였다. 그런 때, 仇甫는 차라리 있는 것이라고 꾸며 왔는지도 모를 일이다.(20쪽)

그런데 문제는 구보가 생각하는 행복이란 것이 무엇인가에 달려 있다. 주인공은 화신상회에서 본 너덧 살 되어 보이는 아이를 데리고 나타난 젊은 부부를 보고 그들은 행복할 것이라고 생각한다. 혼기를 넘긴 미혼 남성인 '仇甫'의 의식 속에는 일상성으로서의 가정이라는 것이 자리잡고 있다. 따라서 '구보(남성)'의 시선에 여성이 포착되는 것은 자연스러운 귀결인바, 예컨대 첫사랑의 대상이었던 벗의 누이, 4월 80전만 있으면 행복할 수 있었던 어떤 소녀, 일본에서 사귀던 여인, 중학 동창생의 약혼녀, 카페의 여자 등이 그것이다. 그러나 그것은 이미 과거의 일이며, 일본 유학생

1988, 46~49쪽.

활을 그만둘 정도로 자신을 천재라고 생각하는 구보가 귀국해서 겪는 삶은 무력한 지식인의 모습 그것이다.

이는 그가 벗과 만나는 다방의 사건을 통해 잘 나타나 있다. 그곳에서 평소에 결코 왕래가 없는 중학을 이삼 년 일찍 마친 어느 생명보험회사 외판원과 생면부지의 최군을 만난다. 외판원이 仇甫를 '구포'라고 부른 점에 대해 구보는 모멸감을 느낀다. 또한 최군이라 불리는 사내는 仇甫를 '仇甫 선생'이라 부르기는 하지만, 결국 그의 관심사는 "조선서 원고료는 얼마냐" 되느냐는 문제 즉 경제적인 문제에 있었다. 이 역시 구보에게는 참기 어려운 물음이었다. 이에 대해 구보는 "자기는 이제까지 고료라는 것을 받아본 일이 없어, 그러한 것은 조금도 모른다"고 답변하지만 그들로부터 받은 모멸감을 쉽게 지울 수는 없었다.

그러한 감정은 여성에 대한 욕망의 성취를 통해서도 쉽사리 지워질 수 없는 것이다. 구보는 조선호텔 앞을 지나면서 세 개의 욕망 즉 아내, 계집, 십칠팔 세의 소녀를 딸로 삼는 것을 생각하게 되는데, 화자에 의하면 "그 어느 한개 만으로도 仇甫는 이제 용이히 행복될지 몰랐다. 혹은 세 개의 욕망의, 그 셋이 모두 이루어지더라도 결코 仇甫는 마음의 안위를 이룰 수 없을지도"(54쪽) 모른다. 그것은 화자에 의해 논평되고 있듯이 '고독'과 깊게 관련되어 있다.

카페에서 여자와의 유희 역시 그들의 슬픔과 고달픔을 결코 달래주지 못한다. 오전 두 시 카페를 나서 종로 네거리에 선 그들은, 잠시 잊었던 혹은 잊으려 노력하였던 그들의 집으로 돌아가지 않으면 안 된다. 벗과 헤어지면서 구보는 "이제 나는 생활을 가지리라. 생활을 가지리라. 내게는 한 개의 생활을, 어머니에게는 편안한 잠을 − ."이라고 다짐한다. 그 것은 곧 구보에게는 일상인의 삶의 살아가는 것이다. 구보는 일상인의 삶 속에서 고독을 치유하는 길을 생각했던 것이다.

리얼리즘 문학에서의 개인은 사회적 역사적 현실과 분리되지 않지만 모더니스트 작가에게는 인간이란 본성석으로 고독하고 비사회적이며, 타 인과 관계를 맺을 수 없는 존재로 파악된다.[16] 따라서 모더니스트 문학에 서의 주인공은 자기 경험의 한계에서 엄격히 한정되며, 주인공은 세계 속 에 던져진 존재(피투성)로서 개인적인 역사를 지니고 있지 못하다. 이것 이 가능한 것은 현실이 현저히 주관적인 영역에 속할 때이며 따라서 객관 현실과의 변증법적 관계를 기대하기 어렵다.

소설가 구보는 이미 정신병리 현상 즉 신경쇠약 증세를 보이고 있으며 그의 시력은 24도의 안경을 쓰는 난시였다. 구보의 신경쇠약(정신병리 현 상) 속에는 새 질서와 그 내용에 대하여 정확하게 진단하고 현실에 대한 올바른 방향을 담색하고자 하는 노력의 결여가 이미 잠재되어 있었던 것 이다. 따라서 구보와 동일시되는 작가−화자는 형식적인 범주에 보다 집 중함으로써 제재의 사회적 혹은 예술적 의미에 대한 판단을 거부한다. 이 것은 현실에 대한 인식을 전형과 전망을 통해 형상화하는 현실주의 이념 과는 다른 모더니즘의 이념에 뿌리를 두고 있는 것이다.

---

16) G. Lukacs, "The ideology of modernism", *The meaning of Contemporary Realism*, 데이비드 로 지 엮음, 윤지관 외 역, 『20세기 문학 비평』, 까치글방, 1984, 354~373쪽.

4. 맺음말

이 장에서는 존재에 대하여 이름을 붙이는 일과 이름을 부르는 일이 일상 속에서 그리고 문학 텍스트 속에서 중요한 역할을 한다는 점을 주목하였다. 그럼에도 불구하고 많은 경우 그것을 알아차리지 못하면서 살아간다.

대상에 대한 명명 행위 속에는 의식적·무의식적으로 화자의 생각이 반영되기 마련이다. 따라서 명명 행위에는 대상에 대한 화자의 태도, 입장, 판단, 관념 등이 복합적으로 연루되어 있다. 이를 문학(국어)교육적 차원으로 확장해보자면, 특정한 맥락 속에서 대상에 대한 화자의 생각을 어떤 시점을 통해 언어로 풀어내느냐는 문제와 관련되어 있다. 정확성과 경제성이라는 기준으로 보면 언어적인 의사소통의 측면에서는 성공적이라 할지라도 효율성과 인간적인 유대성의 기준으로 보면 실패할 수 있다. 문학 텍스트는 그러한 예를 풍부하게 보여주는 보물 창고이다. 예컨대 풍자 속에는 대상에 대한 매몰찬 직설적인 비판뿐 아니라, 희화화·비속화 등의 간접적인 비판도 볼 수 있다. 그러나 문학의 속성이 직접성보다는 간접성에, 개념보다는 형상성에 놓여 있기 때문에 간접 화법 혹은 돌려 말하기 등과 같은 언어 용법이 보다 풍부한 것이 사실이다. 이러한 표현 (명명)이 빈약한 언어생활을 상상해본다면, 그 삶이야말로 풍요로운 삶의 질과 거리가 있음을 어렵지 않게 예상할 수 있다.

여기에서는 그러한 단초를 소설을 통해 분석해봄으로써 그 출발점을 삼고자 하였다. 박태원의 소설 「小說家 仇甫氏의 一日」을 중심으로 초점화의 한 언어적 표지인 주인공에 대한 명명과 주인공 '구보'(작가–화자)의 관념을 분석해보았다.

이 글에서는 이야기되는 상황이나 사건을 이해하는 데 유용한 개념인 초점화를 도입하여, 서술자인 화자와 초점화자를 구별하고 한 초점화자에서 다른 초점화자로의 교체를 나타내는 명명을 분석해본 결과 초점화자는 '어머니, 아이들, 생명보험회사의 외교원, 빗' 등으로 나타났다. 그리하여 주인공은 '아들, 구보(仇甫), 눈깔 아저씨, 구포, 仇甫 선생(선생님), 노형' 등으로 명명되고 있음을 확인하였다.

「소설가 구보씨의 일일」은 주인공 仇甫의 하루 생활 모습을 이야기하고 있기 때문에 화자(서술자)는 초점화자로서 그 시선을 대부분 구보에게 보내고 있다. 따라서 인물과 인물, 화자와 인물 간의 다양한 목소리는 찾기 어렵지만, 주인공 구보와 화자(서술자) 간의 관계가 지배적이다. 화자의 시선에 포착된 주인공 구보(작가)의 관념은 모더니즘의 이데올로기를 극명하게 보여준다.

초점회자에 포착된 주인공이 다양하게 병명되고 있는데, 여기에는 주인공에 대한 초점화자의 시각이 반영되어 있음이 분명해보인다. 이러한 주인공에 대한 의도적인 다양한 명명 행위는 주인공에 대한 명명이 일관성을 유지하고 있는 리얼리즘과 대비해볼 때 작가의 모더니즘의 이데올로기를 반영하고 있는 듯하다. 그러나 초점화자와 대상에 대한 명명 행위의 상관성을 보다 객관화하고 그것의 다양한 유형을 구분하기 위해서는 표현에 관여하는 여러 국면들을 고려한 분석과 해석이 과제로 남는다. 그래야 교육 내용으로서의 명명 행위의 여러 범주들이 생산적으로 논의될 수 있을 것이다.

제5장 문학 수업에서 글쓰기 교육의 유형과 방법

1. 머리말

일반적으로 독서교육의 대상은 문학과 비문학으로 나뉜다. 전자에는 시, 소설, 희곡, 수필, 자서전, 전기, 일기 등이 해당되고, 후자에는 설명문, 논증문 등이 해당된다.[1] 후자가 정보나 논리가 중심이 된다면, 전자는 형상이나 정서가 중심이 된다. 물론 이들은 다른 쪽이 지닌 특성을 완전히 배제하는 것이 아니며, 각기 고유한 특성을 지니면서 서로 보완관계에 놓인다. 양자는 인간의 정신적 행위의 과정과 그 산물로서 인류가 오랜시간 동안 축적해온 문화적 유산이다. 따라서 어느 한쪽에 지나치게 치우친 독서는 정신적인 편식증에 걸릴 수밖에 없고, 이는 결국 바람직한 인격 형성에 장애로 작용할 수도 있다.

---

[1] 설명문과 논증문은 상위 개념인 설명적 담론(expository discourse)으로 포괄되기도 한다. 이로 보면 독서교육의 대상 자료는 크게 문학적 담론과 설명적 담론이 된다. 독서심리학에서는 설명 텍스트와 서사 텍스트로 나누지만 이 분류는 포괄적이지 못한 것 같다.

이러한 균형 잡힌 독서의 당위성과는 달리 오늘날의 인간들은 특정한 자기 취향의 독서에 빠지고, 나아가 독서로부터 차츰 멀어져가고 있는 듯하다. 디지털시대로 명명되는 오늘날, 인쇄술에 기반한 문자문화는 타격을 받을 수밖에 없으며, 전문 영역과 관련된 지식의 생산성을 강조하는 후기 산업사회의 지식문화는 독자들이 거시적인 조망 능력을 갖는 데 어렵게 한다. 따라서 오늘날 사회문화적 현상에 대한 비판력의 약화는 이러한 현상을 더욱 심화시키고 있다. 더군다나 현실에 대한 대응력을 갖추어야 할 최후 보루로서의 학교교육은 여기에 적극적으로 대처하지 못하고 있는 실정이다.

이러한 현실 속에서 독서와 글쓰기[2] 교육의 의의와 당위성을 다시금 확인하고 그 실천적 방안을 마련하는 일은 매우 의미 있는 일이다. 특히 문학이 지닌 독특한 특성과 기능에 비추어볼 때 문학 독서/글쓰기 교육

---

2) 논자에 따라서는 '독서'와 '읽기'를 구별하여 사용하기도 한다. 책 읽는 행위의 인문정신을 강조하는 입장에서는 독서라는 용어를 선호하고, 읽는 행위의 기능이나 심리를 강조하는 입장에서는 '읽기'라는 용어를 선호한다. 여기에서는 이 둘을 포괄하는 입장에서 이 두 용어를 넘나들어 사용하고자 한다. 또한 '글쓰기', '창작', '쓰기', '작문' 역시 논자에 따라 다른 맥락에서 사용된다. '쓰기'나 '작문'이라는 용어는 쓰는 행위를 기능이나 예술로서의 문학과는 다른 비문학 중심에서 보는 입장이라면, '창작'은 문학의 창의적인 속성을 강조하는 입장에서 쓰는 용어이고, '글쓰기'는 '창작', '글짓기', '쓰기', '작문'과는 달리 글읽기와 글쓰기를 연관시킬 수 있는 역동적인 개념으로 쓰이고, 이들이 갖는 장단점을 통합할 수 있다는 의미에서 널리 쓰이고 있다. 용어를 굳이 통일해야 한다면, '쓰기'로 해야 할 터이나 그렇지 않다면 맥락에 따라 넘나들면서 쓰기로 한다. '창작'에 대해서는 우한용, 창작교육을 돌아보고 내다보는 가상 정담, 『선청어문』 제28집(서울대국어교육과, 2000)을 참조하고, '글쓰기, 글짓기, 창작'에 대해서는 이지호, 『글쓰기와 글쓰기 교육』(서울대출판부, 2001)를 참조할 것.

과 관련된 전반적인 논의는 매우 절실한 문제이다. 이는 그동안 문학 독서 혹은 문학 독서교육에 대하여 여러 논자들이 다양하게 견해를 제시해 왔지만, 그것이 하나의 이론으로 정립되는 데는 한계가 있는 것과 관련되며, 무엇보다 문학 독서/글쓰기 교육의 정당한 방향과 위치를 정립하고 구체적인 실천 방안을 마련하는 것과도 연관된다.

그런데 문학 독서교육을 글쓰기 교육과 연관시켜 살펴보고자 하는 이 장에서는 여러 가지 논점들을 안고 있다. 우선 문학 텍스트를 읽고서 글을 쓴다고 할 때, 그 둘의 관계와 범위를 어떻게 설정할 것인가 하는 문제가 생긴다. 우리는 범박하게 넓은 의미의 문학 텍스트 즉 설명과 논증적 텍스트를 제외한 나머지를 문학이라고 하며 이를 대상으로 한 읽기를 문학독서라 명명하고, 문학 독서의 교육적 차원을 문학독서교육이라 할 수 있다. 이는 문학을 '형상적 사유'의 양식으로 봄으로써 문학의 예술성을 강조하는 관점에 입각한 것이다. 이렇게 보면 문학교육은 논증적, 설명적 담론과는 관계가 없는 것으로 오해받을 수 있다. 그렇기 때문에 여전히 문학의 범주를 어디까지 잡을 것인지는 문제로 남아 있다. '문예비평'만 하더라도 논증의 성격이 중심이 되고, 설명적 담론의 특성도 지니기 때문이다. 따라서 언어문화교육의 거시적인 차원에서 문학의 개념과 위상을 새롭게 정립할 필요가 있는 것이다.

또한 문학 독서를 전제로 한 글쓰기는 여러 관점에서 접근할 수 있다. 이때 넓은 의미의 글쓰기는 문학 텍스트를 읽는 과정에서 새롭게 읽히는 심리적 행위뿐 아니라 독서 전, 중, 후에 이루어지는 모든 문자 행위와 그 결과를 일컬을 수 있다. 또한 좁게는 글쓰기를 하나의 완결된 의미를 지닌 형식을 갖춘 양식적 의미의 텍스트를 생산하는 과정과 결과라 할 수 있다. 그런데 여기에서 주목해야 할 것은 언어문화교육이라는 큰 패러다임 속에서 글쓰기를 바라보는 시각이다. 교육적인 관점에서는 학습목적(표)과 학습자들의 발달 특성, 그리고 교육적인 효용성 등 여러 가지 변인들을 고려하지 않을 수 없다.

따라서 독서가 글쓰기로 이어지는 과정과 결과를 아울러 포괄할 수 있어야 한다. 이는 언어문화교육이 사고뿐 아니라 사고를 언어로 표현하는 행위를 동시에 고려해야 하기 때문이다. 그러므로 글쓰기를 독서 행위과정에서 이루어지는 심리적인 행위에 국한한다거나, 특정 문학 장르를 생산하는 일에만 한정시킬 필요는 없다. 왜냐하면 머리 속에서 이루어지는 언어의 심리적 행위는 그것이 언어적인 글쓰기 행위로 이어지지 못할 때 온전한 의미의 글쓰기라 할 수 없으며, 또한 글쓰기를 특정 문학 양식의 완결된 작품 생산에만 국한할 때 글쓰기 교육은 지나치게 좁아질 수밖에 없기 때문이다. 그리고 학습자의 발달 수준에 따라 독서와 글쓰기 능력은 차이가 나기 때문에 교사와 학생, 학생과 학생의 상호관계가 학습자들의 독서/글쓰기 능력에 영향을 준다. 이때 입말과 글말 학습 활동이 학습자들의 언어 능력에도 영향을 주는 것은 당연할 터이다. 따라서 언어 활동의 관계 설정이 문제시 되겠는데, 여기에서는 언어 활동이 단독적으로 이루어지기보다는 다른 언어활동들과 복합적으로 이루어질 때, 그리고 개인적인 행위보다는 교수학습에 참여하는 주체들이 상호 작용을 거칠 때 더욱 효과적이라는 입장을 견지한다.

이 글에서는 언어문화교육이라는 큰 틀에서 문학 수업에서의 글쓰기

교육의 방향을 모색해보고, 이에 입각하여 문학 수업에서 다루어야 할 글쓰기 교육의 범위와 방법을 살펴보고자 한다.

2. 문학 수업에서의 글쓰기 교육의 방향

문학 수업에서 이루어지는 독서/글쓰기는 대상, 내용, 방법 등에 따라 살펴볼 수 있다. 대상은 학교급별 즉 유아, 초등, 중등, 고등교육 등 제도 교육적 대상과 사회교육, 일반교양교육 등 비제도교육적 대상으로 나누어볼 수 있다. 문학 수업에서 이루어지는 독서와 글쓰기는 학교라는 제도 교육에서 뿐 아니라 정규교육 외의 체계적인 교육활동이 이루어지는 사회교육과 단기적으로 실시되는 각종 문예창작교실 등의 일반교양교육을 통해서도 이루어진다. 따라서 발달 단계나 학습자의 성향, 계층, 흥미 등을 고려한 문학 독서와 글쓰기 교육이 되어야 하는 것이 이상태일 것이다. 그러나 여기에서는 문학 수업에서 이루어지는 이러한 독서와 글쓰기 교육과 관련된 변인들을 고려하기보다는 문학 수업에서 이루어지는 글쓰기 교육과 관련된 방향과 방법을 살펴보고자 한다.

1) 독서와 글쓰기, 말하기, 듣기의 통합

문학 독서와 글쓰기 교육은 일차적으로 문학적 문식성의 신장에 목표가 놓여 있다. 문식성이 읽고 쓰는 능력이라 할 때 문학 수업에서 이루어지는 문학적 문식성은 문학적 텍스트를 읽고 쓰는 능력을 말하고, 이는 모든 텍스트를 읽고 쓰는 능력인 문식성의 중요한 구성요소가 된다.

그런데 문학적 문식성은 문학 독서나 글쓰기 가운데 어느 한 영역이 탁월하다고 해서 성취될 수 있는 것이 아니다. 취향과 교육 목적에 따라 때로는 한 영역 활동에 집중할 수 있고, 그럼으로써 사람에 따라 다른 영역보다 한 영역에서 능력을 발휘할 수도 있다. 그러나 이는 문학(언어문화)교육이 특정 분야에 능력을 발휘하는 전문가를 기르는 것이 아닌 이상 바람직한 일이 못된다. 읽고 쓰는 능력뿐 아니라 듣고 말하는 능력을 총체적으로 길러주어야 한다는 교육 목적에 따르면, 그것은 부분적인 능력에 한정되는 것이다.

지금까지 문학 독서와 창작(글쓰기)교육은 사회교육 혹은 교양교육 차원에서 이루어져 왔다. 그러나 제도권 교육에서는 문학 독서(이해)와 글쓰기(표현) 능력이 균형 있게 발전할 수 있도록 가르쳐야 한다는 이념이 확고하게 자리잡은 것은 최근에 이러서이다.[3] 즉 현행 문학 교육과정은 문학의 이해와 감상만이 아니라 문학의 창작까지도 교육과정의 내용에 반영함으로써 총체적인 문학 능력을 길러주기 위한 기반을 마련했다고 볼 수 있다.[4] 그런데 문학 영역이 '작품의 수용과 창작의 실제'를 동시에 고려하고 있음에 비해 읽기(듣기)와 쓰기(말하기) 영역은 각각 독자적인

---

3) 물론 교육과정과는 달리 대부분의 교사들은 교실에서 문학 읽기와 쓰기를 가르쳐 왔다.

4) 현행 교육과정이 문학작품의 수용과 창작을 동시에 고려하고 있음은 매우 고무적인 일이다. 그러나 언어 활동의 총체적인 국면에서 볼 때 문학의 말하기·듣기 영역이 빠져 있다는 것은 문제로 지적된다. 구술문학이라 통칭할 수 있는 문학과 일상생활에서 이루어지는 모든 구술문학적 행위들은 문학적인 말하기·듣기(교육)의 대상이 된다.

'실제' 영역을 설정하고 있다. 물론 교수-학습방법이나 평가 영역에서 이들 영역이 통합적으로 이루어지도록 안내를 하고 있지만, 내용 항목은 각 영역이 독자적으로 기술되어 있다. 이는 언어의 발달은 특정 영역에 편중되어 신장시키기가 어려운 것이며, 그렇기 때문에 서로 유기적인 관계에 있는 각 영역들을 통합하여 지도할 때 보다 효율적이라는 견해들과 배치된다.[5] 또한 대개의 문식력 지도는 말하기/듣기, 읽기, 쓰기와 같이 분리적, 선형적으로 이루어진다. 이와 같은 지도는 바람직하지 않은데, 언어가 분리되어 있고 서로 다른 것이라고 가정하기 때문이다. 그러나 모든 언어 활동은 상호 관련 속에서 행위된다는 점에서 본질적으로 연관되어 있는 것이다. 이러한 관점은 한 영역의 발전이 다른 영역의 발전에 영향을 끼친다는 입장을 취한다. 즉 좋은 구어 능력을 가진 학생은 좋은 독자이자 필자가 되는 성향이 높다는 것이다.

최근 문학교육 연구자들은 문학 독서와 글쓰기 교육의 통합방안을 구체적으로 모색해 왔다.[6] 이들의 공통적인 견해는 문학적 글쓰기는 문학 독서를 전제로 할 때 그리고 문학 독서는 문학적 글쓰기와 연계될 때 효과적으로 그 능력이 신장될 수 있다는 것이다. 이러한 주장은 통합적 문학교육의 견해에 기반한 것으로 글쓰기의 관습성과 창조성을 고려한 것이다. 가

---

5) 이렇듯 언어의 통합학습을 강조하고 있는 대표적인 움직임을 총체언어(whole language) 교육운동에서 찾아볼 수 있다.

6) 최미숙, 「한국 모더니즘시의 글쓰기 방식에 관한 연구-이상과 김수영을 중심으로」, 서울대박사논문, 1997 ; 최인자, 「현대소설의 담론 생산 방법 연구-반담론과 문학교육의 연관성을 중심으로」, 서울대박사논문, 1997 ; 임경순, 「경험의 서사화 방법과 그 문학교육적 의의 연구」, 서울대박사논문, 2003.

령 이야기의 읽기와 쓰기의 관련성을 검토한 바 있는 J. Fitzgerald는 이야기 읽기가 이야기 쓰기에 영향을 줄 수 있기 때문에, 좋은 문학작품에 대한 폭넓은 독서는 유익한 것이며, 이야기를 읽고서 그 반응을 표현할 수 있는 다양한 글쓰기 경험을 갖는 것은 학생들의 글 해석 능력을 풍부하게 한다고 주장한 바 있다.[7] 또한 S. Krashen은 쓰기 능력은 읽기를 통해 습득된다고 주장한다. 즉 텍스트를 구성하는 관습적인 장치들을 통해 문어를 이해하고 내면화함으로써 글쓰기 능력을 습득한다는 것이다. 그는 쓰기 능력의 발달은 제2언어 습득과 같은 방식으로 습득된다고 보면서, 독자의 초점이 메시지에 놓여 있는, 즉 흥미나 즐거움을 주는 광범위한 독서를 강조한다. 이렇게 보면 유능한 필자는 청소년기에 집중적인 독서를 한 자기 동기화된 능동적인 독자로부터 생성된다. 그의 주장은 독서가 다양한 문어 관습을 내면화하는데 중요한 요인이며, 쓰기 능력의 차이를 설명해주는 타당한 방법을 제시해준다. 무엇보다 학습자들이 흥미나 즐거움을 갖는 문학 텍스트의 독서가 글쓰기 능력을 신장시켜주는데 커다란 기여를 한다고 본 점은 문학 독서와 글쓰기에 시사해주는 바가 크다 하겠다. 그러나 독서가 글쓰기에 필요충분조건은 되지 못한다는 지적에 유념할 필요가 있다.[8] 따라서 독서/글쓰기의 통합적 관점에서 교수학습에 접근하고 실천하는 일

---

7) Jill Fitzgerald, "Reading and Writing Stories", *Reading/Writing Connections:Learning from Research*, International Reading Association, 1992, 90쪽.

8) James D. Williams, *Preparing to Teach Writing-Research, Theory, and Practice*, Lawrence Erlbaum Associates, Inc., 1998, 112쪽.

이 전제되어야 할 것이다.[9] 그리고 교수-학습 상황을 고려할 때 독자의 독서 행위가 곧바로 글쓰기로 이어지는 경우는 드물다. 어느 정도 수준에 도달한 학습자들은 독서와 글쓰기를 곧바로 연결 지을 수 있지만, 그렇지 못한 학습자들은 독서에서 글쓰기에 이르기까지 여러 학습 활동을 거치게 된다. 즉 교사와 학생, 학생과 학생들 사이에 상호 작용이 이루어질 뿐 아니라, 글쓰는 과정에서 쓴 글에 대하여 말하고 듣는 행위가 글을 쓰는 데 매우 중요하게 영향을 끼치기 마련이다. 따라서 글쓰기는 독서뿐 아니라 말하기, 듣기와 밀접한 관련 속에서 이루어져야 한다.

2) 담론의 다양한 목적과 양식의 포괄

문학 수업에서 이루어지는 독서와 글쓰기가 구체적으로 구현되는 범주를 설정하는 일은 중요한 문제이다. 왜냐하면 가르치고 배워야 할 내용 범주는 교육의 이념이나 관점에 따라 달라질 수 있으며, 교수-학습의 핵심이기도 하기 때문이다. 이때 문학 독서와 글쓰기의 범주는 문학(언어문화)교육이라는 거시적인 차원과의 관계 속에서 설정되어야 한다. 그래야 문학 독서와 글쓰기 교육의 위상이 분명해지고 문학(언어문화)교육의 지형도 확연해지기 때문이다.

---

9) 그런데 영역 통합 교육과 문학(언어) 능력과의 상관성을 보다 엄밀하게 연구해야 할 과제를 안고 있다. 예컨대 학생들이 잘 구성된 글을 쓰는 데 필요한 지식을 갖고 있는 것과 글쓰기의 관련성, 읽기를 통해 습득한 텍스트 장치들과 글쓰기와의 상관성, 그리고 읽고 쓰는 행위의 차이점 등을 밝히는 일이 과제이다.

제도권 교육의 실상을 알기 위해서는 현행 교육과정을 살펴볼 필요가 있다. 현행 교육과정은 읽기와 글쓰기 교육의 구체적인 범주를 내용체계 가운데 '실제' 항목에서 다루고 있다. 이 실제 영역은 "국어 사용의 '실제(언어 자료/텍스트)'와 관련된 교육 내용을 독립 범주로 설정"하고 있다는 점에서 독서와 글쓰기 교육의 구체적인 활동과 그 범위를 결정해준다. 언어 기능 영역의 실제에서는 '정보를 전달하는 글(말)·설득하는 글(말)·정서표현의 글(말)·친교의 글(말) 읽기(쓰기/듣기/말하기)'로 설정되어 있으며, 문학 영역에서는 '시(동시), 소설(동화, 이야기), 희곡(극본), 수필'로 설정되어 있다. 읽고 쓰거나 수용하고 창작하는 대상을 두고 볼 때 읽기와 쓰기 영역에서는 '정보·설득·정서 표현·친교의 글'이 대상이 되어 있고, 문학 영역에서는 '시, 소설, 희곡, 수필'이 대상으로 되어 있다. 현상적인 특징을 살펴볼 때, 전자는 다양한 글을 대상으로 하고 있으며, 후자는 그 가운데 주로 정서 표현의 글과 관련되어 있음을 알 수 있다. 따라서 교육과정에서는 읽기와 쓰기에서는 다양한 글의 범주를 포괄적으로 다루고 있으며, 문학은 이 가운데 특정한 범주에 한정되어 있다고 판단할 수 있다.

그러나 이러한 범주 설정을 그대로 따르기에는 여러 문제를 안고 있다. 우선 문학 영역의 실제 범주와 관련해볼 때, 오늘날 문학 양식의 분류 방식에서 보면 타당할 수도 있지만, 이는 자칫 스스로 문학교육의 한계를 설정하는 꼴이 되기 쉽다. 교육과정에서 말하는 문학의 수용과 창작이 구어로서의 문학적 언어 사용을 배제한 다분히 문어 중심의 문학적 언어 사용에 치중되어 있다는 한계는 차치하더라도, 문학교육이 이들 특정의 문학 양식들을 수용하고 창작하는 것으로 간주됨으로써 마치 여타의 언어적인 국면들은 문학교육에서 소홀히 다루는 것으로 보일 수도 있는 문제점이 있다. 또한 읽기와 쓰기(작문) 영역에 설정된 실제의 범주들을 구분하는 기준이 분명치 않다는 문제점을 지적할 수 있다. 이는 작문 교과의 실제 영역을 보면 더욱 확연해지는데, 작문의 실제 영역에 정보 전달, 설득, 정서 표현, 친교를 위한 글쓰기와 함께 정보화사회에서의 글쓰기가 나란히 설정되어 있음을 통해 확인할 수 있다. 따라서 이러한 문제점을 해결할 수 있는 방안을 모색하는 일이 과제이다.

문학(언어문화) 교실에서 다루어야 할 글쓰기의 영역은 여러 기준에 따라 다양하게 제시될 수 있지만,[10] 담론(discourse) 사용의 목적에 따라 분류하는 것이 좋을 듯하다. 1960년대까지만 해도 담론 유형이론 가운데 널리 사용된 이론은 1800년대 중반에 Alexander Bain이 쓴 저작 《*English Composition and Rhetoric*》에 토대를 둔 것이었다. 여기에서 그는 서술(narration), 설명(exposition), 묘사(description), 논변(argumentation), 설득(persuation)이라는 담론의 '형식들(forms, 오늘날의 양식(modes)에 해당)'을 제안한 바 있다. 그의 제안은 설득이 빠지기도 하고, '정의, 과정 분석, 비교/대조'와 같은 형식들이 첨가되기도 하면서 널리 사용되어 왔다. 그러나 그의 제안은 설명이 서술이나 묘사와는 달리 왜 하위 형식들로 세분되어야만 하는지 설명하기 어렵고, 논변과 설득이 확연히 구분되지 않는다

---

10) 이는 글쓰기에만 한정되는 것이 아니라 읽고 쓰고 말하고 듣는 담론 행위의 전반에 적용된다.

는 문제점을 안고 있다.[11]

설득과 설명은 양식이나 형식이 아니라 담론의 '목적(aimes)'이라 할 수 있다. 즉 목적은 특정한 형식들을 통해 수행될 수 있으며, 마찬가지로 같은 담론 속에 여러 형식들을 통해서도 수행될 수 있는 것이다. 예컨대 서술하기, 기술하기, 주장하기, 비교하기/대조하기를 통해서 설득할 수 있으며, 같은 설득 담론 속에 이러한 양식들을 모두 사용할 수도 있는 것이다.[12] 이러한 문제들을 고려하여 키니비(J. L. Kinneavy)는 사용의 목적에 따라 담론을 표출적 담론(expressive discourse), 설득적(persuasive) 담론, 문학적(literary) 담론(이 글에서는 '문학적'이라는 말이 주는 한계를 넘어서기 위해 언어의 형상적 메시지 자체에 초점을 둔 담론이라는 의미에서 '시적(poetic) 담론'이라는 용어를 쓴다), 지시적(referential) 담론으로 나눌 것을 제안한 바 있다.[13] 이는 의사소통 모델의 송신자(encoder), 수신자(decoder), 기호(signal), 실제(reality)에 각각 대응하는 것이다. Crusius가 가장 완전하다고 평가한 바 있는 J. L. Kinneavy의 제안이 갖는 장점은 첫째 독서와 글쓰기 과제의 목적을 분명하게 해준다는 점, 둘째 이러한 과제를 평가하기 위해 특정한 담론의 목적에 기반을 둔 분명한 범주를 수립하는 데 도움을 준다는 점, 셋째 그의 담론 분류가 위계적이지 않기 때문에 모든

---

11) 이에 대하여 James Briton, James Moffet, Frank J. D'Angelo, James L. Kinneavy 등 여러 학자들은 대안을 제시한 바 있다.

12) 여기에 대한 자세한 논의는 다음 참조. M. L. Kennedy ed., *Theoring Composition, Westport*, Connecticut · London, Greenwood Press, 1998, 91~100쪽.

13) J. Kinneavy, *A Theory of discourse*, Englewood Cliffs, 1971.

담론 목적에 걸친 글쓰기의 중요성을 강화할 수 있다는 점. 특별히 그것은 "분석적, 설명적, 이론적" 언어 생산물들이 더 중요한 담론의 형식이라는 생각을 제거해버리며, '작문'의 목표들과 '문학'의 목표들 사이의 불필요한 대립을 해소할 수 있다. 이로써 문학에 대한 모든 기술적인 반응이 담론의 모든 목적과 양식을 포괄하게 된다. 다섯째 그가 사용한 의사소통 삼각형은 아브람스(M. H. Abrams)가 비평이론을 구성하는 요소들을 분류하는 데 사용한 분류 체계와 유사하다는 점이다. 나아가 문학적 반응의 글쓰기를 위한 근거에 관심 있는 교사들에게, 그의 도식은 담론의 이론과 문학비평 이론의 가교 역할을 한다는 점이다.[14] 결국 그의 견해는 문학과 작문에서의 글쓰기를 넘어서서 글쓰기 과제의 목적을 분명히 하고 보다 넓고 다양한 문학적 글쓰기를 위한 방법을 수립하는 데 기여할 수 있다는 점이다. 따라서 문학 수업에서 수행되는 담론은 관례적으로 인식되어온 '문학적 글쓰기(읽기)=문학작품 쓰기(읽기)'라는 등식을 넘어서서 표출적 담론, 설득적 담론, 시적 담론, 지시적 담론 등 목적과 양식에 따른 다양한 글 읽기(듣기)와 쓰기(말하기)가 포함되는 총체적인 언어 수행이 될 것이다.

3) 과정과 결과, 개인과 사회의 통합

읽기와 쓰기의 목적은 일차적으로 읽고 쓰는 능력을 신장시켜주는 데

---

14) Kevin O'Connor, "Writing Across the Aims of Discourse", *A Very good place to start : approaches to teaching writing and literature in secondary school*, Boynton/Cook Publishers, 1991, 96쪽.

에 있다. 이를 문식성이라 한다면 이는 다분히 개인적인 차원과 관련되어 있다. 따라서 궁극적으로 읽기와 쓰기의 교육적인 목적은 바람직한 읽기/쓰기 문화 공동체 구축에 있다고 볼 수 있다. 이때 바람직하다는 것은 창의성, 인간의 자아실현, 인격적 성장, 인간사회의 화목, 진리 탐구와 실현 등과 관련된 개념이다. 결국 인간의 언어 행위라는 것도 바람직한 인간사회를 만드는 일에 기여해야 한다는 의미를 내포한다. 따라서 문학교육에서의 읽기와 쓰기도 예외일 수 없으며, 오히려 인문정신을 강조하는 문학교육의 효용성이 이런 점에서 강조될 필요가 있다.

이와 같은 관점에서 보면, 지금까지의 읽기와 관련된 이론과 실천들은 그것이 이루어지는 특정한 요소들에 대한 강조점에 따라 다르게 진행되어 왔다. 읽기와 쓰기가 이루어지는 소통 상황은 읽고 쓰는 주체와 텍스트, 그리고 그것을 읽는 독자와 상황 맥락이라는 요소들의 관계 속에 놓인다.

읽기의 경우 텍스트에 주안점을 둔 관점은 텍스트의 어휘, 구조 등 언어적인 국면들을 강조하였고, 독자에 주안점을 둔 관점은 독자의 심리적인 능력을 강조하였다. 물론 텍스트와 독자의 상호관계를 강조할 수도 있다.[15]

쓰기의 경우 텍스트에 주안점을 둘 경우, 텍스트의 문법이나 수사적인 요인들이 강조된다. 여기에서는 텍스트의 관습적 장치들과 장르, 그리고

---

15) 읽기에서 하향식 모형(top-down model), 상향식 모형(bottom-up model), 상호 보완 모형 (interactive compensatory model) 등이 각각 이와 관련된 읽기 모형이다. 이러한 읽기(독서) 모형은 텍스트와 독자 요인에만 주목한 틀이라 판단된다. 따라서 그동안 다양하게 제시된 문학 읽기(독서) 이론을 중심으로 장르의 특성을 고려한 새로운 읽기(독서) 모형(이론)이 모색되어야 할 것이다. 여기에 대한 논의는 다음 기회로 미룬다.

활동의 결과물이 중시된다. 쓰는 주체 즉 작가에 주안점을 둘 경우, 작가의 심리적인 행위와 과정이 중시된다. 의미의 창출은 주체의 심리에 놓이고, 쓰기 능력을 신장시켜주기 위해서는 일련의 쓰기 과정에서 부딪히는 문제들을 해결하는 전략을 습득시키는 것이다. 그리고 쓰기 행위에 관여하는 주체들의 대화적 혹은 사회적 관계에 주목할 경우 이들 간의 상호작용 속에서 이루어지는 쓰기 활동이 강조된다.[16]

이러한 다양한 접근들은 특정한 시각에 입각해 있는데, 여러 논자들에 의해 그 이론이 지닌 장단점이 논의되어 왔다. 그러나 이러한 논의들은 서구적 관점을 수용하는 단계를 크게 벗어나지 않은 것으로 판단되며, 특히 이는 읽기와 작문이라는 영역에 한정하여 논의되어 왔다. 그러나 읽기, 작문 영역뿐 아니라 국어교육 전반으로 확대해볼 때 독서(읽기)교육과 관련하여 수용이론, 반응중심이론, 독자반응비평 등을 비롯한 다양한 비평(읽기)이론과 표현교육과 관련하여 인지론적 접근, 가치론적 접근, 소통론적 접근, 사회 · 문화적 접근, 심미적 · 정서적 접근 등 다양한 이론들이 존재한다.[17] 이러한 접근들 역시 특정한 관점에 입각해 있는데, 이는 과정과 결과, 개인과 사회 · 문화적인 맥락 가운데 어느 한 영역을 강조한

---

16) 이는 각각 '형식주의, 인지주의, 사회구성주의'라는 틀로 분류되는 이론들에 해당한다. 여기에 대한 자세한 요약은 다음 참조. 한철우 외, 『사고와 표현』, 교학사, 2003.

17) 이런 점에서 그동안 문학교육학에서 연구되어 온 이론들은 국어교육의 이론을 보다 풍부하고 심도 있게 수립할 수 있는 가능성을 지닌다. 따라서 그러한 이론을 바탕으로 국어교육의 읽기, 쓰기, 말하기, 듣기 교육의 이론을 정립하는 일이 시급한 과제이다. 국어교육에서 표현교육 연구 경향과 과제에 대한 전반적인 검토는 다음 참조. 최인자, 「표현교육 연구의 동향과 과제」, 『선청어문』 제31집, 서울대국어교육과, 2003.

것들이다. 따라서 각각의 관점이 지닌 단점보다는 장점을 살려 통합적이고 다각적인 교육이 될 수 있도록 하는 일이 과제가 된다. 이로써 읽고 쓰는 행위의 과정과 그 결과를 아울러 주목하고, 주체의 인지적·심미적·정서적 측면뿐 아니라 사회·문화적인 소통 맥락을 고려하고, 행위의 의미와 목표로서의 가치론적인 차원도 반영해야 할 것이다.

3. 문학 교실에서의 글쓰기 유형과 방법

여기에서는 J. Kinneavy가 제안한 목적에 따른 담화의 분류를 참조하여 문학 독서를 통해 글쓰기에 접근할 수 있는 활동의 유형과 방법을 예시하고자 한다. 문학 수업에서 이루어질 수 있는 이러한 활동들은 전통적인 문학적인 글쓰기로서의 문학 '작품' 쓰기뿐 아니라 문학 능력, 나아가 언어문화 능력 신장과 관련된 다양한 활동 유형과 방법에 방향을 제시할 것으로 기대한다.

1) 담론에 따른 글쓰기 유형[18]

(1) 표출적 담론 글쓰기

언어의 생산물이 자아와 개성, 개인적·집단적인 염원을 구현하기

---

18) 여기에 제시된 글쓰기의 유형과 방법은 Kevin O'Connor가 제안한 것을 참조하였다. Kevin O'Connor, 앞의 글, 97~98쪽.

위해 발신자(작가 혹은 발화자)에 초점이 놓여질 때, 담론은 표출적인 (expressive) 경향을 갖는다. 이러한 목적의 글쓰기는 개인적인 차원이나 사회적인 차원과 관련된 글쓰기로 나뉠 수 있다. 개인적인 차원과 관련된 글쓰기는 학생들이 문학 텍스트에 대하여 개성적인 반응들을 글로써 나타내는 문학적 일지(literary journal) 쓰기나 일기(diary) 쓰기를 들 수 있다. 사회적인 차원과 관련된 글쓰기는 자신과 집단의 감정과 염원을 구현하기 위한 시도로서, 학습자들은 문학적인 예들을 사용하여 성명서나 선언문 등을 쓸 수 있다.

〈표출적 담론 글쓰기〉
· 개인적인 문학 반응을 담은 문학 일지 쓰기, 일기 쓰기
· 문학적인 예를 사용하여 성명서, 선언문, 강령 쓰기
· 자서전 쓰기 등

(2) 지시적 담론 글쓰기

지시적 담론은 이야기되는 실제(reality)에 초점이 놓이는 성향을 갖는 담론을 말한다. 이러한 성향을 갖는 글쓰기로 탐구적(exploratory), 제보적(informative), 과학적(scientific) 담론의 글쓰기가 속한다. 탐구적 담론의 글쓰기에서 학생들은 문학적 문제에 대하여 임시적 해답이나 정의 혹은 해결책을 제시하도록 과제를 부여받을 수 있다. 제보적 담론 글쓰기에서는 요약, 발췌, 저자나 역사적 시기에 대한 배경 지식을 담은 글쓰기가 과제로 부과될 수 있다. 과학적 담론 글쓰기에는 논거와 논리에 기반을 둔 설명(explication)과 문학 논문 등이 이 범주에 포함된다.

〈지시적 담론 글쓰기〉
· 탐구적 글쓰기 – 문학적 문제에 대한 문제 해결 글쓰기
· 제보적 글쓰기 – 요약, 발췌, 그리고 뉴스, 논평 등 배경지식을 활용한 글쓰기
· 과학적 글쓰기 – 논리적 설명, 판결문, 논문 쓰기 등

(3) 시적 담론 글쓰기

시적 담론은 담론 그 자체에 초점이 놓이는 성향을 갖는 담론을 말한다. 과제의 목적에 따라, 읽기 텍스트에 대한 반응으로 자기 자신의 문학적 텍스트를 쓰도록 과제를 부여할 수 있다. 그러한 글쓰기에는 읽은 문학 텍스트에 대한 모방, 패러디, 덧붙이기, 확장, 개작 등을 들 수 있다. 이러한 유형의 글쓰기 활동들은 전통적으로 문학 수업에서 주된 문학적 글쓰기 활동으로 수행되어 왔다. 또한 읽은 문학 텍스트와 연루된 글쓰기와는 달리 독창적인 작품 쓰기도 가능함은 물론이다.

〈시적 담론 글쓰기〉
· 문학 작품을 모방, 패러디, 덧붙이기, 확장, 개작, 창작하기 등

(4) 설득적 담론 글쓰기

설득적 담론은 수신자로부터 특정한 반응을 이끌어내는 데 초점이 놓이는 담론을 말한다. 이러한 담론의 글쓰기 활동으로써 학생들에게 법적, 도덕적, 정치적 시각으로부터 인물의 행위나 태도를 옹호하거나 비판하도록 과제를 부여할 수 있다. 또한 책이나 저자가 제시한 논쟁적인 문제에 대해 옹호하거나 비판하게 할 수 있다.

〈설득적 담론 글쓰기〉

· 비평적 에세이
· 특정한 시각에서 인물의 행위, 태도 등을 옹호하거나 비판하는 글쓰기
· 작품에 제시된 논쟁적인 문제에 대해 옹호하거나 비판하는 글쓰기
· 문학 논술, 광고, 설교, 편집자에게 편지 쓰기 등

2) 글쓰기 활동의 과정과 방법 – 한 사례

문학 교실에서 문학 텍스트를 가지고 글쓰기를 할 때 말하기 · 듣기 활동도 함께 하기 마련이다.[19] 여기에서는 문학 텍스트를 활용한 다양한 글쓰기 활동방법 가운데 한 예를 제시하고자 한다.

그간 많은 교사나 연구자들은 문학 수업에서 이루어지는 읽기와 연관된 소위 비문학적인 영역의 활동에 대하여 경계해왔다. 그러나 문학을 문학답게 교육하는 것과 함께 소위 비문학적인 영역과 관련된 활동들을 강화하는 것은 같은 맥락에 놓여 있다. 왜냐하면 그것은 문학 능력을 향상시키고 나아가 언어문화 능력을 신장시키는 일과 직결되기 때문이다. 이런 점에서 문학 읽기를 통해 다양한 영역의 글쓰기를 지도한다는 것은 의미 있는 일이다. 그러므로 학습자들로 하여금 다양한 글쓰기가 지닌

---

19) 물론 이는 단순히 문학 읽기 수업에 수반되는 말하기, 듣기의 현상만을 의미하는 것은 아니다. 문학 수업에서 말하기, 듣기가 교수–학습의 목표로서 제시되고 수행된다는 점을 전제한다. 예를 들어 이야기하기(storytelling)나 시 암송은 훌륭한 말하기, 듣기 교육의 대상이자 내용이 된다(되어야 한다. 이야기와 시적인 언어가 없는 일상생활은 상상조차 할 수 없다).

가치론적인 중요성을 인식하게 하고 그것을 실천을 통해 터득하도록 해야 할 것이다.

문학 독서와 연관된 글쓰기 지도는 앞에서 논의한 독서와 글쓰기의 방향을 참조하여 다음과 같은 과정 및 활동을 설정할 수 있다. 문학 텍스드 감상하기, 담론의 목적 정하기, 과제 확정 및 확인하기, 과제 해결을 위해 사전지식 쌓기 및 작품 이해하기, 과제 해결을 위해 개별 및 모둠 활동하기, 과제 구체화하기, 쓰기, 평가 및 수정하기, 완성 및 시현하기. 이 과정에서는 학습자 개인의 자기 주도 학습과 교사와 학생, 학생과 학생의 상호 작용을 통한 협동 활동이 중시되고, 아울러 글쓰기의 과정 및 그 결과도 중시된다.

문학 독서/글쓰기 교실에서는 무엇보다 학습자들로 하여금 작품에 대면하게 해야 한다. 이 말은 학습자들이 작품을 대하면서 그 작품이 주는 감동을 맛보도록 해야 한다는 것이다. 그런 다음에 독서와 연관된 글쓰기를 하고자 할 때 어떤 목적으로 어떤 과제로 글쓰기를 할 것인지 결정하고 이에 따라 활동을 해야 한다.

소설 읽기가 단지 설득적 담론의 글쓰기로만 이어지는 것은 아니다. 그것 이외에도 앞에서 제시한 표출적, 시적, 지시적 담론의 글쓰기 등 다양한 글쓰기가 있다. 즉 인물에게 편지를 쓸 수도 있고, 독서 일지나 일기, 작품 패러디, 개작, 덧붙여 쓰기, 창작을 할 수도 있고, 작품의 구성요소나 특정한 대상에 대하여 설명적인 글을 쓸 수도 있다.[20] 따라서 목적과

---

20) 시에 있어서 창작교육과 관련한 다양한 활동은 다음 참조. 김상욱, 『문학교육의 길찾기』,

과제를 고려하여 어떤 유형의 글쓰기를 할 것인지를 구체적으로 결정해야 한다. 예컨대 설득을 목적으로 작품을 읽고 작품에 나타난 인물의 행위나 태도에 대하여 긍정하거나 비판하는 자신의 입장을 밝히도록 하는 과제가 주어질 수 있다. 흔히 김동인의 감자에 등장하는 '복녀'라는 인물을 두고 자신의 입장을 밝혀보라는 문제를 제시하곤 한다. 굳이 이 작품을 들지 않더라도 작품의 등장인물을 두고 그 행위나 삶이 논쟁거리가 되는 경우는 매우 흔하다. 그럴 수밖에 없는 것이 소설(이야기)이란 갈등관계로 얽혀 있는 인간들의 삶의 모습을 담고 있기 때문이다.

글쓰기 과제를 해결하기 위해서는 과제와 관련된 배경 지식과 작품에 대한 이해가 필요하다. 작품을 이해한다는 말이 지닌 함의가 무엇인지는 많은 논의가 필요하지만, 일반적으로 작품의 특성과 관련하여 볼 때, 작품의 구성적 자질, 형상적 자질, 비평적 자질 등이 작품 이해와 관련된 내용으로 설정될 수 있다. 구성적 자질은 소설의 경우 인물, 사건, 배경 등을, 형상적 자질은 시점, 문체, 서술 기법 등을, 비평적 자질은 문학사적 의의나 사회문화적 접근을 통한 이해 등이 여기에 속한다. 이러한 자질들은 어느 정도 발달 수준에 따른 위계적인 교육 내용으로 설정할 수 있다.[21] 어쨌든 소설의 경우 인물에 대한 이해는 소설을 이해하는 데 있어 핵심이 된다는 것은 주지하는 바이다. 따라서 소설의 인물을 이해하고 그

나라말, 2003, 3부 2장.

21) 김중신, 『한국문학교육론의 방법과 실천』, 한국문화사, 2003, 65~70쪽. 김중신은 이 책의 여러 곳에서 문학 교육의 내용과 위계화에 대해 논의하고 있다. 물론 교육 내용과 그 위계화에 대해서는 보다 깊이 있게 논의되어야 할 것이다.

인물에 대한 자신의 견해를 밝힘으로써 소설에 대한 이해뿐 아니라 글쓰기 능력의 신장에도 기여하게 하는 일은 매우 중요하다고 판단된다.

소설에 있어서 작중인물은 일관성, 보편성, 개연성, 신뢰성을 갖추어야 한다.[22] 작중인물은 구체적으로 언어나 묘사, 행동, 대화 또는 장면과 타 인물과의 상호 작용 등의 결합에 의해서 형상화된다.[23] 즉 등장인물은 자신의 행동, 인물의 개인적인 혹은 주위와 관련된 작가의 묘사, 등장인물이 말하는 것 즉 그의 진술이나 생각, 다른 사람들이 등장인물에 관하여 하는 내용, 이야기의 화자로서 혹은 목격자로서의 인물에 대한 서술자의 말 등이 인물을 나타내는 데 쓰이는 방법이다.[24]

따라서 인물에 대한 자신의 입장을 설득적인 글로 표현하기 위해서는 문학 텍스트에 형상화된 인물을 꼼꼼하게 이해할 필요가 있다. 먼저 개괄적으로 작품을 읽은 후, 기록, 정리하는 활동을 한다. 될 수 있는 한 많은 등장인물의 특성들을 기록하도록 해야 하는데 특히 글쓰기에서 요구하는 인물이 있다면, 그 인물을 집중적으로 살펴보도록 한다. 다시 말해 인물의 행동, 외모, 표현, 다른 등장인물이나 서술자에 의한 표현 등을 통하여 학습자가 쓰고자 하는 등장인물에 관한 세부 내용들을 작가가 어떻게 제시하고 있는지를 파악하도록 한다. 가령 학습자가 인물을 이해하는데 도

---

22) 우한용 외, 『현대소설의 이해』, 새문사, 1999, 107쪽.

23) 구인환, 『소설론』, 삼지원, 2000, 255쪽.

24) 여기에 대한 자세한 내용은 다음 참조. E. V. Roberts, *Writing about Literature*, 강자모 · 이동춘 · 임성균 역, 『영문학의 이해와 글쓰기』, 한울아카데미, 2002, 70~71쪽.

움을 줄 수 있도록 다음과 같은 질문과 학습지를 활용할 수 있다.[25]

인물의 이해

* 지시 사항 : 작품을 분석하거나 인물을 이해하고자 할 때 다음의 질문들을 참조하시오.

1. 작품에 등장하는 인물은 누구인가?

2. 이들 인물은 어떠한 성격인가?

3. 모든 인물들이 부딪히게 되는 공통적인 문제 상황은 무엇인가?

4. 인물은 어떠한 그룹에 속해 있는가? 이들 그룹은 다른 그룹에 대립되는가?

5. 주된 인물은 단일 인물인가, 아니면 복수 인물인가?

6. 인물은 제각기 변하거나 성장하는가, 아니면 점점 작품 전개와 더불어 유사해지는가?

7. 만일 인물들이 변한다면 변화에 대한 합당한 이유가 존재하는가? 만일 그렇다면 그것은 무엇인가?

8. 주변 인물이 존재한다면 작품 속 그들의 존재 목적은 무엇인가? 플롯의 진행을 함께 돕기 위함인가? 작품 속에서 변화의 국면을 제공하기 위함인가?

9. 등장인물들은 실제적인가? 전형적인가? 신빙성이 있는가? 낭만적인가?

10. 저자는 작품을 통해 독자로 하여금 인물들에 대해서 많은 양의 정보를 제공하는가? 아니면, 오직 단 하나의 주요인물에 대해서 언급함에 그치는가?

11. 인물들에 대해서 아는 것이 얼마나 중요한가, 아니면 인물에 대한 정보

---

25) R. J. Rodrigues & D. Badaczewski, *A Guide for Teaching Literature*, 박인기 · 최병우 · 김창원 역, 『문학 작품을 어떻게 가르칠 것인가』, 박이정, 2001, 356~357쪽. 문학 텍스트의 인물 이해를 위한 다양한 방법은 이 책의 105-114 쪽에 소개된 '성격화로 이끌기'와 '인물로 이끌기'를 참조할 것.

인물에 대하여 어느 정도 파악을 하고 나면, 쓰고자 하는 글의 아이디어를 찾기 위해 등장인물에 대한 다양한 질문 전략을 활용할 수 있다. 다음과 같은 것이 인물을 판단하는 데 활용할 수 있는 전략들이다.

- 행동, 표현, 생각 등을 통해 등장인물 정보 파악하기 :
  어떠한 행동이나 표현, 생각들을 통하여 작품의 등장인물은 중요한 자신의 특성을 나타내보이는가? 다른 등장인물들의 행동, 표현, 생각은 인물에 대하여 무엇을 말해주고 있는가? 서술자나 작가는 등장인물에 대하여 어떤 정보를 주는가?
- 사건을 통해 등장인물의 정보 파악하기 :
  등장인물은 어떤 사건에 연루되어 있고, 그 사건을 통해 인물에 대하여 알 수 있는 바는 무엇인가?
- 묘사를 통해 등장인물의 정보 파악하기 :
  이야기 안에서 등장인물은 어떻게 묘사되고 있는가? 외면에 관한 묘사는 등장인물에 관하여 무엇을 말해주고 있는가?
- 상황을 통해 등장인물의 정보 파악하기 :
  등장인물은 어떻게 상황을 인식하고, 상황에 따라 변화하며, 혹은 상황에 적응하는가?
- 등장인물의 특성 기술하고 설명하기 :
  앞에서 파악한 정보를 토대로 논하고자 하는 등장인물의 특성을 기술하고 설명하라. 그러한 특성이 인물을 판단하는데 어느 정도 도움을 주는가?
- 등장인물에 대하여 판단하기 :
  등장인물에 대하여 어떻게 판단하는가? 그 결과는 무엇이며 그 근거는 무엇인가?

· 판단 결과의 신뢰성 확인하기 :

  등장인물에 대한 판단 결과는 신뢰할 만한가? 신뢰성이 있다고 판단하는
  이유는 무엇인가?

이상은 텍스트를 이해하고 글쓰기 과제를 수행하기 위한 질문 전략들이다. 이를 매개로 해서 과제 해결을 위한 개별 및 모둠 활동이 진행된다. 앞에서 제시한 과제 즉 문학 텍스트를 읽고 한 인물에 대하여 긍정하거나 비판하여 자신의 입장을 밝히는 행위는 글을 읽고 쓰는 이의 인지적 · 정의적 · 가치적 · 심미적 측면이 반영되기 마련이다. 나아가 그러한 입장을 밝히기 위해서는 기존 견해들뿐 아니라 타자들과의 대화를 통한 의미 공유와 조정과정이 따른다. 따라서 주어진 글쓰기 과제를 해결하기 위해서는 개별 및 집단 활동을 병행하는 것이 바람직하다. 자기 주도적인 학습 활동과 교실 구성원 즉 교사와 학생, 학생과 학생들의 상호 작용 활동이 활발히 이루어져야 하는 것은 이 때문이다.

이와 같은 활동을 통해 쓰고자 하는 글에 대한 아이디어를 얻고 자신의 관점을 조정해가도록 한다. 그런 다음 글을 읽을 독자를 상정하고 글의 구조를 구체화해야 한다.

글을 읽거나 쓴다는 것은 글을 쓴 저자나 자신의 글을 읽는(을) 독자와의 대화적 관계 속에 놓인다는 것을 의미한다. 이러한 대화적 관계는 특히 문학(시)적인 글을 읽거나 쓸 때 더욱 복잡한 양상을 갖는다. 가령 소설의 경우 실제 작가, 내포작가, 화자, 피화자, 내포독자, 실제 작가 등이 소통과정에 복합적으로 작용하게 된다. 이와 관련하여 바흐친(M. M. Bakhtin)은 소통과정의 기호론적 역동성과 담론과 담론의 상호 작용, 담론

에 참여하는 주체, 담론 대상과의 관계, 담론이 행해지는 실천의 외적 상황 등을 깊이 있게 논의한 바 있다.[26] 그러나 논리적이고 설명적인 글은 문학(시)적인 글과는 달리 실제 글을 쓰는 사람과 글을 읽는 사람과의 텍스트 외부적인 대화적 관계가 두드러진다. 이런 점에서 설득적인 글을 쓸 때는 글을 읽는 독자와의 구체적인 대화적 관계가 글의 구조를 결정하는 중요한 요인으로 작용한다. 그러므로 과제를 구체화하는 단계에서는 독자를 구체적으로 설정할 필요가 있다. 또한 글의 구조는 글의 긴밀성, 통일성 등과 글쓴이의 의도나 정보 전달력, 설득력 등과 매우 밀접하게 관련되어 있다. 따라서 글의 구조를 구체화하는 활동을 하도록 한다.

이제 상호 작용을 통해 얻게 된 여러 정보들을 바탕으로 구체적으로 글을 써야 한다. 글로 나타내기에 앞서 앞에서 살핀 글의 구조, 독자, 목적 등을 고려하여 입말로 구술하는 활동을 할 수 있다. 이는 아직 원숙하지 못한 글쓰기 단계에 있는 학습자들에게 글쓰기에 대한 두려움을 완화시켜주고 글쓰기 능력을 신장시켜줄 뿐 아니라 구어와 문어의 연관 활동을 강화할 수도 있다.

교사의 요구와 학습자 능력에 따라 글의 내용과 종류는 달라질 수 있지만, 독자들로부터 설득력을 얻기 위해서는 상황 맥락, 글의 구조 등이 복

---

26) 여기에 대해서는 다음 참조. M. M. Bakhtin, *Problems of Dostoevsky's Poetics*, 김근식 역, 『도스또예프스키의 시학』, 정음사, 1988 ; T. Todorov, Mikhail Bakhtin, *The Dialogical Principle*, 최현무 역, 『바흐찐 : 문학사회학과 대화이론』, 까치, 1987 ; 우한용, 『한국현대소설담론연구』, 삼지원, 1996.

합적으로 작용하게 된다.[27] 상황 맥락, 글의 구조, 글쓰기 과정에서 구성원의 상호 활동에서 얻은 내용, 인물과 작품에 대한 기억, 인물과 작품에 대한 여러 자료, 그리고 그것에 대한 해석을 토대로 자신의 의견을 조정해나갈 수 있는 여러 자료를 활용하도록 한다.[28] 글쓰기 과정에서 부딪히는 여러 문제들은 교사와 동료들의 도움을 받도록 하고, 그 결과물 역시 교사와 동료들의 평가를 거쳐 보다 완성된 글이 되게 수정되어야 한다. 수정된 글은 시화전, 컴퓨터, 인쇄물, 낭독, 투고 등 여러 양식과 매체를 통해 시연되도록 한다.

4. 맺음말

문학 교실에서 독서와 관련한 글쓰기 교육을 논함에 있어서, 우선 문학

---

27) 가령 여기에서는 논술과 비평적 에세이 양식을 참조할 수 있다. 이들은 논리적인 구성을 통해 설득력을 얻을 수 있는 유용한 글쓰기 방식을 제공하기 때문이다. 문학 텍스트와 관련한 논술을 두고 '문학논술'이라 명명할 수 있다. 프랑스의 경우 문학논술은 매우 중요한 글쓰기 활동으로 자리 잡았다. 물론 논술은 문학 텍스트뿐 아니라 다양한 주제를 대상으로 쓰여질 수 있다. 문학논술에 대해서는 다음 참조. J. Pappe & D. Roche, *La Dissertation Littéraire*, 권종분 역, 『문학논술』, 동문선, 2001; 논술문 쓰기에서 여러 영역에 대한 주제는 다음 참조. 한철우 외, 앞의 책; 비평적 에세이 쓰기는 다음 참조. 김동환, 『문학연구와 문학교육』, 한성대출판부, 2004.
28) 가령 김동인의 감자에 등장하는 복녀의 행위를 두고 자신의 긍정 혹은 부정적 의견을 제시할 수 있는데, 이에 대하여 자신의 의견을 구성원들과 나누어보고, 자신의 의견을 조정해나갈 수 있을 것이다. 문학 텍스트에 대한 대립적인 관점을 통해 문학 텍스트 이해를 확장해나갈 수 있는 예를 보인 논저는 다음 참조. 김중신, 『문학과 삶의 만남』, 소명출판, 2003.

의 범위를 어디까지 잡을 것인지가 문제될 수 있다. 독서의 대상을 문학과 비문학으로 양분할 경우, 즉 설명적 담론을 제외한 나머지를 문학 독서의 대상으로 삼을 경우 소위 '예술'로서의 문학에만 한정되지는 않는다. 물론 시, 소설 등이 문학 독서의 주된 대상이기는 하지만 일기, 자서전, 전기, 편지, 수필, 소설, 희곡 등도 독서 대상으로 망라할 수 있다. 여기에다가 문학비평(평론)을 비롯한 논문, 감상문 등도 역시 읽기의 대상이 될 수 있다. 이렇게 보면 문학 독서의 대상은 매우 광범하다고 볼 수 있다.

마찬가지로 문학 교실에서의 글쓰기 역시 매우 다양하게 이루어진다. 관례적으로 문학 교실에서 이루어지는 글쓰기는 문예 창작과 관련된 것들이었다. 즉 시, 소설 등을 고치고, 덧붙이고, 모방하고 나아가 새로운 작품을 만드는 일 등이 그것이다. 그러나 문학 교실에서 이루어지는 글쓰기는 그 같은 시적 담론의 글쓰기뿐 아니라 담론 행위의 목적에 해당하는 전 영역 즉 표출적 담론 글쓰기, 지시적 담론 글쓰기, 설득적 담론 글쓰기 등이 총체적으로 이루어진다. 그러므로 문학 교실의 읽기/쓰기는 모든 담론 양식을 포괄하면서, 문학(국어)능력이라는 목적에 기여하는 것이다. 이러한 점은 문학 교실에서 이루어지는 말하기, 듣기 교육에서도 그대로 적용된다. 이로써 문학과 작문을 두고 불필요한 관계는 청산되어야 하며, 나아가 독서(읽기)와 문학, 작문과 문학에서의 글쓰기, 문학과 말하기, 듣기의 관계를 변증법적으로 새롭게 정립할 필요성이 제기된다.

문학 교실에서 수행되는 글쓰기는 담론의 목적에 따라 구체적인 내용이 달라진다. 그것은 언어 활동의 통합뿐 아니라 과정과 결과, 개인적 차원과 사회적 차원을 포괄하는 방향에서 이루어져야 한다. 그런데 그것은 무엇 때문에 하는 것인지를 물을 필요가 있다.

　문식성을 읽고 쓰는 능력을 일컫는 개념이라 할 때, 문학적 문식성은 문학적 담론을 읽고 쓰는 능력을 일컫는 개념이다. 그러나 문식성을 개인 차원뿐 아니라 사회문화적인 차원까지 확장시킬 필요가 있다. 즉 읽고 쓰는 주체의 개인적인 능력은 결국 바람직한 사회문화 공동체 구축 능력으로까지 이어지는 것이다. 그러므로 문식성 혹은 문학적 문식성은 개인의 자아실현, 인격 형성, 바람직한 소통문화, 사회정의 실현과 무관할 수 없다. 이를 이해하기 위해서는 읽고 쓰는 능력이 그것과 관련된 기능 혹은 전략의 학습이나 수행만으로 잘 이루어진다고 보기 어렵다는 사실을 상기하는 것으로 충분하다. 사람과 사회의 됨됨이가 언어의 이해·표현 능력과 직결되는 문제이기 때문이다. 그러므로 독서와 글쓰기 교육이 이런 점을 전제로 해야 한다는 것은 당연한 이치이다.

제6장 문학논술교육의 이념과 실천 방안

1. 머리말

요즈음 '독서'와 '논술'이 큰 관심사이다. 독서를 두고 교육기관, 학자, 교사 간에 의견이 오가더니, 이제 그 불똥이 논술로 튀었다. 특히 대학 입시에서 논술 반영 비율을 강화하자 이에 따라 각급 학교에서는 논술에 대한 대응에 골몰하고 있는 실정이다. 서울대학교를 위시해서 교원교육기관에서는 교사를 대상으로 논술 연수가 한창이고, 급기야 교육부에서는 교원양성 기관에 '논리 및 논술에 관한' 과목을 의무적으로 설치 및 수강토록 하였다.[1]

공교육 차원에서 논술교육에 대한 심도 있는 논의와 이를 바탕으로 한 교육과정 반영을 탄탄히 했어야 했음에도 불구하고 일련의 사태들은 다

---

1) 교육부는 교원양성기관에 당초 2008년부터 교과교육 영역에서 '교과교육론'과 '논리 및 논술에 관한 과목을 필수로 한 8학점 이상을 이수토록 하게 하였지만, 그 시행시기를 2009학년도로 연기한 바 있다.

분히 대중적인 처방에 가깝다. 현실을 뒤따라가는 공교육계의 현실을 극명하게 보여주는 또 다른 예이다.

교육부 방침에 따르면 이제 논술은 국어교육만의 문제가 아니라 전 교과적인 문제가 되었다. 전 교과에서 교육과정으로 의무화했기 때문이다.

그러나 현실에 비해 학문적인 뒷받침은 만족스럽지 못한 편이다. 국어국문학에서는 문장론 차원을 벗어나지 못하고 있고, 철학에서는 논리 차원을 벗어나지 못하고 있으며, 국어교육에서는 글쓰기 차원을 벗어나지 못하고 있기 때문이다.[2]

문학 차원에서 볼 때 더욱 문제인 것은 논술에 대한 무관심 내지 문학과 논술의 상관성에 대한 부정적 의식이다. 문학은 언어의 형상적 세계에 속하고, 논술은 논리적인 세계에 속하기 때문에 이 둘 사이에는 건널 수 없는 간극이 있는 듯하다. 더구나 문학은 문학만의 특성이 있는바, 그것은 서정적, 서사적, 묘사적, 미적인 특성 등으로 요약되는데 이는 논리적인 것과는 다른 특성임에 틀림없는 듯하다.

마땅히 문학만이 지닌 특성들을 연구하고, 문학작품을 생산하고 수용하는 사회적 · 교육적 기반을 조성하고 활성화하는 일은 매우 중요한 임무에 속한다.

그러나 문학하는 일은 문학작품을 창작하는 일뿐 아니라 문학을 감상, 비평, 연구하는 일 등이 다양하게 관련된다고 볼 때, 언어의 논리적 · 설

---

2) 국어교육 분야에서는 논술 및 논증교육에 대한 박사논문이 쓰였고, 단행본도 출간되었다.

명적 운용과 무관할 수는 없는 것이다.[3]

교육적 혹은 인간적인 차원에서 볼 때 형상적 기호 운용 능력과 논리적 기호 운용 능력은 인간의 커뮤니케이션 능력을 구성하는 양대 축이다. 이런 점에서 후자만을 강조하는, 철학을 위시한 설명적 학문들은 반쪽짜리일 수밖에 없지만, 문학과 문학비평에서는 양자를 아우르고 있다는 점에서 그 중요성은 더해진다.

이에 이 장에서는 문학(현상)을 논술교육에서 볼 때 그 가능성과 생산성 그리고 당위성이 높다는 것을 전제로 삼아 논술, 문학논술, 문학논술교육이 무엇을 의미하는지를 살펴보고자 한다. 또한 기존 문학논술의 유형을 비판적으로 검토함으로써, 문학논술교육을 실천하기 위한 방향은 모색하고, 그 구체적인 실천 전략과 방법 등을 살펴봄으로써 문학논술교육의 실천과 이론화에 기여하고자 한다.

2. 문학논술과 문학논술교육의 개념

문학논술과 문학논술교육의 개념을 말하기에 앞서 논술이 무엇인지를 논의할 필요가 있다. 논술이 무엇인지를 여러 논자들이 밝히려고 시도하였다. 그러나 일반화된 정의를 찾기가 쉽지 않다. 몇몇 논자에 따르면 논술이란 "비판적 읽기와 창의적 문제 해결하기를 기반으로 한 논리적 글쓰

---

3) 이런 점에서 비평교육에 대한 인식을 새롭게 할 필요가 있다. 비평이론의 학문적 기반에 힘입어 문학비평에서 문화비평으로 지평을 확대할 필요가 있다.

기”,[4] “자율적 판단의 주체로서의 논술자가 주어진 텍스트에 관하여 자신의 세계관, 가치관 등을 반영하는 견해를 논리적으로 설득력 있게 제시하는 것”,[5] “어떤 문제나 쟁점에 대한 논증을 통한 글쓰기”[6]라고 정의된다.

여기에서 논술의 정의와 관련된 핵심 단어로 논리, 논증, 글쓰기, 설득 등을 지적할 수 있다. 논리, 논증, 글쓰기, 설득이라는 용어는 익숙해져서 매우 자명한 것처럼 여겨질 수 있다. 이를테면, 논리적 글쓰기를 ‘설득력 있고 조리있게 자신의 주장을 펼치는 글쓰기’ 정도로 이해하고 넘어갈 수도 있다. 그러나 막상 논리, 논증이 무엇이고, 글쓰기가 무엇을 의미하는지를 따지는 일은 쉽지 않다. 논리학, 논증이론을 보면 때로는 복잡하고 때로는 단순한 논의 속에 빠지지 않을 수 없고, 그리하여 이를 교육에 적용하는 일은 참으로 난감하지 않을 수 없다. 복잡다단한 현상을 단순, 명료한 형태로 보여주고자 했던 형식논리학은 글쓰기에 참여하는 주체, 소통 맥락과 언어가 지닌 다양한 차원들을 무시하였다는 비판을 면키 어렵다. 따라서 이를 비판적으로 검토하지 않고 논술교육에 그대로 적용할 수는 없는 일이다.

이 글에서는 논술을 ‘어떤 문제에 대한 이념적 실천행위이자 주체들의 소통행위로서의 설득적 글쓰기’라 규정한다.[7] ‘어떤 문제’라 함은 글쓴이

4) 김영정, 「통합교과형 논술의 특징」, 『철학과 현실』 제69호, 2006, 155쪽.
5) 김광수, 「철학과 논술」, 『철학과 현실』 69호, 철학문화연구소, 2006, 129쪽.
6) 박정일, 「논술과 토론의 개념」, 『철학과 현실』 70호, 철학문화연구소, 2006, 139쪽.
7) 논술을 논리가 아닌 담론으로 바라보는 견해는 다음 참조. 고길섶, 『논술행 기차를 바꿔타자』, 문화과학사, 1994.

가 삶에서 봉착하면서 갖게 되는 문제의식의 산물로서 해결해야 할 일체의 대상을 말한다. '이념적 실천행위'라 함은 논술이 가치 중립적인 차원에서 이루어지는 것이 아니라 주체의 이념 실천과 관련되며, '주체들과의 소통행위'라 함은 그것은 (텍스트 내적 소통 현상을 포함한) 글쓰는 주체와 글 읽는 독자와의 대화적, 화용적, 수사적, 사회문화적, 의사소통적 행위와 밀접하다는 것을 의미한다. '설득적 글쓰기'라 함은 글쓰기의 목적이 설득에 있음을 말한다. 즉 글을 쓰는 목적 행위는 표현적 담론, 시적 담론, 지시적 담론, 설득적 담론으로 구현되는 바, 논술의 목적이 설득에 있음을 의미하고, 그러한 목적을 위한 글쓰기가 설득적 글쓰기임을 나타낸다.[8]

따라서 이 글에서 문학논술이라 함은 '일체의 문학 관련 문제들과 연관된 이념적 실천행위이자 주체들의 소통행위로서의 설득적 글쓰기'를 말하며, 문학논술교육이란 '그러한 논술행위를 둘러싼 가르치는 자와 배우는 자 사이에서 이루어지는 상호 작용의 과정과 결과'를 일컫는다.

---

8) 논술을 논증적 글쓰기로 보면, 논술은 논증적 속성을 지니고 있음은 부정하기 어렵다. 논증적인 글(argumentative essay)은 넓게 잡아 어떤 주장이 담긴 길거나 짧은 글을 모두 포괄하는 개념이며, 따라서 논증적인 글이란 주장과 그에 대한 근거를 서술한 글이라는 의미로 사용된다. 이 개념은 논술을 텍스트의 구조나 형식에 초점을 둔 것으로 담론 사용의 소통론적 관점을 소홀히 한다고 볼 수 있다. 특히 논술을 논리에 따라 쓴 글, 논리적 모순이 없는 글로 한정하는 결과를 초래하기도 한다. 이 글에서는 이러한 한계점을 인식하고 논술이 논증적 속성을 가지고 있기는 하지만, 설득이라는 담론 목적과 관련한 일체의 담론 행위를 강조하고자 한다. 여기에 문학과 논술의 접점을 모색할 수 있는 가능성이 있을 것이라 판단한다.

3. 문학논술교육의 이념

교육적 관점에서 보자면, 논술교육을 통해서 도달하고자 하는 이념에 대하여 숙고하는 일은 대단히 중요한 일이자 우선 과제이기도 하다. 그것은 모든 교육 행위를 규정하고 견인하는 역할을 한다는 점에서 교육의 과정에 지대한 영향을 주기 때문이다. 그럼에도 불구하고 이에 대한 논의는 찾아보기 어려운 실정이다. 이는 논술교육이 어느 방향으로 나아가야 할지에 대한 숙고가 부족하여 제자리를 찾지 못하고 있음을 의미한다.

이념은 학교급별, 제도권별, 비제도권별 등에 따라 달라질 수 있다. 그러나 여기에서는 교육을 통해 궁극적으로 도달해야 할 보편적인 지향태를 염두에 두고자 한다.

일반적으로 교육이 지향하고자 하는 바는 시민정신과 공공생활을 증진시키는 과정이 되어야 하며 자아실현과 결부되어야 한다. 교육은 기본적으로 자아와 세계의 공존과 조화, 그리고 자아의 무한한 가능성의 실현을 지향한다는 것과 관련되어 있다. 물론 지향태로서의 이념을 성취하는 과정은 매우 다양할 수 있다. 이 점에서 문학은 대단히 유사한 측면이 있다. 문학의 근본적인 존재 이유 가운데 하나가 자유로운 정신의 구현에 있음을 상기할 때,[9] 문학은 기본적으로 있을 법한 가능한 세계를 다양한 담론으로 담아냄으로써 이러한 이상에 기여한다. 또한 문학 행위야말로 대화, 반성, 심미, 가치, 실천(활동), 창조적인 것들과 관련됨으로써, 그러한 능

---

9) 김현, 『한국문학의 위상』, 문학과지성사, 1977.

력을 지닌 인간을 길러내는 데 교육의 이념이 놓여 있다고 볼 수 있다.[10]

논증적 담론의 맥락에서 본다면, 교육은 또한 다른 사람의 목소리를 이해하고, 갈등 상황에서 비판적이고, 창의적인 해결을 제시할 수 있는 목소리를 표상할 줄 아는 시민을 길러내는 일이다. 이 시민들은 "그들 자신이 경제적, 정치적, 문화적 갈등을 해결하는 데 참여하는, 그리고 정당하고 평화로운 방식으로 그들의 가정생활과 상호 의존적인 시민적–공적 생활을 형성하고 질서를 부여하는 데 참여하는, 그런 사회에서 읽고 말하고 쓰고 추론"[11]하는 사람들이다.

문학과 논술의 언어적 특징이 어떤 것이든지 간에, 그 행위의 목적은 궁극적으로 잘 살아가는(well–being, eudaimonia) 인간을 형성하기 위한 기획과 실천의 일환이라 할 수 있다.[12] 이 점에 대하여 J. 화이트는 심도 있게 논의한 바 있다. 그는 교육의 목적을 인간의 삶과 연결시키면서, 교육은 결국 모든 학습자들이 잘살 수 있도록 도와주는 데에 있다고 보고 있다.[13]

이를 문학논술과 관련하여 구체화한다면, 문학논술교육의 이념은 '문

---

10) 여기에 대한 자세한 논의는 김대행 외, 『문학교육원론』, 서울대출판부, 2001 참조.
11) J. Crosswhite, 오형엽 역, 『이성의 수사학:글쓰기와 논증의 매력』, 고려대출판부, 2001, 378쪽.
12) 이는 아리스토텔레스가 일찍이 『니코마코스 윤리학』에서 모든 사물이 목표로 삼는 것은 선 즉 행복 혹은 복지(eudaimonia)라 한 바 있다.
13) John White, *Education and the Good Life*, 이지헌 · 김희봉 역, 『교육목적론』, 학지사, 2002. 화이트는 좋은 삶을 밝히면서 자율성, 이타성 등의 이념과 관련하여 논의하고 있는데, 개인이 어떤 식으로든지 다른 사람들과 어울려 살 수밖에 없다고 볼 때 인간이 잘 산다고 하는 것은 자율성, 이타성 등과 결부되지 않을 수 없다. 그러나 이 두 가지가 좋은 삶의 필요충분조건은 될 수 없다.

학과 관련한 일체의 문제 상황에서 새로운 설득적 의미를 생산하고 공동체의 선을 위해 반성과 대화를 주된 전략으로 삼아 자신의 목소리를 표상할 줄 아는 능력을 갖도록 하는 데 있다'고 할 수 있으며, 문학논술교육은 그런 능력을 지닌 인간을 길러내는 일과 관련된 일체의 의도적, 계획적, 실천적, 윤리적 교육행위라 할 수 있다. '문학과 관련한 일체의 문제 상황'이라 함은 문학과 결부된 해결해야 할 문제들을 포괄하는 넓은 개념으로 쓴다. 가령, 문학작품의 인물이나 갈등을 비평적으로 이해하기 등과 관련된 문제뿐 아니라 문학의 생산, 유통, 수용 등 일체의 과정에서 제기될 수 있는 모든 사회·문화적 문제들이 포괄된다. '새로운 설득적 의미를 생산하기 위해 반성과 대화 전략'을 사용한다는 것은 문학논술의 핵심이 독자를 설득하기 위한 새로운 의미 생산에 있음을 밝히고, 그것을 위한 주요 전략으로 대화와 반성 전략이 동원된다는 것을 함의한다. '공동체의 선을 위한'다는 것은 문학논술행위가 공동체가 지향하는 긍정적인 의미 즉 인간이 잘사는 일과 관련된 이념과 결부되어야 하며, '자신의 목소리를 표상할 줄 아는 설득적 능력'이라 함은 차별이나 개인적 사회적 제약에 따른 담론행위의 제한을 벗어나, 세계에 자신의 물질적 흔적이 담긴 주체적인 목소리를 낼 수 있는 능력을 의미한다.

4. 문학논술의 유형과 문학논술교육의 실천 방향

1) 문학논술의 유형

문학논술의 유형은 크게 세 방향으로 나눌 수 있다. 첫째는 문학작품을 둘러싼 해석, 비평, 이론 등과 관련한 논술이다. 이는 철학논술, 역사논술 등과 비교되는 '문학논술'로서, 문학이라는 학문 내부에서 이루어지는 학문(교과)형 논술이라 할 수 있다. 둘째는 문학과 관련된 사회문화적인 문제를 다루는 논술이다. 이는 문학 텍스트를 통해서 제기될 수 있는 다양한 문제들을 다루는 '문학을 통한 논술'이라 할 수 있다. 셋째는 문학이 다른 학문 영역들과 더불어 어떤 통합적인 문제 해결을 위한 자료로 활용되는 논술로서 '문학을 포함한 통합논술'이라 하겠다.

문학논술(La dissertation littéraire)[14]로 명명되는 논술 문제 유형을 들면

---

14) J. Pappe & D. Roche, *La dissertation littéraire*, 권종분 역, 『문학논술』, 동문선, 2001. 나머지를 추가로 제시하면 다음과 같다.

주제 6-자서전·외향적 인물에 정성을 쏟은, 그리고 『계시받은 사람들』이라는 제목으로 1852년에 모았던 초상화 수집품에서 제라르 드 네르발은 이렇게 쓴다. (…중략…) 네르발의 눈에 비추어, 언급된 작품 유형들의 '관심'에 대한 판단을 구체적인 실례를 들어 논평, 토의하라.

주제 7-작품의 '이해'·"누구를 위해 소설을 쓰는가? 누구를 위해 시를 쓰는가? 일부 다른 소설을 읽는 사람들을 위해서, 일부 다른 시를 읽는 사람들을 위해서이다. (하략)" 이 이탈로 칼비노의 말이 당신에게 어떤 생각을 들게 하는가?(『기계문학』, Le Seuil, 1984)

주제 8-『크롬웰』의 「서문」·"낭만주의자들은 모두 서문을 쓴다…. 『헌법 옹호자』는 사면과 함께 언젠가 그들을 놀렸다…." A. 뒤마(1931)의 연극인 『앙토니』의 한 등장인물이 말한다. 1827년 빅토르 위고에 의해 간행된 『크롬웰』의 「서문」은 무엇을 의미하는가?

다음과 같다.

주제1-소설의 주인공 · 『위험한 관계』의 주인공은 누구인가?

주제2-소설과 이야기 · 『불안정한 인간과 문학』에서, 앙드레 말로에 의해 1977년에 표현된 의견을 논평해보자. "소설가의 재능은 이야기로 귀착될 수 없는 소설의 부분이 있다."

주제3-희극과 비극 · "희극은 부조리의 예감이기에 비극보다 더욱 절망적인 것 같다. 희극은 해결책을 제공하지 않는다." 논평하라. 그리고 경우에 따라서 이오네스코의 이 단언에 대해 토의하라.(「연극의 경험」, 『논평과 반론』, 1966)

주제4-시인으로서의 어려움 · '결석 시인'에게서 빌린 이 시구는, 어떤 점에서 『노란 사랑』에서의 코르비에르의 시를 정의내릴 수 있을까? "정말 나다. 나는 거기에 있다-그러나 삭제된 부분처럼."

주제5-시학적 언어 · "피렌체는 도시이고 꽃이며 여자이다. 동시에 그것은 도시-꽃이고, 도시-여자이고, 소녀-꽃이다. 이렇게 보이는 이상한 물건은 강의 유동성과 금같이 부드럽고 강렬한 열정을 소유하고, 끝으로 점잖게 자신을 포기하며, 무음 e의 지속적인 쇠약에 따라서 조심성 가득한 그것의 절정을 무한정으로 연장한다.(하략)" 사르트르의 이 분석은 여러분들에게 만족스럽게 시학적 언어를 정의하는 것 같은가?

이상의 예를 보면, 문학논술은 작품 분석, 해석, 논평, 작가, 장르 등 문학 관련 문제들을 해결할 것을 요구하고 있다. 이 경우는 문학학에서 다루는 이해와 감상 등과 관련되는 논술이므로 주로 문학 교실에서 이루어진다. 그러나 일선 학교의 국어 시간을 보면 문학논술교육이 본격적으로 이루어지고 있지 않은 실정이다. 국어 시간의 경우 문학논술과 가장 관련 있는 글쓰기는 비평적 글쓰기인데, 이러한 글쓰기가 제대로 이루지고 있지 않은 현실이다. 이는 심화 선택과목인 '문학' 과목 시간에도 예외는 아니다. 심화 선택과목인 '문학' 과목은 중등교육과 고등교육을 연결하는 과목임에도 불구하고, 심도 있는 교육이 이루어지고 있지 않다. 따라서 문학에 깊이 있는 탐구를 원하는 학생들이나 대학에서 문학을 전공하고자 하는 학생들에게 심도 있는 학습을 제공하고 있지 못하다. 대학입시 상황을 보면, 문학논술을 찾기가 어렵다. 그것은 대학이 정부의 규제에 따라 특정한 전문 영역의 수학 능력을 평가하기보다는 계열별로 공통적인 수학 능력을 평가하기 때문이다. 그러나 문학이 인문학에 커다란 영역을 차지하고 있음을 부인할 수 없다면, 대학에서 이 방면에 전공을 택하는 학생들을 대상으로 하는 선발시험에서는 심도 있는 문학논술시험을 반드시 고려해야 한다고 본다.

'문학을 통한 논술'은 문학 텍스트나 문학학(문학교과) 차원에서 이루어지는 문학논술과는 달리 문학을 통해 다양한 사회문화적인 문제를 다루는 논술이다.

가) 단일 문학 텍스트 형

① 다음 글은 어느 소설의 한 장면을 옮겨 놓은 것이다. 이 글은 '복서'의 죽음을 둘러싼 이야기를 통해 인간사회에서 일어날 수 있는 여러 가지 문제들을 암시하고 있다. 어떤 문제들이 이 글에 암시되어 있는지 글의 내용에 근거하여 밝히고, '복서'의 죽음에 대해 어떻게 생각하는지 각자의 견해를 논술하라.(서울대 '98)

*〈동물농장〉(오웰)

② 다음은 베르톨트 브레히트의 희곡 〈갈릴레이의 생애〉에서 뽑은 글이다. 이 글을 읽고 논제에 답하시오.

*〈갈릴레이의 생애〉(브레히트)

논제 : 제시문에 나타난 사제와 갈릴레이의 견해를 밝히고, 이러한 견해가 현대사회에서 어떤 의미를 지니는가에 대해 자신의 생각을 논술하시오.(고려대 '99)

나) 복수 문학 텍스트 형

다음 세 이야기 속의 주인공에게서 공통적으로 나타나는 역할의 특징을 분석하고, 그 사회적 기능과 의미를 다양한 측면에서 1800자 안팎으로 논술하시오.(연세대 '99)

*〈심청가〉, 〈영웅전〉(플루타르크), 〈비계덩어리〉(모파상)

가)의 ①, ②는 단일 문학 텍스트가 제시된 논술 유형이다. ①은 〈동물농장〉이라는 단일 문학 텍스트를 제시하고 거기에 등장하는 단일 인물을 통해 추론할 수 있는 사회적인 문제점들을 밝히고, 거기에 대한 자신의 의견을 묻는 문제이다. ②는 〈갈릴레이의 희곡〉이라는 단일 문학작품을 제시하면서, 거기에 등장하는 단일 인물이 아니라 복수 인물들의 견해를 현대사회와 연관지어 그 의미를 논술하는 유형이다. 나)는 복수 문학 텍스트가 제시된 논술 유형이다. 단일 문학 텍스트보다는 여러 텍스트를 제시하고 그것들의 공통적인 특징을 분석하고 이를 사회적인 차원과 연결지어 논술하는 유형이다. 단일 텍스트와는 달리 텍스트 간의 관계를 파악하고 그것들로부터 공통적인 의미를 사회적 의미로 확대해나가는 유형이다.

이상의 예를 볼 때, 문학작품의 해석에 기반하여 인간사회의 문제점,

사회적 기능과 의미, 현대사회의 의미와의 연관성을 밝힐 것을 요구하고 있다. 따라서 이 유형의 논술은 문학의 해석뿐 아니라 그것을 여러 사회 문제와 연결시키는 확산적 사고를 요하는 유형이라 할 수 있다. 그러나 이 유형이 문학학의 학문 범주에서 이루어지는 '문학논술'보다는 좀 더 많은 출제 비중을 차지하고 있기는 하지만, 전체 논술에서 보면 그리 큰 비중을 차지하는 것은 아니다. 그것은 대학들이 통합 교과형 논술을 지향하기 때문에 특정 학문에 치우친 자료 제시를 기피하고 있기 때문일 것이다.

다음으로 '문학을 포함한 통합논술' 유형을 들 수 있다. 이 유형에서는 문학작품뿐 아니라 문학 관련 설명 텍스트(이론, 비평, 에세이 등 포함)을 포함한 다양한 학문 영역에서 자료를 제시하여 이를 바탕으로 통합적인 깊이 있는 사고와 창의력을 요구하고 있다. 최근 주요 대학들이 내놓은 입시논술은 특정 교과 관련 지식을 묻기보다는 인문, 사회, 자연과학적 지식을 토대로 주어진 문제를 비판적이고 창의적으로 해결해나갈 것을 요구하고 있다.

통합논술을 지향한다고 하는 주요 대학에서 실시한 최근 사례를 본다.

가) 문학 배제 통합논술형

지식정보화 시대에 우리 사회 각 영역은 어떤 속도로 변화해야 하는가?[15]

【제시문 가】는 우리 사회 각 영역, 특히 기업, 가족, 정부의 변화를 진단하고 있다. 【제시문 나】는 어느 학자가 미국 사회 내 해당 영역의 변화 속도를 수치화하고 이를 분석한 것으로서, 가장 빨리 변화하는 영역의 속도를 시속

---

15) 2007 서울대 정시.

100마일로 설정하고 있다.

※ 주어진 논제에 대한 글을 쓸 때 다음의 조건을 만족시킬 것.

1.【제시문 가】의 내용을【제시문 나】의 내용에 비추어 논하라. 그 과정에 미국 사회와 우리 사회의 변화 속도를 비교하라.

2. 예화 1, 2, 3을 사회의 변화 속도와 연관지어 그 의미를 파악하라.

3. 세 개의 예화 가운데 하나를 택하고 그 입장에 서서 기업, 가족, 정부의 변화 속도를 예측하고 그 이유를 밝히라.

나) 문학작품을 포함한 통합논술형

나 자신이 아닌 다른 존재의 느낌과 생각을 과연 이해할 수 있는가? 아래 제시문들을 비교 분석하여 어떤 어려움들이 있는지 설명하고, 그러한 어려움이 극복될 수 있는지 사회현실의 예를 들어 논하시오.[16]

(가) 『장자(莊子)』 추수(秋水)편

(나) 토마스 네이글, 「박쥐의 입장에서 느낀다는 것은 어떠한 것인가?」

(다) 김유정, 「동백꽃」

(라) 폴 처칠랜드, 『물질과 의식』

다) 문학(예술)론을 포함한 통합논술형

다음 네 개의 제시문은 하나의 공통된 주제와 관련된 글이다. 그 주제를 말하고, 제시문 간의 연관관계를 설명하시오. 그리고 그 주제에 관한 자신의 생각을 논술하시오.[17]

(1) 정약용, 『악론(樂論)』

(2) 이형식, 『프루스트의 예술론』

(3) 미카엘 하우스켈러, 『예술이란 무엇인가?』; 진룡 외 편집, 『예술경제란 무엇인가?』

(4) 넬슨 굿맨, 『예술의 언어들』

---

16) 2007 연세대 정시.
17) 2007 고려대 정시.

가)를 보면 사회와 관련된 설명 텍스트를 제시함으로써 아예 문학을 다루고 있지 않고 있다. 뿐만 아니라 이 논제는 주로 사회 문제와 관련된 자료를 다룸으로써 여타의 학문 영역 자료를 배제함으로써 통합논술이라는 본래의 취지를 무색하게 하고 있다. 나)를 보면 제시된 자료가 철학이니 자연과학 관련 자료와 함께 문학작품도 다루고 있다는 점에서 문학작품을 포함한 통합논술이라 할 수 있다. 문학 텍스트는 정보를 직접적으로 제시하는 설명 텍스트와는 달리 다양한 문학적 장치를 통한 형상화를 통해 제시한다. 따라서 작품을 통해 형상화된 세계에서 의미를 찾아야 하기 때문에 설명 텍스트와는 다른 담론 양상과 추론과정을 거치게 된다. 그러므로 설명 텍스트와 형상 텍스트를 다양하게 제시문으로 제시하는 것은 바람직한 방향이라 판단된다. 다)는 주어진 제시문들이 '예술의 효용'이라는 공통된 주제를 다루고 있다. 예술의 다양한 기능과 효용을 밝힌 글과 이를 비판하는 글을 제시문으로 주고 그것들을 분석하고 자신의 견해를 밝히는 논제이다. 문학을 예술 차원에서 보면 이 제시문들은 문학과 관련되어 있다고 볼 수 있다. 그런 점에서 이 논술은 문학(예술)론을 포함한 통합논술형이라 할 수 있다. 문학(예술)론을 포함하고 있다는 점에서 문학을 배제한 통합논술과는 다른 유형이기는 하지만, 문학론을 직접적으로 다루고 있지 않다거나, 주제나 자료가 예술 쪽에만 한정되어 있다는 점에서 통합논술의 근본 취지에는 어긋나는 측면이 있다. 따라서 문학론을 다룬 자료를 제시하고, 그것을 포함한 다양한 학문 영역에서 자료를 제시함으로써 통합논술의 취지를 살려야 한다.

2) 문학논술교육의 실천 방향

먼저, 논술 행위를 맥락이 결여된 편협한 기술 차원에서 보는 인식을 탈피하는 일이다. 흔히 철자법, 구두점, 문법, 정형화된 구조 따위를 논술의 기술로서 가르치고 배운다. 그런데 이것들은 결코 논술의 전체적인 맥락과 결부되지 않을 뿐 아니라, 대화적이며 반성적인 논술 행위와도 독립된 채 다루어진다.[18] 여기에서 잘 된 논술은 곧 문법적인 오류나 형식 논리상 오류가 없는 것이며, 글쓰기에 대한 피드백은 잘못된 철자법, 문법, 형식 논리 등의 오류를 교정받는 것이 중심이 된다. 그 결과 맥락이나 소통 등과 유리된 요소가 교수학습의 주 내용이 된다. 그러나 논술 행위가 거시적으로 시대의 맥락과 지향 속에서 이루어지고, 미시적으로 논술 행위에 연루된 제반 맥락적 요인들과의 관계 속에서 이루어지는 행위라는 점을 인식한다면 논술이 단지 그러한 차원에서 행해지는 것이 아님은 분명하다.[19]

---

18) 전통적인 문법 연구는 랑그를 연구 대상으로 삼아 구체적인 맥락에서 이루어지는 개인의 담론을 무시하고 있다. 이는 오늘날에도 적용되는 말인데, 이러한 인식이 글쓰기 등에 과도하게 적용됨으로써 파생되는 오류는 피할 수 없다.

19) 이는 논술(글쓰기)이 어느 학문을 막론하고 교육받은 사람이라면 누구나 당연히 할 수 있는 일로 보거나, 역으로 교육받은 사람이라면 논술교육을 누구나 할 수 있는 일로 여기는 관념과 연결된다. 그리하여 논술(글쓰기)을 전문적으로 학습하게 되는 기회를 박탈하거나, 논술 지도를 단편적인 부분을 지적하는 일로 축소하게 된다. 국내의 대학교육에서 논술을 단지 교양과정의 일부로 다루고 전공과정에서는 다루고 있지 않은 것은 이러한 인식을 반영한 것이다. 더구나 사범대학이나 교대에서조차도 글쓰기 교육이 제대로 되고 있는지 점검할 필요가 있다. 외국의 경우 가령 MIT대학에서 볼 수 있듯이 전공과 글쓰기 지도가 유기적으로 연결되어 이루어지고 있는 것을 보면 타산지석으로 삼을 만하다. MIT

또한 논술은 논술 주체의 목소리라는 점과 동시에 사회문화적인 산물이라는 점을 인식할 필요가 있다. 논술이 명시적이거나 암시적인 독자들에 반응하는 개인 활동의 산물이기도 하지만, 논술은 공동체 구성원들과 그들의 담론과의 상호 작용 속에서 창출되는 산물이기도 하다. 따라서 논술을 담론의 구성이라는 관점에서 접근할 때, 개인을 구성의 주체로 접근한다거나 소집단, 공동체, 사회를 구성의 주체로 접근하는 관점을 동시에 고려해야 한다.[20]

인지 발달에 따른 논술 지도를 고려할 때, 많은 경우 그것은 학습자들의 정형화된 인지 발달 정도에 따라 실시되어야 한다고 생각한다. 그러나 이러한 생각은 일면 타당한 견해로 보일 수 있지만, 매우 불합리한 생각일 수 있다. 그것은 광범위한 조사를 토대로 한 학습자들의 글쓰기 능력에 대한 객관적인 자료를 갖고 있지 못하기 때문이기도 하지만, 무엇보다 학습자를 고정된 발달 단계로 제한된 주체로 파악함으로써 그들이 갖고 있는 가능성과 다양성을 무시할 가능성이 크다는 데에 있다. 따라서 학습자가 타자들의 도움을 통해 발전 가능한 상태에 도달할 수 있다고 보는

대학의 글쓰기 교육 현황은 다음 참조. 정희모, 「MIT대학 글쓰기 교육 시스템에 관한 연구」, 『독서연구』 제11호, 한국독서학회, 2004.6.

20) 개인을 구성의 주체로 보고 그들의 인지과정에 관심을 갖고 연구를 진행하는 논의는 인지구성주의, 인지-발달 구성주의, 개인 구성이론, 세계 만들기 등의 연구 경향으로 분류할 수 있다. 사회 구성주의는 의미 구성 주체로 소집단을 강조하거나 공동체, 사회, 국가와 같은 더 큰 추상적 사회집단을 강조하기도 한다. 특히 담화공동체에 대한 연구는 자신들의 담화 성격은 집단 자체에 의해 규정된다고 가정한다. 자세한 내용은 다음 참조. N.N.Spivey, *Constructivist Metaphor*, 신헌재 외 역, 『구성주의와 읽기·쓰기』, 박이정, 2004, 32~56쪽 참조.

것이 온당하다.[21] 그러므로 정해진 발달에 따른 정형화된 논술교육을 제공하기보다는 학습자들의 가능성과 다양성을 고려한 논술 경험을 제공하는 것이 타당하다고 판단한다.

논술교육은 문학 독서와의 연계, 토론 등을 포함한 보다 광범위한 교육 내용으로 구성되어야 한다. 언어 발달뿐 아니라 사고력 발달은 각 영역들을 통합적으로 지도할 때보다 효과적으로 달성할 수 있다.[22] 구어능력과 문식력 간의 상관성에 대한 논란에도 불구하고 독서 능력과 글쓰기 능력의 상관성이 높다고 보는 것이 일반적이다.[23] 이에 따라 문학 독서와 글쓰기 교육의 통합방안을 구체적으로 모색해왔다. 따라서 문학 독서와 결부된 논술 지도방안을 적극적으로 고려해야 한다. 많은 경우 문학교육의 내용을 '문학교육=문학 읽기(독서, 이해)'로 등식화하고 있는 것이 통념이다. 그러나 문학이 독서의 대상으로만 존재하는 것이 아닐 뿐 아니라, 이러한 관점은 문학을 매우 협소하게 바라봄으로써 그 결과 문학에 대한 잘못된 관념을 사람들에게 심어주고 있다. 문학은 표현과 이해 활

---

21) 비고츠키가 말하는 ZOPD(근접발달영역) 개념은 이러한 생각을 뒷받침해준다.

22) 이렇듯 언어의 통합 학습을 강조하고 있는 대표적인 움직임을 총체언어(whole language) 교육 운동에 찾아 볼 수 있다.

23) 가령 J. Fitzgerald는 이야기 읽기가 이야기 쓰기에 영향을 줄 수 있기 때문에, 좋은 문학 작품에 대한 폭넓은 독서는 유익한 것이며, 이야기를 읽고서 그 반응을 표현할 수 있는 다양한 글쓰기 경험을 갖는 것은 학생들의 글 해석 능력을 풍부하게 한다고 주장한 바 있다. Jill Fitzgerald, "Reading and Writing Stories", *Reading/Writing Connections:Learning from Research*, International Reading Association, 1992, 90쪽. 또한 S. Krashen은 쓰기 능력은 읽기를 통해 습득된다고 주장한다. James D. Williams, *Preparing to Teach Writing-Research, Theory, and Practice*, Lawrence Erlbaum Associates, Inc., 1998, 112쪽.

동의 전 국면에 총체적으로 존재하는 것이다. 근래에 창작이 정식으로 중등학교 교육과정에 명시됨으로써,[24] 창작에 대한 관심이 증가하게 되었다. 따라서 문학교육을 문학 읽기 즉 수용 차원에서 바라보는 관점에서 문학 창작 즉 생산 차원까지도 포괄하는 관점으로 나아간 것은 매우 바람직한 일이다.

그러나 문학은 또한 구어로서도 존재하고 있음을 인식해야 한다. 문학적인 구술 행위가 모두 문학과 관련된 활동이라는 점에서 구어적인 문학까지를 포괄해야 온전하게 문학을 바라보는 것이며, 문학교육이 바로 설 수 있는 것이다. 따라서 문학논술교육은 이러한 문학의 총체적인 존재 양상들과의 연관성을 고려해야 한다.

또한 토론과 같은 구어 활동이 글쓰기 능력 향상에 기여한다는 연구 보고에 비추어 볼 때, 구어 활동과 문어 활동이 유기적으로 연결될 수 있도록 하며, 특히 문학이 지닌 풍부한 교육적 가능성과 교수학습에 동원되는 언어활동의 총체적인 국면들과 결합될 수 있도록 해야 할 것이다.

문학논술에서는 다양한 목적과 양식에 따른 담론들도 다루도록 한다. 여기에는 담론 사용의 목적과 양식 즉 '표출적 담론(expressive discourse), 설득적 담론(persuasive discourse), 시적 담론(literary discourse), 지시적 담론

---

24) 창작교육이 초중등뿐 아니라 대학 차원에서 어려움을 겪는 이유 가운데 하나는 창작의 논리(이론)화와 관련되어 있다. 학문 차원에서 창작이론이 정립되어 있지 않은 것이 현실이다. 그러나 문학 독서 문제와 더불어 창작 문제를 교육에서 배제한다면, 반쪽짜리 교육이 되고 만다.

(referential discourse)'[25] 등이 모두 포함된다. 논술이 설득적 담론에 속하지만, 설득을 목적으로 하는 담론에 논술만 있는 것은 아니다. 자아를 표현하는 담론이나 메시지의 세계를 중시하는 담론 그리고 대상을 지시하는 담론 등도 설득에 효과적으로 사용될 수 있다. 따라서 다양한 담론을 다루는 문학 교실에서는 논술이 다양한 담론 활동 등과 연결되어 이루어질 수 있도록 하는 것이 바람직하다.[26]

그리고 논술교육은 과정과 결과가 종합적으로 반영되어야 한다. 논술교육은 구체적인 텍스트를 무시한 채 논술과정 자체만을 중시해서는 안 되고, 반대로 논술 행위과정을 무시한 채 텍스트만을 중시해서도 안 된다. 논술 행위의 결과로 생산되는 논술문을 중시하는 경향은 논술문의 구조나 형식적인 차원에서 논술문을 평가하고, 교육 또한 거기에 초점이 맞추어졌다. 이러한 경향은 논술 능력 향상에 효과적으로 기여하지 못하였다는 비판을 받았거니와, 그 결과 글쓰기의 과정을 강조하는 경향의 이론이 논술(글쓰기)교육에 도입되었다. 그러나 이 이론 또한 교육의 결과 나타나야 할 글쓰기 결과물에 소홀히 하였다는 비판을 받고 있다. 따라서 논술에서는 과정과 결과를 아우름으로써 궁극적으로 논술 능력 향상에 기여할 수 있어야 한다.

---

25) J. Kinneavy, *A Theory of discourse*, Englewood Cliffs, 1971.

26) 여기에 대해서는 다음 참조. 졸고, 「문학 수업에서 글쓰기 교육의 방향과 유형」, 『문학교육학』 제15호, 2004.12

5. 문학논술교육의 실천 전략과 방법

1) 문학논술교육의 실천 전략

문학논술교육에서 그 이념 성취를 위해서는 여러 실천 전략들을 제시할 수 있다. 그 가운데 반성과 대화 전략은 핵심 실천 전략이라 할 수 있다.

반성과 대화는 역사철학적 개념에서 접근할 수 있다. 반성과 대화가 언제 어느 때나 존재한다거나, 현실과 유리된 이상적인 상황에서 발현된다고 보는 것은 문제 해결에 별반 도움을 주지 못한다. 중세까지는 오늘날과 같은 의미의 비판적 반성이나 대화라는 것은 상상하기 어려운 개념이다. 이데올로기에 대한 반성이라든가, 주체들이 동등한 차원에서 대화를 할 수 있다는 생각을 갖게 된 것은 시민사회에 이르러서이다. 또한 반성과 대화가 기능적 차원이나 철학적 해석학적 차원, 이를테면 기술적 차원이나 주체의 자기 대상화와 같은 차원뿐 아니라, 담론 차원의 전략과도 관련되어 있음을 주지할 필요가 있다.

비판이론의 대표 이론가인 호르크하이머(Max Horkheimer, 1895~1973)와 아도르노(Theodor Wiesengrund Adorno, 1903~1969)는 개인의 자율성이 심각하게 위기에 처한 사회적 상황에서 반성의 개념을 부각시킨 바 있다. 그들의 생각은 객관적 현실이 아무리 주체성을 위협한다고 할지라도, 주체성의 끈을 놓지 않고 현실에 대한 비판적 인식을 통해 도구적 이성으로부터 주체의 해방을 기획했다는 점에서 커다란 의의가 있다. 사실 현실적으로 볼 때 주체가 자신과 세계를 올바르게 볼 수 없도록 하는 허위 욕망과 이로 인한 자본주의 이데올로기의 광범위한 유포는 이러한 기획을 어렵게 한다고 볼 수 있다. 이런 점에서 비판이론의 핵심 개념으로서의 반성이 자본주의에 대한 승산 없는 싸움과정에서 개발한 수단에 지나지 않는다고 비판할 수 있다. 물론 이러한 비판은 성급하다고 할 수 있다. 그 것은 후쿠야마(Francis Fukuyama, 1952~)가 '역사의 종말'을 선언했음에 도 불구하고, 역사적 사건들은 작은 것에서부터 시작하여 마침내 커다란 역사적 사건들로 이어져 왔음을 상기 할 수 있기 때문이다.

하버마스(Jurgen Habermas, 1929~) 식으로 본다면 반성의 실천이 해방 을 위한 운동일 수 있다. 거기에는 이성의 실현이라는 계몽주의적 프로젝 트에 대한 신념이 깔려 있다. 비록 그의 해방 기획이 지배로부터 자유로 운 의사소통을 의도하고 있지만, 그가 꿈꾸고 있는 이상적인 담론 상황이 란 이데올로기와는 무관한 진공 상태를 일컫는다는 점에서 그야말로 이 상적인 희망에 머무를 가능성이 크다. 따라서 그것보다는 담론의 구조와 전략에 대한 반성이야말로 보다 실천성을 확보할 수 있다. 그러나 아도르 노가 『미학이론』에서 주장한 바 있듯이 병치구조를 통해 논증적 사유를 해체하려는 것이나, 데리다 식의 주체의 해체로는 담론에 대한 반성 전략 을 수립하기는 어렵다고 판단된다.

그런데 인식론상의 반성적 주체를 설정하고, 담론 행위의 실천적 구심 점을 확보하기 위해서는 반성 주체를 확보할 필요가 있다. 담론 행위를 의사소통 차원에서 체계화하고자 했던 하버마스의 의사소통이론에는 반 성 주체가 결여되어 있음을 볼 때, 반성 주체를 구체적으로 논의한 바 있 는 페터 지마의 논의는 참조할 만하다. 그에 따르면 담론 발화 행위자는 이론가뿐 아니라 담론의 발화 상대인 연구자, 학생, 독자 등도 반성의 주체가 될 수 있다. 이를 위해 그들은 반성의 과정들을 비판적으로 점검할 수 있는 능력을 갖추어야 한다는 것이다.[27] 그러나 자본주의 이데올로기가 전면화되어 있는 현실에서 학생, 독자 등이 반성의 주체로서 올곧게 선다는 것은 어려운 일이다. 여기에 이론과 실천의 난점이 놓여 있는 것이다.

그럼에도 불구하고 교육적 차원에서 반성 전략을 전향적으로 전유한다면, 논술 행위를 사회와의 단절, 신체와 분리된 것, 자아와 무관한 것, 일의적이고 명확한 것, 윤리적 실천과는 무관한 것, 인류 해방과 무관한 것, 이데올로기로부터 탈피할 수 없는 것으로부터 벗어날 수 있는 가능성을 열어준다.

또한 논술이 어떤 주장과 관련된다 할 때, 그것은 응답과 질문을 요구받는 담론 행위에 속한다. "하나의 주장은 본질적으로 어떤 것에 대한 주장이 아니라 누군가에 대한 어떤 주장이다"[28]라는 점을 인정할 때, 그것은 근본적으로 대화 영역에 속한다. 이는 논증을 독백적 행위에서 보는 논증이론과는 확연히 구분되는 것이다. 오늘날 논증에 대한 보편적인 정의는 찾을 길이 없지만, 일반적으로 논증이 "대화 상대자 또는 청중을 설득할 수 있는 근거들을 제공하는 작용 또는 과정"[29]이라는 점에서는 의견 일치를

---

27) P. V. Zima, *Ideologie und Theorie: eine Diskurskritik*, 허창운 · 김태환 역, 『이데올로기와 이론』, 문학과지성사, 1996, 604~605쪽.

28) J. Crosswhite · 오형엽 역, 앞의 책, 63쪽.

29) P. Brton & G. Gauthier, *Histoire Des Theories de L'Argumentation*, 장혜영 역, 『논증의 역사』,

보이고 있다는 점을 보면, 논술이 독백적인 행위가 아니라는 점은 명확하다. 따라서 논술이란 누군가 누군가에게 어떤 것에 대해 주장하는 이념 실천 행위라 할 때, 그것은 본질적으로 대화적 속성을 내포한다 하겠다.

대화를 표 나게 내세운 이론가로 바흐친(M. M. Bakhtin)을 들 수 있다. 바흐친은 주체의 담론은 특별한 장치를 갖고 있으며, 사회적 담론이며, 세계를 바라보는 특정한 방식이며, 담론을 사용하는 주체는 언제나 이념인(ideologue)이라는 점을 강조했다. 그는 대화 참여자들 사이에 존재하는 관계들은 담론 주체들 사이의 의사소통과정, 곧 담론 주체들의 대화적 관계에 있음에 주목했다. 대화적 관계는 수많은 스펙트럼을 형성하지만, 인간은 근본적으로 대화적 존재라는 것이다.

이런 점에서 논술이란 이념인으로서의 주체들이 어떤 문제에 대하여 의미를 공유하고 조정하고 해결해나가는 반성적이며 대화적인 실천 행위라 할 수 있다.

이상의 논의를 토대로 반성과 대화를 적용한 실천 전략을 구체화하면 다음과 같다. 여기에 제시된 전략들은 문학논술 관련 텍스트 읽기, 논술 쓰기 준비, 논술 쓰기, 논술 평가 등의 활동들과 밀접하게 연관되어 있다.[30]

· 문학논술 관련 텍스트 비평적 성찰하기. 문학논술 관련 텍스트는 문

커뮤니케이션북스, 2006, 3쪽.

30) P. Zima, 허창운 · 김태환 역, 앞의 책. 지마는 반성은 몇 가지 담론 전략에 의거할 수 있다고 밝히고 있는데, 이 글에서는 그의 논의를 적극적으로 수용하고 이에 기초하여 새로운 전략을 구안하였다.

학작품, 문학(예술)비평문, 문학논술문 등이 있다. 이러한 텍스트들을 비평적으로 성찰하는 행위에는 대화와 반성 전략이 근간을 이루는 바, 문학논술 관련 다양한 텍스트를 성찰하는 행위는 문학논술의 바람직한 형식과 내용을 학습하고 논술문을 쓰는 출발점이 된다.

· 문제 인식하기. 해결, 입증, 분석 등을 통해 독자로 하여금 납득할 수 있도록 해야 할 문제가 무엇인지를 대화와 반성과정을 통해 인식하도록 한다. 독자를 설득해야 할 문제가 무엇인지 발문 형태로 주어진 경우도 있지만, 스스로 발견해야 할 문제가 주어진 현상 속에 내포되어 있기도 하다.

· 담론 구성 주체 반성하고 쓰기. 주체의 이념이 논술에 반영되기 마련이며, 논술은 그에 따라 구성되는 담론 행위이다. 따라서 논술문을 '글을 쓰는 이는 누구인가?', '글을 읽는 이는 누구인가?', '논술문에 등장해서 목소리를 내는 이는 누구인가?'를 분명히 인식하고, 그 이념적 토대를 성찰할 필요가 있다.

· 담론 상황 반성하고 쓰기. 역사적 사회적 체계로서의 언어는 집단어와 독립적으로 존재할 수 없으며 일상어의 어휘와 의미구조가 이데올로기 등의 사회어에 의해 끊임없이 변화되고 있다는 점에서, 담론 진술 주체는 자신의 말이 당대의 사회 언어적 상황에 대한 논쟁적이고 대화적인 대결의 산물임을 분명히 인식해야 한다. 이는 담론 행위란 사회문화적인 맥락 속에서 이루어지는 것이며, 이로써 어휘, 어조, 문체 등에서 담론의 특성이 드러나는 바 이를 분명히 인식하고 논술문을 쓰도록 한다.

· 판단 기준 반성하고 쓰기. 판단 기준이 어느 관점에 입각한 것인지,

어느 관점을 견지할 것인가에 대한 반성이 있어야 한다. 특정 사회 언어적 상황 속에서 특정 논술 주체가 논술하게 되는 것은 어떤 이유에서인지, 또한 담론 진술 주체가 특정 관점을 포함하고 배제하는 이유가 무엇인지를 제기할 필요가 있다. 그리고 이러한 인식에 토대를 둔 자신의 판단 기준에 따라 논술 쓰기를 한다.

· 논증 도식 반성하고 쓰기. 논증하기 위해 동원되는 논증 도식에 대한 반성과 이에 따른 논술 쓰기가 요구된다. 논술이란 기계적인 형식 논리의 반복이 아니라는 점을 인식할 필요가 있다. 어떤 문제에 대하여 사유하고, 그것을 해결하고 설득해나가는 과정은 형식적인 언어구조를 기계적으로 반복한다고 되는 것은 아니다.

· 주장 반성하고 쓰기. 논술 주체는 자신뿐 아니라, 독자에게 모든 담론은 결코 현실 자체가 아니며 현실에 대한 한 가지 가능한 해결책임을 성찰하고 논술문을 쓰도록 해야 한다. 해결책은 매우 다양할 수 있다. 논술 답안을 보면 기존 답안을 기계적으로 암기하여 제시하는 경우를 종종 볼 수 있다. 이렇게 되면, 남의 생각을 반복하게 되는 무의미한 논술이 되기 쉽다.

· 논술담론 간 대화성을 인식하고 쓰기. 담론의 주체는 언어 간의 다양한 관계를 통해 형성되는 사회 언어적 망 속에서 의사소통이 이루어지고 있음을 인식하고, 자신의 논술담론이 타자들의 다른 논술담론 등과 어떻게 상호 작용하고 있는지 인식하고 쓰도록 해야 한다. 논술문을 읽거나 쓸 때에는 논술문이 지닌 문제의식, 논술과정, 해결방안 등에 대하여 자신의 입장과 타자들의 입장에 끊임없이 조회하는 과정을 거치도록 한다.

· 윤리적 실천 행위 인식하고 쓰기. 논술은 가치 중립적인 행위가 아니라 윤리적 동기를 갖는 것이며, 담론 공동체 속에서 이루어지는 윤리적 가치 실천과 결부되어 있다. 논술 행위의 궁극적인 목적이 자아실현과 인류가 더불어 잘 살아가는 일과 관련되어 있다는 전제를 긍정한다면, 논술은 이 점에서 자유로울 수 없다.

· 논술문 평가 및 수정하기. 논술문을 쓴 후에는 논술문에 대한 개별 및 집단 평가과정을 갖도록 한다. 논술이 집단의 작업이기도 하다는 점을 전제로 한다면, 공준과정을 거치는 것은 필요한 일이다. 나의 견해와 타자들의 견해가 상호 교류하고, 이를 토대로 나의 글을 반성하는 행위는 반드시 필요한 작업이다 .평가는 앞에서 든 여러 활동들을 중심으로 하도록 하고, 평가 결과를 토대로 논술문을 수정 보완하도록 한다.

2) 문학 논술 교육의 방법

앞에서 논의한 바를 토대로 논술의 과정과 방법을 간략히 제시하고자 한다. 문학논술 쓰기를 과정에 따라 나누면, 논술문 쓰기 준비 단계, 논술문 쓰기 단계, 논술문 쓰기 후 단계, 그리고 조정하기 단계 등으로 나눌 수 있다. 각 단계는 조정하기에 따라 의도된 교육적 성취 정도에 따라 다음 단계나 이전 단계로의 진행이 결정될 수 있다. 그리고 각 단계는 다른 단계와 유기적으로 연결되어 있다. 이는 읽기 활동이 읽기 단계에만 해당되는 것이 아니라, 준비 단계나 쓰기 및 쓰기 후 단계와도 관련됨을 의미한다.

논술을 읽기와의 상관성에서 고려할 때, 문학논술 관련 텍스트를 비평적으로 성찰하는 과정은 필수적이다. 여기에서는 문학작품뿐 아니라, 문학(예술)비평문, 그리고 다른 사람이 쓴 논술문을 비판적으로 분석하는 활동을 하도록 한다.

본격적으로 논술문을 작성하기에 앞서 논술문을 쓰기 위한 준비 활동을 한다. 여기에서는 문제 인식하기, 담론 구성 주체 정하기, 담론 상황 살피기, 주장 정하기, 판단 기준 생각하기, 논증 도식 결정하기, 담론의 대화성 생각하기, 윤리적 실천성 고려하기 활동 등을 하도록 한다. 이러한 활동들은 논술 텍스트 읽기에서 논술문을 분석하는 데도 활용할 수 있는 것들이다.

논술문을 쓰는 단계에서는 앞에서 든 여러 활동들을 고려하면서, 어휘, 문장, 문단, 텍스트, 구조, 문체, 어조 등에 유의하면서 논술문을 쓰도록 한다.

논술문을 쓴 다음에는 논술문에 대하여 평가를 하고, 이를 바탕으로 논술문을 수정하도록 한다. 평가는 개별, 집단 평가를 종합적으로 할 수 있도록 하고, 평가 내용은 앞에서 든 여러 활동들을 중점적으로 하도록 한다. 수정한 뒤에는 다양한 매체를 통해 발표토록 한다.

이상에서 제시한 과정과 방법을 그림으로 나타내면 다음과 같다.

단계	활동	내용	
쓰기 준비	* 문학 관련 텍스트 비평적 성찰하기	· 문학작품, 문학(예술)비평문, 문학논술 텍스트 비평적 분석	조정하기
	* 문제 인식하기	· 논증, 해결, 분석, 설명해야 할 문제 인식	
	* 담론 구성 주체 정하기	· 작자, 독자, 인용되는 이 등 결정	
	* 담론 상황 고려하기	· 어휘, 어조, 문체, 맥락 등 고려	
	* 주장 정하기	· 설득을 위한 의견, 입장 판단	
	* 판단 기준 생각하기	· 주장에 대한 근거, 판단 기준 생각	
	* 논증 도식 결정하기	· 다양한 담론의 구조 설정	
	* 담론의 대화성 생각하기	· 담론 주체들, 담론과 대상들과의 대화성 고려	
	* 윤리적 실천성 고려하기	· 실천의 공공성, 교육적 이념 등 고려	
쓰기	* 논술문 쓰기	· 준비 단계의 활동과 내용들을 구체적으로 반영하고 담론으로 실천	
쓰기 후	* 평가하기 * 수정하기 * 발표하기	· 자기 및 상호 평가 · 수정 · 게시, 투고, 발표, 블로그 탑재 등	

6. 맺음말

최근에 논술에 대한 관심이 고조되고 있다. 그러나 학문적인 기반다지기는 매우 취약한 상황이다.

논술이 논리적 글쓰기와 등치된다거나, 그럼으로써 논술은 철학의 한 분과인 논리학에서 다룰 수 있는 대상쯤으로 인식하기도 하였다. 논리학 쪽에서 형식 논리에 침윤되어 있는 사이에 현장에서는 논술 교육이 표류하고, 사교육기관에서는 논술에 어떤 공식이 있는 것인 양 틀에 박힌 구조를 제시하고 모범 답안을 유통시키고 있다. 이렇게 된 데에는 여러 원인이 있을 터인데, 일단 문학과 관련하여 보면, 무엇보다 문학 연구자들의 무관심과 문학과 논술의 관계에 대한 이론화가 본격적으로 진행되지 못하고 있다는 데에 큰 원인이 있다.

이 장에서는 우선 문학에 대한 기존 관념을 점검하는 데서 출발하였다. 문학(학)이라는 것이 기본적으로 언어의 모든 가능성을 지니고 있을 뿐 아니라, 창조적인 언어 사용에 가장 앞서 가는 영역이라는 점을 새삼 확인할 필요가 있다. 또한 논술과 논술교육에 대한 기존 논의를 점검하고 그것을 새롭게 정립할 필요가 있다. 기존 개념은 형식 논리를 지나치게 강조한다거나, 논술을 독백이나 가치 중립적인 차원에서 바라보게 되는 오해를 살 수 있다. 따라서 문학(학)이 지닌 특성과 새로운 논술관이 만나 문학 논술뿐 아니라 논술 교육에 기여할 수 있는 방향으로 나아갈 필요가 있다.

그리고 논술, 문학논술, 문학논술교육 등을 새롭게 규정하고, 이를 바탕으로 문학논술교육의 이념을 제시하고 문학논술교육에서 지향하고자 하는 인간상도 밝혔다. 그리고 문학논술의 유형, 문학논술교육의 실천 방향, 문학논술교육의 실천 전략, 문학논술교육의 방법 등을 살폈다.

또한 논술을 '어떤 문제에 대한 이념적 실천 행위이자 주체들의 소통행위로서의 설득적 글쓰기'라 규정하고, 문학 논술을 '일체의 문학 관련 문제들과 연관된 이념적 실천 행위이자 주체들의 소통행위로서의 설득적 글쓰기'이라 규정했으며, 문학논술교육이란 '그러한 논술 행위를 둘러싼 가르치는 자와 배우는 자 사이에서 이루어지는 상호 작용의 과정과 결과'라 규정했다. 그리고 문학논술교육의 이념을 '문학과 관련한 일체의 문제 상황에서 새로운 설득적 의미를 생산하고 공동체의 선을 위해 반성과 대화를 주된 전략으로 삼아 자신의 목소리를 표상할 줄 아는 능력을 갖도록 하는 데 있다'고 보았다.

기존 문학논술 유형을 비판적으로 검토하였는데, 이른바 통합논술은 인문학의 핵심인 문학 관련 텍스트가 미미하게 다루어지거나 아예 빠져 있다는 문제점이 드러났다. 또한 방법적 차원에서 기존 논술교육을 넘어서기 위해서는 방법을 논하기에 앞서 실천 방향으로 삼아야 할 것들이 있는바, 그것은 논술교육이 단순히 기술 전수나 결과 중심에서 벗어나 담론 주체, 사회문화적 맥락, 창의적이고 다양한 담론 양식, 과정과 결과의 종합 등을 고려해야 한다고 보았다. 또한 실천 전략으로서 '대화'와 '반성'을 주된 전략으로 제시하였다. 그리고 이러한 방향과 전략 등이 문학논술교육의 과정에 반영되어야 함을 논술 단계에 따라 밝혔다.

제3부

여행의 시대와 기행문학교육

제1장 여행의 의미와 기행문학교육의 방향

1. 머리말

여행은 인간이 살아온 역사이자, 세계사이며 문화사이다. 여행은 고대의 수렵, 채집, 목축에서 시작하여 오늘날 다양한 여행에 이르기까지 인간이 살아온 발자취이다. 거기에는 수많은 종족들이 마을, 국가 등의 공동체를 넘나들며 쌓아온 세계의 흔적들이 녹아 있으며, 여행자들이 겪었던 경험과 생각 그리고 그들이 마주친 온갖 것들이 여행의 문화사를 형성하고 있다.

어떤 목적을 가지고 길 떠나기와 길 가는 과정을 여행이라 볼 경우, 모든 인간은 여행을 한다고 볼 수 있다. 그렇기 때문에 인간은 여행자로서의 인간이라 할 수 있다. 인간의 삶 자체가 여행의 시간이고, 역사 자체가 여행자로서의 인간들의 자취이다. 아주 먼 옛날부터 오늘에 이르기까지 인간들은 끊임없이 여행을 꿈꾸고 여행을 감행한다.

인간은 왜 여행을 꿈꾸고, 시도하는가? 공적인 임무 수행 여행, 상업적인 여행, 축제를 위한 여행, 치료를 위한 여행, 여가를 위한 여행, 교양을 위한 여행 등 여행에는 자율적이든 타율적이든 다양한 목적과 동기들이 있다.

뿐만 아니라 여행의 목적이나 동기들은 역사적으로 변화될 뿐 아니라 그 내적 구조도 사회문화적 맥락에 따라 차별화될 수밖에 없다.

여행자들은 세계 곳곳을 누비며 수많은 기행문학을 남겼고, 그 가운데 많은 글들이 사람들에게 읽히고 있다. 기행문학을 여행에서 겪은 경험을 문학 형식으로 표현한 형상물이라 할 경우, 기행문학은 음성, 문자뿐 아니라 삽화나 사진 등이 수반된 문자, 영상 등을 매체로 한 다양한 형식으로 제시된다. 뿐만 아니라 오늘날 디지털 기술로 구현되는 사이버상에서의 기행문학은 온갖 표현 양식과 기술들이 복합적으로 작용하고 있고, 정보가 네트워크로 연결되어 있으며, 유저들 간에 상호 소통이 가능하게 되어 있다. 기행문학은 여행에서 겪은 경험을 이러한 다양한 매체를 통해 형상화한 문학이다.[1]

기행문학에 대한 연구는 고전문학과 현대문학으로 나누어서 다루거나, 고전과 현대문학을 통시적으로 다루거나, 기행문학을 문학교육적 차원에

---

1) 기행문학은 학계에서 통칭되는 용어로, 여행을 하면서 겪는 체험, 견문, 감상 등을 중심으로 한 문학을 말한다. 기행문학은 시, 일기, 서간 등의 양식을 포괄하는 수필의 형식으로 형상화되는 것이 일반적이다. 그런데 오늘날과 같이 영상, 전자 등의 매체를 통해 형상화되는 표현물을 기행문학이라는 용어가 포괄할 수 있을지는 의문이다. 기행문학은 다분히 문자시대의 문학이라는 의미를 지니기 때문이다. 그러나 이 글에서는 일단 기행문학을 오늘날의 기행 형식들을 모두 포괄하는 넓은 개념으로 사용하고자 한다.

서 다루어 왔다. 기행문학을 고전문학에서 다룬 논의는 최강현,[2] 이문희[3] 등이 있다. 최강현은 조선시대 기행가사에 한정하여 동기, 구조 등을 살폈고, 이문희는 금강산 기행문학을 집중적으로 다루고 있기는 하지만, 기행가사에 한정하여 그 변천과정을 다루고 있다. 두 저자는 박사논문에서 기행문학을 본격적인 논의 대상으로 삼았다는 점에서 이 방면 연구에 의의가 있다. 그러나 주로 기행가사 분석에 한정되어 있다는 한계를 지닌다. 또한 기행문학을 고전과 현대에 걸쳐 통시적으로 다룬 논의는 김태준[4] 등이 있다. 김태준은 혜초의 『왕오천축국전』부터 한비야의 『걸어서 지구 세바퀴 반』에 이르는 한국의 기행문학을 순례, 유람, 유배, 사행 등으로 나누어 살피고 있다. 김태준의 논의는 통시적으로 기행문학을 조망하고 있다는 점에서 의의가 있지만, 기행문학이 갖는 의미를 확장시키지 못하고 제한된 차원에서 개설하고 있다는 한계가 있다. 기행문학을 문학교육 차원에서 논의한 것은 김종철[5] 등이 있다. 김종철은 중세 기행문학의 범위와 유형을 나누고, 중세 여행 체험의 성격과 기행문학 산출의 기반을 다룬 다음에 중세 기행문학의 교육적 의의와 목표를 제시하였다. 김종철의 논의는 주로 중세 기행문학을 논의하는 데에 치중함으로써 교육적인 측면은 다소 빈약하게 다루었다는 한계를 지니지만, 기행문학을 교육적 차

2) 최강현, 『韓國紀行文學研究-주로 조선시대 기행가사를 중심하여』, 일지사, 1982.
3) 이문희, 「금강산 기행문학연구」, 경원대박사논문, 2000.
4) 김태준, 『한국의 여행문학』, 이화여대출판부, 2006.
5) 김종철, 「중세 여행 체험과 문학교육의 시각」, 『고전문학과 교육』 13, 한국고전문학교육학회, 2007.

원에서 접근하고 있다는 점에서는 의의가 있다.

이 장에서는 기행문학을 교육적 측면에서 접근하고자 한다. 이는 기행문학을 분석하고 분류하고, 그것의 문학사적 의의를 따지는 차원이 아니라 바람직한 기행문학교육이 되기 위해서 무엇을 어떻게 해야 할 것인가를 연구 · 실천하는 일이다. '여행의 민주화'로 언급되듯이 오늘날에는 여행이 대중화 · 보편화되어 있다. 특히 여행은 우리가 사는 근대사회에서 이루어진다는 점에 주목할 필요가 있다. 근대야말로 교통 통신이 발달하고 자본의 신적 지배가 가속화되는 시기이며, 여행 또한 이들의 지배에서 벗어나기가 쉽지 않다. 따라서 왜 여행을 하는 것이며, 어떤 여행 경험을 할 것이며, 그것을 어떻게 형상화 · 재형상화할 것인가 하는 문제가 교육적으로 중요한 의미를 갖는다.

이 장에서는 이를 위해 기행문학 가운데, 본격적인 근대 이전의 금강산을 여행했던 내국인과 외국인들의 금강산 기행문학을 예를 들어 분식함으로써 그 시사점을 찾고자 한다.[6] 금강산은 국내외에 명산으로 알려져 있어 근대 이전이나 이후를 막론하고 많은 사람들이 가고자 했던 대상이

---

6) 19세기 금강산을 여행한 여행기로 이상수의 「東行山水記」, Campbell의 「서양인 최초의 금강산 기록」, F. S. Miller의 「비숍과 동행한 선교사 밀러의 1894년 금강산」 등을 살펴보고자 한다. 이상수의 「동행산수기」는 조선시대 기행문으로서 가장 자세하기도 하고, 경험한 바를 섬세하고 기품 있게 표현한 글로 평가받고 있다. 캠벨, 밀러 등의 글은 엮은이(박영숙 · 김유경)가 영국대사관에 근무하면서 영국 정부 문서보관소에 있던 자료를 모은 것들이다. 캠벨의 글은 주한 영국영사관 부영사로서 현재까지 외국인이 쓴 최초의 금강산 기행문이고, 선교사인 밀러의 글은 비숍이 금강산을 여행할 때 동행하여 쓴 글이라 비숍과는 다른 시각을 드러내고 있는 글들이다.

었다. 따라서 금강산을 여행한다는 것은 여행자에게 특별한 체험이 되는 것이며, 그것에 대한 여행기는 여행자의 사유 양태, 대상을 보는 관점, 형상적 특질 등이 잘 드러날 수 있을 것이라 판단된다.

이 장은 본격적으로 근대화가 진행되기 직전의 당대 최고의 여행지인 금강산과 관련된 기행문학을 검토해봄으로써, 무엇보다 근대적 의미의 여행이 지닌 특징들, 이를테면 진정한 의미의 지식, 교양, 탐구, 사색, 모험 등을 위한 체험보다는 맹목적인 이데올로기적 탐방이나 자연이나 문명에 대한 찬양, 볼거리에 대한 구경꾼으로서의 관광 차원으로 전락한 여행의 징후에 대한 대안을 생각해볼 수 있는 가능성을 타진해볼 수 있기를 기대한다. 이를 통해 오늘날, 여행의 의미가 무엇인지를 살펴보고자 한다. 아울러 기행문학교육의 방향을 제시함으로써 이를 설계·실천하는 데에 기여함을 목적으로 한다.

2. 교육과정의 기행문학교육 현황과 문제점

현재 기행문학교육이 이루어지고 있는 현황은 이렇다. 기행문은 중등학교 『국어』 교과서에 세 편, 심화 선택과목인 『문학』 교과서 18종 중 6종에 여덟 편이 실려 있다. 『국어』 교과서에 실린 기행문학작품은 「섬진강 기행」(중 1-2), 「어리석은 자의 우직함이 세상을 조금씩 바꿔갑니다」(중 3-2), 「산정무한」(고 하) 등이다. 『문학』 교과서에 실린 기행문학작품은 「세기가 닫히는 저 장려한 빛에 잠겨─석모도」(교학사(구) 하), 「한겨울에 부른 봄의 노래, 땅의 노래」(교학사(김) 하), 「산정무한」(대한교과서 하),

「청학동」(두산 상), 「이탈리아 기행」(두산 상), 「동해」(블랙박스 상), 「아리랑 정선」(블랙박스 하), 「나의 문화 유산 답사기」(천재 하), 「왕오천축국전」(천재 상) 등이다. 이로 보면 누구나 공통적으로 배우게 되어 있는『국어』교과서에 기행문학은 크게 다루고 있지 않으며, 더구나 18종 중 12종의『문학』교과서에는 아예 기행문학을 다루고 있지 않은 실정이다.

이렇게 된 데에는 국민공통교육과정에서 문학의 비중이 크지 않음을 지적할 수 있다. 국어의 내용 범주가 여섯 영역으로 되어 있고, 각 영역이 교육적인 비중을 고려하지 않은 채 천편일률적으로 교육 내용 항목을 비슷하게 설정하고 있기 때문이다. 문학의 경우에는 학습 분량이 많음에도 불구하고 다른 영역과 비중을 비슷하게 제시해놓고 있다.[7] 이렇게 되어 있다 보니, 문학에서 다루어야 할 장르가 많음에도 불구하고 시, 소설 등에 비해 수필은 우선 순위에서 밀리게 되고, 더군다나 기행문학을 다루는 데에도 시간과 지면이 부족할 수밖에 없다. 또한 기행문학에 대한 교육적인 인식이 정립되어 있지 않다는 것을 지적할 수 있다. 이는『문학』교과서 가운데 12종이 다루고 있지 않은 데서 확인할 수 있는데, 오늘날 기행문학이 차지하는 위상과 그에 따른 교육의 필요성에 대한 공감대가 형성되어 있지 않다고 할 수 있다.

---

7) 가령 기능영역은 하나의 기능을 하나의 내용 항목으로 제시하는 경우가 많다. 그것도 영역 간 매체의 차이만 있을 뿐이지, 핵심 내용은 중복되는 경우가 많다. 이런 식으로 한다면, 문학의 경우도 가령 교육과정 내용 항목으로 인물, 배경, 플롯, 시점, 은유, 상징 등을 하나의 내용 항목으로 얼마든지 제시할 수 있을 것이며, 각 항목을 또한 표현과 이해 차원으로 나누어 제시할 수도 있다. 이렇게 되면 문학 영역의 내용 항목은 현재보다 현저하게 많아진다.

작품이 실린 단원의 학습 목표를 보면 「섬진강 기행」은 "작품이 지닌 아름다움과 가치를 파악한다"(중1-2)로 되어 있고, 「어리석은 자의 우직함이 세상을 조금씩 바꿔갑니다」는 "작품에 드러난 작가의 개성을 파악한다"(중 3-2)로 되어 있다. 그리고 고등학교 『국어(하)』에 실린 「산정무한」은 "표현과 전달의 효과를 평가하며 언어활동을 할 수 있다, 비평적 준거에 따라 언어활동을 평가할 수 있다"로 되어 있다. 이상의 목표를 검토해 보면, 기행문을 작품의 아름다움과 가치, 작가의 개성, 언어 활동(기능) 등과 관련하여 설정되어 있음을 알 수 있다. 이러한 관점은 기행문을 주체의 삶과 유리된 미적 감상의 대상으로 보거나, 비범한 작가의 창조물로 보거나, 기행문을 언어교육의 도구로 보는 이데올로기와 닿아 있다. 이는 올바른 기행문학교육을 위해서 바람직하지 않거니와 실상과도 부합하지 않는 것이다. 논의를 통해 밝혀지겠지만, 여행 경험을 문학으로 생산하고 또 그것을 수용하는 것은 매우 중요한 의미가 있을 뿐 아니라, 현재 수많은 사람들이 여행 경험을 블로그와 같은 매체를 통해 생산해내면서 기행문의 일상화를 실천하고 있기 때문이다.

단원의 학습목표가 이렇게 설정되어 있으니, 학습 활동 또한 이러한 목표에 맞추어져 있다는 것은 당연한 듯 보인다. 이것은 기행문학이 갖고 있는 본질적인 것들과는 거리가 있는 것으로써 기행문학교육이 본령에서 벗어나 있음을 보여준다.

3. 금강산 기행문의 유형과 여행의 의미[8]

1) 기행문의 유형과 특징

(1) 감동과 반성적 사유로서의 기행문—이상수[9]의 「동행산수기(東行山水記)」

금강산은 예나 지금이나 많은 이들이 꿈에 그리던 여행지이다. 여행에 동행한 여행자인 방봉소(方鳳韶)는 이렇게 노래한다.

> 김화 북산(金華北山) 세 동천(洞天)을
> 청춘부터 별렀더니
> 어언간 백발 되어
> 지금에야 보단 말가.(226쪽)[10]

---

8) 그동안 금강산을 다녀오고 쓴 기행문은 한문과 국문으로 쓰여진 것이 있다. 그리고 외국인이 자국어로 쓴 것이 있다. 한문으로 쓰여진 금강산 기행문은 고려 후기부터 시작하여 조선시대에 집중적으로 쓰여진다. 몇 가지를 들면 「유금강산기」(남효온, 1454~92), 『동유기』(김창협, 1651~1708), 「금강산기」(이만부, 1664~1732), 「동행산수기」(이상수, 1820-82) 등이다. 개화기 이후 국문으로 쓰여진 금강산 기행문을 들면 『금강산유기』(이광수, 1924), 「풍악기유」(최남선, 1924), 『금강예찬』(최남선, 1928), 「산정무한」(정비석, 1963), 『나의 북한 문화유산답사기 하 금강예찬』(유홍준, 2001) 등이다. 외국인이 쓴 금강산 관련 여행기는 「서양인 최초의 금강산 기록」(Campbell), 「비숍과 동행한 선교사 밀러의 1894년 금강산」(F. S. Miller), 「영국인 기자 해밀턴의 1903년 금강산 절과 불교」(Hamilton), 「학자이며 선교사 제임스 게일의 1917년 금강산」(James Gale), 「금강산 가는 길, 금강산의 여러 사원들」(Isabella Bird Bishop) 등이다.

9) 이상수(1820-1882). 조선 말기 학자, 문장으로 이름이 높았고 학문에 있어 문리의 중요성을 강조. 임오군란시 개화에 반대하고 실학과 실사에 힘쓸 것을 주장하는 상소를 올림. 저서로 『어당집』이 있음.

10) 이상수, 『어당집』 권13(김찬순 역, 『기행문선집 1』, 조선문학예술총동맹출판사, 1964)에 실린 것으로 『금강산』(유홍준 편, 학고재)에 전문이 인용되어 있다. 본문에서 인용은 이

조선시대 금강행은 양주(의정부)→포천→철원→김화→창도→단발령을 거쳐 내금강 장안사에 도착하여, 이후 장안사에서 만폭동을 거쳐 안문재(내무재령)를 넘어 유점사에 이르는 길이 일반적인 여정이었다. 여기에다가 명경대→수렴동→백탑동 왕복이 추가되기도 했다. 외금강을 여행하는 사람들은 회양→통천→고성→신계사→유점사 여정을 택했다. 신계사에서는 옥류동, 구룡폭이 왕복으로 추가되기도 했다. 서울에서 출발하여 금강산을 여행하는 일정은 대개 한 달이었으며, 간혹 두 달로 이어지는 경우도 있었다.

일행은 당시 일반적인 여정인 김화, 창도를 거쳐 단발령을 넘어 장안사에 도착한다. 이후 여정은 '장안사→명경대→영원동→백탑동→표훈사→정양사→수미암→만폭동 팔담→중향성→은선대→유점사→신계사→구룡연→만물초→고성→해금강→삼일호→총석정'으로 이어진다.

여행기는 20개의 소제목으로 구성되어 있다. 여행지에서의 경험과 감흥 등을 여행의 시간 순서로 이야기하고 있다.

작자는 여행지마다 빼어난 경치에 찬사를 보낸다.

> ① 창도역(昌道驛)에서 동으로 갈수록 계곡이 더욱 깊어진다. 산꽃들이 난만히 피어 원근 언덕을 덮었으며 맑은 시내는 그 아래로 감돌아 흐르는데 아침 햇발이 동에 비치니 봉우리마다 그림자를 거꾸로 늘여 산 밖으로 얼룩얼룩 선을 둘렀다. 이를 본 우리는 손뼉쳐 감탄할 뿐 입빠른 자도 능히 그 실경을 형용할 수가 없었다.(225쪽)

책을 참조했으며, 앞으로 페이지만 표기함.

② 배를 저어 밖으로 돌 때 창구멍을 내다보는 것 같았는데 배를 돌려 구멍 안으로 들어가서 천장을 쳐다보니 휘우듬하고 아슬아슬한데다가 거기에 나타나 있는 기기괴괴한 형태를 한두 가지로 형상할 수 없었다. 배 안이 모두 우아— 하고 떠들어대는 것이었다.

①은 「동행산수기」의 시작 부분인데, 여기에서 보여준 금강산의 절경에 압도된 주체의 모습은 여행의 마지막 대상인 천도(穿島)를 경험한 ②에서도 지속됨을 알 수 있다. 그러나 "산수가 제 스스로 이름날 수는 없다. 사람이 이를 보고 느낌으로서 아름다움을 찬탄하는 것이다."(225)라고 함으로써 아름다운 풍경 그 자체만으로 미적 가치가 있는 것이 아니라, 사람이 그 풍경을 보고 아름다움을 느낄 때 비로소 그 가치가 빛을 발한다고 본다. 아름다운 모습에 감동이 없는 자는 마음이 그렇기 때문이라는 것이다. 여기에서 그는 마음의 감동을 강조한다. 즉 "마음의 감동이 없는 자는 보는 바가 출중해서가 아니라 반드시 그의 가슴속이 옻칠한 듯이 감감한 때문일 것이다(226)"라는 말을 통해 볼 때, 이성적 사유에 의한 보는 바의 출중함 즉 사유에 의한 대상의 규정보다는 마음의 느낌을 중시함을 알 수 있다.

그 같은 감동은 대상에 대한 일상적인 상상적 사유 활동과 관련된다.

나는 산중에서 다른 아무것도 소일거리가 없지만 가느다란 시내를 보아도 커다란 바위를 만나도 흔연히 반겨 심심풀이를 하게 된다. 물끄러미 보고 잠잠히 생각하다가는 환상에 잠겨 스스로 즐긴다. 잔 것을 굵게, 굵은 것을 기이하게 나의 사고를 한없이 발전시켜 나간다. 한 옴큼 물에서도 내닫는 여울, 성낸 폭포로 되어 꿈틀거리고 용솟음치는 것을 찾으며 한 주먹 돌에서도 준

엄하고 우람하여 백 가지 형상으로 변하는 것을 생각한다. 대개 물건의 형태
는 한정이 있지만 사고의 발전은 끝이 없으니 불현듯 나의 천박하고 고루함
에 불만을 느끼게 되었다.(229)

수렴폭포를 지나 백탑동을 찾아가는 길에 볼 수 있는 여러 탑들이 시간
과 공간에 따라 다양하게 변화된 모습으로 보이는 것을 두고 한 말이다.
작자는 대상을 통해 상상적 사유의 세계에 깊게 침륜되어 사고를 한없이
발전시켜 나가고자 한다. 그러나 자신의 상상적 사유의 한계를 인식하고
자신의 부족함을 반성하게 된다.

백탑동은 경치가 빼어남에도 불구하고 계곡이 깊기도 하고 험하기도
하여 찾기가 쉽지 않고, 그래서 찾는 이가 많지 않다. 그래서 작자는 어느
유람기에 '백탑동을 갔더니 돌에 '百塔洞天'이라고 새겼더라'는 것을 보고
서 그것을 목표로 찾아 나선다. 작자는 바위에 새겨진 '百塔洞天'이라는
글자를 어렵게 찾지만, 이내 실망하게 된다. 추사는 이에 대해 "그 새긴
글자가 사람을 곧잘 속이는 것이라네. 그것을 믿고 백탑을 찾아서야 되겠
는가?(230)"라고 말하는데, 이는 이름을 즉자적으로 믿어버린 작자에게
충고한 말이다. 이에 대해 작자는 다음과 같이 진술한다.

이를 들은 나는 망연히 탄식하였다. 대개 인간의 길도 갈래가 많아 그 심오
한 데는 보통 사람이 바로 찾아들기가 어려운 것이니 대개 일을 좋아하는 자
들이 함부로 이름을 붙여 무슨 장한 것이나 본 듯이 꾸미기 때문에 뒷사람을
그릇침이 적지 않은 것이다. 또 뒷사람은 덮어놓고 그대로 의심치 않고 좇아
다음에서 다음으로 서로 전하고 받고 하는 것이 예사가 아닌가? 바로 '백탑동
천'의 예가 그것이다.(231)

작자는 추사와의 대화를 통해 함부로 이름을 붙이고, 그것을 의심없이 받아들이는 데 따른 문제를 깨닫게 된다.

또한 작자는 사심없는 여행을 강조한다. 수미팔담(須彌八潭)에서 욕심이 지나친 자는 자기의 이익만을 생각하기 때문에 자연의 오묘한 맛을 경험할 수 없다고 비판한다. 이것은 부기(附記) 형식으로 삽입되어 있는 글에서 장안사 누각을 비롯하여 헐성루, 명경대, 만폭동 등에 어지럽게 새겨진 글씨들을 비판하는 대목에서도 잘 드러난다.

> 돌에다 자기 이름을 의탁하려 하여 크고 깊게 새겨 산중의 돌로써 영원한 자기 기록을 삼으려 한들 무슨 소용이 있단 말인가? 심지어 앞서 새긴 사람의 성명을 깎아내고 자기 성명을 새겨놓은 일도 있으니, 이는 남의 무덤을 허물고 자기 시신을 묻는 것과 같기에 식자는 선량치 못한 짓임을 알고 미워하는 것이다.(238)

(2) 민속기술지로서의 기행문—캠벨의 금강산 여행기[11]

캠벨[12]이 여행길에 나선 것은 1889년이다. 조선이 외국인들에게 나라를 개방한 지 몇 년이 지난 시점이고 한·영 수교가 맺어진 후 6년이 되는 시점이다. 그는 유럽인으로서는 처음으로 압록강, 백두산까지 갔다.

---

11) 앞으로 인용은 '박영숙·김유경 엮음, 『서양인이 본 금강산』(문화일보, 1998)'에서 인용하고 인용된 쪽만 표기.

12) 캠벨(Campbell)은 주한 영국공사관 부영사로 있으면서 남북으로 조선 땅을 두 번이나 종단한 유일한 인물이었다. 1889년 9월에서 10월에 걸쳐 압록강, 금강산, 백두산 등 북한 내륙지방을 여행하면서 금광, 무역항, 한국의 풍물, 정부 조직, 민족성과 관습 등에 대한 세밀한 정보를 수집했다.

캠벨이 지적하고 있듯이 당시는 "서울에서 금강산을 여행하는 것은 유행의 첨단을 가는 것이었"으며, "금강산을 다녀와야만 진정한 여행자라는 소리를 들을 수 있"(113)는 시절이었다.

그는 여행길을 떠나기 전에 여행에 대한 정보는 앞서 여행한 외국인들의 기록-가령 주한 영국공사관 칼스 부영사가 1884년 북한을 답사한 후 작성한 보고서-에서 얻기는 하였으나, 그가 한 여행은 기본적으로 조선의 민속을 관찰하고 논평하는 여행길이었다.

여정은 다음과 같다. 서울 →다락원→설마리→만사다리→평촌→금화→ 금송→단발령→마리재 마을 →장안사→표훈사→만폭동→보덕암→사자암 →화룡담→묘길상→안문재→유점사→신계사→해금강.

8월 31일에 서울을 출발하여 5일째 되던 날 금강산 길로 접어든다. 금강산 장안사에 당도하기 전에 그의 눈에 포착된 일들은 여행 준비, 일행을 이끄는 총책의 부인, 그리고 공공 노역에 동원되는 가난한 사람들이었다.

당시 장거리 여행길에는 말이 유일한 교통 수단이었다. 그가 여행을 위해 준비한 것 가운데 지도는 과학적인 정확도에서는 떨어지나 "한반도 구석구석까지의 거리와 도로, 마을 이름과 모형이 아주 정확"한 것이었으며, 동행인들은 요리사, 통역관, 심부름꾼 등이었다.

마리재 마을에서 일행을 이끌어가는 총책의 부인이 일을 잘 꾸려가는 것을 보고, "조선에서 여성의 영향력이나 여성의 위치가 우리가 알고 있는 것보다 더 높고 더 존경받고 있다는 사실을 확인하"(113)게 된다고 평가한다. 그리하여 그녀에게 모든 것을 맡길 것을 다짐한다.

또한 당시에는 조선 관리들이 여행을 하면 지방 관리들이 부담하게 되어 있는데, 이는 그들이 통과하는 마을 주민들을 대가 없이 이용하는 일이었다. 작자는 사실상 이를 "가난한 사람들의 노동력을 착취하는" 일로 인식하고 있었다.

내금강 초입 장안사에서는 건물과 불상, 그림 등을 소개하고 표훈사, 만폭동을 거쳐, 안문재를 넘어 유점사, 신계사에 이른다. 여기까지 이르는 데 풍경에 대한 묘사는 매우 간략하고 빠른 속도로 지나간다. 오히려 시선은 한국적인 일상적 삶의 도구, 가령 지게를 포착하는 곳에 돌려지거나 ("3m 정도의 막대기 두 개를 70cm 정도 벌려서 한가운데를 평평하게 만들었는데, 등에 지고 팔로 지탱해주는 것이다."(114)), 만폭동 바위에 새겨진 수많은 이름들이 여행자에게 오히려 도움을 준다는 실용성 차원에서 기술된다.("이렇게 바위를 파놓음으로써 미끄러운 바위 위를 올라갈 때 안전하게 발을 디딜 수 있어서, 상처받은 바위가 때로는 유용했다"(115))

신계사 도착 이후에 해당하는 여행기의 후반부는 불교와 관련된 것 즉 비구니, 승려, 옷, 절의 운영, 절의 재원, 신앙 등을 집중적으로 기술하고 있다. 이는 작자의 시선이 금강산의 풍경보다 금강산에서 살아가는 사람들의 풍속에 있음을 말해준다.

① 안내인은 기이한 암석에 팬 소 하나를 지날 때마다 설명을 붙였다. 이 곳에 신비한 신선들이 살았고 역사적인 내력을 지닌 불교 성지임을 나타내는 내력들이었다. 표훈사에서부터 만폭동까지 곧바로 계곡 물길을 따라 올라갔다. 둥근 구멍이 팬 곳이 있었는데, 물살에 딸려 온 돌이 흘러들어 뚫인 것으로 아주 긴 이름을 가진 불적지였다.

300m가 넘는 바위 꼭대기에 관세음 불상을 모신 보덕암을 거쳐 사자암을

지났다. 화룡암을 지나고 몇 개의 그저 그런 암자를 지나고, 100m 높이의 부처상이 새겨진 묘길상을 지나 안문재까지 갔는데, 1300m의 재는 내가 조선에서 발 디딘 가장 높은 장소였다.(115쪽)

② 길 떠나는 승려들은 긴 두루마기에 언제나 조선 사람들이 입는 흰 옷을 입고 아주 특이하게 생긴 삿갓을 썼다. 조선인들이 쓰는 모자에 관해 논하자면 책이 한 권이지만 여기서는 그저 이 곳 사람들만큼 다양한 모자를 만들어 쓰는 사람들이 없다는 것을 알린다. 여행길에 쓰는 삿갓은 우산같이 생겼는데, 40~50㎝ 지름에 안쪽을 막대로 고정시켜 빳빳이 펴지게 하고 위쪽으로 점점 좁아지는 형태. 부드러운 짚으로 짜며 8각 가장자리는 돌아가면서 흰 무명으로 감쌌다. 비구니들도 짚으로 짠 모자 꼭대기에 짚을 30~40㎝ 정도 잘라낸 기묘한 것을 쓰고 있었다.(116쪽)

①에 제시된 명승지들이 여정에서 보이는 풍경 이상의 의미를 지니지 못함에 비해, ②에서는 승려가 외출할 때의 차림을 소상하게 기록하고 있다. 이는 여행자의 관심이 자연의 감상보다는 한국적인 것들에 대한 민속지적인 관심에 있음을 말해준다.

(3) 선교사의 길가기로서의 기행문–밀러의 금강산 여행기[13]

밀러는 선교사로서 1894년 이사벨라 버드 비숍이 여행길에 오를 때 통역으로 동행하여 금강산을 여행했다.

여행기는 장안사로 들어가는 길부터 시작해서, 장안사→표훈사→정양사→유점사→장안사를 거쳐 원산으로 향하는 여정으로 되어 있다.

---

13) 앞으로 인용은 박영숙 · 김유경 엮음, 앞의 책에서 인용하고 인용된 쪽만 표기.

다른 여행자들과 마찬가지로 작자에게 금강산은 "절대로 잊을 수 없는 그림 같은 풍경"(119)이었으며, 첫 내금강의 첫 사찰인 장안사는 "신비로운 공터"에 자리 잡은 곳으로 쉴새 없는 감탄을 자아내는 그런 곳이었다.

선교사로서의 밀러에게 여로 속의 풍경은 캠벨과 마찬가지로 여행의 흔석과 약간의 감흥을 드러내는 것 이상의 의미를 갖기 어렵다.

> 그 다음날 하루종일 바위, 바위, 바위만 보고 걸었다. 바위 위를 걷고, 바위에 꼭 붙어서 기어오르고, 건너뛰고, 바위 밑으로 흐르는 물에 떨어져 빠지지 않으려고 안간힘을 쓰면서 지나가는 것이었다. 바위 밑으로 용솟음치며 흐르는 물이 폭포로 떨어지는 곳에는 금빛 소가 패어서 에메랄드빛 물이 가득 고여 있었다. 이 경승지에 온 기념으로 수많은 한자를 새겨 놓은 바위의 거친 표면은 미끄러지지 않게 발을 지탱해주는 역할을 했다.(121쪽)

장안사에서 표훈사로 가는 길을 기술한 것이다. 관심은 여로를 걷는 일 자체에 놓여 있으며, 여로에서 만난 대상들은 사실 기술에 충실할 뿐 상상적 사유의 대상으로 등장하지는 않는다.

그러나 동자승, 성지나 피난처로서의 사찰, 종교에 대한 스님과의 대화, 저녁 예불과 종, 수행에 대한 관심 등이 전편에 걸쳐 있다. 이는 선교사로서의 밀러의 시선에 포착된 것들이다.

성실하게 일하는 동자승들을 보고 데려다 공부를 할 수 있도록 돕고 싶다고 생각하거나, 성지나 피난처를 살아가는 계층과 출신이 다른 이들이 서로를 존경하고 조화롭게 살아가는 일에 매우 강한 인상을 받는다.

그리고 여행길을 안내하는 스님이 "이제 당신도 염주를 가지고 염불하면 극락 가리다"(122)는 말에 작자는 "측은한 친구 같으니라고."라고 생각하면서 "나는 '길, 진리 그리고 생명'이라는 성경 말씀을 들려주고 길 가면서 종교에 관한 많은 이야기를 나"(122)눈 장면에서는 선교사의 임무가 발휘된다.

또한 주일 저녁을 맞아 예불과 종 치는 모습을 작자는 놓치지 않고 있다. 염불소리가 기묘한 느낌이 들고, 종소리 역시 매우 인상 깊게 남아 있다고 한다. 승려들은 수행에 열중하고, 평화롭고 안락한 삶을 살고 있다는 인상을 받는다. 결국 그는 "한국 땅에서 유교를 받드는 사람들은 심히 교만하고 게으르고 방자하기까지 한데 불교를 믿는 사람들은 비록 겉보기만 그렇다고 할지라도 사려 깊고 무엇보다도 부드러우며 남에게 따뜻이 대해주는 자비로운 사람들"(124)이라는 판단을 내리게 된다.

2) 금강산 기행문을 통해 본 여행의 의미

범박하게 말하여 탐험이란 종족의 손길이 닿지 않았던 장소를 발견하는 행위를 말하고, 여행이란 다른 문화의 생활 방식을 경험하고 배우는 행위를 말하며, 관광이란 잘 알려진 목적지로 떠남을 의미한다. 탐험에는 탐험가의 극적인 재난이 전제되어 있고, 여행은 여행자의 사려 깊은 지적 체험을 전제로 삼지만, 관광은 이러한 것들로부터 벗어나 일상생활권에서의 일탈과 즐거움을 전제로 한다. 오늘날 관광으로서의 여행은 정해진 일정에 따라 정해진 곳을 들러 볼거리를 보는 일로 구성된다.[14]

---

14) G. Bammel & L.L.Burrus-Bammel, 하헌국 역, 『여가와 인간행동』, 백산출판사, 1993, 203쪽.

서양의 경우 스위스 근위병 한스 호흐가 1606년부터 1659년까지 약 1천3백 명의 방문객에게 로마의 볼거리를 보여준 것이 최초의 관광사업이었고 곧이어 그것을 생업으로 삼는 사람들이 생겨 관광사업이 시작되었지만,[15] 기차와 증기선의 발전과 교통망의 확대, 여행사의 확장과 더불어 비로소 조직적인 관광여행과 관광 계층이 생겨났다고 볼 수 있다. 1841년 영국의 토머스 쿡은 철도를 통한 단체여행을 기획했는데, 이는 현대 관광여행의 역사와 상업적인 여행사의 역사가 시작되었다는 것을 의미한다.[16]

우리의 금강산 여행과 관련해볼 때, 영·정조에 일어난 문인들의 금강산 탐승 붐은 19세기 초까지 계속되다가 19세기 중반을 넘으면서 적어도 문헌상으로는 그 열기가 예전과 같지는 않게 나타난다. 그러다가 일제 하에 들어서면서 금강산 여행은 다시 활기를 띤다. 1914년 8월 경원선 철도가 완공되었고, 1924년 철원 김화 간 금강산 철도 개통에 이어 1931년 철원-내금강 금강산 철도 전 구간이 개통된다. 금강산철도회사의 기록에 의하면 1926년 금강산 철도 이용객 수는 881명이었는데, 철도가 완공된 1931년에는 15,219명, 1939년에는 24,892명으로 늘었다. 1912년 「재팬 투어리스트 뷰로」, 1913년 영문 여행안내서 발행, 1917년 기쿠치에 의해 「금강산 탐승기」(오사카 마이니치 신문)가 소개되고, 1926년에는 『금강산 탐승 안내』라는 관광 안내서가 지속적으로 발간되었다.[17] 그러니까 서양의

---

15) Winfried Löschburg, 이민수 역, 『여행의 역사』, 효형출판, 92쪽.
16) Winfried Löschburg, 위의 책, 217~220쪽.
17) 『금강산 탐승 안내』에는 당시 금강산 탐승객 수는 매년 2천을 헤아린다고 했다. 10일 일

경우와 마찬가지로 교통 체계의 발전과 교통망의 확대는 관광 산업의 발전으로 이어졌던 것이다.

오늘날의 관광객은 다른 사람들이 한 것을 해보고, 다른 사람들이 본 것을 보기 위하여 여행하는 사람들을 말한다. 그러면서도 여전히 많은 관광객들에게는 탐험가, 모험가, 여행가, 새로운 경험의 탐색자, 새로운 지역 조사자 등과 같은 정신이 숨겨져 있다고 볼 수 있다. 이것이야말로 오늘날 관광객이 처한 관광 경험의 내적인 구조라 할 수 있다.

이런 점에서 「동행산수기」의 백탑동 이야기는 시사점을 준다. 그것은 대상이 갖는 심오한 의미나 길은 감추어진 채 표면적인 의미와 정해진 길을 따라서 앞선 사람이 보고, 느꼈던 경험들과의 일치를 확인하는 오늘날의 여행에 대하여 반성을 하게 한다. 오늘날의 여행자를 두고 유행의 첨단으로서의 여행지를 가는 자라 할 수 있다. 오늘날 여행자는 애초에 여행가로서의 진정한 체험과 감동, 깨달음을 갈망하지 않고 볼거리로서의 여행에 만족하거나, 혹은 그것들을 갈망하지만 그럴 수 없음을 인식하는 순간, 절망하면서도 또 다른 여행을 꿈꾸고 감행한다.

그것은 자본주의가 전 지구화되고 있는 오늘날의 여행이 사심 없는 여행, 여행을 위한 여행, 타자를 체험하고 타자와 대화하는 여행보다는 실

정의 금강산 일주 코스에 60원에서 100원의 비용이 든다고 하였다. 서영채, 「최남선과 이광수의 금강산 기행문에 대하여」, 『민족문학사연구』 24, 민족문학사학회, 2004, 246~248쪽 참조. 최초의 정확한 여행서는 1836년 런던 출판업자 존 머리가 네덜란드, 벨기에, 라인 지방의 볼거리에 관한 『빨간 책(Red Book)』을 출판하면서부터다. 그 후 카를 베데커가 포켓사이즈 여행서를 내놓아 큰 호응을 얻었다. Winfried Löschburg, 앞의 책, 184~185쪽.

용적, 상업적 혹은 그 밖의 목적에 기여하는 여행이기 십상이라는 점에서 피할 수 없는 현상이기도 하다.

이로써 여행자는 경험 대상을 숙고하고 자유로운 상상적 사유의 자유를 만끽하거나 진정한 감동의 순간들을 만끽하지 못한 채, 이데올로기에 의해 대상을 규정해버리거나 대상의 표피적 아름다움에 감탄사를 남발하게 된다. 주한 영국 부영사인 캠벨이 여행에 동행한 여인의 행위를 보고 조선의 여인 전체로 확대 해석해버리거나, 선교사인 밀러가 안내자인 스님을 '측은한 친구'로 규정해버리는 일 따위가 그것이다. 여행기는 여행자의 시선을 벗어나기가 어렵다.

자본주의 발전, 교통의 발전과 더불어 성장한 관광이라는 형식의 여행이 타자들의 삶의 모습을 보고, 느끼고, 생각할 수 있는 시간의 결핍과 관련되어 있음은 주지의 사실이다.[18] 그렇다면 진정한 여행이 되기 위하여 어떻게 해야 하는가? 본격적으로 근대화되기 이전의 19세기 금강산 여행기들은 얄팍한 심미성에 빠지거나 특정 이데올로기에서 벗어나지 못하거나, 무비판적 답사 차원을 넘어서서 풍부한 감성적 능력, 자유로운 상상적 사유 능력, 반성과 대화적 사유 능력의 고양에 있음을 시사하고 있다.

---

18) 모험과 여행이 인간과 세상과의 대화가 가능한 걷기의 역사에서 가능하듯이, 기차, 자동차, 비행기 등과 관련된 오늘날의 여행은 걷기의 퇴보와 관련된다. 이는 전래의 체험과는 다른 새로운 체험 양식을 만들어간다. J. A. Amato(2004), 김승욱 역, 『걷기, 인간과 세상의 대화』, 작가정신, 2006.

4. 기행문학교육의 방향

이제 앞에서 논의한 내용들을 참고하여 올바른 기행문학교육을 하기 위한 방향을 제시하고자 한다. 이 글에서는 그 방향을 여행의 동기, 경험, 그것의 형상화(생산)와 재형상화(수용) 측면에서 살펴보고자 한다. 기행문학은 자신의 여행 경험과 직접적으로 결부되어 있기 때문에 여행의 질이 문학의 질로 이어질 가능성이 크다. 따라서 교육의 방향을 긍정적인 가치 지향이라는 전제에서 본다면, 기행문학교육은 여행의 진정성을 확보하고 그것을 형상화하는 방향으로 나가야 한다.

첫째, 여행의 동기나 목적에 대하여 숙고하는 일이다. 학습자들로 하여금 여행을 왜 하는가에 대한 인식을 갖게 할 필요가 있다.

오늘날에는 여행과 그 형상화는 더욱 빈번해지고 다양해졌다. 교통 수단의 발달로 지구 구석구석 발길이 닿기 시작한 지 오래고, 지면과 사이버 공간은 그들의 여행 이야기로 채워지고 있다.

문제는 오늘날의 인간, 특히 교육적 맥락에서 학습자들이 살고 있는 시간은 (후기)근대라는 사실이다. 이는 여행이 단순히 생물학적 혹은 심리학적 측면과 결부된 것이 아니라, 사회문화적 측면과 관련되어 있음을 의미한다. 여행의 동기, 행태, 의식 등은 근대라는 조건과 맞물려 있다. 근대 이전의 여행이 주로 특정 계층, 특정한 지역에 한정되어 있는 반면에 오늘날의 여행은 그것을 넘어선 대중적인 소비문화가 되었다. 오늘날 여행은 권리이자 사회복지 차원의 척도이기도 하다. 오늘날의 청소년들(어른들)은 학습의 필요에 의해서 혹은 부모에 의해서 혹은 그들의 욕구에 의해서 여행을 감행한다. '여행의 민주화'는 여행의 보편화로 이어졌다.

이들의 여행은 위험하고 힘든 것이 아니라 관광 산업의 필요에 따라 개발된 시설과 서비스로 인해 편리하고, 안전한 여행의 형태를 띤다. 여가로서의 여행의 상당 부분은 이러한 메커니즘 속에서 이루어진다. 그러나 다른 한편에서는 근대가 내포하고 있는 어두운 국면들, 이를테면 인간 소외, 생태계 파괴, 오염, 실업, 정신적 외상 등에서 벗어나고자 하는 욕망에서 여행은 시작된다.

따라서 기행문학교육에서 여행의 동기나 목적을 단지 여가나 견문을 넓히기 위한 차원으로 축소시킬 수는 없다. 이 같은 과오는 기행문 속에서 여행의 동기를 거기에서 찾고, 실제로 기행문을 창작할 때 그것이 여행의 동기로 자리 잡게 한다. 기행문이 심신의 피로를 풀거나, 자연의 아름다움을 완상하거나, 알려진 문화재들을 확인하는 경험과 그것에 대한 소회를 피력하는 것으로 서술된다. 따라서 자본주의 속에서 살면서, 여가나 견문 차원뿐 아니라 여행을 규정하는 근대의 메커니즘을 뚫고 탈주하려는 다양한 동기를 아울러 고려해야 한다.

둘째, 무엇을 어떻게 경험할 것인가 하는 문제이다. 기본적으로 여행은 정주처의 시간과 공간에서 낯선 곳의 시간과 공간으로의 이동을 전제로 한다. 정주처의 시공간은 일상의 낯익은 시공간이다. 학습자들에게는 학습의 시공간이 주가 되고, 노동자들에게는 노동의 시공간이 주가 된다. 그러나 여행지의 시공간은 낯선 시공간이다. 낯선 시공간은 여행하는 주체에 따라 다른 시선으로 포착되는 여행 경험을 제공한다. 여행이란 이같이 낯선 시공 속에서 펼쳐지는 대상들에 시선 혹은 눈길을 돌리는 행위를 수반한다. 낯익은 시공간에서 낯설은 시공간으로의 이행을 통해서 여행자들이 추구하는 것은 변화의 경험이다. 일상과는 다른 경험, 그것이 여행의 본질이다. 그런데 그 경험은 진정한 나를 찾아 떠나는 여행의 경험이다. 이를테면 실존적 진정성(authenticity) 추구가 여행의 본질인 셈이다.[19] 실존적 진정성은 근대사회의 공적 영역이나 역할에서 진정한 자아를 잃어버린 것과는 달리 개인이 자신에게 진정하게 되는 특별한 존재의 상태를 말한다. 이는 여행의 과정에서 주관적 혹은 상호주관적으로 경험하게 되는 존재의 진정성이다. 또한 그것은 진정한 개인적 삶을 의미하는 것으로 개인적 잠재성의 온전한 발전과 실현을 의미한다.

여기에서 중요한 것은 수동적 소비적 여행 경험에서 능동적 생산적인 여행 경험이 되어야 한다는 점이다. 근대 자본주의의 비진정성의 연장으로서의 수동적 · 소비적 여행이 아니라 진정한 나를 찾아 떠나는 능동적 · 생산적인 여행이어야 한다. 이는 비용이 많이 드는 상품을 즐기는 자, 유사 이벤트 참가자로서의 구경꾼이 아니라 힘들고 귀찮은 여로 속에서 기쁨과 의미를 찾고, 타자들의 삶에 참여하고 거기에서 의미를 발견하는 여행자를 상정한다.

이 시대의 여행자이자 이야기꾼인 김훈은 가을부터 이듬해 여름까지 한

---

19) 닝왕은 관광 경험의 진정성을 세 가지로 나눈다. 즉 객관적 진성성은 진품의 진정성을 말하고, 구성적 진정성은 관광객 또는 관광공급자들에 의해 그들의 이미지, 기대, 선호, 믿음 등의 측면에서 관광매력물에 투사된 진정성을 말하고, 실존적 진정성은 관광 행동에 의해 야기되는 존재의 실존적 상태를 일컫는다. 닝왕, 이진형 · 최석호 역, 『관광과 근대성—사회학적 분석』, 일신사, 2004, 제3장 참조.

해를 자전거 여행으로 보낸 바 있다.[20] 제7차 교육과정 중학교 1학년 2학기 국어 교과서에 실린 「섬진강 기행」은 김훈이 겨울 새벽에 섬진강 덕치마을을 자전거로 여행한 것을 다루고 있다. 겨울에 신발을 벗고 자전거를 끌면서 물속을 걸어서 강을 건너기도 하면서, 그는 겨울 섬진강과 길 그리고 자연, 역사, 인간에 얽힌 사연을 통해 시간의 의미를 생각한다. 악조건 속에서의 자전거 여행은 김훈에게만 국한되는 것이 아니다. 자전거로 80일 동안 여행하면서 미국 대륙을 횡단한 홍은택이 있으며,[21] 230일 동안 유라시아 13개국 1만 8천 킬로미터를 달린 남영호가 있다.[22] 자전거를 통해서 여행하는 것이 아니라 아예 두 발로 여행하는 경우도 있다. 오지 여행가로 알려진 한비야가 있고,[23] 이스탄불에서 시안까지 실크로드 1만 2천 킬로미터를 4년에 걸쳐 걸었던 베르나르 올리비에가 있다.[24] 이밖에도 수많은 여행자들이 걷거나, (자전거, 자동차, 기차, 비행기 등을) 타면서 여행을 한다. 왜 그들은 위험과 어려움을 감내하면서 여행을 하는가? 여행의 형태나 수단이 여행자의 경험에 매우 중요한 영향을 주는 것은 사실이지만, 중요한 것은 진정한 삶을 추구하는 여행 경험을 감행하도록 하는데 있다.

셋째, 어떻게 형상화(configuration)할 것인가 하는 문제이다. 이는 달리 말해서 여행 경험을 언어를 통해 생산하는 일을 말한다. 교육적 견지에서

---

20) 김훈, 『자전거 여행』, 생각의나무, 2000.
21) 홍은택, 『아메리카 자전거 여행』, 한겨레출판, 2006.
22) 남영호, 『자전거 유라시아 횡단기』, 살림, 2007.
23) 한비야, 『바람의 딸 걸어서 지구 세바퀴 반』, 도서출판금토, 1996.
24) Bernard Ollivier, *Longue marche*, 임수현 역, 『나는 걷는다 1,2,3』, 효형출판, 2003.

보면 무엇을 어떻게 경험하느냐는 문제도 중요하지만, 그것을 표현하는 일도 그에 못지않게 중요하다. 여행은 인간의 보편적인 체험이며, 여행자는 이를 형상화하곤 한다. 여행과 그 체험의 형상화는 동서고금, 남여노소를 막론하고 다양하게 존재하는 것이다.[25]

작금의 글쓰기 이론들을 보면 글쓰기의 과정 즉 처음, 중간, 끝이라는 과정 중심의 글쓰기에서 각각의 단계에 따라 전략이나 기능을 나열하고 그것을 방법적 혹은 절차적 지식이라는 명목으로 교육과정에 제시하고 실행하는 것으로 임무를 다한 것처럼 여긴다. 글쓰기에 대한 평가도 주제 혹은 내용, 구성, 표현과 관련된 항목을 나열하고 평가하는 것으로 되어 있다. 이 같은 현상들은 효율성을 획득할 수 있다는 명분에서는 어느 정도 성공하고 있을지는 모르지만, 그것이 교육의 본질과는 멀리 있다는 것만은 분명한 것 같다. 더욱이 형상적 사유를 본령으로 삼고 있는 문학작품을 대상으로 할 때는 그러한 교육 내용만으로는 바람직한 교육적 의도를 달성할 수 없다.

어떤 목적의 여행이고 여행자의 관점이 무엇이냐에 따라서 기행문은 달라질 수 있다. 제국의 일원으로 식민지 혹은 근대화에서 뒤처진 나라들을 방문하는 여행자로서 민속학적인 관점을 견지할 수 있고, 특정한 종교인으로서의 관점을 견지할 수 있다. 또한 선진 문물의 학습자로서 혹은 문물과 풍경을 감상하는 완상자로서의 관점을 견지할 수 있다. 이러한

---

25) 김종철은 중세 기행문학은 외교 활동, 유배제도, 와유문화, 유람문화 등에 따라 다양하고 그 표현 양식도 다양하다고 지적하고 있다. 김종철, 앞의 글, 참조.

여러 여행의 목적이나 관점에도 불구하고 오늘날 많은 경우, 관광회사의 기획에 의한 광고와 이를 통해 여행을 다녀온 여행자들의 이야기, 그리고 대중매체, 인터넷, 학교 등을 통해 알게 된 정보에 따라 여행을 감행하는 경우가 많다. 여행자들은 이른바 '유사 이벤트'로서의 경험에 안위감을 갖는다. 이런 점에서 앞에서 언급한 여행 동기나 목적을 새삼 문제시할 필요가 있다.

여행기가 일정을 나열하거나 가벼운 인상기를 기록하는 수준에서 만족될 수는 없다. 교육이란 가능성의 최대치를 향해 나갈 수 있는 길을 열어주는 기획이기 때문에 보다 심오한 의미를 확보할 수 있도록 교육과정이 진행되어야 한다.

여행 경험담은 비행기, 자동차 등에 따른 일정과 이벤트성 사건과 장소로 채워진다. 블로그는 사진과 간략한 일정과 소감으로 구성된 화면으로 장식된다. 그런 바쁜 일정 속에서는 경험 대상에 대한 충분한 시간 투자, 거기에서 비롯되는 상호 교감은 거의 불가능한 실정이다. 따라서 대상과의 상호 교감과 대화를 확보하고, 대상을 깊이 있게 통찰하는 시간과 그것을 형상화하는 일이 중요하다. 나아가 대상을 비판적으로 사고하고, 자기의 여행 경험을 메타적으로 성찰할 수 있는 능력이 요구된다. 기행문은 여행의 경험을 이러한 차원에서 구성해나가는 형상적 사유물이다. 이런 점에서 알렝 드 보통이 시간을 붙잡고 대화하는 방식으로 사진보다는 회화(데생)를 제시한 것은 의미 있는 일이다.[26] 회화(데생)가 대상을 평면이

---

26) Alain de Botton, 정연목 역, 『여행의 기술』, 이레, 2004.

라는 공간 차원에서 시간을 필요로 하는 형상화 작업이라면, 글쓰기는 언어를 매개로 시간을 요구하는 독특한 형상화 작업이다. 글쓰기에 들이는 시간과 수고는 여행 경험에 대한 기억과 성찰, 세계 인식의 확장과 자기 성장을 가능하게 한다. 앞에서 든 이상수의 「동행산수기」를 비롯하여 김훈, 홍은택, 남영호, 베르나르 올리비에, 알렝 드 보통 등의 여행기는 그 가능성을 보여준 글쓰기이다.

넷째, 어떻게 재형상화(refiguration)할 것인가 하는 문제이다. 이는 단순히 기행문을 특정한 기술을 동원하여 읽는다는 차원에 해당하지 않는다. 또한 기행문의 일반적인 요소로 들고 있는 여정, 견문, 감상에 따라 기행문을 사실적으로 분석하는 일에 한정되지 않는다.

리꾀르의 이야기에 대한 견해를 확장하면, 작품을 읽는다는 것은 독자가 작품의 뜻을 풀어 삶의 뜻을 찾아가는 작업을 의미한다. 그것은 단순히 언어적 경험에 의존하는 것이 아니라, 독자의 경험과 작품이 상호 작용하면서 작품과의 경험을 실재적 경험으로 변형시키는 것이다. 기행문은 여행자가 경험한 것을 형상화한 것으로 끝나는 것이 아니라 독자의 세계와 만난다. 그리고 그것은 독자의 경험세계에 충격을 주고 변형시킴으로서, 새로운 의미로 태어난다.

중학교 교과서에 실린 김훈의 「섬진강 기행」은 원래 「시간과 강물」이라는 제목에 섬진강 덕치마을이라는 부제가 달려 있는 글이다. "수만 년을 물의 흐름에 씻긴 바위들은 그 몸 속에 흐름을 간직하고 있다"는 문장이 외따로 첫머리에 실려 있다. 이 글에서 지은이는 원제가 말해주듯 시간을 말하고 있다. 흔히 풀이하듯 공간적 이동 순서에 따라 섬진강 주변의 경치를 애정 어린 시선으로 다양한 비유를 통해 표현하였다든지, 겨울 섬진강의 아름다운 풍경과 '요강바위'를 되찾은 이야기를 소개한 사건이 주된 이야기가 아니다.[27] 우리는 흔히 세월 혹은 역사를 강물에 비유하지만, 작자는 그것이 새겨놓은 흔적과 인간의 발자취를 주목한다. 강가의 길과 마을은 인간의 시간을 간직하고 있는 것이어서 그것은 인간의 기나긴 고통의 역사를 담고 있다. 그리고 바위가 물에 쓸리듯 인간들은 시간에 쓸리고 있음을 말한다. 이로 보면, 작자는 과거와 현재, 그리고 미래의 시간성을 여행 경험 속에서 녹여냄으로써 시간과 인간이라는 화두를 던지고 있는 것이다. 그것은 '역사를 이루지 않는 강물의 자유'와 대비되는 고통의 역사를 이루는 인간의 시간이어서 더욱 고통스러운 시간이 우리를 기다리고 있음을 암시한다. '요강바위'를 찾아온, 그토록 오랜 세월을 살아온 사람들도, '아이들 공부시키느라 밭 다섯 마지기를 모두 팔'아야 했고, 이제는 조상들을 제사지내며 남의 노는 땅에서 나는 수확으로 겨우 연명을 하고 있는 농부마저 쓸어갈 시간이다. 이러한 시간과 삶이 독자의 삶과 만나 그 의미를 새롭게 창출해나가도록 하는 것이 기행문학교육의 과제이다.[28]

---

27) 이렇게 된 것은 교과서가 원본을 심하게 훼손한 데에도 원인이 있다.

28) 이런 점에서 고등학교 국어 교과서 하에 실린 「외국인의 눈에 비친 19세기 말의 한국」이라는 글은 민속기술지적 관점에서 기술된 정보 제공 텍스트를 벗어나지 못하고 있다. 기행문을 다룰 의도로 채택된 것이라면 본령에서 벗어난 경우이다.

5. 맺음말

인간은 유사 이래 여행을 꿈꾸고 감행해온 여행자이다. 여행은 새로운 경험과 관련되고, 경험을 형상화하고자 하는 욕망은 기행문학을 낳았다. 기행문학에 대한 연구는 몇몇 연구자들에 의해 이루어지긴 했지만 활발하지 못한 편이다. 더구나 문학교육적 차원에서의 연구는 매우 일천한 편이다.

그러나 모든 사람들이 여행을 갈망하고 있고, 그것을 형상화하는 일이 매우 보편적이며, 언어, 경험, 성장을 화두로 삼고 있는 문학교육의 본질에 비추어 보면 이 같은 현상은 매우 이례적인 일이기까지 하다.

본격적인 근대화 이전에 창작된 금강산 관련 기행문 몇 작품을 살펴보고, 교과서에 실린 기행문과 오늘날 기행문 몇 작품을 살펴보았다. 이렇게 한 이유는 오늘날 여행이 갖는 의미가 무엇인지를 반추해보고, 문학교육적 차원에서 시사점과 방향성을 가늠해보고자 했기 때문이다.

오늘날 여행자는 여행가로서의 진정한 체험과 감동, 깨달음을 갈망하지 않고 볼거리로서의 여행에 만족하거나, 혹은 그것들을 갈망하지만 그럴 수 없음을 인식하는 순간, 절망하면서도 또 다른 여행을 꿈꾸고 감행하는 자들이다. 「동행산수기」는 '유사 이벤트'로서의 여행을 반성하게 한다. 그것은 얄팍한 심미성에 빠지거나 특정 이데올로기에서 벗어나지 못하거나, 무비판적 답사 차원을 넘어서서 풍부한 감성적 능력, 자유로운 상상적 사유 능력, 반성과 대화적 사유 능력의 고양에 있음을 시사받을 수 있음을 살펴보았다.

기행문학교육의 현실을 보면 기행문학이 다루어진 비중, 학습 목표, 내용 등이 기행문학교육의 본질로부터 벗어나 있음을 알 수 있다. 따라서 기행문학교육의 방향 설정을 분명히 하고 그것을 실천할 수 있는 방안을 모색하는 것이 급선무이다.

이 글에서는 기행문학교육의 방향을 여행의 동기, 경험, 그것의 형상화와 재형상화 측면에서 살펴보았다.

첫째, 여행의 동기나 목적에 대하여 숙고하는 일이다. 학습자들로 하여금 여행을 왜 하는가에 대한 인식을 갖게 할 필요가 있다. 여가나 견문 차원뿐 아니라 여행을 규정하는 근대의 메커니즘을 뚫고 탈주하려는 다양한 동기를 아울러 고려해야 한다.

둘째, 무엇을 어떻게 경험할 것인가 하는 문제이다. 그것은 진정한 나를 찾아 떠나는 여행 경험 즉 실존적 진정성(authenticity)을 추구하고 능동적이고 생산적인 여행이 되어야 한다는 것이다.

셋째, 어떻게 형상화할 것인가 하는 문제이다. 글쓰기를 기술 차원에서 접근하는 태도를 넘어야 한다. 글쓰기의 심연은 대상과의 상호 교감과 대화를 확보하고, 대상을 깊이 있게 통찰하는 시간과 그것을 형상화하는 일에 달려 있다. 나아가 대상을 비판적으로 사고하고, 자기의 여행 경험을 메타적으로 성찰할 수 있는 글쓰기가 되어야 한다.

넷째, 어떻게 재형상화할 것인가 하는 문제이다. 이는 단순히 기행문을 특정한 기술을 동원하거나, 기행문의 요소로 분석하는 일에 한정되지 않는다. 그것은 독자가 작품의 뜻을 풀어 삶의 뜻을 찾아 가는 작업을 의미한다. 기행문은 독자의 세계와 만남으로써, 독자의 경험세계에 충격을 주고 새로운 의미로 태어나도록 해야 한다.

제2장 한국 근대 해외 기행문학의 양상과 의미

1. 머리말

이 장에서는 『삼천리』 소재 허헌(許憲)의 구미(歐美) 기행문학을 중심으로 한국 근대 해외 기행문학의 양상과 의미를 밝혀 보기로 한다.

여행은 인간이 살아온 역사만큼이나 오래되었으며, 또한 인간의 삶과 분리할 수 없다. 이런 점에서 인간을 여행하는 인간으로 규정할 수 있다. 여행의 모습은 시대에 따라 변해왔을 뿐 아니라, 여행의 목적이나 동기, 양상들도 다양하다.

여행의 경험을 일정한 틀이 있는 작품으로 남겼을 경우 이를 기행문학이라 한다. 기행문학은 일반적으로 '여행하면서 경험한 것을 여정이나 시간적인 순서에 따라 그 감상과 함께 표현한 문학'이라고 규정할 수 있다. 기행문학은 여행자의 이동과 만남, 그리고 그에 따른 여행자의 생각과 느낌 등을 핵심 특징으로 한다.[1]

---

1) 기행문학은 형식과 내용에 있어 다양할 수 있다. 여정이 온전히 나타나지 않을 수 있으며,

기행문학에 대한 연구는 석·박사논문이 간간히 이어져왔다. 최강현(1981)의 박사논문은 기행가사를 대상으로 하였고, 이문희(2000)의 박사논문은 특정한 대상 즉 금강산 기행문을 대상으로 연구하였다. 석사논문(백지혜, 2002; 성현경, 2010; 이동원, 2002)은 근대 초기 기행문학을 주로 연구하였다. 최근 개화기 이후 근대 기행(여행)문학에 대한 연구가 활발하다. 기행문 혹은 여행문학을 대상으로 한 연구로는 곽승미(2006), 김중철(2005ㄱ, 2005ㄴ), 김태준(2006), 김진향(2004), 김현주(2001), 서경석(2004), 서영채(2004), 우미영(2004, 2005, 2010), 차혜영(2004, 2009) 등이 있고, 여행소설에 대한 연구로는 이미림(2005, 2006), 이정숙(2001) 등이 있다. 이 같은 기행문 연구에는 포스트식민주의, 오리엔탈리즘, 페미니즘 등의 영향이 놓여 있었다. 탈국가 혹은 탈근대에 대한 논의는 여행에 대한 관심을 더욱 증폭시켰고, 그 근원으로서의 근대 초기 기행문학에 대한 논의도 활발하게 진행되었다. 그러나 기행문에 대한 연구는 특정한 장르나 시대, 작가 등에 국한되어 논의되었고, 기행문학에 대한 총체적인 시각을 확보하기에는 미약한 실정이다.

기존 연구 가운데 김진량(2004), 김효중(2006), 김중철(2005), 이미정(2005), 차혜영(2004, 2009) 등의 연구는 해외 기행문학을 다루고 있다. 이 점에서 이들 연구는 이 글과 연관되어 있다. 특히 차혜영(2009)의 논문은

편지, 일지, 일기 , 시, 희곡 등의 형식과 연결될 수 있다. 그러나 기행문학이 대상에 대한 단순한 소개나 회상으로 끝나지 않고 여행 경험과 그것의 의미화라는 특성을 살리기 위해서는 불가피하게 일정한 분량을 요구한다. 따라서 이 경우 기행문학은 일정한 줄거리를 가진 이야기로서의 형식적 내용적 틀을 필요로 한다.

일본 유학생에 한정된 논의를 넘어 일본을 비롯한 미국, 상해, 러시아 등 다양한 지역을 대상으로 한 유학생들의 기행문으로 확대하고 있다는 점에서 주목된다. 이는 식민지 근대를 일본과 조선이라는 양자 구도에서 파악하는 것이 아니라 "제국주의와 식민지가 동시에 창출되는 세계자본주의 체제의 재편과정과 이것을 이데올로기화하는 문명화의 강박과 내면화의 관점으로 보아야 한다"(410)는 입장에서 나왔다는 점에서 기존 논의의 한계를 넘어서고자 했다는 점에서 의의가 있다.

이 글이 주목하고자 하는 것은 해외 기행문이다. 그것도 구미의 그것으로 한정되어 있다. 이렇게 한정하는 이유는 우선적으로 당대 구미 기행문학을 살펴봄으로써 여행자들의 서구 내지 근대에 대한 인식을 살펴볼 수 있다는 점이다. 한국의 근대화가 서구의 근대화된 문명국에 대한 관심과 직결되어 있다고 판단되기 때문이다. 아울러 근대 초기 특히 1920~30년대 해외 기행문은 그 분량에 있어서 적지 않다는 것에 비추어, 일차적으로 서양 구미의 기행문을 살펴보고 차후에 동양의 해외 기행문을 살펴보는 것도 효과적이라 판단되었기 때문이다.

주지하듯이 근대화는 제국주의의 확장과 그에 따른 식민지로의 재편과정이라 할 수 있다. 우리의 경우 구미 제국주의와 더불어 일본이라는 제국주의를 겪지 않을 수 없었다는 점에서 복합적이라 할 수 있다. 식민지 지배를 받는 조선인 여행자로서 국경 내를 여행한다는 것과 국경을 넘어 여행한다는 것은 다른 의미를 가질 것이다. 더구나 여행자가 어떤 사상적 기반을 가진 사람이며 어떤 목적으로 여행을 하느냐에 따라 여행의 양상과 의미는 달라질 것으로 보인다. 이런 점에서 식민지하의 조선인이 구미를 여행한다는 것은 복합적인 의미를 지닐 수 있는데, 기행문은 주체의 그러한 존재론적 기반에 따른 의식을 섬세하게 살펴볼 수 있게 해준다.

이를 위한 일차적인 작업으로 이 글에서는 『삼천리』에 수록된 많은 기행문 가운데 가능한 한 여러 나라에 걸쳐 여행을 한 경우와, 단편적인 짧은 형식보다는 여정이 풍부하게 드러난 기행문을 중심으로 살펴보고자 한다. 이는 여행자가 구미 각국에 대한 경험을 통해 구미에 대한 객관적인 시각을 확보할 수 있는지의 여부를 판단할 수 있는 근거가 될 뿐 아니라, 여행자의 인식을 보다 잘 파악할 수 있을 것이라 판단되기 때문이다. 이 글에서는 이러한 장기적인 작업을 염두에 두고 우선 『삼천리』 소재 허헌의 '世界一周紀行' 연작을 살펴보고자 한다. 월간 종합잡지인 『삼천리』는 거의 유일하게 1930년대 전반에 걸쳐 발간되었으며, 당시 거의 모든 영역의 사회 변화상을 담고 있는 매체라는 점(천정환, 2008:205)에서 당시 사회문화상을 연구하는 데에 중요한 연구 대상이 된다. 또한 허헌의 기행문은 그가 본격적인 전업 문학작가는 아닐지라도 당시 전 세계를 여행하고 기행문을 남긴 몇 안 되는 인물 가운데 하나이며, 신간회 중앙집행위원장, 남조선노동당 위원장, 최고인민회의 의장, 김일성대학 총장 등을 역임한 당시 역사를 관통했던 비중 있는 인물이라는 점에서 중요한 의미가 있다고 판단되기 때문이다. 그의 기행문은 다른 여행자들, 이를테면 나혜석, 정석태 등과 비교 검토되곤 하였으나[2] 본격적인 연구는 찾아보기 힘들다.

---

2) 특히 이미정(2005). 이 글에서는 나혜석의 기행문과 비교한다. 허헌 등 남성 작가들의 기행 서사는 서구라는 존재 혹은 지배자에 대한 동경과 좌절을 나타낸다고 본다.

2. '여행의 시대'와 근대 초기 해외 기행문학

한국은 이른바 19세기말~20세기 근대 전환기를 거쳐 근대사회로 진입해 들어갔다. 근대 전환기는 개화기 혹은 근대 계몽기라 불리는 기간으로 한국을 둘러싸고 일본과 중국, 서구 열강이 각축을 벌이고 있던 시기이자 외세가 점점 한국을 점령해가고 있던 때이다. 한편으론 이 시기는 성리학적 진리 체계 속에 형성된 우리 삶의 기본 개념들이 급격하게 변화한 시기이기도 하다.

따라서 당시의 시대정신은 조선이 살 길은 제국주의 열강들의 침략에 맞서 문명개화와 자주독립을 바탕으로 하는 근대국가 건설에 놓여 있었다. 이를 위해서는 근대 국가를 선취한 제국주의 국가들과의 교류가 불가피하다는 점이 한국이 처한 상황이었다.

이 시기 국외 여행을 한 이들은 주로 외교관, 고관, 왕족 등 외교 사절단과 관비 유학생들이었다. 강화도 조약 이후 수신사, 신사유람단 등을 일본에 파견하였다. 1881년에 일본에 파견된 62명의 신사유람단 가운데 유길준, 류정수, 윤치호 등이 유학을 위해 일본에 남았다. 1883년 3월 이후에는 서재필 등 50여 명이 일본에 파견되기도 했다(김진량, 2004:19). 1883년 7월 민영익을 전권대사로 하는 보빙사절단이 미국에 파견되었고, 1887년에는 주미 전권 공사 박정양이 관원들과 함께 미국을 방문하였으며, 민영환은 1896년 러시아 황제 대관식에 참석하면서, 해외에 파견한 사절 중 최초로 세계를 일주하였다. 1898년 영친왕은 일본과 미국을, 1900년에는 민영찬이 파리 만국박람회에 참석하였으며, 일본과 미국 등지로 유학하는 학생도 있었다(국사편찬위원회, 2008:제1장).

19세기 말 시대정신을 이끌었던 『독립신문』(1986. 4. 7~1899. 12. 4)은 공론장을 형성해갔고 근대적 민중운동이라 할 만민공동회를 주도하였다. 특히 『독립신문』은 '세계와 한국의 연결과 한국인 시야의 세계적 확대 등'에 기여한 것으로 평가된다.[3]

이 시기 문학을 보면, 김기수의 『일동기유』(1877)를 비롯하여, 1887년 미국 방문단에 참가했던 이상재의 회고담(1926.12.1), 유길준의 『서유견문』(1895),[4] 러시아 황제 대관식 참석차 다녀온 세계일주 경험을 담은 민영환의 『해천추범』(1896)(조재곤 편역, 2008) 등이 저술되었다. 『일동기유』, 『해천추범』 등은 정부 사신으로 파견된 필자들이 여행 전후의 경과, 여행지의 풍물 등을 기록한 사행록 성격을 지녔다. 유길준은 『서유견문』에서 세계는 넓고 중국이 세계 중심이 아니라는 주장을 함으로써 서구를

---

3) 신용하는 『독립신문』의 의의로 '국민의 개명 진보를 위한 계몽적 활동, 자주독립과 국가 이익의 수호, 민권수호운동, 한글 발전에의 공헌, 부정부패의 고발, 독립협회의 사상 형성과 기관지 역할, 세계와 한국의 연결과 한국인 시야의 세계적 확대' 등을 들었다. 신용하(2001:362~371). 『독립신문』의 재해석과 문명의 전환으로서의 근대전환기에 대한 논의는 다음 참조. 전인권 · 정선태 · 이승원(2011). 이 같은 『독립신문』의 역할은 대한매일신보(1904. 7. 18 창간)가 경술국치 다음날 총독부 기관지로 바뀌기까지 이어진다.

4) 유길준의 『서유견문』은 단순한 서구 기행문이 아니라 서구의 근대를 통해 우리가 어떻게 근대를 실현해나갈 것인가를 체계적으로 제시한 일종의 '근대화 방략서'라 할 수 있다. 그는 당시 일본이 부강하게 된 원인을 서구 근대문명을 받아들인 데에 있다고 보았으며, 그의 스승 후쿠자와 유키치(福澤諭吉)가 쓴 베스트셀러 『서양사정』의 절대적인 영향을 받았다. 1~2편은 특히 근대의 출발은 중국 중심 세계관에서 벗어나는 데서 시작해야 한다고 주장하고 있다. 15편에서 20편까지는 서양 풍물을 소개하는 기행문인데, 『서양사정』을 거의 전부 옮기고 있다.

향한 근대화의 인식을 보여주고 있는데, 그가 시각을 세계로 넓힌 것은 의의 있는 일이기는 하지만, 근대화를 곧 서구화로 본다거나, 근대화에 대한 인식이 일본을 통해 매개된 것은 당대 지식인들의 일반적인 한계라 하겠다.

이렇듯 강화도 조약 이후 조선의 해외 사절단과 관비 유학생들이 생산한 글들이 근대 외국 기행문의 초창기 모습이라면, 1900년 중반을 전후해서 외국 기행문의 생산 동기는 공적인 데서 개인적인 것으로 변화하는 모습을 보인다. 이는 당시 국내 정치 상황이 안정적으로 유학생을 파견할 여건을 갖추지 못하게 됨에 따라 사비(私費) 유학생, 종교단체 파송 유학생 등의 수가 증가하는 것과 맞물려 있다.

우리나라 최초의 월간 잡지인 『소년』(1908.11~1911.5) 창간호에서 최남선(1908:77)은 "여행은 진정한 지식의 대근원이라"하면서, 여행이야말로 '진정한 지식'을 줄 뿐 아니라 '온갖 보배로운 것'을 준다고 강조하면서 여행을 당부하고 있다. 최남선이 창간호부터 여행을 강조한 것은 조선의 근대화를 위한 여행의 유용성을 인식한 데 있다. 즉 여행을 통해 근대화된 타자를 경험하고 깨달음을 얻어 조국 근대화에 기여하도록 하자는 데 있다. 계몽과 근대화를 위한 교육적 필요가 그의 여행론의 요체였다.

우리나라 최초의 동인잡지(同人雜誌) 『창조』(1919.2)에 이르면 '기행(紀行)'이라는 말을 표제(標題)로 사용하고 독립된 범주로 분류하고 있다는 점은 주목된다.[5] 『창조』 이전에는 '기행'적인 내용의 글은 수필, 감상, 잡조,

---

5) 창조 7호까지 '소설', '희곡', '시', '평론', '번역', '감상', '기행' 등의 범주를 사용하였다.

감, 상여(想餘) 등 가운데 하나인 수필적인 글로 분류하고 있음을 볼 때, 이는 '기행'이 작가만의 독특한 여행 경험과 내면세계를 보여주는 장르로서 인식되었음을 의미한다.[6]

이렇듯 『창조』가 독립된 범주로 '기행'을 선정하기까지 기행문학의 기반은 다져지고 있었다. 한일합방 이후 사비(私費) 유학생들의 일본 유학과, 일본을 경유하여 미국과 유럽 등으로 가는 구미 유학이 증가한다. 1910년 중반 이전까지, 당시 세계를 풍미하고 있던 지리학 등에 힘입어 기행문이 창작되었으나 기행은 여전히 계몽의 수단으로 창작되는 측면이 강했다. 1910년대 후반과 1920년대 초에 많은 동인지들이 창간되면서 여행자의 시선이 외부에서 내부로 향하는 징조를 보이기 시작했다. 해외 기행문의 경우 유학 인구가 증가하면서 자신의 현실적인 욕망이나 이상 실현을 위한 유학이 확대되어 가는 경향이 있었다(김진량, 2004:24). 가령 『개벽』(19호~26호, 1922)에 연재되었던 노정일의 「世界一周 - 山 넘고 물 건너」는 1907년부터 1919년 사이에 일어난 일본에서 미국까지의 여로와 미국에서의 학창 시절을 회고하는 글로 '세계일주(世界一周)'라는 표제를 달고 있으며, 그가 유학을 가게 된 동기를 "名譽의 有志士"나 "德望의 先生님"이 아닌 "但只 個性發展에 奮鬪할 機會만 熱求"(개벽 19호, 1922.1:121) 하는 데 둠으로써 개인적 경험으로서의 내면을 드러내고 있다.

1920년대에 들어 해외 기행문은 일본뿐 아니라 유럽, 미국, 상해, 해삼

---

6) 이는 기행이 『창조』의 근간인 남과 다른 자기만의 경험과 생각을 나타내기에 가장 좋은 장르라고 인식한 데서 비롯된 것이라고도 볼 수 있다.

위, 봉천 등을 배경으로 확대되어 나간다.[7] 1920년대 전후『청춘』,『학지광』,『창조』,『개벽』 등에는 상기 여러 여행지를 공간으로 한 유학생들의 해외 체험 기행문 및 기행서간이 실려 있다. 유럽의 경우, 독일로 가는 선박여행과 유럽에서의 여행 경험을 9회에 걸쳐『개벽』에 연재한 박승철의 기행문이 있다. 미국의 경우, 일본에서 미국까지의 여로와 미국에서의 학창시절에 대한 회고를 8회에 걸쳐 연재한 노정일의 기행문이 있으며(노정일,『개벽』 19호~26호), 상해, 해삼위, 봉천 등을 여행지로 하고 있는 호상몽인, 천우(天友), 강남독서랑, 김엽, 김성, 동곡, 양명 등의 기행문이 있다. 그리고 일본 동경에서의 기행문으로 춘원, 김환, 이동원 등의 기행문이 있다(차혜영, 2004:408~409). 차혜영(2004)에 따르면 이들 여행지에 따라 경험의 내용과 주체의 내면은 달리 형상화된다. 유럽으로의 여로는 선박으로 이동하는데, 배는 '국제도시의 축소판'이자 '문명제도의 학습장 역할'을 하는 것으로 근대적 보편적 주체가 되는데 그것은 어디까지나 일본 국민으로서의 정체성 속에서 이루어진 것이다. 만주와 일본으로의 여행은 국내의 기차를 수단으로 이루어지는바, 남대문에서 봉천역까지 이르는 북행 열차의 여로는 동질감에 기반한 것임에 비해 남대문에서 동경에 이르는 여로는 이질적 대상으로 타자화하는 배제의 시선에 기반한 것으로 철저하게 '자폐성'을 전면화하고 있다. 미국으로의 여행은 일본 유

---

7) 1920년대 국내 기행문 가운데는 민족과 국토에 초점을 둔 기행문이 창작되기도 했다. 육당은『풍악기유』(1924),『금강예찬』(1926) 등을 통해 조선인 정체성의 상징인 금강산에 대한 신앙을 깨닫게 하고자 하였다. 육당은 금강산, 백두산, 지리산 등 조선 국토순례 기행문을 통해 조선의식을 고취시키고 식민주의자들의 조선 역사 폄하를 비판하고자 했다.

학생과 달리 자기의 고달픈 삶과 자의식을 드러내고 있는데, 이는 가치론
적 우월성에 토대를 둔 것이라 한다.

1930년대에 들어 동아시아도 본격적인 여행의 대중화시대에 들어선다.
이는 1920~30년대에 걸친 세계적인 교통망의 근대화와 고속화기 진행된
여파이며, 실제로 당시 조선의 철도나 기선 등의 교통망도 정비되어 여행
이 일반화되어 가고 있는 추세였다(사노 마사토, 2000). 한편으로는 1929
년 세계공황으로 말미암아 각국은 관공사업에서 활로를 찾게 된 것, 그리
고 올림픽이나 만국박람회, 국제회의 등과 같은 국제적인 행사, 유학생의
증가도 여행을 촉진하게 한 요인이었다.

이 시기는 식민지인으로서의 자의식과 세계에 대한 인식이 일반화되는
때로 기행문은 세계 지식을 매개하고 이를 확산시키는 데 중요한 역할을
담당하게 된다. 특히 서구 체험이나 지식이 1930년대 이전에는 일반적으
로 일본이나 중국을 통해 간접화된 것으로 특정 개인이나 계층에 한정되
었다면, 이 시기에 이르러 직접 경험이 확대되어 갔다고 볼 수 있다. 이는
고등교육 기회의 확대, 발달된 인쇄매체에 따른 여행 경험의 공유, 그리
고 교통 통신의 발달 등에 따른 것으로 보인다.

『삼천리』 소재 기행문을 지역별로 보면, 동아시아권 기행문으로 중국
44편, 일본 20편, 만주 22편, 인도 9편, 간도 7편, 필리핀 5편, 몽고 2편,
기타 7편 등이다. 일본 지역 기행문의 경우 그 내용이 대부분 과거에 대한
향수, 회고성 짙은 내용, 일본과 관련 없는 회견기 등인 반면 타 지역의
기행문의 내용은 현실적 정치사안, 문명, 유학생 생활, 동포 소식 등 현재
의 모습과 상황을 다룬다는 점에서 차이를 보인다. 서양의 기행문은 미국

18편, 프랑스 21편, 러시아 13편, 독일 11편, 이탈리아 6편, 영국 2편, 기타 12편 등으로 주로 현실적인 사안이나 문명의 발전상 등을 내용으로 한다. 이로 보면, 1930년대 기행문은 일본을 넘어 구미 여러 국가가 여행지로 부각되면서 그 지역의 문명과 현실적인 문제들이 소개되는 매체 역할을 하고 있음을 알 수 있다(성현경, 2010:28~29).

3. 『삼천리』 소재 허헌(許憲)의 구미 기행문의 양상과 의미

1) '놀라운' 물질 문명 국가로서의 구미 제국

허헌(許憲)은 『삼천리』에 다음 세 편의 기행문을 발표했다.[8]

> 許憲(1929.6), 「世界一周紀行 第一信 太平洋의 怒濤차고 黃金의 나라 美國으로! -布哇에 잠간들러 兄弟부터 보고-」, 『삼천리』 창간호.
> 許憲(1929.9), 「世界一周紀行 第二信 꼿의 「바리웃드」를 보고 다시 太平洋 건너 愛蘭으로!」, 『삼천리』 2호.
> 許憲(1929.12), 「世界一周紀行 第三信 復活하는 愛蘭과 英吉利의 姿態」, 『삼천리』 3호.

허헌의 기행문은 『삼천리』 창간호 첫머리를 장식하는 첫 작품이라는 점

---

8) 허헌의 여행기가 3회로 중단된 것은 아마도 그가 1929년 신간회 중앙집행위원장으로 취임한 후 광주학생운동 관련 민중집회를 계획하다가 12월 13일 구속되어 2년 넘게 감옥살이를 하게 된 것과 관련 있어 보인다.

에서 『삼천리』의 편집 방향을 알 수 있다. 『삼천리』 창간호의 1면에는 유명인사가 보내온 우리의 표어가 제시되어 있고, 2면에는 '돈 十萬圓이 잇다면? 說問―누가 돈 십만원을 무조건으로 제공한다면 엇더한 일에 쓰겟습닛가?'라는 설문이 실려 있다. 허헌은 대답으로 "俊才 數十名을 歐美 各國에 派遣하겠다"는 응답을 내놓는다.

> 나는 그런돈 十萬圓이 내손에 드러온다면 조선에서 秀才라고 일컷는 人物 三四十名을 쏩아서 英, 美, 佛, 獨, 露, 伊, 愛蘭, 土耳其, 印度, 瑞西, 첵크, 濠洲 等 各國에 二三名式 派遣하여 그 나라의 國家나 社會의 制度라든지 人情風俗이라든지 産業狀態 國民精神 등을 精密히 調査硏究케하겟습니다. (…중략…)
>
> 더구나 우리가치 모든 것이 뒤저잇는 處地에 잇서서는 各國의 文明程度를 精確히 알어둘 必要가 時急이 잇는 동시에 우리 形便도 저쪽에 充分히 알려주어야 할 터인즉 그런 人物을 各國에 派送하는 것이 아조 急務인 줄로 알고 그런 돈이 생긴다면 俊才派遣에 다써버릴가 합니다(『삼천리』 창간호, 1929.6:2).

여기에서 허헌은 서구 제국주의뿐 아니라 그 식민 국가들 즉 아일랜드, 인도, 호주 등을 포함하여 각국의 문명 정도를 정확히 아는 것과 우리의 형편을 충분히 알리기 위해 인재 파견을 하겠다는 생각을 드러낸다. 여기에서 그가 제시한 나라에 일본은 빠져 있다는 점은 주목을 요한다. 이는 인재파견이 결국 조선의 근대화, 일본 제국주의로부터의 독립과 연관되어 있음을 의식하고 있었기 때문으로 판단된다. 이러한 생각은 그가 몸소 세계여행을 한 경험이라든가 그의 삶의 행적을 통해 볼 때 당연한 것으로 보여진다.

허헌은 함경북도 명천군에서 1885년에 태어나 1894년 양친을 여의고 고아가 되어 상업으로 돈을 번 이용익 밑에서 자랐다.[9] 이용익은 조선 말기 재력가의 상징처럼 여겨지던 인물인데 그는 일제에 저항하면서 국권 회복을 위해 새 시대의 식견을 갖춘 지도적 인물을 양성하는 일이 급선무라 하여 보성소학교, 보성중학교, 보성전문학교를 세웠다. 허헌은 반일성향의 이용익의 집에서 재동학교와 한성외국어학교를 다녔다. 이후 1905년 그는 보성전문학교 법률학전문과를 다녔으며, 입신출세보다 잃어버린 주권을 회복하기 위해 법률을 공부하기로 결심했다 한다. 보성전문학교를 졸업한 후 일본 명치(明治)대학 법학부에 편입, 수료한 후 귀국, 1908년 7월 시행된 제1회 변호사시험에 합격한다.

동경 유학을 마치고 귀국한 허헌은 서북학회 부총무를 맡으면서 유동열, 안창호, 윤해, 김립 등과 친분을 쌓았다. 공산주의자인 김립 그리고 공산당 사건에 관련되어 구속된 큰딸 허정숙의 남편 임원근, 그리고 박헌영 등 공산주의자들을 변호하면서 허헌은 그들의 조국 독립과 민족해방을 위한 투쟁에 큰 영향을 받는다. 또한 그는 3·1운동의 기폭제 역할을 했던 33인 사건, 1925년 조선공산당 및 고려공산청년회 사건, 1927년 간도공산당 사건, 1929년 상해에서 압송된 여운형 사건 등을 변호했다. 변호과정에서 파악한 사건들을 통해 그는 그들이야말로 민족해방을 위해

---

9) 허헌은 함경북도 명천군에서 하우면 하평리 장골마을에서 진사이며 한학자인 허추(許抽)와 그의 부인 박씨 사이에서 장남으로 태어났다(심지연, 1994:13).

독립운동을 하는 진실한 혁명가들이라고 생각했다. 해방 후 그가 지지한 박헌영 대신 후일 남로당의 위원장에 오르기도 하였다. 한편 1923년에는 보성전문학교 교장으로 취임, 민립대학 설립운동에 참여, 동아일보를 위시한 언론계에도 참여하기도 하였다.[10]

허헌은 공산당 사건 변론 이후 총독부에는 여행 목적을 구미 각국의 사법제도 견학이라고 신고하였으나 실질적으로는 세계 문명 체험과 국제 사회에 국내 정세를 알릴 목적으로 1926년 5월 31일[11] 세계일주여행을 떠나 1927년 5월 12일 귀국한다.

허헌의 여행 경로를 보면 다음과 같다.

〈제1신〉
남대문역(1926.5.31)-부산항-일본 : 횡빈항(6.16)-미국 : 布哇(6.29)-桑港(7.14)
〈제2신〉
桑港-羅府-市俄古-紐育-華盛頓-紐育
〈제3신〉
紐育(1927.1.15)-아일랜드 : 愛蘭 쿠인스타운(1.22)-킹스타운-영국 : 英吉利(1.22)

---

10) 허헌의 일대기에 대한 체계적인 연구는 심지연, 앞의 책 참조. 허헌은 1945년에는 조선건국준비위원회 부위원장, 1946년 민주주의 민족전선 수석의장, 남조선노동당 위원장, 1948년 북한 최고인민회의 1기 대의원, 최고인민회의 의장 및 김일성대총장 등을 역임했으며 1951년 8월 병사했다.

11) 허헌은 다른 글 즉, 「東西 十二 諸國을 보고 와서」(『別乾坤』 7, 1927.7)는 5월 30일로 되어 있다.

이상 '제3신' 이후에는 『삼천리』에 더 이상 연재되지 않았다. 이 기행문으로 보면 그가 방문한 곳은 일본, 미국, 아일랜드, 영국 등이다. 이후 영국 여행을 마친 그는 프랑스, 독일을 거쳐 1927년 2월에는 벨기에 브뤼셀에서 개최한 약소민족대회에 참가하였다. 제네바 국제연맹본부를 시찰하고 여러 나라를 거쳐 러시아로 들어가 시베리아 철도를 타고 여러 곳을 방문한다. 1927년 5월 4일에 중국 장춘에 도착, 대련, 상해 등지를 여행하고, 5월 12일 오후 9시 50분에 서울에 도착한 것으로 되어 있다(심지연, 1994:59~61).

허헌은 여행을 출발하면서 "그리운 조선이여 잘 잇슬지어다 그동안에 아모조록 크고 건강하고 배움이 만허서 조고마한 이몸이 가저다 드리는 뒷날의 선물들 웃고 바더주소서"(『삼천리』1호, 1929.6:6)라고 하면서 많은 것을 배우고 오겠다는 각오를 다진다.

그러므로 허헌의 여행은 발전된 서구 문명 체험이 큰 비중을 차지한다. 일본에 도착해서 동경과 대판(大阪)에서 며칠을 보내지만, 그의 기행문에는 일본에 대한 소개가 없다. 그는 곧장 미국으로 향한다. 그가 관심을 두고 있는 것은 구미이기 때문이다. 그래서 그의 기행문에서 미국과 영국에 대한 비중은 각별하다. 그의 '제1신'의 제목에서 알 수 있듯이 제목이 아예 「黃金의 나라 美國으로!」라고 되어 있다.

꿈과 현실의 허크러진 실마리 속에서 이레 동안을 지낸 七月十四日이 되니 우리배는 太平洋岸의 代表部市 桑港에 到着하엿다 일로부터 나의 발길은 **黃金의 나라 物質文明 至上의 나라 資本主義 最高峰의 나라 女子의 나라 享樂의 나라 自動車의 나라**인 北美合衆國 쌍을 밟게 되엇다(『삼천리』 창간호,

1926.6:9. 밑줄강조 필자, 이하 동일).

허헌에게 미국은 '黃金의 나라 物質文明 至上의 나라 資本主義 最高峰의 나라'로 인식된다. 따라서 그가 경험한 미국은 '놀라움', '풍부함', '변화함', '지유로움' 등으로 표현되는 나라이다.

> 이밧게 各地의 大學, 圖書館. 裁判所, 新聞社, 工場, 會社 等 모든 施設에 놀라운 것이 만하엿스나 美國에 對한 紀行文 分量이 넘우 만허젓기로 모다 畧하기로 하며 또 「나이아가라」 其他의 瀑布, 河沼, 山岳 等 名勝도 大槪는 구경하엿으나 가튼 意味로 짠 機會에 말하려 하며 左右間나는 美國와서 物質文明의 絶大한 威力을 쌔달엇다(삼천리 2호, 1926.9:42).

그가 미국에서 체험한 시설, 자연 등 모든 것들은 그에게 물질문명의 막강한 위력을 깨닫게 하였다.

엉국에서 허헌이 받은 첫 인상과 경험은 건물의 '커다람'과 사람의 '친절함'이다. 그가 찾아간 케임브리지시(市)에 있는 대학 건물의 웅대함에 놀랐으며, 길을 잃을까 두려워하는 그에게 친절하게 길을 가르쳐 준 영국인은 '正直高潔한 紳士'로 명명된다.

이렇듯 허헌에게 미국과 영국의 문명은 긍정적이고 고상한 것으로 인식된다. 이러한 그의 인식은 학습을 통해 형성된 것일 가능성이 크다. 그것은 특히 일본 명치학원 유학 시절에 영향받은 바가 컸을 것으로 보인다. 명치학원은 기독교정신, 자유주의 전통, 국제인의 육성이라는 건학정신이 말해주듯이 창립 초기부터 세계를 무대로 활약하는 인물을 배출해

왔다. 허헌은 이러한 분위기 속에서 유학생활을 하면서 서구 문화에 대한 인식이 형성되었을 것으로 보인다. 따라서 그는 근대화된 서구 물질문명을 경험하면서 그러한 발달된 물질문명과 제도를 식민지 한국 현실과 대비적으로 인식하면서 근대화에 대한 과제로 인식하고 있었다고 판단할 수 있다.

2) 조선 독립에의 열망과 사회주의에 대한 동정자로서의 편린

당시의 지식인들이 그렇듯이 허헌도 민족의 발전과 국가 독립에 대한 의지가 강했다. 이를 증명이라도 하듯, 그는 그가 세계여행 중임에도 불구하고 1927년 2월 15일 창립한 신간회 중앙위원 37명 중 한명으로 선출되었다. 이어 그는 1929년 신간회 중앙집행위원장으로 취임, 광주학생운동이 발발하자 그와 관련한 민중집회를 계획하다, 12월 13일 구속되어 2년 넘게 옥고를 치르기도 하였다. 1932년 1월 22일 가출옥으로 풀려난 그는 서울 집에서 식민통치기를 보내면서, 1936년 11월에는 독립운동을 하기 위해 조국을 떠나는 큰딸 허정숙을 보냈다. 1943년 3월 해외 단파방송 청취로 보안법, 치안유지법 위반 혐의로 또다시 감옥에 갇혀 지내다 1945년 4월 병보석으로 출감하게 된다(심지연, 1994:62~88).

허헌이 여행한 시기는 1926~27년 사이지만, 그의 여행기가 실린 때는 1929년이다. 그가 언제 이 여행기를 썼는지는 정확하지 않지만, 여행기에는 상기한 1920년대 후반 그의 인식이 투영되었을 것으로 보인다.

이러한 그의 인식은 해외에서의 그의 행위로 드러난다.

그러터래도 美國에 여러달 留하는 사이에 이 나라 民衆의 氣質이란다든지 또 勞農露西亞와 兩極端에 잇서서 世界의 文化를 風靡하고 잇는 「아메리카이즘」을 본 것이 업는 것이 아니지만 大槪는 時事와 政治에 關係되는 것임으로 「三千里」誌를 通하야 말슴들일 自由가 업서서 그냥 지내 가기로 한 것이외다 실상 저도 여러 都市에서 在留同胞들을 爲하여 또는 歐美人을 爲하여 請하는 대로 목이 쉬게 演說도 數十次하엿고 그 反對로 내가 저곳 名士를 일부러 차저서 손목을 붓잡고 熱熱히 協議한 일도 만사오나 그를 아니 적는다고 여러 분께서 想像도 못하여주시랴(『삼천리』 3호, 1929.12:15).

허헌은 미국에서의 경험 가운데 시사와 정치적인 일에 대한 것, 동포들에 대한 강연, 그리고 미국 유명인사들과의 대담 등에 대하여 자세하게 기술하지 않는다. 이는 검열이 작용하고 있는 측면이 강하다고 보여진다. 실제로 기행문 곳곳이 그러한 장면에서는 생략(略)되어 있다.

여행기를 보면 그는 하와이에 도착하여 교민단, 청년회, 교회당을 다니며 고국 사정을 이야기하고 '우리 일'에 대하여 여러 차례 연설도 하였으며, 워싱턴에서는 미국 대통령을 만나고 상원 외교위원장과 회견을 하기도 하였다. 아일랜드에서는 내무차관과 대화를 나누거나 상하의원들과 회담을 하는 등 구미 지도층들과의 대화를 시도하였다. 허헌이 그들과 나눈 대화는 식민지 조선 현실과 독립에 대한 것이었을 것으로 추측할 수 있다.

그의 독립에 대한 열망은 미국 본토 입국 관문인 샌프란시스코(桑港)에 들어가면서 미국 독립전쟁이 시작된 것을 기억하는 것은 당연한 의무라는 말로 간접적으로 표현된다.

그러터래도 우리는 이 桑港이란 北亞美利加의 關門에서서

「請願의 째는 이미지낫다, 우리에게 자유를 달라 그러치 안으면……」

하고 부르지즈면서 내닷든 一七七五年 三月의 이나라 民衆의 壯烈한 그 活

動을 回憶하는 것은 當然한 義務이리라(『삼천리』 2호, 1929. 9:22).

또한 워싱턴에서 '영광의 제1회 대통령 '워싱톤'의 기념탑'을 보고 감격
한다거나, 뉴욕의 시청 부근에 있는 '네-단헬'(네이탄 해일)독립전쟁 당시
워싱턴 군대의 첩보장교로 활동하다 영국군에 체포돼 총살형을 당한 청
년-이라는 동상을 보고 한층 더 감격을 하게 된 경험도 허헌의 조선 독립
에 대한 열정을 보여준다.

感激을 밧기는 華盛頓의 古跡에서도 그리하엿지만은 紐育에 도라왓슬 째
市廳附近에 잇는 「네-단헬」 銅像을 보고 一層 더하엿다 그 銅像에는 美國獨
立戰爭 째에 美軍의 密偵이라 하야 英軍에게 잡히어서 最后를 마칠 째에 부
르지즌 有名한 그의 名句

I regret that have only one life to lose for my Contry

1776. 9. 22

가 그대로 싹이어 잇는데 그 쯧을 飜譯하면 「나는 내나라에 바치는 목숨을
오직 하나 밧게 가지지 못한 것을 원통하게 생각한다」함이라 이 銅像은 實로
全亞美利加 民衆의 精神을 恒常 緊張식혀 놋는 效果를 가지고 잇다 할 것이
다(『삼천리』 2호, 1929. 9:42).

여행자 허헌이 독립을 위해 싸우다 죽은 청년을 기념하는 기념비에 새
겨진 말을 전하는 것은 결국 자신과 독자인 조선 사람들에게 전하는 말이

기도 하다. 이러한 메시지는 그가 아일랜드에서 겪은 경험과 감회를 통해서도 드러난다.

그런데 내가 지금 도착한 「쿠인스, 타운」 港으로 말하면 俗稱 皇后村이라 하야 얼마 전까지도 市街燦然한 훌륭한 都市이더니 數百年來 英國領이 되어오는 동안에 不絶히 이러나는 戰爭 째문에 그만 말할 수 업시 荒廢하여저서 處處에 銃火의 洗禮를 밧은 建物과 破損된 街路 째문에 悽慘한 늣김을 가지게 하더이다 (…중략…) 自由國이 된 뒤에 新政府(의 손으로 復興事業이 盛하게 이러나는 모양으로 길가마다 새로운 街路樹가 서기 始作하고 또 市區域도 改正이 되며 左往右來하는 愛蘭人의 얼골 우에도 希望과 情熱의 빗치 써오르더이다 나는 이 모양을 보고 잿속에서 날개를 털고 이러나는 「不死鳥」라는 새를 생각하엿소이다(『삼천리』 3호, 1929.12:15).

아일랜드는 12세기부터 700년 간 지배해온 영국에 저항한 결과 1921년 12월 6일 마침내 영국으로부터 독립한 나라이다. 아일랜드는 '불사조'로 비유되는 나라로서 허헌에게는 각별한 나라로 경험된다. 이는 그가 이번 세계일주 여행에 '愛蘭에 몹시 치중하엿'다는 언급에서도 확인할 수 있으며, 아일랜드에서 내무차관과의 면담, 재판소 견학, 의원과의 대화 등을 통해서도 확인할 수 있다. 재판소 견학에서 도서관을 보고 '최신 지식을 흡수하기에 급급하는 신흥국가의 의기가 경탄할 만하다'거나, 의원과의 대화에서 중국과 조선의 관계를 '脣齒의 관계'로 설명하고 중국에 대한 원조와 조선과 아일랜드와의 교류를 일구어내는 역할을 한다. 특히 말이 통하지 않는 내무차관격인 여관리와의 대화 시도는 참으로 눈물겨운 행위로 보인다.

中國靑年 한 사람이 드러왓는데 그 사람입을 거치는 中國通譯은 더구나 말이 잘 안 되기에 나는 辭退하고 그제부터는 英和字典을 끄내들고 한참 둘이서 冊보며 이약이 하엿지요 彼此에 쌈이 째젓스나 談話의 內容은 쩌리김업는 重要한 것이엇소이다(『삼천리』 3호, 1929.12:17).

여관리가 순수한 아일랜드 말을 하고 자신은 서툰 영어를 하기 때문에, 대화에 어려움이 있었는데 중국어를 할 줄 안다는 자신의 말에 따라 중국 유학생을 불러 통역을 시도한다. 그러나 통역마저 잘 되지 않았기에 자전을 찾아가며 대화를 시도했다는 경험이다.

허헌이 아일랜드 관리와 어떤 대화를 나누었는지는 제시되어 있지 않다. 그러나 그가 여행에서 의도했던 당시 식민지 조선 현실을 알리고 국제사회 공조를 모색하는 데에 협조를 구했을 가능성이 크다.

영국 여행 이후의 여행 경험은 연재가 중단됨에 따라 알 수 없어, 그가 여행을 하면서 어떤 인식적 변화 과정을 겪었는지는 확인할 수 없다. 그러나 그가 여행에서 귀국한 직후에 했던 귀국담(歸國談)을 통해서 그 편린을 볼 수 있다.

그후 '제네바'에 가서 국제련맹(國際聯盟) 본부를 차저 보고 피압박민족대회(被壓迫民族大會)에도 참가하여 보앗습니다만은 피압박민족련맹을 조직한 것은 그 당장의 광경이 흡사히 자본주의 국가인 영국을 귀탄한 것가튼 늣김이 잇섯습니다 로서아에 와서는 각 방면을 다 자세히 보앗습니다 주의가 그러하니까 그럴터이지요만은 모든 것이 일반 로동게급을 표준으로 행정을 하니까 지식게급들은 불평도 잇는 모양갓습듸다 금번 구미시찰에 데일 눈에 씌이고 귀에 새로운 것은 로서아가 승리하기를 바라는 것이엿습니다(『동아일보』, 1927.5. 14).

여기에서 허헌은 피압박민족대회가 자본주의 국가인 영국을 규탄하는 것 같은 느낌을 받았다는 보고를 하고 있으며, 그가 여행에서 가장 눈에 띄게 경험한 것은 '러시아가 승리하기를 바라는' 고백을 하고 있다. 당시 자본주의와 제국주의의 맹주로서의 위상을 지닌 영국에 대한 비판적 여론 체험과 사회주의 혁명을 완수해가는 러시아의 승리에 대한 소망은 그의 사회주의에 대한 동정자(sympathizer)로서의 편린을 볼 수 있게 해준다.

4. 맺음말

이 장에서는 제국주의 체제에서 식민지로 편입되어갔던 조선의 현실 속에서 쓰여졌던 기행문 가운데, 구미 여행 경험을 담고 있는 허헌의 기행문을 중심으로 다루었다. 기행문은 세계에 대한 경험과 주체의 인식을 비교적 가공되지 않은 채 파악할 수 있다는 점에서 당대의 인식론적 지도를 구성하는 중요한 요소이다. 최근 탈국가 혹은 탈근대에 대한 논의는 여행에 대한 관심을 더욱 증폭시켰고, 그 근원으로서의 근대 초기 기행문학에 대한 논의도 활발하게 진행되었다. 특히 논의 대상을 일본 및 중국 관련 기행문에 한정하지 않고 세계를 대상으로 한 기행문으로 확장하고 있는 것은 의미 있는 일이다.

이 글에서는 특히 『삼천리』 소재 허헌의 '세계일주기행(世界一周紀行)' 연작을 살펴보았는데, 1930년대 전반에 걸쳐 발간된 『삼천리』는 당시 거의 모든 영역의 사회 변화상을 담고 있는 매체라는 점에서 당시 사회문화상을 연구하는 데에 중요한 연구 대상이 된다. 또한 허헌은 우리 근대사에서 비중 있는 인물이라는 점에서 기행문학과 근대 지식인의 인식의 편린을 파악하는 데 중요한 의미가 있다고 판단되었다.

개화기나 1910년대의 여행객들은 주로 외교 사절단과 관비 유학생들이었다. 그러나 1920~30년대 이후 여행은 일본, 중국뿐 아니라 구미 등 세계로 점차 확대되어 나갔다.

기행문은 여행의 목적, 여행지, 여행자의 의식과 계층 등에 따라 다양하게 형상화된다고 볼 수 있다. 따라서 구미로의 여행이 일본 국민으로서의 정체성 속에서 이루어진 것이라 단정지을 수 없다. 여행하는 주체와 그에 따른 경험과 인식의 다양성을 문제 삼아야 하는 것도 여기에 있다.

당대의 기행문을 통해 허헌이 보여준 경험과 인식은 그가 살아왔던 삶의 편린을 보여주고 있으면서 동시에 한국의 근대사의 한 모습을 드러내고 있다. 특히 미국 물질문명에 대한 과도한 상찬은 그의 조선 독립에 대한 관심과는 달리 일본을 통해 매개된 것으로서 근대 물질문명의 전범으로서의 서구 문명이라는 타자에 압도되는 형국이다. 이는 타자에 대한 철저한 성찰이 수반되지 않은 데에 기인한다고 판단된다. 또한 그는 조선 독립에 대한 열망을 지닌 자로서 미국, 아일랜드, 벨기에, 러시아 등지를 다니면서 교민에 대한 강연, 정치가들과의 대담, 유적지 견학 등을 한다. 특히 귀국 직후 귀국담에서 밝힌 피압박민족대회에서의 자본주의 제국주의 맹주국가인 영국에 대한 비판, 러시아 혁명에 대한 승리에의 기원 등은 사회주의에 대한 동정자(sympathizer)로서의 편린을 보여준다.

기행문에 대한 당대의 총체적인 파악은 보다 광범위한 논의를 필요로 한다. 이후 과제로 남긴다.

제4부

비평의 논리와 비평교육

제1장 해방 후 민족문학론과 비평교육의 과제

1. 민족문학론의 비평교육적 인식

문학비평의 교육적 위상에 대한 논의는 여러 논자들에 의해 이루어진 바 있다. 문학교육이 문학 텍스트의 이해, 감상, 평가의 능력을 길러주는 데 있다는 점에서 문학교육에서의 문학비평적 시각의 필요성을 강조한 바 있으며,[1] 문학교육을 넓은 의미에서의 비평행위라는 입장을 견지하면서, 문학교육에서 비평행위의 중요성을 논의하기도 하였다.[2] 그리고 이러한 견해에 힘입어 한국 비평사를 문학교육의 장에 끌어옴으로써 비평텍스트를 보는 관점과 비평 텍스트를 생산하는 관점을 제시한 바도 있다.[3] 또한 문학작품 읽기 전략으로서의 문학비평이나 김남천 비평을 예

---

1) 구인환 외, 『문학교육론』, 삼지원, 1998.
2) 우한용, 「소설교육의 기본구도」, 『소설교육론』, 평민사, 1993.
3) 임경순, 「비평교육에 대한 일 고찰」, 『선청어문』 제25집, 서울대국어교육과, 1997.

로 들어 비평 활동의 의미를 논의한 바도 있다.[4] 이상의 논의들은 문학교육과 문학비평의 관련성을 인식하고 비평교육의 실천을 모색하고 있다는 점에서 의의가 있다. 그러나 비평 일반을 어떻게 가르치고 배울 수 있겠는가 하는 점에 대한 설득력 있는 논구가 필요하다는 지적[5]을 볼 때 좀 더 깊이 있는 논의가 이어져야 할 것이다.

이 글은 이러한 논의들을 참고하여 우리 근·현대문예비평사의 중요한 축을 이루는 민족문학론을 해방 이후를 중심으로 살펴보고, 그 비평교육적 과제는 무엇인지를 논의하고자 한다.

한국 근·현비평사에 있어서 민족문학은 많은 연구자들의 관심의 대상이 되어 왔다. 그만큼 우리 비평사에 있어서 민족문학이 차지하는 비중은 크다 하겠다. 그러나 민족문학이 무엇을 일컫는지 그 실체에 대해서는 여전히 의견이 분분한 실정이다.

민족문학을 회의적으로 보는 입장에서는 민족이란 소재 내지는 주제적 측면을 일컫는 것으로 '민족'이 지닌 미학적 형식이 명료하지 않다는 점을 들고 있다. 또한 민족문학에 대한 논의는 리얼리즘, 특히 전형론 등을 중심으로 전개되기 때문에 독자적인 미학 원리가 부재함으로써 그 독자성이 의심된다고 비판받아 왔다.

그러나 이러한 관점은 이론이나 개념이 형성된 역사성과 그것이 지닌

---

4) 김성진, 「문학작품 읽기 전략으로의 비평에 대한 시론」, 『문학교육학』 제9호, 2002. 여름 ; 김성진, 「문학교육에서 비평 활동에 관한 연구: 비판적 읽기와의 관련을 중심으로」, 『국어국문학』 제130호, 2002.

5) 김상욱, 「문학이념과 문학교육」, 『문학교육의 방법』, 한길사, 1991.

긍정적인 측면을 간과한 점이 있다. 민족이란 역사와의 관계 속에서 파악되어야 하며, 민족문학이란 바로 그 민족의 삶이 위협받고 위기에 처한 상황에 근거한 것으로, 민족의 현실에 대응하는 주체적 실천 속에서 존립하는 문학이념이라 할 수 있다. 그렇기 때문에 그 미적 형식은 문학과 현실과의 연관을 중시하는 리얼리즘 혹은 현실주의에 근거했던 것이다.

민족문학이란 민족의 삶을 억압하는 역사적 상황 즉 개항 이후 식민지 시대의 수난, 외세에 의한 분단과 이념의 대립, 독재 권력에 의한 탄압 속에서 문학이 그러한 역사적 상황에 주목하고 그것을 형상화함으로써 민족의 삶을 도모하는 문학이라 할 수 있다. 그렇기 때문에 민족문학은 역사성, 억압에 대한 부정성, 유토피아 지향성 등을 속성으로 한다. 그러므로 문학을 존재론적인 차원에서 보는 것이 아니라 실천적인 차원에서 바라볼 때 민족문학을 정당하게 바라볼 수 있다고 판단된다.

그런데 세계화, 지구촌, 탈이념화, 다원주의 등으로 파악되는 현 시점에서 민족문학을 논의하는 일은 다분히 국수주의적이고 배타적인 인상을 줄 수도 있다. 그러나 우리 역사를 보면 해방 이후 여전히 봉건 잔재와 분단 상황이 지속되고 있고, 남북 대립으로 인한 민족적 역량의 소모와 그로 인한 우리 민족의 삶에 부정적인 영향을 주고 있는 것도 사실이다. 따라서 우리 민족의 삶을 도모하고, 동아시아 및 세계 평화와 발전을 위해 문학이 할 수 있는 일을 교육적 차원에서 진지하게 모색하는 일은 매우 중요한 문제라 하겠다.

2. 해방 후 남한에서의 민족문학론 전개과정

1) 해방 직후의 민족문학론

해방 직후는 근대의 민족사적 과제들을 실현할 수 있는 가능성과 제한성을 동시에 가지고 있던 시대였다. 해방 직후 우리 민족의 최대 과제는 일제 잔재 청산과 자주적 민족국가의 건설에 있었다. 따라서 모든 민족적 역량이 그러한 일에 집중되었다.

문학 역시 그 일에 집단적으로 대응해나갔는데, 이들이 내건 이념은 민족문학이었다.[6] 그러나 그들이 속한 집단이나 노선에 따라 세부 내용은 달랐다. 이들을 크게 좌·우파 진영으로 나눌 때, 좌파문학운동 단체로 조선문학건설본부(1945년 8월 16일 결성), 조선프롤레타리아문학동맹(1945년 9월 17일 결성), 그리고 양 단체를 해소하고 결성한 조선문학가동맹(1945년 12월 13일 결성) 등을 들 수 있고, 우파문학운동 단체로 중앙문화협회(1945년 9월 18일 결성), 전조선문필가협회(1946년 3월 13일 결성), 조선청년문학가협회(1946년 4월 4일 결성) 등을 들 수 있다.

임화, 김남천, 이원조 등이 중심이 되어 조직한 조선문학건설본부가 내세운 것은 계급이 아니라 민족이었으며 프로문학이 아닌 진보적 민족문학의 건설이었다. 조선문학건설본부는 조선 혁명의 현단계를 부르조아

---

6) 해방 직후 한국 문학비평사에서 민족문학론은 문학이론 논의의 핵심이었다. 이 시기 민족문학론은 해방 직전의 세대론, 휴머니즘론과 1920년대 이후 프로문학이론과 연관되어 있다.

민주주의 혁명단계로 규정한 박헌영의 전술에 따라 매판집단을 제외한 모든 민족 계급은 연합해야 한다는 '민족통일전선'을 내세웠다.

조선문학건설본부 조직의 주도자이자 핵심이론가였던 임화는 노동자, 농민, 소부르조아 중심의 민족 연대를 강조했다.[7] 따라서 임화의 민족문학론의 중심 원리는 민중연대성에 있다고 할 수 있다. 임화가 이와 같이 판단한 데는 민주주의 변혁기에는 민중적 연대가 우선 과제로서 프롤레타리아 헤게모니를 강요해서는 안 된다는 판단이 작용했던 것으로 보인다. 그러나 임화가 말한 민중연대성의 원리가 어떤 방식으로 미학적 기능을 수행하는지에 대한 구체적 언급이 없다는 점에서 한계를 지닌다.

이러한 조선문학건설본부의 태도에 반발하여 이기영, 한설야, 한효 등은 조선프롤레타리아문학동맹을 조직하는데, 이들은 조선문학건설본부의 비혁명적 개량주의 노선을 거부하고 프롤레타리아 이데올로기에 입각한 프로문학의 수립이라는 좌파문학의 원칙을 고수하게 된다.[8]

조선프롤레타리아문학동맹의 중앙집행위원으로서 초창기 이 기구를 대표할 만큼 활발하게 이론 활동을 전개한 한효는 문학운동에서 당파성과 계급성을 강조하였다. 따라서 한효는 임화가 강조한 민족문화나 문화의 인민적 기초에 관한 주장은 허식이라 비판하였다.[9] 그런데 한효 역시 예술가들의 참여를 끌어내는 일의 중요성을 인식하고 있었다. 그러나 그

---

7) 임화, 「문학의 인민적 기초」, 『중앙신문』, 1945.12.8~14.
8) 이선영 · 하정일, 「해방 직후의 민족문학론과 근대관」, 『민족문학사연구』 제8호, 민족문학사학회, 1995.
9) 한효, 「예술운동의 전망」, 『예술운동』 창간호, 1945.12.

는 그들을 조직에 끌어들이지 않고, 감화의 대상으로 삼자는 조직의 이중적 운영을 제안을 하게 된다. 이는 당파성과 계급성을 유지하면서 조직을 유지해나가자는 의미였다. 그러나 그의 주장은 일제하 카프가 내세웠던 조직의 선명성과 동반자 작가와 자신들을 차별 지으려는 전략과 크게 다르지 않은 현실성이 없는 논리라는 문제를 지닌다.[10]

두 문학 단체는 그동안 자체 내의 의견 차를 좁혀 조선문학가동맹을 결성하게 된다. 이 단체는 앞으로 건설된 문화는 사회주의 혹은 프롤레타리아적인 문화가 아니라 반제 · 반봉건의 민주주의적 문화라는 점을 강조하여 조선문학건설본부의 노선을 따르게 된다.[11] 이는 좌파문학운동의 대중화와 관련된 것으로 보인다.

해방 후 우파문학운동은 1946년에 가서야 전조선문필가협회의 결성으로 본격화되는데, 그들은 '진정한 민주주의 문화 건설'이라는 슬로건을 내세운다.[12] 이어 이후 여기에 소속되어 있던 소장 문인들인 김동리, 조지

---

10) 한효는 〈조선문학가동맹〉으로 재편된 이후 문학운동의 방향을 파시즘에 대한 저항으로 정리하고 있다. 그의 이러한 주장은 조선문학가동맹의 강령에 대한 비판을 자제하면서, 자신의 기존 입장을 이어가기 위한 출구로 해석할 수 있다. 그러나 한효 등 조선프롤레타리아문학동맹 계열 이론가들이 1946년 10월 13일 북조선문학예술총동맹의 결성과 함께 삼팔선 이북으로 활동 무대를 옮김으로써 조선문학가동맹 참여는 일시적 현상에 지나지 않게 되었다. 김영민, 「해방 직후 한국 문학비평사 연구」, 『현대문학이론연구』 제11집, 현대문학이론학회, 1999, 78~79쪽.

11) 조선문학가동맹의 행동 강령은 '일본 제국주의 잔재의 소탕, 봉건주의 잔재의 소탕, 국수주의의 배격, 진보적 민족문학의 건설, 조선 문학의 국제문학과의 제휴' 등으로 되어 있다. 김영민, 앞의 글, 57쪽.

12) 1945년 9월 18일 결성한 중앙문화협회는 특정한 이데올로기에 기반을 둔 단체는 아니지만 그 구성원의 성향(이헌구, 김진섭, 이하윤 등 해외문학파 문화활동의 연장)으로 미루

훈, 서정주 등을 주축으로 1946년 4월 전조선문필가협회의 이념을 살리는 전위대 격인 조선청년문학가협회를 결성한다. 이들의 민족관은 지역 혹은 혈연 공동체로서의 민족 개념에 가깝다.

우파의 대표적인 이론가 가운데 한 사람인 조연현이 일제하에서 해방 직후에 이르는 문화 상황을 진단하면서 부르주아 리얼리즘으로부터의 탈피과정이라 한 것은 좌파의 이론가들과 일정 부분 시각을 공유한다. 그러나 그는 문학과 정치의 완전한 분리를 주장한다는 점에서 그 대안 모색에서는 좌파와 커다란 차이를 보인다.[13]

또한 민족문학과 연관된 김동리의 순수문학과 휴머니즘에 관한 논의[14]는 해방 직후뿐 아니라 정부 수립 이후 한국 문학사에 지대한 영향을 미치게 된다. 김동리의 민족문학론이 구체화되기 시작한 것은 「순수문학의 진의」를 통해서이다. 이 글에서 김동리는 민족문학과 순수문학, 휴머니즘을 연결시킨다. 그는 순수문학의 편견을 버리고 휴머니즘과 만나는 순수문학, 민족문학의 길로 나갈 것을 제안하였다. 여기서 휴머니즘이란 개성의 자유와 인간의 존엄성에 대한 존중을 말한다. 이른바 제3휴머니즘은 자본주의와 공산주의를 동시에 비판하는 것을 전제로 하고 있었다.

그러나 휴머니즘이 현실 참여를 부정하는 의미로 쓰이는 한 공허한 주

어볼 때 우파적 성행을 띠고 있다.

13) 조연현, 「문학자의 태도」, 『문화창조』 창간호, 1945.12; 「새로운 문학의 방향」, 『예술부락』 창간호, 1946.1.

14) 김동리, 「조선문학의 지표」, 『청년신문』, 1946.4.2; 「순수문학의 진의」, 『서울신문』, 1946.9.15; 「문학하는 것에 대한 사고–문학의 내용(사상적) 기초를 위하여」, 『백민』, 1948.3

장이라는 비판으로부터 자유로울 수 없다. 이러한 비판은 당시 김병규나 김동석 등에 의해 제기된 바 있는데, 그럼에도 불구하고 김동리는 참된 의미의 문학은 어떤 구경적인 생의 형식이 되어야 한다고 주장하기에 이른다. 인류에게 공통된 운명을 발견하고 이것을 타개하기 위해 노력하는 것, 이것이 구경적 삶이고 그것을 이야기하는 것이 문학이라는 것이다.[15] 그러나 문학만이 생의 구경적 형식이 될 수 없으며, 생의 구경적 형식만을 문학이라고 할 수 없다는 비판과 자연과 인간의 관계를 선험적 절대 영역으로 인식함으로써 현실과의 역동적 상호 작용을 무시한 탈현실적 문학이념이라는 비판으로부터 벗어날 수 없다.[16]

2) 1950년대의 민족문학론

한국 비평사에 있어서 해방 직후를 격동기라 하면, 1950년대는 이로부터 새로운 비평사를 위한 길을 모색하는 시기라 할 수 있다. 이 시기에는 해방 직후까지 지속된 우파와 좌파 사이의 이데올로기 논쟁은 사라지고, 여러 문학 논의가 시작된다. 그러나 그것은 이승만 정권의 수립과 한국전쟁이라는 시대적 맥락을 전제로 한 것이다.

---

15) 이후 김동리는 민족문학을 계급투쟁으로서의 민족문학, 민족주의 문학으로서의 민족문학, 본격문학으로서의 민족문학으로 구분하고, 앞의 두 민족문학은 진정한 민족문학이 될 수 없고, 민족성, 세계성, 영구성이라는 조건을 갖춘 본격문학으로서의 문학만이 진정한 민족문학이라 주장한다. 김동리, 「민족문학론」, 『대조』, 1948.8.

16) 김영민, 앞의 글, 90쪽; 하정일, 『분단 자본주의 시대의 민족문학사론』, 소명출판사, 2002, 105쪽.

1950년대 민족문학론은 1920년대와 해방 직후 민족문학론과도 관련된다. 순수문학론이나 휴머니즘론과의 연계성 속에서 민족문학을 논의하는 것은 앞 시기의 우파 민족문학론의 성과를 잇는 것이라면, 세계문학을 향한 민족문학론이나 전통의 계승 및 창조, 분단극복을 지향하는 민족문학론은 새로운 방향을 보여주고 있다.[17)]

1948년 정부 수립 이후 우파 중심의 민족문학론은 한국전쟁과 함께 더욱 공고화된다. 따라서 그러한 시대적 맥락 속에서 민족문학론은 좌파에 대한 비판과 우파에 대한 관심, 나아가 순수문학에 대한 관심으로 이어진다.

이 시기 김기완, 염상섭, 최일수 등은 민족문학과 리얼리즘의 관계에 주목한 바 있다. 김기완은 민족문학의 특질을 리얼리즘에 입각한 정확한 현실 파악이라 지적하면서, 민족문학을 소재의 다양화를 추구하고 대의와 민족의 강인한 정신을 추구하는 리얼리즘 문학이라 규정한다.[18)] 김기완의 주장은 좌익문학에 대한 비판을 전제로 한 것이었다. 즉 좌파 이데올로기를 반대하는 문학이 민족문학이었던 것이다. 그의 주장은 당시 우파문학, 민족문학, 순수문학이 연결된 당시 우파문학의 논리와 상동관계에 있었다. 그러나 이는 도식적이고, 주관적인 특성을 지니고 있다는 점에서 한계가 있었다. 그러나 민족문학을 리얼리즘과 관련시킨 염상섭은

---

17) 김영민, 「1950년대 민족문학론 연구」, 『현대문학이론연구』 12집, 현대문학이론학회, 1999, 227~228쪽.
18) 김기완, 「전쟁과 문학」, 『문예』, 1950.12.

민족문학을 주체적 의미가 강한 자국문학이라는 개념으로 사용하였다.[19] 즉 민족문학을 민족의식을 앙양시키고, 민족혼의 새로운 발견과 민족성을 고조·선양시키는 문학이라 본 것이다.

또한 김동리, 염상섭, 최일수, 조연현 등은 민족문학과 세계문학의 관계에 주목한 바 있다. 김동리는 해방 이후 10년간의 민족문학론을 정리하면서 민족문학의 이상이 별반 이루어지지 않았다고 진단하였다.[20] 그간 보기에 해방 이후 민족문학론은 계급주의적 민족문학론, 민족주의적 민족문학론, 인간주의적 민족문학론 등이 있다. 마지막 문학론이 해방 이후 김동리가 주장해오던 문학론으로 휴머니즘론과 연관되어 있다. 그의 인간주의적 민족문학론은 그 보편적 성격으로 말미암아 세계문학과의 연계를 모색할 수 있었다. 즉 그의 민족문학이 세계문학의 일환으로서의 민족적 개성을 특징으로 하는 문학이라는 점이다. 뒤이어 김동리는 신과 자연의 공존과 조화에 실패한 서양의 휴머니즘을 벗어나 그것의 융화를 바탕으로 한 동양적 휴머니즘의 중요성을 강조한다. 그리고 무한과 영원에 통할 수 있는 새로운 휴머니즘의 새로운 인간상의 창조를 휴머니즘 문학의 현대적 과제라 주장한다.[21]

한편 민족문학과 전통과의 관계를 논의한 정병욱, 전광용, 백철, 최일수 등의 논의도 이 시기 민족문학론의 한 지류를 형성하고 있었다. 이러한 민족문학의 전통론은 한편으로는 민족문학론의 전개과정 속에서의 자연스

---

19) 염상섭, 「한국의 현대문학」, 『문예』, 1952.5.
20) 김동리, 「민족문학의 이상과 현실」, 『문화춘추』, 1954.2.
21) 김동리, 「휴머니즘의 본질과 과제」, 『현대공론』, 1954.9.

런 진전과 당시 모더니즘의 전통부정론에 대한 대응 차원과 관련된 것이다. 이들 논의를 종합해보면 한국 문학에 전통이 있는가 없는가, 전통이라는 개념 문제 등에 대하여 약간의 차이가 있었다. 그러나 그들은 한 나라의 문학을 풍요롭게 하고, 문학사 발전과정에서 전통이 중요하다는 사실에는 공감하고 있었다. 즉 이 시기 전통론은 과거의 문학유산 속에 스민 문학정신을 바탕으로 현시대 한국 문학의 발전을 도모하려는데 있었다.[22]

한편 최일수의 통일지향의 민족문학에 관한 논의는 분단극복론으로 이어진다는 점에서 주목된다.[23] 그는 문학이 지향해야 할 목표는 민족 통일을 구현하기 위한 방향에서 산출되는 새로운 민족정신의 발현이라 주장하였다. 즉 분단 극복을 위한 문학의 역할을 강조했던 것이다. 그의 논의는 당대에만 한정되는 논의가 아니라 지금까지도 지속되는 문제라는 점에서 문제성을 지니고 있었다.

요컨대 1950년대 민족문학론의 핵심이 리얼리즘론, 세계문학론, 분단극복론에 있다고 본다면 1970년대 이후 진행된 민족문학론 이 시기에 배태되어 있다는 점에서 그 의의가 있다.

3) 1960년대의 민족문학론

1950년대와 1960년대의 파행적 경제 발전은 농촌 사회의 황폐화, 광범

---

22) 김영민, 앞의 글, 256쪽.
23) 최일수, 「우리 문학의 현대적 방향」, 『자유문학』, 1956.12.

한 도시빈민층의 창출, 노동 현실의 열악화를 초래하였으며, 국가 권력은 그로 인해 파생된 국민의 정치적 불만을 폭력으로 억압했다. 이 같은 사회 현실 속에서 등장한 것이 이른바 순수참여논쟁이다. 순수참여논쟁은 문학의 사회적 기능을 재인식하고, 이후 민족문학론 전개에 커다란 영향을 준다는 점에서 그 의미를 찾을 수 있다.

1960년도에 김우종, 유종호, 정태용 등의 단초적인 문제 제기가 있었지만, 논쟁이 본격화된 것은 김우종이 「파산의 순수문학」(『동아일보』, 1963.8.7)에서 문학을 순수문학과 등치시키는 견해에 대하여 이의를 제기하면서, 문학은 당면 현실과 민중의 삶에 마땅히 주목해야 하며, 그런 의미에서 순수와 결별해야 할 것이라고 주장하면서부터다. 이후 김병걸, 김우종 등의 참여론자들과 이형기, 김상일, 원형갑 등의 순수론자들이 부딪히면서, 1960년대 내내 주장과 반론이 거듭되면서 1970년대 초반까지 지속되었다.[24]

참여론자들은 이 논쟁을 통해 문학의 현실과의 연관성, 사회적 존재로서의 작가를 확인하고, 작가의 현실에 대해 투철한 현실감각과 그를 통한 현실과의 대결을 주장했다. 그러나 그것이 문학의 정치에의 예속을 뜻하지는 않았다.

이에 대해 순수문학론자들은 순수문학도 현실을 외면한 것은 아니라면

---

24) 대표적인 논의를 들면 다음과 같다. 김병걸의 「순수와의 결별」, 『현대문학』, 1963.10; 김우종, 「저 땅 위에 도표를 세우라」, 『현대문학』, 1964.5; 이형기, 「문학의 기능에 대한 반성」, 『현대문학』, 1964.2. 순수참여론에 대해서는 다음 참조. 김윤식, 『한국현대문학비평사』, 서울대출판부, 1982.

서 참여문학을 정치에 예속시키는 문학이라 비판하였다. 그러나 이들이 말하는 정치란 좌익적 이데올로기를 의미하는 것이었다. 즉 참여론을 과거 카프나 문학가동맹, 또는 공산주의자로 전제된 사르트르의 참여론에 연결시켰던 것이다.

1960년대 후반에 이르면, 조동일, 백낙청, 염무웅, 김병걸, 김수영 등이 중심이 되어 『창작과 비평』(1966)이 창간되고, 백낙청의 「시민문학론」 등이 전개되어 리얼리즘을 중심으로 억압적 정치 권력과 산업화의 비인간화에 대응해나갔다.[25]

이러한 논의들은 1960년대라는 당시의 역사적 현실에서 우리 문학은 사회 현실에 어떤 태도를 취해야 할 것인가라는 질문에 대해 나름대로의 근본적 자세를 표명했던 것으로 평가할 수 있다. 이 과정을 통해 한국전쟁 이후 민족문학 논의에 대한 관심과 그 이론적 기반으로서의 리얼리즘을 성숙시킬 수 있는 단초를 제공했다는 의의가 있다.

4) 1970년대의 민족문학론

1970년대 들어 한국 사회 경제의 급속한 자본주의적 발전, 그에 따른 사회 구성체의 내적 모순의 심화, 4·19 이후 민중의식의 성장이 밑거름

---

25) 『창비』 중심의 실천적 참여론과는 다른 한편에는 『산문시대』로 출발하는 김현, 김병익, 이청준 등이 『문학과 지성』을 창간하여 문학에 충실하되 문학의 기능을 통해 간접적인 참여를 모색하는 부류가 있다.

되어 민족문학론이 활발하게 논의되기 시작하였다.[26]

이 시기 민족문학론은 여러 논자들에 의해 논의된 바 있다. 이 시기에 활발하게 활동한 백낙청의 민족문학론의 중심에는 분단 체제의 극복이라는 과제가 놓여 있었다. 그는 분단이란 특수성이 신식민지성을 규정한다고 보고, 분단 극복이 민족 문제 해결의 우선 과제임을 강조하였다. 문학은 바로 민중의 억압구조를 정당화시키는 분단 극복을 지향하여야 할 것인즉 이것이 곧 민족문학이며, 그 주체는 분단의 가장 큰 피해자인 민중이 되어야 한다고 본 것이다.[27]

70년대 초를 출발점으로 하는 민중문학은 민중지향적 성격을 지니게 되는 민족문학의 중심을 차지하게 된다. 근대 자본주의 사회에 있어 민중은 노동자 계급을 기본 구성으로 하면서 소생자로서의 농민, 소상공업자와 도시빈민, 그리고 일부 진보적 지식인으로 구성된다.[28] 민중은 지배받음으로 해서 현상을 부정하고 저항하는 주체로 전환할 수 있는 피지배 계급이며, 미래 전망은 민중에게 잠재된 힘이 현상화됨으로써 획득되는 것이라 주장한다.[29] 민중을 기반으로 하는 민중문학이란 민중의 생활 감정에 뿌리 박은, 민중의 감정 및 사상을 집약·승화시키는 데 기여하는 문학이며,[30] 변화하는 사회적 존재가 되는 민중의 자기 표현의 문학적 양식

---

26) 성민엽, 「민중문학의 논리」, 『예술비평』, 1984. 가을.

27) 백낙청, 「민족문학 개념의 정립을 위해」, 『월간중앙』, 1974.7.

28) 박현채, 「문학과 경제」, 『실천문학』 제4집, 실천문학사, 1983, 103~110쪽.

29) 김지하, 「풍자냐 자살이냐」, 『민중문학론』, 문학과지성사, 1984, 26쪽.

30) 신경림, 「문학과 민중」, 『민중문학론』, 문학과지성사, 34~35쪽.

을 의미한다.[31)]

이러한 민족문학론은 『창작과 비평』을 중심으로 염무웅, 임헌영, 구중서, 신경림 등의 이론적 노력에 의해 체계화되었으며, 김정한, 황석영, 박태순, 천승세, 이문구, 윤흥길, 조세희, 박완서 등의 소설과 김지하, 신경림, 고은, 조태일, 이성부, 정희성, 양성우 등의 시적 성과로 이어졌다.

이 시기 민족문학론의 의의는 첫째, 민족문학론은 자신의 논리를 당대 우리 사회의 구체적인 민족적 현실에 대한 판단에서 구함으로써 리얼리즘이 그 대상으로 하고 있는 현실이 역사구체적인 내용성을 띠게 되었다는 점. 둘째, 민족문학론이 자신의 이념을 구체화하는 과정에서 민중이라는 역동적인 개념을 발견한 점. 셋째, 민족문학론의 제3세계에 대한 관심은 리얼리즘의 인식의 폭을 넓히는 데 기여했다는 점. 즉 제3세계의 문학이 서구 사실주의의 모방만이 아닌 독자적인 리얼리즘을 창조하면서 인간해방의 확대에 기여할 수 있다는 점을 인식하게 되었다는 것이다.[32)]

그러나 1970년대 민족문학론은 민중의 생활 현장에서의 일상적인 투쟁과 통일운동이 어떻게 연관을 맺어나갈 것인가 하는데 대한 구체적인 비전이 없었고, 민중문화 전통의 발전적 계승 문제, 제3세계 문학 등을 민중의 시각에서 주체적으로 평가하는 데 한계가 있었음을 지적할 수 있다.

---

31) 박현채, 「민중과 문학」, 『민족, 민중 그리고 문학』, 지양사, 1985, 78쪽.
32) 유문선, 「남한 리얼리즘론의 전개과정」, 『다시 문제는 리얼리즘이다』, 실천문학사, 1992, 33~34쪽.

5) 1980년대의 민족문학론

광주항쟁으로 출발한 1980년대는 노동자, 농민, 도시빈민 등 민중세력이 급격하게 부상하는 시기이며, 이들의 경향성에 입각한 과학적 이론과 실천이 대두하였다. 1970년대까지 지속되어온 독재 정권의 종말은 새로운 민족적 희망과 과제를 부여하였다. 그러나 '서울의 봄'으로 일컬어지는 그러한 희망은 새로운 집권세력의 등장으로 새로운 국면에 접어들게 되었다.

이 시기의 문학론을 개략적으로 분류하면, 백낙청으로 대표되는 1980년대 이래의 민족문학론, 김명인 등의 민중적 민족문학론, 『노동해방문학』의 노동해방문학, 노동자문화예술운동연합의 노동해방문예론, 『녹두꽃』의 민족해방문학론, 『문학과 사회』 그룹 등을 들 수 있다.[33] 이처럼 현단계 남한 사회 현실을 어떻게 파악하고 어떠한 변혁논리로 대응할 것인가 하는 것에 따라 다양한 의견을 개진해왔다.[34]

먼저 1970년대에 이미 민족적 위기의식을 강조하는 민족문학 개념을 주장한 바 있는 백낙청은 「민족문학론의 새로운 과제」(『실천문학』1호, 1980)에서 분단 현실의 극복을 지상 과제로 내건 민족문학을 주창하였다. 이는 1970년대 민족문학론에 대한 평가와 함께 민족문학의 나아갈 방향

---

33) 유문선, 위의 글, 40~41쪽.

34) 유문선은 문학론에 따른 다양한 문학적 방법을 다음과 같이 분류한다. 민족문학론-리얼리즘, 민중적 민족문학론-민중적 리얼리즘, 노동해방문학론-노동자계급 현실주의, 노동해방문학론-노동자계급 현실주의, 노동해방문예론-당파적 현실주의, 민족해방문학론-민중적·사회주의적 리얼리즘. 유문선, 앞의 글, 41쪽.

을 제시한 것이었다. 그는 1970년대 민족문학론을 순수참여논쟁과 리얼리즘/모더니즘의 대립문제에서 변증법적 지양을 성취하기는 했지만, 민중에 대한 과학적 인식, 지식인과 민중의 관계, 문학운동의 조직 등에서 한계가 있었다고 진단하였다. 그리하여 민족문학의 주체로서의 민중의 역할 강화, 지식인 문필가의 자기 혁신을 통한 민중에의 동화, 문학운동 조직의 강화 등을 과제로 제시하였다.

이 같은 견해는 채광석, 현준만, 이재현, 백진기, 김명인 등의 일련의 민중적 민족문학론으로 새롭게 정립된다. 그들은 민중문화의 주체는 민중이 되어야 한다고 봄으로써 70년대 지식인 중심의 관점과는 다른 시각을 보여주었다.[35] 채광석이 '소시민적 민족문학에서 민중적 민족문학으로'(『개방대학신문』, 1986)라는 슬로건을 통해 보여주었듯이 민중이 주체가 된 자기 표현 문학 양식으로서의 민중문학을 내세웠으며, 김도연은 민중이 주체적으로 참여할 수 있는 장르 확산으로서의 창작방법론을 구체적으로 제시하였다.[36] 또한 김명인은 노동하는 생산 대중의 세계관에 민족 운동의 당면과제인 반외세, 자주화, 반파쇼 민주화 투쟁을 접맥시켜 지식인 문학의 전위성을 성취할 것을 촉구한 바 있다.[37]

이러한 민중적 민족문학론자들의 논의는 민중에 대한 새로운 인식과

---

35) 채광석, 『민족문학의 흐름』, 한마당, 1987. 80년대 민족문학 논쟁에 대해서는 다음 참조. 임규찬, 「80년대 민족문학 논쟁」, 『작품과 시간』, 소명출판, 2001.
36) 김도연, 「장르 확산을 위하여」, 『민중문학론』, 문학과지성사, 1984.
37) 김명인, 「지식인 문학의 위기와 새로운 민족문학의 구상」, 『민족문학 주체 논쟁』, 청하, 1989.

생산대중의 이해관계와의 일치를 통한 입장의 정립, 그리고 실천의 강조로 연결되는 통로를 갖고 있었다는 점에서 긍정적으로 평가할 수 있지만, 한편으로는 체험의 직접적 표현 등을 내세운 것은 경험주의적 편향에 함몰될 위험을 수반하고 있었다고 평가할 수 있다.[38]

민중적 민족문학론자들에 대하여 『문학과 지성』 계열의 문학론자들은 비판적 입장을 취하였다. 정과리는 민중적 민족문학론자들이 주장하는 핵심인 민중 개념은 언어가 지닌 상징 속에 갇혀 신비화, 이상화되기 쉬운데 민중주의자에게는 상징으로서의 민중과 실체로서의 민중을 분리하여 이념형의 민중만을 향해 치닫고 있다고 비판하였다.[39] 홍정선은 민중적 문학론자들이 노동자의 주도성만 내세워 계급의 차별성과 그에 따른 역할 분화를 고려하지 않고 문학의 주체는 민중 자신이어야 함을 내세우는 것은 무방향적 경험주의에 불과하다고 비판한 바 있다.[40]

그러나 이들의 비판 논리가 나름대로 타당성을 지니고 있음에도 불구하고, 민중주의에 대한 민족문학의 대안을 제시하지 못하고 그들에 대한 대타의식에 머문 점에서 한계가 있었다.

한편 민중적 민족문학과 『문사』파의 다원주의 민족문학론을 비판한 바[41]

---

38) 유문선, 앞의 글, 39쪽.
39) 정과리, 「민중문학론의 인식구조」, 『문학과 사회』, 1988. 봄.
40) 홍정선, 「노동문학과 생산주체」, 『노동문학』, 1988.1.
41) 조정환은 민중주의 민족문학을 두고 객관적 역사성이 결여된 기계론적 반영론에 불과하며, 그들이 주장한 창작 주체의 문제는 노동자에 대한 무한한 숭배의식의 표현 그 이상의 의미를 갖기 어렵다고 비판한다. 한편 문사파에 대해서 그들이 현단계 한국 사회를 '파쇼 군부 독재로부터 아류제국주의로, 형식적 민주주의로의 변화'로 진단한 것에 대해 '과학

있는 조정환은 민주주의 민족문학론을 주장하게 된다.[42] 민주주의 민족문학론에서 그는 문학이 우리 사회의 파쇼 권력에 대하여 민중적 입장에서 투쟁 전선에 복무할 것을 주장하였다. 그러나 그는 자신이 주창한 민주주의 민족문학론을 "노동자계급의 강화를 통한 민족민주전선의 강화라는 방법을 취하지 못했던 즉 민족 민주전선의 강화와 노동자계급 지도권 확보를 노동자 계급의 입장에서 통일적으로 파악하지 못했던 것은 소시민적 절충주의를 확연히 떨쳐버리지 못했던 탓"이라 비판하면서 노동해방문학을 주창하게 된다.[43]

조정환의 논의를 두고 노동자 계급 당파성 곧 노동해방사상이 현실의 노동자계급운동과 결합되는 이념적 미적 원리를 정초함으로써 문학적 방법을 단순한 기법이나 형상화 방법으로 축소시키는 것을 넘어서면서 리얼리즘을 역동적인 차원으로 끌어올릴 수 있었다는 평가가 가능하다. 그러나 이념적이자 동시에 미적 원리로서의 당파성은 형상화 방법에 대한 끊임없는 구체적인 탐구와 모색이 있어야 할진대, 그렇지 못할 경우 문학 형식에 대한 무정부주의적 태도로 전락할 위험을 안고 있었던 것을 지적하지 않을 수 없다.[44]

적 논거 없는 추측'에 불과하며, 우리나라 사회구성의 신식민지적 성격, 혹은 세계 자본주의에서의 신식민지적 지위를 무시한 환상적 탈식민화론에 불과하다고 비판하였다.

42) 조정환, 「80년대 문학운동의 새로운 전망–민주주의 민족문학론의 제기」, 『서강』 17집, 1987.6.

43) 조정환, 『민주주의 민족문학론과 자기비판』, 연구사, 1989, 13쪽.

44) 이는 『노동의 새벽』 이후 문학적 성취가 더 이상 진전되지 못함으로써 답보 상태에 빠져 있음을 통해 알 수 있다.

3. 1990년대 이후 민족문학론과 비평교육의 과제

민족문학은 역사 속에서 억압된 민족의 현실을 그것이 어떻게 포용하여 민족 전망을 이끌어내느냐에 초점이 놓여 있다. 민족문학론은 민중 계급의 현실적 조건, 경제 성장에 따른 한국 사회의 제반 문제점 등 민족이 처한 현실과 나아갈 길을 문학적 측면에서 모색했다는 긍정적 의미를 지니고 있다. 이는 역설적이게도 정치적인 억압과 폭력이 민족문학의 위상을 보다 현실적이고 당위적인 것으로 작용했다 할 수 있다. 따라서 해방 이후 민족문학론은 문학이 할 수 있는 것, 또 해야 하는 것이 자명한 시대의 산물이기도 하다.

그러나 1990년대 이후 새로운 세기를 맞은 지금 민족문학론은 새로운 도전을 눈앞에 두고 있다. 자본주의 체제가 심화되어가고 후기 산업사회적인 면모를 갖추기 시작한 오늘날의 한국에서 '민족문학론'은 낡은 유물처럼 느껴질 수 있다.

1990년대 벽두에 「지혜의 시대를 위하여」에서 백낙청은 분단극복운동을 겸한 우리의 민족민주운동은 여타 제3세계의 민족운동과 다르고, 제3세계적 민족 모순이 빠진 분단 독일의 민주화운동이나 동서화해운동과도 판이하게 다르기 때문에 민중의 위상 문제가 더욱 심각하다고 한 적이 있다. 그것은 분단 현실이라는 우리의 특수성으로 말미암아 더욱 복잡해진다. 그러나 이 문제에 대해서 백낙청 자신은 의견을 뚜렷하게 개진하고 있지는 않았다.

1990년대 중반에 이르러 민족문학사연구소·민족문학작가회의 공동으로 〈민족문학론의 갱신을 위하여〉라는 심포지엄을 연 적이 있다.[45] 이는 1990년대의 새로운 현실 상황, 즉 자본의 힘에 의한 개인의 단자화에 대한 민족문학론의 현실 정합성 문제를 검토하는 자리였다. 진정석은 모더니즘과 리얼리즘을 아우르는 민족문학론으로 나아갈 것을 주장하였다. 그러나 그는 민족문학=근대문학=리얼리즘으로 도식화, 단순화하는 오류와 함께 아도르노의 시각에 입각한 모더니즘의 미학적 성과를 지나치게 강조한 한계를 드러냈다.[46] 또한 신승엽은 민중적 현실에 천착하는 민중적 민족문학론을 다시금 확인하였다. 그러나 그의 주장은 자신과 자신의 미래를 맡길 이념이나 신념·정신을 발견하지 못하고 있는 현실 속에서 어느 정도 실천력이 있을지 미지수라 생각된다.[47]

그렇다면 이제 그동안의 민족문학론의 성과와 의미를 점검하고 그 나아갈 방향을 심도 있게 숙고해야 할 때라 판단된다.

앞에서 신승엽은 현 상황을 자신과 자신의 미래를 맡길 이념이나 신념·정신을 발견하지 못하고 있는 실정이라 진단하였는데, 그 견해를 숙고해볼 필요가 있다. 필자가 서두에서 언급했듯이 민족문학론은 역사성과 현실의 부정성, 그리고 유토피아 지향성이라는 속성을 지니고 있다.

---

45) 여기에 대한 소개는 다음 참조. 구재진, 「민족문학론-화두를 지키기 위하여」, 『민족문학사연구』 제12호, 민족문학사연구소, 1998.

46) 진정석, 「민족문학과 모더니즘」, 『민족문학사연구』 제11집, 민족문학사학회, 1997.

47) "필자는 현재 집단화—주체화를 통한 열린 전망을 갖고 있지 못함을 솔직히 인정한다. 그리고 지금 이곳의 어느 누구, 어느 집단에게도 필자 자신과 필자의 미래를 온전히 기투할 만한 그것을 발견하고 있지 못하다." 신승엽, 「배수아 소설의 몇 가지 낯설고 불안한 매력」, 『민족문학을 넘어서』, 소명, 2000, 327쪽.

민족문학론이 역사의 현실에서 자양분을 삼았듯이 현실을 주목할 필요가 있다는 말이다. 개인의 단자화에 앞서 정치 · 경제 · 문화 전 영역에 걸친 억압과 폭력이 해소되었는가를 묻지 않을 수 없는 것도 이런 이유에서다.[48] 해방 이후 분단 현실의 지속, 세계화로 인한 신식민주의의 가속화는 우리 삶의 질곡과 개인의 단자화에 작용하는 본질적인 근원이라 할 수 있다. 따라서 분단과 자본주의를 동시적으로 극복하고 일국주의적인 운동으로서의 민족문학을 탈피하여 전지구적 민족문학의 연대를 모색하는 속에서 민족문학의 이념을 찾아야 할 것이다.

이는 민족문학의 개념 정립과 관련되어 있다. 이미 천이두가 1970년대 중반 민족문학에 대한 논의를 두고 폐쇄적인 민족주의 범주에 드는 것과 안이한 코스모폴리탄적인 것에 안주하려는 것, 반제 · 반식민주의 애국 투쟁의 문학으로 분류한 바 있듯이,[49] 그것은 폐쇄적인 국수주의나, 추상적인 이상주의에 빠지거나, 문학의 정치에의 종속 경향을 넘어서서 민족의 삶을 도모하는 문학으로서의 위치에 민족문학을 정립하는 일이다.

여기에서 우리가 주목할 것은 세계화 혹은 자본주의의 전지구화에 의해서 네이션 스테이트(nation state)가 소멸되기는 어려울 것이라는 전망이다. 왜냐하면 그것으로 인해 각국의 경제가 압박을 당하면 결국은 국가

---

48) 김재용, 「분단 현실의 변화와 민족문학의 모색」, 『실천문학』 제46호, 1999. 여름. 김재용은 민족문제가 해결되지 않고 새로운 양상으로 바뀌고 있는 데도 작가들이 이 문제에 대해 관심을 보이지 않고 있는 것은 작가들이 거리를 두고 조망할 수 있는 능력이 결여되어 있기 때문이다 진단한다.

49) 천이두, 「민족문학의 당면과제」, 『문학과 지성』, 1975. 겨울호.

에 의한 보호(재분배)를 요구하고 국가적인 문화적 동일성이나 지역경제 보호 등으로 향하게 되기 때문이라는 것이다.[50] 그렇다면 민족문학 안팎에서 제기되는 문제, 즉 '민족'이라는 개념이 하나의 이데올로기로서 오히려 자국민을 억압하는 기제로 작용할 수 있다는 점을 숙고할 필요가 있다. 이 점은 민족이라는 개념 자체가 지닌 문제점보다 더 심각한 것이다. 따라서 보다 근본적인 방안을 모색해야 할 시점에 와 있다.

이념적 차원을 보다 구체적인 차원에서 실천방법을 모색하는 일도 중요하다. 인간을 물화시키는 자본에 맞서고, 인간의 단자화에 맞서는 당당한 주체를 길러내고, 나아가 그러한 인간의 연대성을 모색하는 일은 매우 중요한 일이다. 자본주의에 맞서는 것 즉 자본의 무한한 운동에 대항하는 일은 불가능할지도 모른다. 그러나 역사를 통해 볼 때, 인간은 늘 실천 가능태를 모색해왔듯이 그것은 결코 불가능한 일만은 아니다. 가령 통화에 기반을 두긴 하지만 상호 배타적이거나 구속적이지 않은 개인들의 자유로운 계약에 기초한 호혜와 상호부조에 입각한 교환 시스템 같은 것을 상정해볼 수도 있을 것이다.[51]

또한 창작방법 차원의 이론적 근거를 제공함으로써 작품을 통한 민족문학을 실현하는 일도 과제 가운데 하나이다. 그것은 민족문학의 창작방법

---

50) 柄谷行人, 『일본 정신의 기원』, 송태욱 역, imagine, 2003, 46쪽.
51) 여기에 대한 자세한 논의는 다음 참조. 柄谷行人, 앞의 책, 47~48쪽. 이는 다소 추상적이긴 하지만, 그렇다고 불가능한 일은 아니다. 또한 마이클 리튼이 1982년에 고안한 LETS(Local Exchange Trading System)를 고려해볼 수 있다. LETS는 참가자가 자신의 구좌를 가지고 자신이 제공할 수 있는 재화나 서비스를 올려, 자발적으로 교환하고 그 결과가 구좌에 기록되는 다각적인 결제 시스템이다.

의 이론적 근거 가운데 하나인 리얼리즘의 개념을 새롭게 정립하는 일이기도 하다. 가령 작품의 실재성 혹은 현실성 문제를 인간의 핵심적 속성이 사람들에게 어떻게 작용하고 그 열정들이 어떻게 복합적으로 작용을 해서 발현되는지를 구체적인 관계들 속에서 재현해내는 일을 이론적으로 모색해내고 그것을 창작방법으로 구체화하는 일을 모색해보는 것이다.

문학 텍스트를 비평하는 데 있어서 비평가의 안목(세계관)에 따라 그 해석과 평가는 달라지기 마련이다. 이는 문학 텍스트를 언어적인 형식이나 사회 · 역사의 반영으로 인식하는 문제와도 관련되어 있다. 왜냐하면 세계와 작품에 대한 비평가의 관점이야말로 문학 텍스트를 인식하는 일과 비평 행위를 결정하는 중요한 변수이기 때문이다. 가령 우리 비평사에 있어서 같은 문학 텍스트를 두고서 전혀 상반된 평가를 내리는 경우를 흔히 볼 수 있다.[52] 물론 비평가의 안목에 따라 문학 텍스트를 평가하는 것은 나름대로 타당한 근거에 입각한 것이다. 그러나 그것이 다른 관점을 완전히 배제하고 자족적인 세계에 빠질 때 독단적인 관점을 취할 가능성이 있다. 민족문학론이 그러한 독단에 빠지지 않기 위해서는 자신의 비평 행위에 대한 반성과 함께 다른 관점들과의 대화를 통해 생산적인 행위로 나아가야 한다. 구체적인 교수학습 현장에서도 학습자들은 자신의 비평 행위

---

52) 가령 趙砲石의 「낙동강」(『조선지광』 제69호, 1927.7)을 두고서 鄭漢淑이 『現代韓國小說論』(1977)에서 기계적이고도 공식적인 이데올로기의 노예라는 점을 들어 이 작품을 문학적인 자살의 표본이라 평가한 바 있으며, 金允植은 『韓國現代文學史論考』(1973)에서 프로문학의 공식성을 탈피하여 작품의 서사성을 잘 살린 20년대 한국소설의 壓卷으로 평가한 바 있다. 자세한 논의는 졸고, 앞의 글, 참조.

와 그 결과에 대하여 반성하고 타자들과 대화를 통해 자신의 비평관을 형

성해갈 수 있어야 한다. 물론 이 과정에서 교사의 역할은 매우 중요하다.

교사야말로 교수학습을 이끌어가는 중요한 매개자이기 때문이다. 교사

역시 자신의 비평관이 있기 마련이고, 이에 따라 문학 텍스트를 선정하고

교실에서 그의 관점을 관철해나갈 수 있다. 그러나 교사가 자신의 관점을

학습자들에게 투사한다면 이 역시 독단에 빠질 가능성이 있다. 그러므로

대화와 반성 행위를 통해 비평적 관점을 형성해가면서 의도하는 목표에

도달하고자 하는 교수학습이 이루어져야 할 것이다.[53]

또한 대화와 반성으로서의 비평교육은 대항담론의 생산으로서의 적극

적인 비평교육으로 나아가야 한다. 인간의 언어 행위에는 무의식적 과정

으로서의 이데올로기가 개입한다. 담론의 주체들은 담론과정을 통해 담

론구성체[54]와 동일시함으로써 자신의 이데올로기적 입장을 선택하며, 개

인은 담론을 통해 이데올로기적 구성체 속에서 이데올로기적 주체로 호

명되는 것이다.

---

53) 임경순, 위의 글, 참조. 이 글에서는 자신의 비평적 담론을 유일하게 가능한 것(참된 것,
자연스런 것)으로 내세우며, 그것이 지시하는 실제적 또는 잠재적인 현실 전체와 동일
시하는 오류에서 벗어나, 이론의 주체는 이데올로기적 언어 행위에 변증법적인 태도로
의문을 제기하며 자신의 사회적 · 언어적 입지와 의미적 · 통사적 처리 방식을 반성하고
나아가 이를 열려 있는 대화의 대상으로 삼는 주체 형성을 비평교육의 지표로 삼아야 한
다고 하였다.

54) 담론 구성체란 이데올로기적 구성체 안에서, 즉 계급투쟁의 상태에 의해 결정된 주어진
국면에서 주어진 입장으로부터 무엇을 말해야 하며, 무엇을 말할 수 있는가를 결정하
는 것을 말한다. M. Pêcheux, *Language, Semantics and Ideology*, H. Nagpal trans., St. Martin's
Press, 1982, 111쪽.

그러나 주체의 능동적인 역할을 배제할 수는 없다. 따라서 페쇠의 논의에 따르면 이데올로기에 대한 동일시 차원을 넘어서서, 역동일시의 실천 전략이 필요하다. 역동일시(disidentification) 전략이란 자신을 항상 이데올로기적으로 동일시(identification)하려는 대상에 등을 돌리는 반동일시(counteridentification)를 넘어서서 그 대상 안으로 개입해 들어가 그것을 전복하려는 실천 전략을 말한다. 따라서 민족의 생존권에 반하는 어떠한 이데올로기적 호출에도 맞서는 문학적인 대응으로서의 민족문학론은 그러한 전략을 필요로 한다.

제도적 장치로서의 학교는 인간을 길러내는 곳이다. 그런데 대학과 초·중등학교는 사정이 다르다. 초·중등학교는 국가의 이데올로기가 직접적으로 작용하는 곳인 반면 대학은 원칙적으로 국가의 이데올로기로부터 자유로운 곳이다. 그렇기 때문에 교사를 길러내는 사범대학은 딜레마에 빠지지 않을 수 없다. 자유와 통제 사이에 놓여 있는 주체들이 교사를 꿈꾸는 학생들이며, 이들은 머지않아 교육을 담당해야 할 주체들이기 때문에 문제의 심각성이 놓여 있는 것이다. 이런 점에서 논리를 통해 문학 텍스트에 접근해가면서 궁극적으로 비평관을 정립해나가는 주체를 길러내는 대학에서의 문학비평교육은 중요한 의미를 지닌다. 그러나 국어교육과에서의 비평교육이 얼마만큼 비중 있게 다루어져왔는지 살펴볼 때 만족스럽다 못하다. 그러므로 대학에서의 비평교육이 강화될 필요가 있다.[55]

---

55) 특히 임용고시 체제에 들어와서 문제가 더욱 심각해진 것은 사실이다. 임용고시가 대학

초 · 중등학교에서의 비평교육은 대학에서의 그것보다 훨씬 열악한 실정이다. 교육과정을 살펴볼 때 비평교육은 대단히 소략하게 다루어져 있다.[56] 따라서 교육과정에 근거한 교재 역시 그럴 수밖에 없는 실정이다.[57] 교재는 학습자들이 교수 · 학습 활동에 사용하는 가장 직접적인 교육의 매체이다. 이런 점에서 문학비평을 다룬 비평 제재나 작품을 이해, 감상, 평가하는 원리로서의 비평교육이 제자리를 찾을 수 있도록 해야 할 것이다.

민족문학론과 관련해볼 때, 국어과의 교육과정은 그러한 관점과 일정한 거리를 두고 있다. 즉 5차 교육과정 이후 기능교과로서의 국어과 교육이 강화됨으로써 의사소통으로서의 도구 차원을 강조하게 되었다. 또한 내용 항목에 있어서도 가치 중립적인 목표 기술 체계로 되어 있어 표면상

의 교육을 시험 위주로 빠르게 재편성해가고 있으며(특히 교육대학원은 문제가 심각하다), 임용고시에서 비평문항이 소홀히 취급되고 있어서 문학비평교육은 주변적인 과목으로 전락하고 있기 때문이다. 이는 단순히 비평교육에만 해당하는 것이 아니다. 대학교육과 임용고시와의 관계를 근본적으로 검토해야 할 때이다.

56) 국민공통기본교육과정의『국어』교과의 문학 영역은 문학의 본질, 문학의 수용과 창작, 문학에 대한 태도, 작품의 수용과 창작의 실제로 구성되어 있다. 이는 문학 텍스트의 창작과 수용 중심으로 교육과정이 구성되어 있음을 말해준다. 심화 선택과목인『문학』의 경우도 크게 다르지 않다.

57) 물론 문학비평을 따로 가르치는 것보다 문학 텍스트의 창작 · 수용과 통합적으로 이루어지는 것이 바람직할 것이다. 그러나 그 경우에도 비평교육은 대단히 약화되어 있으며, 또한 교육적인 효율성 측면에서도 문학 텍스트를 비평하는 데 필수적인 문학비평 텍스트를 제재로서 다루어야 할 것이다. 그러나 문학비평 텍스트를『문학』교과서의 제재로 다루고 있는 교과서는 11종 가운데 교학사(2편), 디딤돌(1편), 블랙박스(4편), 천재교육(1편) 등 4종에 불과하다. 이는 0.39%에 불과한 것으로 서정 50.76%, 서사 26.49%, 극 6.88%, 교술 12.77%, 가사 2.70% 등과 비교해보면 대단히 미흡한 것이다. 박기범,「제7차 교육과정에 따른 문학 교과서의 내용 분석 연구」, 제29회 한국문학교육학회 학술대회 발표문.

으로는 어떠한 이데올로기로부터도 거리를 취하고 있다. 그런데 교육과
정은 교과서(교재)를 만드는 저자들의 비평교육관(문학교육관)에 의해 다
양하게 교재화될 수 있다.[58] 또한 교과서 외에도 교사는 교실에서 다양한
교재를 다양한 교수학습방법을 통해 동원할 수 있다. 그러므로 교육과정,
교과서(교재), 교수학습방법 등에서 우리 민족의 삶을 도모하는 방향에서
문학교육과 문학비평교육이 반영될 수 있도록 하는 일은 또 하나의 과제
이기도 하다.

---

58) 6차 이전에 비해 7차 문학 교과서에서는 월북작가 및 좌파문인의 작품이 다수 수록된 것
    은 문학사의 균형을 찾는 의미에서도 다행스런 일이라 하겠다. 특히 1970~80년대의 민
    중문학 계열의 현실참여작품도 적지 않게 수록되어 순수문학 일변도의 문학 교과서와
    는 다른 모습을 보여준다. 그러나 우리 문학의 실제 모습을 온전히 살피는 데는 부족한
    것도 사실이다.

제2장 비평 행위와 현실 인식의 상관성

임화를 중심으로

1. 머리말

인간은 언어를 통해 자신의 사상과 감정을 상호 소통하면서 살아간다. 인간의 창조적인 결과물인 문학 역시 독자들이 그것을 읽고, 해석하고, 비평함으로써 그 같은 소통 현상에 참여한다. 문학작품이 작가의 이념, 사상, 감정 등이 복합적으로 작용된 산물이듯이, 비평 역시 비평가의 그러한 것들이 복합적으로 작용된 산물이다. 그러나 문학이 형상을 통해 작가의 의도를 드러내고자 하는 반면에 비평은 비평가의 논리를 통해 의도를 달성하고자 하는 점에서 차이가 있다. 그렇기 때문에 비평은 비평가의 엄밀성이 요구되는 것이며, 이 엄밀성이 비평의 객관성과 시대적인 정합성을 지닌 비평가의 이념이나 관점과 결부될 때 설득력을 얻게 되는 것이다.

이런 점에서 비평가의 비평 행위는 시대 현실 등과 긴밀하게 관련되어 있다. 특히 비평가의 비평 행위가 시대의 문제를 치열하게 고민하고 그것의 해결을 문학뿐 아니라 현실적 삶 속에서도 모색하고 있는 일련의 비평가들은 분명 커다란 비평사적 문제를 야기하고 있다. 따라서 그들의 비평행위에 대한 정당한 자리매김은 중요한 연구과제라 할 수 있다. 주권이 상실된 시대에 살았던 임화는 바로 그러한 과제를 안고 있는 인물 가운데 하나이다.

임화는 우리 20세기 전반기를 통해 시인, 비평가, 이론가, 투쟁가로서 활동한 인물이다. 한 연구자는 임화가 비평사에 있어서 문제적 대상으로 부각된 이유를 다음과 같이 든 바 있다. 임화가 문인으로 살았던 시기가 짙은 문제성을 던지고 있다는 점, 시인으로서 탁월한 재능을 지녔다는 점, 비평가로서의 문학사 전반에 걸친 업적을 쌓은 점, 그가 세운 문학사방법론이 아직도 논란의 대상이 된다는 점, 분단 현실과 관련해서 그의 죽음이 적지 않은 문제점을 던져주고 있다는 점 등이다.[1]

그에 대한 연구 가운데 단행본 형태로 제출된 연구로는 김윤식의 『임화연구(林和研究)』(문학사상사, 1989)와 김용직의 『임화문학연구』(새미, 1999) 등을 들 수 있다. 김윤식은 『임화 연구』에서 작가론적인 시각에서 그의 삶과 문학적 흔적을 논리화하고자 했다. 김용직은 '이데올로기와 시의 길'이라는 부제가 암시하듯이 그의 저서에서 주로 시와 이데올로기의 관계에 주목하고 있다. 두 저서는 임화의 삶과 문학적 족적을 방대한 자료를 통해 집약하고 있다는 점에서 의의가 있다. 단행본 외에도 임화와 관련된 연구물들은 최근 들어 상당히 축적된 상태이다.[2]

---

1) 김윤식, 『한국근대문예비평사연구』, 일지사, 1976, 540~543쪽.
2) 임화의 문학론을 본격적으로 논의한 학위논문을 들면 다음과 같다.
  민경희, 「임화의 소설론 연구」, 서울대석사논문, 1990.

그동안 임화 비평에 대한 논의는 크게 두 가지 방향으로 정리할 수 있다. 하나는 임화 비평의 전개과정을 이론의 심화, 확대로 해석하면서 이론의 정합성을 긍정적으로 평가하는 입장이고, 다른 하나는 임화의 비평을 소극적으로 평가하거나, 이론 자체의 한계를 부각시키는 입장이다.[3] 전자는 임화의 리얼리즘론과 소설론을 당대 상황 속에서 긍정적으로 보는 시각이고, 후자는 특히 낭만주의론의 주관주의적인 한계와 시대 현실의 수용 논리를 지적하는 것과 관련되어 있다.

그러나 이에 대한 논란도 만만치 않다. 가령 전자의 평가에 대해서 예술의 특수성으로서의 가치론을 의식한 흔적을 발견할 수 없다거나 리얼리즘론과 소설론과의 단절이 존재한다는 점, 후자의 평가에 대해서는 임화가 안함광에 비해 오히려 조선적인 특수성을 고려하여 사회주의 리얼리즘을 구체화하려고 노력한 점을 들어 반론을 편 바도 있다.[4]

이현식, 「1930년대 후반 사실주의 문학론 연구:임화와 안함광을 중심으로」, 연세대석사논문, 1990.
신두원, 「임화의 현실주의론 연구」, 서울대석사논문, 1991.
송근호, 「1930년대 후반 임화의 문학론 연구」, 연세대석사논문, 1992.
정찬영, 「1930년대 후반기 리얼리즘론 연구」, 부산대석사논문, 1992.
이 훈, 「1930년대 임화의 문학론 연구」, 서울대박사논문, 1993.
이현식, 「1930년대 후반 한국 문예비평이론 연구: 특히 주체문제와 관련하여」, 연세대석사논문, 1995.
- 비평사적인 맥락과 창작 방법 논쟁과 관련한 논의를 들면 다음과 같다.
이공순, 「1930년대 창작방법론 소고」, 연세대석사논문, 1985.
최유찬, 「1930년대 한국 리얼리즘 연구」, 연세대박사논문, 1986.
유문선, 「1930년대 창작방법 논쟁 연구」, 서울대석사논문, 1988.
3) 이훈, 앞의 글, 4쪽.
4) 이훈, 위의 글, 참조.

이러한 논란에 대하여 이 글에서는 일정한 거리를 두고자 한다. 그것은 임화 문학론에 대하여 긍정적으로 평가하는 논리가 특정한 기간에 한정되어 나온 결과라는 점과 임화의 문학론의 심화, 확대과정이 시대적인 정합성을 획득했는지는 정밀한 검토가 요구되기 때문이다. 또한 부정적으로 평가하는 논리에 대하여는 낭만주의에 내포된 주관주의적인 속성과 현실 수용 논리를 단선적으로 볼 수 없다는 것과 임화가 예술의 특수성을 인식하지 못했는지가 의문시되기 때문이다.

따라서 대상에 대한 선입견을 최대한 배제하고, 자료에 충실한 해석에서 출발할 필요가 있다. 그리고 비평 행위가 시대 현실과 무관하지 않은 비평가의 가치 판단 행위라 할 때, 그러한 행위의 의의와 한계를 당시의 시대적인 상황과 관련하여 정당하게 평가할 필요가 있다.

이 장에서는 이러한 점을 전제로 임화가 현실에 대한 인식을 어떻게 문학적으로 실천해가고 있는지를 추적하면서 그의 비평 행위를 정당하게 평가하고 그 비평사적 의의를 밝혀보고자 한다.

2. 리얼리즘론의 전개과정

1) 프로문학의 성립과 리얼리즘적 사고의 단초

임화가 성아(星兒)라는 필명으로 등장한 1920년대는 민족주의와 계급주의 사상이 표면상으로는 항일적 자세를 견지하면서 첨예한 대립과 방향 탐색을 하고 있던 때였다. 3·1운동의 실패로 인한 좌절의식이 팽배한 가운데 1919년 8월에 제등총독(齊藤總督)은 민간 신문의 발간을 허가함으로 써 언론의 돌파구가 어느 정도 마련되었는데, 이 기회를 타고 재래의 민족주의 의식 위에 주로 일본에서 배운 지식인을 통해 사회주의 사상이 도입되게 되었다.[5] 이런 상황에서 많은 단체가 속출하여 사회주의운동이 전개된다. 이런 바탕에서 신흥문학으로서의 프로문학이 성립할 수 있었다.

임화는 김복진, 박영희, 한설야, 이기영 등과 함께 서울청년회파(나중에 M.L당파)에 속해 있었으며, 이 서울청년회파는 송영, 이적효, 이활 등이 소속되어 있는 북풍회파(北風會派)[6]와 1925년 8월 경에 '조선프롤레타리아 예술가동맹(KAPF)'을 결성하게 된다. 당시에 임화는 프로문학의 존재 이유와 그 발생의 필연성을 다음과 같이 피력한 바 있다.

> 프로文學의 現出은 決코 偶然이 아니다. 時代의 苦悶을 集團的으로 받는 抑壓은 반듯이 文學上에 心的傷害를 露出하게 된 것이다. 그리하여 民族的으로 받는 苦悶과 抑壓은 반듯이 民族文學上에 潛在가 되어 나올 것이고 民衆이 받는 抑壓은 반듯이 그 民衆藝術上에 赫赫히 나타날 것이다.[7]

임화는 프로문학의 발생을 집단 차원과 연루된 시대의 억압과 그것의 필연적인 문학적 발현으로 파악하고 있음을 알 수 있다. 나아가 임화는 문예를 현실생활에서 초월한 유리된 존재가 아니라 그것은 절실한 현실

---

5) 김윤식, 앞의 책, 12쪽.
6) 金八峰, 「우리가 걸어온 三十年(三) 우리들의 투쟁기」, 『韓國文壇史』, 삼문사, 278쪽.
7) 星兒, 「정신분석학을 기초로 한 계급문학의 비판」, 『조선일보』, 1926.11.24. 인용한 표기는 필자가 현대표기로 바꾼 것이다. 앞으로 인용문은 현대표기법에 따른다.

생활의 결과이며 정확한 반영이라고 말함으로써 반영론의 단초를 보여주고 있다.[8] 그러나 계급문학은 어느 계급을 막론하고 그 계급이 가지고 있는 계급의식을 표현하는 것이라 하여 계급문학과 계급의식을 기계적으로 결합함으로써 작가의 세계관과 창작방법과의 관계를 명확히게 인식하는 데까지는 나아가지 못하고 있었다.

한편 프로문예작가의 임무에 대하여 임화는 예술가는 민중의 전도를 암시하는 숨은 지도자가 되지 않으면 안되며, 프로문학은 '프롤레타리아'의 장래를 위하여 그 생존권의 확립을 요구하는 사회운동과 병행해야 한다고 주장함으로써 문학을 선전·선동과 같은 차원에서 보고 있음을 알 수 있다. 이같은 의식은 조직의 차원으로까지 파급되어 과감한 이론 투쟁, 대중 투쟁과 병행해야 한다는 KAPF의 제1차 방향전환으로 이어진다.

창작방법을 둘러싼 많은 논쟁은 결국 운동의 제고를 위한 것에 놓여 있었다. 이러한 문학의 정치화로 인해 문학의 특수성은 도외시되었으며, 급기야 창작의 질식을 초래하게 되었다는 비판을 받았던 것이다.

한편 김기진의 「변증적 사실주의」에서 촉발된 김기진, 염상섭, 양주동 사이에 벌어진 이른바 변증적 사실주의에 관한 논쟁[9]을 지켜보던 임화는

---

8) 토멘, 위의 글.
9) 김기진이 「변증적 사실주의」(『동아일보』, 1929.2.25~3.7)에서 프로작가는 한 개의 사물을 전체 중에서, 발전상에서, 불가분의 관계에서 파악하고 묘사하지 않으면 안된다고 주장하면서 염상섭의 『윤전기』를 분석하여 그의 소부르적 편견을 비판한다. 이에 대하여 염상섭은 「토구, 비판 삼제」(『동아일보』, 1929.5.9)에서 김기진의 사실주의론이 단지 프로문학에만 적용되는 창작방법론이 될 수 없다고 반박한다. 여기에서 염상섭은 사실주의를 문학의 형식의 문제로 파악했고 따라서 세계관이나 철학적 문제가 그렇게 중요한 것이

염상섭과 양주동이 사물의 본질을 파악하지 못하고 있다고 비판한다. 주로 양주동에 대한 비판으로 일관하고 있는 임화는 새롭게 문제시되고 있는 변증적 사실주의를 사회적 사실주의(Social Realism)라 명명한다.

社會的 寫實主義는 … 文學의 形式上의 一流派가 아니라 哲學에 있어서 부르조아적 唯物과도 같은 부르조아적 사실주의에서 그 客觀的 態度를 攝取하야 사회적인 性質의 것을 表現하는 것이다. … 社會的 性質…卽…「寫實」이란 데에 내포된 현실 … 여기에는 유일한 哲學的 根據 마르크스 哲學이 말하는 資本主義 社會의 現象되는 모든 사실이 있다. 그것은 같은 마르크스 哲學의 方法이 말하는 각역사적 瞬間에 재한 계급의 諸關係와 그 具體的 特殊性의 가장 正確하고 客觀的인 分析을 프롤레타리아 전위의 눈으로 보는 것이다.[10]

임화가 제안한 이러한 사회적 사실주의에 대하여 팔봉의 변증적 사실주의와 마찬가지로 장원유인(藏原惟人)의 이론적 영향하에 놓인 절충적인 것이었고, 독자적인 문학방법론으로서의 리얼리즘론에는 미흡하다 평가할 수 있다.[11] 또한 임화가 사회적 사실주의를 내세우면서 그 대두의 필요성을 주장하지만 사실은 김기진의 변증적 사실주의의 논의 수준을 거의 반복하고 있다는 점에서 자기 모순에 빠져있기도 하다는 비판이 가능하

아니었다. 양주동은 「문예상의 내용과 형식문제」(『조선문예』, 1929.6)에서 예술의 제1의적 요소는 형식이라 주장하면서, 김기진의 변증적 사실주의는 상식 수준을 벗어나지 못했다고 비판한다. 이들은 김기진이 주장한 변증적이라는 의미가 지닌 즉 세계관과 관련된 문제를 제대로 인식하고 있지 못하고 있었다. 이에 대해 김기진은 「사실주의 문제」(『조선일보』, 1929.6.13~25)을 써 반박한다.

10) 임화, 「濁流에 抗하야-文藝的인 時評」, 『朝鮮之光』, 1929.8.

11) 신두원, 앞의 글, 8쪽.

다.[12]

이러한 문제에도 불구하고 주목하고자 하는 것은 구태여 임화가 변증적 사실주의라는 용어를 버리고 사회적 사실주의라는 용어를 사용하고 있다는 점이다. 그가 강조하고자 했던 것은 사회적 성질 즉 '사실'에 내포된 현실이라는 점이다. 이 현실을 전체성과 발전 속에서 볼 수 있는 것은 오직 마르크스 철학을 가진 프롤레타리아의 전위의 눈을 통해서라는 것이다. 이런 점에서 총체성을 인식 주체가 갖는 주관적 세계와 객관적 세계의 모든 모순성을 포괄하는 개념으로 본다면 그의 논의는 한계를 지닐 수밖에 없지만, 그러한 인식으로 나아갈 수 있는 단초를 확인할 수 있다는 점에서 의의가 있다

또한 "각 역사적 순간에 재한 계급의 제관계와 그 구체적 특수성의 가장 정확하고 객관적인 분석"을 "프롤레타리아 전위의 눈으로" 본다는 진술을 통해 볼 때 미약하게나마 전형론에 대한 그의 인식을 확인할 수 있다. 전형성이 총체성에 내재한 것으로 모순 관계를 이룬 극단들의 통일을 표현한 것이라 할 경우, 계급의 관계 속에 존재하는 모순들을 프롤레타리아의 눈으로 표현해내는 일은 전형성의 초보적인 인식을 드러낸 것이다. 또한 전형적인 상황 속에 있는 전형적인 성격의 충실한 반영이어야 하는 리얼리즘의 일반 원리에 비추어 보아도 그 한계는 뚜렷하다. 따라서 이 시기의 임화를 포함한 카프의 리얼리즘론은 변증법적 유물론에서 크게 벗어나지 못함으로써 독자적인 문학방법론을 수립하지 못한 것으로 판단

---

12) 김영민, 『한국문학비평논쟁사』, 한길사, 1992, 364~366쪽.

된다.

1930년대 들어 객관적인 상황이 더욱 악화됨에 따라 프로문학은 표류하게 되는데, 이에 임화는 프로문학 진영의 비과학적인 문학론뿐 아니라 자신의 견해를 비판하고 새로운 문학론을 시도하게 된다.

2) 문학의 특수성에 대한 인식

임화가 김남천, 권환, 안막 등과 더불어 동경에서 서울로 돌아옴에 따라 KAPF는 새로운 전기를 맞게 된다. '전위의 눈으로 사물을 보라'와 '당의 문학'이라는 두 명제로 요약되는 이들 극좌파는 현실과의 타협을 거부함으로써 팔봉(八峰), 회월(懷月) 등 구 카프 측을 침묵 속으로 몰아냈다. 이때부터 카프의 실권은 임화가 갖게 된다.

이 시기 임화에게 문학은 조선인 전체를 위한 수단으로 인식되었다. 즉 "모든 특수적이고 개별적인 效用의 문제를 전조선 이익의 獲得이란 그 앞으로 沒收하고 그 역량을 집중하는 것이다. (…) 조선인 전체의 利益을 위한 文學이어야"[13]한다는 것이다. 임화의 이러한 도구주의적 예술관은 이광수와 염상섭 등을 민족개량주의자라고 비판하고, 해외문학파를 이들보다 한층 위험한 예술상의 적으로까지 몰아붙이도록 한다.[14] 그의 이 같은

---

13) 임화, 「효용을 위한 문학」, 『朝鮮之光』 제75호, 1928.1.

14) 임화, 「당면 정세의 특질과 예술 운동의 일반적 방향 : 그 결단적 전향을 위하여」, 『조선일보』, 1932.1.1~2.10.

시각은 백철이나, 카톨리시즘에 대하여 논할 때도 그대로 적용된다.[15]

이 시기의 임화의 문학관은 정치와 당파적 입장이 프로문학의 기본적 요소이며, 모든 사건을 프롤레타리아의 전위의 눈으로 보아야 한다는 종전의 입장을 고수토록 하게 한다. 그의 이러한 문학관은 김남천의 「물」에 대한 비판에서도 그대로 확인된다.[16] 김남천은 이에 대해 임화가 단지 작품 자체만 관찰하고 있으며, 작가의 실천에 대해서는 침묵하고 있다고 비판한다. 그러면서 그는 작가적 실천의 문제가 작가의 세계관과 불가분의 관계에 있음을 강조하고 자신의 과오를 인정한다.[17] 여기에 대해 임화는 「비평의 객관성 문제」(『조선일보』, 1933.11.9~10)를 통해 작품 중심의 비평방법론으로 대응함으로써 다소 논점에서 벗어나게 되는데, 「비평에 있어 작가와 그 실천의 문제」(『동아일보』, 1933.12.20)에서는 창작방법과 세계관 문제의 핵심을 지적한다. 임화는 예술창작과정에서 나타나는 세계관의 반영은 직선적이거나 도식적이 아님을 분명히 한다. 여기에서 임화의 비평적 관점의 변화를 주목할 필요가 있다. 유물변증법적 창작방법론이 지니고 있는 세계관과 창작방법과의 도식적인 결합 문제는 이미 지적되었거니와 이로부터 임화가 벗어나고 있음은 보여주고 있기 때문이다.

이러한 임화의 문학관의 변화는 1933년 하반기의 경향과 일치한다. 가

---

15) 임화, 「同志 白鐵君을 論함-그의 詩作과 評論에 對하야-」, 『朝鮮日報』, 1932.6.14~6.17. 임화는 여기에서 백철에 대하여 '로맨티즘'의 잔재와 지식계급적 요소를 벗어나지 못하였다고 비판하고 있다. 또한 林仁植, 「카톨릭文學批判(一)」(『朝鮮日報』, 1933.8.11~18.)에서는 카톨리시즘의 반동적인 성격을 지적하고 있다.

16) 임화, 「6월중의 창작」, 『조선일보』, 1933.7.12~19.

17) 김남천, 「임화적 창작평과 자기 비판」, 『조선일보』, 1933.7.29~8.4.

령 동아일보의 '나의 문학에 대한 태도'를 묻는 설문에 대하여 임화는 "일반과학이 추상적 논리로부터 출발하는 대신에 문학-예술은 형상의 구체성 위에 서는 것"이라 하여 문학의 특수성에 대한 자각을 보이고 있다.[18] 이러한 시각은 백철의 인간묘사론 및 이를 비판한 함대훈의 집단묘사론을 동시에 비판한 '형상론'을 통하여 구체화된다.

임화는 백철이 제시한 '인간묘사론'이 문학예술의 특수성을 몰각한 것이라 비판하면서 문학과 예술은 기록하는 것이 아니고, 묘사하고 표현한다는 것, 그것은 형상에 의한다는 것, 그리고 예술적 형상에 대한 정당한 이해 없이는 예술문학은 이해되지 않는다는 점을 강조하고 있다.[19] 그러나 형상이란 무엇이며, 그것이 구체적으로 어떻게 서술되는가에 대한 논의는 구체화되지 못하고 있다. 이러한 한계를 인식한 임화는 「집단과 개성의 문제」(『조선중앙일보』, 1934.3.13~20)에 이르러서는 계급적인 것과 개인적인 것의 통일 가운데서 필연적으로 표현되는 계급적인 것의 우위를 통하여 개성의 완전한 개화를 실현하는 것이 프로문학의 이상이라고 주장하고, 예술가는 구체적 특수적인 것 가운데서 전형적인 성격을 표시해야 하며, 이것이 바로 개성과 집단 문제의 과학적 해석이라고 주장한다.

이러한 임화의 문학관의 변화는 사회주의 리얼리즘의 유입과 그에 대한 논란과 밀접하게 관련되어 있다고 판단된다. 사회주의 리얼리즘에서는 유물변증법적 창작방법론이 지니고 있는 문제점과 문학과 현실의 반

---

18) 임화, 「진실과 당파성」, 『동아일보』, 1933.10.13.
19) 임화, 「문학에 있어서 형상의 성질 문제」, 『朝鮮日報』, 1933.11.26.

영 문제가 상세히 논의되고 있었기 때문이다.

3) '불안의 문학'의 대안으로서의 낭만적 정신

사회주의 리얼리즘이 논의되기 시작한 것은 1933년부터이고, 그 논의의 선두에 백철, 안막, 권환 등이 있었다.[20] 백철이 사회주의 리얼리즘을 우리나라에 처음으로 도입했지만, 그 논의가 피상적인 반면에 안막은 유물변증법적 리얼리즘의 문제점과 사회주의적 리얼리즘의 이론적 근거를 본격적으로 논의하고 있다. 또한 권환은 유물변증법적 창작방법의 오류를 세계관과 현실과의 본말전도, 세계관과 방법과의 혼동, 세계관의 과중평가 등으로 요약하고 있다.[21] 요컨대 이들 논의의 핵심은 유물변증법적 리얼리즘이 세계관과 창작방법과의 관계, 예술적 창조와 이데올로기의 관계를 도식적이며 단순한 시각으로 보고 있으며 또한 이를 토대로 작품을 평가하는 우를 범하였다는 것이다. 따라서 창작방법과 세계관의 문제가 '예술가가 현실을 어떻게 보느냐'는 문제와 함께 '현실을 어떻게 예술적으로 표현하느냐'는 문제와도 관련되어 있음을 강조한다.[22]

---

20) 백철, 「문예시평」, 『조선중앙일보』, 1933.3.2; 萩白(안막), 「창작방법 문제의 재검토를 위하야」, 『동아일보』, 1933.11.29; 권환, 「현실과 세계관 및 창작방법과의 관계」, 『조선일보』, 1934.6.24.~29; 윤곤강, 「쏘시얼리스틱 리얼리즘론」, 『신동아』, 1934.10.

21) 권환, 앞의 글.

22) 백철, 안막 등에 의해 소개된 사회주의 리얼리즘은 이듬해부터 수용을 둘러싸고 본격적인 논의에 들어간다. 그 핵심은 자본주의 체제에서 사회주의 리얼리즘이 성립될 수 있는가의 문제이다. 시기상조를 내세워 반대하는 부류로 이기영, 안함광이 속하고, 찬성하는

여기에서 주목하고자 하는 것은 사회주의 리얼리즘과 로맨티시즘의 관계이다. 왜냐하면 임화는 「浪漫的 精神의 현실적 구조 ─ 신창작이론의 정당한 이해를 위하여」(『조선일보』, 1934.4.19~25)와 「위대한 낭만정신」(『동아일보』, 1936.1.2~4)을 발표함으로써 이와 관련된 자신의 관점을 드러내고 있기 때문이다.

이때는 1934년 카프의 2차 검거가 있었고, 1935년 카프가 해산되는 등 문단이 안팎으로 열악한 상황이었다. 이러한 상황에서 임화는 그의 '낭만적 정신론'을 펼치기에 앞서 당시의 문단 상황을 '문학예술의 최후의 십자로'로 인식하고 있다. 임화는 당시의 문단 상황을 "역사적으로 객관적인 새로운 현실적인 것의 생성과 성장에 대한 진실한 인식은 과학과 예술로부터 사라졌다."고 하고 당시의 문학을 '불안의 문학'으로 진단한다. 임화는 이 불안의 문학은 곧 멸망하는 문학의 동의어로 보았다. 그러므로 "오늘날의 문학은 자본주의 세계에 대한 태도 여하 그것의 긍정자이냐 맑스적 비판자이냐 하는 지점 그것이 그가 자기를 예술적으로 발전시키고 성장시키느냐 (…) 하는 것을 결정하는 문학예술의 최후의 십자로"[23]라고 보았다.

그리하여 임화가 제출한 것은 「浪漫的 精神의 현실적 구조」였다. '신창작 이론의 정당한 이해를 위하여'라는 부제가 달린 이 글에서 임화가 주객 변증법을 도입한 것은 우리 문예이론사에서 중요한 의미를 가진다고

부류로 한효, 박승극이 속하고, 절충론을 제출하는 부류로 김두용, 송강이 속한다.

23) 임화, 「현대의 문학에 관한 단상」, 『형상』 제1호, 1934.2.

평가할 수 있다.[24] 임화는 문학이 객관 현실을 반영하는 과정에서 주관과 객관의 상호 연관이 개재함을 인식하게 된 것이다. 그러나 많은 논자들이 지적하고 있듯이 주관과 객관이라는 보편적 인식 범주를 임화는 곧바로 주관에 낭만정신을, 객관에 사실정신을 대입힘으로써 결과적으로 주관주의에 빠질 위험을 내포하고 말았다.

> 그리하여 나는 문학상에서 주관적인 것으로 현상되는 모든 것을 낭만적인 것이라고 부르고 그것이 사실적인 것의 객관성에 대하여 주관적인 것으로 현현하는 의미에서 '낭만적 정신'이라고 부르고 싶다. 따라서 이곳에서 부르는 낭만적 정신이란 개념은 어떤 특정의 시대, 특정의 문학상의 경향을 의미하는 것이 아니라 한 개의 원리적인 범주로서 구성되는 것이다.[25]

사회주의 리얼리즘에 대한 임화의 인식은 상당한 수준까지 육박했지만[26] 주객의 통합의 원리를 낭만적 정신에서 찾고 있다는 점에서 한계점을 드러냈던 것이다.

임화는 리얼리즘의 이상이란 "현실생활을 있는 그대로 재현하는 것이 아니라, 인간이 이해하는 범위에서 최대한의 실감을 주게 하는 방법"을 말하는 것이며, 결국 "어떠한 문학에 있어서이고 주관은 불가분의 것"[27]

---

24) 신두원, 앞의 글, 19쪽.
25) 임화, 앞의 글, 1934.4.20.
26) 임화가 사회주의 리얼리즘을 하나의 이론 체계, 학의 범주로 이해하고 있다면서, 이점이 야말로 임화의 탁월함을 보여주고 있다고 평가하는 견해는 다음 참조. 이현식, 앞의 글, 119쪽.
27) 임화, 앞의 글, 1934.4.22.

이라 하여 '현실적인 몽상', 현실을 위한 의지 그것이 곧 낭만적 정신의 기초라고 주장한다.[28] 그리고 약 2년 뒤에 발표된 「위대한 浪漫精神」에서 낭만적 정신이란 모든 꿈을 의미하는 것이 아니라 창조하는 몽상을 의미한다고 언급한다. 이로써 임화는 조선 문학의 특징이 '꿈의 결핍'에 있다고 진단하고 창조된 개성을 지닌 일상의 인물보다 작가의 꿈이 실현되는 이상적인 인간적 형상을 창조할 것을 제안한다. 여기에서 인간적 형상이란 '비일상적인 전형'을 말한다. 이러한 몽상의 낭만주의가 결코 작품에 있어서 사실성을 제외하는 것이 아니라고 주장하고 있음에도 불구하고, '모방을 위대한 몽상'에 종속시키고 있음은 부인할 수 없다.

임화의 이러한 견해에 대하여 송해경, 김두용, 박승극 등이 비판적 관점을 취하는데 그 요점은 꿈에 도취한 나머지 냉철한 논리성을 갖지 못하고 있다는 것이다. 그러나 이들이 사회주의 리얼리즘이 포함하고 있는 혁명적 로맨티시즘을 부정하는 것은 아니었다. 이로 보면 임화가 사회주의 리얼리즘을 이해하면서 로맨티시즘의 본질을 협소하게 보았거나 곡해했을 가능성이 있는 것으로 판단할 수 있다. 일반적으로 리얼리즘은 그 특성상 반로맨티시즘이라 알려져 있다. 그러나 사회주의 문예 이론에서는 그것이 리얼리즘과 배척되지 않는다고 본다. 즉 이들은 변증법적으로 통일될 수 있는 성질의 것이다.[29] 이때 로맨티시즘은 부르주아적 반동적 로맨티시즘과는 다른 진보적이고 비판적인 혁명적 로맨티시즘임은 물론이

---

28) 임화, 위의 글, 1934.4.25.
29) 로젠타리 · 루시노프 외, 홍민식 역, 『창작방법론』, 문경사, 1949, 161~162쪽.

다. 전자가 서정성, 몽상성, 감상성을 특징으로 한다면, 후자는 혁명성, 적극성, 과격성 등을 특징으로 한다. 임화가 낭만적 정신을 몽상과 등치시킨 것은 전자의 측면만을 과도하게 강조한 한계일 수 있다.

한편으론 임화의 낭만적 정신을 임화라는 비평적 주체를 규정하는 어떤 틀(에피스테메)로 해석할 수도 있다.[30] 그러나 그것을 임화 문학의 어떤 특성으로 규정할 수는 있어도 그의 문학 전반이나 주체를 규정하는 틀로 해석하기에는 무리가 따른다. 왜냐하면 임화는 시대 현실과 문학 그리고 삶과의 관계를 치열하게 모색해간 인물이기 때문이다. 임화가 이상의 「날개」와 박태원의 「천변풍경」에 대한 최재서의 평가에 곧바로 대응하는 것도 이런 이유 때문이다.

3. 사실주의의 재인식과 방향 모색

1) 예술적 실천을 통한 주체의 재건

임화는 「사실주의의 재인식」(『동아일보』, 1937.10.8~14)에서 당시 문단뿐 아니라 자신의 낭만적 정신론에 대하여 비판하고 사회주의 리얼리즘만이 유일한 리얼리즘임을 천명한다. '새로운 문학적 탐구에 기하여'라는 부제가 암시하듯 이 글은 당시의 혼돈의 상황을 극복하고 재출발의 방향

---

30) 낭만적 정신론이 임화의 비평 전반을 규정하고 있는 틀로 보는 견해는 다음 참조. 채호석, 「임화와 김남천의 비평에 나타난 '주체'의 문제」, 『1930년대 후반문학의 근대성과 자기성찰』, 깊은샘, 1998.

을 탐색하고 있는 흐름에서 나온 글이다. 당시에 커다란 논란거리가 되었던 최재서가 이미 리얼리즘의 심화와 확대라 평했던 이상의 「날개」와 박태원의 「천변풍경」과 같은 작품에 대하여, 임화는 그것을 순수한 심리주의와 파노라마적 트리비얼리즘이라 비판한다. "터무니 없는 주관, 엉뚱한 관념주의를 리얼리즘 형식 가운데 포장"할 수 있게 된 이유를 알기 위해 먼저 임화는 혼돈의 본질을 파악하는 데서 출발한다.

임화는 먼저 당시 문단의 두 경향 즉 관조적인 파행적 리얼리즘과 주관주의를 적으로 간주한다. 관조적 태도로부터 출발하여 현상의 수포만을 추종하는 외면적 리얼리즘은 문학의 인식적 기능과 실천적 기능을 말살하고 급기야는 현실에 대하여 타협적인 태도를 반영하고 있다고 진단한다.[31] 그러니까 사회주의 리얼리즘이 파행적 리얼리즘화한 본질적 계기에는 새 현실에 대한 작가들의 대응 태도 즉 문학으로부터 세계관의 괴리가 있다는 것이다.

한편 주관주의 역시 사물의 본질을 작가의 주관 속에서 창출해냄으로써 파행적 리얼리즘과 다를 바 없다고 진단한다. 임화는 두 경향의 차이점을 다음과 같이 지적한다.

> 파행적 리얼리즘이 사물의 현상과 본질을 혼동하고, 디테일의 진실성과 전형적 사정 중 전형적 성격이라는 본질의 진실성을 차별하지 않고 현상을 가지고 본질을 대신하였다면, 주관주의는 사물의 본질을 현상으로서 표현되는 객관적 사물 속의 현상을 통하여 찾는 대신 작가의 주관 속에서 만들어내려

---

31) 임화, 앞의 글, 1937.10.9.

는 것이다.[32)]

여기에서 주목할 것은 임화가 자신의 '낭만적 정신론'에 대하여 비판을 가하고 있는 대목이다. 그는 낭만주의는 주관주의의 단초로서 사회주의 리얼리즘의 관조석인 섭취에 대한 반발에서 출발하였으나, 리얼리티를 현실적 구조에서 찾는 대신 정신을 가지고 현실을 규정하려 했다는 점에서 오류를 범했다고 비판한다. 두 경향이 정반대의 방향을 지시하고 있지만, 본질적으로 "경향문학의 소시민성에의 굴복"으로 수렴된다는 것이다.

임화가 제시하는 변증법적 통일로서의 방향은 "현실의 묘사로서의 의식"에 있다. 그것이 의식이라는 점에서 주체성과 관련되어 있는데 그것을 증명하는 방법은 예술적 생활인 실천을 통해서라고 주장한다.[33)] 물론 이때 임화가 강조하고 있는 것은 주체의 세계관의 역할이다. 그러나 임화가 앞의 두 경향을 비판하고 대안으로 제시하고 있는 현실의 묘사로서의 의식이 의미하는 것과 '예술적 생활인 실천'이 의미하는 바가 무엇인지 여전히 모호하다.

그리하여 임화는 그러한 문제들에 대하여 논리적 근거를 탐색하게 되는데 「주체의 재건과 문학의 세계」가 그것이다. 창작방법이란 작가에게 창작하는 방법뿐만 아니라 생활하는 방법까지를 암시할 수 있어야 한다

---

32) 임화, 위의 글, 1937.10.12.

33) 그럼으로써 이러한 "주체성은 자기의 정당성을 증명하고 객관적 현실과 통일"된다는 것이다. 그리하여 리얼리즘이란 "객관적 인식에서 비롯하여 실천에 있어 자기를 증명하고, 다시 객관적 현실 그것을 개변해가는 주체하의 대규모적 방법을 완성하는 문학적 경향"이라 본다. 임화, 위의 글, 1937.10.14.

고 했는데, 여기에서 그가 말하는 예술적 생활인 실천이 비로소 명확해진다. 물론 창작방법이란 세계관의 영도 아래 실현되는 것인데, 많은 작가들 혹은 이론가들은 이점에서 벗어나고 있다고 진단한다. 가령 김남천의 고발문학론의 경우 그 의의에도 불구하고 세계관의 문제를 간과하고 있음을 비판한다.

여기에서 주목할 것은 그가 애초에 가졌던 정치와 예술의 구도를 버리지 않고 예술적 실천이라는 매개를 상정하고 있다는 점이다. 임화는 "만일 작가가 아니라 검을 든 인간이었다면 우리는 죽어 기념비 위에 성명을 남겼을망정 과일(過日)의 비극은 경험치 않았을 것"이라 언급함으로써 일상의 실천과는 다른 예술적 실천을 돌파구로 제시하고 있다. 예술적 실천이란 작가의 세계관이 형성되는 과정을 매개하는 중심적 계기가 된다. 물론 예술적 실천이란 예술 일반의 실천을 말하는 것이 아니라 리얼리즘적 실천을 말한다. 여기에서 그는 엥겔스의 「발자크론」과 신창작이론 즉 사회주의 리얼리즘을 들면서 리얼리즘의 승리를 거론하는데, 이러한 과학적 문예학이야말로 주체를 재건하는 핵심적 역할을 한다고 주장한다.

당시의 문단 상황을 주체의 붕괴로 진단하고 있는 임화의 관점을 감안한다면, 주체의 확립이 얼마나 긴요한 일인가를 짐작할 수 있다. 그러나 이로써 탄생되는 문학이 거대한 역사적 의의를 갖는 인간적 형상과 실제의 사건보다 훨씬 역동적인 대문학의 길로 들어설지는 의문이다. 「사실의 재인식」에서 현실의 묘사로서의 의식을 지닌 주체를 상정했을 때 그 현실이 문제되었듯이 과학적 세계관으로 주체를 재건하겠다는 주장 역시 현실성이 문제될 수 있다. 즉 이론가로서의 임화가 현상 타개의 일환으로 제시한 주체의 재건과 그 예술적 실천이 가능성으로서의 방향 제시로 끝날 가능성을 내포하고 있음을 지적할 수 있다.

2) 대안의 모색과 생활문학의 발견

임화가 리얼리즘을 통해 주체를 재건하고 예술적 완성을 확보하고자한 것은 사회적 실천과 함께 예술적 실천을 전제로 한 것이었다. 예술적실천에 있어서 중요한 것은 과학적 세계관이었다. 임화가 「세태소설론」(『동아일보』, 1938.4.1~6)에서 당대의 소설 경향을 검토하면서 '사상성의 감퇴'를 지적한 것도 이런 의식의 반영이었다. 이 글에서 그는 이상 류의 내성소설과 박태원 류의 세태소설이 대척관계에 있음에도 불구하고그 토대에는 "작가의 내부에 있어서 '말하려는 것'과 '그리려는 것'과의 분열"에 있다고 진단한다.

> 작가가 주장하려는 바를 표현하려면 묘사되는 세계가 그것과 부합되지 않
> 고, 묘사되는 세계를 충실하게 살리려면 작가의 생각이 그것과 일치할 수 없
> 는 상태이다.[34]

그러니까 작가의 생각과 객관적 사실과의 관계에서 딜레마에 빠졌다는것인데 이는 "작가에게 있어서 창작 심리의 분열이고 작품에 있어선 예술적 조화의 상실"을 의미한다. 이는 소설이란 성격과 환경의 조화를 모색

---

34) 임화, 앞의 글, 1938.4.2.

하는 장르인데 작가들이 그것을 단념한 데서 비롯된 것이라 주장한다.

박태원의 소설 「소설가 구보씨의 일일」과 「천변풍경」을 비평하면서 임화는 그의 문학적 행위가 의도하는 바가 무엇인지를 지적한다. 임화는 두 작품에는 공통적으로 작가가 "자기를 약하게 만든 보이지 않는 세계에 대한 한 개의 보복 심리"가 들어 있다고 지적한다.

> 그것은 지저분한, 실로 너무나 지저분한 현실을 일일이 소설 가운데 끄집어내다가 공중 앞에 톡톡히 망신을 시켜주려는 꼬챙이 같은 악의(惡意)다.[35]

이와 같은 지적은 매우 중요하다고 판단되는데, 임화는 박태원 소설의 주된 창작 장치인 묘사의 이면에 있는 작가의 정신을 밝혀내고자 했던 것이다. 묘사의 이면에는 세계에 대한 작가의 보복 심리가 작용하고 있다고 본 것이다. 소설에서의 묘사는 작가의 생각을 형상적으로 담을 수 있는 장치임을 생각할 때 묘사되는 현실의 중요성을 재인식하지 않을 수 없다. 그는 소설이란 묘사의 예술, 산문의 예술임을 인식하고, 묘사되는 현실이란 "실로 하나의 정신적 가치"를 지닌 대상이라고 평가한다. 여기에서 임화는 소설에서 묘사가 지닌 중요성을 간파하고 있음을 알 수 있는데, 세태소설이란 순전히 이런 측면에만 작자가 자기를 의탁하려는 문학이라는 것이다. 이로써 세태소설은 세부 묘사, 전형적 성격의 결여, 그 필연의 결과로서 플롯의 미약 등을 특징으로 하는데, 이는 결국 작가의 자기 무력의 증명이나 환경에 대한 경멸과 악의를 드러내는 한계를 지닌다는 것이다.

---

35) 임화, 위의 글, 1938.4.3.

임화가 세태소설을 이렇게 비판적으로 평가하는 데는 세태소설이 무력한 시대의 한 특색을 드러내기 때문이다. 따라서 임화에게는 내성소설과 세태소설에 대하여 긍정적으로 평가하는 것은 '태만한 비평정신'의 산물로 보였다. 임화는 내성소설과 세태소설의 묘사가 조선소설사에서 완성해보지 못한 낯선 청신함을 보여주는 듯하지만, 사실 그것은 현실을 파악하는 진정한 묘사의 기술과는 떨어져 있다고 판단한 것이다.

임화가 이렇듯 당대의 소설들을 평가하는 기준은 발자크 등의 고전적 의미의 소설을 염두에 둔 것이었음을 알 수 있다. 이는 소위 본격소설론이라 일컬어지는 「최근 조선소설계 전망」(『조선일보』, 1938. 5.24~28)을 통해 구체화된다. 여기에서 임화는 소설은 "시민사회의 서사시"라는 명제에 따라, 발자크 류의 고전적 의미의 소설 양식을 완성하는 것이 당면 과제임을 주장한다.

작가와 환경의 조화를 전제로 한 고전적 의미의 소설은 임화에 의하면 이미 최서해, 이기영, 송영, 한설야, 김남천 등 경향작가가 기획한 것인데 그 명맥을 찾기가 어렵고, 여기에 춘원과 염상섭의 노력이 있음에도 불구하고 아직 확립되지 않았다는 것이다. 따라서 임화는 미약하게나마 형성되려던 본격소설에의 지향이 당면 과제임을 밝히고 있었던 것이다. 그러나 임화가 언급하고 있듯이 그가 바라는 본격소설이 가능할지는 다른 논의가 필요하다.

소설은 개인으로서의 성격과 환경과 그 운명을 그리는 예술이므로 서구적 의미의 완미한 개성으로서의 인간 또는 그 기초가 되는 사회생활이 확립되지

않는 한, 소설양식의 완성은 기대할 수 없는 것이다.[36)]

임화가 말하고 있듯이 고전적 의미의 소설은 서구적 의미의 개성적인 인간과 그 기초로서의 사회의 확립이 없는 한 그 완성을 보장할 수 없기 때문이다. 그렇다면 당대의 현실이 그러한 조건들을 만족시킬 수 있는 상황이었는지가 관건이겠는데 식민지 하의 여러 사회적 여건을 고려해볼 때 긍정적인 것만은 아니라 판단할 수 있다.

임화는 곧바로 이러한 자신의 견해에 대하여 비판한다. 「사실의 재인식」(『동아일보』, 1938.8.24~28)에서 그는 자신의 '본격소설론'에 대하여 "창작의 무력을 이야기하면서 결과로는 어느 틈에 나 자신의 무력(無力)을 피력하고 있었다"고 비판한다. 임화는 '본격소설론'에서 내성소설과 세태소설로 분열되는 소설의 타개책으로 본격소설을 제시하였으나 "유감인 것은 그 논리가 작가들로 하여금 창작하는 붓대에 흘러내리는 산(生) 혈액이 될 만한 것이 아니라는 것을 아무래도 부정할 수가 없다"고 고백한다.

임화는 여기에서 비평의 창작에 대한 지도적인 역할을 염두에 두고 있었음을 알 수 있는데, 비평이 그러한 역할을 하지 못하고 있다는 점에서 작가들의 사정과 다를 바 없다는 것이다. 사실의 압력 앞에 당면한 임화는 '지성의 패배'를 목도하고 있었다. "사실의 처리에 곤혹하고 있는 문학, 그것은 곧 사실 어찌해야 좋을지 모르는 제 자신과 똑 같은 초상(肖像)이 아닐 수 없다"고 본 임화는 그럼에도 불구하고 "현재에 있어 모든 문화

---

36) 임화, 위의 글, 1938.5.26.

앞에 제출된 공통의 과제는 사실을 요리하는 방법을 어떻게 하면 발견할 수 있느냐"[37] 하는 점을 제안한다. 여기에서 비평이론가답게 문단의 타개책을 끊임없이 고민하고 있는 임화를 발견할 수 있겠는데, 그러나 그 구체적인 대안을 찾아보기 어렵다. 또한 그가 기성사실을 인정하고 그 사태를 기초로 하여 진실한 문화의 정신을 발견하자고 했을 때 이는 선언적 의미만을 지닐 뿐이다. 따라서 임화는 '시련의 정신과 행위'라는 구호에서 벗어나지 못한다. 임화는 이후에 '생활'의 문학과 '생산현장'의 문학을 대안으로 제안해보는데, 넓게 보면 이것도 '시련의 정신과 행위'의 연장 속에서 나온 모색이라 할 수 있다.

임화가 생활의 문학을 주장한 것은 「문예시평 – 레알리즘의 변모」(『태양』, 1940.1)에서다. 그는 리얼리즘이 현실을 중시해왔던 것을 비판하면서 일상성의 세계로서의 생활을 중시하는 문학을 강조한다.

> 日常性의 世界란 俗界, 우리가 어떠한 경우에도 거기서 헤여날 수 없고 어떠한 理想도 그 속에선 一個의 試鍊에 부탁드리지 않을 수 없는 밥먹고, 結婚하고, 일하고, 자식 기르고 하는 생활의 세계다.[38]

임화는 앞에서 말한 '시련의 정신'을 일상적 세계에서 발견한 것이다. 임화는 얼마 뒤 「生産小說論」(『인문평론』, 1940.4)에서 리얼리즘의 타개책으로 생산 장면을 담은 문학을 제안한다. 생활문학을 주장했던 임화가 이

---

37) 임화, 위의 글, 1938.8.28.
38) 임화, 「문예시평-레알리즘의 변모」, 『태양』, 1940.1.

번에는 '생산 장면을 그려라'라고 제안하고 있는 것이다.

이러한 임화의 '생활의 문학'과 '생산문학론'에 대한 평가는 부정적일 수 있다. 가령 일상의 세계를 두고 "레아리즘이 소용되지 아니할 것은 당연하지 않을까?"라고 반문하는 곳에서 사상으로서의 문학, 레알리즘의 문학은 후퇴하게 된 것이라 판단할 수 있다. 그리고 생활 문학에서 다시 생산 장면이라는 제재로 축소시킴으로써 문학 영역을 축소시키고 형해화하고 있다고 비판할 수 있다.[39]

물론 그러한 비판도 가능하지만 당대의 상황과 임화의 비평 행위의 과정을 고려해볼 때 다른 시각을 가질 수도 있다고 판단된다. '생활문학'과 '생산소설'이 당시의 문학적 상황에서 하나의 타개책으로서 방향을 모색하는 과정의 산물이라는 점이다. 그러니까 시련의 정신이 발견할 수 있는 일상의 세계를 통해, 혹은 생산 현장을 통해 작가로 하여금 '현실을 전체'로 볼 수 있게 하는 길을 열어주자는 것이다.

> 그럼으로 생산장면을 그리는 것, 혹은 소설의 제재를 한 번 생산에다가 국한하고, 또는 그리로 轉轉시켜 본다는 것은, 작가로 하여금 현실을 전체에 있어서 보게 하는 길을 열어 줄 수가 있다.[40]

이러한 주장은 작가가 '문학을 세계관으로부터 분리하여 시정을 편력'함으로써 결국 제재에 대한 지배력을 상실하고 있다는 진단의 대안으로

---

39) 장사선, 『한국리얼리즘문학론』, 새문사, 1988, 188~190쪽.
40) 임화, 「생산소설론」, 『인문평론』, 1940.4.

제시된 것이다. 임화는 여기에서도 창작에서 세계관의 중요성을 끝까지 견지하고 있는데 현실은 그렇지 못하다는 점에서 타개책을 강구하고 있었던 것이다. 그러나 '극히 조잡한 각서'라고 임화 자신이 부제로 달아놓았듯이 '생산소설론'에 제시된 타개책은 하나의 '모색'의 차원을 벗어나지 않는다. 더구나 생산 장면과 생산 장면에 연루된 인간의 "단순하고 순수한 상태에 있는 인간의 탐구 혹은 그 성격의 제시"가 생산소설의 핵심이라면 그가 그토록 강조한 작가의 세계관 문제는 종적을 감추게 되었다는 점에서 한계점이 있다.[41]

4. 맺음말

임화가 주로 활약한 시대는 일제 강점기였다. 따라서 어느 누구도 이러한 시대적인 상황에서 자유로울 수 없었다. 민족주의 문학과 계급주의 문학으로 대별되는 문학권에서도 식민지 상황에 대한 문학적 대응 논리가 그 근간을 이루었다. 특히 계급문학을 표방하는 프로문학 계열은 문학의 정치화를 지향했던 바, 이로 인한 민족주의 문학 진영과의 논쟁과 자체 내부의 논쟁을 거치면서 방향을 모색해가야 했다.

프로문학 진영의 정치적 지향성으로 말미암아 일제는 그에 대한 탄압

---

41) 이 시기에 임화가 문학사 집필로 나아가고 있는 것은 이러한 그의 문학적 행위와 무관하지 않을 것이다. 전망이 불투명할 때 과거를 정리하는 일은 미래를 내다보기 위한 의미 있는 작업일 수 있기 때문이다.

을 가하게 되었고, 급기야는 프로문학 진영의 중심인 카프가 해산되기에 이른다. 이후 문학 진영은 전형기(轉形期)를 맞이하게 된다. 그러니까 이전의 모든 노력이 열매를 맺지 못하고, 자신들의 행위에 대하여 의문을 갖지 않으면 안 되었던 시기, 그로 인해 고통 받고, 그리하여 새로운 방향을 모색하지 않으면 안 되었던 시기를 말한다. 특히 이 시기에 비평의 영도성(領導性)을 끊임없이 추구하면서 비평 행위로서 자신의 견해를 밝히고, 그것을 지속적으로 비판·보완하고 새로운 길을 모색하고자 했던 임화로서는 한국 문예비평사에 있어서 커다란 족적을 남긴 인물이라 아니할 수 없다.

임화는 카프의 맹원으로서 많은 논객들과의 논쟁을 거치면서 전형, 총체성, 형상성 등 리얼리즘의 핵심 개념인 세계관과 창작방법과의 관계를 정립해갔다. 한편에서는 당파성과 함께 다른 한편으로는 문학의 특수성에 대하여 인식해갔다. 그러나 그의 문학론은 여전히 계급적 당파성과 세계관을 창작방법에 도식적으로 적용하고 있다는 비판을 벗어날 수 없었다. 이 점은 사회주의 리얼리즘이 한국에 도입되면서 표면화되었는데, 임화는 이 과정에서 사회주의 리얼리즘과 맞물려 있는 로맨티시즘을 몽상의 관점에서 파악함으로써 논자들로부터 비판을 받는다. 임화의 '낭만적 정신론'은 로맨티시즘의 혁명성보다는 서정성에 치우친 게 사실이다. 여기에서 임화가 시인이었음을 다시 한번 상기하거니와, 시의 핵심이 서정성에 있다고 볼 때 이는 그의 낭만적 정신론과 상통하는 측면이 있다. 그러나 임화는 자신의 그러한 주관주의적 성향을 비판함으로써 곧바로 리얼리즘으로의 복귀를 선언하게 되는데 이 또한 임화의 비평가다운 면모를 보여준다. 이로써 전형기에 등장하는 내성소설과 세태소설의 경향을 두고 세계관 문제를 간과하고 있음을 지적하고 예술적 실천 곧 리얼리즘 적 실천을 강조하게 된다.

임화는 리얼리즘적 실천의 전범을 고전적 리얼리즘에 둠으로써 그것의 완성이 당면 과제임을 천명한다. 그러나 그가 언급하고 있듯이 서구적 의미의 개성적 인간과 그 토대로서의 사회적 환경의 확립 없이는 그것이 보장될 수는 없는 것이다. 이는 창작에 어떤 이론적 근거를 마련해주지 못함으로써 결과적으로 비평의 영도성으로부터 멀어지고 말았다. 그리하여 사실의 압력에 직면한 당대 문단은 새로운 타개책을 모색하지 않으면 안 되었다. 임화는 그것을 '시련의 정신'에서 찾고 생활문학과 생산문학을 통해 현실에 다가갈 수 있는 길을 모색하게 된다. 이 과정에서 창작방법으로서의 리얼리즘의 영도성은 후퇴하게 된다.

이러한 임화의 문학 행위는 당대 문예 비평가로서 맞수였던 김남천과의 비교를 통해 더욱 선명하게 부각될 수 있다. 김남천 역시 임화와 같은 시대에 살면서 같은 문제의식을 공유하고 있었지만, 그가 제시한 해법은 달랐다. 임화와 함께 운동으로서의 문학관에서 출발한 김남천은 임화가 세계관에 입각한 창작방법으로서의 리얼리즘을 모색한 것과는 달리 자신이 갖고 있던 마르크스주의 문학이념에 입각한 주체 개념을 해체하고 지속적으로 새로운 이론을 모색하였다. 임화와의 「물」 논쟁에서 단초를 보인 이러한 경향은 고발문학론, 관찰문학론에 이르는 전 창작방법론에 걸쳐 있다.

임화가 엥겔스 등의 리얼리즘과 사회주의 리얼리즘을 통한 주체의 재건을 모색한 반면에 김남천은 통일성을 상실하지 않고 자기 분열을 경험하지 않은 인물인 '인물로 된 이데'[42] 개념으로 나간다. 이 점에서 그가 소설가임을 상기할 필요가 있다. 그는 「남매」, 「소년행」, 「대하」 등을 통해 그의 생각을 실천해갔다.

임화는 생활문학에서 타개책을 모색한 적이 있는 바, 김남천 역시 생활에 대한 관심을 기울인다. 이는 자신이 모색한 인물의 형상을 풍부하게 하고자 하는 의도에서 나온 것이다. 김남천은 「경영」, 「맥」 등에서 친일 전향자와 허무주의자를 동시에 비판하고 있다는 점을 주목할 필요가 있다. 김남천이 구체적인 창작 행위를 통해 자신의 생각을 실천해나갔음에 비해, 임화는 '시련의 정신'을 일상적 세계 속에서 발견함으로써 작가로 하여금 현실을 볼 수 있게 하자는 데 있었다. 비평의 영도성이 사라진 자리에 김남천에게는 소설이 놓여 있었지만, 임화에게는 문학사가 놓여 있었다.

이로 보면 김남천은 소설의 침체 현상을 이론과 작품 활동으로 돌파하고자 하였고, 어떠한 이념도 배척함으로써 결과적으로 식민지 현실을 수용하지 않고 작품 활동을 할 수 있었다. 반면에 임화는 이론가답게 끊임없이 전형기의 상황을 이론적으로 타개해나가고자 했으며, 이념의 푯대를 끝까지 놓지 않으려는 노력을 계속해갔다. 그러나 그는 폭압적 사실 앞에서 끝내 새로운 이론적 타개책을 제시하지 못하고 단편적인 평문을 쓰거나 문학사를 집필하게 되었다.

---

42) 이 개념에 대한 자세한 논의는 다음 참조. 김외곤, 『한국근대 리얼리즘문학 비판』, 태학사, 1995, 89~90쪽.

이렇듯 비평은 비평가의 세계관에 따라 다른 양상을 보여준다. 그런데 현실에 관심을 두고 삶의 질곡으로부터의 인간 해방에 관심을 두고 있는 비평가는 문학이란 그러한 임무로부터 자유롭지 못하다는 관점을 취하기 마련이다. 그리하여 그러한 이념에서 작품을 평가하고 창작을 선도하는 역할을 하고자 한다. 그러나 그것이 창작을 질식시키고 작품으로부터 괴리되었을 때 비평의 존립 근거를 약화시키는 문제를 야기하기도 한다. 따라서 그러한 문제를 넘어서서 현실 인식에 근거하여 작품을 평가하고 창작의 방향과 이론을 탐구하는 일은 커다란 의미를 지닌다. 왜냐하면 비평이란 인간 현실의 삶에 관심을 둠으로써 작가의 시선에서 벗어나기 쉬운 한 부분, 즉 인간다운 삶이란 무엇인가를 작가로 하여금 끊임없이 묻도록 요구하고, 그 이론을 제시하고 궁극적으로 비평적 실천을 통해 삶의 질을 고양시키는 기능을 담당하기 때문이다. 임화의 문학비평이 놓인 자리가 여기라 판단된다.

강인수 외, 『소설, 이렇게 쓰라』, 평민사, 1999.

강인애 외, 『구성주의와 교과교육』, 문음사, 1999.

강인애, 『우리 시대의 구성주의』, 문음사, 2003.

고길섶, 『논술행 기차를 바꿔타자』, 문화과학사, 1994.

고인환, 「김사량의 〈노마만리〉 연구–텍스트에 반영된 현실의식의 변모 양상을 중심
　　　으로」, 『어문연구』 59, 어문연구학회, 2009.

공종구, 「소설이해의 사회학적 방법」, 『현대소설론』, 평민사, 1994.

곽승미, 「식민지시대 여행문화의 향유 실태와 서사적 수용 양상」, 『대중서사연구』
　　　15, 대중서사학회, 2006.

구견서, 「다문화주의의 이론적 체계」, 『현상과 인식』, 한국인문사회과학회, 2003 가을.

구영산, 「국어교육에서 다문화주의 수용에 대한 숙고」, 『문학교육학』 35, 한국문학
　　　교육학회, 2011.

구인환 외, 『문학교육론』 제5판, 삼지원, 2007.

＿＿＿＿ 외, 『문학교육론』, 삼지원, 2001.

＿＿＿＿, 『소설 쓰는 법』, 동원출판사, 1983.

＿＿＿＿, 『소설론』, 삼지원, 2000.

구재진, 「민족문학론–화두를 지키기 위하여」, 『민족문학사연구』 제12호, 민족문학

사연구소, 1998.

국사편찬위원회, 『여행과 관광으로 본 근대』, 두산동아, 2008.

김광수, 「철학과 논술」, 『철학과 현실』 69, 철학문화연구소, 2006.

김대행, 『국어교과학의 지평』, 서울대출판부, 1995.

_____, 『문학교육의 틀짜기』, 역락, 2000.

김동리, 「순수문학의 진의」, 『서울신문』, 1946. 9. 15.

김동환, 『문학연구와 문학교육』, 한성대출판부, 2004.

김미혜, 「다문화 교육의 관점에서 본 북한 서정시와 문학교육」, 『국어교육학연구』
　　　34, 국어교육학회, 2009.

김복순, 「비판적 사고론의 한계와 '통합적 말글쓰기'의 전망」, 『현대문학연구』 30, 한
　　　국문학연구학회, 2006.

김봉군, 『문학작품 속의 인간상 읽기』, 민지사, 2003.

김상욱, 「리얼리즘-고통 혹은 희망의 미학」, 『다시쓰는 문학에세이』, 우리교육, 1998.

_____, 「문학이념과 문학교육」, 『문학교육의 방법』, 한길사, 1991.

_____, 「실천적 이론과 이론의 실천: 문학교사를 위한 제언」, 『문학교육학』 18, 한국
　　　문학교육학회, 2005.

_____, 『문학교육의 길찾기』, 나라말, 2003.

_____, 『소설교육의 방법 연구』, 서울대출판부, 1996.

김성진, 「문학교육에서 비평 활동에 관한 연구: 비판적 읽기와의 관련을 중심으로」,
　　　『국어국문학』 130, 2002.

_____, 「서사이론과 읽기 교육의 소통을 위한 시론」, 『문학교육학』 19, 한국문학교
　　　육학회 2006.

_____, 『문학교육론의 쟁점과 전망』, 삼지원, 2004.

김영민, 「1950년대 민족문학론 연구」, 『현대문학이론연구』 12, 현대문학이론학회, 1999.

_____, 「해방 직후 한국 문학비평사 연구」, 『현대문학이론연구』 11, 현대문학이론
　　　학회, 1999.

_____, 『한국문학비평논쟁사』, 한길사, 1992.

김영정, 「통합교과형 논술의 특징」, 『철학과 현실』 제69호, 2006.

김외곤, 『한국 근대 리얼리즘문학 비판』, 태학사, 1995.

김용직, 『임화문학연구』, 새미, 1999.

김용현, 「구성주의와 문학수업의 방향성에 관하여」, 『독어교육』 37, 한국독어독문학
      교육학회, 2007.

김원일 외, 『창작이란 무엇인가』, 정민, 1994.

김윤식, 「고현학의 방법론」, 『한국문학의 리얼리즘과 모더니즘』, 민음사, 1989.

      , 「베이징, 1938년 5월에서 1945년 5월까지−김사량의 「향수」와 『노마만리』」,
      『문학동네』, 2006년 여름.

      , 『이광수와 그의 시대 3』, 서울, 한길사, 1986.

      , 『일제말기 한국 작가의 일본어 글쓰기론』, 서울대출판부, 2008.

      , 『임화연구』, 문학사상사, 1989.

      , 『한국근대문예비평사연구』, 일지사, 1976.

      , 『한국현대문학비평사』, 서울대출판부, 1982.

김재기 · 임영언, 「중국 만주지역 조선인 디아스포라와 한국전쟁」, 『재외한인연구』
      23, 재외한인학회, 2011.

김재용, 「분단 현실의 변화와 민족문학의 모색」, 『실천문학』 46, 실천문학사, 1999.

      , 「일제말 김사량 문학의 저항과 양극성」, 『실천문학』 83, 실천문학사, 2006.

김종문 외, 『구성주의 교육학』, 교육과학사, 1998.

김중신, 『문학과 삶의 만남』, 소명출판, 2003.

      , 「리얼리즘의 문학교육적 磁場」, 『표현』 22호, 표현문학회, 1992.

      , 『한국 문학교육론의 방법과 실천』, 한국문화사, 2003.

김중철, 「근대 기행담론 속의 기차와 차내 풍경」, 『우리말글』 33, 우리말글학회,
      2005b.

      , 「근대 초기 기행담론을 통해 본 시선과 경계 인식 고찰−중국과 일본 여행을
      중심으로」, 『인문과학』 36, 성균관대인문과학연구소, 2005a.

김지하, 「풍자냐 자살이냐」, 『민중문학론』, 문학과지성사, 1984.

김진량, 「근대 일본 유학생 기행문의 전개 양상과 의미」, 『한국언어문화』 26, 한국언
      어문화학회, 2004.

_____, 「근대 일본 유학생의 공간 체험과 표상-유학생 기행문을 중심으로」, 『우리
　　　　말글』 32, 우리말글학회, 2004.

김태준, 『한국의 여행문학』, 이화여대출판부, 2006.

김학철 외, 『개혁개방30년 중국 조선족 우수단편소설선집』, 연변인민출판사, 2009.

김현주, 「근대 초기 기행문의 전개 양상과 문학적 기행문의 '기원'」, 『현대문학의 연
　　　　구』 16, 한국문학연구학회, 2001.

김혈조, 「금강산을 노래한 시와 산문」, 『금강산』, 학고재, 1998.

김형규, 「중국 조선족 소설 연구의 현황과 현재적 의의」, 『현대소설연구』 29, 한국현
　　　　대소설학회, 2006.

_____, 「중국 조선족 소설과 소수민족주의의 확립-1960~70년대 단편소설을 대상으
　　　　로」, 『현대소설연구』 40, 한국현대소설학회, 2009.

김호웅, 「"6·25" 전쟁과 남북분단에 대한 성찰과 문학적 서사-중국문학과 조선족
　　　　문학을 중심으로」, 『통일인문학논총』 51, 건국대인문학연구원, 2011.

김효중, 「여행자 문학의 시각에서 본 나혜석 문학-그의 「구미시찰기」를 중심으로」.
　　　　『세계문학비교연구』 16, 세계문학비교학회, 2006.

김　훈, 『자전거 여행』, 생각의나무, 2000.

나병철, 『근대성과 근대문학』, 문예출판사, 1995.

남영호, 『자전거 유라시아 횡단기』, 살림, 2007.

류덕제, 「구성주의 관점의 문학교육」, 『한국초등국어교육』 18, 한국초등국어교육학
　　　　회, 2001.

류보선, 「분단의 상처, 그 넓이와 깊이」, 『한국대표중단편소설50』, 중앙M&B, 1999.

류은희, 「자서전의 장르 규정과 그 문제 - '역사기술'과 '시'로서의 자서전」, 『독일문
　　　　학』 84집, 한국독어독문학회, 2002.

문순태, 『소설창작연습』, 태학사, 1999.

문영진, 「글쓰기 교육의 방법론에 대한 반성」, 『국어교육연구』 7, 서울대국어교육연
　　　　구소, 2000.

_____, 「서사 교육의 방향 설정에 관한 일 연구」, 『국어교육학연구』 13, 국어교육학
　　　　회, 2001.

_____, 『한국 근대산문의 읽기와 글쓰기』, 소명, 2000.

문학과문학교육연구소, 『창작교육, 어떻게 할 것인가』, 푸른사상, 2001.

민경희, 「임화의 소설론 연구」, 서울대석사논문, 1990.

박 진, 「박범신 장편소설 『나마스테』에 나타난 이주노동자의 재현 이미지와 국민국
　　　　가의 문제」, 『현대문학이론연구』 40, 현대문학이론학회, 2010.

박남용·임혜순, 「김사량 문학 속에 나타난 북경체험과 북경 기억」, 『중국연구』 45,
　　　　한국외대중국연구소, 2009.

박성희, 『공감학-어제와 오늘』, 학지사, 2004.

박숙자, 「근대국가의 파토스, '공감'의 (불)가능성-『검둥의 설움』에서 『무정』까지」,
　　　　『서강인문논총』 32, 서강대인문과학연구소, 2011.

박영숙·김유경 엮음, 『서양인이 본 금강산』, 문화일보, 1998.

박정일, 「논술과 토론의 개념」, 『철학과 현실』 70, 철학문화연구소, 2006.

박현채, 「민중과 문학」, 『민족, 민중 그리고 문학』, 지양사, 1985.

방민호, 「이광수 자전적 문학에 나타난 작가의식 연구」, 『어문학논총』 22, 국민대어
　　　　문학연구소, 2003.

백낙청, 「민족문학 개념의 정립을 위해」, 『월간중앙』, 중앙일보사, 1974. 7.

비판사회학회·민주화운동기념사업회 공동기획, 『지구화시대의 국가와 탈국가』, 한
　　　　울, 2009.

사노 마사토, 「'여행의 시대'로서의 1930년대 문학」, 『일본문학연구』 3, 동아시아일
　　　　본학회, 2000.

서경석, 「만주국 기행문학 연구」, 『어문학』 86, 한국어문학회, 2004.

서경식, 『고통과 기억의 연대는 가능한가』, 철수와영희, 2009.

서영채, 「최남선과 이광수의 금강산 기행문에 대하여」, 『민족문학사연구』 24, 민족
　　　　문학사학회, 2004

성민엽, 「민중문학의 논리」, 『예술비평』, 1984. 가을.

손민호, 『구성주의와 학습의 사회이론』, 문음사, 2005.

손봉호, 『고통받는 인간:고통문제에 대한 철학적 성찰』, 서울대출판부, 1995

송하춘, 『발견으로서의 소설기법』, 현대문학, 2000.

송현호 외, 『중국 조선족 문학의 탈식민주의 연구1, 2』, 국학자료원, 2008, 2009.

송현호, 「다문화 사회의 서사 유형과 서사 전략에 관한 연구」, 『현대소설연구』 44, 한국
현대소설학회, 2010.

신상성·전영숙, 『문예창작입문』, 태학사, 1999.

신승엽, 「배수아 소설의 몇 가지 낯설고 불안한 매력」, 『민족문학을 넘어서』, 소명, 2000.

신용하, 『갑오개혁과 독립협회운동의 사회사』, 서울대출판부, 2002.

심지연, 『허헌연구』, 역사비평사, 1994.

안우식, 심원섭 역, 『김사량 평전』, 문학과지성사, 2000.

오상순, 『개혁개방과 중국 조선족 소설문학』, 월인, 2001.

오세영 외, 『시창작 이론과 실제』, 시와시학사, 2000.

우리소설모임, 『소설 창작의 길잡이』, 풀빛, 1990.

우미영, 「근대 여행의 의미 변이와 식민지/제국의 자기 구성 논리-묘향산 기행문을
중심으로」, 『동방학지』 133, 연세대국학연구원, 2006.

_____, 「시각장의 변화와 근대적 심상 공간-근대 초기 기행문을 중심으로」, 『어문
연구』 32-4, 한국어문교육연구회, 2004.

_____, 「전시되는 제국과 피식민 주체의 여행-1930년대 만주수학여행기를 중심으
로」, 『동아시아문화연구』 48, 한양대동아시아문화연구소, 2010.

우한용 외, 『서사교육론』, 동아시아, 2001.

_____ 외, 『소설, 이렇게 쓰라』, 평민사, 1999.

_____ 외, 『현대소설의 이해』, 새문사, 1999.

_____, 「21세기 한국사회의 다양성과 소설적 전망」, 『현대소설연구』 40, 한국현대소설
학회, 2009.

_____, 「리얼리즘 소설의 문학교육적 해석」, 『국어국문학』 112권, 국어국문학회, 1994.

_____, 「박태원 소설의 담론구조와 기법」, 『表現』 18, 1990 상반기.

_____, 「소설교육의 기본 구도」, 『소설교육론』, 평민사, 1993.

_____, 「창작교육을 돌아보고 내다보는 가상 정담」, 『선청어문』 28, 서울대국어교육
과, 2000.

_____, 『한국현대소설구조연구』, 삼지원, 1990.

_____, 『한국현대소설담론연구』, 삼지원, 1996.

원진숙, 「다문화 시대 국어교육의 역할」, 『국어교육학연구』 30, 국어교육학회, 2007.

유문선, 「남한 리얼리즘론의 전개과정」, 『다시 문제는 리얼리즘이다』, 실천문학사, 1992.

유영희, 『이미지로 보는 시 창작 교육론』, 역락, 2003.

유임하, 「기억의 호명과 전유-김사량과 북한문학의 기억 정치」, 『한국어문학연구』 53, 한국어문학연구학회, 2009.

유종호, 「근대소설과 리얼리즘」, 『창작과비평』 39호, 1976.

유철상, 「리얼리즘 개념 수용사 고찰」, 『한국 근대소설의 분석과 해석』, 월인, 2002.

유홍준 엮음, 『금강산』, 학고재, 1998.

유홍준, 『나의 북한문화유산 답사기 하 금강예찬』, 랜덤하우스, 2001.

윤여탁, 「다문화 사회:한국문학과 대중문화의 대응」, 『국어교육연구』 26, 서울대국어교육연구소, 2010.

_____, 「다문화 · 다매체 · 다중언어의 교육:그 현황과 전망」, 『어문학』 106, 한국어문학회, 2009.

윤재천 편, 『수필작법론』, 세손, 1995.

이광복, 「구성주의 문예학과 그 문학교수법적 함의」, 『독어교육』 17, 한국독어독문학교육학회, 1999.

이광수, 「『나』를 쓰는 말」, 『이광수 전집 10』 서울, 우신사, 1971.

이미림, 「〈벽공무한〉의 여행모티프와 유희적 노마드」, 『현대소설연구』 26, 한국현대소설학회, 2002.

_____, 「근대인 되기와 정주 실패-여행소설로서의 〈만세전〉」, 『현대소설연구』 31, 한국현대소설학회, 2006.

이미정, 「근대를 향한 식민지인의 여정-정석태와 나혜석의 기행 서사를 중심으로」, 『시학과언어학』 10호, 시학과언어학회, 2005.

이병렬 엮음, 『소설, 나는 이렇게 썼다』, 평민사, 1999.

이상경, 「암흑기를 뚫은 민족해방의 문학-김사량의 삶과 문학」, 『노마만리』, 동광출판사, 1988.

이상구, 「구성주의적 학습자 중심 문학교육의 원리와 방법」, 『문학교육학』 10, 한국 문학교육학회, 2002.

_____, 『구성주의 문학교육론』, 박이정, 2002.

이상섭, 『문학비평용어사전』, 민음사, 2001.

이상수, 「동행산수기」, 『금강산』, 학고재, 1998.

이선영 · 하정일, 「해방 직후의 민족문학론과 근대관」, 『민족문학사연구』 8, 민족문 학사학회, 1995.

이승훈, 『시작법』, 탑출판사, 1995.

이윤택, 『이윤택의 극작 실습』, 평민사, 1998.

이인화, 「한국 아동청소년 문학에서 다문화의 수용:내부자의 타자 수용 방식을 중심 으로」, 『국어교육학연구』 48, 국어교육학회, 2011.

이재기, 「맥락 중심 문식성 교육 방법론 고찰」, 『청람어문교육』 34, 청람어문교육학 회, 2006.

_____, 「사회구성주의 관점에서의 독자:'결정'과 '자율'의 사이에서 성찰하는 독자」, 『독서연구』 16, 한국독서학회, 2006.

이재명 · 이기한 편역, 『희곡 창작의 실제』, 평민사, 1999.

이정숙, 「여행소설에 나타난 상상력의 구조 변화-아버지 찾기를 중심으로」, 『국어 교육』 105, 한국어교육학회, 2001.

이종일, 「사회적 구성주의」, 『구성주의 교육학』, 교육과학사, 1998.

이지호, 『글쓰기와 글쓰기 교육』, 서울대출판부, 2001.

이춘매, 「김사량의 〈노마만리〉 연구」, 『한중인문학연구』 23, 한중인문학회, 2008.

이해영, 「60년대 초반 중국 조선족 장편소설에 나타난 민족의식의 내면화-리근전의 장편소설 『범바위』를 중심으로」, 『국어국문학』 157, 국어국문학회, 2011.

이호철 외, 소설, 『나는 이렇게 썼다』, 평민사, 1999.

_____, 『이호철의 소설창작 강의』, 정우사, 2000.

임 화, 「문학의 인민적 기초」, 『중앙신문』, 1945.12.8-14.

임경순, 「문학 수업에서 글쓰기 교육의 방향과 유형」, 『문학교육학』 15, 한국문학교 육학회, 2004.

_____, 「분단문제의 소설화 양상」, 『한국현대소설사』, 삼지원, 1999.

_____, 「비평교육에 대한 일 고찰」, 『선청어문』 25, 서울대국어교육과, 1997.

_____, 「여행의 의미와 기행문학교육의 방향」, 『새국어교육』 79, 한국국어교육학회, 2008.

_____, 「총체적 언어교육으로서의 국어교육과 문학교육의 중요성」, 『문학교육학』 19, 한국문학교육학회, 2006.

_____, 『국어교육학과 서사교육론』, 한국문화사, 2003.

_____, 『문학의 해석과 문학교육』, 역락, 2003.

_____, 『서사표현교육론연구』, 역락, 2003.

임규찬, 「80년대 민족문학 논쟁」, 『작품과 시간』, 소명출판, 2001.

임성호, 「다(多)문화적 정체성을 통한 '세계시민민주주의'의 모색:궁극적 목표로서의 '보편적 민주주의'를 위한 시론(試論)」, 『밝은社會研究』 21, 경희대밝은사회연구소, 2000.

임지현 외, 『우리 안의 파시즘』, 삼인, 2000.

장사선, 『한국리얼리즘문학론』, 새문사, 1988.

전영택, 「『그의 자서전』, 『나―소년편, 스무살 고개』」, 『이광수 전집 6』, 서울, 삼중당, 1971.

전인권·정선태·이승원, 『1898, 문명의 전환』, 이학사, 2011.

정기철, 「다문화 시대에 정체성을 위하여」, 『해석학연구』 25, 한국해석학회, 2010.

정대현 편, 『지칭』, 문학과지성사, 1987.

정진권, 『수필쓰기의 이론』, 학지사, 2000.

정희모, 「'글쓰기' 과목의 목표 설정과 학습 방안」, 『현대문학의 연구』 17, 현대문학연구학회, 2001.

_____, 「MIT대학 글쓰기 교육 시스템에 관한 연구」, 『독서연구』 11, 한국독서학회, 2004.

조성일·권철 외, 『중국 조선족 문학 통사』, 이회문화사, 1997.

조성희, 「소설 '나마스테'에 드러나는 다문화주의 수용의 한계」, 『Journal of Korean Culture』 17, 한국어문학국제학술포럼, 2011.

조정래,『소설창작, 나와 세계가 만나는 길』, 한국문화사, 2000.

조정환,「80년대 문학운동의 새로운 전망-민주주의 민족문학론의 제기」,『서강』17, 1987.6.

_____,『민주주의 민족문학론과 자기비판』, 연구사, 1989.

조현일,「미메시스, 리얼리즘, 문학」,『문학의 이해』, 삼지원, 2007.

진정석,「민족문학과 모더니즘」,『민족문학사연구』11, 민족문학사학회, 1997.

차윤경,「세계화 시대의 대안적 교육모델로서의 다문화 교육」,『다문화교육연구』 1-1, 한국다문화교육학회, 2008.

차혜영,「1920년대 해외 기행문을 통해 본 식민지 근대의 내면 형성경로」,『국어국 문학』137, 국어국문학회, 2004.

_____,「문화체험과 에스노그래피의 정치학-식민지시대 서구지역 기행문 연구」, 『정신문화연구』33-1, 한국학중앙연구원, 2009.

채호석,「임화와 김남천의 비평에 나타난 '주체'의 문제」,『1930년대 후반문학의 근 대성과 자기성찰』, 깊은샘, 1998.

천정환,「초기『삼천리』의 지향과 문화민족주의」,『민족문학사연구』36, 민족문학사 학회, 2008.

최강현,『韓國紀行文學硏究-주로 조선시대 기행가사를 중심하여』, 일지사, 1982.

최미숙,『한국 모더니즘시의 글쓰기 방식과 시해석』, 소명, 2000.

최병우,「중국 조선족 문학연구의 필요성과 방향」,『한중인문학연구』20, 한중인문 학회, 2006.

_____,「중국 조선족 소설에 나타난 한국의 이미지 연구」,『한중인문학연구』30, 한 중인문학회, 2010.

최성환,「다문화주의의 개념과 전망:문화 형식(이해)의 변동을 중심으로」,『다문화 의 이해:주체와 타자의 존재방식과 재현양상』, 도서출판경진, 2009.

최인자,「타자 지향의 서사 윤리와 소설교육」,『독서연구』22, 한국독서학회, 2009.

_____,「표현교육 연구의 동향과 과제」,『선청어문』31, 서울대국어교육과, 2003.

_____,『서사문화와 문학교육론』, 한국문화사, 2001.

최지현,「창작과 작문의 통합적 교수 학습을 위한 목표 탐색」,『敎育發展』17, 서원

대교육연구소, 1998.

하정일, 『분단 자본주의 시대의 민족문학사론』, 소명출판사, 2002.

한비야, 『바람의 딸 걸어서 지구 세바퀴 반』, 도서출판금토, 1996.

한용환, 『소설학 사전』, 서울, 문예출판사, 1999.

_____, 『이광수 소설의 비판과 옹호』, 서울, 새미, 1994.

한점돌, 「리얼리즘과 모더니즘—소설의 계열성」, 『현대소설의 이해』, 새문사, 1999.

_____, 「총체성」, 『국어교육학사전』, 대교출판, 1999.

한철우 외, 『과정중심 독서지도』, 교학사, 2001.

홍성민, 『문화와 아비투스』, 나남출판, 2000.

홍은택, 『아메리카 자전거 여행』, 한겨레출판, 2006.

황석영, 「한씨연대기」, 『한국대표중단편소설50』, 중앙M&A, 1995.

황정현, 「21세기 문학연구와 문학교육의 방향과 과제」, 『현대문학의 연구』 31, 한국
　　　문학연구학회, 2007.

Abrams, M. H., *A Glossary of Literature Terms*, 1981, 최상규 역, 『문학용어사전』, 보성출
　　　판사, 1989.

Amato, J. A.(2004), 김승욱 역, 『걷기, 인간과 세상의 대화』, 작가정신, 2006.

Angels, F., 「마가렛 하크니스에게 보내는 편지」, 1888, 『마르크스 · 엥겔스 문학예술
　　　론』, 한울, 1988.

Aristoteles, *Peri poietikes*, 천병희 역, 『아리스토텔레스 시학』, 문예출판사, 2006.

Bakhtin, M. M. & Medvedev, P. M., Trans. Albert J. Wehrle, *The Formal Method In
　　　Literary Scholarship*, Harvard University Press, 1985.

Bakhtin, M. M., *Problems of Dostoevsky's Poetics*, 김근식 역, 『도스또예프스키의 시학』,
　　　정음사, 1988

_____, *The Dialogic Imagination*, 전승희 · 서경희 · 박유미 옮김, 『장편소설과
　　　민중언어』, 창작과비평사, 1988.

Balibar, E. & Macherey, P., "On Literature as An Ideological Form", *Untying The TEXT*,
　　　Routledge & Kegan Paul Ltd, 1981.

Bammel, G. & Burrus-Bammel, L. L., 하헌국 역, 『여가와 인간행동』, 백산출판사, 1993.

Banks, J. A. , 「다문화교육:특성과 목표」, 『다문화교육 현안과 전망』, 박학사, 2011.

Barthes, R., *Mythologies*, 정현 역, 신화론, 현대미학사, 1995.

Bollnow, O.F., *Philosophie der Erkenntnis*, 백승균 역, 『인식의 해석학』, 서광사, 1993.

Botton, Alain de, 정연목 역, 『여행의 기술』, 이레, 2004.

Brton, P. & Gauthier, G., *Histoire Des Theories de L'Argumentation*, 장혜영 역, 『논증의 역사』, 커뮤니케이션북스, 2006.

Cai M., *Multicultural Literature for Children and Youngadults*, USA, 2002.

Campbell, 「서양인 최초의 금강산 기록 1889년 캠벨 영국 부영사」, 박영숙 · 김유경 엮음, 『서양인이 본 금강산』, 문화일보, 1998.

Cassirer, E., *An Essay on Man*, 최명관 역, 『인간이란 무엇인가—문화철학서설』, 서광사, 1988.

Crosswhite, J., *The Rhetoric of Reason*, 오형엽 역, 『이성의 수사학:글쓰기와 논증의 매력』, 고려대출판부, 2001.

David, Crystal, *Language Death*, 권루시안 역, 『언어의 죽음』, 이론과실천, 2000, p.52.

Denning, S., *The Springboard: how storytelling ignites action in knowledge-era organizations*, 김민주 · 송희령 역, 『기업혁신을 위한 설득의 방법』, 에코리브르, 2003.

Eagleton, Terry, *Criticism & Ideology*, NLB, 1985.

Easthope, A., *The Unconscious*, 이미선 역, 『무의식』, 한나래, 2000

Fitzgerald, J., "Reading and Writing Stories", *Reading/Writing Connections:Learning from Research*, International Reading Association, 1992.

Frye, N, *The Educated imagination*, 1964, 이상우 역, 『문학의 구조와 상상력』, 집문당, 1992.

Genette, G., *Narrative Discourse*, 1985, 권택영 역, 『서사담론』, 교보문고, 1992.

Giddens, A., *Modernity and Self-Identity*, 1991, 권기돈 역, 『현대성과 자아정체성』, 새물결, 1991.

Giroux, Henry A., *Teachers as intellectuals*, 1988, 이경숙 역, 『교사는 지성인이다』, 아침

이슬, 2001.

Hade, D. D. "Reading Multiculturally", *Using Multiethnic Lerlature in the K-8 Classroom*, Christopher–Gordon, 1997.

Hauptmeier, H. & Schmidt, S. J., *Einführung in die empirische Literaturwissenschaft*, 1985, 차봉희 역, 『구성주의 문예학』, 민음사, 1995.

Herman, D., etc., ed., *Routledge Encyclopedia of Narrative Theory*, Routledge, 2005.

Jameson, F., *The Political Unconscious: NARRATIVE AS A SOCIALLY SYMBOLIC ACT*, Cornell University Press, 1981,

Kagan, M. S., *Лектсии по марксисцколенинско ёстетике*, 진중권 역, 『미학강의 1』, 새길, 1989.

Kennedy, M. L. ed., *Theoring Composition, Westport*, Connecticut · London, Greenwood Press. 1998.

Kinneavy, J., *A Theory of discourse*, Englewood Cliffs, 1971.

Kiralyfalvi, B., *The Aesthetics of G.* Lukscs, 1975, 김태경 역, 『루카치 미학비평』, 한밭출판사, 1984.

Kundera, M., *Le Rideau: Essai en Sept Parties*, 2005, 박성창 역, 『밀란 쿤데라 커튼』, 민음사, 2010.

Kymlicka, W., *Contemporary Political Philosophy*, 2002, 장동건 외 역, 『현대정치철학의 이해』, 동명사, 2006.

Löschburg, Winfried, *Und Goethe war nie in Greichenland*, 1997, 이민수 역, 『여행의 역사』, 효형출판, 2003.

Lukacs, G., "The ideology of modernism", *The meaning of Contemporary Realism*, 데이비드 로지 엮음, 윤지관 외 역, 『20세기 문학 비평』, 까치글방, 1984.

Lukács, G., *Die Theorie des Romans*, 1914/15, 반성완 역, 『루카치 소설의 이론』, 심설당, 1985.

Lunn, E., *Marxism and Mordenism*, 1984, 김병익 역, 『마르크시즘과 모더니즘』, 문학과지성사, 1988.

Maturana, Humberto R., 「인지」, 『구성주의』, 까치, 1995.

Mecklenburg, N., *Kritisches Interpretieren : Untersuchungen zur Theorie der Literaturkritik*, 1972, 허창운 역, 『변증법적 문예학과 문학비평』, 동서문학사, 1991.

Miller, F. S., 「비숍과 동행한 선교사 밀러의 1894년 금강산」, 박영숙 · 김유경 엮음, 『서양인이 본 금강산』, 문화일보, 1998.

Morson, G. S. · Emerson, C., *Creation of a Prosaics*, 1990, 오문석 외 역, 『바흐찐의 산문학』, 책세상, 2006.

O'Connor, K., "Writing Across the Aims of Discourse", *A Very good place to start : approaches to teaching writing and literature in secondary school*, Boynton/Cook Publishers, 1991.

Ollivier, Bernard, *Longue marche*,, 임수현 역, 『나는 걷는다 1,2,3』, 효형출판, 2003.

Pappe, J. & Roche, D., *La dissertation littéraire*, 권종분 역, 『문학논술』, 동문선, 2001.

Pascal, R., *Design and Truth in Autobiography*, Harvard University Press, 1960.

Pêcheux, M., *Language, Semantics and Ideology*, H. Nagpal trans., St. Martin's Press, 1982.

Plantin, C., *Essais sur L'argumentation*, 장인봉 역, 『논증연구─논증발언 연구의 언어학적 입문』, 고려대출판부, 2003.

Purves, Alan C., "That Sunny Dome : Those Cares of Ice", C. R. Cooper, ed., *Researching Response to Literature and the Teaching of Literature*, Greenwood Pub Group, 1985.

Ricoeur, P., "L'identité narrative", 김동윤 역, 「서술적 정체성」, 『현대 서술이론의 흐름』, 솔, 1997.

_____, *Soi-même comme un autre*, 김웅권 역, 『타자로서의 자기 자신』, 동문선, 2006.

_____, *Temps et recit : intrigue et recit historique*, 김한식 역, 『시간과 이야기 1』, 문학과지성사, 1999.

_____, *Temps et recit : la configuration dans le recit de fiction*, 김한식 역, 『시간과 이야기 2』, 문학과지성사, 2000.

_____, *Temps et recit : le temps racont*, 김한식 역, 『시간과 이야기 3』, 문학과지성사, 2004.

Rifkin, J., *The Empathic Civilization*, 2009, 이경남 역, 『공감의 시대』, 민음사, 2010.

Rimmon-Kenan, S., *Narrative Fiction: Contemporary Poetics*, 1983, 최상규 역, 『소설의 시

학』, 문학과지성사, 1990.

Roberts, E. V., *Writing about Literature*, 강자모 · 이동춘 · 임성균 역, 『영문학의 이해와 글쓰기』, 한울아카데미, 2002.

Rodrigues, R. J. & Badaczewski, D., *A Guidebook for Teaching Literature*, 1978, 박인기 · 최병우 · 김창원 역, 『문학 작품을 어떻게 가르칠 것인가』, 박이정, 2001,

Rorty, Richard, *Contingency, irony, and solidarity*, 1989, 김동식 · 이유선 역, 『우연성 아이러니 연대성』, 민음사, 1996.

Schivelbusch, Wolfgang, *Geschichte der Eisenbahnreise*, 1977, 박진희 역, 『철도여행의 역사』, 궁리, 1999.

Simmons, A., *The Story factor : secrets of influence from the art of storytelling*, 김수현 역, 『대화와 협상의 마이더스 스토리텔링』, 한 · 언, 2001.

Sontag, S., *Regarding the Pain of Others*, 2003, 이재원 역, 『타인의 고통』, 이후, 2004.

Spivey, N. N., *Constructivist Metaphor*, 신헌재 외 역, 『구성주의와 읽기 · 쓰기』, 박이정, 2004.

Tatarkiewica, W., *A History of six ideas*, 이용대 역, 『여섯 가지 개념의 역사』, 이론과실천, 1990.

_____, *A History of Six Ideas: An Essay in Aesthetics*, 1980, 손효주 역, 『미학의 기본 개념사』, 미진사, 1990.

Todorov, T., *Mikhail Bakhtin : The Dialogical Principle*, 1984, 최현무 역, 『바흐찐 : 문학사회학과 대화이론』, 까치, 1987.

Uspensky, U., *A Poetics of Composition*, 김경수 옮김, 『소설구성의 시학』, 현대소설사, 1992.

Vignaux, G., *L'argumentation-Du discours à la pensée*, 임기대 역, 『논증—담화에서 사고까지』, 동문선, 2001.

Wang, Ning, 이진형 · 최석호 역, 『관광과 근대성—사회학적 분석』, 일신사, 2004.

White, J., *Education and the Good Life*, 1991, 이지헌 · 김희봉 역, 『교육목적론』, 학지사, 2002.

Whitehead, Alfred North, 오영환 · 문창옥 역, 『열린 사고와 철학』, 고려원, 1992.

Williams, J. D., *Preparing to Teach Writing-Research, Theory, and Practice*, Lawrence Erlbaum Associates, Inc., 1998.

Zima, P. V., *Textsoziologie : Eine kritische Einfuehrung*, 1980, 허창운 역,『텍스트 사회학』, 민음사, 1991

_____, *Ideologie und Theorie : eine Diskurskritik*, 1989, 허창운 · 김태환 역,『이데올로기와 이론』, 문학과지성사, 1996.

Žižek, S., *The Ticklish Subject*, 이성민 역, 1999,『까다로운 주체』, 도서출판b, 2005.

로젠타리 · 루시노프 외, 홍민식 역,『창작방법론』, 문경사, 1949.

柄谷行人,『日本精神分析』, 2002, 송태욱 역,『일본 정신의 기원』, imagine, 2003.

三木淸,『構想力の論理』, 1939, 한단석 역,『구상력의 논리』, 광일문화사, 1990.

•• 저자 약력

임경순 林敬淳 | LIM, KYUNGSOON

   교육학 박사, 한국외국어대학교 교수이다.

   현재 한국문학교육학회 출판편집이사, 국어국문학회 연구이사, 한중인문학회 총무
이사로 활동 중이다.

   주요 논저로는 『문학의 해석과 문학교육』, 『국어교육학과 서사교육론』, 『서사표현교
육론 연구』, 『서사교육론』(공저), 『디지털 시대, 문학의 길』(공저), 『실용과 실천의 문학
교육』(공저), 『문학독서 교육, 어떻게 할 것인가』(공저), 『문학과 논술, 어떻게 할 것인
가』(공저), 『근대, 삶 그리고 서사교육』(공저) 등이 있다.

푸른사상 학술총서 17

서사, 연대성 그리고 문학교육

인쇄 · 2013년 2월 19일
발행 · 2013년 2월 28일

지은이 · 임경순
펴낸이 · 한봉숙
펴낸곳 · 푸른사상
주간 · 맹문재 | 편집 · 김재호 | 교정 · 김소영, 김재호

등록 · 1999년 7월 8일 제2-2876호
주소 · 서울특별시 중구 충무로 29(초동) 아시아미디어타워 502호
대표전화 · 02) 2268-8706(7) | 팩시밀리 · 02) 2268-8708
이메일 · prun21c@hanmail.net / prunsasang@naver.com
홈페이지 · http://www.prun21c.com

ⓒ 임경순, 2013

ISBN 978-89-5640-983-2 93810
값 32,000원

푸른사상 학술총서 17

서사, 연대성 그리고 문학교육